Barbara Delinsky war Fotografin und Reporterin, bis sie sich dem Schreiben zuwandte. Seit 1980 hat sie mehr als fünfzig Romane veröffentlicht, die in zwölf Sprachen übersetzt wurden. Sie hat mehrere Preise bekommen und ist in vielen Fernsehtalkshows aufgetreten.
Sie lebt mit ihrem Mann und ihren drei Söhnen in Needham/USA.

Von Barbara Delinsky sind außerdem erschienen:

Freunde und Liebhaber (Band 60297)
Der Tag, an dem alles anders wurde (Band 60298)
Virginias Töchter (Band 60305)
Facetten der Liebe (Band 60306)
Schatten vergangener Tage (Band 60333)
Das Herz einer betrogenen Frau (Band 60334)

Deutsche Erstausgabe April 1998

Titel der Originalausgabe »Together Alone«

Originalverlag W. W. HarperCollins
Umschlaggestaltung Angela Dobrick, Hamburg
Umschlagfotos Elke Hesser, Paris; Doris Künster, Hamburg
Satz MPM, Wasserburg
Druck und Bindung Clausen & Bosse, Leck
Printed in Germany
ISBN 3-426-60466-3

2 4 5 3 1

Barbara Delinsky

Zusammen und doch allein

Roman

Aus dem Amerikanischen
von Georgia Sommerfeld

Knaur

Dank

Kein Schriftsteller ist allwissend,
und so geht mein tiefempfundener Dank
an Lt. Jack Hunt vom Needham Police Department,
Martha Shepardson von der Rivers School
und alle Mitarbeiter des National Center
for Missing and Exploited Children
für ihre Hilfe bei meinen Recherchen für dieses Buch.
Ich übernehme die volle Verantwortung für etwaige
Irrtümer, die sich vielleicht bei der Übertragung
von Tatsachen in die fiktive Handlung
eingeschlichen haben.

Erstes Kapitel

Es würde ihm nicht gefallen. Er haßte das Ritual des gestellten Familienfotos, doch diesmal gab es schließlich einen Anlaß. In vier kurzen Tagen würde sein einziges Kind das Nest verlassen, aus dem Kokon schlüpfen und in eine aufregende, neue Welt hinausfliegen. Wenn je ein Ereignis es wert war, festgehalten zu werden, dann dieses.

Aufs College zu gehen, war eine einschneidende Veränderung, der Beginn eines neuen Lebens.

Und auch ein Ende – eines, dem Emily jahrelang voller Grauen entgegengesehen hatte. Bevor Jill in den Kindergarten kam, hatte sie ganz ihr gehört. Dann war sie drei Stunden täglich weg. Dann sechs. Dann sieben, dann acht.

College hieß vierundzwanzig Stunden am Tag, sieben Tage die Woche. Es war ein Sprungbrett fürs Erwachsenenleben und für völlige Unabhängigkeit.

»Wie sehe ich aus?« Jills Spiegelbild gesellte sich im Badezimmer zu dem ihrer Mutter.

Emily stockte der Atem. Das geschah jedesmal, wenn Jill unerwartet auftauchte. Daß diese attraktive junge Frau ihre Tochter war, erstaunte sie immer wieder von neuem. Sie hatte die dunklen Haare von Emily und die Größe von Doug, doch ihre Züge entstammten früheren Generationen, und innerlich war sie einzig und allein Jill. Sie war lieb, sensibel und gescheit. Sie war unschuldig und doch weltoffen – das Ergebnis einer Kindheit in einer kleinen Stadt, in einer immer kleiner werdenden Welt. Emily wollte nicht, daß ihr die Unschuld genommen würde. Sie wollte nicht, daß ihre Weltoffenheit ihr Enttäuschungen bescherte. Sie wollte nicht, daß Jill weh getan würde. Niemals.

»Mom«, sagte Jill leise in bittendem Ton.

Emily gab einen kleinen, Hilflosigkeit ausdrückenden Laut von sich und griff nach einem Papiertaschentuch. »Entschuldige – das wollte ich nicht.«

»Wenn du weinst, fang ich auch an, und dann sehen wir beide aus wie von der Geisterbahn. Dad hängt am Telefon.« Nach einer kleinen Pause fragte sie vorsichtig: »Wird er böse sein?«

Emily zwang ein strahlendes Lächeln auf ihr Gesicht. »Worüber sollte er böse sein? Er ist schon für die Grillparty angezogen, die Fotos sind in zehn Minuten gemacht, und dann fahren wir los.«

Die ehemals melodische, jetzt, im Alter, jedoch schrill schnarrende Türklingel ertönte. »Der Fotograf ist da«, sagte sie und nahm Jills Gesicht in ihre Hände. »Du siehst wunderschön aus. Komm.«

Die Sonne sank dem Horizont entgegen, badete die ausladenden Ahornbäume auf dem Rasen vor dem Haus und den weißen Lattenzaun dahinter in goldenem Licht. Emily ließ Jill für einen Moment dort allein und ging zu Dougs kleinem Arbeitszimmer. Als er sie in der Tür stehen sah, hob er den Zeigefinger, um ihr zu bedeuten, sein Telefonat nicht zu unterbrechen.

Mit einem Flattern im Magen – wie immer, wenn sie seine Stimmung nicht einschätzen konnte – wartete sie und nutzte die Zeit dazu, ihn genau anzusehen. Mit vierundvierzig war sein Körper athletischer, als er es mit zweiundzwanzig gewesen war. Damals hatte körperliche Arbeit ihn in Form gehalten – jetzt tat es tägliches Training im Fitneßclub. Sein Bauch war flach, der Rücken zwischen den breiten Schultern gerade. Er brachte seine Kleidung optimal zur Geltung.

Er zog sich sehr gut an, kleidete sich auf seinen Reisen ein, und das war nicht zu übersehen. Die Hose mit der perfekten Bügelfalte, das Hemd mit offenem Kragen sahen eher nach Europa aus als nach einer Kleinstadt im Nordwesten von Massachusetts. Emily wünschte fast, sie hätte sich für die Fotos etwas Neues gekauft, um besser zu Dougs weltmännischer Erscheinung zu passen, doch sie brachte es nie fertig, Geld für sich auszugeben, wenn dringende Ausgaben anstanden. Ein neuer Auspuff für den Kombi war wichtiger als ein seidener Fummel, den sie nur einmal tragen würde.

Doug legte den Hörer auf. »Wer hat geklingelt?«

Einschmeichelnd hakte sie ihn unter. »Larry Johnson. Er hat vor kurzem bei der ›Sun‹ angefangen. Ein Fotograf. Er ist gut und sehr preiswert. Ich habe ihn gebeten, ein paar Aufnahmen zu machen, bevor wir losfahren.«

»Emily!«

»Ich weiß. Du haßt es, fotografiert zu werden – aber Jill verläßt uns in vier Tagen, in vier Tagen, und dann wird unser Leben nie mehr so sein wie jetzt.«

»Vielleicht, wenn sie nach D.C. ginge wie Marilee. Aber Boston ist kaum drei Stunden entfernt.«

»Sie wird nicht mehr unser kleines Mädchen sein.«

»Das ist sie schon lange nicht mehr.«

»Du weißt genau, wie ich es meine«, sagte Emily mit einem flehenden Unterton. »Ihr Weggang ist wie ein Meilenstein. Außerdem braucht sie ein Bild von uns dreien für ihr Zimmer im Wohnheim. Wirst du ihr zuliebe lächeln? Ja?«

Wenn er nein sagte, würde sie Larry wegschicken – ein grimmig dreinschauender Doug wäre nicht im Sinn der Sache. Doch er seufzte und rang sich ein freudloses Lächeln ab. Erleichtert zog sie ihn aus dem Haus.

Jill saß auf der Schaukel, die am größten der Ahornbäume hing. Ein vom Blätterschatten gesprenkelter Rasen, ein Hintergrund aus Rhododendron und weißen Zaunlatten waren für die Kulisse ländlicher Idylle wie geschaffen.

Emily dachte an die vielen, vielen Stunden, die Jill auf dieser Schaukel zugebracht hatte, an das Abstoßen, Hoch-hinaus-Schwingen und Abspringen, als gedämpft das Klingeln des Telefons herüberklang – und ehe sie protestieren konnte, setzte Doug sich in Bewegung. Der Bestürzung, mit der sie ihm nachschaute, folgte schnell Resignation. Wenigstens war er zu Hause. Er hatte versprochen, die Woche daheim zu bleiben. Das war ein Zugeständnis, das nicht ohne einschränkende Klauseln gewährt wurde. Telefonate entgegennehmen war eine davon.

Nicht bereit, sich entmutigen zu lassen, wendete sie sich wieder Jill zu. »Ich möchte ein Bild von dir auf der Schaukel«, bat sie, und nachdem ein paar Fotos gemacht worden waren, begab Emily sich für ein paar gemeinsame zu ihr.

Sie legte ihre Hände auf Jills Hände, die die Ketten der Schaukel umfaßt hielten, und lehnte sich an sie. Als sich ihre Wangen berührten, lächelte sie, als sie Jills Lächeln spürte, lachte sie beim Klang ihres Lachens. Auf einmal schien die Zeit zurückgedreht zu sein, und das Lachen war wieder das aus Kindertagen. Emily liebte seinen Klang. Sie konnte es nicht ertragen, an den Tag zu denken, an dem sie es nicht mehr hören würde. Sie verließen die Schaukel, gingen nach hinten in den Garten und setzten sich auf einen aus dem Boden ragenden Felsen am Teich. Jill – ein wenig höher sitzend – ließ ihre Arme über Emilys Schultern fallen. Emily nahm ihre Hände. Sie lehnten sich aneinander, verloren das Gleichgewicht, lachten und machten einen zweiten Versuch, während der Fotograf unaufhörlich auf den Auslöser drückte.

»Doug!« rief Emily zum Fenster seines Arbeitszimmers hinüber, doch Jill hatte eine andere Idee. »Eins von meiner Mom allein«, bat sie.

Emily floh aus dem Sucher der Kamera. »Kommt nicht in Frage – heute ist dein Tag.«

»Aber ich will eins von dir allein.«

»Ich will welche von uns.« Sie schaute zum Haus.

»Doug?«
Sein Gesicht erschien am Fliegengitter – und wieder ging sein Zeigefinger in die Höhe.
Emily versuchte, ihre Enttäuschung mit einem kurzen Seufzer und dem Wissen, daß er irgendwann schon kommen würde, hinunterzuschlucken. Zwar widerwillig, aber er würde ihr den Gefallen tun. Sie bat ihn nicht oft um etwas, und dessen war er sich durchaus bewußt.
Sie kehrten vors Haus zurück und stellten sich auf die Treppenstufen, Emily oben, Jill unten, und dann überließen sie sich der Regie des Fotografen. Emily lächelte unbeschwert. Sie beherrschte es, auch dann unbekümmert zu lächeln, wenn ihr das Herz schwer war. Manche würden das als Unehrlichkeit bezeichnen – Emily bezeichnete es als Das-Beste-aus-der-Situation-Machen.
»Man möchte nicht glauben, daß Sie Mutter und Tochter sind«, meinte der Fotograf, worauf Emily mit einem Laut des Zweifels reagierte.
»Es ist wahr«, sagte Jill. »Alle werden denken, daß du meine Schwester bist.«
Emily zuckte bei dem Gedanken an Fremde in einem Wohnheim, das drei Stunden entfernt lag – und verspürte plötzlich eine innere Leere.
»Mom!« grollte Jill und drückte Emilys Finger, die mit den ihren verflochten waren.
»Ich bin okay«, schwor Emily.
»Ich bin doch nur in Boston. Wir werden immer telefonieren.«
»Ich weiß.«
»Du kannst rüberkommen und mich zum Mittagessen einladen.«
»Ich weiß.«
»Wir können einkaufen gehen.«

»Ich weiß.« Aber es war nicht dasselbe. Es würde nie mehr dasselbe sein.
Gegen den Kloß in ihrem Hals ankämpfend drückte Emily Jill an sich und hielt sie fest, bis sie ihre Fassung wiedergewonnen hatte. Dann wandte sie sich, ihr ganz nahe bleibend, wieder der Kamera zu.
Als sich hinter ihnen die Fliegentür öffnete, erschien ihr das wie eine Erlösung. Doug bedeutete eine Ablenkung von trüben Gedanken. Er war ihr Mann. Er war ihre Welt gewesen, bevor die Kinder kamen, und er würde es wieder sein, wenn Jill fort wäre. »Wo wollt ihr mich hinhaben?« brummte er in einem Ton, der ihren Magen wieder in Aufruhr versetzte.
»Probleme?« fragte sie. Er war Unternehmensberater, ein »Feuerwehrmann«, den kleine Firmen riefen, wenn es bei ihnen »brannte«. In einer Zeit der wirtschaftlichen Blutarmut war er wie Medizin. Er war gefragt wie nie.
Er warf ihr einen müden Blick zu. »Immer.«
»Wo?«
»Pittsburgh.«
O Gott! Concord oder Manchester, sogar Boston schaffte er oft an einem Tag. Pittsburgh dauerte immer länger. »Mußt du hin?«
»Ich muß nicht, aber wenn ich den Kunden behalten will, sollte ich.«
»O Doug.« Er hatte ihr diese Woche versprochen. Sie war traurig wegen Jill. Sie war traurig ihretwegen.
»Ich kann nicht ablehnen, zum Teufel«, er wurde schärfer. »Das Geld ist knapp – und ein College kostet ein Vermögen. Ich denke immer noch an den Scheck, den ich letzte Woche ausgestellt habe.«
»Es ist schon okay«, sagte Jill hastig. »Wir haben noch eine Menge zu erledigen, wobei Dad uns sowieso nicht helfen könnte. Wir haben alle Hände voll zu tun, Mom. Bist du zurück, bevor ich abfahre, Dad?«

Merklich sanfter strich er ihr über den Kopf. »Natürlich bin ich das – ich bin nur zwei Tage weg.«
Der Fotograf machte ein paar Fotos von Emily und Jill auf der Treppe und von Doug, der über das Geländer gebeugt stand. Dann setzte er Doug auf die Stufen und gruppierte Emily und Jill um ihn herum. Nach dieser Aufnahme sprang Jill auf.
»Ich möchte ein Bild nur von meinen Eltern«, sagte sie, und diesmal protestierte Emily nicht. Sie setzte sich auf die Stufe zwischen Dougs Beine und legte die Ellbogen auf seine Knie.
Es hätte die bequemste Pose der Welt sein müssen. Sie hatten Dutzende von Malen so gesessen, damals in der ersten Zeit ihres Kennenlernens, als das Leben noch einfacher gewesen war. Emilys Leben war noch immer einfach. Es drehte sich um Jill und Doug, um das kleine Haus, das Reparaturen brauchte, die sie sich nicht leisten konnten, den kleinen Kreis von Freunden, deren Loyalität nicht mit Geld zu bezahlen war, und die kleine Stadt, deren Reichtum in ihrer Wärme lag.
Es war Dougs Leben, das sich geändert hatte. Er war ständig auf Reisen, hetzte von einem Geschäftsessen zum anderen, vertiefte sich so sehr in innovative Management-Techniken, daß es Emily schwerfiel, ihn noch mit dem schlichten Öko-Farmer in Verbindung zu bringen, den sie geheiratet hatte. Vielleicht fühlte sie sich aus diesem Grund unbehaglich, als sie mit den Ellbogen auf seinen Knien zwischen seinen Beinen saß.
»Mutter!« rief Jill. »Lächeln!«
Emily lächelte. Für Jill tat sie alles.
Und so schwer war es gar nicht: Kummer zu verbergen war eines der Dinge, die das Muttersein sie im Laufe der Jahre gelehrt hatte.

Die leise wimmernde Julia auf dem Arm, stürmte Brian Stasek in den Supermarkt. Sie fühlte sich nicht wohl, aber ihm ging es auch nicht besser. Er war hungrig, müde und durchgeschwitzt. Sie war hungrig, müde und naß. Es war fünf Stunden her, daß er auf einem Rastplatz die letzte Pampers verbraucht hatte. Sie waren in Not. Er fand den Gang, fand die Größe, fand das Geschlecht. Mit einem Armvoll Kartons bahnte er sich einen Weg zur Kasse. Die Schachteln polterten auf das Laufband, und Julia fing an zu weinen.

Sie zappelte auf seinem Arm, während er nach seiner Brieftasche griff. »Nur noch ein paar Minuten. Nur noch ein paar Minuten. Nur noch ein paar Minuten.«

»Ein hübsches kleines Ding«, meinte die junge Kassiererin.

Brian grunzte. »Das dachte ich auch mal. Dann hatte ich sie plötzlich allein am Hals, und seitdem sehe ich die Dinge anders. Lassen Sie sich eines sagen: Kinder aufziehen ist nichts für schwache Nerven. Bedenken Sie das, falls Sie vorhaben, sich in nächster Zukunft ein Kind anzuschaffen.«

Das Mädchen trat einen Schritt zurück. Julia weinte lauter.

»Seit Chicago geht das so«, stieß er hervor.

»Vielleicht ist sie krank«, meinte das Mädchen besorgt.

Er seufzte. »Nein – nur müde.« Es steckte mehr dahinter, doch Brian hatte weder die Kraft noch die Absicht, das zu erläutern, und schon gar keinem fremden Teenager. Das Gebot der Stunde war eine trockene Windel, eine warme Mahlzeit und ein richtiges Bett – in dieser Reihenfolge. Und so steckte er das Wechselgeld ein, raffte die Schachteln zusammen und ging zum Jeep zurück. Das Wickeln war in Null Komma nichts erledigt. Nach drei Tagen hatte Brian genügend Erfahrungen gesammelt, um zu wissen, daß Perfektionsbestrebungen, wenn es um ein unglückliches Kind ging, absurd waren. So lange die Windel in etwa den Gefahrenbereich abdeckte, würde sie ihrer Bestimmung gerecht. Mehr oder weniger.

In diesem Fall weniger. Also fischte er einen trockenen Strampelanzug aus der fast leeren Tasche mit der sauberen Wäsche,

stopfte den durchweichten in die fast überquellende Tasche mit der schmutzigen, und hob seine trockene Tochter hoch.
»Hübsche Julia«, sagte er mit einem Grinsen und drückte sie an sich.
Sie begann zu jammern.
Das Grinsen erlosch. »Richtig: essen.« Er steckte ein leeres Fläschchen in den Bund seiner Jeans, stieg mit Julia im Arm rückwärts aus dem Jeep und richtete sich auf.
Sie begann sich zu winden.
Er verstärkte seinen Griff, so daß sie sich nicht mehr rühren konnte, und schaute ihr in die Augen. »Wenn ich dich laufen lasse, brauchen wir doppelt so lange für den Weg.«
Sie erwiderte seinen Blick mit blaßblauen Augen, ohne zu blinzeln. Die Pupillen waren silbern eingefaßt, irisierend, fast unirdisch – so wie die Leute seine oft beschrieben. Sie sagten, daß seine Augen seine wirksamste Waffe seien, daß ein langer, eindringlicher Blick selbst den bösartigsten Menschen einschüchtere. Zum erstenmal in seinem Leben begriff er, was sie meinten. Als Julia ihn jetzt mit diesen Augen auf diese Weise ansah, war es, als wisse sie etwas, das er nicht wußte, als wisse sie vieles, das er nicht wußte.
»Ja, ja«, sagte er in dem Versuch, ihr zu zeigen, daß er auch etwas wußte, »du hast drei Tage lang fast nur im Auto festgesessen und möchtest dich unbedingt mal wieder bewegen.«
Die Augen hielten seine fest.
Er seufzte. »Wenn du Hunger hast, dann geh schnurstracks in Richtung Essen.« Er setzte sie ab.
Sie ging schnurstracks in Richtung Straße.
Er fing ihre Hand mit einem »O nein, kommt nicht in Frage, Süße!« ein, doch es folgte eine Minute des Tauziehens und vehementen, wenn auch unverständlichen Protests seitens Julias, bevor sie bereit war, auf dem Bürgersteig zu gehen.
Brian dachte an Gayle. Sie war es, die Kinder gewollt hatte,

obwohl er gesagt hatte, daß sie warten sollten. Sie seien beide Workaholics, hatte er gesagt. Sie könnten einem Kind nicht gerecht werden, hatte er gesagt.

Sie entgegnete, sie hätten lange genug gewartet, und wenn sie noch länger warteten, würden ihre Eileiter eintrocknen. Sie sagte, sie schaffe schon alles: Ehe, Kind und Job.

Dann starb sie, und er hatte die Bescherung.

Und was für eine süße, bemitleidenswerte, traurige Bescherung, dachte er, als er auf die hüpfenden, braunen Locken, den gepolsterten Po und die wackeligen Beinchen hinunterschaute. Daß Gayle tagsüber nicht da war, war Julia gewohnt, doch die Nächte waren problematisch und wurden, nach inzwischen vier Wochen, nicht unproblematischer, und dann war da noch das Stillen, das Gayle morgens und abends bis zuletzt praktiziert hatte. Was das betraf, mußte er passen.

Vielleicht auch, was diesen Ort betraf, dachte er, als er die Straße hinunterschaute. Aber vielleicht auch nicht. Er atmete tief ein und langsam wieder aus, und als die gespannte Feder in seinem Innern nachgab, atmete er wieder ein.

Grannick war nicht häßlich, wenn man die Hauptstraße zum Maßstab nahm. Es war sauber, und es besaß den für eine Collegestadt typischen, aus der Kombination von Alt und Neu erwachsenden New-England-Charme. Spaziergänger schlenderten in der Abenddämmerung dahin. Sie wirkten intelligent und friedlich. Sie wirkten entspannt. Sie wirkten ländlich. Einige sahen aus wie er.

Er trug alte Jeans, ein schwarzes T-Shirt, das seinen schwärzesten Tag hinter sich hatte, abgetragene Turnschuhe, und in seinem Gesicht sproß ein Dreitagebart. Das war sein Undercover-Look. Zu Hause war dieses Erscheinungsbild mit gefährlicher Arbeit verbunden – hier mit Freizeit.

Julia wackelte, gelegentlich Unmutslaute von sich gebend, an seiner Hand dahin.

Neben dem Drugstore befand sich eine Videothek, deren Neonreklame Julia ein paar Sekunden lang ablenkte, danach folgte eine Buchhandlung und dahinter, gekennzeichnet durch edle goldene Lettern auf braunem Untergrund, die »Eatery«. Brian erlebte einen Energieschub. »Schau dir das an – genau das, was wir brauchen. Das ist ein gutes Omen, würde ich sagen.«

Das Lokal wäre schön gewesen, wenn er mit Gayle hier zum Essen gegangen wäre – aber Julia war hungrig und müde, nagte dazwischen immer wieder weinend an ihrer Faust, war mißgestimmt darüber, stillsitzen zu müssen, und die Speisekarte bot »Southwestern«-Gerichte mit viel Avocados, Sprossen und scharfer Sauce, nichts, was ihrer üblichen Nahrung entsprach. Er hatte auf Hausmannskost wie gebratenen Truthahn, Kartoffelpüree und Erbsen gehofft. Er wählte das, was diesem am nächsten kam, und bestellte einen Hamburger und Pommes.

Wenigstens gab es Milch, die die Bedienung in einem großen Glas vor ihn hinstellte. Es war ein Geduldsspiel, die Milch aus dem Glas in das Fläschchen zu gießen, denn Julia fuhr ungeduldig schreiend ständig mit ihren Ärmchen dazwischen, doch schließlich trat himmlische Stille ein.

Brian setzte sich in die Ecke der Nische und nahm Julia in seine Arme. Ihr Blick traf sich mit seinem und hielt ihn wieder mit diesem wissenden und dadurch einschüchternden Ausdruck fest. Er versuchte, ihr ein Gefühl von Sicherheit zu vermitteln, denn Sicherheit brauche sie jetzt unbedingt, hatte seine Mutter gesagt. Sie hatte auch gesagt, daß Julia bei ihr bleiben könne, daß es einfacher für ihn wäre, bis er eine Bleibe gefunden habe, daß die Reise mit einem Kleinkind zu einer Strapaze werde, aber er hatte nicht auf sie gehört. Er hatte sie einfach mitnehmen müssen, hatte dieses kleine Stück von Gayle und sich, das Beste ihres alten Lebens, die Saat seiner Zukunft gebraucht.

Außerdem – wenn er sie nicht mitgenommen hätte, hätte er vielleicht die Nerven verloren.
Was ein Witz war, wenn man bedachte, womit er seinen Lebensunterhalt verdiente. Er war dafür bekannt, selbst in kritischsten Situationen die Ruhe zu bewahren – aber die Polizeischule hatte ihn nicht aufs Vatersein vorbereitet. Wie für Detectives typisch, beherrschte er den Umgang mit Kriminellen, war reaktionsschnell, doch diese Eigenschaften beeindruckten Julia nicht im mindesten, und was sein Abzeichen betraf, so würde sie es eher in ihrer Cornflakes-Schale versenken, als in Ehrfurcht davor erstarren.
Brian war es gewohnt, tagsüber mit dem Schmutz der Welt umzugehen, anschließend nach Hause zu fahren, die Tür hinter sich zu schließen und ihn abzuduschen. Julia jedoch konnte er nicht abduschen – sie war für die absehbare Zukunft untrennbar mit ihm verbunden. Sie von ihrer Großmutter in Chicago wegzuholen, war das größte Wagnis, das er in seinem Leben bisher eingegangen war.
»Ein Burger und Pommes«, flötete die Bedienung und stellte einen großen Teller vor ihn hin. Er bedankte sich mit einem Lächeln, rührte sich jedoch nicht. Julia trank noch immer. Er wußte, daß sie durchaus in der Lage war, selbständig zu sitzen, den Kopf in den Nacken zu legen und die Flasche selbst zu halten, aber sie schien zufrieden zu sein.
Und auch er war das in diesem kurzen Moment.
Doch der Moment ging vorüber. Julia trank die Milch aus, ließ sich in das Kinderstühlchen neben ihn setzen und aß Häppchen von dem Hamburger, die er ihr reichte, doch sie war müde. Sie aß für gewöhnlich sehr ordentlich, doch jetzt wurde sie unachtsam und weinerlich, rieb ihre Augen mit ihren Ketchup-Händen, brabbelte Worte, die Gayle verstanden hätte, die Brian jedoch nichts sagten. Er versuchte, sie mit einer zweiten Portion Milch zu besänftigen, doch sie verweigerte sie ebenso wie die

Cola, die er für sich bestellt hatte, und als sie »Mommmmy – Mommmmy ...« zu weinen begann, verging ihm der Appetit. Er hob sie mit Schwung aus dem Stuhl, bezahlte die Rechnung und machte sich auf den Weg zurück zum Jeep, ließ sie erst wieder runter, als sie sich erneut in seinen Armen zu winden begann.

Es war warm und windstill, die Luft mit dem intensiven Duft nach Bäumen und Gras geschwängert und so ganz anders als dort, wo er herkam, daß er sich fragte, ob das vielleicht auch ein Omen sei. Er hatte sich nie danach gesehnt, auf dem Land zu leben, doch in Anbetracht der Umstände erschien es ihm die beste Lösung. Er brauchte eine heile Welt, um Julia aufzuziehen. Er brauchte ein friedliches Umfeld, um von seinem Kummer zu genesen.

Julia begann wieder zu jammern.

Er nahm sie hoch. »Was ist los, Süße?«

»Mom-my.«

»Mommy ist nicht hier, aber Daddy ist da. Es wird alles gut. Siehst du, da ist der Jeep. Genau an der Stelle, wo wir ihn stehengelassen haben.« Und unbeschädigt und vollständig. Das war der typische Gedanke eines Städters, aber in Anbetracht der Tatsache, daß das Fahrzeug sein wertvollstes Hab und Gut enthielt, ganz zu schweigen vom Zubehör für Julia, von ihrer Lieblingssorte Cracker, vom Saft und dem Plüschhasen, ohne den sie sich zu schlafen weigerte, ein verständlicher.

Brians Gedanken verweilten bei Cracker und Saft und seinem eigenen Magen, der sich in ein paar Stunden zweifellos wieder melden würde. Julias Cracker und Saft würden ihn nicht zum Schweigen bringen, das hatte er in der letzten Nacht bereits versucht.

Also ging er zurück in den Drugstore und kaufte eine Partypackung Cheddar-Popcorn, drei Schokoladenriegel und eine Sechserpackung Aprikosen-Nektar. Julia unter dem einen Arm

und seine Einkäufe unter dem anderen, wollte er den Laden gerade verlassen, als munteres Geschrei seine Aufmerksamkeit auf den hinteren Teil des Geschäfts lenkte.
Dort stand ein Fix-Foto-Automat. Der kurze Vorhang war zugezogen, und darunter war ein heilloses Durcheinander von Beinen zu sehen. Er erinnerte sich an seine diesbezüglichen Kindheitserlebnisse und grinste.
Quieken, Kichern, hohes Lachen, dann ein Blitz und hektisches Entwirren der Beine. Das Lachen erstarb, die Beine erstarrten, das Blitzlicht blitzte, und dann begann alles von vorne. Als die vier Aufnahmen gemacht waren, taumelten sechs Kinder, die das begehrte Teenageralter noch nicht erreicht hatten, aus der Kabine.
Es war Brian ein Rätsel, wie sie alle darin Platz gehabt hatten, doch sie hatten die bedrängende Enge sichtlich vergnügt und unbeschadet überstanden. Und plötzlich wurde die Vergangenheit für ihn so lebendig, erlebte er den Apparat als eine so erfreuliche Abwechslung gegenüber den riesigen Videotheken und Computer-Massakern, daß er nicht widerstehen konnte.
Er stellte seine Tüte in eine Ecke der Kabine, kramte Kleingeld aus der Tasche und setzte sich mit Julia auf dem Schoß auf den Hocker. »Grammie wird begeistert sein«, sagte er und versuchte, so etwas wie Ordnung in ihre Locken zu bringen. »Wenn wir in die Kamera lächeln, wird sie sehen, daß es uns gutgeht. Ist das nicht eine tolle Idee, Julia?«
Julia schaute sich in der Kabine um, als befinde sie sich in einem Gruselkabinett. Ihre unirdischen Augen wurden von Sekunde zu Sekunde größer. Tränen sammelten sich am unteren Lidrand.
»O Süße, es ist alles in Ordnung«, versuchte er, sie zu beruhigen. »Es passiert dir nichts, dafür sorgt Daddy schon. Schau«, forderte er sie mit übertriebenem Eifer auf. »Ich füttere die Maschine mit ein paar Vierteldollarmünzen . . . komm, hilf mir . . . nimm die Münze . . .«

und blitzendes Chrom, da er in der Garage stand. Würde er dort auch stehen, wenn sie die Zimmer darüber vermieteten? Würden sie von dem Mieter verlangen, auf der Straße zu parken? Von wem stammte überhaupt die Idee, einen Mieter ins Haus zu nehmen?

Wahrscheinlich von Doug – der war scharf auf Geld. Ihm würde es nichts ausmachen, wenn Fremde sich im Haus breitmachten. Er würde sie nicht kommen und gehen sehen. Seine Privatsphäre würde nicht gestört.

Emily hätte etwas Besseres verdient. Myra half, so gut sie konnte, und ihre Marmeladenplätzchen waren die besten der ganzen Stadt, aber Marmeladenplätzchen konnten auch keine Wunder bewirken.

Blumen halfen. Myra hatte immer die einen oder anderen für Emily. Und dann waren da noch Dinge wie gestrickte Handschuhe oder eine Wolldecke, die ein Lächeln garantierten.

Myra schnappte nach Luft. Da waren sie, Emily, Jill und Doug, und sie stiegen in Emilys rostigen Kombi, um zur Grillparty bei den Whittakers zu fahren. Morgen abend gab die Familie Davies eine, und am Abend darauf fand in der »Eatery« eine statt, wo Jill und ihre Freundinnen als Bedienungen gejobbt hatten.

Eine Party nach der anderen. Myra verstand nicht, warum Leute so scharf darauf waren, sich in der Öffentlichkeit zum Narren zu machen. Emily begriff das. Sie gab keine Party für Jill. Sie sah den Weggang ihrer Tochter nicht als Anlaß für ein Fest. Ihr Abschied würde eine ganz private Angelegenheit sein, und mit Sicherheit eine traurige.

»Aber ich sage nichts«, schwor Myra, als sie von ihrem Stuhl aufstand. »Habe ich nie getan, und werde ich nie tun. Ich backe meine Kekse, stricke meine Jacken und bin still. Und was tun sie? Sie planen eine Party für mich.« Sie ging die Treppe hinunter. »Ich will keine Party – sie wollen sie. Sie sind bei der ersten Gelegenheit verschwunden und danach nie mehr vorbeigekom-

men, nun haben sie ein schlechtes Gewissen. Also haben sie Essen für eine Party mitgebracht und mein Haus besetzt.«
Zu ihrer Rechten, am Fuß der Treppe, im Eßzimmer, war der Tisch gedeckt mit der gestickten Decke ihrer Mutter und den ersten der von ihren Schwiegertöchtern mitgebrachten Speisen. Zu ihrer Linken, im Wohnzimmer, verfolgten Söhne und Enkel gebannt die Fernsehübertragung eines Baseballspiels.
Myra ging nach hinten ins Haus, verließ es durch die in den Garten führende Küchentür, stieg die Stufen hinunter und wanderte über den Rasen, ohne daß sie jemand bemerkte. Sie blieb stehen, um die riesige, silberblättrige Trauerweide zu bewundern, die am Ufer des Teiches stand, ehe sie sich auf der verschnörkelten, schmiedeeisernen Bank unter dem Schleier ihrer Äste niederließ.
Sie sammelte die heruntergefallenen Blätter – »Weidenfusseln« nannte sie sie liebevoll – von der Bank, beugte sich dann vor und klaubte Blätter vom Boden, die das Gras unter der Weide verunzierten. Dann lehnte sie sich zurück und freute sich an der Pachysandra, die sie gepflanzt und die Jahre über gehegt und gepflegt hatte, wie das Springkraut und die Lilien dahinter. Sie schaute über das Wasser und seufzte.
Was für ein wunderschönes Fleckchen Erde! Und so gepflegt! Sie hatte ihr Bestes getan. Und das würde sie auch weiterhin tun, bis zum Tag ihres Todes.
Der Gedanke daran weckte gleichzeitig Unruhe, Ungeduld und Angst in ihr. Sie trug eine schreckliche Bürde. Wenn sie an den Tod dachte, verrutschte die Bürde und drohte herunterzufallen. Sie sammelte ihre Kräfte, rückte die Bürde wieder zurecht und schwor, noch nicht zu sterben.
Aber der Tod kam näher, das wurde ihr von Geburtstag zu Geburtstag klarer. Ihre Zeit lief ab.
»Myra?« Es war ihre Schwiegertochter Linda, die Karrierefrau, die die Meinung vertrat, daß alle Frauen Schwestern seien,

ungeachtet ihres Alters, und daß »Mutter« eine zu förmliche Anrede für eine Schwiegermutter sei. »Warum sitzt du denn allein hier draußen?«
»Ich bin nicht allein«, sagte Myra freundlich. Sie mochte Linda. Wirklich. Sie hatte zwar ihre Marotten, doch sie war toleranter als die anderen. Die hätten sogar jetzt mit ihr geschimpft, aber Linda lächelte nur.
»Wir wollen Fotos machen. Kommst du ins Haus?«
»Die Fotos sollten hier draußen gemacht werden – dieser Platz ist der allerschönste.«
Linda verscheuchte einen Moskito. »Es ist viel Ungeziefer hier.«
»Das stört mich nicht – ich benutze das richtige Parfum. Wenn du etwas davon nehmen willst – es steht im Bad neben der Küche. Den Jungs wird es nicht zusagen, aber denen werden ein paar Stiche nicht schaden. Ja«, die Vorstellung verfestigte sich, »wenn wir Fotos machen, dann möchte ich, daß sie hier gemacht werden. Aber ihr müßt Frank rufen – wir können keine Bilder ohne ihn machen.«
Linda lächelte. »Ich gehe die anderen holen.«
Myra erwiderte das Lächeln, und es blieb auf ihrem Gesicht. Fotos unter der Trauerweide, das war perfekt. Schwiegertöchter hatten also doch etwas Gutes. Und Enkel sowieso. Und sogar Söhne, bei denen sich nach Jahren der Vernachlässigung das Gewissen regte. Sie würde sich hüten, ihnen zu verraten, daß sie ihren Auszug nicht bedauert hatte. Sie war ihre Streitereien untereinander und mit Frank müde gewesen, das Kochen und das Putzen. Sie war mehr als bereit für eine Ruhepause gewesen. Nicht, daß sie das Frank sagen würde. Um Himmels willen! Er wäre außer sich. Er hatte die Jungs nicht gerne gehen sehen, gar nicht gerne.
»Komm rein, Mom«, rief Carl, ihr Ältester. »Wir machen Fotos im Wohnzimmer.«
»Nein, hier draußen!« rief sie zurück.

»Das Licht wird da draußen schon schlecht.«
Tatsächlich dämmerte es bereits, doch sie war nicht so dumm, wie sie dachten. »Es ist immer noch heller als im Haus.«
»Hier drin können wir mit Blitz fotografieren.«
»Das könnt ihr hier draußen auch.« Sie lächelte. »Entweder hier oder überhaupt nicht, Carl. Es ist mein Geburtstag.« Das Lächeln erstarb. »Du wirst deinem Vater sagen müssen, daß wir hier draußen sind. Wo ist er überhaupt? Ich dachte, er würde beim Holzschuppen herumpusseln, aber ich sehe ihn dort nirgends. Suchst du ihn für mich, Carl?«
Carl verschwand im Haus, aber nur für eine Minute. Als er wieder auftauchte, war er nicht allein. Die Brüder waren bei ihm und die Schwiegertöchter und – pflichtschuldigst hinterhertrottend – die Enkel. Ehe Myra mehr tun konnte, als mit den Händen ihre Frisur zu überprüfen und sich zu vergewissern, daß ihr Kragen ordentlich lag, war sie von der Familie umgeben, die vor ihr kniete, neben ihr saß und hinter ihr stand. In dem Gewühl kam ihr der Gedanke, daß das Fotografieren hier draußen vielleicht doch keine so gute Idee gewesen war, weil das Gras unter der Weide durch die vielen Füße leiden würde, doch sie konnte jetzt schlecht einen Rückzieher machen. Wo war Frank?
»Wo ist dein Vater, Carl?« Sie schaute sich fragend um, konnte Frank jedoch nirgends entdecken. »Ich möchte, daß er sich zu mir auf die Bank setzt.« Sie versuchte, die Enkel zu ihrer Linken zusammenzuschieben, doch sie saßen bereits dicht gedrängt.
Carl hob die Kamera ans Auge. »Alle hersehen!«
»Wo ist Frank? Wir können nicht ohne ihn anfangen.«
Hinter Myra wurde Gemurmel laut, vor ihr Gekicher. Sie ignorierte beides, setzte sich noch aufrechter hin und die starre Miene auf, die Carl nicht auf einem Foto festhalten wollte. »Ich will Frank dabeihaben«, insistierte sie. »Schließlich gehört er zur Familie.«
»Mach endlich das Foto, Carl.«

»Es wird immer dunkler.«
»Mommy – es hat mich was gestochen!«
»Ich zähle bis drei«, kündigte Carl hinter der Kamera an. Myra beugte sich vor, um nachzuschauen, ob Frank vielleicht am Rand des Teiches durch das Wasser watete. Das tat er manchmal, wenn die Luft warm war.
»Eins ... zwei ... schau her, Mom!«
»Aber dein Vater ...«
Von hinten kam ein sanftes »Myra«, und Lindas Hand legte sich auf ihre Schulter. »Beruhige dich. Er wird schon noch kommen. Was hältst du von einem Lächeln – dann können wir Frank später mit dem Foto überraschen.«
Myra drehte sich um, sah sie unsicher an. »Meinst du?«
»Absolut.«
»Aber vielleicht wird er böse sein, weil wir nicht auf ihn gewartet haben.«
»Er wird nicht böse sein – er wird sich freuen.«
Das wünschte Myra sich mehr als alles andere auf der Welt. Frank Freude zu machen, war von größter Wichtigkeit. Es war der Schlüssel zu ihrem Überleben, das, was sie immer wieder veranlaßte, die schwere Last zurechtzurücken, die sie auf den Schultern trug, was sie immer wieder veranlaßte, sich vom Tod abzuwenden, selbst in Augenblicken, da sie des Kämpfens so müde war, daß sie am liebsten die Augen geschlossen und sich ihm ergeben hätte.
Sie lebte nur für Frank weiter.
»Schau zu Carl!« drängte Linda, und Myra war so durcheinander, daß sie gehorchte.
»Das war's«, sagte die Stimme hinter der Kamera, und sie war Franks so ähnlich, daß Myra sich vorübergehend entspannte. »Bei drei sagen alle ›Cheeeese‹. Eins, zwei, drei ...«
Ein kollektives »Cheeeese« erklang, dicht gefolgt von einem Blitz.

Myra lächelte weder, noch stimmte sie in den Chor ein. Es war nicht Frank hinter der Kamera, sondern Carl, und sie war nicht sicher, daß es Frank wirklich nichts ausmachte, übergangen worden zu sein. Wenn er böse wäre, würde er auf Carl losgehen. Aber so funktionierte es nicht. Sie war es, die mit ihm lebte – und sie würde es sein, die darunter zu leiden hätte.

Wieder wurde bis drei gezählt, wieder erklang ein kollektives »Cheeeese«, wieder blitzte es, und dann verzog der Menschenschwarm, der sie unvermittelt überfallen hatte, sich ebenso unvermittelt. Die Hintertür klappte einmal und noch einmal und ein letztes Mal, und dann trat endlich wieder Ruhe ein, und alles war still.

Myra schloß die Augen. Sie ließ den Abendwind den Raum um sie herum reinigen. Dann ließ sie sich, lautlos wie immer, auf die Knie nieder und fing an, das Gras aufzurichten, es mit den Fingern zu kämmen und den Boden zu liebkosen. Dieses Fleckchen Erde war das schönste, das sie kannte. Es war richtig gewesen, die Familienfotos hier zu machen – dieser Platz war der ideale Ort für Zusammenführungen.

Zweites Kapitel

Was es unter anderem so schön machte, ein Kind zu haben, waren die Erinnerungen, die es weckte. Durch Jill erinnerte sie sich an Dinge, die andernfalls vergessen geblieben wären – Pyjamapartys mit kichernden Freundinnen, die Angst, keinen Stuhl zu ergattern, wenn die Musik bei der »Reise nach Jerusalem« abbrach, die feuchte Wärme des ersten Kusses. Indem Jill Dinge erlebte, erlebte Emily sie neu.

Und nun erlebte sie das Von-zu-Hause-Weggehen neu. Sie erlebte das hektische Einkaufen und Packen neu, die letzten, tränenreichen Treffen mit Freundinnen, die Furcht vor einer unbekannten Zimmergenossin, die Angst vor schulischem Versagen. Sie erlebte auch die Aufregung neu, denn rückblickend war die Entscheidung, aufs College zu gehen, der Schritt in ihrem Leben gewesen. Gleich in der ersten Woche hatte sie Doug kennengelernt, und sie hatten noch im selben Jahr geheiratet.

Für sie war das eine gute Lösung gewesen, doch für Jill wünschte sie sich mehr. Sie wünschte ihr vier Jahre Studium und Spaß, einen akademischen Grad, Reisen mit Freunden, eine Wohngemeinschaft, einen Job, eine Karriere – und dann die Rückkehr und ein Häuschen in ihrer Nähe.

Sich vorzustellen, daß Jill eines Tages wiederkommen würde, war ein Mittel gegen die Traurigkeit über ihren Weggang. Ein anderes war Geschäftigkeit, und die praktizierte Emily bereitwillig als Putzfrau, Telefonistin und Köchin von Lieblingsgerichten. Dennoch gab es Augenblicke, da unterbrach Emily ihre jeweilige Tätigkeit, wenn Jill im Zuge ihrer letzten Vorbereitungen ihren Weg kreuzte, um sie zu betrachten, fragte sich, wo die Jahre geblieben waren, und wünschte sie sich zurück. Es war angenehm gewesen zu wissen, wie Jill ihre Zeit verbrachte und mit wem. Sie hatte es genossen, es zu bestimmen.

Jetzt entglitt sie ihr.

Es mußte sein, doch das minderte Emilys Angst nicht. Die Zeit war zu kurz, vier Tage waren wie im Flug vergangen. Früher als für möglich gehalten, saß Emily am Steuer, Jill mit starr geradeaus gerichtetem Blick neben ihr, und hinter ihnen war der Stauraum bis auf den letzten Kubikzentimeter ausgenutzt.

Emily ging im Geiste durch, was sie vergessen haben könnten.

»Hast du den Scheck?« Er umfaßte Jills Verdienst dieses Sommers und war als Taschengeld gedacht.

»In der Brieftasche.«

»Und die Quittung über das Schulgeld?« Die müßte sie vorlegen, um den Schlüssel fürs Wohnheim zu bekommen.

»In meiner Tasche.«

»Den Plan vom Campus?«

»Hier.« Sie hielt ihn fest umklammert hoch.

»Vorsicht – zerknitter ihn nicht.«

Jill lockerte ihren Griff.

Als sie Springfield passierten, dachte Emily darüber nach, welche Ratschläge noch von Nutzen sein könnten. Die Zeit wurde schnell knapp. »Vorhänge und einen Teppich müßtest du ganz in der Nähe des Campus bekommen können.«

»Ich weiß – ich habe eine Liste von Geschäften.«

»Geh mit deiner Zimmerkameradin einkaufen.«

»Das werde ich.«

»Lauf nicht allein herum.«

»Ich werde gut zurechtkommen, Mom.«

Sie passierten Worchester. Die Straße war schnurgerade, doch Emilys Magen schlingerte.

»Wehr dich energisch.«
»Was?«
»Wenn ein Junge dich bedrängen sollte. Mach ihm deinen Standpunkt klar. Setz dein Knie ein.«
Jill seufzte vernehmlich.
Als sie die Mautstation von Weston passierten und Boston am Horizont erschien, stieg, überlagert von einem Gefühl der Leere und mit einem Schuß Grauen durchsetzt, innige Liebe in Emily auf. Jill ergriff ihre Hand.
Den Rest der Fahrt sprachen sie kaum noch, hielten sich an den Händen, bis sie nach der Mautstation von Cambridge abbogen – und dann schaltete das Leben auf Zeitraffer. Sie fanden das Wohnheim und entluden den Wagen. Sie lernten Jills Zimmergenossin kennen und die Mädchen auf der anderen Seite des Flurs, am Ende des Flurs und um die Ecke, bezogen das Bett, breiteten Myras Häkeldecke darüber. Sie stellten die Schreibtischlampe auf, den Anrufbeantworter und Jills Computer.
Diese Phase endete abrupt, das Zimmer war so aufgeräumt, wie es wahrscheinlich bis zum Ende des Studienjahres bleiben würde, und es gab nichts mehr zu tun für Emily.
Also setzten sie sich auf Jills Bett, eng nebeneinander, und schauten sich die Fotos an, die Jill mitgenommen hatte – unter anderem eines von Jill und fünf Freundinnen, wie sie lachend im Kreis auf der Party bei den Davies standen, eines von Jill und ihren beiden besten Freundinnen, Marilee und Dawn, eines von denselben drei Mädchen und deren Müttern.
»Das gefällt mir sehr«, bemerkte Emily. Die anderen Mütter, Kay und Celeste, waren ihre beiden besten Freundinnen. Sie hatte einen Abzug der Aufnahme an ihrer Pinnwand in der Küche. »Und das ganz besonders.« Es war eine Montage von fünf von Larrys Fotos, die Emily und Jill in verschiedenen gemeinsamen Posen zeigten.
»Meine Schwester«, scherzte Jill.

»Deine Mutter.«
»Darauf kommen die nie. Denk nur dran, wieviel Arbeit du dir sparst, wenn ich jetzt nicht mehr da bin.«
Emily warf ihr einen Blick zu. »Machst du Witze? Ich werde den nächsten Monat damit zubringen, dein Zimmer aufzuräumen.«
»Laß ja die Finger von meinem Zimmer! Ich will, daß alles noch so ist, wie es war, wenn ich nach Hause komme. Ich räume dann selbst auf. Es sind nur sieben Wochen bis zu den Herbstferien – wenn ich Heimweh kriege, komme ich schon eher. Vielleicht steige ich in den Bus und überrasche dich an einem Wochenende.«
Emilys Kehle wurde eng. Sie war dabei, ihre Tochter zu verlieren. O Gott. »Ich wünsche dir, daß du hier viel Spaß hast, Jill«, sagte ihre vernünftige Hälfte. »Es werden unglaubliche vier Jahre werden – davon bin ich überzeugt.«
»Was ist mit dir, Mom? Wirst du zurechtkommen?«
Emily wurde noch banger ums Herz. Sie legte den Arm um Jill. »Natürlich.«
»Der Gedanke, daß du allein sein wirst, gefällt mir gar nicht.«
»Dein Vater kommt doch Ende der Woche heim.«
»Ja, für zwei Tage, und dann ist er wieder weg. Kannst du ihn nicht dazu bringen, mehr zu Hause zu sein? Es ist nicht fair, daß er ständig unterwegs ist.«
Emily schluckte ihre Zustimmung hinunter. Ihre Loyalität gegenüber Doug zwang sie zu sagen: »Er muß doch arbeiten. Er würde nicht so viel reisen, wenn es nicht nötig wäre.«
»Ich weiß – aber bis jetzt hattest du wenigstens mich.«
»Ich habe ja noch Kay und Celeste und John und all die anderen Menschen, die ich in der Stadt kenne. Ich habe Myra, die mich für ihr Leben gerne auf einen Schwatz besucht, und wenn ich dein Zimmer nicht aufräumen darf, werde ich mir den Rest des Hauses vornehmen, und wenn ich damit fertig bin, die Zimmer über der Garage.«

»Meine Spielzimmer?« fragte Jill bestürzt.
»Du hast seit Jahren nicht dort gespielt. Der Raum dort oben eignet sich hervorragend als kleine Wohnung.«
»Meine Freundinnen und ich haben ihn geliebt. Darf ich nächsten Sommer dort wohnen?«
»Nicht, wenn jemand anderer für dieses Privileg bezahlt.«
»Du willst ihn wirklich vermieten?«
»Warum denn nicht?«
»Weil er uns gehört.« Genau das hatte Emily zu Doug gesagt, als er den Vorschlag machte. Als habe sie ihren Gedanken gehört, sagte Jill: »Es war Daddys Idee, stimmt's?«
Emily fragte sich, ob Jill Doug verübelte, daß er sie nicht hierherbegleitet hatte. Viele andere Väter waren mitgekommen. »Warum glaubst du das?«
»Weil er zu selten da ist, um sich daran zu stören, wenn ein Fremder in unserem Haus lebt.«
»Es geht doch um den Raum über der Garage«, wandte Emily ein, wie Doug es getan hatte, »und die liegt gut zehn Meter vom Haus entfernt, und der Eingang befindet sich sogar auf der hausabgewandten Seite. Wir werden den Mieter gar nicht merken.«
»War es seine Idee?«
»Ich weiß nicht mehr, wessen Idee es war«, log Emily, weil es keine Rolle spielte, wessen Idee es gewesen war. »Jedenfalls ist sie vernünftig. Wir können das Geld gut gebrauchen. Vielleicht kann dein Vater dann mehr zu Hause bleiben.« Sie nahm das letzte Foto in die Hand, auch dieses war eine von Larrys Aufnahmen. Doug saß auf der Treppe vor dem Haus, Emily eine Stufe unter ihm, den Arm um seinen Schenkel, Jill eine Stufe höher, den Arm um seinen Hals gelegt.
Emily hatte den Eindruck, daß sie ihn einengten, mit Gewalt dort festhielten, was angesichts der Tatsache, daß er kurz vor diesem Foto ein weiteres Mal zum Telefon hatte rennen müssen, ganz und gar nicht abwegig war.

»Hübsches Bild«, meinte Emily, doch plötzlich dachte sie nicht mehr an Doug. Sie dachte daran, daß der Augenblick der Trennung bevorstand, daß die letzten Sandkörnchen durch das Stundenglas rannen. Unabänderlich. Sie hörte junge Stimmen auf dem Flur, wußte, daß Jill eigentlich dort draußen sein sollte, nicht mit ihr hier drin. *O Gott.* »Es wird Zeit«, flüsterte sie, und dann kamen die Tränen, Tränen der Hilflosigkeit und Liebe. »Sei brav, ja.«

Jill schlang die Arme um ihren Hals und klammerte sich an sie.

»Sei brav«, wiederholte Emily mit dem gleichen erstickten Flüstern, »und amüsier dich und lerne, und ruf mich an.«

Jill weinte ebenfalls. Emily spürte die Schluchzer, die ihren Körper erschütterten, und sie zerrissen ihr das Herz, doch gleichzeitig genoß sie die Zuneigung und die enge Verbundenheit, die aus ihnen sprach.

»Ruf mich an«, wiederholte Emily.

»Das werde ich. Du wirst mir fehlen. Ich werde mich um dich sorgen.«

Bestürzt schob Emily sie von sich weg. »Sorgen? Um mich?«

Jill nickte, ging jedoch nicht näher darauf ein, und Emily stand am Rande einer alles ertränkenden Sintflut. Sie wußte, je länger sie bliebe, um so schlimmer würde es werden, und so sprang sie auf, umarmte Jill ein letztes Mal und stürzte aus dem Zimmer. Sie war kaum aus der Tür, als sie wieder kehrtmachte. Das hätte sie nicht tun sollen, denn Jill hatte keine Zeit gehabt, sich zu bewegen. Sie saß allein auf dem Bett, mit verweintem Gesicht, und sah verloren aus.

»O Gott«, flüsterte Emily, und dann sagte sie: »Ich fahre auf direktem Weg nach Grannick zurück, aber ich geh vielleicht noch kurz einkaufen. Solltest du anrufen, ehe ich zu Hause bin, hinterlaß eine Nachricht auf dem Anrufbeantworter, ich melde mich dann gleich bei dir. So müssen wir das vielleicht noch öfter machen, bis das Semester anfängt und sich die Dinge einspielen.

Ich bin heute abend daheim – aber morgen vormittag nicht: Ich frühstücke mit Kay und Celeste.« Ihre Stimme zitterte bedenklich. »O Gott«, flüsterte sie wieder. Sie lief zum Bett und umarmte Jill ein allerletztes Mal. »Begleitest du mich runter?«
»Geh, Mom.«

»Es war entsetzlich!« klagte Emily in der »Eatery«, selbst zwanzig Stunden danach immer noch aufgewühlt. »Ich habe keine Ahnung, wie ich zum Auto gekommen bin, und dann konnte ich vor lauter Heulen die Straße kaum sehen. Sie sah so allein aus, als sie da auf dem Bett saß.«
Celeste grinste. »Und zwei Minuten, nachdem du gegangen warst, schloß sie draußen auf dem Flur wahrscheinlich schon die ersten Freundschaften und amüsierte sich großartig. Hast du sie gestern abend noch gesprochen?«
Emily suchte in ihren Taschen nach einem Taschentuch. Sie schluchzte.
»Und?«
Sie trocknete sich die Tränen. »Okay, sie hat sich großartig amüsiert. Nette Mädchen, tolle Jungs. Zitat Ende. Wie steht's bei dir? Hast du von Dawn gehört?«
»Kein Wort, aber das war vereinbart: Sie war unter der Bedingung damit einverstanden, in Grannick aufs College zu gehen, wenn ich so tue, als sei sie weit weg. Ich darf sie nicht anrufen – sie ruft mich an. Und das hat sie bisher nicht getan.«
»Dieses Problem hätte ich gerne«, meinte Kay, fing den Blick der Bedienung ein und deutete auf ihre Kaffeetasse. »Am ersten Tag kamen drei Anrufe, gestern zwei. In Büchern steht, daß das normal sei. Was nicht drinsteht, sind die Kosten. Vor Studiengebühren, Ausgaben für Kost und Logis und Schulbücher war ich gewarnt, doch nirgendwo waren die Telefonrechnungen erwähnt. Ich werde sie heimlich bezahlen müssen – wenn John sie sähe, ginge er durch die Decke. Er findet noch

immer, sie hätte auf die Universität von Massachusetts gehen sollen.«

»Ach was«, sagte Emily. »John kann grummeln, soviel er will – ich kaufe es ihm nicht ab.« Sie war schon mit ihm befreundet gewesen, bevor Kay in ihr Leben trat, und seitdem mit beiden eng verbunden. »Er ist unheimlich stolz, daß sie in Washington ist. Wart's ab – er wird sich auf die Anrufe freuen.«

»Dreimal täglich?« fragte Kay und hielt ungeduldig Ausschau nach der Bedienung. »Ich brauche Koffein! Ihr wißt, daß ich zu dieser nachtschlafenden Zeit niemals hier wäre, wenn ich euch Mädels nicht so lieben würde, oder?«

Emily wußte um diese Liebe. Die Montagstreffen mit Kay und Celeste, ohne Ehepartner und Kinder, hatten therapeutischen Wert. Den Sommer über hatten sie sich zum Frühstück getroffen und würden wieder auf Abendessen umsteigen, sobald Kay, die in der achten Klasse Englisch unterrichtete, wieder arbeiten müßte. »Wann fängt die Schule an?«

»Donnerstag. Ah, da kommt sie ja.« Sie hielt der Bedienung mit einem dankbaren Lächeln ihre Tasse hin und bestellte dann mit der Begründung, sich vor Schulbeginn noch einmal einen besonderen Luxus leisten zu wollen, ein ausgiebiges Frühstück. Emily und Celeste orderten bescheidener.

Celeste schaute der Kellnerin nach. »Es kommt mir vor, als wäre es erst gestern gewesen, daß unsere Kinder die Bestellungen entgegennahmen.«

Emily wußte, was sie meinte. »Viel länger ist es nicht her.«

»Es ist merkwürdig, in einem leeren Haus aufzuwachen. Ich schaue immer wieder in Dawns Zimmer, um mich zu vergewissern, daß sie tatsächlich weg ist.«

»Vermißt du sie?« Emily wollte hören, daß sie nicht die einzige war, die eine so schreckliche Leere in sich fühlte.

»Sie ist doch gerade erst abgereist.«

»Marilee auch«, sagte Kay, »aber trotzdem vermisse ich sie. Wir waren schon öfter getrennt, und auch schon für länger als zwei Tage, aber mit dem College ist es irgendwie anders. Bedeutungsvoll.«

Das erschien Emily einleuchtend.

»Aber es war allmählich Zeit«, bekannte Celeste ihre Einstellung offen. »Ich hatte seit ihrer Geburt allein die Verantwortung für sie, was angenehm ist, wenn man bedenkt, daß ich mich all diese Jahre nicht mit ihrem Vater auseinandersetzen mußte, aber nicht so angenehm, wenn man die ganze Arbeit bedenkt. Ich war diejenige, die sie mit Engelszungen, Penetranz und Bestechung dazu bringen mußte, zu lernen. Das ist die Schattenseite des Alleinerziehens.«

Kay sprach aus, was Emily in diesem Augenblick dachte: »Das ist die Schattenseite des Mutterseins.«

»Tja – vermisse ich sie?« überlegte Celeste laut. »Gefühlsmäßig, ja – praktisch gesehen, nein. Ich bin erleichtert, weil ich sie da hingebracht habe, wo sie jetzt ist, und jemand anderer sich die Verantwortung mit mir teilt.«

»Wer?« fragte Emily, begierig nach einer Ermutigung. Wenn sie daran dachte, daß Jill ganz allein in Boston war, wurde ihr ganz mulmig.

»Wer auch immer – das College, der Vertrauenslehrer, der Rektor. Sie selbst. Sie muß jetzt auch eine gewisse Verantwortung für ihr Leben übernehmen. Endlich.«

»Meinst du, sie wird zurechtkommen?« fragte Kay, und das aus gutem Grund. Von den drei Mädchen war Dawn sowohl die gescheiteste als auch die impulsivste. Mehr als einmal hatten Jill und Marilee sie davon abgehalten, etwas zu tun, das sie später bereut hätte.

Emily hoffte, sie würde neue Freunde finden, die sie in der gleichen Weise vor sich selbst beschützten. In dieser Hinsicht sorgte Emily sich sogar um Jill, die ungeheuer vernünftig war. Jill brauchte Freunde wie die Luft zum Atmen, und in ihrem

Bestreben, sich auf dem College in eine Gruppe einzugliedern, machte sie vielleicht einen Fehler. Vielleicht hatten die Mädchen auf ihrem Stockwerk, die alle einen so netten Eindruck machten, nur darauf gewartet, daß ihre Eltern abfuhren, um ihre wahren Gesichter zu zeigen. Vielleicht würden sie sich jeden Abend betrinken, ihre Haare absengen und Koks schnupfen. Und man konnte davon ausgehen, daß die Jungen gepflegt, höflich und durch und durch lüstern waren. Außerdem war es hinlänglich bekannt, daß Cafeterias ein beliebter Tummelplatz für Serienmörder waren.

Celeste schien sich keinerlei Sorgen zu machen. »Natürlich wird sie zurechtkommen. Sie weiß, was ich von ihr erwarte – ich habe es ihr weiß Gott gründlich genug eingetrichtert. Wißt ihr was? Plötzlich meldet ihr Vater Protest an. Ist das nicht ein Hammer? Nach all den Jahren nimmt der Schatten Form an. Sie hat seine Intelligenz geerbt, und jetzt bekommt er die Rechnung. Als er damals, um mich möglichst schnell loszuwerden, einwilligte, das College zu bezahlen, war ihm nicht klar, wieviel das kosten würde.«

»Das war uns allen nicht klar«, sagte Emily. »Es ist nicht einfach.«

Celeste warf ihr einen befremdeten Blick zu. »Doug verdient doch gut.«

»Gut verdienen reicht kaum für die Studiengebühren.«

»Aber er ist sein eigener Chef. Er vermarktet seinen Verstand und seine Arbeitskraft von zu Hause aus. Er hat keine nennenswerten Betriebskosten.«

»Aber sehr hohe Reisekosten.«

Celeste blieb skeptisch. »Wenn man ihn so sieht, käme man nicht darauf, daß er rechnen muß – neulich sah er wieder aus wie aus dem Modejournal.«

»Er legt großen Wert darauf, schick angezogen zu sein«, gab Emily zu. »Und darauf, einen schönen Wagen zu fahren. Aber er spielt nicht, und er kommt nicht mit Lippenstift am Kragen nach Hause.«

»Er kommt überhaupt nicht nach Hause.«

»Sicher tut er das. Er ist fast jedes Wochenende da.«

»Wird er jetzt, da ihr allein seid, mehr zu Hause sein?« fragte Kay.

»Wie könnte er das angesichts von Jills Rechnungen? Er muß jetzt härter arbeiten als je zuvor.«

Celeste stieß einen ungeduldigen Laut aus. »Leidest du nicht darunter, daß du so wenig von ihm hast? Ich bekomme zumindest jeden Monat Unterhalt, einen Scheck, an dem ich mir die kalten Hände wärmen kann.«

Ja, Emily litt darunter. Vor Äonen waren sie und Doug unzertrennlich gewesen. Doch es brachte nichts, in Vergangenem zu schwelgen. »So schlimm ist es nicht«, antwortete sie. Sie gähnte, streckte sich, stützte dann die Ellbogen auf den Tisch und grinste. »Ich habe das Bad ganz für mich allein. Außerdem wird jetzt, da Jill weg ist, alles anders. Zum erstenmal seit Jahren werden Doug und ich ohne Kind sein – wir können die Wochenenden nutzen, wofür wir wollen, Spaß haben wie in den alten Zeiten, nur wir beide.« Die Aussicht darauf gab ihr Hoffnung.

Kay seufzte. »Ich bin neidisch: John hat keinen Sinn für Spaß.«

»John ist ein wunderbarer Mann«, protestierte Emily.

»Er ist Polizist – sein Leben ist eine einzige, lange Nachforschung.«

»Er ist anständig, aufrecht und ehrlich.«

»O ja«, nickte Kay. »Und er ist überbesorgt, wittert überall Unrat. Warum, glaubst du, vergrabe ich mich so in meiner Arbeit? Wenn ich nur die Hälfte dessen, was er sagt, beherzigen würde, wäre ich reif für die Klapsmühle. Und jetzt habe ich nicht einmal mehr Marilee zur Ablenkung. Ich würde eingehen ohne Job!« Sie fixierte Emily. »Du brauchst auch einen.«

»Doug will nicht, daß ich arbeite.«

»Wenn er eh nicht da ist, kann es ihm doch egal sein«, meinte Celeste. »Wenn er nicht da ist, kannst du tun, was du willst.«
»Aber ich respektiere seine Gefühle. Wir haben darüber gesprochen, ich habe es angeboten, aber er hat nein gesagt. Sein Stolz läßt es nicht zu.«
»Stolz? Ha! Er fühlt sich bedroht.«
Emily lachte. »Das tut er nicht.«
»Er befürchtet, du könntest ihn in den Schatten stellen. Immerhin hast du das schon einmal getan – mit dem Buch.«
»Nein, das stimmt nicht. Ich habe das Buch John zuliebe geschrieben – es sollte nie was Großes werden.«
»Du hast ein Buch geschrieben«, insistierte Celeste, »und es wurde veröffentlicht. Das ist eine ungeheuere Leistung.«
Emily sah das anders. »Ich habe als Ghostwriter fungiert. Es waren Sam und Donnie, die die Polizeiarbeit leisteten. Sie haben mir ihre Geschichte erzählt – ich habe sie lediglich aufgeschrieben und in eine lesbare Form gebracht.«
Kay wollte etwas sagen, hielt inne, als das Essen kam, und sprach es aus, sobald die Bedienung sich entfernt hatte. »Du hast mehr getan, Emily. John weiß es, Donnie weiß es, und ich wette, Doug weiß es auch. Du hast dir Johns und Donnies Vorstellungen angehört, du hast Leute interviewt und Fakten überprüft und dann alles zu einem organischen Ganzen zusammengefügt. Du warst es, die Nacht für Nacht an der Schreibmaschine saß, wenn Jill im Bett war. Es hat mich immer gestört, daß dein Name nicht auf dem Cover stand.«
»Das war mir nicht wichtig.« Emily lachte wieder. Sie griff nach ihrem Löffel. »Er war innen aufgeführt, und das genügte mir.«
Celeste schaute sie verständnislos an. »Wenn ich an deiner Stelle gewesen wäre, hätte ich soviel Kapital wie möglich daraus geschlagen, eine veröffentlichte Autorin zu sein.«
»Aber die Arbeit bedeutete mir etwas – es ging mir dabei nicht um Geld oder Berühmtheit. Glaub mir – ich war völlig zufrieden

mit der Form, in der ich erwähnt wurde. Ich bin nicht scharf aufs Rampenlicht.«

»Du vielleicht nicht«, sagte Celeste, »aber ich.« Sie nahm einen englischen Teekuchen und hielt ihn geziert zwischen Daumen und Mittelfinger, obwohl sie alles andere als eine gezierte Frau war. Sie war hochgewachsen und schlank, hatte einen direkten Blick und sagte, was sie dachte. Sie schminkte sich so gut wie nie, trug ihre Haare der Einfachheit halber zu einem Bauernzopf geflochten und bemühte sich so wenig, anziehend auf Männer zu wirken, daß sie sie unweigerlich anzog. Während Kay eine Vorliebe für Blusen und Röcke hatte und Emily für Longblusen und Leggins, bevorzugte Celeste Jeans und ein einfaches, weißes Hemd. »Ladys«, verkündete sie jetzt, »meine Zeit ist gekommen.«

Emily und Kay tauschten einen irritierten Blick. »Deine Zeit wofür?«

Celeste legte ihren Teekuchen auf den Teller. »Anzufangen zu leben. Ohne ständig hinter Dawn hersein zu müssen, verfüge ich über massenhaft freie Energien.«

»Sie ist doch gerade erst abgereist«, sagte Kay, was Celeste kurz zuvor gesagt hatte, doch Celeste ignorierte sie.

»Ich habe mir mein Leben angesehen – gründlich – und die Innenseite nach außen gekehrt und es mir auch von dort betrachtet. Ich bin mit dem ersten Sonnenstrahl aufgewacht, in einem steingrauen, leeren Haus, und habe darüber nachgedacht, was ich machen will. Zuallererst lasse ich mir die Nase richten.«

Kays Unterkiefer klappte herunter. »Das ist doch ein Scherz!«

»Aber warum?« fragte Emily.

»Schau dir diese Nase an – es ist eine häßliche Nase.«

»Aber du hast sie schon dein Leben lang – sie ist ein Teil deiner Persönlichkeit.«

»Nur noch bis Donnerstag früh – dann wird sie schmaler

gemacht und modelliert –, und das kommt gleich auch noch weg.«
Emily konnte nicht erkennen, worauf sie deutete. »Was meinst du?«
»Mein Doppelkinn.«
»Ich sehe kein Doppelkinn.« Sie wandte sich an Kay. »Siehst du eins?«
»Nein. Du spinnst, Celeste!«
Doch Celeste ließ sich nicht beirren. »Ich sehe das Doppelkinn, und ich sehe die häßliche Nase. Die Tatsache, daß ihr das beides nicht seht, spielt keine Rolle. Es geht einzig und allein um meine Meinung. Um meine Vorstellung von meinem Äußeren.«
Dem konnte Emily nichts entgegenhalten. Trotzdem. »Es ist wirklich völlig unnötig, Celeste.«
»Aber ich will es. Und wenn die Schwellungen zurückgegangen sind und die Fäden gezogen, lasse ich mir Strähnchen in die Haare machen.«
»Graue oder solche wie meine?« warf Kay belustigt ein. Emily hatte allerdings Schwierigkeiten, bei Kays Haaren zwischen sandfarben und grau zu unterscheiden.
»Blonde«, erklärte Celeste. »Ich lasse mein Dunkelbraun etwas aufhellen und blonde Strähnchen reinmachen. Heller macht jünger. Außer bei dir, Emily – du siehst immer aus wie sechzehn.«
Emilys zobelfarbene Haare waren dick und glänzend, zweieinhalb Zentimeter unter den Ohrläppchen stumpf abgeschnitten. Nach dem Waschen zwei Minuten fönen, und schon rollten sich die Spitzen nach innen. Sie trug sie so – seit sie sechzehn war.
»Und wenn die Haare erledigt sind«, fuhr Celeste fort, »kaufe ich mir was zum Anziehen.«
»Neue Jeans?«
»Nur, wenn die Beinnähte mit goldenen Nieten besetzt sind – und dann auch nur, wenn es ein passendes Top dazu gibt, das

sich bis hier zuknöpfen läßt.« Sie deutete auf eine Stelle unter ihren Brüsten und setzte dann mit einem anzüglichen Unterton hinzu: »Oder aufknöpfen – je nachdem.«
»Das paßt nicht zu dir«, sagte Kay.
»Warum nicht? Warum darf ich mich nicht ändern?«
»Warum solltest du es wollen?«
»Weil ich mich langweilig finde.«
Emilys Alarmsirenen heulten. »Worauf zielt das ab?«
Celeste grinste. »Auf Männer. Ich werde mich mit Männern verabreden.«
»Celeste«, mahnte Kay, »du bist doch ständig mit irgendwelchen Männern verabredet.«
»Ich gehe mit Freunden, die zufällig männlichen Geschlechts sind, zum Essen oder ins Kino. Das würde ich nicht als Verabredung bezeichnen.«
»Wenn das keine Verabredungen sind – wie sollen die zukünftigen denn dann sein?« fragte Emily gutmütig spottend.
»Vor allem romantisch! Ich setze eine Annonce in die Zeitung.«
»Das ist nicht dein Ernst!«
»Celeste!«
»Doch, das ist mein Ernst. Ich will Wein und Rosen und Musik und Poesie. Und Sex.«
»Vorsicht«, warnte Emily. »Es hat sich einiges geändert, seit wir jung waren.«
»Die körperlichen Bedürfnisse haben sich nicht geändert. Meine lagen siebzehn Jahre lang auf Eis – noch ein paar mehr, und es interessiert mich nicht mehr. So wie ich die Sache sehe, heißt es ›jetzt oder nie‹.«
»Suchst du einen Ehemann?« fragte Emily auf der Suche nach einer Methode in diesem Wahnsinn.
Celeste schnitt eine Grimasse. »Machst du Witze? Ich soll Jackson vom Alimente-Haken lassen? Kommt nicht in Frage. Ich will mich amüsieren, das ist alles.«

Kay schob einen zusammengelegten Streifen gebratenen Specks in den Mund. Emily jagte mit dem Löffel eine Blaubeere über ihren Teller.

»Ihr seid nicht einverstanden, Mädels«, konstatierte Celeste.

Emily legte den Löffel weg. »Eine Annonce aufzugeben ist gefährlich. Du weißt nicht, was auf dich zukommt. Kontaktanzeigen sind eine Aufforderung für abartige Männer, sich an einsame Frauen heranzumachen.«

»Und wenn ich die Anzeige in ein honoriges Organ gebe – zum Beispiel in eins für ehemalige Harvard-Absolventen?«

»Du warst nicht in Harvard.«

»Na und?«

»Es könnte sein, daß jemand, der dir antwortet, auch nicht dort war.«

»Ach komm, Emily – es gibt Möglichkeiten, die Spreu vom Weizen zu trennen. Ich habe mich informiert. Vertrau mir. Und außerdem«, triumphierte sie, »wenn ihr mir helft, die bösen Buben rauszufiltern, kann mir gar nichts passieren.«

»Halt!« sagte Kay. »Weißt du, was John sagen würde, wenn er hörte, was du vorhast? Weißt du, was er sagen würde, wenn ich ihm damit käme, daß ich dir helfen wolle?«

Emily nickte. »Diese Idee bereitet mir Unbehagen.«

»Ihr habt nur solche Bedenken, weil ihr verheiratet seid. Wenn ihr, wie ich, die ganzen Jahre allein gewesen wärt, fändet ihr die Sache aufregend. Gebt euch einen Ruck, ihr beide. Ich bin brav gewesen. Ich habe auf den Traumprinzen gewartet, und als er nicht kam, habe ich mich darauf verlegt, Samstagabend den Kirchenbus zu fahren. Dawn ist aus dem Haus – ihr könnt also nicht einmal mehr sagen, daß ich ihr ein schlechtes Vorbild wäre.«

»Aber eine Kontaktanzeige ...«

»Was habe ich denn für Alternativen? Ihr kennt diese Stadt ebensogut wie ich. Was hier an Männern frei herumläuft, ist für mich nicht diskutabel – ich möchte Geist.«

»John hat einen neuen Mann eingestellt«, berichtete Kay. »Er ist gerade angekommen.«
»Nicht interessiert. Unsere Uniformen sind scheußlich. Wenn unsere Jungs Reithosen und Helme trügen und Feuerstühle unterm Hintern hätten wie unsere Staatspolizisten ...«
»Der Mann, von dem ich spreche, trägt keine Uniform. Er ist Detective. Aus Manhattan.«
Emily hatte nichts von einem neuen Mann bei der hiesigen Polizei gehört. »Ein Detective? Ist er in einem speziellen Auftrag hier?«
»Nein. Wir haben einen unserer Männer ans FBI verloren, und John hat die Stelle neu besetzen müssen.«
»Aus Manhattan?« fragte Celeste. »Ist er unverheiratet?«
»Mmm.«
»Wie alt?«
»Anfang Vierzig.«
»Was stimmt mit ihm nicht?«
Kay lachte. »Wie kommst du darauf, daß mit ihm etwas nicht stimmt?«
»Wenn er Anfang Vierzig ist und noch immer nicht verheiratet ...«
»Wer, glaubst du, wird auf deine Annonce reagieren?« fragte Emily, noch immer über die Idee bestürzt, nüchtern, doch Celeste war noch nicht fertig mit Kay.
»Wenn er Anfang Vierzig ist und noch immer nicht verheiratet, und wenn er New York verlassen hat, um in einem Kaff wie unserem zu arbeiten, dann muß etwas mit ihm nicht stimmen. Entweder hat er sich was zuschulden kommen lassen, oder er ist ausgebrannt. Das letzte, was ich brauchen könnte, wäre ein erloschener Stern.«
»Er ist kein erloschener Stern«, sagte Kay. »John sagt, er ist ein Spitzenmann.«
»Warum ist er dann aus New York weggegangen?«
»Weil seine Frau bei einem Unfall mit Fahrerflucht ums Leben

kam und er plötzlich allein mit einem kleinen Kind dasaß und dachte, er käme in der Großstadt nicht mehr zurecht.«
»Wie schrecklich.« Emily konnte sich gut vorstellen, wie chaotisch sein Leben plötzlich gewesen sein mußte. »Wie alt ist das Kind?«
»Klein. Noch nicht zwei.«
»Wie schrecklich.«
»Das stimmt zwar«, sagte Celeste, »aber ich habe gerade meine Freiheit wiedergewonnen. Es wäre doch irre, wenn ich mich jetzt mit einem Mann mit einem kleinen Kind einließe.«
Emily spürte einen Anflug von Verärgerung. »Wenn vor kurzem seine Frau gestorben ist und er wegen seiner Tochter seinen Job aufgegeben hat und in die Provinz gegangen ist, bezweifle ich stark, daß er Interesse hätte, sich mit dir einzulassen.«
»Vielen Dank!«
Sie seufzte. »Du weißt genau, was ich meine, Celeste. Jedenfalls hast du recht – er ist nicht so freiheitsdurstig wie du. Ein Punkt für ihn. Du machst mich sehr nervös.«
»Kein Grund zur Sorge«, wiegelte sie ab. »Die Operation ist am Donnerstag. Kommt ihr mich besuchen?«
»Am Donnerstag bin ich wieder eine berufstätige Frau«, erinnerte Kay sie. »Ich kann erst nach der Schule.«
»Und du, Jüngerin des Müßiggangs?« wandte Celeste sich an Emily.
Emily lächelte. »Jüngerin des Müßiggangs. Hübsch.«
»Na ja – bist du das denn nicht?«
»Nicht mehr als vorher. Es gibt einige Dinge im Haus, die ich bis nach Jills Abreise aufgeschoben habe.«
»Laß die Finger von Jills Sachen«, riet ihr Kay.
»Ich würde gar nicht wagen, da was anzufassen – das hat sie mir sehr nachdrücklich untersagt.«
»Da hat sie recht. In Büchern steht, daß Kinder die Gewißheit brauchen, daß ihre Intimsphäre unangetastet bleibt.«

»Es ginge ja nur um ihren Schrank – da drin sieht es katastrophal aus.«
»Egal. Wenn sie das erste Mal heimkommt, sollte sie alles genau so vorfinden, wie sie es verlassen hat.«
Emily seufzte. »Ja, ja – ich werde ihren Schrank nicht anrühren. Aber es gibt andere Schränke im Haus, die aufgeräumt werden müssen. Und der Keller ist dringend fällig. Und dann will ich die Badezimmer frisch tapezieren.«
»Laß das doch Doug machen«, meinte Celeste.
»Wann denn? Ich bin diejenige, die Zeit hat.«
»Ich finde, du solltest wieder ein Buch schreiben«, meinte Kay.
»Ruft deine Verlegerin noch an?«
»Alle paar Monate. Aber nur zum Plaudern – wir haben uns damals angefreundet.«
»Ich habe seinerzeit die Karte gelesen, die sie dir mit der Flasche Champagner geschickt hat – aber, daß sie unheimlich gerne mit dir zusammengearbeitet hat, war klar, das hätte sie gar nicht zu schreiben brauchen.«
»Okay, wir sind gut miteinander ausgekommen, aber das bedeutet nicht, daß sie ein zweites Buch von mir haben will. Doch selbst, wenn – worüber sollte ich schreiben?«
»Schlag die Zeitung auf und such dir ein Verbrechen aus«, meinte Celeste.
»Echte Kriminalfälle sind der Renner«, setzte Kay hinzu. Aber Emily schüttelte den Kopf. Es war nicht nur Dougs Stolz, der sie davon abhielt, sich Arbeit zu suchen. »Ich möchte wirklich das Haus auf Vordermann bringen. Und wenn ich damit fertig bin, werde ich mir den Raum über der Garage vornehmen.« Sie würde monatelang beschäftigt sein.
»Ihr wollt ihn tatsächlich vermieten?«
»Er wird nicht besser vom Leerstehen.«
»Und was ist mit dem Aspekt, Fremde in euer Leben aufzunehmen?«

»Wir können das Geld gut gebrauchen.«

»Um Himmels willen, Emily – ihr nagt doch nicht am Hungertuch!«

»Die Collegekosten machen Doug nervös.«

»Und trotzdem will er dich nicht arbeiten lassen?« fragte Kay. »Ich verstehe ihn nicht.«

»Er wußte doch, daß das auf ihn zukam«, sagte Celeste in vorwurfsvollem Ton. »Er hätte das Schulgeld beiseite legen müssen.«

»Wie hätte er das tun sollen? Wir haben sein Einkommen immer zum Leben gebraucht.« Sie verteidigte Doug aus Gewohnheit, obwohl sie selbst verärgert war. Sie leisteten sich keinerlei Luxus. Sein Kundenstamm hatte sich stetig vergrößert – sie verstand nicht, warum sie so knapsen mußten.

Aber wenn das Geld nicht da war, dann war es nicht da. Sie seufzte. »Es ist ja nur der Raum über der Garage – das ist nicht so schlimm.« Und mit einem verzagten Lächeln und einem einseitigen Schulterzucken setzte sie hinzu: »Vielleicht wird es sogar hübsch. Es ist dann nicht mehr ganz so still, wißt ihr.«

Drittes Kapitel

Die Stille war von Stimmen erfüllt, die sie nicht hören konnte, und selbst die Klänge des Jazz-Saxophons, die aus der Stereoanlage im Arbeitszimmer kamen, konnten nicht über die unheimliche Ruhe im Haus hinwegtäuschen. Sie schob den Lautstärkeregler nach oben, lehnte sich mit dem Rücken an den Türrahmen und verschränkte die Arme vor der Brust, schloß die Augen und ließ sich von der weichen, sinnlichen Musik entführen.

Doch sie kehrte schnell wieder zurück – sie kehrte immer wieder schnell zurück: Hier gehörte sie hin, nirgendwo anders wollte sie auf Dauer sein.

Sie löste ihr Rückgrat von der hölzernen Stütze und begann ziellos von Zimmer zu Zimmer zu wandern. Vorhin hatte sie mit Jill gesprochen, die auf dem Weg zu einer Zimmerparty war und ganz aufgeregt klang, und mit Doug, der auf dem Weg zu einer Kundenbesprechung war und ganz gehetzt klang. Sie hatte sich den Rindfleischeintopf warm gemacht, den Myra ihr rübergebracht hatte. Sie hatte sich die Abendnachrichten angesehen. Sie hatte Jills frischgewaschene Bettwäsche – die Laß-die-Finger-von-meinem-Zimmer-Vorschrift konnte nicht in vollem Umfang befolgt werden – gebügelt und das Bett wieder bezogen.

Nachdem sie die Kissen am Kopfende ordentlich arrangiert hatte, stand sie eine Weile in Gedanken versunken da und drückte »Cat« an ihre Brust. Das Fell war verfilzt, sie hatte nur noch ein paar Schnurrhaare, ein Auge fehlte, und der Schwanz sah aus, als sei er von Räude befallen. Sie erinnerte sich, wie sie viele Dutzend Male »Das samtige Kaninchen« vorgelesen hatte, während Jill sich an ihren Körper schmiegte und »Cat« an Jills. Ohne Zweifel wurde »Cat« ebenso geliebt wie das Kaninchen. Erstaunlich, daß sie »Cat« zu Hause gelassen hatte. Viele Jugendliche brachten ihre Stofftiere ins College mit. Hatte Jills Zimmerkameradin – »sie ist so cool, Mom!« – nicht zwei dabei? Andererseits – wenn Jill sichergehen wollte, daß ihr Zimmer daheim unangetastet blieb, dann gab es keinen besseren Wachhund als »Cat«. Emily setzte sie vorsichtig auf die Kissen, wobei sie genau darauf achtete, daß der durch Zeit und Zärtlichkeit mitgenommene Plüschkörper nicht umfiel.

Jetzt ging sie den Flur hinunter, an einer geschlossenen Tür, dem Bad und dem Schlafzimmer vorbei, das sie mit Doug teilte, zur Treppe. Der Läufer war abgenutzt. Emily erinnerte sich an die Zeit, als er neu gewesen war. Das weckte das Gefühl in ihr, selbst alt zu sein, was angesichts der Tatsache, daß sie kaum vierzig war, eine absurde Vorstellung war. Aber sie hatte keine Kinder mehr im Haus, was – theoretisch – bedeutete, daß sie sich im »Vorruhestand« befand, was ein grauenvoller Gedanke war. Sie war immer eine äußerst aktive Frau gewesen.

Niedergeschlagen ließ sie sich in das Wohnzimmersofa sinken. Auch das war abgenutzt, aber es lohnte sich nicht, es neu beziehen zu lassen. Sie und Doug hatten nicht oft Gäste – er war zu selten zu Hause.

Sie seufzte, als ihr Blick auf den Kaminsims fiel. Sie pickte einige der Fotos aus der dort aufgereihten Menge heraus, rief sich ins Gedächtnis, wann sie aufgenommen worden waren, und die Erinnerungen leisteten ihr eine Weile Gesellschaft. Dann verblaßten sie, und sie war wieder allein.

Sie spielte mit dem Gedanken, ein Bad zu nehmen – dazu war sie kaum je gekommen, als Jill noch daheim gewesen war. Auch Lesen bot sich an – es lagen vier gute Bücher zur Auswahl auf der Kommode.

Die Fenster standen offen, und die warme Luft eines der letzten Augustabende drang herein, das Zirpen der Grillen und das leise schmatzende Gurgeln des Teiches. Vorhin hatte ein Rasenmäher gebrummt. Er war verstummt, doch der intensive Geruch frisch gemähten Grases kündete noch von seiner Tätigkeit.

Als sie so im Dunkeln saß, umgeben von Stille, hatte sie das Gefühl, als sei ihr Leben mit kreischenden Reifen zum Stillstand gekommen. Sie war Tochter, Studentin, Ehefrau und Mutter gewesen.

Was war sie jetzt? Eine Ehefrau ohne Ehemann? Eine Mutter ohne Kind?

Aber Doug würde Ende der Woche nach Hause kommen. Und sie telefonierte mit Jill.

Sie stand vom Sofa auf, rieb ihre feuchten Handflächen aneinander und schaute aus dem Fenster. Sie versuchte zu erkennen, ob jemand die Straße entlangkäme, doch es war zu finster, um von hier etwas ausmachen zu können. Also zog sie ihr T-Shirt hinter dem Latz ihrer Shorts zurecht, schlüpfte in Turnschuhe und verließ das Haus.

Nichts rührte sich in der Nachbarschaft. Vom Gartentor aus schaute sie an der ordentlichen Linie entlang, die die Zäune bildeten. Sie unterschieden sich in Stil, Höhe und Zustand, wirkten in der trägen Nachtluft jedoch wie ein geisterhafter Weg, der zum Entlangwandern einlud.

Sie folgte der Aufforderung, ging an Myras Haus vorbei, wo aus einem Fenster im oberen Stockwerk ein Nachtlicht schimmerte, dann an dem der Wilsons, der LeJeunes und der Hinkleys. Sie spähte im Vorübergehen in die Schatten vor den Häusern, neben den Häusern und in das baumdurchsetzte Dickicht dazwischen, doch keine Geräusche, keine Stimmen waren zu hören.

Am Ende der China Pond Road bog sie in die Walker ein und dann links in die Sycamore, die sie bis zur LaGrange hinunterging, wo sie sich an der hohen Steinmauer, die den Besitz der

Berlos einfriedete, wieder nach rechts wandte. Es war neblig geworden, doch ihre Füße kannten den Weg und wurden keinen Moment unsicher. Ihre Augen glitten zwischen den eleganten, viktorianischen Villen hin und her, an denen sie vorbeikam, und sie zählte rückwärts, wie sie es vor so langer Zeit getan hatte, als sie den Kinderwagen hier entlangschob – acht, sieben, sechs, fünf –, bis sie nach dem letzten Haus an die Ecke kam.

Zu ihrer Rechten, im nächsten Block, zeichnete sich die massige Silhouette der Feuerwache ab, und dicht daneben, wie eine Waffe im Halfter, das Polizeirevier. Sie ging daran vorbei und anschließend an zwei Blocks mit Geschäften. Sie hatte ihre Schritte immer mehr beschleunigt, und ihr Herz schlug heftig, als sie schließlich an der Kreuzung stehenblieb.

Da vorne lag das Postamt, ein hübscher Klinkerbau, der im Nebel zu glitzern schien, mit einem großen und einladenden öffentlichen Parkplatz, und hinter der Post und dem Block mit den Läden, die alle frequentierten, die aber dennoch als Niemandsland galten, lag Grannicks Collegegelände.

Kehr um! rief eine Stimme in ihrem Innern, doch ihre Füße verweigerten den Gehorsam. Wie gebannt starrte sie zu den Studenten hinüber, die selbst bei diesem Nebel auf einen späten Cappuccino oder eine Pizza vom Campus herüberkamen. Mit jäh auflodernden Neid und noch qualvollerem Kummer machte sie auf dem Absatz kehrt und stürmte im Laufschritt den Weg zurück, den sie gekommen war. Sie lenkte sich ab, indem sie die Läden zählte, an denen sie vorüberkam, einen nach dem anderen, zuerst in dem einen Block, dann im nächsten. Sie war fast beim Polizeirevier angekommen, als ein Streifenwagen an ihr vorbeifuhr und ein paar Meter vor ihr anhielt. Sie drosselte ihr Tempo und blieb mit einem atemlosen, kleinen Seufzer stehen, als sie ihn erreichte.

»Hallo, Schätzchen«, kam eine freundliche Stimme aus dem Fahrerfenster.

»Hallo, John.«
»Machst du einen Spaziergang?«
Sie schob die Hände hinter den Latz ihrer Shorts, schaute über die Straße und zuckte mit den Schultern. »Mmm.«
»Es fängt an zu nieseln«, sagte er mit derselben freundlichen Stimme, mehr Freund als Cop, mehr Vater als Freund. »Steig ein – ich fahr dich heim.«
Sie fuhr sich mit den Handrücken über die feuchten Augen, ging um den Wagen herum und setzte sich auf den Beifahrersitz. Als John anfuhr, sagte sie: »Es war zu still zu Hause – das machte mich zu nachdenklich.«
Der Streifenwagen rollte langsam dahin. Die Scheibenwischer waren auf Intervall geschaltet, ließen immer wieder ein Verschleiern der Realität zu, bis sie sie erneut enthüllten.
»Es ist traurig, daß die Mädchen weg sind.«
»Mmm. Die Tage vor ihrer Abreise waren so hektisch, und jetzt ist tödliche Ruhe eingekehrt.«
»Wo ist Doug?«
»In Chicago.«
»Wann kommt er?«
»Donnerstag abend.« Der Streifenwagen bog beim Besitz der Berlos von der LaGrange in die Sycamore ein. Johns Blick war auf die Straße vor ihm gerichtet, Emilys auf ihn. Er war nicht in Uniform. »Warum bist du so spät noch unterwegs?« fragte sie. Normalerweise arbeitete er tagsüber, überließ die nächtlichen Runden seinen Stellvertretern. »Ist irgendwas los?«
»Nein.«
»Bestimmt nicht?«
»Ich war nervös – bei mir ist es auch ruhig.«
»Was macht Kay?«
»Lesen.«
Emily lächelte voller Zuneigung. »Die Frage hätte ich mir sparen können.«

John bog rechts in die Walker ein und fuhr in vorgeschriebener Geschwindigkeit weiter. »Sie liest gerne. Sagt, es sei wichtig. Für die Schule.«

Kay war sehr erfolgreich in ihrem Beruf. Emily beneidete sie zwar nicht, doch es hatte schon etwas für sich, ein zweites, ausgefülltes Leben führen zu können. »Sie macht ihre Sache sehr gut.«

»Mmm.« Er bog links in die China Pond ein und fuhr sie entlang, bis er zu dem letzten Haus auf der rechten Seite kam. »Du wärst klitschnaß geworden.«

»Wahrscheinlich.«

»Bedenke das beim nächsten Mal. Noch besser: Ruf uns nächstes Mal an, dann kommen wir dir auf halbem Weg entgegen.«

»Nicht, wenn Kay liest.«

»Dann komme ich allein.«

»Es geht mir gut«, beteuerte sie. »Ich möchte nicht, daß ihr euch um mich sorgt.«

»Wenn nicht um dich, um wen dann? Marilee ist nicht mehr da.« Emily öffnete den Mund, um ihm noch einmal zu versichern, daß sie völlig okay sei, doch es kam kein Wort über ihre Lippen. In Wahrheit schätzte sie seine Anteilnahme nämlich sehr.

Sie beugte sich zu ihm hinüber und küßte ihn auf die Wange. Dann stieg sie aus, schlug die Beifahrertür zu und lief durch den Nieselregen zum Haus.

Kay rief gleich am nächsten Morgen an. »John sagt, er hätte dich gestern abend heimgefahren. Bist du in Ordnung?«

»Aber ja«, antwortete Emily. Es war ein neuer Tag. Sie fühlte sich besser.

»Soll ich rüberkommen?«

»Nicht nötig. Ich hatte nur eine kleine Krise – nichts Ernstes.«

»Wann kommt Doug?«

»Donnerstag abend. Ich habe vor zu backen.«
»Erdbeer-Rhabarber-Kuchen?«
»Wie hast du das erraten?«
»Es war der erste, den ich bei dir gegessen habe – Dougs Lieblingskuchen. Damals hattest du ihn auch für ihn gebacken. He – ich muß noch ein paar Einkäufe erledigen, ehe die Schule anfängt. Wie wär's – du machst deinen Kuchen und begleitest mich anschließend. Wir können zusammen zu Mittag essen.«
»Ich bleibe lieber hier – für den Fall, daß Jill anruft.«
»Hat sie gesagt, daß sie anrufen will?«
»Nein – aber ich möchte nicht, daß sie den Anrufbeantworter dran hat und denkt, daß ich nur noch durch die Weltgeschichte flippe, kaum, daß sie aus dem Haus ist. Ich möchte, daß sie weiß, daß ich hier bin, wenn sie mich braucht.«
Kay schwieg eine Minute, ehe sie behutsam sagte: »Tu dir das nicht an, Emily. Jill ist glücklich im College.«
Emily krampfte ihre nervösen Finger um eine Handvoll des riesigen T-Shirts, das sie trug. »Ich hoffe es. Aber ich mache mir trotzdem Sorgen.«
»Die mache ich mir auch – allerdings mehr um dich als um die Mädchen. Du mußt aus dem Haus raus!«
»Ich bin okay. Wirklich.«
»Na schön. Gerate nicht in Panik, falls ein Streifenwagen bei dir vorfährt. Könnte sein, daß John vorbeischaut.«
»O Kay! Das muß er nicht! Es geht mir gut.«
»Du weißt doch, wie er ist – er will sich vielleicht selbst davon überzeugen. Jetzt, da Marilee weg ist, bist du sein neuer Schützling. Er kommt sich ein bißchen verloren vor, seit er nicht mehr abends aufbleiben muß, um auf sie zu warten. Er macht mich wahnsinnig mit seinem Herumgesitze.«
Emily nahm aus dem Augenwinkel eine Bewegung vor dem Küchenfenster wahr. »Da ist er – gerade in die Zufahrt eingebogen. Mit dem Streifenwagen. Am hellichten Tag! Wie kann er

mir das antun? Myra wird in zwei Sekunden auf dem Plan erscheinen, um zu erfahren, was los ist. Sie sieht alles.«

»Das ist gut.«

Ja und nein, dachte Emily. Hauptsächlich ja – wenn Doug nicht da war. Wie John nachts über sie wachte, so tat es Myra tagsüber. Sie würde sich die wildesten Geschichten ausmalen, wenn sie den Streifenwagen sah.

»Ich melde mich später bei dir«, sagte Emily und legte auf. Als sie die Fliegentür aufstieß, sah sie John die Stufen heraufkommen. »Ich habe gerade mit deiner Frau telefoniert. Es geht mir wirklich gut. Ihr beide macht euch ganz umsonst Sorgen.«

»Freut mich zu hören – aber darum bin ich nicht hier. Ich wollte mich wegen des Raums über der Garage erkundigen. Vermietet ihr ihn wirklich?«

Emily runzelte die Stirn. »Noch nicht. Noch eine ganze Weile nicht. Warum?«

»Ich hätte vielleicht einen Mieter für euch. Er hat sich überall umgesehen und nichts gefunden, das ihm zusagt.«

»Dies wird ihm auch nicht zusagen – die Zimmer sind Monate von Bewohnbarkeit entfernt.«

»Können wir sie uns trotzdem ansehen?«

Wir? Emily warf einen Blick zum Streifenwagen. Ein Mann saß auf dem Rücksitz – hinter der Trennscheibe, die den vorderen Bereich gegen etwaige gefährliche Kriminelle abschirmte.

»John!« rief sie entsetzt. »Wen hast du denn da mitgebracht?«

»Er ist ein anständiger Kerl, Emily. Du weißt, daß ich dir keine zweifelhaften Kandidaten anschleppen würde. Komm – ich stelle ihn dir vor.« Er hatte ihren Ellbogen umfaßt und wollte sie hinausziehen.

»Ich kann nicht – ich warte auf Jills Anruf.«

Er zog sie weiter. »Das dauert doch nur eine Minute.«

»Wenn ich das Telefon nicht läuten höre . . .«

»Ich werd mit drauf achten.«

»Ich hab keine Schuhe an.«
»Das hast du doch nie.«
»Aber es ist viel zu früh – da oben müssen Wochen Arbeit reingesteckt werden. Ich suche noch gar keinen Mieter. Ich suche überhaupt keinen Mieter – Doug ist derjenige, der vermieten will.«
»Das dachte ich mir«, murmelte John in dem Moment, als der Mann sich vom Rücksitz erhob und ausstieg. »Stör dich nicht an dem Zeug in seinem Gesicht. Er sagt, er habe keine Zeit zum Rasieren und lasse sich deshalb einen Bart wachsen. Das wird sich ändern, wenn er erst mal Fuß gefaßt hat. Emily Arkin – Brian Stasek. Er tritt in meine Truppe ein – als Detective.«
Der neue Detective aus New York! Emily versuchte sich zu erinnern, was Kay sonst noch über ihn erzählt hatte, doch alles, was ihr einfiel, war, daß er nicht wie ein Detective aussah. Er sah müde aus und ein wenig schlampig – und aufgrund der Stoppeln in seinem Gesicht, eines zerknitterten Hemdes und einer zerrissenen Jeans etwas unseriös. Doch wenn John ihm genug vertraute und ihn eingestellt hatte, mußte er wohl in Ordnung sein, nahm Emily an. Und er hatte unglaubliche Augen.
»Nett, Sie kennenzulernen«, sagte er höflich.
»Gleichfalls – aber John hätte anrufen sollen, bevor er Sie herbrachte: Es wird eine ganze Weile dauern, bis die Zimmer vermietbar sind.«
»Sehen wir sie uns an«, meinte John.
»Aber wenn er jetzt eine Unterkunft braucht ...«
»Die anderen Zimmer, die er sich angeschaut hat, waren Löcher.«
»Glaub mir – diese hier sind schlimmer.«
»Kann ich sie sehen?« fragte Brian leise, und etwas in seinem Ton stimmte sie um. Er drückte Erschöpfung aus. Es erschien ihr fast, als hätte er nicht die Kraft, lauter zu sprechen. Und dann waren

da noch seine Augen – rauchblau mit silbernen Flecken und voller Verzweiflung.
»Na schön«, seufzte sie. »Aber ich warne Sie – es ist viel zu machen.«
Er fuhr sich mit der Hand durch die Haare, die dunkelblond waren und auf dem Kopf schütter wurden, was jedoch nicht störte. »In diesem Stadium«, seufzte er, »suche ich nach Potential. Bisher habe ich nicht einmal das annähernd gefunden.«
Aus dem Wageninnern kam ein Wimmern. Tief durchatmend beugte er sich hinein, und als er sich diesmal aufrichtete, hatte er ein Kind auf dem Arm.
Anfang Vierzig, erinnerte Emily sich. Tote Frau. Kleines Kind. Sie zog scharf die Luft ein, als sie das Kind sah, das tatsächlich klein war und fast ebenso schlampig wirkte wie der Vater. Mitleid mit beiden stieg in Emily hoch, doch es war das Kind, zu dem es sie hinzog. Es war ein schönes Kind – trotz seines unordentlichen Äußeren – mit reiner Haut, feinen Zügen und wirren braunen Locken, die denen aus Jills Kindheit so ähnlich waren, so daß Wehmut in Emily aufstieg.
»Wie heißt sie?« fragte sie näher kommend.
»Julia. Julia – sag hallo zu Emily.«
Julia nagte an ihrer Faust und musterte Emily mit den rauchblauen Augen ihres Vaters – nur sprach aus ihren nicht so sehr Verzweiflung als vielmehr Ernst.
Emily lächelte und berührte ihre Wange. »So ein trauriges kleines Gesicht.«
»Sie ist nicht sehr glücklich mit mir.«
»Ach nein? Was haben Sie getan?«
»Ich meine generell. Sie will ihre Mutter bei sich haben, aber ihre Mutter ist tot.«
»Das habe ich gehört. Es tut mir leid. Es muß auch für Sie schwer sein.«
»Es wäre nicht so schlimm, wenn ich eine Bleibe fände.« Rauch-

blaue, flehende Augen nagelten sie auf der Stelle fest, gaben sie nur kurz frei, um sich auf die Garage zu richten.
Emily wandte sich hilfesuchend an John, doch seine Miene drückte wohlwollende Selbstzufriedenheit aus. Er mochte Brian offenbar – und die Vorstellung, daß Brian über ihrer Garage wohnte, gefiel ihm offensichtlich.
»Es ist wirklich schrecklich«, warnte sie. »Ich weiß nicht, ob Sie das dem Kind zumuten wollen.«
»Jill und Marilee haben gerne dort gespielt«, konstatierte John.
Emily schob ihren Zeigefinger in Julias Faust. »Nicht in diesem Alter – und außerdem ist es ein Unterschied, ob man dort spielt oder dort wohnt.«
»Ist eine Heizmöglichkeit vorhanden?« fragte Brian.
»Ja.«
»Wasseranschluß?«
»Im Prinzip, ja. Die Anschlüsse sind alle da, aber Armaturen sind nur im Bad dran. Die Leute, von denen wir das Haus kauften, wollten ihrem Sohn da drüben eine kleine Wohnung einrichten, doch dann mußten sie mittendrin wegziehen. Seitdem ist nichts daran getan worden.«
»Wie viele Zimmer?«
»Ein großes, ein kleines.«
»Küche?«
»Eine Zeile im großen Zimmer – aber unvollständig, ohne Elektrogeräte und Schränke. Schauen Sie sich's an – Sie werden sehen, daß die Zimmer Lichtjahre davon entfernt sind, bewohnbar zu sein.«
»Emily!« rief es von der anderen Straßenseite, und dann kam Myra herübergewieselt. »Warum ist der Streifenwagen hier? Ist etwas passiert? Ist etwas nicht in Ordnung? Weshalb ist Chief Davies da?«
»Es ist alles in Ordnung«, versicherte Emily ihr. »Sie sind nur wegen der Garage gekommen.«

Myra musterte Brian mit einem unbehaglichen Blick. »Was ist mit der Garage? Gibt es ein Problem mit der Garage?«
»Ich will sie mir ansehen«, erklärte Brian.
»Aber da gibt es nichts zu sehen«, rief Myra. »Wie sollte es auch? Es ist ein Rohbau. Man müßte erst mal einen Fußboden legen, um dort etwas reinstellen zu können.«
Emily legte ihr die Hand auf die Schulter. »Er möchte vielleicht da oben einziehen, Myra. Er ist neu zu Johns Truppe gekommen.«
Myras Miene erhellte sich. »Ein Polizist?« sagte sie. »Das ist gut. In den Straßen, wo die wohnen, passieren keine Verbrechen.« Sie runzelte die Stirn. »Aber Frank wird es nicht gefallen.«
»Sie müssen es ihm ja nicht erzählen«, sagte Emily sanft.
»Nein, das muß ich nicht. Oder?«
Julia begann zu jammern.
Brian rückte sie auf seiner Hüfte zurecht. »Sie wird ungeduldig. Ihre Aufmerksamkeitsspanne ist begrenzt. Kann ich den Raum sehen?«
Emily schluckte. Sein Blick war erschreckend direkt. Er sprach von Erschöpfung, von dem Bedürfnis, irgendwo unterzukommen, aber nicht zu wissen wo, etwas zu tun, aber nicht zu wissen was.
Emily wußte, wie das war.
»Myra«, sagte sie, »tun Sie mir einen Riesengefallen? Gehen Sie in meine Küche, gießen sich eine Tasse Tee ein, setzen sich ans Telefon und rufen mich, wenn Jill anruft?«
»Aber es gibt da oben nichts zu sehen«, protestierte Myra.
Emily schob sie lächelnd in Richtung Küche. »Das habe ich den beiden schon gesagt, aber sie wollen sich selbst davon überzeugen. Halten Sie hier die Stellung, damit ich sie hinaufführen kann?«
»Wenn Ihnen das hilft.«
»Das tut es. Sehr.« Sie wartete, bis Myra verschwunden war und

ging dann voraus zur Garage. Die Tür auf der hausabgewandten Seite führte zu einer bequem breiten Treppe. »Es fängt schon damit an, daß die Schlösser ausgetauscht werden müssen – die drin sind, funktionieren nicht.« Sie stieg die Treppe hinauf, wobei sie die nackten Füße sorgfältig setzte, um sich keinen Splitter einzuziehen. Brian folgte mit der leise jammernden Julia. John bildete die Nachhut.

Am Kopf der Treppe führte eine zweite Tür in ein großes Zimmer. Freundlich ausgedrückt hatte es einen Dielenboden, tapezierte Wände und eine gewölbte Decke. Sachlich ausgedrückt waren die Dielen abgetreten und staubig, die Streifen der Tapete zu annähernder Farblosigkeit verblaßt, spannten sich Spinnweben unter der hohen Decke, die Luft war abgestanden.

Auf letzteres reagierend, öffnete Emily zwei der Fenster. Sie waren so schmal, daß kaum Luft hereinkam, doch es entstand die Illusion, frei atmen zu können. Nicht, daß sie wünschte, es würde Brian hier gefallen – aber sie war die Eigentümerin, und sie hatte ihren Stolz. Außerdem verband sie schöne Erinnerungen damit – an Zeiten, da sie hier mit Jill gespielt hatte, Zeiten, da Jill hier mit Freunden gespielt hatte. Früher einmal war dieser Raum mit einem winzigen Tisch und vier Stühlchen ausgestattet gewesen, mit einer kleinen Wandtafel, einem Bücherregal und einer Spielzeugkiste, doch diese Dinge waren schon vor langer Zeit hinausgeräumt worden, um Jill und ihren Freundinnen Platz für Schlafsackübernachtungen zu schaffen. Alles, was von diesen Partys noch übrig war, waren bunte Filzstift-Graffiti an den Wänden und Punschflecken auf dem Fußboden.

»Nicht gerade berauschend, was?« Sie wischte sich den Staub von den Händen.

Julia jammerte jetzt etwas nachdrücklicher, doch Brian lächelte nur. »Mit ein bißchen Arbeit läßt sich was daraus machen.«

»Ein bißchen? Das nenne ich Optimismus.«

»Dieser Raum ist schön groß.« Er begann herumzuwandern, wobei er besänftigend Julias Rücken rieb.
Emily beobachtete die große Hand auf dem kleinen Rücken. Lange Finger, die viel zu derb für Zärtlichkeit wirkten, sich jedoch mit großer Zartheit bewegten.
Sie fragte sich, ob er ein guter Cop war oder ein schlechter Cop, fleißig oder faul, neugierig oder gelangweilt. Sie fragte sich, wie seine Arbeit in New York ausgesehen hatte und wie sie hier aussehen würde.
Als er Julia auf die Füße stellte, wieselte sie sofort los.
Er machte einen sympathischen Eindruck, doch Emily war innerlich noch nicht bereit zu vermieten. Sie schickte einen weiteren stillen Hilferuf an John, doch der war damit beschäftigt, die Texte an der Wand zu lesen.
»Du wirst nichts Schockierendes finden«, sagte sie. »Nur typische Teenager-Manifestationen.«
»Sean Potts hat ein ganzes Sortiment in seiner Gesäßtasche«, las John laut.
»Hattest du das in der High-School nicht?«
»Damals gab es noch keine solche Auswahl. Ich hatte eins dabei. Zum Angeben.«
»Und heute haben sie ein ›Sortiment‹ dabei. Zum Angeben.«
»Macht dir das keine Sorgen?«
»Es versetzt mich in Panik. Die Vorstellung, ein sexuell aktives Kind zu haben, ist ein Horror für mich – aber die Vorstellung, ein Kind mit Aids zu haben, ein noch viel größerer.« Als sie sich umdrehte, sah sie sich Brians prüfendem Blick gegenüber. Julia klammerte sich am anderen Ende des Zimmers ans Fensterbrett und versuchte, sich groß genug zu machen, um hinausschauen zu können.
»Sie sehen nicht aus, als wären Sie so alt, ein Kind auf dem College haben zu können«, meinte er.
Mit dem riesigen T-Shirt, das gerade noch die ausgefransten

Ränder ihrer Shorts sehen ließ, dem ungeschminkten Gesicht, den nackten Füßen und dem jungmädchenhaften Bob-Schnitt wahrscheinlich nicht, dachte sie. »Aber ich bin es. Letzten Monat vierzig geworden.«

»Dann sind wir gleich alt – aber sehen Sie mich an.« Er deutete mit dem Kinn auf Julia, die sich verdrießlich auf den Boden hatte plumpsen lassen und weinerlich das Mäulchen verzog. Mit einem müden Seufzer nahm er sie hoch.

»Es geht schnell«, sagte Emily, die ihm das Kind am liebsten weggenommen und an ihre Brust gedrückt hätte. Arme waren dazu da, Kinder zu halten. Ihre kamen ihr verwaist vor. »Jedenfalls«, sie räusperte sich, »sehen Sie selbst, daß es hier Probleme gibt. Wenn die Küchenzeile komplett ist und das Zimmer eingerichtet, wird es sehr eng. Und stickig. Und dunkel. Die Fenster sind zu klein.«

»Aber die Aussicht ist schön«, wandte er ein. »Überall Bäume. Ich würde gar keine Vorhänge brauchen.«

»Ich muß die Tapeten abkratzen, die Fenster putzen, die Holztäfelung streichen, den Boden abschleifen und versiegeln, die Treppe in Ordnung bringen«, der Gedanke an all das machte sie atemlos, »und was die Armaturen betrifft – es wird Wochen dauern, bis die kommen.«

»Ach wo – die treiben wir ganz schnell auf.« Er war auf sie zugekommen und ging nun an ihr vorbei in das zweite Zimmer. Emily folgte ihm. »Klein, was? Hier hätten unmöglich ein großes und ein kleines Bett Platz.«

»Es würde nur ein Kinderbett drinstehen – ich würde mir ein Schlafsofa in den großen Raum stellen. Das hier ist ideal für ein Kind.« Er rückte Julia auf seinem Arm zurecht. »Was meinst du, Süße?«

Julia fing an zu weinen. Er drückte sie an sich, jedoch ohne Erfolg.

»Es tut mir leid«, sagte er über den Kopf der Kleinen hinweg.

»Sie ist nicht immer so.« Er fixierte einen Punkt an der Wand.
»Falsch, Brian: Sie ist immer so. Eher geht das berühmte Kamel durchs Nadelöhr, als daß man ihr ein Lächeln entlockt. Keine Chance.«
Emily strich Julia über das Köpfchen. »Sie muß traumatisiert sein.«
»Das kann man wohl sagen. Sie war dabei, als es passierte.«
»Als Ihre Frau ums Leben kam?«
»Gayle war beim Joggen, schob Julia in einem dieser speziell für Jogger entwickelten Kinderwagen vor sich her.« Sein nüchterner, schnell gesprochener Bericht bildete einen krassen Gegensatz zu Julias bitterlichem Schluchzen. »Sie war durch den Park gelaufen und wieder auf der Straße, dachte, sie könnte es noch über die Fahrbahn schaffen, ehe die Ampel von ›Gehen‹ auf ›Nicht gehen‹ umsprang. Sie wollte nicht anhalten, sie wollte nie anhalten, verdammt. Sie war immer so, glaubte immer, Glück zu haben, und das hatte sie auch – bis zu diesem Mal. Einen Sekundenbruchteil, ehe der Wagen sie erwischte, gab sie dem Kinderwagen einen Schubs.«
»Hat Julia es gesehen?«
»Nein – aber gehört: Bremsen, Schreie, Sirenen … Schsch, Süße, es ist alles okay, Daddy ist da.«
Der Kummer des Kindes brach Emily fast das Herz. Der des Vaters ebenfalls. Sie spürte seine Angst.
In dem dringenden Bedürfnis, etwas zu tun, streckte sie die Hände aus, nahm Brian Julia ab und in den Arm. Die Kleine weinte zwar weiter, doch sie ruhte bequem in der Umarmung. O ja, die weiblichen Arme waren dazu gemacht, Kinder zu halten – so anpassungsfähig, wie kein von Menschenhand geschaffenes Gerät je sein könnte.
»Wie lange ist es her?« fragte sie leise.
Brian war sichtlich erleichtert, vorübergehend entlastet zu sein. »Knapp fünf Wochen. Den ersten Monat hatte meine Mutter

Julia bei sich, aber dann bestand ich darauf, sie zu mir zu nehmen. Ich dachte, ich täte das Richtige – es heißt doch, daß Väter es auch allein schaffen können. Nur sagt ihnen keiner, wie.«

»Den Müttern auch nicht.«

»Mütter sind dazu geboren.«

Sie warf ihm einen zweifelnden Blick zu.

»Nein? Wie kommen sie dann zurecht?«

»Mit Probieren und Irrtümern. Mit gesundem Menschenverstand. Okay, auch ein bißchen mit Instinkt – aber hauptsächlich mit Glück.« Sie schaute auf den für sie sichtbaren Teil von Julias Gesicht hinunter. Das Schluchzen wurde schwächer. Ein Daumen schob sich in Richtung Mund. »Sie ist müde. Wann schläft sie für gewöhnlich?«

»Wann immer. Wo immer. Sie dreht durch, wenn ich sie bei einem Babysitter lasse, also habe ich sie immer mitgenommen, versucht, Tagesmutter und Kinderarzt in einem zu sein. Meistens schläft sie im Auto ein.«

»Jill war da nicht so flexibel – sie brauchte ihre regelmäßigen Schlafzeiten. Das Vormittagsschläfchen gab sie etwa in Julias Alter auf, aber am Nachmittagsschlaf hielt sie noch eine ganze Weile lang fest. Sie freute sich, wenn ich sie hinlegte – und ich mich nach Stunden ununterbrochenen Aufseins ebenfalls.«

Julias Schluchzer hatten sich zu gelegentlichem Schluckauf reduziert, ihre Augen waren zugefallen.

»Ah!« flüsterte Brian. »Friede!«

Emily dachte das gleiche, aber aus einem anderen Grund: Sie genoß es unendlich, die Kleine im Arm zu halten, die sich wie ein Tierchen an sie kuschelte. »Sie braucht ein Zuhause – und dafür ist das hier nicht geeignet.«

»Aber die Wohnung gefällt mit. Sie liegt in einer ruhigen Straße ...«

»Mit einem Teich«, dämpfte Emily seine Begeisterung. »Da muß man ständig aufpassen. Außerdem brauchen Sie jetzt eine Bleibe – und diese Zimmer werden erst in Monaten bewohnbar sein.«

»Ich könnte es in zwei Wochen schaffen«, sagte er, und seine faszinierenden Augen strahlten Entschlossenheit und Hoffnung aus. Und eine flehentliche Bitte und ansteckende Zuversicht.

Aber sie wollte keinen Mieter. Ja, Brian Stasek wäre wahrscheinlich ein angenehmer, aber sie wollte keinen Mieter. Es war Dougs Idee gewesen. Er sagte, sie bräuchten das Geld. Er sagte, es biete sich an, die Räume, die sie selbst nicht benötigten, anderweitig zu verwerten. Er sagte, sie zu einer Wohnung umzuwandeln, steigere den Wert ihres Hauses.

Aber es sträubte sich alles in ihr dagegen, einen Fremden auf ihrem Grund und Boden aufzunehmen.

Andererseits war Brian ein eindrucksvoller Fremder. Er hatte seine Frau verloren und war heimatlos. Er war höflich, gebildet, hatte einen gutbezahlten Job – und er würde Julia mitbringen, deren schweißfeuchte Wange sich pfirsichweich anfühlte.

Aber sie war noch nicht soweit. »John – er kann hier unmöglich renovieren, wenn er für dich arbeitet.«

John hatte sich gebückt und schaute mit zusammengekniffenen Augen auf die Wand. »›Französische Küsse schmecken am besten mit Chunky Monkey‹. Was zum Teufel ist Chunky Monkey?«

»Eiscreme. Antworte mir: Wie soll Brian hier renovieren, wenn er für dich arbeitet?«

»Er fängt erst in zwei Wochen bei mir an.«

Sie starrte ihn an. »Das sagst du doch jetzt bloß.« Ihr Blick schwenkte zu Brian. »Das ist eine Verschwörung.«

Brian wirkte jetzt ruhiger. »Die Wohnung gefällt mir wirklich.«

»Aber sie ist zu klein.«

»Nicht für mein Mobiliar – es ist hinten im Jeep.«

Das konnte sie nicht ganz glauben.

»Okay«, räumte er ein, »ich werde ein Bett kaufen müssen und eine gewisse Grundausstattung – ich habe alles in New York gelassen –, aber ich werde mich auf das Nötigste beschränken. Je weniger man hat, um so mehr Platz hat man und um so weniger muß man saubermachen. Sie sehen einen Mann vor sich, der nicht gewohnt ist, allein zu leben.«

Emily schaute auf Julia hinunter, die sich noch näher an sie gekuschelt hatte. »Sie leben nicht allein.«

»Theoretisch nicht – praktisch ja. Ich habe jetzt Pflichten, die ich vorher nicht hatte, und je unkomplizierter mein Leben ist, um so besser. Ehrlich – diese Wohnung ist ideal. Eine größere könnte ich gar nicht bewältigen. Wieviel Miete wollen Sie?«

Sie drehte sich ein letztes Mal hilfesuchend zu John um, doch der verschwand gerade im Nebenraum. Mit offenem Mund wandte sie sich wieder Brian zu. Sie machte den Mund zu, zuckte mit den Schultern und sagte dann: »Keine Ahnung.«

»Emily«, rief John. »Myra sagt, Jill ist am Telefon.«

Sie zog aufgeregt die Luft ein, ließ sie in einem dankbaren Seufzer entweichen, legte Julia mit einem kurzen »Entschuldigen Sie mich« sanft in die Arme ihres Vaters und eilte hinaus.

Jill sprudelte über vor Begeisterung. Die Mädchen auf ihrem Stockwerk seien phantastisch, die Neulinge, die oben wohnten, seien okay, die »altgedienten«, die den »Frischlingen« halfen, sich zurechtzufinden, »absolut toll«. Sie habe sich für ihre Kurse eingeschrieben, berichtete sie Emily, zählte ihr auf, welche das waren und wann sie stattfanden. Ihre Stimme wurde erst ein wenig unsicher, als sie Emily fragte, wie es ihr gehe.

»Großartig«, antwortete Emily und meinte es auch so. Es ging ihr merklich besser. Zweifellos hing das damit zusammen, daß sie Julia auf dem Arm gehabt hatte.

Sie sah John und Brian in der Zufahrt miteinander reden. Brian war einige Zentimeter kleiner als der eins zweiundneunzig große John, doch irgend etwas an ihm glich den Unterschied aus. Seine lässige Haltung? Seine Bartstoppeln? Oder die Tatsache, daß er aus New York und welterfahren war? Oder einfach nur seine Augen?

»Kommt dir das Haus leer vor?« fragte Jill.

Es war schwierig, ehrlich darauf zu antworten, ohne sie zu beunruhigen. »Ja – wenn ich Zeit habe, darüber nachzudenken. Aber ich sorge dafür, daß das nicht oft vorkommt.«

»Hast du was von Dad gehört?«

»Gestern abend. Er hat nach dir gefragt. Ich habe ihm deine Telefonnummer gegeben, aber in den nächsten Tagen ist er bis über die Ohren beschäftigt.« Es war eine lahme Entschuldigung, denn es gab Telefonzellen wie Sand am Meer – besonders in Hotelhallen und auf Flugplätzen.

»Wo ist er im Moment?« wollte Jill wissen.

»Heute in Baltimore. Morgen und am Donnerstag in Philadelphia.«

»Und von dort kommt er nach Hause?«

»Direkt. Ich hoffe, ich bin bis dahin mit den Badezimmern fertig. Ich möchte, daß wir an diesem Wochenende etwas Hübsches machen – einen Tagesausflug oder ein Picknick oder so was. Wir rufen dich auf jeden Fall an, während er hier ist.«

»Ich vermisse dich, Mom.«

»Ich dich auch, Schätzchen.«

John und Brian standen immer noch in der Einfahrt, als sie auflegte. Die Zeit mit Jill hatte ihr Gelegenheit gegeben, innerlich zu Atem zu kommen, und sie war jetzt gefaßter. »Ich muß Ihnen gestehen, daß ich keine Ahnung habe, wie hoch die Miete sein wird«, erklärte sie Brian, der die noch immer schlafende Julia auf dem Arm hatte. Er trug jetzt eine Sonnenbrille. »Ich muß mit meinem Mann darüber sprechen – die Entscheidung liegt bei ihm.«

»Wann werden Sie es wissen?«

»Er ist auf Geschäftsreise – aber er müßte heute abend anrufen.«

»Ich gebe Ihnen schon mal eine Anzahlung.«

»Das ist nicht nötig.«
»Darf ich dann morgen vorbeikommen?«
»Wenn Sie wollen.« Wenn sie schon einen Mieter nehmen müßte, dann wäre ein Detective nicht der schlechteste. »Und Sie glauben wirklich, daß die Renovierung in zwei Wochen hinzukriegen ist?«
Die dunklen Gläser verbargen seine Augen, aber seine Stimme drückte Überzeugung aus. »Mit Leichtigkeit. Julia und ich werden schon eher dort schlafen können.«
»Keine Chance.«
»Doch«, beharrte er auf seiner Prognose. »Ich richte zuerst das kleine Zimmer her und stelle ihr Kinderbett auf, damit sie ihre Schläfchen machen kann. Regelmäßig. Zumindest nachmittags. Wenigstens an den Wochenenden. Vielleicht wird sie ihre Sympathie für mich entdecken.«
»Das wird sie bestimmt«, meinte Emily. »Aber was ist mit Ihnen?«
»Ich werde auf dem Fußboden schlafen, bis ich mir ein Bett kaufe.«
»Das Badezimmer ist nicht benutzbar. Die Wanne wurde nie richtig angeschlossen. Sie können nicht baden.«
»Das kann einer meiner Männer innerhalb eines Tages erledigen«, meldete John sich zu Wort. Als sie ihm einen ungläubigen Blick zuwarf, sagte er: »Na ja – Doug will vermieten, und Brian braucht ein Dach über dem Kopf, und es ist mir lieber, er zieht hier ein als irgendein Fremder. Vielleicht helfe ich sogar beim Tapetenabreißen. Haben unsere Kinder wirklich dieses Zeug geschrieben – in dem Wissen, daß du es lesen würdest?«
»Das war ja der Sinn der Sache«, lächelte Emily. »Ihre Form der Rebellion. Ich finde, wir sind glimpflich davongekommen.« Nach einer kleinen Denkpause setzte sie hinzu: »Wenn nicht noch was nachkommt. Nein«, sie wischte die Überlegung mit

einer Handbewegung weg und mahnte sich: »Das darf ich nicht einmal denken.«
»Mmm«, brummte John zustimmend und wandte sich dann an Brian: »Fahren wir – ich habe zu arbeiten.«
Das hatte Emily auch. Wenn sie die nächsten zwei Wochen mit Brian die Räume renovieren wollte, dann müßte sie jetzt dringend backen. Doug würde am Donnerstag abend heimkommen. Zum erstenmal seit zwanzig Jahren hätten sie das Wochenende ganz für sich allein. Sie wünschte sich, daß die Tage zu einem erinnerungswürdigen, rundherum gelungenen Erlebnis würden.

Viertes Kapitel

Emily backte nicht nur Dougs geliebten Erdbeer-Rhabarber-Kuchen, sondern auch noch einen Laib Walnußbrot, das er so mochte, und drei Dutzend Kongo-Stangen, die sie Jill schikken wollte. Sie fritierte pfundweise scharfgewürzte Hähnchenschenkel und fror sie ein: Falls sie und Doug sich zu einem Picknick entschlössen, wäre das ein idealer Imbiß. Zu guter Letzt kochte sie sich eine Karottensuppe und bestritt damit ihr Abendessen.

Doug hatte nicht viel übrig für Karottensuppe. Zu Beginn ihrer Ehe war das anders gewesen – damals hatte ihm alles geschmeckt, was einfach und gesund war. Oft bestand das Abendessen nur aus frisch gekochter Suppe und selbstgebackenem Brot, was ebenso köstlich wie naheliegend war – schließlich war Doug seinerzeit Farmer.

In jenen frühen Tagen bewirtschafteten er und sein Partner am anderen Ende der Stadt ein Stück Land. Sie häuften zwar keine Reichtümer an, machten jedoch genug Profit, um angenehm in Grannick leben zu können. Dann kamen naturbelassene Produkte in Mode, und das Geschäft begann zu blühen. Angrenzendes Land wurde dazugekauft, die Produktion stieg. Sie stellten zusätzliche Arbeitskräfte ein. Doug richtete sich ein Büro ein, ersetzte seine Jeans und Gummistiefel durch Khakihosen und Halbschuhe und vertiefte sich in Management und Marketing. Er begann zu reisen. Er lernte gewiefte Unternehmer kennen. Er stieg zu Anzügen auf.

Irgendwann verkaufte er seinen Anteil an seinen Partner, grün-

dete mit dem Erlös eine eigene Unternehmensberatung und war unterwegs.
Er war immer noch unterwegs. Weg – wo auch immer.
Emily wartete darauf, daß er anriefe, doch er meldete sich nicht. Einige Freunde taten es, die wissen wollten, wie es ihr ohne Jill ergehe, doch Doug war offenbar verhindert.
Er war ein sehr gescheiter Mann, sein Erfolg keine Überraschung. Er betrieb seine Firma mit dem gleichen Weitblick, der ihn veranlaßt hatte, ihr Haus zu einem Zeitpunkt zu kaufen, als sie es sich eigentlich gar nicht leisten konnten, es jedoch zu einem Spottpreis zu haben war. Inzwischen war es abbezahlt.
Emily wünschte, er hätte bei der Planung für Jills Ausbildung die gleiche Klugheit walten lassen.
Doch das war Schnee von gestern und ihr nur eingefallen, weil sie untätig herumsaß und auf seinen Anruf wartete. Sie zog es vor, beschäftigt zu sein – dann dachte sie nicht über Dinge nach, die ihrer Kontrolle entzogen waren.
Entschlossen, nicht das Fiasko vom Vorabend zu wiederholen, schob sie John Coltrane in den CD-Player, richtete die Lautsprecher auf das Bad im Erdgeschoß aus und machte sich daran, die Tapete anzureißen. Es war nur ein kleines Duschbad. Zwei Abende müßten genügen, dachte sie, und wenn es wegen des Musters länger dauerte als erwartet, könnte sie ja bis in die Nacht hinein weitermachen – sie hatte nichts Besseres zu tun.
Als sie die letzten Streifen abgezogen hatte, stopfte sie den Papierhaufen in einen Müllsack und stellte ihn draußen neben die Tonne. Dann ging sie zurück, schmirgelte Unebenheiten glatt und verspachtelte Risse – alles immer mit einem Ohr bei der Musik und dem anderen beim Telefon.
Doug rief für gewöhnlich vor dem Abendessen an, da die Besprechungen sich oft lange hinzogen. Gelegentlich meldete er sich auch während einer abendlichen Gesprächspause. Manchmal rief er überhaupt nicht an.

Sie begann zu befürchten, daß heute so ein Abend wäre – und ausgerechnet heute müßte sie dringend mit ihm sprechen. Also rief sie, als sie um neun noch nichts von ihm gehört hatte, in seinem Hotel an.

Die Rezeption informierte sie, daß er nicht da sei, nicht dagewesen sei und auch kein Zimmer bestellt habe.

Sie verstand das nicht. Das letzte, was er am Sonntag beim Weggehen zu ihr gesagt hatte, war: »Du weißt ja, wo ich bin.«

Nun – sie wußte es nicht. Und sie wollte unbedingt mit ihm reden. Offenbar war er woanders abgestiegen. Sie hatte keine Ahnung, wo.

Sie ging ins Badezimmer zurück und arbeitete noch ein bißchen weiter, doch je länger sie nachdachte, um so unruhiger wurde sie.

In der Hoffnung, daß dem Hotelangestellten ein Irrtum unterlaufen war, rief sie noch einmal dort an. Diesmal hatte sie jemand anderen am Apparat, doch das Ergebnis war das gleiche.

Vielleicht könnte das Reisebüro, das Dougs Flüge immer buchte, ihr sagen, in welchem Hotel sie Doug finden würde. Das Büro war schon geschlossen.

Hatte er Baltimore bereits verlassen und war einen Tag früher als geplant nach Philadelphia gereist? Die Rezeption des dortigen Hotels teilte ihr mit, daß er erst morgen gegen Abend erwartet werde. Verunsichert und von einem niederschmetternden Einsamkeitsgefühl erfüllt, legte sie den Hörer auf.

Sekunden später riß sie ihn wieder von der Gabel.

Kay lag auf der verglasten Veranda auf der Rückseite ihres Hauses in einem Liegestuhl und hatte es sich mit einer Biographie von Jenny Churchill und einem Glas eisgekühlter Zitronenlimonade gemütlich gemacht, als das Telefon im Arbeitszimmer klingelte. Sie schob ihre Brille auf den Kopf und lauschte dem unverständlichen Brummeln von Johns Stimme. Als er nicht sofort nach ihr rief, nahm sie an, daß der Anruf für ihn sei.

Es könnte aber auch Marilee sein – obwohl Marilee für gewöhnlich anzurufen versuchte, wenn John nicht zu Hause war. John war ein Vater, der immer alles ganz genau wissen wollte – und er stellte seine Fragen in einem Ton, der deutlich machte, daß er annahm, nicht die Wahrheit zu erfahren.

Nun ja – manchmal erfuhr er sie wirklich nicht. Aber Marilee, die Kay alles anvertraute, meinte, was er nicht wisse, mache ihn nicht heiß. Er kam auf die Veranda. »Es ist Emily«, sagte er und gab ihr das Telefon.

»Emily? Hallo! Was ist los?«

»Hast du einen Moment Zeit?«

Kay hörte Besorgnis in ihrer Stimme. »Klar. Schieß los.«

»Ich habe John nichts gesagt – du weißt ja, wie er immer gleich ist –, aber ich kann Doug nicht erreichen. Er müßte in den letzten beiden Tagen eigentlich in Baltimore gewesen sein, doch in seinem üblichen Hotel hat man nichts von ihm gehört.«

Kay setzte sich auf. »Dann muß er in einem anderen abgestiegen sein.«

»Ohne es mir zu sagen? Ich habe keine Ahnung, wo er steckt. Was wäre, wenn hier ein Notfall eintreten würde? Wenn Jill etwas zustieße und ich mich mit ihm in Verbindung setzen müßte?«

»Dann würdest du in anderen Hotels anrufen. Du würdest die Polizei einschalten. Du würdest an seinen Schreibtisch gehen und die Nummer seines Klienten heraussuchen. Ich bin sicher, daß es eine ganz einfache Erklärung dafür gibt.«

Lange Zeit war es still am anderen Ende der Leitung. Dann sagte Emily: »Ich denke, du hast recht – aber es ist frustrierend. Da versuche ich ein einziges Mal, ihn anzurufen, und erreiche ihn nicht. Ich finde sein Verhalten ziemlich unbedacht.«

Kay fand das ebenfalls, war jedoch überrascht, es aus Emilys Mund zu hören. Sonst verteidigte sie Doug immer. »Er ist am Sonntag abgereist, gerade als du Jill abmarschbereit machtest. In der Hektik und dem Gefühlsaufruhr, die das mit sich brachte, war er vielleicht abgelenkt. Wann hast du das letzte Mal mit ihm gesprochen?«

»Gestern abend. Aber ich muß heute mit ihm reden. Hat John dir erzählt, daß er seinen neuen Detective zu mir brachte, weil er wollte, daß der sich die Wohnung über der Garage anschaute?«

»Nur am Rande.« Johns Spezialität war Fragen, nicht Erzählen. Er zog Nachforschungen einem harmlosen Geplauder bei weitem vor. Wenn er etwas zu berichten hatte, dann tat er das in knappen, einfachen Sätzen.

»Nun – Brian Stasek will die Wohnung mieten«, sagte Emily, »und ich brauche Anweisungen von Doug.«

»Wie fandest du ihn?«

»Brian? Er macht einen netten Eindruck – und seine Tochter ist hinreißend.«

Kay lächelte. »Ich dachte mir, daß du dich in sie verlieben würdest.«

»Das würde jedem so gehen. Außerdem tut sie mir schrecklich leid. Das arme Ding hat seine Mutter verloren, und der Vater ist noch nicht in seine Rolle als Alleinerzieher hineingewachsen. Er hat angeboten, bei der Renovierung der Wohnung zu helfen, aber ohne Doug kann ich nichts entscheiden.«

»Warum nicht?«

»Weil das Dougs Projekt ist.«

»Es scheint mir aber, daß du die Arbeit damit hast.«

»Er bezahlt die Rechnungen.«

»Und?«

»Und er muß mir sagen, wieviel Miete er haben will und wieviel ich ausgeben darf. Es ist sein Geld.«

»Es ist auch deins!« wandte Kay heftig ein. »Schließlich hast du es dir all die Jahre verdient, in denen du Jill aufzogst und ihn verwöhntest. Du kannst dir mit Fug und Recht deinen Anteil an seinem Erfolg zuschreiben.«

»Das bringt mich jetzt auch nicht weiter«, sagte Emily. »Tatsache ist, daß ich unbedingt noch heute mit ihm sprechen müßte und keine Ahnung habe, wo ich ihn suchen soll.«
»Gib ihm noch ein bißchen Zeit – vielleicht ruft er ja doch an.«
»Wenn nicht, werde ich ihn irgendwie auftreiben müssen. Du hast recht – ich werde es über seinen Klienten versuchen. Aber das wird ihn vielleicht ärgern.«
»Na, wenn schon! Er sollte sich schämen, daß er dir nicht gesagt hat, wo du ihn erreichen kannst.«
»Er ist beschäftigt – das ist alles.«
»Er ist egozentrisch.«
»Er steht unter großem Druck.«
Kay spürte, daß Emily jede weitere Anschuldigung mit einer Rechtfertigung parieren würde, und beendete das Gespräch mit ein paar abschließenden Ermutigungen. Überrascht stellte sie fest, daß John noch immer in der Tür stand.
»Ist sie okay?«
»Sie wird sich schon wieder beruhigen. Doug war nicht in dem Hotel, das er ihr genannt hatte. Es ist wahrscheinlich nur eine Unachtsamkeit von ihm gewesen, aber es ist schlimm, daß das ausgerechnet diese Woche passiert. Emily ist ohnehin reichlich angeschlagen.«
»Wo ist er denn angeblich?«
Kay beantwortete seine im Schnellfeuerverfahren gestellten Fragen in kurzen Sätzen, doch als er verkündete, ein paar Telefonate führen zu wollen, protestierte sie. »Tu das nicht, John. Bitte! Emily würde das nicht wollen. Doug wird ja nicht vermißt – er ist nur vorübergehend nicht auffindbar.« Sie schob die Antenne des Handys zusammen und gab es John zurück. »Ist Brian Stasek eine gute Wahl als Mieter?«
»Ja.«
»Nicht, daß sie wirklich einen bräuchten. Doug verdient gut,

aber wenn er meint, daß es zuwenig ist, könnte er ja Emily erlauben zu arbeiten.«
»Diese Lösung wird aber einfacher für sie sein. Sobald die Wohnung in Ordnung gebracht ist, braucht sie sich nur noch bequem zurückzulehnen und die Miete zu kassieren.«
»Klingt ja wahnsinnig interessant«, spöttelte Kay. »Anstatt etwas zu tun, um ihren Geist zu stimulieren, kann sie rumsitzen und Miete kassieren.«
»Sie ist sehr gut mit der Kleinen zurechtgekommen.«
Ein schrecklicher Gedanke erwachte in Kay. »Es schwebt dir doch nicht etwa vor, daß sie als Babysitter fungieren soll!?«
»Immerhin wäre sie dann beschäftigt, und er würde sie dafür bezahlen.«
»Sie ist zwanzig Jahre lang Babysitter gewesen – es ist Zeit, daß sie etwas anderes macht.«
»Vielleicht will sie das gar nicht.«
»Vielleicht will sie es und sagt es bloß nicht.«
Sie starrten einander an, doch Kay gab nicht nach. Das tat sie kaum je, wenn es um die Problematik »Frauen und Arbeit« ging. Nicht, daß es viel genutzt hätte – John verfocht noch immer mit Überzeugung die Ansicht, daß Frauen am besten – und am sichersten – zu Hause aufgehoben seien.
»Jedenfalls«, sagte er, ohne seine Idee ganz zurückzunehmen, »wird Brian ein Auge auf sie haben.« Er wandte sich zum Gehen. »Wann hat Marilee das letzte Mal angerufen?«
»Am Nachmittag.«
»Was macht sie denn?«
»Sie amüsiert sich.«
»Was heißt das?«
»Das heißt, daß sie tut, was von ihr erwartet wird.«
»Es wird von ihr erwartet, daß sie lernt.«
»Das Semester hat doch noch gar nicht angefangen.«
»Warum ist sie dann schon dort? Wie lange braucht man denn,

um sich einzugewöhnen? Gib Kids in einer Großstadt Zeit und Freiheit, und du handelst dir Ärger ein.« Er starrte finster in den Garten hinaus. »Es gibt ein hervorragendes College hier am Ort.«

»Sie hatte aber nicht die erforderlichen Noten, um sich dort zu bewerben, geschweige denn, aufgenommen zu werden.«

»Und warum ist sie dann nicht auf die Universität von Massachusetts gegangen?«

»Weil ihre halbe Abschlußklasse dort ist. Sie wollte mal was anderes sehen.«

»Mußte sie so weit weggehen?«

»Der Flug dauert nur eine Stunde.«

»Zur U-Mass wäre es nur eine Stunde Fahrt gewesen.«

»Und wenn sie dort wäre – was würdest du tun? Jeden Abend hinfahren und auf dem Campus Streife machen? Sie überwachen? Ich bitte dich, John.«

Er warf ihr einen ärgerlichen Blick zu.

Sie seufzte. Er meinte es nicht böse – er war nur altmodisch. Etwas sanfter sagte sie: »Es kann sein, daß sie sich Washington ausgesucht hat, um es dir unmöglich zu machen, das zu tun. Sie ist ein großes Mädchen, John. Sie ist ein braves Mädchen. Sie kennt den Unterschied zwischen Recht und Unrecht. Sie wird nichts tun, was du in dem Alter nicht auch getan hast.«

»Genau das macht mir ja Sorgen!«

Kay dachte an den John, den sie nicht gekannt hatte, den Junggesellen, der das Leben ausgekostet hatte – nicht nur mit achtzehn, sondern auch noch mit fünfundzwanzig, achtundzwanzig, einunddreißig. Zwölf Jahre älter als sie, war er bereit, sich auf eine feste Beziehung einzulassen, als sie nach Grannick kam, und seitdem hatte er sich vorbildlich verhalten. Sie war noch Jungfrau, als sie sich kennenlernten, und keine Schönheit. Sie hätte es nicht mit anderen Frauen aufnehmen können – sie hätte es auch gar nicht versucht. Aber John war lieb und auf-

merksam gewesen, und nachdem sie sich schon als alte Jungfer hatte enden sehen, war sie hingerissen gewesen.
»Marilee wird gut zurechtkommen«, sagte sie nachdrücklich.
»Und Jill wird auch gut zurechtkommen. Auf Dawn allerdings«, meinte sie, »wird man ein bißchen aufpassen müssen.« Sie nahm John das Handy wieder aus der Hand und zog die Antenne heraus.
Celeste war in ihrem Schlafzimmer, als das Telefon klingelte. Sie saß mit dem Rücken an die, wie stets im Sommer, am Fußende aufgetürmte, riesige Daunendecke gelehnt, auf dem Bett, vor sich, auf der glattgezogenen, weißen leichten Decke, den Inhalt der kleinen Zigarrenkiste, in der sie ihre sämtlichen Kinderfotos aufbewahrte.
Die Kiste hatte ihrem Vater gehört. Er war gestorben, als sie sechzehn war, doch noch jetzt hing sein Duft daran. Er beschwor eine Freundlichkeit, Einfachheit und eine Liebe herauf, die so innig gewesen war, daß eine häßliche Nase sie nicht hatte schmälern können. Er hatte sie geliebt – mit ihrer häßlichen Nase und allen anderen Fehlern.
Als sie die Bilder jetzt zum erstenmal seit Jahren und mit gezielt kritischem Blick betrachtete, fiel ihr auf, daß er die gleiche häßliche Nase hatte und – unfaßbarerweise – das gleiche Doppelkinn.
Bis heute hatte sie das nie registriert – zweifellos, weil sie ihn liebte. Und weil bei Männern über bedeutend mehr ästhetische Mängel hinweggesehen wurde als bei Frauen.
Sie hatte die Nase und die Kinnpartie von ihm geerbt – und nun wollte sie beides beseitigen. Plötzlich erwachten Zweifel in ihr, und je länger sie ihren Vater anschaute, um so stärker wurden sie.
Das Telefon bescherte ihr einen willkommenen Denkaufschub. In den Sekunden, die sie brauchte, um die Fotos aus der Hand zu legen und sich über das Bett zu strecken, um an den Hörer zu

kommen, stellte sie sich vor, daß sie am anderen Ende der Leitung ein hochgewachsener, dunkelhaariger, gutaussehender Anrufer mit der Freundlichkeit und Liebesfähigkeit ihres Vaters erwartete.

»Hallo?«

»Ich habe Marilee versprochen, ihr Dawns Nummer zu besorgen. Hast du sie bei der Hand?«

Soviel zu hochgewachsen, dunkelhaarig und gutaussehend. Celeste hakte es ab. »Sie hat vorhin angerufen. Ich habe ihr ausführliche Anweisungen gegeben, die sie hoffentlich befolgen wird.«

»Aha – die Macht des positiven Denkens. Hast du ihr von deinen Nasen-Plänen erzählt?«

»Nein – ich will sie nicht auf Ideen bringen.«

»Sie wird es ja selbst sehen.«

»Vorläufig nicht: Sie hat geschworen, nicht vor den Herbstferien nach Hause zu kommen.«

»Vielleicht schneit sie unangemeldet herein.«

»Nur, wenn sie was braucht.«

»Sie wird empört sein, daß du es ihr nicht gesagt hast.«

»Bis dahin ist alles verheilt – kann sein, daß es ihr nicht mal auffällt, daß sie sich nur wundert, weil sie mich nicht so attraktiv in Erinnerung hatte, und es darauf schiebt, daß sie mich länger nicht gesehen hat.«

»Celeste – sie hat deine Nase!«

Celeste verspürte einen Anflug von Panik. »Das ist richtig.« Sie warf einen Blick zu den Fotos auf dem Bett. »Kay – tue ich das Richtige?«

»Das kann ich dir nicht beantworten – hier hast du das Sagen. Es geht darum, wie du dich siehst – weißt du noch?«

»Jaaa. Aber es ist auch mein Erbe, und es bereitet mir Schuldgefühle, das beseitigen zu lassen.«

»Dann laß es.«

»Aber ich will es. Ich mag diese Nase nicht. Ich mag sie nicht im Spiegel sehen. Ich mag nicht damit herumlaufen. Ich möchte mit erhobenem Kopf durchs Leben gehen, aber das kann ich so nicht, und das betont mein Doppelkinn. Ich möchte mein neues Leben mit einem neuen Gesicht beginnen.«

»Dann tu es.«

»Und wenn ich es den Rest meiner Tage bereue?«

»Celeste – es betrifft nur deine Nase – nicht dich. Du wirst dich nicht verändern. Wirf eine Münze.«

»Und was mache ich, wenn ich verliere? Ich habe mir das schon seit Jahren gewünscht.«

»Da hast du die Antwort«, sagte Kay. »Hör mal – es ist schon spät. Ich möchte dieses Buch heute noch zu Ende lesen. Wann gehst du in die Klinik?«

»Morgen abend. Emily fährt mich hin. Der Eingriff ist gleich für den nächsten Morgen angesetzt. Wirst du mich besuchen?«

»Donnerstag abend. Ich habe dir doch gesagt, daß ich kommen werde.«

»Du wirst nicht lachen, wenn es schrecklich aussieht, oder?«

»Ich werde nicht lachen. Und es wird schrecklich aussehen – am Anfang. Dann wird es toll aussehen.«

Das aus Kays Mund zu hören, die völlig uneitel war, beruhigte Celeste ein wenig.

»Tust du mir einen Gefallen, Celeste? Ruf Emily an. Sie wartet dringend darauf, daß Doug sich meldet. Sie hat versucht, ihn in seinem üblichen Hotel zu erreichen, doch dort hat er gar nicht eingecheckt. Sie ist völlig durcheinander.«

»Das kann man sich vorstellen«, meinte Celeste mißbilligend. »Was denkt sich dieser Mann? Hätte es ihm Mühe gemacht, ihr das richtige Hotel zu nennen? Weiß er nicht, wieviel er ihr bedeutet? Ist er blind? Oder einfach nur ein Mann? Männer sind so unsensibel. Und verantwortungslos. Und uns bezichtigen sie, kopflos zu sein. Ha!«

»Ah ... es ist besser, du rufst Emily nicht an – du würdest sie nur noch mehr aufregen.«
»Nein – werde ich nicht. Es ist nur gerade mit mir durchgegangen. Männer sind wirklich Scheusale. Was macht denn deiner?«
»Im Moment? Er sitzt im Nebenzimmer und denkt an all die schmutzigen, kleinen Dinge, die er mit Mädchen gemacht hat, als er achtzehn war, und stellt sich vor, daß irgendein liederlicher Bursche sie mit Marilee macht.«
Celeste horchte auf. »Was für schmutzige kleine Dinge hat John denn gemacht?«
»Da mußt du ihn selbst fragen – mit mir hat er sie nie gemacht. Was mich betrifft, hat er sich immer streng an die Regeln gehalten.«
»Wenn er die aus dem ›Kamasutra‹ hat ...«
»Celeste! Ich bitte dich!«
»Reg dich nicht auf. Ich rufe Emily an. Melde mich später noch mal.«

Emily hatte eine neue Tapetenrolle auf dem Wohnzimmerfußboden ausgelegt und war auf Händen und Knien dabei, Bahnen in der erforderlichen Länge zuzuschneiden, als das Telefon klingelte. Die Tapete bog sich hoch und rollte sich zusammen, als sie aufsprang, doch in der Erleichterung, die sie durchflutete, scherte sie sich nicht darum. Es kam ihr vor, als habe sie eine Ewigkeit auf Dougs Anruf gewartet.
»Hier ist nicht Doug«, sagte Celeste ohne Einleitung. »Hast du noch immer nichts von ihm gehört?«
Emily seufzte enttäuscht. »Nein.« Sie schaute auf ihre Uhr. Es war schon nach zehn. »Aber vielleicht meldet er sich ja noch. Ich wünschte nur, ich wüßte, wo er steckt.«
»Weißt du, bei wem er ist?«
»Nein. Er hat fünf Kunden in Baltimore, und ich habe keine Ahnung, welcher diesmal dran ist. Ich hätte ihn vor seiner

Abreise fragen sollen, aber ich war mit meinen Gedanken bei Jill – und als er gestern abend anrief, ebenfalls. Ich hätte mehr Interesse an seiner Arbeit zeigen müssen.«
»O nein, Emily – mach dir keine Vorwürfe. Es ist nicht deine Schuld. Wenn Doug auch nur einen Schimmer davon hätte, was du diese Woche durchmachst, hätte er dir die Information von sich aus gegeben – und noch mehr. Er sollte dich ein bißchen verwöhnen.«
»Mich braucht man nicht zu verwöhnen.«
»Jede Frau braucht das. Jeder Mensch braucht das. Ich glaube tatsächlich, daß Männer mehr verwöhnt werden als wir. Eine Ironie, wenn man bedenkt, daß sie das stärkere Geschlecht sind – kicher, kicher. Aber ein paar starke müssen da draußen schon irgendwo rumlaufen. Vielleicht kann ich welche aufspüren. Soll ich dir dann einen abtreten?«
»Nein, danke – ich bleibe bei Doug. Falls er sich in diesem Leben noch einmal meldet.«
»Das wird er schon.«
»Aber ich hätte unbedingt heute mit ihm sprechen müssen.« Es befremdete sie, daß dieses Gespräch ihr als so dringlich erschien. Sie wollte eigentlich gar keinen Mieter – und trotzdem konnte sie es gar nicht erwarten, den Vertrag unter Dach und Fach zu bringen.
Wahrscheinlich lag das an Brian Stasek und seiner Tochter. Sie hingen in der Luft. Wenn die Wohnung ihnen helfen konnte, Fuß zu fassen, dann hätte die Vermieterei doch noch etwas Gutes.
»Ich glaube«, sagte Celeste in ihre Gedanken hinein, »daß Männer einen sechsten Sinn haben, der es ihnen sagt, wenn wir etwas unbedingt haben wollen – und dann geben sie es uns absichtlich nicht. Jackson beherrschte das aus dem Effeff.«
»Doug ist nicht Jackson.«
»Und das ist ein Segen – aber ich finde, du solltest Doug zur

Rede stellen, Emily. Er sollte dir wirklich präzise mitteilen, wo du ihn im Fall des Falles erreichen kannst – detailliert. Mein Traummann wird das jedenfalls tun. Nein – das nehme ich zurück: Mein Traummann wird nicht reisen – er wird jeden Abend bei mir sein.«

»Mmmm – das klingt schön.« Das Telefon meldete mit einem Signal, daß ein Anrufer durchzukommen versuchte, und in Emilys Magen flog ein Schwarm Schmetterlinge auf. »Es ist jemand auf der anderen Leitung. Das muß Doug sein. Wir reden morgen früh wieder.« Sie schaltete um. »Hallo?«

»Hallo, Emily.«

»Doug!« Sie ließ die angehaltene Luft entweichen. »Doug! Wo bist du?«

»In Baltimore. Warum?«

»Wo in Baltimore?«

»Was ist los?«

»Ich habe versucht, dich zu erreichen.«

»Gibt es Probleme?«

»Ja«, erwiderte sie verärgert. Das Problem hätte ihm klar sein müssen. »Ich konnte dich nicht erreichen.«

»Gibt es ein Problem?« wiederholte er, diesmal in gereiztem Ton.

Seine Heftigkeit erschreckte sie. »Du meinst, mit Jill? Nein.«

»Warum hast du dann versucht, mich anzurufen?«

Weil du mein Mann bist und ich dich vermisse. Weil mein einziges Kind fortgegangen ist und ich deine Stimme brauche, um mir ins Gedächtnis zu rufen, daß ich nicht so allein bin, wie ich mich fühle.

Aber sie wollte nicht jammern oder ihm das Gefühl geben, zu klammern, und so sagte sie nur: »Ich wollte wegen der Wohnung über der Garage mit dir reden. Es hat sich ein Interessent gemeldet – ein Mann, der bei der hiesigen Polizei anfangen wird. Er hat in New York als Detective gearbeitet, seine Frau ist gestorben, er hat eine kleine Tochter und sucht deshalb etwas Ruhiges.« Sie nahm an, daß er auch einen Ort suchte, wo er vergessen konnte. Neu anfangen. Sie beneidete ihn darum.

»Ist die Wohnung nicht zu klein für einen Mann mit einem Kind?« fragte Doug.

»Er sagt, es sei ihm sehr recht, daß sie so klein sei – da hätte er nicht so viel zu putzen. Und er will bei der Renovierung helfen. Er fängt erst in zwei Wochen bei der Polizei an und meint, daß bis dahin alles fertig sein müßte.«

»Wie viele Monate will er denn dafür mietfrei wohnen?«

»Davon hat er kein Wort gesagt.«

»Ich bin sicher, daß er das Angebot mit diesem Hintergedanken gemacht hat.«

Emily war sich da nicht sicher. Ganz und gar nicht. »Er fragte, wie hoch die Miete sein würde, und ich konnte es ihm nicht sagen. Wieviel willst du denn?«

»Neunhundert.«

»Im Monat? Das kann nicht dein Ernst sein.«

»Kleckern bringt nichts – man muß klotzen. Außerdem müssen wir jetzt einen Kühlschrank kaufen, einen Herd, Küchenschränke ...«

»Neunhundert ist zu viel.« Die Summe würde ihr im Hals stecken bleiben, wenn sie sie Brian mitteilen sollte.

»Es ist eine Zweizimmerwohnung.«

»Das zweite Zimmer ist winzig, Doug – und Grannick ist nicht Boston. Noch nicht einmal Worchester.«

»Na schön – dann achthundert.«

»Fünfhundert. Ich kann den Mann doch nicht ausrauben.« Sie sah im Geiste Brian und Julia vor sich und wußte, daß sie das nicht könnte. »Außerdem würde er mir ins Gesicht lachen, wenn ich mehr verlangte. Er ist kein Einfaltspinsel. Er kommt aus Manhattan. Er weiß, was ein fairer Preis ist, und selbst wenn er darauf einginge, würde ich mir jeden Monat wie ein Stück Dreck

vorkommen, wenn er mir die Miete brächte. Fünfhundert monatlich zusätzlich sind ein ansehnlicher Betrag.«
»Wir müssen die Renovierung finanzieren.«
»Das ist eine Investition – wie damals, als du den Erlös deines Anteils eurer Farm für die Gründung deiner Firma verwendet hast. Es zahlt sich aus. Selbst wenn die Renovierung die ersten paar Monate Miete verschlingt, haben wir dann eine Wohnung, die tiptop dasteht und nur noch Geld einbringt.«
»Was ist mit den Nebenkosten?«
»Okay – die können wir draufschlagen.« Sie konnte sich nicht vorstellen, daß in der kleinen Wohnung viel zusammenkäme. »Aber die Kaltmiete darf nicht höher als fünfhundert sein.«
»Mann o Mann – du bist eine lausige Geschäftsfrau.«
»Kann sein – aber ich werde keinen Cent höher gehen.«
»Wenn das so ist, kannst du mir dann sagen, warum du so dringend mit mir darüber sprechen wolltest?«
Sie öffnete den Mund und schloß ihn wieder. Ihre Dreistigkeit verblüffte sie. Was wußte sie über die Festlegung von Mieten? Nur, daß neun- und sogar achthundert für diese kleine Wohnung zuviel waren. »Ich ... äh ... ich wollte es mit dir besprechen. Bevor ich es Brian sage.«
»Brian?«
»Stasek. So heißt der Detective.« Warum hatte sie ein schlechtes Gewissen, weil sie per Vornamen von ihm gesprochen hatte? Weil Doug eine Art hatte, ihr Schuldgefühle zu machen. Das war nichts Neues. »Ich wollte auch wissen, wieviel die Renovierung kosten darf.«
»Du wußtest, wie hoch die Miete sein darf – dann mußt du auch das wissen.«
Er war verärgert. Sie milderte ihren Ton. »Ich habe das noch nicht richtig durchdacht. Außerdem ist es lange her, daß ich solche Dinge gekauft habe – ich habe keine Ahnung, wie die Preise heute sind.«

»Dann informiere dich. Ich kann es nicht – ich habe zuviel zu tun. Die Woche war die Hölle, die Besprechungen zogen sich ewig hin, die Leute waren schwierig. Ich werde erst übermorgen nach Philadelphia kommen und es wohl kaum schaffen, vor Samstag zu Hause zu sein. Spät.«

Emily war niedergeschmettert. »Doug!«

»Ich habe das nicht in der Hand.«

»Die ganze Zeit bete ich mir vor: Donnerstag abend, Donnerstag abend, Donnerstag abend. Ich habe gebacken. Ich habe Pläne gemacht.«

»Was für Pläne?«

»Ein Picknick. Eine Radtour auf den Bee Hill. Einen Bummel durch die Antiquitätenläden von Great Barrington.«

»Wir bummeln nie durch Antiquitätenläden.«

»Früher haben wir das oft getan – als wir frisch hierhergezogen waren.«

»Das war, als wir davon träumten, eine von den viktorianischen Villen in der LaGrange zu kaufen und sie mit Antiquitäten einzurichten – aber der Traum ist ausgeträumt, Emily. Es ist nicht das Geringste gegen unser Haus zu sagen – wir werden ganz bestimmt kein anderes kaufen.«

»Können wir nicht einfach nur zum Spaß durch die Läden bummeln?« fragte sie. Sie wollte kein anderes Haus – alles, was sie wollte, war, etwas mit Doug zu unternehmen.

»Wenn ich etwas einfach nur zum Spaß machen würde, dann wäre es Golf spielen.«

Sie hätte beinahe laut gelacht. »Du spielst doch gar nicht Golf.«

»O doch! Das tue ich.«

»Golf?«

»Aus geschäftlichen Erwägungen. Der Weg vom ersten bis zum achtzehnten Grün hat es mir schon oft ermöglicht, Klienten für meine Vorstellungen zu erwärmen.«

Emily war fassungslos. Dieses Bild stellte einen krassen Gegensatz zu dem dar, das sie bisher von Doug gehabt hatte – in einem vorübergehend für ihn freigemachten Firmenbüro mit einem mit Unterlagen übersäten Schreibtisch, während ständig irgendwelche Leute herein- oder hinausstürzten und Sekretärinnen seine Ideen so schnell abtippten, wie er sie ausspuckte. »Aber du kannst doch überhaupt nicht Golf spielen«, wandte sie ein, was vielleicht dumm war, aber sie war völlig verwirrt.

»Ich habe es gelernt – es ist nicht schwierig.«

»Und was ist mit der Ausrüstung?«

»Die miete ich, oder ich leihe sie mir – je nachdem.«

»Ich weiß nicht, was ich sagen soll.« Sie war plötzlich mit einer Seite ihres Mannes konfrontiert, die sie bislang nicht gekannt hatte. »Du hast es nie erwähnt.«

»Weil kein Grund dafür bestand. Es ist etwas, das ich aus geschäftlichen Erwägungen tue. Wenn ich die Zeit dazu hätte, würde ich es auch zum Vergnügen tun, doch ich habe die Zeit nicht. Aber das spielt keine Rolle, denn in Grannick gibt es keinen Golfplatz.«

»Für mich spielt es eine Rolle, Doug«, widersprach sie heftig und war verletzt genug, um hinzuzufügen: »Manchmal weiß ich nicht, wer du eigentlich bist, Doug.«

Er seufzte. »Hör zu – es war ein langer Tag, und ich muß morgen früh um sieben wieder auf der Matte stehen. Können wir dieses Gespräch nicht fortsetzen, wenn ich nach Hause komme?«

»Wann denn? Wenn du erst Samstag nacht hier bist und Sonntag nachmittag schon wieder abreist – wann sollen wir dann reden?«

»Sonntag morgen. Okay?«

Es klang eher gereizt als versöhnlich und gab ihr erneut das Gefühl, ein schlechtes Gewissen haben zu müssen – als sei sie eine Nervensäge. Aber es war das erste Mal, daß sie gefragt hatte. Das erste Mal, daß sie hatte fragen müssen. Bisher war er mehr daheim gewesen.

Nun ja – viel mehr vielleicht nicht. Aber als Jill zu Hause war, hatte es ihr nicht soviel ausgemacht.
Kein Grund zur Panik, mahnte sie sich – es ist doch nur ein verlorenes Wochenende. Trotzdem sah sie plötzlich eine endlose Kette von Monaten und Jahren vor ihrem geistigen Auge, in denen Doug vorbeikam, um seine Wäsche waschen zu lassen – vielleicht zwei Tage pro Woche. Nicht gerade eine abendfüllende Ehe. Nicht gerade ein abendfüllendes Leben.
»Bist du noch dran?«
Emily war zum Weinen zumute. »Sonntag morgen. Okay.«
»Ich rufe dich aus Philadelphia an.«
»Gut.« Sie hatte den Hörer gerade aufgelegt, als ihr bewußt wurde, daß sie noch immer nicht wußte, in welchem Hotel er wohnte, was bedeutete, daß sie ihn nicht zurückrufen könnte, falls sie das wollte, was sie jedoch nicht tat. Sie ärgerte sich jedesmal, wenn sie miteinander telefonierten.
Sie wußte nicht, was sein Problem war – aber sie wußte, daß er nicht gefragt hatte, wie es Jill gehe. Oder ihr.
Und sie wußte noch immer nicht, wieviel sie für die Renovierung der Wohnung ausgeben durfte.

Fünftes Kapitel

Emily nahm die Wände des Badezimmers im Parterre nicht in Angriff, um Doug eine Freude zu machen (der würde sie ja erst Samstag nacht – Samstag nacht – sehen können), sondern um sich zu beschäftigen. Sie wollte nicht denken, wollte nicht grübeln, wollte sich nicht ängstigen – und sie wollte auch nicht spazierengehen. Also schob sie Thelonius Monk in den CD-Player und trieb sich selbst an, bis der letzte Tapetenstreifen angeklebt, glattgewalzt und saubergewischt war, und als das alles erledigt war, nahm sie sich die Lichtschalter vor.

Schließlich war es glücklich drei Uhr morgens, und ihr Körper erschöpft. Also nahm sie ein langes, heißes Bad, wofür sie früher nur selten Zeit gehabt hatte, und gönnte sich dazu sogar eine Verschlußkappe des parfümierten Badeöls, das Jill ihr geschenkt hatte, damit sie sich auch einmal etwas Gutes täte.

Sie schlief ganze zwei Stunden, wachte bei Sonnenaufgang auf und verspürte sofort wieder den Drang, etwas zu tun. Um sieben – Doug würde jetzt zu arbeiten anfangen – stand sie mit Papier und Kugelschreiber in der Wohnung über der Garage und stellte eine Liste der Dinge auf, die sie würde besorgen müssen.

Der erste Punkt auf der Liste war ein schnurloses Telefon. Doug hatte einen eigenen Anschluß mit einem Anrufbeantworter – wegen seiner Anrufe machte sie sich also keine Sorgen. Es ging ihr um etwaige Anrufe von Jill. Sie wollte immer für sie erreichbar sein, wenn sie hier drüben arbeitete, und wenn die Renovierung abgeschlossen wäre – nun, dann könnte sie den Apparat mitnehmen, wenn sie mit Myra unter der Weide säße.

Alle Welt hatte ein schnurloses Telefon – es war höchste Zeit, daß die Arkins sich auch eines anschafften. Und Doug sollte es ja nicht wagen, dagegen zu protestieren. Er hatte ihr – wenn auch im Ärger – alle Entscheidungen bezüglich der Wohnung über der Garage überlassen. Nun – sie würde sie treffen.
Sie schrieb Reinigungsmittel auf den Zettel, Armaturen und Küchenschränke, für die sie Maß nahm. Sie schrieb eine Schleifmaschine auf, die sie sich leihen würde, und Versiegelung. Sie schrieb einen Deckenventilator auf, denn es war sogar zu dieser frühen Stunde, obwohl sie beide Fenster geöffnet hatte, heiß im Zimmer. Außerdem würde der Ventilator, in der Mitte der hohen Decke montiert, dem Raum Atmosphäre verleihen.
Sie schrieb Farbe für die Holzvertäfelung und die Wände auf, Bodenbelag fürs Bad, Lampenschirme für die beiden Räume, denn die nackten Glühbirnen, die bisher ausgereicht hatten, wirkten provisorisch und verströmten ein grelles Licht. Und sie schrieb neue Türschlösser auf.
Sie fuhr nach Grannick und kaufte das Telefon und die Putzmittel und machte auf dem Heimweg halt, um einen Kaffee zu trinken. Während sie mit Handwerkern, von denen sie die meisten nach Jahren von Abstechern zu »Nell's« kannte, in der Schlange wartete, konnte sie einen Elektriker und einen Installateur dazu bewegen, am Nachmittag in der Wohnung vorbeizuschauen.
Erfreut, daß sie bereits etwas erreicht hatte, kehrte sie nach Hause zurück und war um halb neun schon an der Arbeit.

Am anderen Ende der Stadt kramte Brian Stasek in einem kleinen Zimmer in der Grannick Lodge in seiner Reisetasche. Er war sicher, daß er noch eine saubere Jeans hatte. Er hatte zwei Tage zuvor gewaschen, die halbe Nacht damit zugebracht, zwischen Waschküche und Zimmer hin und her zu laufen, und vier Mammut-Ladungen geschleppt und war überzeugt, daß auch

Jeans dabeigewesen waren. Er warf T-Shirts, Socken und Shorts hinter sich, drehte sich zur Kommode um, durchwühlte die Schubladen und nahm sich dann den Schrank vor.

Die Jeans lagen auf der Ablage über der Kleiderstange. Er riß sie herunter und fluchte, als die Leintücher des Motels mitkamen. »Nicht mein Tag«, stieß er hervor und stopfte die Bettwäsche wieder hinauf. Wenigstens gab Julia Ruhe. Sie saß inmitten verstreuter Cheerios – besänftigt durch eine Portion Saft in einer Schnabeltasse – wie hypnotisiert vor dem Fernseher.

Sie hatte fast die ganze Nacht gejammert. Sie war erledigt.

Das war er auch. Denn er hatte sich fast die ganze Nacht gesorgt, abwechselnd befürchtet, daß sie krank war, Krämpfe hatte oder im Sterben lag. Irgendwann war er eingeschlafen und hatte geträumt, daß er das Zimmer verlassen hatte, um eine weitere Trommel Wäsche zu waschen, und bei seiner Rückkehr das Zimmer in Flammen stand. Er konnte Julia schreien hören, aber das Feuer verwehrte ihm den Zugang zu ihr, und er konnte sie nicht retten.

Er war schweißgebadet aufgewacht mit Herzrasen und flatternden Nerven. Ihm mußte kein Psychiater sagen, daß nach Gayles Tod ein Gefühl der Hilflosigkeit sich seiner bemächtigt hatte – und was Julia anging, so fühlte er sich in fast jeder Hinsicht hilflos.

Sie brauchte ein Zuhause. Er hatte vor, Julia zu baden und hübsch anzuziehen, auf daß sie unwiderstehlich aussähe, anschließend sich selbst in einen präsentablen Zustand zu versetzen, um sein furchterregendes Erscheinungsbild von gestern vergessen zu machen, zu Emily Arkin zu fahren und um Gnade zu bitten.

Gayle hätte gesagt, die Wohnung sei zu klein, doch Gayle war nicht da – und außerdem hatte Gayle immer zu Glattleder, Chrom und Marmor tendiert. Sie würde seine Sehnsucht nach Holz oder der Wärme nicht verstehen, die er in der winzigen, unfertigen Wohnung über der Garage gespürt hatte. Sie unterschied sich genug von seiner früheren Umgebung, daß man von einem Neubeginn sprechen konnte. Er brauchte Wärme und Frische um sich. Er brauchte diese Wohnung.

Als es klopfte, zog er den Reißverschluß seiner Jeans hoch und machte die Tür auf. Der Geschäftsführer, ein schmächtiger Typ, spähte nervös an ihm vorbei ins Zimmer. »Geht es Ihrer Tochter gut?« fragte er.

»Natürlich.«

»Ich habe gehört, daß sie letzte Nacht geweint hat.«

Der anklagende Unterton ließ Brian aufhorchen. »Von wem haben Sie das gehört?«

»Von Leuten aus anderen Zimmern. Es kamen einige Anrufe, aber ich sagte dem Nachtportier, er solle Sie nicht stören.« Er stieß ein tonloses Lachen aus. »Ich habe selbst Kinder. Manchmal sind sie einfach nicht zur Ruhe zu bringen. Die Wände hier sind dünn. Wie geht's mit Ihrer Wohnungssuche voran?«

»Es geht voran.«

»Haben Sie schon was gefunden?«

»Vielleicht.«

»Das freut mich zu hören. Wann werden Sie ausziehen?«

Brian war irritiert. Warum drängte der Mann ihn? Er schätzte es nicht, unter Druck gesetzt zu werden. »Ich weiß es nicht. Haben Sie etwas dagegen, daß ich hier wohne?«

»Nun – unser Motel ist nicht geeignet für ein so kleines Kind.«

»Die Grannick Lodge firmiert als Familien-Motel.«

»Die meisten unserer Kinder sind älter.«

In Brian begann es zu kochen. Er bezahlte teuer für dieses Zimmer, und nicht nur mit Geldscheinen. »Ich mußte mir ihren ›älteren‹ Lärm eine Woche lang Nacht für Nacht anhören – und meine Tochter wird dadurch immer wieder geweckt. Vielleicht sollten Sie mal mit denen reden.«

»Die anderen bleiben nicht länger als zwei, drei Tage – Sie sind schon länger da als die meisten.« Er schaute wieder an Brian vorbei. »Es ist zu schade, daß wir hier nicht mal richtig saubermachen können – aber mit den Kleidern und den Spielsachen, die überall herumliegen . . .« Er zuckte mit den Schultern.

Brian fixierte den Mann mit einem Blick, der das unehrliche Lächeln auf dessen Gesicht erlöschen ließ. Mit leiser Stimme sagte er: »Solange Sie mein Geld nehmen, werden Sie mein Bett machen, das Kinderbett meiner Tochter frisch beziehen und die Teppiche saugen, und zwar bis ich ausziehe – andernfalls haben Sie so schnell eine saftige Klage wegen Diskriminierung am Hals, daß Sie gar nicht wissen, wie Ihnen geschieht.«

Der Mann wich zurück. »Es ist nicht nötig, mir zu drohen.«

»Es ist keine Drohung – es ist ein Versprechen. Wenn Sie mich jetzt entschuldigen wollen – meine Tochter und ich müssen weg.« Er machte dem Mann die Tür vor der Nase zu und lehnte sich eine zornige Minute lang dagegen. Eine weitere Minute verging, ehe er bemerkte, daß Julia ihn anstarrte.

Er grinste. »Na, wie war das, Süße? Beeindruckt?« Er stieß sich von der Tür ab und hob seine Tochter hoch. »Dein alter Herr weiß, was er sagen muß, in welchem Ton und mit welchem Blick.« Seine Stimme verlor ihren Überschwang. »Aber bei dir wirkt das alles nicht, stimmt's?«

Julia starrte ihn weiter an.

»Wie wär's mit einem Lächeln?« Er zog ihre Mundwinkel in die Höhe. »Nur ein ganz kleines. Bitte. Immerhin sitzen wir im selben Boot, oder?« Er schaute sie flehend an und seufzte dann. »Okay.« Sein Blick wanderte durch den Raum. »Was darf's denn sein? Die rosa Latzhose? Das rote Kleidchen? Wir werden Emily Arkin heute beeindrucken. Richtig?«

Emily hatte sich gerade zu einer Pause auf dem Boden niedergelassen und trank den restlichen kalten Kaffee, als Brians Stimme vom Fuß der Treppe heraufklang.

»Hallo?«

»Hier oben!« Sie hatte sich schon gefragt, wann er vorbeikommen würde – beziehungsweise ob überhaupt. Im Laufe der letzten langen Nacht hatte sie mehr als einmal der Gedanke beschäftigt, daß er vielleicht eine Wohnung gefunden hatte, die ihm besser gefiel, oder seine Meinung geändert hatte – und jetzt fragte sie sich, ob er gekommen war, um ihr das mitzuteilen.

Sie hoffte, daß es nicht so wäre. Nach ihrer Diskussion mit Doug, und nachdem sie den Stier bei den Hörnern gepackt hatte, war die Vermietung zu ihrer Angelegenheit geworden. Außerdem mochte sie Brian, die Vorstellung, ihn in der Nähe zu haben, gefiel ihr.

Seine Schritte verrieten, daß er die Treppe heraufkam, und gleich darauf füllte er, mit Julia auf dem Arm und einer Tüte in der Hand, den Türrahmen aus. »Morgen«, sagte er.

Als erstes fiel ihr auf, daß er sich rasiert hatte. Als zweites, daß seine Augen genauso faszinierend waren, wie sie sie in Erinnerung hatte. Als drittes, daß Julia hinreißend aussah.

Emily ging zu den beiden hinüber. »Hallo, Julia. Du siehst aber hübsch aus.« Sie nahm sie Brian ab und sagte leise in vertraulichem Ton: »Ich finde deine Jeans toll! Hast du sie selbst ausgesucht? Und deine Turnschuhe! Und die Schleife in deinem Haar!« Sie war rot und saß schief, aber sie paßte zu ihrem Pulli. »Wer hat dir denn die Schleife ins Haar gebunden?«

Julia musterte sie mit ernsten Augen.

»Das ist das zweite Mal, daß Sie das geschafft haben«, sagte er. »Sie läßt sich sonst von niemandem auf den Arm nehmen. Schreit jedesmal, wenn ich es versuche.«

Emily zuckte mit den Schultern. »Ich liebe kleine Kinder. Sie muß das spüren.«

»Aber sie schreit auch manchmal bei mir. Spürt sie meine Liebe nicht?«

»Sicher – aber wenn Sie müde sind oder angespannt oder unsicher, dann spürt sie das auch.« Sie spielte mit Julias Löckchen. »Vielleicht spürt sie auch, daß ich Erfahrung mit Kindern habe. Oder meine Freude. Es ist lange her, daß ich ein so kleines Wesen im Arm hatte. Es ist wunderschön. In ein, zwei Jahren wird sie sich nicht mehr so halten lassen – deshalb ist diese Zeit jetzt so kostbar.«

Brian räusperte sich. »Das ist nicht unbedingt das Adjektiv, das ich gewählt hätte. Ich wäre dankbar für ein bißchen mehr Selbständigkeit. Ich wäre dankbar für eine etwas verständlichere Sprache – damit ich verstehe, was sie möchte.«

»Julia spricht noch nicht?« fragte Emily Julia. »Ich wette, sie weiß schon eine Menge, kann es aber noch nicht mitteilen. Ist es nicht so, Julia?« Julia rieb sich ein Auge. »Meine Tochter sprach erst mit drei Jahren richtig.«

»Wie sind Sie bis dahin zurechtgekommen?«

»Ich wußte, was sie wollte.«

»Wie das?«

»Ich kannte sie. Ich wußte, was ihr gefiel.«

Brian seufzte. »Vielleicht werde ich das auch irgendwann wissen – wenn ich länger mit ihr zusammen bin. Möchten Sie Kaffee? Ich war in einem Spitzenlokal.«

»›Nell's‹ – ich habe die Tüte erkannt. Die halbe Stadt schaut im Laufe eines Tages zu ›Nell's‹ rein.«

»Sie auch?«

»Heute früh. Sehr früh. Aber ich hätte nichts gegen einen Nachschlag.«

Brian ging neben Emilys leerer Tasse in die Hocke und begann, die Tüte auszupacken.

»Oooh!« gurrte Emily, an Julia gewandt. »Ich sehe etwas Gutes. Ist Julia hungrig?«

Julia hatte entdeckt, was Emily entdeckt hatte, und gab einen sehnsuchtsvollen Laut von sich. Emily ließ sie runter und beob-

achtete, wie sie zu Brian lief, der ihr einen Mini-Donut in die Hand gab.
»Kleine Donuts für kleine Leute, große Donuts für große Leute.« Er holte mehrere normalgroße Donuts aus der Tüte.
Emily ließ sich im Schneidersitz auf dem Boden nieder. »Mmm – Karamel! Meine Lieblingssorte.«
»Wirklich?«
Sie nickte. »Ein echter Genuß.«
»Das trifft sich gut – ich habe sie nämlich besorgt, um Sie zu bestechen«, gestand Brian und setzte sich neben sie. »Ich will diese Wohnung haben.«
Sie grinste. »Sie gehört Ihnen.«
»Wieviel?«
»Fünfhundert im Monat – ohne Nebenkosten.«
»Abgemacht.«
Unangemessen erfreut biß sie von ihrem Donut ab. Er war nicht nur ein Detective, er war auch noch ein netter Kerl. »Wollen Sie noch immer bei der Renovierung helfen?«
»Allerdings – und ich kenne mich aus: Mein Dad war Zimmermann, und ich habe viele Sommer bei ihm gearbeitet, bevor ich zur Polizei ging.«
»Dann leben Ihre Eltern also in New York?«
Er schüttelte den Kopf. »Nein, in Chicago – aber jetzt ist nur noch meine Mutter da. Mein Vater ist vor ein paar Jahren gestorben.« Er öffnete einen Kaffeebecher und gab ihn Emily. »Ich ging in New York zur Schule, und weil es mir dort so gut gefiel, blieb ich nach der Ausbildung auch dort. Irgendwann lernte ich Gayle kennen. Sie war Architektin und hatte einen guten Job in der Stadt. Es wäre dumm gewesen, dort wegzugehen.« Er rieb sich eine Augenbraue. »Komisch, wie die Dinge sich entwickeln.«
»Wie lange waren Sie verheiratet?«
Er öffnete den zweiten Kaffeebecher und trank einen Schluck.

»Zehn Jahre – und es war nicht einfach. Wir hatten beide zeitintensive Berufe. Manchmal teilten wir eine ganze Woche lang nur für ein paar Nachtstunden das Bett miteinander.« Er zog hörbar die Luft ein. »Aber ich vermisse sie. Wir führten ein interessantes Leben, ein ›erwachsenes‹ Leben – im Gegensatz zu meinem jetzigen. Seit Gayles Tod vergingen meine Tage damit, Babysitter zu suchen, im Fernsehprogramm die ›Sesamstraße‹ zu finden, Bananen in Scheiben zu schneiden und Windeln zu wechseln.«

»Es wird besser«, prophezeite Emily mit einem Lächeln.

»Wann?«

»Bald. Dann ißt sie die Bananen im Stück.«

»Na toll.«

»Haben Sie einen Babysitter gefunden?«

»Es ist schwierig. Es war kein Scherz, als ich sagte, Sie seien die einzige, von der sie sich auf den Arm nehmen läßt. Bei allen anderen fängt sie an zu schreien. Es gibt nur eine Frau – sie wohnt in der Stadtmitte – die möglicherweise in Frage kommt.«

»Janice Stolski.«

Seine Augen leuchteten auf. »Sie kennen sie?«

»Sie ist eine ganz liebe Person. Betreut nur eine begrenzte Anzahl von Kindern, um sich ihnen wirklich widmen zu können. Wird sie Julia nehmen?«

»Sie hat es gesagt, aber ob Julia sie akzeptiert? Das ist die Frage. Ich probiere es morgen aus, während ich hier arbeite. Es wäre gefährlich, wenn Julia mir zwischen den Füßen herumkrauchte, und außerdem empfiehlt es sich, einen Test zu machen. Ich muß sicher sein, daß Julia gut aufgehoben ist, wenn ich bei John anfange.«

»Was werden Sie bei der Polizei machen?«

»Alles, was anfällt.«

»In welcher Abteilung waren Sie in New York?«

»Bei der Mordkommission. Allerdings nicht gleich. Angefangen habe ich in Uniform. Aber ich konnte gut mit Menschen umgehen. Ich konnte sie dazu bringen, mir zu vertrauen – und wenn sie einem vertrauen, geben sie einem die Informationen, die man braucht. Und so wurde ich befördert.«

»Es liegt an Ihren Augen«, sagte sie. »Sie sind vertrauenerweckend.« Sie hatten noch andere Eigenschaften, doch auf die ging sie nicht ein. Wenn sie sagte, daß sie bezwingend waren oder faszinierend oder sinnlich, würde er das vielleicht falsch auffassen. »Sie sind auffällig.«

»Das hat auch eine Schattenseite. Wenn ich verdeckt ermittelte, trug ich farbige Kontaktlinsen.« Sein Blick ruhte nachdenklich auf Julia. »Wahrscheinlich war es gut, daß ich weggegangen bin. Auch mit Kontaktlinsen hätte mich irgendwann jemand enttarnt, und dann ...« Er zog an einem imaginären Abzug.

Emily zuckte zusammen.

»Grannick wird jedenfalls nicht so gefährlich sein.«

»Bei uns gibt es auch Verbrechen.«

»Aber nicht wie in New York. Es ist nirgendwo so wie in New York.« Er nahm sich einen Donut.

»Vor ein paar Jahren gab es einen Entführungsfall in der Stadt«, kam Emily mit einem Beispiel. »Eine Collegestudentin verschwand. Sie stammte aus einer reichen Familie aus dem Mittleren Westen.«

»Wurde sie gefunden?«

»Ja. Von zwei unserer eigenen Beamten, die sich dahintergeklemmt hatten – aber nicht, ehe ein kleiner Finger und zwei Millionen Dollar ausgetauscht worden waren.«

Brian stieß einen angewiderten Laut aus. »Motiv?«

»Rache.«

»Täter?«

»Ein entlassener Angestellter. Haben Sie je an einer Entführung gearbeitet?«

»Ja. Eine harte Sache. Bei den meisten Morden kennen Opfer und Mörder sich. Das gilt für Entführungen nicht. Die Opfer sind meist Unbekannte.«

»Kinder.«
»Nicht immer – aber oft. Und dann kommt zu dem Ganzen noch der Kummer der Eltern hinzu.«
Emily nickte. Sie wandte sich an Julia, die zwischen ihnen hockte. »Na – schmeckt dir das, Schätzchen? Hoppla – da hat sich ein Stück selbständig gemacht. Hier hast du es wieder.« Sie schloß Julias kleine Finger um das bröcklige Donutstück. Als sie aufschaute, sah sie, daß Brian sich mit der rückwärtigen Wand befaßte. »Kommen Ihnen Bedenken?«
»Keine Rede. Hier sind wir richtig – ich fühle mich schon jetzt zu Hause.«
»Es muß aber viel daran getan werden.«
»Die Arbeit wird therapeutisch wirken – bei mir zumindest. Ich muß mich dafür entschuldigen, daß ich Sie so überrumpelt habe – Sie hätten vielleicht andere Dinge zu tun.«
»Nein – der Zeitpunkt ist gar nicht schlecht. Meine Tochter ist vor ein paar Tagen aufs College gegangen, und mein Mann ist viel unterwegs. Ich freue mich, wenn ich etwas zu tun habe.«
Er lächelte und deutete durch ein Hochziehen seiner Brauen an, daß sie hier genug zu tun haben würde. Dann hob er den Blick zu der gewölbten Decke. »Besteht die Möglichkeit, da oben einen Ventilator anzubringen?«
»Steht bereits auf meiner Liste.«
Sein Blick ging wieder zur hinteren Wand. »Wie wär's dort mit einem hohen Bogenfenster – anstatt der beiden schmalen und noch etwas breiter? Das würde den Raum optisch größer machen, ihn zum Wald hin öffnen.«
Emily sah es vor sich – doch sie hatte keine so einschneidenden Veränderungen vorgehabt. »Bedeutet das nicht einen ungeheuren baulichen Aufwand?«
»Eigentlich nicht – ich habe so was schon gemacht. Wenn Sie das Fenster spendieren, mache ich die Arbeit umsonst.«

Dieses Angebot konnte sie nicht ausschlagen – das Fenster bliebe, wenn Brian auszöge, das Teuere war die Arbeit.
Sie erinnerte sich an das, was Doug gesagt hatte. »Das klingt fair – aber was ist mit den zwei Wochen Zeit, die Sie für die Renovierung investieren?«
Er schaute sie verständnislos an.
»Was wollen Sie dafür haben?«
»Ich bekomm doch dafür die Wohnung!«
Ha! Doug hatte sich geirrt! »Ich verzichte auf die erste Monatsmiete«, bot sie an.
»So hab ich es nicht gemeint.«
»Ich weiß – aber es erscheint mir gerecht.«
»Warum? Ich hab mich freiwillig zu dieser Arbeit bereit erklärt. Ich freue mich sogar darauf.«
Je edler er sich verhielt, um so edler wollte sie ihrerseits sein. »Aber irgend etwas müssen Sie dafür bekommen.« Und dann kam ihr eine Idee. »Ich könnte babysitten.«
»Nein«, sagte er hastig und kratzte sich dann verlegen am Hinterkopf. »Als ich vorhin auf dem Revier vorbeifuhr, warnte John mich schon: Er sagte, seine Frau würde sich scheiden lassen, wenn ich Sie in dieser Hinsicht ausnutzte.«
»Sie nutzen mich nicht aus – ich biete es Ihnen an.«
Doch seine Augen sagten ihr, daß er sich nicht würde umstimmen lassen, und diese Augen ließen keinen Zweifel zu.
»Also wirklich«, sagte sie, »das ist mir peinlich. Ich bekomme etwas, ohne etwas zu geben – das ist nicht gerecht.«
»Es gibt etwas.«
»Was?«
»Sie könnten mich Ihre Waschmaschine und Ihren Trockner benutzen lassen. In dem Motel war es eine fürchterliche Prozedur, Julias Sachen zu waschen. Wenn ich mich ab und zu in Ihren Keller schleichen dürfte ...«
»Ich habe eine bessere Idee«, fiel Emily ihm lächelnd ins Wort.

Sie schaute zu der Wand hinüber, an der die Küchenzeile vorgesehen war. »Ich stelle einen Turm in die Ecke da und verkleide ihn mit Lamellentüren.«
»Das ist nicht nötig.«
»Aber angebracht.« Emily war begeistert von ihrem Einfall.
»Doug will die Räume hier als Wohnung vermieten, also sollen sie zu einer Wohnung gemacht werden, und Wohnungen verfügen heutzutage über Waschmaschinen und Trockner. Die meisten zumindest. Oder nicht?« fragte sie nach einer kurzen Pause, doch sie hatte sich entschieden. »Ich will es so.«
»Huuhuuh! Emily?«
»Ich bin hier oben, Myra!« rief sie zurück und erklärte Brian dann: »Myra macht jeden Morgen die Runde durch die Nachbarschaft. Zweifellos hat sie Ihren Wagen gesehen und will wissen, wer da ist.« Dann fiel ihr etwas ein: »Sie sind doch nicht mit einem Streifenwagen gekommen, oder? Sie gerät in Panik, wenn sie einen Streifenwagen sieht.«
»Kein Streifenwagen – nur der Jeep.«
»Hallo, hallo«, begrüßte Myra die kleine Gesellschaft freundlich, als sie ins Zimmer trat. Sie war offensichtlich nicht überrascht, Brian und seine Tochter hier oben vorzufinden.
Emily nahm an, daß sie am Fenster gesessen hatte, als die beiden ankamen.
Myra beugte sich hinunter. »Das ist Julia, nicht wahr? Hallo, Julia.« Sie richtete sich wieder auf. »Und ihr Polizisten-Vater. Aber Sie tragen ja gar keine Uniform, Officer.«
Brian lächelte. »Ich habe meinen Job noch nicht angetreten.«
»Er ist Detective«, sagte Emily. »Er wird keine Uniform tragen.«
»Keine Uniform? Oh! Aber das hat auch sein Gutes – man erschrickt nicht so, wenn man ihn sieht.« Und dann murmelte sie, an Emily gewandt, in vertraulichem Ton: »Ich habe Frank noch nichts gesagt. Wenn er keine Uniform sieht, kommt er

vielleicht gar nicht dahinter.« Ihr Blick flog zu Brian. »Außer, Sie montieren diese grellen Lichter auf Ihr Auto.«
»Keine grellen Lichter«, versicherte er ihr. »Nicht in dieser Straße.«
»Aber warum sind Sie dann hier, wenn Sie nicht in diese Straße kommen wollen?«
»Er ist hier«, erklärte Emily sanft, »weil bei unserer Polizei gerade eine Stelle frei wurde, als er das Bedürfnis hatte, New York den Rücken zu kehren. Seine Frau ist kürzlich gestorben, und er möchte Julia an einem ruhigen, friedlichen Ort großziehen.«
Myra schnalzte mit der Zunge. »Was für eine traurige Geschichte. Aber lassen Sie sich nicht täuschen«, warnte sie Brian. »Grannick ist nicht so friedlich wie es den Anschein hat. Hier passiert auch allerhand.«
»Darum bin ich hier.«
»Das wußte ich. Wissen Sie, Emily – ich wußte, daß er hergekommen ist, um für Ordnung zu sorgen. Aber wer kümmert sich um Julia, während er damit beschäftigt ist?«
»Er will sie in der Stadt zu einer Tagesmutter geben.«
»Das ist eine dumme Idee«, fand Myra und wandte sich fröhlich an Brian: »Ich kann mich um Julia kümmern. Ich gebe die schönsten Teegesellschaften unter meiner Weide – nicht wahr, Emily.«
Emily legte die Hand auf ihren Arm. »Julia braucht andere Kinder.«
»Aber nicht, wenn sie krank ist – dann darf sie das Haus nicht verlassen. Ich finde es nicht gut, die Kinder zu fremden Leuten zu geben. Frank findet das auch nicht gut. Er sagt, Kinder gehören nach Hause.« Sie bedachte Brian mit einem strengen Blick. »Wenn Julia krank ist, holen Sie mich, und ich bleibe bei ihr. Versprechen Sie mir, daß Sie das machen werden? Es ist das mindeste, was ich für Sie tun kann, nachdem Sie von so weit her gekommen sind. Ich backe wunderbare Plätzchen. Und ich

häkle wunderschöne Handschuhe. Ich habe immer gut für Emily gesorgt – stimmt das nicht, Emily?«
Emily legte den Arm um ihre Schultern und führte sie zur Tür. »Sehr gut, Myra. Habe ich Ihnen erzählt, daß wir die Decke, die Sie für Jill gehäkelt haben, in ihrem Zimmer im College auf ihr Bett gelegt haben?«
»Das haben Sie getan? Wie schön! Ich vermisse Jill. Wenn ich Plätzchen für sie backe – können wir sie ihr dann schicken?«
»Sie backen sie, und ich schicke sie ihr. Abgemacht?«
»Abgemacht.«
Emily wartete, bis sie die Treppe hinuntergegangen war, ehe sie sich entschuldigend zu Brian wandte. »Sie ist eine sehr liebe, völlig harmlose alte Dame, und sie macht wirklich wunderbare Plätzchen ...«
»Aber ich sollte ihr nicht Julia anvertrauen«, beendete Brian ihren Satz.
Emily kam sich schäbig vor, doch sie schüttelte trotzdem den Kopf. »Ihre Familie will sie in ein Pflegeheim stecken, aber das würde sie umbringen – und außerdem besteht wirklich kein Anlaß dazu. Sie ist absolut in der Lage, sich selbst zu versorgen. Und sie ist auch völlig klar im Kopf – außer in einem Punkt: Sie lebt mit Frank zusammen.«
»Ist das ein Problem?«
»Kommt darauf an, wie man es sieht – er ist seit sechs Jahren tot.«
»Oh.«
»Aus welchen Gründen auch immer – sie kann es nicht akzeptieren. Sie kocht für ihn, deckt an seinem angestammten Platz den Tisch für ihn, bezieht sich in Unterhaltungen auf ihn ...«
»Waren sie sehr lange verheiratet?«
»Ja.«
»Und war ihre Beziehung sehr eng?«
»Ich glaube, ja.« Emily hatte nie verstanden, was Myra so an ihrem Mann faszinierte. »Frank war ein schwieriger Mensch.

Nicht besonders gesellig. Und er trank. Ich weiß nicht, ob er Myra je geschlagen hat, aber er beschimpfte sie – das habe ich mehr als einmal miterlebt. Er hatte Macht über sie. Sie hatte schreckliche Angst vor ihm. Offen gestanden dachte ich, sie würde sich befreit fühlen, als er starb, doch sie kann sich nicht von ihm lösen.«

»Traurig.«

»Sehr.« Ihre Blicke trafen sich. »Aber lassen Sie sich durch Myra nicht vergraulen. Sie ist eine wunderbare Nachbarin. Sie hat sich immer um Jill und mich gekümmert, bringt uns Essen und kleine Geschenke dafür, daß wir uns mit ihr unter ihre Weide setzen. Das ist alles, was sie will. Sie ist nicht gefährlich.«

»Das habe ich auch keine Sekunde angenommen. Ich werde mich nicht vergraulen lassen. Ich bin dieser Wohnung verfallen, besonders«, seine Augen wurden schmeichelweich, »wenn Sie mir das Fenster genehmigen.«

Das Fenster war beschlossene Sache – ebenso wie die Vermietung. Jetzt fehlte nur noch die Vertragsunterzeichnung.

Ende der Woche war der Papierkrieg erledigt – sowohl was den Mietvertrag betraf als auch die Materialbestellungen, die als Eilauftrag hinausgegangen waren, und in freudiger Erwartung der Dinge, die da bald kommen würden, stürzten Emily und Brian sich mit Feuereifer in die Arbeit. Samstag nachmittag war der Staub von Jahren entfernt, jede Wand in der Wohnung von Tapete befreit, verspachtelt und glatt geschmirgelt, bereit für die schlichte weiße Farbe, die Brian sich wünschte. Der Elektriker hatte den Deckenventilator installiert, der die Arbeitsbedingungen sofort verbesserte, und Anschlüsse für zusätzliche Lichtquellen und die Wasch-Trocken-Säule gelegt, die ursprünglich nicht vorgesehen gewesen war. Der Klempner hatte das Badezimmer mit der von John prophezeiten Leichtigkeit in einen funktions-

tüchtigen Zustand versetzt. Die Telefongesellschaft hatte eine Leitung installiert.
Abgesehen von der Zeit, die sie bei Celeste verbrachte, die bandagiert und bis zur Unkenntlichkeit verschwollen aus ihrem chirurgischen Abenteuer herausgekommen war und dringend Ermutigung benötigte, verwendete Emily jede wache Minute auf die Arbeit an der Wohnung.
Am Donnerstag abend rief Doug aus Philadelphia an. Er war ziemlich kurz angebunden, doch sie war zu beschäftigt, um ausführlich darüber nachzudenken. Sie wollte auch gar nicht darüber nachdenken. *Ich weiß manchmal nicht, wer du eigentlich bist, Doug.* Immer wieder echoten ihre eigenen Worte durch ihren Kopf, weigerten sich zu verstummen. Am Telefon war er ein Fremder, eingebunden in seine andere Welt. Wenn er nach Hause käme, würde er wieder ihr Ehemann sein, sagte sie sich. Dann würden sie reden.
Samstag morgen nahm sie in Vorfreude auf ein Abendpicknick am Teich die Hähnchenschenkel aus dem Tiefkühlschrank. Sie holte den Kuchen aus dem Kühlschrank und stellte ihn auf die Arbeitsfläche, damit er sich auf Raumtemperatur erwärmen könnte. Am Stand einer Farm am Rande der Stadt kaufte sie frischen Mais und Kopfsalat, Radicchio, in Scheiben geschnittene schwarze Oliven, Pinienkerne und Sprossen. Im Schallplattenladen erstand sie die neue Streisand-Kassette, die Doug haben wollte. Wieder daheim kühlte sie den Champagner, den ihre Verlegerin ihr anläßlich des Erscheinens ihres Buches geschickt und den sie seitdem für einen besonderen Anlaß aufgehoben hatte. Champagner war ein festliches Getränk – Doug brauchte ja nicht zu wissen, woher er stammte.
Wie sich zeigte, kam Doug erst um elf Uhr nachts – nachdem Emily mit bei jedem Handgriff weiter schwindender Hoffnung alle Spuren ihrer Vorbereitungen für einen romantischen Abend zu zweit beseitigt hatte. Als er endlich kam, deutete nichts darauf

hin, daß sie ihn früher erwartet hatte – und sie ließ es sich auch nicht anmerken. Schließlich hatte er »Samstag abend. Spät« gesagt. Es war ihr Fehler, daß sie angenommen hatte, er würde es zum Abendessen schaffen. Ihn traf keine Schuld.

Er begrüßte sie mit einem flüchtigen Kuß und verschwand ins Bett. Als sie am nächsten Morgen aufwachte, schlief er noch immer. Sie widerstand dem Impuls, ihn zu wecken und zu den Dingen zu animieren, mit denen sie früher die Sonntage begonnen hatten. Er brauchte den Schlaf offenbar. Ihn zu wecken, wenn er erschöpft war, würde eher Verärgerung auslösen als Begehren.

Als zweitbester Tagesbeginn bot sich ein reichhaltiges Frühstück an. Sie zauberte aus Nichts einen Kuchen und schob ihn in den Ofen, richtete eine Schüssel mit Beeren und Kiwis an. Nachdem sie auf Zehenspitzen ins Schlafzimmer zurückgeschlichen war, seine schmutzige Wäsche eingesammelt und in die Waschmaschine gesteckt hatte, rührte sie die Zutaten für ein Dreierlei-Käse-Omelett zusammen, stellte die Pfanne mit einem Stück Butter auf den Herd und – in dem Gedanken, daß auch ein Frühstück eine festliche Angelegenheit sein konnte – Flötengläser für Champagner-Orange auf den Tisch.

Doug schlenderte um halb elf in die Küche, warf einen Blick auf Emilys Vorbereitungen und legte eine Vorsicht ausdrückende Hand auf seinen Bauch. »Nichts für mich – mein Magen ist verkorkst. Ich nehme an, das liegt an dem zu üppigen Essen in den Hotels und Restaurants.«

Emily war tief enttäuscht. »Dann iß wenigstens etwas Obst«, drängte sie ihn in dem Bemühen, Verständnis zu zeigen, und er stimmte zu. Sie trug den Champagner und die Beilagen zum Omelett weg. »Kaffee?« Sie hatte die Bohnen frisch gemahlen und Wasser in die Maschine gefüllt.

Aber er schüttelte den Kopf. »Vielleicht später. Im Augenblick möchte ich nur Obst.«

Im Augenblick möchte ich nur Obst. Okay. Sie wollte, daß er zu Hause glücklich war. Wenn es ihn glücklich machte, konnte sie »Im Augenblick möchte ich nur Obst« akzeptieren.
Sie füllte zwei Schüsselchen und setzte sich neben ihn an den Küchentisch, den sie mit Glasgeschirr, Stoffservietten und Myras Beitrag zu seiner Heimkehr – aprikosenfarbenen Ringelblumen – festlich gestaltet hatte. Sie drängte ihn nicht gleich zu dem Gespräch, das ihr unter den Nägeln brannte. Es war rücksichtsvoller, ihn noch ein wenig durchatmen zu lassen, dachte sie.
Nach einer Weile legte er den Löffel hin. »Was gibt es Neues von Jill?«
»Es geht ihr großartig. Sie ruft jeden Tag an. Die Kurse fangen morgen an.«
»Hat sie sich sinnvolle Fächer ausgesucht?«
Emily hatte sie ihm aufgezählt, als er am Donnerstag angerufen hatte – er mußte es vergessen haben. Geduldig wiederholte sie, was sie ihm am Telefon gesagt hatte. Ohne darauf einzugehen, fragte er: »Wie ist ihre Zimmergenossin?«
»Anscheinend nett.«
»Das ist gut.« Er nahm seinen Löffel und aß weiter.
Emily studierte sein Gesicht. Er sah nicht ausgesprochen müde aus, aber irgendwie erschöpft. »Bist du okay, Doug?«
»Natürlich. Warum fragst du?«
»Du wirkst so geistesabwesend.«
Er stach auf eine Beere ein. »Ich habe den Kopf voll.«
»Möchtest du darüber reden?«
»Nicht unbedingt. Ich habe die ganze Woche damit gelebt – jetzt brauche ich eine Verschnaufpause.«
Das war gut und schön für ihn, aber nicht gut und schön für sie. Er sehnte sich nach Schweigen, sie sehnte sich nach einem Gespräch. »Geht es um den Klienten in Baltimore?«
Er zuckte mit den Schultern.

»Das Problem war bei deiner Abreise noch nicht gelöst?«
Er legte den Löffel hin. »Wir machen Fortschritte.« Er griff nach der Sonntagszeitung.
»Was ist mit Philadelphia?«
Mit einem ungeduldigen Ruck faltete er die Zeitung auseinander. »Was soll damit sein?«
»Wie lief es?«
»Gut.« Er wandte seine Aufmerksamkeit der ersten Seite zu.
Sie wartete. Seine Augen bewegten sich, doch sie war nicht sicher, daß er tatsächlich las. »Sprich mit mir, Doug«, bat sie leise. Er senkte die Zeitung gerade weit genug, um ihr in die Augen schauen zu können. »Heute ist der erste Tag der Woche, an dem ich beim Frühstück in aller Ruhe Zeitung lesen kann. Es ist wirklich ein Genuß. Gestattest du ihn mir?«
Sofort erwachte ihr Gewissen. Schließlich war er es, der von Termin zu Termin hetzte, der unter dem ständigen Druck stand, Lösungen für betriebliche Probleme finden und Geld verdienen zu müssen. An seiner Stelle würde sie die Lektüre der Morgenzeitung wahrscheinlich auch als Genuß empfinden. »Was hältst du von Lunch am Teich?« fragte sie in dem Bestreben, wenigstens einen ihrer Pläne zu realisieren.
»Lunch? Ich kann mir jetzt keine Gedanken über das Mittagessen machen – ich habe doch eben erst gefrühstückt.«
»Nur Obst – das ist nicht gerade viel. Ich habe Hähnchenschenkel und frischen Mais und Salat zu bieten. Und Erdbeer-Rhabarber-Kuchen.«
»Erdbeer-Rhabarber?« Endlich eine Andeutung von Interesse. »Selbstgemachten?«
Sie nickte erfreut.
Sein Blick glitt über die Arbeitsfläche. »Wo ist er?«
»Im Kühlschrank.«
»Kann ich ein Stück haben?«
»Was wird dein Magen dazu sagen?«

»Für ein Stück dieses Kuchens leide ich gerne. Er ist der beste, den ich kenne.«

Erleichtert, den alten Doug durchschimmern zu sehen, stand sie auf und holte ihm ein Stück – und dann sah sie zu, wie er es bis auf den letzten Krümel vertilgte. Sobald das geschehen war, griff sie nach seiner Hand. »Komm – ich will dir was zeigen.«

»Was?«

»Die Wohnung über der Garage. Du wirst sie nicht wiedererkennen.«

»Ich bin nicht angezogen.«

»Das macht doch nichts.« Er trug einen knielangen Frotteemantel, was Emily als gemütlich und vertraut empfand. Der weltmännische Unternehmensberater war weit weg, und sie wünschte ihn sich nicht her.

Sie zog ihn aus der Küche, die Treppe hinunter und über die Zufahrt zur anderen Seite der Garage. Als sie die Tür öffnete, deutete sie auf die Schlösser: »Sie sind neu. Und ich habe einen Läufer für die Treppe bestellt.« Sie machten sich auf den Weg nach oben. »Das ist sicherer für ein Kind.«

»Jill ist gut ohne zurechtgekommen.«

»Jill hätte uns nicht verklagt, wenn sie gestürzt wäre.«

»Und dieser Typ würde das tun? Vielleicht ist es ein Fehler, an einen Cop zu vermieten.«

»Nein, bestimmt nicht – er ist ein netter Kerl. Ich denke nur wie eine Vermieterin, weißt du.« Sie führte ihn in den großen Raum und lächelte. »Ein ganz schöner Unterschied, was?«

Sie hatte erwartet, daß er ebenfalls lächeln würde, doch sein Gesicht drückte eine Empfindung aus, die einer Bestürzung nahe kam. »Die Wände sehen furchtbar kahl aus.«

»Wir werden sie nächste Woche streichen.«

»Na ja – wahrscheinlich ist alles eine Verbesserung gegen die schäbige Tapete und Jills abscheuliche Graffiti.«

Emily hielt die Graffiti nicht für abscheulich. »Ich habe sie für sie gerettet. Irgendwann wird sie sich darüber totlachen. Sie sind so etwas wie eine Chronik ihrer Jugendzeit. John war entsetzt.«

»Wann war John denn hier?«

»Als er Brian herbrachte.« Sie bedauerte, daß ihr Johns Name herausgerutscht war. Ehemals Freunde, hatten Doug und er sich voneinander entfernt. Außer den Mädchen hatten sie wenig Berührungspunkte. Manchmal spürte Emily bei Doug Abneigung gegen John. Sie fragte nicht nach dem Grund dafür, wollte ihn gar nicht wissen.

»Was haben die Markierungen da drüben zu bedeuten?« fragte Doug.

»Wir setzen ein Bogenfenster ein.«

»Mein Gott – das wird ja riesig!«

»Es wird wunderhübsch aussehen.«

»Ist ein solcher Aufwand denn nötig – für fünfhundert im Monat? Und der Deckenventilator ist neu. Der Kerl macht ein Bombengeschäft.«

»Das tun wir auch«, ging Emily in die Defensive. Sie war stolz auf das, was sie bisher hier geleistet hatte, war es müde, abgekanzelt zu werden. »Er baut das Fenster selbst ein.«

»Bezahlt er es auch?«

»Mit seiner Arbeitskraft.«

»Ich dachte, du sagtest, er sei Polizist.«

»Er hat früher als Tischler gearbeitet. Ich habe dir doch erzählt, daß er angeboten hat, bei der Renovierung zu helfen.«

»Das ist keine Renovierung – das ist ein Umbau. Versteht er überhaupt etwas davon? Woher weißt du, daß am Ende nicht das Dach einbricht oder das Fenster undicht ist?«

»Das weiß ich auch nicht, wenn ich einen Handwerker nehme.«

»Aber einen Handwerker kannst du zur Verantwortung ziehen, wenn er gepfuscht hat.«

»Der ist teuer – Brian macht es gratis. Ich habe jetzt drei Tage mit ihm zusammen gearbeitet, ich habe ihn mit dem Elektriker und dem Klempner reden hören. Er kennt sich aus. Und außerdem – falls er pfuscht, muß er damit leben.«

»Und wir müssen es in Ordnung bringen lassen.«

»Ich vertraue ihm«, sagte Emily nachdrücklich. »Das würdest du auch tun, wenn du ihn kennen würdest. Soll ich ihn bitten, nachher vorbeizuschauen?« Der Gedanke gefiel ihr. Sie wollte Brian Doug vorstellen.

Doch Doug antwortete mit einer ungeduldigen Handbewegung. »Ich habe keine Zeit, mich damit aufzuhalten – ich fahre um drei. Morgen ist schon in aller Herrgottsfrühe eine Besprechung in Atlanta angesetzt, und deshalb muß ich heute abend schon dort sein.«

»Um drei!« rief Emily bestürzt. Sie hatte wenigstens auf vier oder fünf gehofft. »Das läßt uns nicht viel Zeit.«

»Wozu?«

»Zum Reden. Du hast versprochen, daß wir miteinander reden würden.«

Er starrte sie einen Moment lang schweigend an, dann stemmte er die Hände in die Seiten. »Okay. Ich bin hier. Rede.«

Der Zeitpunkt, der Ort, die Atmosphäre – alles war ungeeignet für das, was sie ihm sagen wollte. Sie hatte auf eine herzlichere Stimmung, eine intimere Kulisse gehofft. Doch wenn sie die Wahl zwischen dieser hier und gar keiner hatte, so gab es kein Überlegen.

Und so sprudelte sie heraus: »Jill ist weg, und ich bin ganz allein zu Hause. Ich hatte mich darauf verlassen, daß wir ab Donnerstag zusammen wären, und als daraus nichts wurde, zählte ich auf den Samstag, und der ist vorbeigegangen, ohne daß wir auch nur eines der Dinge getan haben, die ich mir ausgemalt hatte. Ich möchte, daß wir Zeit miteinander verbringen, Doug. Ich möchte, daß wir etwas miteinander unternehmen, daß wir Spaß miteinander haben, wie wir es früher hatten.«

»Ja, das wäre schön. Ich könnte mich aus dem Berufsleben

zurückziehen – aber wer würde dann die Rechnungen bezahlen?«
»Du sollst ja nicht aufhören zu arbeiten – nur mehr zu Hause sein.«
»Ich muß Geld verdienen, Emily.«
»Das müssen andere Männer auch – aber die schaffen es trotzdem, Zeit für ihre Frauen zu haben.«
»Soll das heißen, daß ich meine Zeit schlecht einteile?«
Sie spielte mit dem Gedanken, einen Rückzieher zu machen, doch die Worte ließen sich nicht aufhalten. »Es ist eine Frage der Prioritäten.«
»Und du findest, meine sind falsch gesetzt? Du bist unglaublich. Ich reiße mir den Arsch auf, damit meine Frau und meine Tochter ein angenehmes Leben führen können, und du stellst dich hin und beschwerst dich! Was ist los mit dir?«
Da war es wieder, das schlechte Gewissen. »Ich fühle mich einsam.«
»Das tue ich auch, wenn ich allein in fremden Städten herumhocke, aber ich bin nicht bereit, ein Vermögen dafür zu bezahlen, dich überall hin mitzuschleppen.«
»Du könntest öfter anrufen. Du könntest mir von deinem Tag erzählen, und ich könnte dir von meinem Tag erzählen.«
»Das tun wir doch.«
»Nicht jeden Abend – und meistens rede nur ich. Früher hast auch du erzählt.«
Seine Stimme wurde langsam und oberlehrerhaft. »Damals war das Leben einfacher. Wir sprachen über das Wetter oder die Salaternte oder eine neue Maschine, die ich bestellt hatte. Die Arbeit, die ich jetzt mache, ist komplizierter.«
»Ich bin nicht dumm – ich kann dir durchaus folgen.«
»Aber warum willst du überhaupt etwas darüber wissen?«
»Weil es deine Arbeit ist und sie mich interessiert.«
Er starrte sie mit kalten Augen an. »Du machst die Dinge sehr schwierig.«

»Inwiefern?« fragte sie verletzt. »Ist es schwierig für dich, mit mir zu reden?«
»Du setzt mich unter Druck.«
»Ich will doch nur ein bißchen Zeit von dir.«
»Ich habe aber keine übrig«, antwortete er mit zusammengebissenen Zähnen. »Herrgott, Emily – das Leben ist hart genug. Mach es mir nicht noch schwerer.«
Sie studierte ihn eine ungläubige Minute lang, dann gab sie sich geschlagen. »Das lag nicht in meiner Absicht.«
»Ja, ja – das tut es nie«, sagte er.
»Was soll denn das heißen?« rief sie.
Er ging in Richtung Tür. »Du bist so ein Unschuldslamm.«
»Ist das schlimm?«
»Tödlich.« Er ging die Treppe hinunter.
»Doug?« Sie lief zur Tür. »Doug!« Doch er schaute sich nicht um, und Sekunden später war er verschwunden, und sie stand wie vom Donner gerührt da und fragte sich, was zum Teufel da gerade passiert war.

Emilys Schock hielt für den Rest der wenigen Stunden an, die Doug noch zu Hause verbrachte. Sie machte keinen weiteren Versuch, mit ihm zu sprechen, sondern war einfach nur da, still und lieb, wie sie es den größten Teil der letzten einundzwanzig Jahre gewesen war.
Das schien ihre Rolle in ihrer Ehe zu sein. Sie hatte nie darüber nachgedacht, als Jill ihr Leben noch in einem so großen Maße bestimmt hatte, doch jetzt war Jill fort, würde zwar in den Ferien heimkommen, jedoch so sicher, wie die Sonne von Osten nach Westen wanderte, auf dem Weg in die Unabhängigkeit.
Emilys Zukunft beschränkte sich auf Doug. Wenn dieses Wochenende ein Hinweis darauf war, wie diese Zukunft aussehen würde, wußte sie nicht, was sie tun sollte.
Und so dachte sie nicht weiter darüber nach. Sie legte seine

frische Wäsche zusammen und packte seine Reisetasche, während er sich im Arbeitszimmer beschäftigte. Um zu zeigen, daß sie verstand, wie wichtig seine Arbeit war, daß sie zu Kompromissen bereit war, brachte sie ihm das Mittagessen dorthin. Es war die Zimmervariante des Freiluft-Picknicks, auf das sie gehofft hatte, und als er endlich eine Pause machte, rief sie Jill an. Sie wollte, daß Jill ihrer beider Stimmen zusammen hörte. Das erschien ihr fast ebenso wichtig, wie ihr Zimmer unangetastet zu lassen.

Sechstes Kapitel

Früh am Montag morgen zog Brian Julia an und fuhr mit ihr zur Tagesmutter. Die Vorahnung ihres Weinens krampfte seinen Magen zusammen. Und sie enttäuschte ihn nicht: Das Weinen begann in dem Augenblick, als er sie aus dem Wagen hob. Die Tatsache, daß sie sich an ihn klammerte, als ob sie ihn abgöttisch liebte und die Trennung von ihm nicht ertragen könnte, war nur ein schwacher Trost. Er kam sich vor wie ein Ungeheuer, als überantworte er sie dem Scharfrichter und nicht einer Frau, die ihn gleichermaßen durch ihre Sachkenntnis und ihre Referenzen beeindruckt hatte – und die hatte er gründlich überprüft. Von der ersten bis zur letzten. Emilys Beurteilung hatte sich als repräsentativ erwiesen.

»Schschsch«, versuchte er die an seiner Schulter kreischende Julia zu beruhigen. »Niemand wird dir hier was tun. Du wirst viel Spaß haben, und ich komm dich später abholen. Versprochen. Ich komme wieder.«

Janice löste sie aus Brians Armen. »Sobald Sie weg sind, wird sie aufhören zu weinen. Ihr Verhalten ist nicht ungewöhnlich – vor allem beim erstenmal.« Sie entfernte sich in Richtung der anderen Kinder.

Julias Kreischen wurde noch schriller. Sie streckte die Ärmchen über Janice' Schultern nach Brian aus, eine Geste, die ihm fast das Herz brach. Er konnte den Blick nicht von ihr wenden. »Vielleicht war das doch keine so gute Idee«, meinte er in einem Anflug von Panik. »Wir waren tagelang keine Sekunde getrennt. Mein Gesicht ist ihr vertraut – und ich bin alles, was ihr geblieben ist.«

»Wenn Sie weg sind, wird sie sich beruhigen, Mr. Stasek.«
»Laute Geräusche machen ihr angst. Und plötzliche Bewegungen. Sie vermißt ihre Mutter immer noch. Sie versteht nicht, was mit Gayle passiert ist. Sie wird denken, daß auch ich nicht wiederkomme.«
Janice hatte sich zu einigen Kindern gekniet, die mit großen Plastikbausteinen spielten. »Schau, Julia, sind das nicht hübsche Bauklötze? Was, glaubst du, bauen die Kinder damit? Was wollt ihr bauen, Adam?«
Julia schrie weiter, klammerte sich mit panischem Blick an Brian, der sich von Sekunde zu Sekunde grausamer vorkam. »Soll ich hierbleiben?« rief er hinüber.
»Auf keinen Fall. Sobald Sie weg sind, wird sie sich beruhigen.«
»Ich habe zwei Garnituren zum Wechseln in die Tasche gepackt. Reicht das?«
»Ganz bestimmt.«
»Und ihren Hasen – ohne den kann sie nicht einschlafen.«
»Ich werde ihn ihr geben – Sie können sich darauf verlassen.«
»Ich bin hier in der Stadt. Sie haben die Telefonnummer – ich kann in fünf Minuten dasein. Soll ich in der Mittagspause vorbeischauen?«
»Nur wenn Sie möchten, daß sie wieder zu weinen anfängt.«
Das setzte voraus, daß sie jetzt damit aufhören würde. Brian wollte es gerne glauben, doch im Moment schien sie sich in eine Hysterie hineinzusteigern, die ihn regelrecht ängstigte.
Früher hatte sie viel gelächelt, hatte von ihrer jeweiligen Beschäftigung aufgeschaut, wenn er oder Gayle sich ihr näherten, und ihre Eltern angestrahlt. Jetzt war ihr kleines Gesicht vor Verzweiflung verzerrt und rot angelaufen. Er fragte sich, ob sie jemals wieder lächeln würde.
»Wenn Sie mich unter meiner Nummer nicht erreichen können, rufen Sie auf dem Polizeirevier an. Die wissen dort immer, wo ich zu finden bin, und werden mir sofort Bescheid sagen.« Er

fand, daß ein Hinweis auf seine Verbindungen nicht schaden konnte.
Janice redete weiter leise auf Julia ein, sprach über die Spielsachen und die anderen Kinder und darüber, was sie am Vormittag machen würden. Irgend etwas davon mußte zu Julia durchgedrungen sein, denn sie hörte zwar nicht auf zu weinen, wagte es jedoch, ihren Blick von Brian zu lösen.
Er stahl sich aus der Tür und ging mit dem Gefühl, feige und ein Verräter zu sein, und voller Bedenken zu seinem Jeep.
Vielleicht waren die Referenzen doch nicht zutreffend. Aber die anderen Kinder hatten nicht geweint.
Also lag es wohl an Julia.
Aber wenn es Probleme gäbe, würde Janice ihn anrufen – vorausgesetzt, sie war wirklich verantwortungsbewußt. Aber hatte Emily sich nicht positiv über sie geäußert?
Der Gedanke beruhigte ihn ein wenig. Emily wirkte überhaupt beruhigend auf ihn – und nicht nur, was Julia anging. Das hatte er gleich beim Kennenlernen festgestellt – sie strahlte etwas aus, das einem inneren Frieden gab. Sie war geradeheraus und aufrichtig, führte im Gegensatz zu ihm ein Leben, das in sicheren Bahnen verlief. Sie war die Verkörperung des unkomplizierten Lebens, das er sich so sehnlich zurückwünschte.

Um die Mittagszeit befand sich im Raum über der Garage an der Stelle, wo das Bogenfenster eingesetzt werden sollte, bereits ein recht ansehnliches Loch, und Brian fühlte sich besser. Körperliche Arbeit bereitete ihm stets Befriedigung, um so mehr, wenn sie Konzentration erforderte. Ein Loch in eine Mauer zu schlagen, das bestimmte Abmessungen haben mußte, erforderte sowohl Muskelkraft als auch Verstand.
Es lenkte ihn von Julia ab – zumindest immer wieder für kurze Zeit. Doch für längere Zeit konnte er sie nie vergessen – er war für sie verantwortlich.

Gerade als er sich fragte, was sie wohl zum Mittagessen bekäme, und dachte, daß er selbst etwas brauchen könnte, kam Emily mit einer Platte, auf der die übriggebliebenen Hähnchenschenkel arrangiert waren, und einem Krug Zitronenlimonade, stellte beides auf den Boden, legte einen Stapel Servietten daneben und forderte ihn mit einer Geste auf, sich zu bedienen.

»Das kann ich nicht annehmen«, protestierte er, obwohl das Fleisch appetitlicher aussah als alles, was er in den letzten Wochen gegessen hatte – und es duftete sehr viel besser als er. Das allerdings würde wohl auf die meisten Dinge zutreffen, nahm er an. Und auf jeden Fall traf es auf Emily zu. »Ich kann doch in die Stadt fahren und mir ein paar Sandwiches holen.«

Sie lächelte. »Wenn wir das da jetzt nicht essen, verdirbt es. Ich habe die Hähnchenschenkel fürs Wochenende gemacht, aber mein Mann hatte kaum die Zeit, etwas zu essen.«

Ihr Mann war ein Idiot. »Ist er immer so beschäftigt?«

»So schlimm wie jetzt war es früher nicht.« Ihr Lächeln wurde verlegen. »Eigentlich sollte ich dankbar sein. So viele Menschen sind arbeitslos, und Doug kann sich vor Aufträgen kaum retten.«

Sie reichte ihm ein Glas Limonade. Er leerte es in einem Zug und ließ sich neben der Fleischplatte nieder. »Dankbarkeit ist eine schöne Sache – in der Theorie. Ich war dankbar, daß Gayle erfolgreich war. Ich war ungeheuer stolz auf sie und empfand Achtung für sie – aber ich fand es schrecklich, wenn ich allein zu Hause saß.«

»Umgekehrt ist es ihr sicher ebenso gegangen.«

»Vielleicht ja, vielleicht nein. Sie war in fast jeder Hinsicht selbstgenügsam. Sie brauchte mich nicht.«

»Aber sie hat Sie geheiratet.«

»Nicht, weil sie mich brauchte – weil sie mich haben wollte.«

»Um so schöner.«

Brian war sich da nicht so sicher. »Sie war ständig auf Achse. Die Ehe war ein Faktor, der sich in ihrem Kopf festgesetzt hatte.

Ebenso wie das Muttersein. Sie war in einer traditionsbewußten Familie groß geworden, in der Heirat und Kinder als unabdingbar galten. Ihr Beruf ließ ihr für beides nicht viel Zeit, doch ohne hätte sie sich als Versager gefühlt.«
»War es bei Ihnen auch so?« fragte Emily.
Er griff nach einem Hühnerbein. »Meine Arbeit ließ mir nicht mehr Freiheiten als ihr die ihre. Es kam nicht selten vor, daß ich tagelang hintereinander rund um die Uhr im Einsatz war.«
»Bei Ermittlungen in Mordfällen?«
»Mm.« Er führte den Hähnchenschenkel zum Mund, und es lief ihm schon das Wasser im Mund zusammen, ehe das Fleisch mit seiner Zunge in Berührung kam.
»Mußten Sie eine Leiche haben, um eine Morduntersuchung in Gang zu setzen?«
Er schüttelte den Kopf und schluckte hinunter, was er im Mund hatte. »Das nicht – aber einen Hinweis darauf, daß etwas faul war. Das mußten keine greifbaren Beweise sein – wenn jemand vermißt wurde, gab es die für gewöhnlich nicht, jedenfalls nicht im Sinne blutbefleckter Gegenstände – aber es gab andere Faktoren, die uns auf den Plan riefen.«
»Zum Beispiel?«
»Zum Beispiel ein an ungewöhnlicher Stelle abgestelltes Auto. Nicht eingehaltene Verabredungen. Solche Fälle waren immer eine Herausforderung – wie das Zusammensetzen eines Puzzles.«
»Wie gut waren Sie?«
»Ziemlich – aber es kostete viel Zeit. Zeit, die ich nicht mit Gayle und Julia verbringen konnte.« Er fragte sich, ob Julia wohl ein Schläfchen machte? Er würde es sich nie verzeihen, wenn sie sich in den Schlaf weinte. Was er allerdings nie erfahren würde, denn sie würde es ihm nicht erzählen.
Er fühlte sich entmutigt. »Es gibt Momente, da frage ich mich, ob wir es schaffen werden, Julia und ich. Ich stolpere blind durch feindliches Gelände.«

»Nicht feindliches – nur unbekanntes. Mein Mann hätte genauso empfunden, wenn er plötzlich hätte einspringen und Jill die Mutter ersetzen müssen.«
»Er war kein Allroundvater?«
»Nicht ganz«, erwiderte sie mit sarkastischem Unterton, hob jedoch sofort entschuldigend die Hand. »Was okay war. Er hatte seine Arbeit, und ich ging in meiner Mutterrolle auf. Ich wollte gar nicht, daß er mir etwas abnahm. Wenn also jemand schuld daran ist, daß er sich nicht gekümmert hat, dann bin ich das.«
»Er hat Glück, Sie zu haben. Vollzeitmütter sind heutzutage dünn gesät.«
»Ich kann mir diesen Luxus erlauben, weil er arbeitet.«
»Wann werde ich ihn denn mal kennenlernen?«
»Bald. Er kommt ja wieder.«
»John sagte, er sei Unternehmensberater. Hat er ein Büro hier in Grannick?«
»In unserem Souterrain. Sein Computer ist mit einem Fax und einem Modem ausgestattet und mit Programmen, die unglaubliche Dinge zuwege bringen. Mehrmals am Tag ruft er seine Post und die eingegangenen Nachrichten ab. Das Ding ist wirklich ein Zauberkasten. Aber Sie müssen sich damit ja auskennen – oder arbeitet die Polizei nicht viel mit Elektronik?«
Brian zuckte mit den Schultern. »Wir können damit schneller als früher Fingerabdrücke vergleichen, Nummernschilder überprüfen oder Vorstrafenregister einsehen, doch die gute altmodische Beinarbeit kann nichts ersetzen.« Er dachte an Beinarbeit, während er aß, daran, daß jemand anderer Julia wickelte, ihr zum Schlafen ihr Häschen in den Arm legte und ihren Rücken ein Weilchen rieb. »Das ist wie mit dem Kinderaufziehen – das können Computer auch nicht.«
Emily las seine Gedanken. »Es geht ihr gut«, versicherte sie ihm. »Sie haben zweimal angerufen – und beide Male hat sie nicht geweint.«

»Wahrscheinlich hat sie sich in einen Stupor hineingeweint.«
»Wahrscheinlich ist sie von den anderen Kindern fasziniert.«
»Sie war nie viel mit anderen Kindern zusammen – wir ließen immer einen Babysitter ins Haus kommen.«
»Dann wird ihr das jetzt guttun.«
Er nahm an, daß sie es wissen mußte, denn sie hatte selbst ein Einzelkind aufgezogen. »Schwer vorzustellen, daß Julia mit anderen Kindern spielt.«
»Das tut sie sicherlich auch noch nicht. Aber sie beobachtet sie. Sie imitiert sie. Sie lernt, daß sie ein Spielzeug nicht unbedingt in dem Augenblick haben kann, wenn sie es sich einbildet. Und sie lernt, daß ihr Vater zwar weggeht, aber sie immer wieder abholt und nach Hause bringt.«
Er erinnerte sich an die alptraumhafte Trennung an diesem Morgen. »Es bringt mich um, wenn ich mir vorstelle, daß sie sich verlassen fühlt.«
»Sie setzen zuviel bei ihr voraus«, sagte Emily. »Nicht daß sie nicht intelligent wäre – sie ist vielleicht sogar das intelligenteste Kind dort«, setzte sie mit einem wissenden Lächeln hinzu, »aber Kinder sind sprunghaft. Sie lassen sich leicht ablenken. Geben Sie ihnen ein neues Spielzeug, und alles ist gut. Sie wird vielleicht jeden Morgen weinen, wenn Sie gehen . . .«
»Das hört nicht auf?« unterbrach er sie entsetzt.
»Irgendwann schon – aber Jill weinte lange Zeit, wenn ich sie mit ihrer Spielgruppe allein ließ. Wir standen uns schon damals sehr nahe.«
»Sie vermissen sie bestimmt unheimlich.«
Emily starrte durch das Loch in der Mauer ins Freie hinaus. »Ich zähle die Tage bis zu den Herbstferien. Es sind noch sechs Wochen bis dahin. Darum ist das hier gut für mich – es lenkt mich ab.« Sie bedachte die Fensteröffnung mit einem Stirnrunzeln. »Was ist, wenn es heute abend zu regnen anfängt?«
Bereitwillig schaltete er vom Vatersein auf Schreinersein und

damit auf vertrauteres Terrain um. »Wir verhängen das Loch mit einer Plane, bevor wir gehen. Gleich morgen früh kommen zwei Kollegen vom Revier, um beim Einsetzen des Fensters zu helfen. Bis zum Mittag haben wir's drin.«

Am folgenden Tag saß Emily kurz nach zwölf Uhr mittags auf dem gleichen Fleck – diesmal jedoch von Ehrfurcht erfüllt. Das Bogenfenster sah sensationell aus. Sie war fasziniert von der Helligkeit und der Fröhlichkeit, die es dem Raum verlieh – um so mehr, da sie eine Aufheiterung dringend nötig hatte. Doug hatte am Abend zuvor nicht angerufen, und nach dem Fiasko am Wochenende tat das weh. Sie hatte gehofft, er würde sich entschuldigen wollen oder zumindest ein paar versöhnliche Worte sagen oder sich einfach nur erkundigen, wie es ihr ging. Offenbar hatte er diesen Wunsch nicht.

»Na – was sagen Sie?« fragte Brian. Er stand hoch über ihr und betrachtete das Fenster voller Stolz.

Sein Anblick hellte ihre Stimmung ein wenig auf. Er war so ganz anders als Doug, so positiv, so irdisch auf eine saubere, sexy Weise. »Es macht das Zimmer zu etwas Besonderem. Jill wird erbost sein, daß es uns nicht eingefallen ist, als sie noch hier war.«

Emily reichte Brian ein Sandwich hinauf. »Roastbeef auf Roggenbrot – mit Russian Dressing.«

»Ich dachte, ich sei heute dran mit dem Mittagessen.«

»Morgen«, versprach sie ihm, da sie vermutete, daß er andernfalls protestieren würde. Ein Mittagessen war ein geringer Lohn für seine Hilfe, ganz zu schweigen von seiner Gesellschaft. Er war angenehm unkompliziert. Sie mochte ihn.

Er setzte sich zu ihr und wickelte das Sandwich aus. »Wie geht es ihr – Ihrer Tochter, meine ich?«

Emily seufzte. »Der Unterricht macht ihr nicht den Spaß wie die Orientierungszeit, aber sie wird sich schon damit abfinden.« Zumindest sagte Emily sich das immer wieder. Jill hatte plötzlich festgestellt, daß das Collegeleben nicht nur aus Partys bestand, und sie fühlte sich eingeschüchtert und einsam. Und sie fragte in jedem Gespräch nach Doug.

»Ihr beide solltet eine Ferienreise machen«, hatte sie vorgeschlagen. »Jetzt, wo ich nicht mehr da bin, könnt ihr doch richtig weit wegfahren. Die Eltern meiner Zimmergenossin sind gerade von den Bermudas zurückgekommen – sie haben da ihre neugewonnene Freiheit gefeiert. Es hat ihnen unheimlich gut gefallen.«

»Dein Vater reist die ganze Woche.« Sie würde ihn niemals für die Idee eines Wochenendausflugs begeistern können – vor allem nicht angesichts der hohen Ausgaben, die er zu bestreiten hatte. Emily würde sich hüten, das Thema anzuschneiden. »Für ihn ist es Urlaub, zu Hause zu sein.«

»Aber für dich nicht – du bist immer zu Hause.«

»Das macht mir nichts – ich fühle mich wohl hier.«

»Wirklich, Mom? Geht es dir gut ohne mich?«

»Wie geht es Ihnen ohne sie?« fragte Brian.

Emily brauchte einen Moment, um seine Frage von der zu trennen, die Jill ihr gestellt hatte, und einen weiteren, um zu entscheiden, wie ehrlich sie sie beantworten wollte. Sie konnte den Verlust herunterspielen und behaupten, daß es ihr gutgehe. Aber sie war es müde. Es war nicht die Wahrheit – nicht wirklich. »Ich vermisse sie.« Sie klopfte sich an die Brust. »Ihr Weggang hat ein großes Loch in mein Leben gerissen. Lange Zeit drehte es sich nur um sie.« Sie seufzte. »Aber es wäre gut, wenn ich mich daran gewöhnte, stimmt's? Schließlich habe ich sie großgezogen, um sie eines Tages gehen zu lassen.« Den Spruch hatte sie irgendwann einmal auf einem Becher gelesen. Er klang gut.

»Haben Sie je gearbeitet?«

Ein weiterer Becherspruch: »Jede Mutter arbeitet.«

»Ich meine, in einem Beruf.«

»Nein. Ich bin vom College abgegangen, um Doug zu heiraten.

Als Jill in die Schule kam, belegte ich drüben in Grannick ein paar Fächer, aber mehr, um mich zu beschäftigen, als im Hinblick auf eine spätere Anstellung.«

»Haben Sie einen Abschluß gemacht?«

Sie nickte. »In Englisch. Ich habe seit jeher gerne geschrieben. Manchmal schreibe ich für die Lokalzeitung, springe für den regulären Reporter ein.«

»Tatsächlich?«

»Ja. Es macht Spaß.«

»Das kann ich mir vorstellen.«

»Während ich auf meinen Abschluß hinarbeitete, lernte ich die Professoren kennen. Manchmal korrigiere ich Arbeiten für sie oder helfe ihnen, ihre Forschungsergebnisse zu ordnen – wie ihr persönlicher Lektor. Es ist eine lockere Vereinbarung, eine Art Tauschgeschäft: Meine Arbeit gegen kostenlose Kurse.

Es sind schon ein paar sehr gute dabei gewesen: Kriminologie, Psychologie des Abnormen ... Ich interessiere mich für Menschen, für ihre Beweggründe. Warum sie auf die schiefe Bahn geraten, durchdrehen oder bizarre Dinge tun. Warum jemand in einem vollbesetzten U-Bahn-Waggon plötzlich wahllos in die Menge schießt. Warum ein Autofahrer seinen Wagen absichtlich in eine Menschenmenge steuert, die sich vor einem weihnachtlich dekorierten Schaufenster versammelt hat. Was wirklich mit dem Lindbergh-Baby geschah.«

»Es wurde entführt«, sagte Brian.

»Manche sagen, es sei ursprünglich nur ein übler Scherz des Vaters gewesen, aus dem dann bitterer Ernst wurde.« Der bloße Gedanke ließ Emily bis ins Mark frösteln, aber trotzdem hatte sie die Abhandlung darüber bis zur letzten Zeile gelesen, begierig, jedes Argument für und wider diese Theorie verschlungen.

Brian dachte nach, während er weiteraß. Schließlich schüttelte er den Kopf. »Da war die Leiter, die bei der Entführung benutzt wurde, die schriftliche Lösegeldforderung, das Geld – alles deutete auf Hauptmann hin. Er war vorbestraft. Er war aus einem deutschen Gefängnis ausgebrochen.«

Emily freute sich, daß er mit dem Fall vertraut war – mit Doug konnte sie darüber nicht sprechen. »Aber es gab keine Zeugen – und Hauptmanns Frau beteuerte bis zuletzt seine Unschuld.«

»Was war mit den späteren Drohungen gegen die Lindberghs? Stammten die von Lindy selbst?«

»Es könnte sein«, meinte sie, »denn entartete Gehirne sind zu allem fähig. Ich sage nicht, daß es so war – aber er war ein komplizierter Mensch.«

»Das sind viele Leute. Man kann nicht immer erklären, warum sie tun, was sie tun. Aber das Motiv ist ebenso entscheidend in einem Mordfall wie die Waffe, und um dahinterzukommen, muß man sich nicht selten die Nächte um die Ohren schlagen.«

»Hatten Sie je mit der Suche nach einem vermißten Kind zu tun?«

»In New York? Aber sicher. Dort verschwinden unentwegt Kinder.«

»Und – werden sie wiedergefunden?«

»Kommt darauf an. Wenn ein Kind zum Beispiel im Kaufhaus oder im Gewühl auf der Straße seine Mutter aus den Augen verloren hat, wird es irgendwann aufgegriffen. Wenn es entführt wurde, wird die Sache schwieriger. Wenn es nur um eine Geldforderung geht, bekommen wir sie meist wieder. Wenn die Entführung zu einer Freipressung dienen soll, kann es so oder so ausgehen. Und wenn der Täter sexuell abartig oder geistesgestört ist, sieht es finster aus.«

»Weil kein Kontakt zu der Familie aufgenommen wird und man somit keinen Ansatzpunkt hat?«

»Teilweise. Und weil wir es mit Verrückten zu tun haben. Sie sind manchmal regelrecht genial im Verwischen von Spuren. Und viele lügen geradezu brillant.«

Emily schluckte. Es war ein schrecklicher Gedanke. »Haben Sie jemals an einem Fall gearbeitet, bei dem das Opfer jahrelang verschwunden war?«
»Einmal. Sechs Jahre.«
»Wie haben Sie ihn aufgeklärt?«
»Wir bekamen einen Tip.«
»He!« bellte eine männliche Stimme von unten herauf. »Jemand zu Hause?«
Nicht jetzt! flehte Emily im stillen. Die Störung kam ihr höchst ungelegen. Aber eigentlich war das albern – sie könnte das Gespräch mit Brian ja jederzeit fortsetzen. Es bestand keinerlei Dringlichkeit.
»Das muß der Fußbodenleger sein«, seufzte sie und stand auf. »Er macht heute nachmittag das Bad.«

Gegen Abend lag der Boden drin, ein schlichtes Klinkermuster in blassem Marmorgrau, auf dem man, wie Emily Brian versicherte, keinen Schmutz sehen würde. Sie überzeugte ihn auch, daß mit Vinyl tapezierte Wände im Bad sowohl der Feuchtigkeit als auch schmutzigen Kinderhänden mehr entgegenzuhalten hatten als gestrichene Wände und ein mit Vinyl tapeziertes Kinderzimmer auch etwaigen malerischen Ambitionen Rechnung tragen würde, ohne daß man alle naselang neu streichen müßte. Sie fuhr in die Stadt und kaufte einige Rollen einer hübschen blau-grau karierten Tapete und einige Rollen, deren Muster aus Primärfarben-Streifen auf glänzendem, weißem Untergrund bestand, und machte sich daran, Bahnen fürs Bad beziehungsweise für Julias Zimmer zuzuschneiden, während Brian letzte Hand an das Bogenfenster legte.
Mittwoch war das Bad fertig und die Küche angekommen. Am Donnerstag wurden die Schränke aufgehängt und die Armaturen geliefert. Am Freitag funktionierten die Armaturen, ebenso wie die neuen hellen, modernen Lampen.

»Keine schlechte Leistung für eine Woche«, meinte Brian, als er sich umschaute.

Emily stimmte ihm zu. Sie sahen beide nicht gerade präsentabel aus – schmuddelig, verschwitzt und erschöpft –, aber sie hatten dafür viel vorzuweisen. »Vielleicht werden wir tatsächlich schon nächste Woche fertig«, meinte sie.

»Sie haben mir nicht geglaubt, was?«

»Zu Anfang nicht so recht – aber ich bin lernfähig.«

»Am Montag nehmen wir uns die Wände vor.«

»Ich fange vielleicht schon morgen damit an«, sagte sie. »Doug ist aufgehalten worden.« Sie bemühte sich darum, nonchalant zu klingen, aber sie war bekümmert. Er hatte am Abend zuvor angerufen – aber offenbar nur, um ihr Bescheid zu sagen, denn ansonsten hatte er nichts zu erzählen gehabt. Er weigerte sich, über seine Woche zu sprechen, und als sie ihm von der Arbeit an der Garagenwohnung berichtete, antwortete er mit gelangweilten Ahas. Nach fünf Minuten legte er den Hörer auf – voller Erleichterung, wie sie annahm.

»Ist alles in Ordnung?« fragte Brian. Er musterte sie mit seinen irisierenden Augen, die zuviel sahen.

»Ja«, nickte sie, lächelte, runzelte die Stirn, schüttelte den Kopf. »Nein. Ich wollte ihn zwei Nächte hierhaben. Ich bin enttäuscht. Es ängstigt mich, wenn er so viel weg ist.«

»Sie fürchten sich, wenn Sie allein sind?«

»Nein. Ich meine ...«, sie machte eine hilflose Geste, mußte sich sichtlich überwinden, es auszusprechen, »seine Arbeit. Nie hat er Zeit.«

Was sie in Wahrheit ängstigte, war der Gedanke, daß ihr Leben von nun an immer so aussehen würde. Doug sah keinen Grund, sich zu entschuldigen. Er versprach ihr nicht, daß die Situation sich ändern würde. Wann immer sie ihre Einsamkeit zur Sprache brachte, wurde er wütend, als sei das eine böswillige Erfindung von ihr, mit der sie ihn unter Druck setzen wollte.

Vielleicht war es so – aber das minderte die Kränkung nicht und trug auch nicht dazu bei, daß sie mit den neuen Gegebenheiten besser zurechtkam. Wenn sie nicht zu Doug durchdringen könnte – was sollte aus ihnen beiden werden?

»Haben Sie Lust, morgen mit Julia und mir einkaufen zu gehen?« bot Brian ihr als Ablenkung an. »Wir brauchen dringend Möbel.«

Plötzlich wurde ihr leichter ums Herz – es war ein besseres Angebot, als Doug es ihr in den letzten Wochen gemacht hatte. »Wann wollen Sie fahren?«

»Wir sind flexibel. Wann paßt es Ihnen denn am besten?«

Sie und Kay würden den Vormittag damit zubringen, Celeste aufzubauen, doch ansonsten hatte sie nichts vor. »Um zwölf? Eins? Zwei?« schlug sie vor, ohne einen gedrängten Tagesablauf vorzuschützen.

»Um zwölf.« Er grinste. »Bis dann.«

Sie kauften ein Eichensofa, das sich zu einem großen Bett umwandeln ließ, und zwei passende Sessel. Sie kauften einen Couchtisch, einen großen Kleiderschrank, mehrere Bücherregale und einen Eßtisch mit Stühlen, alles in dem gleichen, gemütlichen Eichenholz. Sie kauften zwei große, impressionistische Landschaften für das Wohnzimmer und zwei kleine Zirkusbilder für Julias Zimmerchen. Und sie kauften einen Garderobenständer aus Rattan.

Alles sollte am kommenden Freitag geliefert werden.

Doug kam am Samstag rechtzeitig zum Abendessen an. Emily servierte ihm ein Rippenstück vom Lamm, das absurd teuer gewesen war, dazu ein Nudelgericht, dessen Rezept absurd kompliziert gewesen war, und frischen Brokkoli. Und eine englische Nachspeise.

Diese Wahl erwies sich als ominös.

Doug aß einen Bissen, lachte in sich hinein und verkündete, daß er für zwei Wochen nach London fliegen werde. Emily war bestürzt. »Zwei Wochen?«

»Ein neuer Klient. Ein guter. Und ich brauche ja schon für die Hin- und Rückreise jeweils einen Tag.«

»Dann bleiben dir immer noch zwölf Tage dort. Du hast noch nie zwölf Tage am Stück für einen Auftraggeber gearbeitet.«

»Ich habe auch noch nie in London gearbeitet, Emily. Damit öffnet sich mir eine neue Tür.«

»Das ist wunderbar«, sagte sie in dem Bestreben, seine Begeisterung nachzuempfinden. »Aber was bringt das uns?«

»Etwas mehr Seelenfrieden in finanzieller Hinsicht.«

Zorn über seine mangelnde Sensibilität, seine Gleichgültigkeit, stieg in ihr hoch. »Ich rede nicht von Geld! Ich will wissen, was es uns bringt!«

»Was meinst du damit?«

»Ich meine uns, Doug. Dich und mich. Unsere Ehe. Die Zeit, die wir miteinander verbringen wollten – jetzt, nachdem Jill weg ist.«

»Ich weiß nicht, wer dir gesagt hat, daß wir plötzlich mehr Zeit füreinander haben.« Er warf seine Serviette auf den Tisch und stand auf. »Es ist ein Hirngespinst.« Damit wandte er sich zum Gehen.

»Warte! Laß uns darüber sprechen!«

Er drehte sich zu ihr um und bedachte sie mit einem genervten Blick. »Was gibt es da zu besprechen? Ich habe nun mal diesen Beruf – was soll ich machen?«

»Deine Arbeitsweise ändern. Oder dein Pensum reduzieren. Es ist nicht nötig, daß du so weit reist.« Sie klang verzweifelt. Sie war verzweifelt. Ihr Mann wurde ihr immer fremder, entfernte sich zusehends von ihr. Sie hatte das Gefühl, wenn sie nach ihm langte, um ihn zurückzuholen, würde er ihr durch die Finger rutschen und sich in Luft auflösen.

»Machst du Witze?« konterte er. »Ich habe Jahre auf einen solchen Vertrag gewartet. Ich denke gar nicht daran, jetzt darauf zu verzichten.«
»Darf ich mitkommen?«
»Nein.«
»Warum nicht?«
»Es wäre unpassend.«
»Wieso denn? Ich kann tagsüber in Museen gehen.«
»Und dann? Was willst du machen, wenn ich abends bei Arbeitsessen bin?«
»Dann höre ich zu. Ich kann eine angenehme Gesellschafterin sein.«
»Und was hättest du diesen Leuten zu sagen?« fragte er und verkniff sich gerade noch ein verächtliches Lachen. »Absolut nichts. Deine Welt und ihre liegen Lichtjahre voneinander entfernt.«
»Und deine?« Sie dachte an den Mann, in den sie sich damals verliebt hatte – einen Mann in Jeans und mit einem offenen Lächeln, der abends nach einem Tag auf den Feldern gesund durchgeschwitzt nach Hause kam.
Diesmal kam seine Antwort langsamer, aber nicht weniger selbstsicher.
»Meine liegt irgendwo in der Mitte – aber ich möchte sie der ihren im Laufe meines Aufenthalts dort annähern. Versteh das doch«, bat er. »Dieser Auftrag könnte einen Durchbruch für mich bedeuten – ich könnte mir den Grundstein für einen internationalen Ruf legen. Hast du eine Vorstellung davon, was das wert wäre?«
Emily begriff plötzlich, daß er ihr gar nicht zuhörte. Er hatte keine Ahnung, was sie ihm zu erklären versuchte, und – was noch schlimmer war – es interessierte ihn nicht. Sie befanden sich an den entgegengesetzten Enden eines ehelichen Spektrums. Angesichts des Rahmens, in dem sich seine Beziehung zu ihr bewegte, hätte sie genausogut sein Dienstmädchen sein können.

Dieser Gedanke erschütterte sie zutiefst.
»Ich geh ins Arbeitszimmer«, verkündete er.
Sie trug das Geschirr zum Spülbecken, räumte es in die Spülmaschine, drehte sich dann wieder zum Tisch um, auf dem das englische Dessert stand. Es war eine wunderschöne Komposition aus sherrygetränktem Biskuitteig, Beeren und Schlagsahne, ebenso künstlerisch wie geradezu unanständig wohlschmeckend. Sie umfaßte den Fuß der Schüssel, schüttete den Inhalt ins Spülbecken und ließ Wasser darauf laufen, bis alles im Abfluß verschwunden war.

Montag morgen fand sie sich wieder in der Wohnung über der Garage ein, wo sie die Wände strich, während Brian sich die Holzverkleidung vornahm. Sie versuchte, nicht an Doug zu denken – an ihn zu denken bereitete ihr Schmerz, Schmerz, gegen den sie machtlos war –, doch die Gedanken waren ebenso hartnäckig wie ihre Gefühle. Sie nagten an ihr, beherrschten ihren Verstand.
»Emily?«
Sie zuckte erschrocken zusammen, als Brian plötzlich neben ihr stand. »Sie sehen aus, als würden Sie jeden Moment in Tränen ausbrechen. Stimmt was nicht?«
Sie schüttelte den Kopf. »Ich denke nur über Dinge nach, über die ich besser nicht nachdenken sollte.«
»Zum Beispiel?«
»Zum Beispiel das Altwerden.« In gewisser Weise stimmte das, denn darum ging es, wenn die Kinder aus dem Haus waren und man sich darüber klarwerden mußte, wie man den Rest seiner Tage gestalten wollte.
»Da haben Sie ja noch ein Weilchen hin.«
»Danke.«
»Danken Sie mir nicht – ich habe es um meinetwillen gesagt, denn wir sind im gleichen Alter.«

Er lächelte sie liebevoll an und kehrte zu seiner Arbeit zurück, und Emily fragte sich, warum Doug sie nie so anlächelte. Doug war ihr Mann. Sie waren seit zweiundzwanzig Jahren verheiratet. Sie lebten zusammen, hatten ein traumatisches Erlebnis miteinander durchgestanden.

Traumata brachten Menschen entweder einander näher oder trieben sie auseinander. Da sie und Doug verheiratet geblieben waren, hatte sie immer das erstere angenommen. Jetzt war sie nicht mehr so sicher.

Mittwoch abend bei Anbruch der Dämmerung waren die Malerarbeiten abgeschlossen. Donnerstag morgen schleiften sie den Holzboden ab. Am Ende des Tages hatten sie die Dielenbretter versiegelt und verließen den Ort des Geschehens, um sie trocknen zu lassen.

»Das muß gefeiert werden«, meinte Brian. »Haben Sie Bier im Kühlschrank?«

Emily setzte eins drauf, indem sie die Champagnerflasche aufmachte, die ihre Verlegerin ihr vor langer Zeit geschickt hatte. Da Doug sie nicht hatte trinken wollen, geschweige denn ihre Existenz zu würdigen wußte, fand sie nichts dabei, sie mit Brian zu teilen.

Er hob sein Glas. »Auf eine gute Arbeit.«

Sie trank einen Schluck und lehnte sich dann zurück an die Felsen. Sie saßen hinten im Garten am Teich. Der Spätnachmittag strahlte eine heitere Ruhe aus.

»Diese Szenerie«, sagte Brian, aufs Wasser hinausschauend, »vermittelt genau das, was ich empfand, als ich die Wohnung da oben betrat: Frieden. Den brauchen Julia und ich. Dringend.«

»Das freut mich. Ich hoffe, daß Sie sich wohl fühlen werden.«

»Und was ist mit Ihnen?«

Sie schaute ihn verdutzt an – doch nur für einen Moment. Seine Augen – diese durchdringend blickenden Augen – sagten ihr,

daß sie ihm nichts vormachen konnte. »Vielleicht werde ich mich eines Tages auch wieder wohl fühlen«, brachte sie mühsam an dem Kloß vorbei hervor, der sich in ihrem Hals gebildet hatte.
»Jetzt tun Sie es nicht?«
Sie wartete, bis der Kloß geschrumpft war. »Ich mache im Augenblick eine schwierige Zeit durch. Es verändert sich alles.«
»Sprechen Sie von Jill?«
»Und von Doug.«
»Gibt es Probleme zwischen Ihnen?«
Probleme? Sie seufzte und sah zu den Blättern hinauf.
»Ja, ich denke, das könnte man sagen.« Da war der Kloß wieder.
»Möchten Sie darüber reden?«
Sie schaute ihn nicht an, denn sie fürchtete, wenn sie es täte, würde sie anfangen zu weinen. Er war ein so netter Mann.
Er war sanft und verständnisvoll – Dinge, die sie bei Doug vermißte.
»Sie müssen nicht«, sagte er. »Wir kennen uns zwar noch nicht lange, aber wir haben die Voraussetzungen dafür, Freunde zu werden. Ich habe große Achtung davor, was Sie aus Ihrem Leben gemacht haben.«
Sie hatte keine Ahnung, weshalb. »Ich habe nicht viel getan.«
»Ein Heim zu schaffen, nennen Sie ›nicht viel‹? Oder ein Kind großzuziehen? Oder ständig auf den Mann zu warten?«
»Das ist nicht damit zu vergleichen, einen Beruf zu haben – so wie Ihre Frau.«
»Bei ihr lag der Schwerpunkt dort – sie war keine Mutter oder Ehefrau, wie Sie es sind. Sie hatte nicht die Geduld dafür – und auch nicht genügend Selbstvertrauen.«
Jetzt schaute Emily ihn doch an. »Nicht genügend Selbstvertrauen? So, wie Sie sie mir geschildert haben, wurde sie mit jeder Situation fertig. Wenn sie für zwei Wochen nach London eingeladen worden wäre, hätte sie bei einem Arbeitsessen eine Menge zu sagen gewußt.«

»Sie brauchte einen Gehaltsscheck, um ihren Erfolg einschätzen zu können. Sie wollte ein Kind, aber sie konnte ihre Arbeit nicht aufgeben. Sie hatte nicht genügend Selbstvertrauen, um zu ihren Kollegen zu sagen: ›Okay, Jungs – jetzt ist Familienzeit.‹« Nach einer kleinen Pause fuhr er fort: »Ja – sie hatte nicht das nötige Selbstvertrauen. Keine echte Sehnsucht nach einer Familie.« Er rieb sich die Augenbraue. »Das ist der Punkt: Es war keine echte Sehnsucht.«

Wie Doug, dachte Emily, und als sie Brian ansah, dessen Tatkraft und Entschiedenheit ausdrückende Gesichtszüge eine ungemeine Freundlichkeit ausstrahlten, spürte sie, wie ihre Augen sich mit Tränen füllten. Doug hatte nicht den Wunsch, Zeit mit ihr zu verbringen. Keine echte Sehnsucht. Das war der Punkt. Sie senkte den Blick.

»Ich bin ein guter Zuhörer«, lockte Brian.

Sie nickte.

»Es wurde im Laufe der Woche immer schlimmer«, bemerkte Brian.

»Ich denke nur mehr nach als sonst«, brachte sie mühsam hervor.

Er wurde still. Sie wußte, daß er sie nicht drängen würde zu reden, wenn sie nicht wollte. Aber sie wollte. Doch es fiel ihr schwer.

»Ich ziehe morgen ein«, wechselte er das Thema, wobei er gleichzeitig in einen heiteren Tonfall verfiel. »Es ist irgendwie aufregend.«

Ja, das war es. Die letzten beiden Wochen waren mit Arbeit angefüllt wie im Flug vergangen – aber jetzt war alles fertig. Womit sollte sie sich vom kommenden Montag an beschäftigen? Wahrscheinlich mit dem Bad im ersten Stock.

Aber warum? Doug war ja nie zu Hause. Sie hatte die Tapete mit Rücksicht auf seinen Geschmack ausgesucht. Wenn das Bad ihr allein gehörte, hätte sie eine andere Wahl getroffen.

Sie könnte sich immer noch etwas anderes holen. Etwas anderes

anbringen. Und sehen, was Doug dazu zu sagen hätte, wenn er sich zu einem Besuch herabließ.
Scheußlich, wahrscheinlich. Nein, das war nicht richtig – viel wahrscheinlicher war, daß er sie gar nicht bemerken würde. Er war darüber hinaus, sich für Badezimmerwände zu interessieren. Er war darüber hinaus, sich für sie zu interessieren. Er war weitergezogen.
Und wo war sie? Ein stummer Schrei – sie fühlte sich plötzlich gefangen. Sie legte den Kopf auf die Knie und versuchte, den Gedanken zu verdrängen.
Sie spürte Brians Hand auf ihrer Schulter. »Es wird alles gut«, sagte er, doch es war nicht seine Stimme, die sie hörte: Es war Johns, der neunzehn Jahre zuvor genau das gleiche gesagt hatte. Doch es war ein Irrtum gewesen: Es war nicht alles gut geworden. Es war ganz und gar nicht alles gut geworden.
Sie rappelte sich auf. »Ich muß gehen.« Sie setzte sich in Bewegung.
Eine Sekunde später war er neben ihr. »Ich möchte Ihnen helfen.«
Aber sie konnte nicht reden, konnte nicht denken. Schuldgefühle, Angst und Verzweiflung durchfluteten sie. Warum jetzt? dachte sie flüchtig. Sie konnte die Antwort zwar nicht formulieren – aber sie fühlte sie: Jetzt, da Jill fort war, war sie allein.

Eine Stunde später betrat Brian die Grannick Police Station, durchquerte mit großen Schritten den Mannschaftsraum und platzte, ohne anzuklopfen, in Johns Büro. Julia hockte auf seiner Hüfte. Sie war merkwürdig still, als spürte sie, daß es im Augenblick nicht angebracht war, Theater zu machen, so wie jeder, an dem er vorbeikam, spürte, daß es im Augenblick nicht angebracht war, ihn anzusprechen.
John schaute überrascht auf.
»Erzählen Sie mir von ihr«, bat Brian im Befehlston.
»Von wem?«

»Sie haben mich mit Emily Arkin bekannt gemacht. Sie waren angetan von der Idee, daß ich die Wohnung über der Garage auf Vordermann bringen wollte, und sie wußten, daß ich mit ihr zusammenarbeiten würde. Nun – ich habe es getan, und ich habe Traurigkeit, ja sogar Spuren tiefen Kummers in ihren Zügen gesehen. Sie muß irgendwann etwas sehr Schmerzliches erlebt haben. Ich möchte, daß Sie mir erzählen, was es war.«
John starrte ihn an. Sein Mund war zu einem Strich zusammengepreßt, doch es war die Sorge in seinen Augen, die Brian Unbehagen bereitete. »Haben Sie sie gefragt?«
»Ich habe sie während der ganzen Woche gefragt. Ihr reizender Mann schert sich nicht um sie, aber mein Instinkt sagt mir, daß nicht nur Gleichgültigkeit dahintersteckt. Ich möchte wissen, warum er nicht mit ihr zusammensein will. Ich möchte wissen, warum sie nur ein Kind hat, obwohl sie die geborene Mutter ist. Ich möchte wissen, warum sie sich so für meine Arbeit interessiert. Sie stellt direkte Fragen – und immer zum gleichen Thema. Ich habe das Gefühl, daß Sie wissen, um welches Thema es geht – und noch eine Menge mehr. Ich könnte hier das Unterste zuoberst kehren, doch das würde nicht nur eine ziemliche Unordnung verursachen, es wäre auch noch äußerst zeitraubend. Ersparen Sie mir die Mühe?«
John starrte ihn eine weitere Minute lang schweigend an. Schließlich packte er – nun mit tieftrauriger Miene – die Kante seines Schreibtischs, stemmte sich aus seinem Stuhl hoch, ging zu dem in einer Ecke stehenden Aktenschrank, zog die unterste Schublade auf und nahm einen dicken Ordner heraus. Er knallte ihn auf den Tisch. Brian starrte darauf, und sein Herz hämmerte gegen seine Rippen, als ein Buch darauf landete.
»Nehmen Sie das gleich auch noch dazu – es wird Ihnen zeigen, worauf sie aus ist.« Als Brian den Blick hob, setzte er hinzu: »Falls Sie irgendwelche Vorschläge haben – ich bin ganz Ohr. Auch ich fühle mich schuldig.«

Für einen Sekundenbruchteil war Brian sich nicht sicher, ob er sich wirklich in das Buch oder den Ordner vertiefen wollte, doch dann dachte er an Emily und die Aussicht auf Frieden und Ruhe in seinem aus den Fugen geratenen Leben, zu deren Verkörperung sie für ihn geworden war, und wenn er auch sonst nichts wußte, so wußte er doch, daß auch er sich immer schuldig fühlen würde, wenn er nicht versuchte, Julia und sich diese Aussicht zu erhalten.

Siebtes Kapitel

Emily Arkin war neunzehn, als ihr erstes Kind, ein Junge, geboren wurde. Er bekam den Namen Daniel – nach seinem Urgroßvater väterlicherseits –, und sie und Doug vergötterten ihn. Doug, der am Stadtrand eine Farm besaß, kam in der Mittagszeit oft nach Hause, um nach ihm zu sehen. Den Rest der Zeit war Daniel der ständige Begleiter seiner Mutter, und als solcher war er allseits wohlbekannt.

Da er nichts von den üblichen täglichen Schlafenszeiten hielt, schlief er oft im Auto ein, wenn Emily ihre Besorgungsfahrten machte. So auch an einem Tag im Oktober, als Daniel zwei Jahre alt war. Sie stellte ihren Wagen auf dem Parkplatz vor dem Postamt ab, sah, daß er eingeschlafen war, und ließ ihn, da sie wußte, daß sie nicht lange weg sein würde, im Auto. In der Post war sie fünf Minuten. Als sie zurückkam, sah sie, daß die Sicherheitsgurte des Kindersitzes ordnungsgemäß gelöst worden waren und Daniel verschwunden war.

Es dauerte nur Minuten, bis die von ihr alarmierte Polizei eintraf. Obwohl Emily schwor, daß Daniel sich unmöglich selbst befreit haben könnte, suchte man, für den Fall, daß er es doch geschafft hätte und spazierengegangen wäre, den Parkplatz und die Umgebung ab. Die Polizisten befragten die anwesenden Kunden in der Post sowie auch die, die herausgekommen waren, während Emily drin war. Sie überprüften die umliegenden Geschäfte. Sie durchkämmten die Stadtmitte und schwärmten in die Außenbezirke aus.

Daniel war verschwunden.

Die Staatspolizei und die Polizeistationen der Nachbarorte wurden von Daniels Verschwinden unterrichtet und eingeschaltet, doch ohne die Beschreibung eines verdächtigen Fahrzeugs oder eines Tatverdächtigen hatte man keine Anhaltspunkte. Fotos von Daniel wurden verteilt. Das FBI wurde informiert.
John Davies, der mit dem Fall Arkin betraute Beamte, befragte Emily und Doug ausführlich. Jedem noch so kleinen Hinweis, der sich aus der Befragung ergab, wurde nachgegangen. Ergebnislos. Währenddessen warteten die Arkins am Telefon auf den Anruf eines Erpressers, der niemals kam.
In den folgenden Wochen wurden – hauptsächlich auf Emilys Betreiben hin – in einem immer größeren Radius Appelle in Kleinstädten, Großstädten und Staaten veröffentlicht, aber da man nicht mehr als Daniels Foto hatte, verlief die Sache im Sande. Nach einiger Zeit beschäftigten die Polizei von Grannick andere Dinge, und obwohl der Fall Arkin nicht abgeschlossen war, wurde er als erledigt betrachtet.

Brian las die Berichte, die John verfaßt hatte – sowohl den kurzen, den er dem Chief unmittelbar nach dem Verschwinden des Kindes vorgelegt hatte, als auch den ausführlicheren, in dem die Nachforschungen detailliert protokolliert waren. Er studierte die Fotos von Daniel, die ihn einmal allein und einmal mit seinen Eltern zeigten. Er vertiefte sich in die Befragung von Emily und Doug, ihren Nachbarn und Freunden, Dougs Vorgesetzten, den Besitzern der Läden, die Emily aufgesucht hatte, bevor sie in die Post gegangen war. Er watete knietief durch eine Aufzählung der Bemühungen anderer Polizeiorgane, mit denen die Polizei von Grannick Kontakt aufgenommen hatte.
Dann schlug er das Buch auf, das Emily geschrieben hatte, und las es Wort für Wort bis zur letzten Zeile. Es handelte von dem Fall, den sie ihm gegenüber erwähnt hatte – die Entführung von Susan Demery, einer Studentin am örtlichen College, durch

einen verärgerten, ehemaligen Angestellten ihres Vaters. Das Mädchen war in einer Winternacht aus ihrem Zimmer im Wohnheim geholt und auf dem Gelände eines hiesigen Besitzes, wo einer der Kidnapper arbeitete, gefesselt und geknebelt in einem Geräteschuppen gefangengehalten worden.

Die Demery-Entführung hatte vor fünf Jahren stattgefunden, vierzehn Jahre nach Daniels Verschwinden. Die Darlegung des Falles war gleichzeitig eine Studie über die Fortschritte der Kriminaltechnologie in diesen vierzehn Jahren – von den Computer-Verbindungen zwischen den Police Departments über Fingerabdruck-Vergleichsmethoden bis hin zur Faseranalyse des Teppichs aus dem Zimmer des Wohnheims, aus dem das Mädchen entführt wurde.

Das Buch war logisch aufgebaut, der Fall klar präsentiert, und der Stil in Anbetracht des Schmerzes, den Emily beim Schreiben empfunden haben mußte, geradezu brillant. Brian konnte diesen Schmerz – oder den, den der Gedanke an Daniel ihr noch heute bereitete – nur ahnen.

Er schlief eine kurze Stunde, ehe er von Julias Stimme geweckt wurde, die mit ihrem Häschen sprach. Stöhnend warf er den Arm über die Augen und verfluchte den unbegreiflichen Umstand, der Kinder veranlaßte, bei Tagesanbruch wach und fit zu sein.

Dann fiel ihm ein, daß er die ganze Nacht mit Lesen zugebracht hatte, und sein Ärger verpuffte. Er stützte sich auf die Ellbogen, beobachtete seine Tochter beim Spielen und sah sie plötzlich mit anderen Augen. Seit Gayles Tod waren seine Gefühle für sie von dem Streß überschattet gewesen, den es für ihn mit sich brachte, plötzlich ein Allroundvater sein zu müssen. Die Konzentration auf Einzelheiten hatten ihm den Blick für das Gesamtbild genommen. Er hatte vergessen, daß Kinder Wunderwerke waren – und dabei spielte es keine Rolle, daß er ursprünglich noch mit dem Kinderkriegen hatte warten wollen: Er war bei der Geburt

dabeigewesen, und es hatte ihn mit tiefer Ehrfurcht erfüllt, als er das voll ausgebildete, einwandfrei funktionierende Menschlein erscheinen sah, das zur Hälfte sein Werk war.
Er hatte diese Ehrfurcht vergessen. Er hatte den Stolz vergessen, den Besitzerstolz, der ihm in den ersten paar Wochen ihres Lebens immer wieder die Kehle zuschnürte, bevor seine beruflichen Anforderungen ihn zwangen, gegen den Kloß anzuschlucken.
Jetzt kehrte er mit Macht zurück. Mit dem Bild von Daniel Arkin im Hinterkopf betrachtete er Julia mit neuer Wertschätzung.
Ihr Spiel war rührend. Sie versuchte, das Häschen hinzusetzen, was aber nur gelang, bis sie es losließ. Dann streckten sich die Beine des Häschens, und es fiel um. Sie richtete es wieder auf, setzte es hin, sah zu, wie es umfiel.
Sie probierte es wieder und wieder, mit rosigen Wangen, feuchtglänzendem Mündchen und zerzausten Locken, und die ganze Zeit plapperte sie, sagte Dinge, die er nicht verstehen konnte. Oder könnte er es vielleicht doch? Er lauschte aufmerksam, registrierte eine Wiederholung bestimmter Laute. Ja, tatsächlich, da war ein undeutliches »Häschen« herauszuhören, ein vages »Sitz!« und eine Menge freudiger »Ooohs«.
Er stand auf, ging zu ihrem Bettchen hinüber und davor in die Hocke.
Julia schaute ihn an. Ihre Augen waren morgens sanfter, mehr babyblau als silbern. Er nahm an, sie freute sich, daß er wach war. »Hallo«, sagte er leise. »Spielst du mit deinem Häschen?« Er griff zwischen den Gitterstäben hindurch, umfaßte das Plüschtier und setzte es vor sie hin. »Hallo, Julia«, sagte er mit Häschenstimme. »Willst du mit mir spielen?« Er ließ das Häschen vorwärtshüpfen und kitzelte sie mit dem weichen Kopf am Bauch.
Sie krümmte sich kichernd zusammen. Es klang himmlisch in

seinen Ohren. Er zog das Häschen zurück, ließ es wieder auf sie zu hopsen und kitzelte sie erneut. Das Kichern war herrlich unschuldig und spontan – und es überraschte ihn, wie mühelos er es hatte auslösen können.

Aber das war typisch für Kinder – ebenso wie das Munterwerden bei Tagesanbruch. Wenn Julia körperliche oder seelische Schmerzen empfand, weinte sie. Wenn sie gekitzelt wurde, lachte sie. Sie reagierte impulsiv, ohne vorher nachzudenken.

Doch ihre Antennen fingen die Signale der Menschen ihrer Umgebung auf. Was hatte Emily gesagt – daß Julia seine innere Anspannung spürte, wenn er sie auf dem Arm hatte? Er war weiß Gott angespannt! Der Gedanke, allein ein Kind aufziehen zu müssen, versetzte ihn in Angst und Schrecken. Er fragte sich, ob Julia auch das spürte, ob ihre Verzweiflung mehr auf seine Unsicherheit und Verzagtheit zurückzuführen war als auf den Verlust ihrer Mutter.

In dem Bedürfnis, sie an sich zu drücken, hob er sie aus dem Bettchen und nahm sie fest in die Arme. »Ich liebe dich, Julia Stasek. Ich bin als Vater vielleicht ein unbeholfener Trottel – aber ich kann lernen.« Er hielt sie ein wenig von sich weg, damit sie ihn anschauen konnte, und grinste. »Wir können beide lernen. Wie hört sich das an? Wenn Daddy Mist baut, sagst du's ihm – und wenn Julia Mist baut, sag ich's ihr. Und wenn einer von uns beiden etwas gut macht, feiern wir. Klingt das fair?«

Sie lächelte nicht, aber es war Wärme in ihren wissenden Augen, und sie brabbelte irgend etwas Liebes.

»Du findest es fair«, interpretierte er ihr Kauderwelsch, und dann sagte er – übermütig, weil sie sicher und relativ zufrieden auf seinem Arm hockte: »Weißt du, was heute für ein Tag ist? Heute ist Einzugstag. Ich werde dich bei Janice absetzen ... nein, zieh keinen Flunsch, ich weiß genau, daß du anfängst, sie zu mögen. Hast du gestern nicht mit Fingerfarben gemalt? Hat das nicht Spaß gemacht? Hast du nicht im Sandkasten gebuddelt? Hast du nicht eine Eiswaffel gegessen? Doch – genau das alles hast du gestern getan, und ich habe als Beweis deine schmutzigen Sachen, die ich heute abend in unserer nagelneuen Waschmaschine in unserer nagelneuen Wohnung waschen werde. Ich freu mich schon richtig darauf. Denk dir nur – keine Rennerei mehr in die Waschküche, während du schläfst, kein Münzeneinwerfen mehr, kein ständiges Auf-die-Uhr-Schauen, um die Wäsche rauszuholen, ehe irgendein Strolch sie sich unter den Nagel reißt. Allerdings weiß ich nicht, was irgendein Strolch mit deinen Schlafanzügen anfangen sollte. Weißt du es vielleicht?«

Er hielt den Monolog eine ganze Wickelzeremonie lang durch, und es funktionierte: Julia hörte ihm aufmerksam zu, schien jedes Wort zu verstehen. Als er sie anzuziehen begann, war sie weniger angetan. Der Pulli, den er ausgesucht hatte, war in der Wäsche furchtbar eingelaufen – er hatte keine Ahnung, warum – denn er ging nicht mehr über ihren Kopf, und so zog und zerrte er, bis er merkte, daß das gute Stück überhaupt nicht eingelaufen, sondern am Hals zugeknöpft war. Er kämpfte mit den Knöpfen und fragte sich, wie er Julia den Pullover hatte ausziehen können, und als ihm schließlich klar wurde, daß Janice ihn ihr ausgezogen und wieder zugeknöpft haben mußte, hatte sich eine von Julias Locken um einen Knopf gewickelt.

Die Zieherei brachte sie zum Weinen. Er fummelte eine Minute lang an den Haaren herum, stellte sich jedoch sehr ungeschickt an, und am Ende griff er in Ermangelung einer Schere nach seinem Rasierapparat und befreite seine Tochter mit einem energischen Schnitt.

Das vorher erlebte Gefühl der Gemeinsamkeit stellte sich zwar nicht wieder ein, aber Brian war nicht entmutigt. Sobald er und Julia die neue Wohnung bezogen hätten, würde eine gewisse Ordnung in ihr Leben einziehen.

Als er Julia an diesem Tag bei Janice ablieferte, drückte er sie länger als sonst an sich, bevor er sie übergab.

Fünfzehn Minuten später marschierte er in Johns Büro. Das flaue Gefühl im Magen, das er während des größten Teils der Nacht gehabt hatte, war wieder da. Er ließ sich auf dem Besucherstuhl vor dem Schreibtisch nieder »Ich will reden.«

»Das dachte ich mir.« John ließ seinen Stuhl nach hinten kippen. »Haben Sie die Akte gelesen?«

»Jeden Satz. Auch von dem Buch. Haben Sie ihr vorgeschlagen, es zu schreiben?«

»Ja, ich war es, der diese Möglichkeit ausgesprochen hatte, aber sie lag ohnehin auf der Hand. Sobald der Demery-Fall bekannt wurde, stand Emily hier auf der Matte. Mit Argusaugen verfolgte sie den Fortgang der Nachforschungen, und wir brachten es nicht übers Herz, sie heimzuschicken – schließlich wußten wir alle, was sie durchgemacht hatte. Ich schwör's Ihnen, sie hielt uns auf Trab, ohne ein gottverdammtes Wort zu sagen.«

»Kannten Sie sie schon vor Daniels Verschwinden?«

»So wie jeder Kleinstadtpolizist die Leute in seiner Stadt kennt.« Nach einer kleinen Pause verbesserte er sich: »Na ja – ein bißchen besser vielleicht schon. Wir hatten unsere Probleme mit den Kids auf dem College, die gegen dies und das protestierten, und dann kamen diese beiden daher, die wie Hippies aussahen und Alfalfasprossen ohne Chemie anbauen wollten. Wir behielten sie scharf im Auge – aber daß sie nette Leute waren, stellten wir erst nach der Entführung des Jungen fest.«

»Dann glauben Sie nicht, daß der Ehemann etwas damit zu tun hatte?«

»Sind Sie verrückt!?« fuhr John auf. »Er vergötterte das Kind. Ich denke, Sie haben die Akte gelesen. Da steht doch drin, daß er zur fraglichen Zeit auf den Feldern war. Das haben drei Leute unabhängig voneinander bestätigt. Wie kommen Sie darauf, daß er etwas damit zu tun gehabt haben könnte?«

Brian kam darauf, weil er Doug Arkin nicht mochte. »Der Mann verhält sich merkwürdig. Er ist fast nie zu Hause und behandelt seine Frau höchst seltsam. Und dann ist da noch etwas, das Emily sagte, als wir miteinander die Wohnung renovierten: Sie erwähnte die Theorie, daß Charles Lindbergh seinen Sohn selbst entführte. Sie kannte alle Argumente, die dafür sprachen – und jetzt frage ich mich, ob da vielleicht Parallelen bestanden.«

John schüttelte entschieden den Kopf. »Wenn eine Lösegeldforderung erfolgt wäre, hätte ich vielleicht gesagt, daß Doug sich auf diese Weise Geld beschaffen wollte, um sein Betriebskapital aufzustocken, doch es bestand keine Versicherung, und von beiden waren die Familien nicht vermögend – wo also hätte ein Lösegeld herkommen sollen? Und außerdem wurde nie eines verlangt.«

Brian erinnerte sich deutlich daran, was Emily gesagt hatte. »Die Lindbergh-Theorie verficht die Ansicht, daß Lindy ein Scherzbold war und dieser Scherz in die Hose ging. Könnte das auch auf Doug zutreffen?«

John schüttelte bereits den Kopf, bevor er ganz ausgesprochen hatte. »Doug ist kein Scherzbold. Ich habe nie einen ausgesprochenen Sinn für Humor bei ihm festgestellt, und Kay und ich sind seit langem mit den beiden befreundet. Vielleicht hatte er vor der Entführung Humor. Vielleicht hat die Entführung ihn verändert. Aber das wäre ein weiteres Argument gegen seine Beteiligung daran.«

»Bei den meisten Kindsentführungen ist der Kidnapper ein Elternteil.«

»Nicht in diesem Fall«, beharrte John auf seiner Meinung. »Ich mag den Burschen nicht, aber er ist kein Kidnapper.«

»Warum mögen Sie ihn nicht?« Es interessierte Brian, ob ihre Gründe die gleichen waren.

Sie waren es. »Weil er Emily mies behandelt. Sie ist einer der nettesten Menschen, die ich kenne. Gutherzig. Großzügig. Sie würde Ihnen ihr letztes Hemd schenken und es vorher noch bügeln. Sie war meiner Tochter eine zweite Mutter, sprang immer ein, wenn Kay verhindert war. Ich schulde ihr eine Menge.«

»Sie mögen sie also.«

»Das habe ich sagen wollen.«

»Sehen Sie sie oft?«

»Wenn wir uns in der Stadt über den Weg laufen.«

»Sind Sie mehr als Freunde?« Es entstand eine Pause, und dann kam ein vorsichtiges: »Wie bitte?«

»Ist das rein gesellschaftlich – zwischen Ihnen und Ihrer Frau, Emily und Doug?«

Kälte trat an die Stelle der Vorsicht. »Was meinen Sie damit?«

Brian war sich klar darüber, daß es abwegig klang. Er wußte selbst nicht recht, warum er es angesprochen hatte. Doch – er wußte es: John hatte gesagt, er fühle sich schuldig, und Brian wollte erfahren, weshalb. »Sie empfinden etwas für Emily.«

»Verdammt richtig, ja. Aus allen Gründen, die ich Ihnen aufgezählt habe, und aus einigen weiteren.«

Er sah so wütend aus. Für einen Moment fragte sich Brian, ob er seinen Job in den Sand gesetzt hätte.

Dann fuhr John fort. »Die Sache geht Sie überhaupt nichts an.« Er hielt inne, starrte grübelnd vor sich hin und sagte schließlich: »Aber da Sie die Akte gelesen haben und da Sie über ihrer Garage wohnen und da Sie in der Lage sein werden, es selbst mitzuerleben und vielleicht sogar helfen zu können, werde ich es Ihnen erzählen – aber nur einmal, und falls Sie das Thema dann noch mal zur Sprache bringen sollten, können Sie was erleben.« Sein Blick und seine Stimme mäßigten sich. »Ich lernte Emily im Laufe der Suche nach Daniel kennen, und nachdem jede Spur sich als Sackgasse erwiesen hatte, wurden wir Freunde. Sie war wieder schwanger, als der Junge entführt wurde, meine Frau erwartete auch ein Kind. Unsere Mädchen sind eng befreundet. Emily und Kay ebenfalls. Sie sehen sich oft – auch unabhängig von Männern und Kindern. Ich stehe Emily längst nicht so nah, wie Kay es tut, doch ich mag sie, und sie tut mir leid. Und ich fühle mich verantwortlich.«

»Weil Sie den Fall nicht lösen konnten?«

»Wo sollte ich denn ansetzen?« Seine ganze Hilflosigkeit brach aus ihm heraus. »Sie haben die Akte gelesen. Ich hatte keinen Anhaltspunkt. Es war, als habe sich der Kleine einfach in Luft aufgelöst.« Er brummte. »Ich weiß nicht, wieso ich etwas von Spuren gesagt habe, die sich als Sackgassen erwiesen. Es gab überhaupt keine Spuren. In meiner ganzen Laufbahn ist das der verfluchteste Fall, der mir begegnet ist.«

Soviel zu der etwaig pikanten Beziehung zwischen Emily und John. Brian roch Lügen – und bis jetzt hatte seine Nase noch keine registriert. Es bestanden Schuldgefühle, aber nicht aus sexuellen Gründen. Es spielte keine Rolle, daß das FBI eingeschaltet oder John damals nur ein einfacher Streifenpolizist gewesen war – er war der Beamte, den man den Arkins zugeteilt hatte, und er hatte sich den Fall zu Herzen genommen.

»Angesichts aller Umstände erscheint Emily mir überraschend normal«, bemerkte Brian. »Sie muß eine sehr starke Frau sein. Entweder das, oder eine sehr religiöse.«

»Sie ist nicht religiös. Ich weiß nicht, ob sie es davor war, aber danach – was mußte das für ein Gott sein, der ihr das antat?«

»Trotzdem hält sie irgend etwas aufrecht – jedenfalls, soweit ich es beurteilen kann. Wird sie durchdrehen, wenn ich Daniel erwähne?«

»Nein. Sie dreht nicht durch.«

Brian hörte ein leichtes Beben in seiner Stimme. »Erzählen Sie weiter.«

John kam der Aufforderung mit sichtlichem Widerwillen nach, als betrachte er es als Vertrauensbruch, Brian einzuweihen – doch andererseits hatte er das Bedürfnis, es zu tun. »Nach Daniels Verschwinden wanderte sie monatelang durch die Straßen, hielt Ausschau nach ihm, horchte auf ein eventuelles Weinen – als nähme sie an, daß ihn jemand irgendwo im Gebüsch versteckt hatte. Als Jill geboren wurde, hörte sie damit auf – aber vor zwei Wochen habe ich sie wieder dabei ertappt. Gleich nachdem Jill aufs College gegangen war. Der Junge wäre jetzt einundzwanzig und ebenfalls auf dem College. Sie muß eine schwere Zeit durchmachen.«

»Ihr Mann ist ihr keine Hilfe.«

»Das war er nie. Ich glaube, er hat nie begriffen, was in Emily vorging. Aber vielleicht wäre das auch zuviel verlangt gewesen – er litt ja selbst. Dann veränderte er sich – als sei er es müde geworden zu leiden.«

»Nach welcher Zeit?«

»Nach ein paar Jahren. Wir hielten den Fall am Kochen, solange wir konnten – bis es wirklich nichts mehr zu tun gab. Danach wollte Doug einfach vergessen. Er zwang Emily, Daniels Bilder wegzuräumen.«

»Das ist aber reichlich gefühllos.«

»Nein«, wiegelte John ab. »Denken Sie nach. Stellen Sie sich vor, wie Sie sich fühlen würden, wenn es um Ihr Kind ginge, wenn Sie nicht wüßten, ob es noch lebt oder tot ist, gesund oder verstümmelt, fröhlich oder traurig. Stellen Sie sich vor, daß irgendwelche abartigen Dinge mit ihm angestellt werden. Stellen Sie sich vor, daß es nach Ihnen weint und weint und nicht begreift, daß Sie es nicht holen kommen. Und dann machen Sie sich klar, daß Sie nichts, gar nichts tun können. Es macht Sie kaputt, aber Sie sind völlig hilflos.« Er schaute Brian mit einem demütigenden Blick an. »Dann würden Sie vielleicht auch irgendwann vergessen und neu anfangen wollen.«

Brian dachte an Julia. »Ich könnte es niemals vergessen.«

»Falsch! Sagen wir: das Leben mit anderen Dingen ausfüllen. Emily füllte ihr Leben mit Jill und ihren Freundinnen und deren Kindern aus – und damit, Doug ein schönes Zuhause zu schaffen. Doug füllte sein Leben mit Arbeit aus. Damals verlegte er sich auf Management und Marketing und begann zu reisen. Es ist schrecklich, das zu sagen – aber er hätte seine Farm niemals zu dem gemacht, was sie war, als er seinen Anteil verkaufte, und er hätte auch seine jetzige Firma nicht, wenn der kleine Junge nicht verschwunden wäre.«

»Emily wäre anders besser dran gewesen«, glaubte Brian. »So hat sie erst das Kind verloren und dann den Vater.«

»Er ernährt sie – das ist mehr, als die meisten Männer tun.«

Brian wurde plötzlich bewußt, daß er sich als Ehemann nicht sehr von Doug unterschieden hatte. Um sich von diesem unangenehmen Gedanken abzulenken, wechselte er das Thema. »Hat Emily Jill in übertriebenem Maße behütet?«

»Manchmal – aber sie wußte, daß sie Jill nicht ersticken durfte. Natürlich hat sie das Kind niemals allein im Auto gelassen. Sie hat das Kind in den ersten Jahren nirgends allein gelassen. Das wagte sie nicht. Und später hatte sie hart mit sich zu kämpfen. Als Jill in das Alter kam, wo sie allein zu einer Freundin gehen wollte, starb Emily tausend Tode, doch sie war sich klar darüber, daß es für Jills Entwicklung notwendig war, und so ließ sie sie gehen. Dafür verdient sie unseren Respekt.«

Brian stemmte sich aus dem Lehnstuhl hoch. »Meinen hat sie, aber das hilft ihr nicht viel, oder?«

»Doch, das tut es. Sie braucht Unterstützung und Bestätigung.«

»Sie braucht mehr als das: Sie braucht eine Kristallkugel, in der sie sehen kann, was mit dem Jungen passiert ist. Sie braucht die Möglichkeit, dieses Kapitel abschließen zu können.« Er fuhr sich mit der Hand über Hinterkopf und Nacken.

»Haben Sie irgendwelche Ideen?« fragte John.

Ja, er hatte ein paar, aber die waren wenig erfolgversprechend. Der Fall moderte seit Jahren vor sich hin, und neue Hinweise waren nicht plötzlich aufgetaucht. Weder jetzt noch früher. Nicht einmal irrige. »Lassen Sie mir etwas Zeit. Vielleicht gibt es ein paar Dinge, die wir tun können. Darf ich die Akte eine Weile behalten?«

»Sie gehört Ihnen. Aber tun Sie mir einen Gefallen: Sagen Sie ihr nichts, okay? Die Chancen sind ziemlich dürftig. Sie verstehen?«

Emily las gerade die Morgenzeitung, als Brian ankam. Sie hörte den Jeep in die Zufahrt einbiegen und stand in der Absicht auf, sich zu verstecken – das Bett zu machen, Wäsche in die Maschine zu stopfen, im Wohnzimmer Staub zu wischen oder sonst etwas zu tun, um ein Gespräch zu vermeiden, falls er auf dem Weg zur Garage hereinschauen sollte: Es war ihr peinlich, ihre Probleme vor einem Fremden ausgebreitet zu haben.

Na ja – ein Fremder war er ja nicht direkt. Zumindest empfand sie ihn nicht so.

Als sie bei diesem Gedanken angelangt war, ließ sie sich wieder auf ihren Stuhl zurücksinken. Sie schaute auf die Zeitung hinunter. Sie wartete. Sie hob nicht den Blick, nicht einmal, als sie ihn die Stufen heraufkommen hörte, und als er klopfte, machte neuerlich aufkommende Verlegenheit sie bewegungsunfähig.

»Ich kann Sie sehen«, sang er durch die Fliegentür. Langsam ließ sie die Zeitung sinken.

»Ich bringe Karameldonuts mit.«

Sie lächelte über seine Unbeschwertheit.

»Und Kaffee. Und Zeit zum Reden – wenn Sie wollen.«

Wollte sie? Nein. Ja.

Sie gab sich geschlagen, schaute auf und lud ihn mit einer Geste zum Eintreten ein. Er stellte eine Tüte auf den Tisch, entfernte die Deckel von zwei Kaffeebechern und wickelte die Donuts aus.

»Sie müssen damit aufhören«, sagte sie.

»Warum?«

»Weil ich sonst aus dem Leim gehe.«

Er setzte sich neben sie und schob ihr einen der Becher hin. »Das bezweifle ich.«

Sie umfaßte den Becher mit beiden Händen.
»Aber Sie haben recht: Ich muß damit aufhören. Ich fange nämlich am Montag zu arbeiten an.«
Er war reizend, schlug einen leichten Ton an, doch sie konnte ihr letztes Gespräch nicht vergessen, das überhaupt kein Gespräch gewesen war – geschweige denn eine Feier. Sie war weinend davongestürzt.
Verlegen sagte sie: »Ich tue Ihnen leid wegen gestern abend – aber das ist nicht nötig. Ich bin manchmal ein wenig deprimiert, aber es geht vorüber.«
»Ich weiß von Daniel«, sagte er leise.
Ihre Augen weiteten sich.
»Ich habe die Akte gelesen«, erklärte er.
Seltsamerweise war sie erleichtert. Sie war froh, daß er es wußte. Daniel war ein Teil von ihr. »Das ist lange her.«
»Aber es wurde nie aufgeklärt. Es muß die Hölle sein.«
»Nur wenn ich daran denke«, sagte sie mit unehrlichem Lächeln. »Und ich versuche es zu vermeiden. Es bringt nichts. Er ist vielleicht nicht tot, aber er ist fort. Das akzeptiere ich.« Sie starrte in ihren Kaffee. »Früher habe ich oft geträumt, daß eine Frau, die unbedingt ein Kind haben wollte, vorbeikam, ihn im Auto sah, herausholte und mit ihm davonging, und daß sie ihn liebte und aufzog, wie ich es getan hätte.« Sie konnte ihn nicht ansehen. »Albern, was?«
»Nein.«
»Aber unwahrscheinlich. Was für ein Mensch würde ein Kind stehlen? Niemand, der Recht und Unrecht auseinanderhalten kann – und wie hätte so jemand meinen Sohn aufziehen sollen, wie ich es getan hätte?« Sie fühlte die alte Panik in sich aufsteigen und atmete tief durch, um sich zu beruhigen. »Es gab noch einen anderen Traum – mit zwei Endvarianten. Daniel wurde von einem Kidnapper quer durch das Land in einen entlegenen Teil von Montana verschleppt, wo er ihn auf einem Rastplatz aussetz-

te. In der ersten Version wurde er von einem lieben Menschen mitgenommen und aufgezogen, der annahm, das Kind sei von seinen Eltern ausgesetzt worden.«
»Und in der zweiten Version?«
»Lief er von dem Rastplatz in den Wald und wurde von einem Rudel Wölfe adoptiert.« Sie hob mit einem selbstironischen Lächeln den Blick.
Doch in seinen Augen stand keine Belustigung. Sie waren silbersanft und voller Mitgefühl. »Ich hätte die gleichen Träume, wenn es um mein Kind ginge. Was sagt denn Doug?«
Die Erwähnung seines Namens versetzte Emily einen Stich. Wenn sie an Daniel dachte, dachte sie nicht an Doug. Zwei Quellen von Schmerz und Verwirrung – sie konnte sich nicht gleichzeitig mit beiden auseinandersetzen.
Sie spielte mit dem Gedanken zu lügen, aber nur einen Moment lang, Brian war ihr Freund – er sollte die Wahrheit erfahren. »Doug sagt gar nichts – er bewältigt Daniels Entführung, indem er so tut, als habe es unseren Sohn nie gegeben.«
»Wie kann er das tun?«
Da sie nicht darüber sprechen konnten, konnte sie es nur ahnen. »Daniel war das erste Kind – der Sohn. Er war hübsch und lieb und intelligent – alles, was ein Vater sich wünschen kann. Doug will sich dem Schmerz nicht stellen, den es ihm bereiten würde, darüber nachzudenken, was hätte sein können.«
»Haben Sie damit auch Probleme?«
»Manchmal. An Daniels Geburtstag.« Ihre Stimme brach. Sie starrte eine Weile in ihren Becher, ehe sie schluckte und fortfuhr: »Ich kann nicht vergessen, Daniel geboren zu haben. Mein Körper weiß, daß es geschehen ist. Er erinnert sich an die Wehen – und er empfindet sie wieder.«
»War Doug bei der Entbindung dabei?«
»Ja. Aber an Daniels Geburtstag ist er nie zu Hause.«
»Mein Gott.«

»Es ist okay – ich trauere allein.«
»Weiß Jill von Daniel?«
»Inzwischen ja – aber ich brachte es lange nicht über mich, es ihr zu erzählen. Ich fürchtete, daß sie Angst hätte, ihr würde das gleiche passieren. Ich lehrte sie die Regeln – uns immer zu sagen, wo sie hinging, sich immer an andere Kinder zu halten, laut schreiend wegzurennen, falls jemand sie in irgendeiner Form bedrohte – aber ich gab ihnen den Anstrich normaler Vorsichtsmaßnahmen.«
»Bemerkenswert, daß Sie das so vernünftig handhaben konnten.«
»Andernfalls wäre sie neurotisch geworden«, und das war für Emily nicht in Frage gekommen. Es war schlimm genug, daß sie Daniel allein und unbeaufsichtigt im Wagen gelassen hatte – Jill aufgrund dieses Fehlers verrückt zu machen, hätte ihn potenziert.
»Wie hat sie reagiert, als sie es erfuhr?«
»Sie sagte immer wieder, das es eine Möglichkeit geben müsse, ihn zu finden. Ich versuchte ihr zu erklären, daß alles Erdenkliche getan worden und zuviel Zeit vergangen sei. Sie akzeptiert es jetzt, wie ich es tue. Man kann nicht tagein, tagaus mit einer solchen Geschichte leben. Es gibt Perioden, da denke ich überhaupt nicht an Daniel – wie Doug, nehme ich an –, und dann fällt mir plötzlich wieder alles ein, und ich stehe wieder in dem Polizeirevier und berichte über sein Verschwinden und durchlebe den Horror, als sei alles noch ganz frisch.« So erging es ihr auch jetzt. Ein schrilles Pfeifen in ihren Ohren ging mit der Panik einher. »Ich dachte, sie würden ihn finden. Wirklich. Ich war nicht länger als fünf Minuten in der Post – in dieser Zeit konnte er nicht weit gekommen sein.«
Sie hielt inne und trank ihren Kaffee, um die Kälte aus ihrem Innern zu vertreiben, und als sie den Becher abstellte, nahm Brian ihre Hand in die seine. Sie klammerte sich daran. »Ich

hätte ihn nicht allein im Auto lassen dürfen. Es war mein Fehler. Aber ich war ja nicht in einer fremden Stadt«, versuchte sie ihr Verhalten zu erklären. »Wenn ich woanders gewesen wäre, hätte ich ihn niemals allein gelassen – aber es war in Grannick.« In tiefer Verzweiflung umfaßte sie seine Hand noch fester. »Niemand hat etwas gesehen. John und die anderen befragten die halbe Stadt, aber niemand konnte weiterhelfen. Es ist nicht zu fassen. Wir leben hier in der Provinz! Wenn jemand einen neuen Wagen hat, verbreitet sich die Neuigkeit wie ein Lauffeuer. Ebenso ist es bei einer Geburt oder einer Scheidung. Bei uns blüht der Klatsch, niemandem entgeht etwas – außer an dem fraglichen Tag. Da sah niemand etwas.« Sie faßte sich und atmete tief durch, setzte sich aufrecht hin, lächelte Brian entschuldigend an, entzog ihm widerstrebend ihre Finger und legte die Hände in den Schoß. »Er wäre jetzt einundzwanzig.«
»Ja – das sagte John.«
»Heute liegen die Dinge anders. Heute gibt es das National Center for Missing and Exploited Children und Einrichtungen wie CJIS und NCIC. Damit werden Meldungen über Entführungen in Windeseile landesweit verbreitet. Wenn Daniel heute verschwände, würde das FBI sich über den Wagen hermachen und die winzigsten Spuren von Fingerabdrücken und Fasern sammeln. Die Fotos würden in Millionenauflage verteilt. Die Geschichte würde im Radio präsentiert, in Oprah's Talkshow, im ›People‹ und auf Milchschachteln. Seinerzeit war nichts davon der Fall.«
Die Frustration, mehr tun zu wollen, als es gab, hatte sie an den Rand ihrer Nervenkraft gebracht. Sie war immer wieder mit dem Kopf gegen die Wand gerannt und hatte erst aufgehört, als sie vor Schmerz betäubt war.
»Möchten Sie sein Zimmer sehen?« fragte sie. Als Brians Augen sich weiteten, stand sie auf. »Ich wische dort Staub, aber ansonsten habe ich seit damals nichts angerührt.« Sie hatte es nie

jemandem gezeigt, aber es erschien ihr richtig, es Brian zu zeigen. Sie ging voraus, die Treppe hinauf und den Flur hinunter bis zu der einzigen geschlossenen Tür.

Sie öffnete sie und trat beiseite, um ihn eintreten zu lassen, lehnte sich an den Türrahmen und starrte den Korridor entlang zur Treppe, und trotzdem empfand sie einen jähen Schmerz wie von einer offenen, entzündeten Wunde – selbst nach all den Jahren. Sie brauchte nicht hinzuschauen, um die aufgereihten, winzigen Matchbox-Autos zu sehen, die Stofftiere, die Legosteine. Sie wußte, wann Brian die Bilderbücher anschaute, die in dem Wandregal standen, wann er die Tür des Schrankes aufmachte und die Kleidung betrachtete, wann er nacheinander die vielen Fotos in die Hand nahm, die den Kaminsims im Wohnzimmer geziert hatten, bevor Doug sie daraus verbannte. Als sie da so mit abgewandtem Blick am Türrahmen lehnte, fühlte sie sich eingehüllt in den Babyduft, den Daniel neunzehn Jahre zuvor verströmt hatte. Natürlich wußte sie, daß er sich unmöglich so lange in dem Raum gehalten haben konnte, doch ihre Erinnerung war so intensiv, daß sie ihn real erscheinen ließ.

Entschlossen, nicht zu weinen, drückte sie die Fingerspitzen gegen die Stirn, doch ihre Gefühle ließen sich nicht zurückdrängen. Daniel war so klein gewesen, so hilflos, so unschuldig. Sie hatte immer mit ihm herumgealbert, wenn sie ihn anzog, hatte für ihn gesungen und mit ihm gelacht und ihn danach in die Arme genommen, und er hatte sein Kugelbäuchlein an sie gedrückt und die Ärmchen und Beinchen um sie geschlungen. Und dann war er fort.

Sie weinte leise, konnte nicht dagegen an, und als Brian sie an sich zog und die Arme um sie legte, weinte sie weiter. Sie konnte sich nicht erinnern, wann sie das letzte Mal den Luxus genossen hatte, in jemandes Armen über Daniel zu weinen, und so leistete sie ihn sich, bis ihre Tränen langsamer flossen. Dann rückte sie von Brian ab.

Einen Arm um ihre Schulter haltend, führte er sie von dem Zimmer weg. Sie hörte, wie die Tür geschlossen wurde, und eine Zentnerlast fiel von ihrer Brust. Befreit atmete sie tief und erzitternd ein.

Er führte sie die Treppe hinunter. Unten angekommen, atmete sie entschlossen durch, wischte sich die Tränen vom Gesicht und löste sich aus seinem Arm. »Jetzt wissen Sie Bescheid«, sagte sie mit einem verlegenen Lächeln.

Er hatte die Hände in die Taschen gesteckt. Seine Augen schimmerten silbrigwarm. »Jetzt weiß ich Bescheid.« Seine Stimme und sein Ausdruck waren so sanft, daß sie beinahe wieder zu weinen angefangen hätte – diesmal jedoch nicht um Daniel, sondern um all das, was der Mann, der es ihr eigentlich hätte geben sollen, ihr nicht gab.

Sie sagte sich, daß noch Hoffnung bestehe – doch Doug würde erst in einer Woche aus England zurückkommen, und sie fühlte sich schrecklich hilflos.

Und so half sie später am Vormittag, als die kleine Wohnung über der Garage sich mit den gelieferten Möbeln und dem Inhalt von Brians Jeep zu füllen begann, beim Auspacken. Sie genoß es, das Mobiliar zu arrangieren, sie genoß es, die Bilder aufzuhängen, beim Aufbauen von Julias Kinderbett zu helfen, kleine, bunte Spielsachen in das Regal in ihrem Zimmer zu stellen. Sie genoß es, mit Brian Pflanzen, Lampen und Lebensmittel zu kaufen. Sie genoß es zu sehen, wie die kleine Wohnung mit jedem Handgriff an Wärme gewann, und als er sie einlud, mit Julia und ihm bei einem Abendessen den Beginn des neuen Lebens von Vater und Tochter zu feiern, brachte sie es nicht über sich, ihm einen Korb zu geben.

Achtes Kapitel

Am Sonntag morgen kam Emily schwer bepackt bei Celeste an. »Was schleppst du denn da an?« rief Celeste entsetzt, als sie die Tür aufmachte.

»Ich mache Brunch.«

»Nicht für mich – ich bin auf Diät. Ich muß abnehmen – damit mein Körper zu meinem Gesicht paßt.« Sie präsentierte Emily ihr Gesicht von beiden Seiten. »Was sagst du?«

Emily studierte beide Ansichten eingehend. Die alte Celeste hatte ihr gefallen – die hier war ihr noch ein wenig fremd. »Die Schwellung ist wirklich weg.«

»Emily!«

Emily lächelte. »Die Nase ist hinreißend.«

Celeste drehte sich so weit herum, daß Emily hinter ihren Kiefer schauen konnte. »Die Fäden sind gestern gezogen worden. Siehst du, wie dünn die Narben sind? Die wird man bald überhaupt nicht mehr sehen. Genauso wie die blauen Augen. Genauer gesagt, die grünen Augen. Die nächste Farbe ist gelb.« Sie rieb ihre Handflächen aneinander. »Es entwickelt sich alles nach Plan. Wenn ich wieder menschlich aussehe, werden die Reaktionen auf meine Annonce eintrudeln. Morgen ist Abgabetermin. Ich möchte, daß du mir bei dem Text hilfst.«

Emily war viel eher geneigt zu versuchen, ihr die Idee mit der Anzeige auszureden, und wollte das gerade sagen, als Kay in die Zufahrt einbog.

»Ah – sehr gut!« grinste Celeste. »Drei Köpfe sind besser als zwei.«

Emily ließ sie an der Tür stehen und ging nach hinten in die Küche. Sie würde Brunch machen, ob Celeste etwas äße oder nicht – Emily hatte sich das in den Kopf gesetzt.
Gleich darauf gesellten sich die beiden zu ihr – Kay mit einem eigenen Anliegen. »Emily – hat Jill mit Dawn telefoniert?« Emily holte frische Bagels aus der Tüte. »Seit ein paar Tagen nicht mehr. Der Anschluß ist immer auf Anrufbeantworter geschaltet.«
»Bei Marilee dasselbe. Was macht sie, Celeste?«
Celeste zuckte mit den Schultern. »Keine Ahnung.«
»Hat sie sich nicht bei dir gemeldet?«
»Doch, doch.«
Emily legte eine Melone auf den Tresen. »Und?«
»Sie sagt, es gehe ihr gut. Wenn ich sie frage, wie es denn so ist, sagt sie, sie hätte unheimlich viel zu tun, alles laufe großartig. Wenn ich nach Einzelheiten frage, erzählt sie mir völlig unwichtige Dinge.«
»Kluges Kind«, meinte Kay.
»Sie sagt, ich sei zu neugierig. Bin ich zu neugierig?«
Emily machte sich daran, die Melone in Schnitze zu zerteilen. Sie hatte Celeste nie für neugierig gehalten. Auf Noten fixiert, vielleicht – aber nur, weil sie wollte, daß Dawn es im Leben zu etwas brachte.
»Bin ich es?« hakte Celeste nach, als auch Kay schwieg.
»Nicht mehr als wir«, antwortete Kay diplomatisch. »Aber du hast mehr Anlaß dazu, weil Dawn ein wilderes Mädchen ist als Marilee oder Jill.«
»Dawn wird sich gut machen, verlaßt euch drauf. Wenn sie nicht lernt, wird sie fliegen, und wenn das passiert, habe ich sie wieder zu Hause.« Celeste stieß einen gequälten Laut aus. »Ich weiß nicht, für wen das die größere Strafe wäre – für sie oder für mich.« Sie räusperte sich. »Kommen wir zu wichtigeren Dingen.« Sie schlug einen Aktenordner auf. »Wie klingt das: ›Sexy, blond, weiblich . . .‹«

»Du bist nicht blond«, fiel Kay ihr ins Wort.
»Aber ich werde es. Sexy, blond, weiblich ...«
»Nicht ›sexy‹ – das ist zu plump. Du mußt subtiler vorgehen. Stell dir doch mal vor, welche Sorte Männer du mit diesem Wort ansprechen würdest ...«
»Genau das will ich ja!« sagte Celeste. »Ich will keinen Eunuchen – ich will einen Vollblutamerikaner. Außerdem hat eine subtile Anzeige keine Wirkung. Glaub mir – nur Marktschreierei lockt Kundschaft an.«
»Schreib doch statt dessen ›intelligent‹ – das hat mehr Klasse.«
Celeste seufzte. »Okay. Intelligent, blond, weiblich ...« Sie schnitt eine Grimasse. »Das klingt stinklangweilig.«
»Vielleicht solltest du mehr über deine Person sagen«, schlug Emily in einem halbherzigen Versuch, sich an der Aktion zu beteiligen, vor. »Du könntest erwähnen, daß du schlank und witzig bist ...«
»Laßt mich meinen Entwurf erst mal zu Ende vorlesen – mit der von Kay vorgeschlagenen Änderung: ›Intelligent blond, weiblich, am Beginn eines neuen Lebens stehend, suche ich einen hochgewachsenen Ritter in schimmernder Rüstung, um mit ihm Montrachet, Harley und Tanglewood zu teilen.‹«
»Harley?« schrie Kay auf. »Celeste – dann melden sich Biker! Das bedeutet Lederkluft, Tätowierungen und Gruppensex!«
»Unsinn! Es werden sich Männer melden, die innerlich jung geblieben sind.«
Emily begann, das Fruchtfleisch der Cantaloupe-Melone zu würfeln. »Du hast dein Alter nicht angegeben.«
»Sollte ich das?«
»Ja.«
»Du kannst es unmöglich verbergen.«
»Kay!« protestierte Celeste.
»Was sie meint«, Emily drehte sich zu ihr herum, »ist, daß jeder Kandidat sich darüber klar sein wird, daß du über dreißig

bist – falls du dich nicht entschließt, Dawn zu verschweigen. Es ist nicht anzunehmen, daß du sie mit zwölf bekommen hast.«

»Möglich wäre es – ich könnte doch eine Kindsbraut gewesen sein.«

»Das ist Johns neueste Befürchtung«, sagte Kay. »Er hat mich gefragt, was ich dazu sagen würde, wenn Marilee schwanger würde. Als hätte ich sie nicht aufgeklärt! Als hätte ich ihr den ›Safer Sex‹ nicht geradezu eingetrichtert.«

»Und – was würdest du dazu sagen?« wollte Emily wissen. Das Thema Töchter behagte ihr mehr als das Thema Männerfang – obwohl beides besser war, als an Doug zu denken.

Kay dachte über die Frage nach. »Begeistert wäre ich nicht. Irgendwie habe ich die Hoffnung, daß sie sich aufspart.«

»Und wenn nicht?«

»Wenn nicht? Dann würde John seine alte Flinte rausholen. Aber ich denke nicht, daß es dazu kommen wird – Marilee will ihren Doktor machen, und sie weiß, daß daraus nichts wird, wenn sie eine Dummheit macht. Wie ist es mit dir? Was wäre, wenn Jill in diesem Alter ein Baby bekäme?«

Emily brauchte nicht lange nachzudenken. »Ich wäre bestürzt. Ich finde, achtzehn, neunzehn ist zu jung dafür.«

»Du hast mit achtzehn geheiratet.«

O ja, das hatte sie tatsächlich – und was war daraus geworden? »Vielleicht war das falsch.«

»Falsch?« fragte Celeste. »Wie das?«

Emily schlang die Arme um ihre Taille. »Wir waren sehr jung – und wir haben uns zu anderen Menschen entwickelt.«

Kay horchte auf. »Voneinander weg?«

Ganz entschieden. Und unwiderruflich. Emily hatte wochenlang, monatelang so getan, als sei es nicht so – vielleicht noch länger, doch es war zu offensichtlich, um weiter ignoriert zu werden. Es schmerzte sie, wenn sie an Doug dachte, und es

schmerzte sie die Erkenntnis, daß ihre Ehe nicht in Ordnung war und es nie sein würde.
Sie wünschte sich, von ihren besten Freundinnen zu hören, daß sie sich irrte. »Jill war unser Verbindungsglied. Jetzt, wo sie weg ist, hält uns nichts mehr zusammen.«
»Das gibt's doch nicht!«
»Du bist nur traurig wegen Jill.«
»Nein«, beharrte Emily auf ihrer Meinung. »Das habe ich schon mit bedacht.«
Celeste warf eine Hand in die Luft. »Vielleicht hättet ihr eine gemeinsame Basis, wenn er mehr zu Hause wäre.«
»Ich glaube, das will er gar nicht.«
Kay war entsetzt. »Wie kommst du denn darauf?«
Emily lächelte traurig. »Was immer ich mir auch vormache, was immer mir Doug auch einzureden versucht – er muß nicht so viel reisen. Er hat ein mit allen elektronischen Finessen ausgestattetes Büro daheim – er könnte seine Reisen um die Hälfte reduzieren und trotzdem das gleiche verdienen.«
Abwartend schaute sie von Kay zu Celeste. »Kein Protest?«
»Hast du ihm das gesagt?« erkundigte sich Celeste.
»Nein – ich habe es mir gerade erst selbst eingestanden.«
»Wirst du es ihm sagen?« wollte Kay wissen.
»Ich denke schon. Irgendwann. Es sei denn, die Dinge wenden sich plötzlich zum Guten.« Als weder Kay noch Celeste ihr versicherten, daß es bestimmt so sein wurde, folgte ein gequälter Seufzer: »Es ist eine scheußliche Situation.«
»Was willst du tun?«
»Ich weiß es nicht.«
»Du solltest ihn stellen«, meinte Celeste – aber sie hatte leicht reden: Sie war bereits geschieden – eine Konfrontation würde keine Bedrohung für sie bedeuten. Sie hätte nichts zu verlieren. Emily schon. »Ich weiß nicht, ob ich mit den Konsequenzen zurechtkäme«, gestand sie. »Ich bin kaum in der Lage, darüber

nachzudenken. Jedenfalls ist meine Ehe der Grund dafür, daß ich nicht möchte, daß Jill so früh heiratet. Ich möchte, daß sie diesen Schritt erst tut, wenn sie älter und klüger ist – und ihr potentieller Ehemann ebenfalls.«

»Doug war älter als du.«

»Nicht alt genug. Wir waren beide noch Kinder. Wir haben uns auseinanderentwickelt.«

»Es tut mir so leid.«

»Können wir irgend etwas tun?«

Sie schüttelte den Kopf, brachte ein Lächeln zustande. »Irgendwann wird Doug an einem Wochenende mal länger als einen Tag zu Hause sein. Wir müssen Zeit füreinander haben, das ist alles. Ein gutes Gespräch könnte die Wolken vertreiben. Ich werfe noch nicht das Handtuch.« Sie räusperte sich, bereit, das Thema zu wechseln, nachdem ihre beiden Freundinnen ihr offenbar kein Heilmittel gegen ihr Leiden zu bieten hatten. »Jedenfalls wünsche ich mir mehr für Jill. Jetzt bist du dran, Celeste – wie würdest du reagieren, wenn Dawn so jung mit einem Kind daherkäme?«

Celeste antwortete nicht.

Emily sah an ihrem Gesichtsausdruck – und auch an Kays –, daß sie das Thema noch nicht wechseln wollten. »Es gibt nicht viel mehr dazu zu sagen«, sagte sie leise. »Ich weiß nicht, was werden soll, ich weiß es einfach nicht, und es tut mir weh, darüber nachzudenken. Ich brauche euch Mädels, um mich abzulenken. Also verrat's mir, Celeste – wie würdest du reagieren?«

Celeste brauchte eine weitere Minute, um von Emilys Ehe auf ihre Tochter umzuschalten, und dann klang sie deprimiert. »Ich fände es schrecklich – ich bin zu jung, um schon Großmutter zu sein.«

»Mit dreiundvierzig ist man noch jung genug, um ein Enkelkind richtig genießen zu können«, wandte Kay ein.

Celeste schüttelte den Kopf. »Ich habe noch keine Einstellung dazu.«

»Hast du das Dawn gesagt?«
»Mit deutlichen Worten. Und ich habe ihr auch gesagt – Gott weiß wie viele Male –, daß sie das Zeug dazu hat, Großes in ihrem Leben zu vollbringen, falls sie sich nicht selbst die Möglichkeit dazu verbaut. Darauf meinte sie, sie wolle vielleicht gar nichts Großes in ihrem Leben vollbringen.«
»Was will sie denn machen?«
»Das sagt sie nicht.«
»Will sie einen Beruf ergreifen?«
»Keine Ahnung.«
»Hast du sie denn nicht gefragt?«
»Hundertmal.«
»Willst du es nicht wissen?«
»Es reicht, Kay!« protestierte Celeste. »Ich kann deine Fragen nicht beantworten. Meine Güte, du klingst allmählich schon wie John!«
Kay schaute von Celeste zu Emily. »Wollt ihr das Neueste hören? Er hat vorgeschlagen, nächstes Wochenende nach Washington zu fliegen. Zu einer Besichtigungstour.« Als Celeste ein spöttisches Lachen ausstieß, setzte sie hinzu: »Er sagte, wir könnten uns in ein hübsches Hotel einmieten und ein romantisches Erlebnis daraus machen.«
Das gab Emily einen Stich. Vor nicht allzu langer Zeit hatte sie für Doug und sich romantische Wochenenden geplant. Damals hatte Kay sie beneidet. Jetzt waren die Karten vertauscht. »Und du dachtest, er sei kein Romantiker«, schalt sie, doch sie wurde abgelenkt, fragte sich, ob Doug sich in London wohl amüsierte, ob er eine Besichtigungstour machte, ob sein Klient mit seiner Arbeit zufrieden war und wie sich das auf ihre Ehe auswirken würde.
»John ist kein Romantiker«, sagte Kay. »Und er hat auch kein Interesse an irgendwelchen Besichtigungen. Denkmäler und Museen langweilen ihn zu Tode, und außerdem meldet sich

jedesmal sein Rücken, wenn er etwas tun muß, das ihm nicht paßt. Nein – er will überhaupt nichts besichtigen.«

»Er will Marilee besuchen«, meinte Celeste.

»Marilee nachspionieren«, berichtigte Kay. »Entweder langweilt ihn seine Arbeit, oder er macht zehn Jahre zu spät eine Midlifecrisis durch. Wie auch immer, Marilee sagte ihm, daß sie sich um Dawn sorge – in der Gewißheit, daß er sich des ›Falles Dawn‹ annehmen würde, da bin ich ganz sicher –, und seitdem löchert er mich, also verzeiht mir, falls ich tatsächlich wie er klinge. Wenn ich nach Hause komme, wird er mich bestimmt schon an der Tür mit der Frage empfangen, was du weißt.«

Celeste seufzte. »Dawn ist achtzehn Jahre alt – und sie beschwert sich, daß ich zu neugierig bin und sie kontrolliere. Ich habe beschlossen, damit aufzuhören. Sie ist sich selbst überlassen – auch wenn sie nur zehn Minuten weit weg ist.«

Emily wünschte, Jill wäre so nah bei ihr. Andererseits – vielleicht war es gut, daß sie es nicht war. Emily brauchte Zeit, um herauszufinden, was mit Doug los war, ehe sie Jill wiedersah.

»Bist du überhaupt nicht beunruhigt?« fragte Kay Celeste.

»Natürlich bin ich beunruhigt – aber sie ist auf einem Spitzencollege mit Spitzenkids, und sie ist volljährig. Sie hat die Freiheit, ihre eigenen Fehler zu machen.«

»Aber wenn du ihr helfen kannst zu vermeiden ...«

»Wie?« rief Celeste. »Ich bin doch nicht bei ihr! Ich kann nicht bei ihr sein!«

In diesem Augenblick erkannte Emily, daß Celeste ganz und gar nicht die coole Mutter war, als die sie sich gab. Es war beruhigend.

»Also, was ist«, sagte Celeste mit der gleichen, frustrierten Stimme. »Findet ihr die Anzeige so okay?«

Kay schenkte ihr einen finsteren Blick und griff sich das Blatt Papier. »Nimm die Harley raus – damit verprellst du vielleicht einen tollen Burschen, der einen Porsche fährt.«

Eine brillante Taktik, dachte Emily.
Celeste strich »Harley« durch.
»Noch besser: Halt es allgemeiner: Schreib ›Wein, Abenteuer und Musik‹. Und gib dein Alter an.«
»Okay, okay«, gab Celeste klein bei. »Sexy, blond, weiblich ...«
»Ich dachte, wir hätten uns auf ›intelligent‹ geeinigt.«
»Das gilt nicht mehr, nachdem ich die ›Harley‹ rausgestrichen habe – sonst wird die Sache zu zahm. ›Sexy, blond, weiblich, vierzig ...‹«
»Du bist dreiundvierzig.«
»Wie wär's mit ›in den Vierzigern‹?«
»Dann werden sie denken, du seist neunundvierzig.«
»Nein, das werden sie nicht.«
Kay überflog die Kontaktanzeigen, die Celeste aus der Zeitung ausgeschnitten hatte. »Die meisten geben ihr Alter an. Hier ist eine, die es nicht tut. Sie schreibt, sie suche einen Arzt zwischen fünfunddreißig und fünfundvierzig. Wie alt dürfte sie sein?«
»Fünfundvierzig«, meinte Emily.
Celeste antwortete nicht.
»Warum nicht fünfunddreißig oder jünger?« fragte Kay Emily.
»Wenn sie jünger wäre, würde sie sicher ihr Alter nicht verschweigen.«
»Volltreffer! Ohne präzise Angaben nehmen die Leute immer das Schlimmste an.«
Celeste warf eine Hand hoch. »Na schön, na schön, ich gebe mein Alter an – aber es geht mir gegen den Strich. Mein Alter ist irreführend: Mein Körper mag dreiundvierzig sein, aber vom Wesen her bin ich fünfundzwanzig.«
»Das ist schon richtig«, räumte Kay ein, »aber Männer sehen die Sache anders: Ihnen geht es erst mal um das Äußere.«
Emily dachte daran, daß es Wochen her war, daß Doug sich in irgendeinem irgendwie an Leidenschaft erinnernden Wunsch

genähert hatte. Sie hatte sich vorgemacht, er sei eben erschöpft, doch auch viele erschöpfte Männer hatten Lust auf Sex, und außerdem gab es auch noch die Morgen – und da war er absolut nicht erschöpft. Es war, als hätte er sich auch körperlich von ihr weg entwickelt.

Sie begriff nicht, wie das möglich war. Früher hatte er sie ausgesprochen reizvoll gefunden. War die Chemie keine Konstante? Sie hatte nicht zugenommen, sie hatte keine Falten und keine grauen Haare, und sie ging nicht gebückt. Okay – natürlich hing alles ein bißchen tiefer als vor zweiundzwanzig Jahren, aber sie war immer noch attraktiv.

Oder nicht?

»Emily!«

Als sie den Blick hob, sah sie Kay und Celeste vor sich stehen.

»Du wirkst gequält«, konstatierte Kay. »Vielleicht solltest du ein paar Tage hier bei Celeste bleiben.«

»Eine tolle Idee«, lockte Celeste. »Ich habe jede Menge Platz.«

Doch Emily wollte nach Hause – für den Fall, daß Jill anrief. Für den Fall, daß Doug anrief. Wie die Platten unter der Erdkruste im Augenblick eines Bebens verschoben sich die Verankerungen ihres Lebens. Alles, was sie tun konnte, war Schutz unter dem stabilsten Dach zu suchen, das sie kannte, und abzuwarten.

Nach dem Brunch fuhr sie nach Hause – mit den besten Absichten: Nachdem sie den ganzen Samstag mit Brian und Julia verbracht hatte, war sie entschlossen, die beiden heute in Ruhe zu lassen. Julia brauchte Gelegenheit, eine Beziehung zu Brian zu entwickeln, und Brian brauchte Gelegenheit, mehr Sicherheit im Umgang mit Julia zu gewinnen. Sie mußten die Wohnung zu ihrem Heim machen können, ohne von einem Außenstehenden dabei beobachtet zu werden.

Doch sie hatte kaum die Küche betreten, als sie Myra entdeckte,

die aus Richtung Garage kam. Neugierig und sogar ein wenig besorgt ging sie hinaus.
Myra steuerte sofort auf sie zu. »Ich habe gerade einen Besuch bei Detective Stasek und seiner Tochter gemacht. Es war einfach reizend. Er ist ein besonders netter Mann. Ich fürchte, ich habe ihn überfallen, bevor er Zeit zum Rasieren hatte, aber ich hoffe, ich habe ihn nicht in Verlegenheit gebracht. Wußten Sie, daß er in Chicago aufgewachsen ist? Man stelle sich das vor – ein so welterfahrener Mann bei unserer Polizei! Ich hatte ein paar Taglilien mitgenommen, aber er hatte keine Vase, und da ging ich noch mal heim und holte eine von meinen.«
»Das war aber lieb von Ihnen, Myra.«
»Das war doch das mindeste, was ich tun konnte. Ich kann noch immer nicht glauben, daß er tatsächlich in unserer Straße wohnt. Die Polizei kann frisches Blut brauchen – Chief Davies ist schon zu lange im Amt.«
»Er leistet ausgezeichnete Arbeit«, verteidigte Emily John.
»Er ist zu alt – er sieht nichts mehr. Nein, wir brauchen junge Augen. Detective Stasek ist gut für uns.« Sie runzelte die Stirn. »Komisch – man sollte denken, daß seine Frau ein, zwei Vasen gehabt hätte. Die meisten Frauen haben so was.«
»Ich bin sicher, daß sie auch welche hatte, aber er hat das meiste zurückgelassen.«
Myra nickte. »Wegen der Erinnerungen – das verstehe ich. Aber manchmal tut es auch gut, sie zu bewahren. Das ist der Grund dafür, daß ich den Boden unter meiner Weide pflege. Weiden können ganz schön lästig sein wegen all des Wassers, das sie aus dem Teich trinken, und des feuchten Bodens, in den sie ihre Wurzeln ausstrecken. Wußten Sie, daß der sichtbare Teil meiner Weide fast genau ihrer unterirdischen Ausdehnung entspricht. Fast, wohlgemerkt – nicht ganz genau.«
Emily ließ sie brabbeln. Myra war ein wenig wunderlich, wenn es um ihre Weide ging, aber sie war eine gutartige Frau. Es

konnte nicht einfach für sie gewesen sein, mit Frank zu leben, der von Grund auf bösartig gewesen war. Emily hatte ihn an vielen Abenden toben gehört.

Etwas Derartiges hatte sie bei Doug nie erlebt. Er wurde nur sehr selten laut und erhob niemals die Hand gegen sie. In diesem Punkt hatte sie Glück.

Vielleicht war sie zu empfindlich. Vielleicht befand sie sich wegen Jills Fortgang doch in einem Ausnahmezustand. Vielleicht war es egoistisch zu erwarten, daß er mehr Zeit mit ihr verbrachte. Vielleicht erwartete sie zuviel. Punkt.

»Wissen Sie«, sagte Myra in ihre Gedanken hinein, »ich erinnere mich daran, wie Sie sagten, daß ein Detective keine Uniform trage, weil er ein Detective sei, und weil das so ist, werde ich ihn zu Frank und mir zum Tee einladen. Meinen Sie, er wird sich rasieren, wenn ich ihn zu uns bitte? Frank mag keine Bärte – er sagt, er will das Gesicht eines Mannes sehen, wenn er mit ihm spricht. Er will wissen, mit wem er es zu tun hat – und wenn er das nicht sehen kann, wird er zornig.«

Emily legte die Hand auf ihren Arm. »Myra – Frank ist tot.«

»Ja – aber ich denke, wir sollten trotzdem vorsichtig sein. Franks Zorn ist beängstigend.« Sie machte sich auf den Weg zu ihrem Haus.

Emily schaute ihr noch nach, wie sie die Sackgasse überquerte, als Brian leise um die Garage herumkam. Ja, er war unrasiert und zerzaust – fast genauso wie bei ihrer ersten Begegnung –, aber er sah jetzt nicht im geringsten verzweifelt aus und entgegen Myras Eindruck auch keineswegs zwielichtig. Im Gegenteil – Emily fand, daß er herrlich männlich aussah mit seinen Schlafzimmeraugen und dem herzlichen, sie willkommen heißenden Lächeln.

»Myra hat uns Blumen gebracht«, berichtete er, und aus seinem Lächeln wurde ein schiefes, lustiges Grinsen.

Plötzlich grübelte Emily nicht mehr über Doug und sehnte sich

nicht nach Jill. Sie fühlte sich wie betäubt. »Das hat sie mir erzählt. Ich hoffe, sie hat nicht gestört.«
»Nein, nein. Sie ist lieb – wenn auch etwas exzentrisch. Sie wollte mir einreden, daß es bei den LeJeunes Ratten gäbe. Sie macht sich Sorgen, daß sie sich bis zu ihrem Haus ausbreiten oder – noch schlimmer – bis zum Teich. Sie fragte mich, wie sie es feststellen könne, wenn das der Fall wäre, und ob ich vielleicht mal rüberkommen und nachsehen würde. Sie sorgt sich um ihre Weide.«
Emily unterdrückte ein Lächeln. »Ihr Baum ist völlig ungefährdet. Es gibt im Teich keine Ratten – und bei den LeJeunes auch nicht. Es kommt lediglich vorsorglich alle drei Monate ein Kammerjäger zu ihnen. Sein Wagen ist wie eine Ratte gestylt, und das hat Myra zu einer falschen Schlußfolgerung verleitet.«
Jetzt ließ Emily ihrem Lächeln freien Lauf, denn auch Brian lächelte, und es war unmöglich, bei seiner Fröhlichkeit ernst zu bleiben.
Er schob die Hände in die Taschen seiner Jeans. »Ich hatte vorhin bei Ihnen vorbeigeschaut: Julia und ich haben einen Waldspaziergang gemacht, und ich hatte Sie zum Mitgehen bewegen wollen, damit wir uns nicht verirrten.«
»Offensichtlich haben Sie das auch ohne mich nicht getan.« Aber sie wäre schrecklich gerne mitgegangen. »Schläft Julia?«
»Fest. Der Fußmarsch hat sie erschöpft.«
»Sie ist so niedlich.«
»Ja, das ist sie.«
Emily war gerne fröhlich. »Möchten Sie ein Bier?«
»Gerne.«
Sie bat ihn mit einer Geste ins Haus, holte zwei Flaschen aus Dougs Vorrat im Kühlschrank und gab Brian eine davon. »Das ist die letzte Reminiszenz an ein früheres Leben: Als wir jung und arm waren, tranken wir lieber Bier als billigen Wein. Inzwischen bevorzugt Doug guten Wein, aber wenn er sich ein Footballspiel ansieht, trinkt er dazu immer noch Bier.«

»Wann erwarten Sie ihn zurück?«
»Am Freitag.«
»Bleibt er übers Wochenende?«
»Länger, hoffe ich«, sagte sie auf eine so nonchalante Weise, daß sie es beinahe selbst glaubte. Und warum auch nicht? Sie hatte sich seit Jahren etwas vorgemacht. »Gehen wir hinaus. Wir setzen uns in den Garten – dann hören wir es, falls Julia weinen sollte.« Sie griff sich im Vorbeigehen das Handy und ging voraus zu einem schattigen Fleck unter einer knorrigen Eiche. Der Stamm war dick genug, um ihren beiden Rücken Platz und einen Zwischenraum zu bieten.
»Es ist hübsch hier«, meinte er und lehnte sich an den Baum. »Anders als dort, wo ich herkomme. Wir hatten den Central Park, aber der läßt sich damit nicht vergleichen.«
»Sind Sie dort auch mit Julia spazierengegangen?«
»Manchmal. Gayle öfter als ich. Das Kindermädchen öfter als Gayle.« Er schnaubte verächtlich. »War ich ein lausiger Vater!«
»Sie hatten zu tun«, bot Emily ihm als Rechtfertigung an.
»Tja – das klingt gut, und es war auch so, aber es hätte nicht so sein müssen. Ich machte jede Menge Überstunden, und das hätte ich nicht zu tun brauchen.«
»Sie waren eben gewissenhaft.«
»Was meine Arbeit betraf, ja. Aber was war mit Julia? Ich habe mir die falschen Prioritäten gesetzt.«
Emily zuckte mit den Schultern. »Die Tradition sieht den Mann hauptsächlich als Ernährer und nicht so sehr als aktiven Vater.«
»Und schauen Sie mich jetzt an . . .«
Genau das tat sie. »Sie beide geben ein schönes Bild ab. Sie sehen mir recht zufrieden aus.«
»Im Augenblick sicher. Mein Kind schläft, und ich sitze mit einem Bier in der Hand neben einer schönen Frau – aber sehr bald wird meine Tochter aufwachen, und dann muß ich sie irgendwie beschäftigen.«

»Warum? Sie hat doch Spielsachen«, sagte Emily, obwohl sie gerne noch länger bei dem Schöne-Frau-Teil seiner Aussage verweilt hätte: Sie war ausgehungert, was solche Bemerkungen betraf.
»Spielsachen genügen nicht – man muß etwas mit Kindern tun.«
»Das ist allerdings richtig. Ihnen beibringen, mit den Spielsachen zu spielen. Ihnen vorlesen. Mit ihnen in den Park gehen. Am wichtigsten ist, daß man mit ihnen zusammen ist. Sie können durchaus tun, was Sie normalerweise sonntags tun, und Julia einfach mitnehmen.«
»Sie wäre sicherlich nicht begeistert von den Mets.«
»Ja, das vielleicht nicht – aber zu fast allem anderen könnten Sie sie mitnehmen.«
Er sah aus, als wolle er ihr gerne glauben. »Was ist mit den typischen Kinderaktivitäten – wie zum Beispiel Ballett?«
Er fragte das so ernst, daß sie nicht zu lächeln wagte. »Da hat sie noch eine Weile hin.«
»Aber was mache ich, wenn es soweit ist? Ich habe keine Ahnung von Ballett. Ich wüßte nicht, wie ich ihr ein Tutu anziehen sollte. Ich wüßte gar nicht, wo ich ein Röckchen kaufen sollte.«
»Es gibt eine Ballettboutique in der Stadt. Dort wird man Ihnen all Ihre Fragen beantworten.«
Er schaute stirnrunzelnd auf das Gras hinunter und dann in ihr Gesicht. »Ich habe nicht die geringste Ahnung vom Kinderkleiderkaufen, Punkt. Okay – im Moment ist sie versorgt, aber sie wird bald aus den Sachen rausgewachsen sein, und ich habe noch nie etwas zum Anziehen für sie gekauft.«
»Das ist überhaupt kein Problem.«
»Sie haben leicht reden. Sie sind eine Frau, und außerdem haben Sie Praxis auf diesem Gebiet. Aber für mich ist es ein Problem. Ich hab ja schon Schwierigkeiten, wenn ich mir was zum Anziehen kaufen muß.«
»Es ist wirklich kein Problem, Brian«, sagte sie. »Sie fahren ins

nächste Kaufhaus, gehen in die Kinderabteilung und erklären der Verkäuferin, was Julia braucht.«

Er war skeptisch. »Und woher weiß ich, was sie braucht?«

»Das ist ganz einfach. Wenn der Winter anfängt, braucht sie etwas Warmes, dann schauen Sie sich nach Schneeanzügen um, und Sie werden sehen, daß die einteiligen sich leichter anziehen lassen.«

»Und wenn Julia nicht gefällt, was ich kaufe?«

»Das ist in diesem Alter noch nicht so tragisch – sie wird es trotzdem anziehen. Wenn sie ein bißchen älter ist, nehmen Sie sie mit in den Laden, und sie sagt Ihnen, was sie haben möchte – und eh' Sie sich's versehen, zieht sie ohne Sie los.«

»Was ist mit ihren Haaren?«

»Die meisten Schneeanzüge haben Kapuzen.«

»Ich meine – was ist mit Haareschneiden und Zöpfen und Schleifen und anderen Dingen, die kleine Mädchen mögen?«

»Ich habe ihre Schleifen gesehen – sie sehen sehr ordentlich aus.«

Er gab einen Ton von sich, der Zweifel anmeldete, und schaute in die Ferne.

Sie legte die Hand auf seinen Arm. »Sie kommen bestimmt gut zurecht. Schauen Sie sich doch an, wieviel Sie schon gelernt haben. Schauen Sie sich an, was Sie alles für Julia tun, das Sie vor ein paar Monaten noch nicht getan haben.«

»Not macht erfinderisch.«

»Ist das nicht meistens so im Leben? Wenn Sie Julias Haare irgendwann nicht mehr bändigen können, gehen Sie mit ihr zum Friseur und lassen sie schneiden. Wenn Sie irgendwann merken, daß Sie ihr die Schuhe nur noch mit Gewalt anziehen können, gehen Sie ins Schuhgeschäft und kaufen ihr neue. Wenn ihre Zähne anfangen zu faulen und auszufallen ...« Er warf ihr einen entsetzten Blick zu. Sie drückte seinen Arm. »Das war nur Spaß.«

»Wann muß ich zum erstenmal mit ihr zum Zahnarzt?« fragte er kleinlaut.

»Wenn sie drei ist.«
»Und wann beginnt man mit der Sauberkeitserziehung?«
Emily lehnte sich zurück. »Das kommt darauf an. Jill war mit achtzehn Monaten sauber. Bei Daniel war noch mit zwei Jahren keine Rede davon.« Der Gedanke an Daniel weckte einen alten, vertrauten Schmerz. Leiser sagte sie: »Vielleicht strafte er mich damit vorab dafür, daß ich ihn allein im Auto ließ.«
Brian wandte sich ihr zu. »Wußten Sie, daß statistisch gesehen mehr Entführungen in Kleinstädten vorkommen als in großen? Die Menschen in kleinen Städten sind zu vertrauensselig. Aber was wäre die Alternative? Wir können schließlich nicht auf Dauer leben, als befänden wir uns im Belagerungszustand. Genau das ist der Grund dafür, daß ich New York den Rücken kehrte und hierherkam. Sie haben sich nichts vorzuwerfen. Ich schätze, Sie waren eine bessere Mutter, als die meisten es sind.« Er seufzte. »Eltern sind niemals perfekt, aber Sie haben mit Sicherheit Antworten auf Fragen, die mir mitten in der Nacht den kalten Schweiß auf die Stirn treiben – und ich habe Sie mit Julia gesehen: Sie sind ein Naturtalent.«
Er schien es ehrlich zu meinen – und er war so gar nicht besserwisserisch, wie Doug es immer gewesen war. Sie hatte Dougs Kritik nie ganz Glauben geschenkt. Was Brian sagte, glaubte sie. Wahrscheinlich lag es daran, daß er Polizist war. Und ein Außenstehender. Und daran, daß er Augen hatte, die eine geradezu unheimliche Macht besaßen.
Ja, es waren wirklich verblüffende Augen – schimmernd wie Stahl, jedoch ohne seine Härte, und irgendwie unirdisch. Wenn er sagte, sie habe sich nichts vorzuwerfen, dann hatte sie sich nichts vorzuwerfen.
»Vielleicht sollte ich eine Kindertagesstätte aufmachen«, sagte sie nur halb im Scherz. Sie wußte, daß Doug nichts davon würde hören wollen, geschweige denn für einen Kredit bürgen. »Ich hatte gehofft, daß die Renovierung der Wohnung mich mehrere

Monate beschäftigen würde, doch jetzt ist sie bereits beendet, und die Verschönerungen, die ich für das Haus geplant habe, werden nicht viel Zeit in Anspruch nehmen. Was soll ich dann machen?«

»Sie sind doch Schriftstellerin.«

»Das Buch war eine einmalige Sache.«

»Hat es Ihnen Spaß gemacht, es zu schreiben?«

»Ja. Es hatte therapeutischen Wert. Das war schon immer so bei mir, wenn ich etwas schrieb.« Sie starrte auf das Gras hinunter. »Ich habe Tagebuch geführt, nachdem Daniel verschwunden war – das hat mich vor dem Durchdrehen bewahrt.« Sie zog an den schlanken, grünen Halmen. »Vielleicht schreibe ich verstärkt für die ›Sun‹ – oder für Freunde am College.« Doug brauchte ja von beidem nichts zu wissen. »Natürlich kommt Jill in dreieinhalb Wochen nach Hause und zu Thanksgiving und dann wieder im Dezember – und dann für einen ganzen Monat. Und lange davor werde ich Doug bei mir haben.«

»Nächstes Wochenende.«

»Mmm – das ist richtig.«

Doug war nicht besonders gesprächig. Er kam am Freitag abend, erklärte, er habe im Flugzeug gegessen, und fuhr, nachdem er Emily ein paar kurze Fragen über London gestattet hatte, zum Training in den Fitneßclub. Als er zurückkam, ließ er sich in seinen Fernsehsessel sinken und kam erst nach oben, als Emily nach langem Warten eingeschlafen war. Als sie am Morgen aufwachte, schlief er.

Sie betrachtete sein Gesicht, suchte nach Weichheit, Vertrautheit, Hoffnung, doch er kam ihr plötzlich fremd vor. Sie wußte nicht, weshalb, denn im Schlaf waren seine Züge mit Sicherheit nicht anders als früher.

Sie versuchte, sich einige Jahre zurückzuversetzen, in eine Zeit, als ihre Beziehung noch besser gewesen war, doch die einzigen

Erinnerungen, die sie an diesbezügliche Szenen hatte, datierten aus den Anfängen ihrer Ehe – und aus Daniels Babyzeit. Sie erinnerte sich daran, wie sie zu dritt im Bett lagen und sie den Blick von Daniel zu Doug und wieder zurück wandern ließ und sich fragte, womit sie so viel Glück verdient hatte.

Sie konnte sich nicht erinnern, mit Doug und Jill im Bett gelegen zu haben. Aber Jill war nach Daniel geboren worden. Damals hatte Emily viel seltener nur einfach im Bett gelegen und sich glücklich gefühlt – sie war hektisch darum bemüht gewesen, Doug eine gute Frau und Jill eine gute Mutter zu sein, um ihre tragische Nachlässigkeit zu kompensieren, über die sie niemals sprachen. Sie hatte sich ein Beispiel an Doug genommen und gelernt, ihre Gedanken über Daniel und – in steigendem Maße – über Dougs restliches Leben für sich zu behalten.

Sie wünschte, sie würde sich die Fremdheit nur einbilden, doch sie trat im Laufe des Wochenendes immer deutlicher zutage. Sie und Doug sprachen kaum miteinander – und sie stellte ihn auch nicht zur Rede. Er war nur für so kurze Zeit zu Hause, daß sie keinen Unfrieden heraufbeschwören wollte. Und so sah sie zu, wie er seinen Orangensaft wegschob und erklärte, daß er Ananassaft bevorzuge, und nickte freundlich, als er fragte, ob seine Hemden rechtzeitig gebügelt sein würden, und als sie am Samstag abend vorschlug, essen zu gehen, und er ins Kino gehen wollte, gab sie nach.

Doch als sie ihn mit Brian sah, gab es ihr einen Stich. Sie hatte darauf gewartet, daß die beiden sich endlich kennenlernten. Aber die Nebeneinanderstellung war allzu viel, die Unterschiede allzu groß. Da stand Brian in Jeans, Sweatshirt und barfuß, mit der ebenso gekleideten Julia auf dem Arm und unterhielt sich mit Doug, der Hosen mit perfekter Bügelfalte, ein untadeliges Oberhemd und spiegelblanke Straßenschuhe trug. Brian lächelte mehr als er, lenkte das Gespräch geschickt von der Wohnung, die er ihm vorführte, über die finanzielle Situation

der Gemeinde Grannick zu den Pferdestärken von Dougs geliebtem Wagen.
Neben Brian wirkte Doug langweilig und steif. Brian erschien ihr lebendiger und freundlicher – und weitaus attraktiver. Und das machte Emily wütend. Sie nahm es Doug übel, daß er so fremd und überheblich und distanziert war – und sie nahm sich selbst übel, daß sie ihn mit Brian verglich. Mit einer gestammelten Entschuldigung floh sie ins Haus.
Minuten später kam Doug nach und sagte voller Begeisterung: »Er ist ein netter Kerl. Ich bin froh, daß du jemanden wie ihn um dich hast, wenn ich weg bin. Es macht mir Sorgen, dich hier allein zu wissen.«
Sie sah ihn scharf an. »Ich bin jahrelang allein gewesen, und du hast dir nie Sorgen deswegen gemacht.«
»Du hattest doch immer Jill.«
»Jill ist meine Tochter – das ist doch nicht dasselbe, wie dich hier zu haben.«
Er starrte sie eine Weile an, dann wanderte sein Blick zur Wand. »Fang nicht wieder an.«
»Was passiert mit uns, Doug? Wir sehen uns immer weniger – und das zu einer Zeit, wo wir eigentlich viel mehr voneinander haben könnten.«
Er verdrehte die Augen. »Das haben wir doch schon alles durchgekaut.«
»Aber ich verstehe es nicht. Du redest, als hinge unsere Existenz von dem Geld ab, das du morgen vielleicht verdienst. Aber das leuchtet mir nicht ein. Deine Firma floriert, und . . . ja, natürlich sind Rechnungen zu bezahlen«, kam sie ihm zuvor, »aber sie sind nicht höher als die von anderen Leuten.«
»Ich habe ein Kind auf dem College.«
»Das haben Millionen Menschen, und die gehen auch nicht unter. Wir sind keine Verschwender. Wir führen ein sehr bescheidenes Leben. Ich zumindest tue das.«

»Was soll denn das heißen?«
»Das soll nur heißen«, antwortete sie mit einem Seufzer, »daß trotz Jills Studiengebühren genügend Geld dasein müßte, um ein sorgenfreies Leben haben zu können. Warum also bleibst du nicht mehr zu Hause? Als Jill noch hier war, hast du das doch auch getan.«
Er stemmte die Hände in die Seiten und wandte sich ihr zu. »Ich habe mehr Aufträge als früher.«
»Dann gib ein paar davon ab. Schaff dir Freizeit.«
»Aber ich freue mich über diese Entwicklung.«
»Es gefällt dir, fünf Tage in der Woche unterwegs zu sein – manchmal sogar sechs? Du hast nicht den Wunsch, auch Zeit zu Hause zu verbringen? Oder vielleicht nur, wenn Jill da ist – um den Schein zu wahren?«
Er seufzte. »Was willst du denn damit nun wieder andeuten?«
Einen Sekundenbruchteil lang erwog sie, einen Rückzieher zu machen, doch sie war schon zu weit gegangen – und zu aufgeregt. Ihr einziges Zugeständnis war eine Drosselung ihrer Lautstärke. »Was erwartest du von unsere Ehe?«
»Einen Ort, an den ich heimkommen kann.« Er ließ den Blick durch den Raum wandern »Dieses Haus, diese Stadt, dich, Jill.«
»Was tue ich denn für dich – außer deine Wäsche zu waschen?«
»Du bist meine Frau.«
»Bist du gerne mit mir zusammen?«
»Selbstverständlich bin ich das.«
»Acht Tage im Monat.«
»Emily – was ist los mit dir?«
Sie kniff die Augen zu, legte die Hand an die Stirn und schüttelte den Kopf. Vielleicht lag es wirklich an ihr. Sie straffte sich, ließ ihre Hand sinken. »Ich weiß nicht, wer ich bin. Ich weiß nicht, was ich tun, was aus mir werden soll. Wie soll ich meine Zeit ausfüllen? Die Hausarbeit beschäftigt mich doch nicht den ganzen Tag. Irgendwann ist sie getan – und was dann?«

»Du willst arbeiten.« Er warf die Hände in die Luft. »Lieber Himmel, Emily – auch das haben wir schon durchgekaut. Du hast doch gar keine Ausbildung! Du könntest allenfalls einen lächerlichen Betrag verdienen, der allerdings zu einer Erhöhung unserer Steuer führen und mir einen Haufen Papierkrieg verursachen würde.« Er steuerte auf die Tür zu. »Warum kannst du nicht einfach ... einfach fernsehen?«
Sie ging ihm nach. »Ich habe sehr wohl eine Ausbildung – sogar mit einem akademischen Abschluß.«
»Jaaa – in Englisch. Damit kannst du keinen Blumentopf gewinnen.«
Sie erstarrte – aber nur für einen Augenblick. Dann folgte sie ihm die Treppe hinauf. »Das ist nicht wahr, Doug. Es gibt vieles, was ich tun könnte – aber du willst ja nicht, daß ich arbeite.«
»Aus Gründen, die ich dir ein dutzendmal erklärt habe. Warum akzeptierst du sie nicht endlich?«
»Weil sie unsinnig sind – und unfair.«
Er fluchte unterdrückt und bog ins Schlafzimmer ein. Sie blieb in der Tür stehen. »Ich muß etwas tun – ich kann nicht den ganzen Tag hier rumsitzen.«
»Warum nicht? Meine Mutter hat das auch getan.«
»Die hatte einen Mann!«
Er starrte sie böse an. »Ihr Mann hatte auch nicht meinen Beruf – und er verdiente auch nicht soviel wie ich.« Endlich eine Bestätigung, daß er nicht am Rande des Bankrotts stand.
»Aber was nutzt das Geld, wenn wir nicht glücklich sind?«
»Ich bin glücklich. Ich bin ausgesprochen glücklich – zumindest, wenn du mir nicht die Hölle heiß machst.« Er warf ihr einen genervten Blick zu. »Beruhige dich, ja?«

Daraufhin zog Emily sich zurück. Sie ging zum Teich hinaus und blieb dort, bis Doug sich verabschieden kam. Nichts war geklärt, und sie war verzweifelter als vorher.

Aber sie fürchtete, wenn sie ihn bedrängte, würde er überhaupt nicht mehr nach Hause kommen – und dann wäre ihre Ehe wirklich zu Ende, und das würde Jill weh tun.
Dieser Aspekt machte ihr die größten Sorgen, was interessant war, denn es gab eine Menge anderer Dinge, die ihr Sorgen bereiten sollten – beispielsweise, was aus dem Haus würde, falls sie und Doug sich trennten, womit sie ihren Lebensunterhalt bestreiten und was um Himmels willen sie tun sollte, wenn ihr altersschwacher Wagen den Geist aufgäbe.
Erst in diesem Augenblick, als sie da am Teich saß und nach Dougs Abfahrt ihre Zukunft bedrohlich vor sich aufragen sah, wurde ihr klar, wie unselbständig sie war.

Neuntes Kapitel

Emily blieb am Teich sitzen, bis es dunkel wurde. Zum erstenmal war sie nicht besorgt, einen Anruf von Jill zu verpassen. Sie wußte nicht, was sie sagen sollte, falls Jill anriefe. Ihr vorzulügen, ein schönes Wochenende mit Doug verbracht zu haben, fiel ihr von Mal zu Mal schwerer, und Jill, die liebe, fragte jedesmal.

Jill war Emilys beste Freundin. Sie konnten einander umarmen. Sie konnten sich beieinander ausweinen. Emily sehnte sich im Augenblick verzweifelt danach, umarmt zu werden und sich auszuweinen, doch sie konnte Jill nicht sagen, was vorging.

Sie dachte daran, Kay oder Celeste anzurufen – die beiden kamen in der Beste-Freundin-Kategorie gleich nach Jill, und sie war überzeugt, daß sie sich fragen würden, wie ihr Wochenende wohl verlaufen war. Doch sie rief sie nicht an – sogar dazu war sie zu verkrampft.

Zum erstenmal seit Jahren wünschte sie sich, eine Mutter zu haben, die kommen und sie in die Arme nehmen und keine Fragen stellen würde. In dieser Form war Emily für Jill da, wenn ihre Tochter aus irgendeinem Grund zu aufgewühlt war, um zu reden. Die innige Nähe trug dazu bei, die innere Anspannung zu lösen, und dann brach der Damm irgendwann.

Doch Emilys Mutter war schon seit langem tot – und außerdem war sie ein gefühlskalter Mensch gewesen. Früh verwitwet hatte sie arbeiten müssen, um sich und Emily durchzubringen, und das hatte sie Emily nie vergessen lassen.

Emily hatte keine Geschwister, und der Kontakt zu den wenigen

Tanten, Onkel und Kusinen war längst eingeschlafen. Es gab keinen Verwandten, an den sie sich hätte wenden können.
Also blieb sie noch eine Weile in der Dunkelheit sitzen, und als es kühl wurde, ging sie ins Haus und machte sich eine Tasse Tee. Und danach saß sie wieder in der Dunkelheit, diesmal im Wohnzimmer und in der Gesellschaft rauchiger Klarinettenklänge, die die Stereoanlage im Raum verbreitete.
Zweimal klingelte das Telefon. Einmal war Jill dran, einmal Celeste. Sie überließ beide Anrufe dem Beantworter und bewegte sich nur insoweit, als sie sich noch mehr in sich selbst verkroch. Die Musik war schon lange verklungen, als sie schließlich aufstand und in den ersten Stock hinaufging. Von der Schlafzimmertür aus betrachtete sie die Überbleibsel von Dougs Besuch. Der Schrank und eine Kommodenschublade standen offen, über einer Stuhllehne hing achtlos hingeworfen ein Hemd, vor dem Bett lag eine einsame Socke auf dem Boden und auf dem Nachttisch ein Häufchen Kleingeld, hauptsächlich Pennies.
Wie ein Trinkgeld! Wie ein kärgliches Trinkgeld!
Sie wirbelte herum, stürmte die Treppe hinunter, warf sich eine Jacke über und knallte die Haustür hinter sich zu. Mit großen, wütenden Schritten ging sie los und behielt diese Gangart bei, marschierte bis zum Ende der China Pond Road, die Walker und dann die Sycamore hinunter, in die LaGrange und am Berlo-Besitz vorbei. Sie nahm kaum etwas um sich herum wahr – sie war zu sehr mit ihrem Zorn auf Doug befaßt.
Fang nicht wieder an – als sie sagte, daß sie ihn gerne mehr zu Hause hätte. Was ist los mit dir – als sie versuchte, etwas über seine Gefühle zu hören. Du hast keine Ausbildung – als sie das Thema Arbeit zur Sprache brachte. Und als er es satt hatte zu reden – beruhige dich, ja?
Er hörte ihr nicht zu, er verstand sie nicht, er interessierte sich nicht für sie. Sie mußte irgendwie zu ihm durchdringen, doch

sie wußte nicht wie, und das war deprimierend. Sie waren seit zweiundzwanzig Jahren verheiratet. Sie hatten eine Tochter, die sie liebten. Emily wollte sich nicht scheiden lassen.
Die Frage war, ob sie das Leben in dieser Form durchhalten könnte – so allein. Sie hatte so viel zu geben, so viel Liebe und Fürsorge, daß sie manchmal daran zu ersticken drohte.
Sie durchquerte die Stadtmitte, ging über die Straße und machte sich auf den Rückweg. Je mehr ihr Zorn an Intensität verlor, um so normaler wurde ihr Tempo, und schließlich wurde er von einem großen, schwarzen, vertrauten Loch ersetzt, das alle Wärme, Hoffnung und Freude des Lebens verschluckte. Sie hatte immer geglaubt, daß Daniel der Grund dafür sei. Jetzt fragte sie sich, ob es nicht vielleicht Doug war.
Sie zog den Reißverschluß ihrer Jacke zu, schlug den Kragen hoch und steckte die Hände in die Taschen. Trotzdem zitterte sie weiter.
Schatten lauerten auf beiden Seiten ihres Weges, doch sie würdigte sie keines Blickes. Sie hielt die Augen geradeaus gerichtet, konzentrierte sich auf die Vorstellung, das Haus zu erreichen und sich im Bett unter einem Berg von Decken zu verkriechen. Vielleicht würde sie für immer dort bleiben.
Ein dummer Gedanke – aber es fiel ihr nichts Klügeres ein.
Sie versuchte, einen klaren Kopf zu bekommen, indem sie bewußt ein- und ausatmete und im Gehen die Muskeln ihrer Schenkel, ihrer Arme und ihres Rückens lockerte, doch die Kälte wirkte ihren Bemühungen entgegen, führte dazu, daß sie anspannte, was sie eigentlich entspannen wollte. Als sie die China Pond Road erreichte, gab sie den Kampf auf. Eine Ewigkeit unter einem Berg von Decken erschien ihr mit jedem durchgefrorenen Schritt ein weniger dummer Gedanke.
Als sie fast zu Hause war, sah sie ihn. Er hatte auf ihrer Treppe gesessen und stand auf, als sie sich näherte. Sie verlangsamte ihre Schritte. Ihre Beine waren kältesteif, ihre Knie angesichts dieses

Umstandes erstaunlich weich, doch wunderbarerweise schaffte sie es bis zu ihm.

»Ich sah Sie weggehen«, sagte er. »Sind Sie okay?«

»Ach Gott«, seufzte sie. »Ich wünschte, ich wüßte es.«

Als er einladend einen Arm aufhielt, schmiegte sie sich hinein, spürte, wie er sich um sie schloß, wie eine große Hand ihren Kopf an seine Brust drückte, empfand eine ungeheure Erleichterung. Mochte diese Umarmung unschicklich sein – es kümmerte sie nicht. Er strahlte Wärme ab und war stark, und sie dachte, wenn auch nur eine Spur von beidem auf sie überginge, würde das schon eine Verbesserung ihrer Verfassung bedeuten. Sie wußte nicht, wie lange sie dastanden, er mit um sie geschlungenen Armen und sie mit geschlossenen Augen und vorübergehend jegliche Verantwortung für sich selbst und ihr Leben vergessend. Sie entspannte sich, wie sie es auf dem Heimweg nicht gekonnt hatte, sie atmete seine Wärme ein, sie stieß leise, genießerische Laute aus – und einen des Protests, als er sich von ihr löste.

»Sie frieren«, flüsterte er. »Ich bringe Sie rein.«

»Rein« erwies sich als seine Wohnung, und sie erhob keinen Widerspruch. Die kleine Wohnung war angenehm unordentlich – und friedlich. Sie enthielt jetzt, da sie renoviert und von Brian eingerichtet worden war, nicht mehr die Erinnerungen für sie, wie es das Haus drüben tat.

Die heiße Schokolade, die er ihr brachte, tat ihr gut – wie seine Gegenwart. Er trug einen Jogginganzug, und er war einer der wenigen Menschen, die gut darin aussahen. Sie saß einfach da und ließ seinen Anblick für sie tun, was draußen seine Arme für sie getan hatten.

Er ließ sich neben ihr auf dem Sofa nieder. »Besser?«

Sie nickte, den Becher fest in beiden Händen, ließ Brian nicht aus den Augen.

»Julia hat heute abend zum erstenmal ›Daddy‹ gesagt. Genau

gesagt geschrien – aus Protest. Beim Wickeln. Sie ist wund. Ich weiß nicht, was ich dagegen tun soll.«

»Versuchen Sie's mit Zinksalbe.«

»Zinksalbe?«

»Es ist eine elende Schmiererei und riecht übel, aber sie wirkt im allgemeinen in Rekordzeit.«

Sie fragte sich, was sie an Brian so anziehend fand. Wenn sie seine einzelnen Züge getrennt voneinander betrachtete, dann sah er nicht so gut aus wie Doug, doch im ganzen gesehen war er bedeutend attraktiver. Männlich, aber nicht unnahbar. Sogar ausgesprochen zugänglich. Ziemlich unwiderstehlich.

Hastig änderte sie die Richtung, die ihre Gedanken zu nehmen drohten, und deutete mit einer Kinnbewegung auf die Akten, die auf dem Couchtisch verstreut lagen. »Was lesen Sie da?«

»Die Protokolle aller von Jugendlichen begangenen Straftaten der letzten Jahre. John wollte mich aufwecken: Die Kinder von Grannick sind nicht so harmlos, wie ich dachte.«

»Sie meinen den Vandalismus?« In den letzten Monaten hatte sich eine Fülle kleinerer Vorfälle ereignet – Graffiti, eingeworfene Fensterscheiben, sogar eine Grabschändung.

»Vandalismus scheint derzeit Mode zu sein – aber ich meine auch die gelegentlichen Truck-Rennen draußen beim Steinbruch und die mehr als nur gelegentlichen Orgien auf der Eisenbahnbrücke. Die Rennen und die Orgien sind das Werk der Berufsschüler, und sie richten sich nach ihrem Stundenplan. Vandalismus ist willkürlicher, ein bißchen hier, ein bißchen da. Ich vermute dahinter eher Einzeltäter als eine Bande. Ich werde mal sehen, was ich in der High-School erfahre – ich kann ziemlich gut mit Kindern.«

»Aber vor Julia fürchten Sie sich«, neckte sie ihn.

»Julia ist mein Kind – das ist ein Unterschied. Ein weiterer ist, daß sie sich nicht mitteilen kann.«

»Das können viele High-School-Kids auch nicht«, sagte Emily

und kam sich sofort wie eine Heuchlerin vor. Schließlich teilte sie Brian auch nicht mit, was sie vorhin aus dem Haus getrieben hatte. Aus welchem Grund? Sie war gerne mit ihm zusammen und wollte die gemeinsame Zeit nicht durch ihre Probleme belasten. Sie wollte sich nicht ausführlich mit diesen Problemen befassen, Punkt. »Waren Sie schon in der Schule?«

»Noch nicht. Ich mußte mir erst einmal als Polizist ein Bild von der Stadt machen. Sam Webber hat mich auf eine Streifenfahrt mitgenommen.«

»Ich habe Sam schon eine ganze Weile nicht gesehen. Wir verbrachten viel Zeit miteinander, als wir an dem Buch arbeiteten. Wie geht es ihm?«

»Gut, soweit ich es beurteilen kann – aber er ist auf der Hut: Ich bin ›der Neue‹ in der Truppe.« Er verscheuchte das Problem mit einer Handbewegung. »Es wird sich schon geben.« Er ließ die Hände zwischen die Knie fallen und schaute Emily einen Moment lang erwartungsvoll an. Dann seufzte er und lächelte. In diesem Augenblick hätte sie am liebsten ihren Becher hingestellt und sich wieder in Brians Arme geschmiegt.

Um nicht etwa schwach zu werden, stellte sie zwar ihren Becher hin, stand dann jedoch auf. »Ich überlasse Sie besser Ihrer Arbeit.«

Er war neben ihr, bevor sie die Tür erreichte, und folgte ihr die Treppe hinunter. Unten angekommen drehte sie sich zu ihm um und richtete ihren Blick auf einen Punkt seines Brustkorbes. »Danke.«

»Ich habe nicht viel getan.«

»Doch, das haben Sie – glauben Sie mir.«

»Ich wünschte, ich könnte mehr tun.«

Die Qual, die es ihr bereitete, Doug so weit weg und Brian so nah bei sich zu wissen und Doug als so kalt und Brian als so warmherzig zu empfinden, ließ sie unwillkürlich die Augen schließen. Es war eine zusätzliche Komplikation in ihrer ohnehin

schon schrecklich kompliziert gewordenen Welt, und sie konnte sie nicht brauchen.
Aber sie brauchte sie. Als Brian sie an sich zog, schlang sie die Arme um ihn. Sie atmete seinen Duft ein und dachte unschickliche Gedanken, und als ihr Körper zu summen begann, genoß sie es – jedoch nur für einen kurzen, verbotenen Augenblick. Dann machte sie sich los, lächelte schuldbewußt und floh.

Früh am Montag morgen schnallte Brian Julia im Fond des Jeeps an, warf die Akten auf den Beifahrersitz und wollte gerade einsteigen, als sein Blick auf das Haus fiel. Für gewöhnlich stand die Küchentür einen Spalt offen. Heute nicht. Na schön, es war noch kühl – aber sie hatte auch die Zeitung nicht hereingeholt, was sie üblicherweise schon vor sieben tat. Eingedenk des gestrigen Abends weckte das Besorgnis in ihm. Er hob die Zeitung vom Weg auf, stieg die Stufen hinauf, klopfte und wartete mit einer Hand auf der Hüfte und gesenktem Kopf. Als keine Reaktion erfolgte, klopfte er lauter. Dann beschattete er seine Augen seitlich mit den Händen und spähte hinein. Keinerlei Anzeichen für einen unkontrollierten Anfall von Gewalttätigkeit.
Nicht, daß er das erwartet hätte – nicht von Emily.
Aber andererseits hatte er auch nicht erwartet, daß Gayle von einem Auto angefahren würde. Damals war er zu spät gekommen, um noch etwas tun zu können, doch wenn Emilys Verfassung sich seit gestern abend noch verschlechtert hatte und er jetzt einfach abhaute, wie ihr Arschloch von Mann, und wieder zu spät käme, würde er sich das nie verzeihen.
Er drückte auf die Klingel, doch sie mußte schon sein Klopfen gehört haben, denn er hatte kaum den Finger vom Knopf genommen, als er sie durch die Küche auf sich zukommen sah, wobei sie im Gehen ihren Morgenrock zuband. Sie fuhr sich mit

der Hand durch die Haare, öffnete die Tür und schenkte ihm ein mühsames Lächeln.
Plötzlich kam er sich wie ein Idiot vor. »Hallo. Es tut mir leid.«
Sie schüttelte den Kopf. »Das braucht es nicht. Ich müßte eigentlich längst auf sein – aber ich konnte gestern lange nicht einschlafen.«
Zweifellos, weil sie über ihren entzückenden Ehemann gegrübelt hatte. »Das tut mir leid.«
Sie schüttelte erneut den Kopf und wiederholte: »Das braucht es nicht.«
»Es tut mir trotzdem leid.« Aus dem Wagen klang Protest herüber, doch er ignorierte ihn. Emily brauchte ihn in diesem Moment dringender als Julia. »Zumindest, daß ich Sie geweckt habe – aber ich war besorgt. Ich kann es gar nicht sehen, wenn Sie in einer solchen Verfassung sind.«
Er wünschte, sie würde ihm erzählen, wie ihr Wochenende mit Doug verlaufen war. Angesichts dessen, wie sie sich gestern an ihn geklammert hatte, konnte es nicht berauschend gewesen sein. Doch sie machte ihren Mann nicht schlecht, sagte lediglich: »Ich glaube, es geht mir schon ein bißchen besser«, und schenkte ihm ein wackeliges Lächeln. »Danke für Ihre Fürsorge.«
»Es ist mir ein Bedürfnis.« Gegründet worauf? Auf das Vakuum, das Gayles Tod geschaffen hatte? Auf Emilys so ungerechtfertigt mißliche Lage? Auf die Tatsache, daß sie seine Vermieterin war oder als ein Mensch, der anderen ein Heim gab, einer bedrohten Gattung angehörte? Oder einfach darauf, daß sie so kindlich und verletzlich wirkte? Wie auch immer – sein Beschützerinstinkt war geweckt.
Und so gab er ihr die Zeitung und sagte: »Gehen Sie wieder ins Bett.«
»Vielleicht tue ich das.« Ihr Blick sank von seinen Augen zu seiner Brust. »Hübsche Krawatte.«
Sie war ein scheußlich-buntes Ungetüm, wurde jedoch durch

ein weißes Hemd, Jeans und eine ehrfurchtgebietende Baseball-Jacke aus Cordsamt wiedergutgemacht. Er wollte gerade sagen, daß er mit seinem Erscheinungsbild seine Persönlichkeit im Department manifestieren wolle, als Julia sich erneut lautstark bemerkbar machte.

»Ihr Fanclub verlangt nach Ihnen«, sagte Emily mit einem Blick zum Jeep.

»Wir fahren beim Drugstore vorbei. Zinksalbe?«

Sie nickte und winkte, als er aus der Einfahrt fuhr. Mit diesem Bild vor Augen machte er sich auf den Weg in die Stadt.

Zufrieden, daß das Auto sich in Bewegung gesetzt hatte, bot Julia ein hübsches Bild im Rückspiegel. Er hatte heute früh etwas Neues ausprobiert, sie in der Wanne spielen lassen und sie dann auf den Arm genommen und ihr den Schaum in der Dusche abgespült. Das Duschen hatte ihr nicht so gut gefallen wie das Baden, doch er nahm an, daß sie sich daran gewöhnen würde. Es war viel weniger zeitaufwendig.

»Wie geht's dir, Süße?« rief er nach hinten. »Fühlst du dich gut? Ich mich auch.« Noch immer hatte er die winkende Emily vor Augen. »Schau dir die Bäume an!« Die Blätter waren rot und orange, leuchteten in der Herbstsonne. »So haben sie in New York nicht ausgesehen, das kann ich dir sagen – nicht mal im Park.«

Er fragte sich, an wieviel sie sich noch erinnern mochte.

»Mommy.«

An eine Menge offenbar. »Mommy ist nicht hier – nur Daddy. Er fährt jetzt zuerst mit dir zum Drugstore und dann zu Janice. Wo ist das Häschen?«

Er stieß einen erleichterten Seufzer aus, als sie es durch die Luft schwenkte. Gestern hatte er es vergessen und umkehren und es holen müssen, woraufhin er zu spät zum Dienst gekommen war, was zwar John nicht gestört hatte, von den anderen, das spürte Brian, jedoch sehr wohl registriert wurde. Sam war nicht der einzige, der ihn mit wachsamen Augen beobachtete. Er war nicht nur »der Neue« und aus New York City – er war außerdem ein Detective-Lieutenant, der direkt John unterstellt war.

Brian war nicht unbedingt darauf erpicht, daß seine Kollegen ihn liebten – er war nicht auf der Suche nach engen Freunden, hätte angesichts seiner Vaterpflichten gar keine Zeit dafür –, aber eine gute Beziehung wäre positiv für das Betriebsklima, und da es hier keine Herzjagen, Adrenalinschübe und Schweißausbrüche auslösende Kriminalität gab, wäre ein angenehmes Betriebsklima wünschenswert. Zwei Tage hintereinander zu spät zum Dienst zu kommen, würde nicht dazu beitragen, seinen Einstieg in die Gemeinschaft zu erleichtern.

Vor dem Drugstore parkte er vorwärts ein, sprang aus dem Jeep und hatte den Bürgersteig bereits zur Hälfte überquert, als er Julias Protest hörte. Er lief zurück, machte die Tür auf und beugte sich hinein. »Ich hole nur Zinksalbe. Das dauert zwei Sekunden. Es geht viel schneller, wenn du hierbleibst.«

»Ah-kahhh.«

»Willst du nicht dem Häschen Gesellschaft leisten?«

»Nein.«

Seufzend löste er ihren Sicherheitsgurt. »Okay – aber fix!« Julia unter den Arm geklemmt, betrat er den Laden. »Wie geht's, Harold?«

»Nicht schlecht, Detective.«

»Zinksalbe?«

»Letzter Gang links.«

Brian ging zum letzten Gang links und fand die Salbe sofort. In der Annahme, daß dieser Umstand und seine brillante Duschidee am Morgen eine Glückssträhne bedeuteten, steuerte er auf den Fotoautomaten im rückwärtigen Teil des Geschäfts zu.

Er kramte in seiner Hosentasche und brachte eine Handvoll Vierteldollarmünzen zum Vorschein. »Machen wir noch einen Versuch, Süße. Ein schönes Foto – für Grammie. Du und ich und meine hübsche Krawatte. Grammie wird begeistert sein.« Er schlüpfte mit Julia in die Kabine. »Nein, nein Baby, verkrampf dich nicht. Entspann dich, warte ganz ruhig, während ich die Dinger hier in den Schlitz stecke.« Er fummelte mit den Quarters herum, aber Julia drückte den Rücken durch und wand sich, und gerade als er es geschafft hatte, die erste Münze in dem Schlitz zu versenken, ertönte außerhalb der Kabine ein lauter Summton.

Julia nahm es mit lautem Gebrüll mit dem Summer auf, der weiter und weiter und weiter brummte.

Geduckt verließ Brian den Fotoautomaten, drückte Julia an seine Brust, um ihr Schreien zu dämpfen, zog seinen Revolver aus dem Schulterhalfter und stahl sich um die Regalreihe herum, um die Kasse ins Blickfeld zu bekommen.

Harold stand dort, unterhielt sich in aller Ruhe mit einem halbwüchsigen Jungen. Der Summer verstummte. Harolds Frau, Mary Elizabeth, gesellte sich zu ihnen. Weder Harold noch Mary Elizabeth machten einen verängstigten Eindruck.

Brian richtete sich auf und lockerte seinen Griff um Julia, deren Geschrei sich zu ruckartigem Schniefen reduzierte. Er steckte den Revolver an seinen Platz zurück und ging nach vorne.

Der Junge mußte um die siebzehn, achtzehn sein und – nach seiner Kleidung zu urteilen – aus wohlhabendem Haus stammen. Er trug braune Hirschlederstiefel, Designer-Jeans und ein ebensolches Hemd und eine Jacke, deren handschuhweiches Leder Reichtum verriet. Seine Schultasche schmückte ein L.-L.-Bean-Etikett. Sie lag noch immer auf dem Ladentisch, nachdem sie die große Flasche Vitamin C ausgespuckt hatte, die den Alarm ausgelöst hatte. Harold hielt die Flasche in der Hand, zusammen mit zwei Schokoriegeln.

»Sie muß mir da reingefallen sein, als ich nach meinem Geld suchte«, erklärte der Junge nicht im mindesten zerknirscht oder verlegen.

»Willst du sie kaufen?« fragte Harold ruhig.
Der Junge fischte einen Zwanziger aus der Hosentasche.
»Alles in Ordnung?« fragte Brian.
Harold warf ihm einen schnellen Blick zu, als er den Kauf eintippte. »Alles bestens. Kein Problem.«
Brian glaubte das nicht so ganz und schaute sich um. Vielleicht hatte der Junge Komplizen, war diese Lappalie nur der Auftakt für eine bedrohlichere Aktion. Doch er sah nichts Verdächtigeres als einen in der Sonne glänzenden, neuen Sportwagen, der vor der Tür parkte.
Als der Junge, nachdem er das Wechselgeld eingesteckt hatte, darauf zusteuerte, legte Brian die Zinksalbe und einen Fünfer in Mary Elizabeths wartende Hand. »War das ein Zufall?« erkundigte er sich bei Harold, der daraufhin mit den Schultern zuckte. »Oder ist es schon mal vorgekommen?«
Diesmal zuckte Harold mit den Augenbrauen. »Er ist kein schlechter Kerl.«
»Wie heißt er?«
»Richie Berlo.«
»Berlo? Wie der von der Mauer umgebene Besitz an der Ecke Sycamore und LaGrange?« Brian kam jeden Tag auf dem Weg in die Stadt daran vorbei. John hatte ihm kurz die finanzielle Situation der Familie geschildert, die den Sportwagen und den Zwanziger leicht erklären würde.
»Sie sagen es.«
»Weiß der Vater, daß der Junge ein Problem hat?«
»Es ist kein ernsthaftes Problem.«
Das stimmte – der Junge hatte keine Vorstrafe. Darauf wäre Brian bei der Durchsicht der Akten, die jetzt auf dem Beifahrersitz lagen, sonst gestoßen. Trotzdem. »Ladendiebstahl ist gegen das Gesetz – darum haben Sie doch die Alarmanlage, oder?«
»Hören Sie, Detective«, sagte Harold leichthin, »ich weiß, was Sie denken, und natürlich habe ich die Alarmanlage, um Laden-

diebstähle zu verhindern, aber Richie Berlo ist der Sohn von Grannicks größtem Gönner. Nestor Berlo hat uns eine Bibliothek und ein Senioren-Center gebaut, und er unterstützt das College mit beträchtlichen Beträgen, und das College bringt uns Kunden.« Er kicherte. »Es war nur ein Glas Vitamin C, und der Junge hat es bezahlt. Es tut mir nur leid, daß der Alarm Ihre Tochter erschreckt hat.«

Brian nahm die Tube Zinksalbe und sein Wechselgeld vom Ladentisch. Er war nicht besorgt um Julia, die sich wieder beruhigt hatte. »Sie tun dem Jungen vielleicht keinen Gefallen mit Ihrer Nachsicht – er könnte falsche Schlüsse daraus ziehen.« Doch Harold lächelte nur, schob ihn aus der Tür.

Brian wäre vielleicht noch länger geblieben, um dem Mann seine Meinung ausführlicher zu erläutern, doch er hatte schon mehr Zeit in dem Drugstore zugebracht als beabsichtigt, und als er, nachdem er Julia bei Janice abgeliefert und sich bei »Nell's« einen Kaffee genehmigt hatte, auf dem Weg zur Polizeistation war, beschäftigten ihn längst andere Gedanken.

Das Department verfügte über zwei Computer. Er hatte gehofft, einen davon benutzen zu können, um die Notizen ins reine zu schreiben, die er sich zu den Akten gemacht hatte, da John sein Gekritzel niemals würde entziffern können, doch als er ankam, waren beide Computer besetzt, und so nahm er sich den Bericht über die vergangene Nacht vor.

Ein Betrunkener am Steuer, ein verdächtiger Landstreicher, ein Herzanfall und ein Autodiebstahl – nach Brians Maßstab eine ereignislose Nacht, nach Grannicks Maßstab eine typische. Er legte den Bericht aus der Hand und schaute nach den Computern. Als er sie immer noch in Benutzung fand, ging er zu Johns Büro. »Haben Sie einen Moment Zeit?« fragte er in der Tür stehend.

John bat ihn mit einer Handbewegung herein.

Er wanderte mit den Händen in den Taschen an der Wand

entlang auf und ab. »Ich habe die Akte über Daniel Arkin gelesen. Ich nehme an, Sie hatten damals nicht die Leitung des Falles.« Er wollte wissen, wie frei er sprechen könnte, ohne John zu beleidigen.

»Ich war Emily und Doug zugeteilt – das Sagen hatte der Chief. Was haben Sie auf dem Herzen?«

»Die Nachforschungen weisen einige Löcher auf. Zum Beispiel befanden sich während der Entführung Leute in der Post, die nie befragt wurden.«

John blieb gelassen. »Sie waren die ganze Zeit über drin. Sie sagten, sie hätten nichts gesehen, und der Chief sah keinen Sinn darin, sie weiter zu belästigen.«

»Manchmal sehen Leute etwas, ohne es zu wissen. Vielleicht ist einer hinausgegangen, um eine Zigarette zu rauchen, oder hat drinnen etwas Ungewöhnliches bemerkt, sich aber nichts weiter dabei gedacht. Es waren zum fraglichen Zeitpunkt auch Leute in den Läden auf der anderen Straßenseite, die nicht befragt wurden. Die Eigentümer hat man befragt, aber nicht die Kunden.«

»Der Chief dachte, daß in einer Stadt wie Grannick jemand, der etwas gesehen hätte, von sich aus zu uns gekommen wäre. Er wollte sie nicht bedrängen.«

Brian baute sich vor dem Schreibtisch auf. »Mein Gott, John – ein kleiner Junge war verschwunden! Das wäre doch wohl ein bißchen Bedrängen wert gewesen!«

John hob besänftigend die Hand. »Ich gebe Ihnen nur die Denkweise des Chiefs wieder. Fast jeder kannte Emily. Fast jeder mochte sie. Der Chief nahm an, daß sich allein ihr zuliebe jeder melden würde, der etwas wußte.«

Brian seufzte. »Tja – das klingt gut, aber Sie und ich wissen beide, daß es nicht immer so funktioniert. Was, wenn jemand einen anderen, einen Freund oder den Freund eines Freundes dabei beobachtete, daß er etwas Verdächtiges tat, diese Person jedoch nicht in Schwierigkeiten bringen wollte?«

»Emily sprach mit einigen der Kunden aus den Läden. Sie stellte noch Fragen, nachdem wir bereits längst damit aufgehört hatten. Sie konnte einfach nicht aufgeben. Nicht, daß sie laut oder aufdringlich gewesen wäre – nein, sie machte nur auf ihre stille Weise da weiter, wo wir aufgehört hatten. Ich habe auch auf eigene Faust weiterrecherchiert. Nachdem ich Emily richtig kennengelernt hatte, war mir der Fall zum persönlichen Anliegen geworden. Aber als der Chief endgültig Stop sagte, konnte ich nicht mehr viel tun – und jetzt sind viele von ihnen nicht mehr hier.«

»Warum ist Emily nicht auch weggezogen?« fragte Brian. »Man sollte doch meinen, sie hätte irgendwohin gehen wollen, wo sie nicht an jeder Ecke auf eine schmerzhafte Erinnerung stieß.«

»Sie konnte nicht wegziehen – und sie kann es noch immer nicht. Daniel war hier zu Hause – so lange der Fall nicht aufgeklärt ist, wird sie hierbleiben.«

Brian konnte nachempfinden, was das für sie bedeutete.

»Dann ist sie praktisch eine Gefangene – noch ein Grund mehr dafür, daß ich jeden befragen sollte, den ich finden kann.«

John blieb skeptisch. »Nach all der Zeit? Die Menschen vergessen.«

Brian war nicht dieser Meinung. »Es geht ja nicht um einen x-beliebigen Tag im Kalender. Jeder, der damals in dieser Stadt lebte, wußte, wann Daniel Arkin verschwand. Ich glaube, daß keiner, der uns vielleicht einen Hinweis geben kann, etwas vergessen hat.«

»Halten Sie es für möglich, daß der Junge noch lebt?«

Brian ließ sich in den Lehnstuhl fallen. »Nein. Aber ich finde, es kann nicht schaden, die Leute zu befragen, die damals nicht angesprochen wurden. Ich würde außerdem eine Computer-Bearbeitung von Daniels Foto machen – im Hinblick darauf, wie er heute aussehen könnte – und ich würde einen Fingerabdruckvergleich vornehmen.«

»Hä? Wo wollen Sie denn einen Fingerabdruck hernehmen?« Es war keine Frage.
»Von einem der Bilderbücher des Kleinen. Sie sind noch in seinem Zimmer. Fingerabdrücke werden zwar größer, wenn der Mensch wächst, aber die Strukturen bleiben gleich. Ich würde auch eine Computer-Überprüfung von Kidnappern vornehmen, die in diesem Geschäft arbeiteten, als Daniel verschwand. Und ich würde die Liste der Sexualtäter von Grannick durcharbeiten.«
Johns Gesicht verschloß sich.
»Erscheint Ihnen das nicht naheliegend?«
»Wir dachten in den Siebzigern nicht so.«
»Damals gab es auch schon Sexualtäter.«
»Sicher – aber wir lasteten ihnen nicht jedes Verbrechen an, und wir setzten ihre Namen nicht auf eine Liste. Nicht in Grannick. Nicht bis vor zwei Jahren.«
Brian war erstaunt. »Warum nicht?«
»Weil das unsere Leute sind. Wir stellen sie nicht gerne bloß. Wenn einer von uns einen Fehler macht und seine Strafe dafür verbüßt, finden wir, daß er das Recht hat, anschließend zurückzukommen und mit einer weißen Weste von vorne anzufangen.«
»Und weshalb haben Sie dann vor zwei Jahren doch damit angefangen?«
»Ich mußte. Das College stellte einen Professor ein, der wegen Vergewaltigung gesessen hatte, es kam heraus, es gab einen Skandal. Ich hatte nichts gegen ihn. Er war fünf Jahre an einer anderen Schule gewesen, bevor er herkam, und sein Führungszeugnis war makellos. Blieb makellos. Aber viele Leute waren verunsichert, und so siegte die Pflicht des Schutzes der Allgemeinheit über das Recht auf Intimsphäre des einzelnen.«
»Ich nehme an, die Liste ist vertraulich.«
»Natürlich.«
»Dann ist das Recht auf Intimsphäre doch auch gewahrt.«

»Es sei denn, jemand wie Sie kommt und will die Leute, die auf der Liste stehen, befragen.«
Brian konnte die Liste unmöglich außer acht lassen. »Wenn jemand einen kleinen Jungen entführt und keine Lösegeldforderung stellt, kann man Habgier als Motiv ausschließen, stimmt's? Was bleibt dann noch?« Er dachte an Emilys Traum. »Es wäre echt schön, wenn es sich herausstellte, daß jemand einfach ein Kind aufziehen wollte, aber die Chance ist verschwindend klein. Tatsache ist, daß die Mehrzahl der von Fremden entführten Kinder sexuell mißbraucht werden.«
»Er war doch noch so klein.«
»Das spielt für einen Verrückten keine Rolle.«
»Haben Sie das Emily gegenüber erwähnt?« fragte John mit finsterer Miene.
»Um Himmels willen, nein.«
»Dann tun Sie es auch nicht – es würde sie krank machen.«
»Sie glauben, sie ist noch nicht selbst auf diese Idee gekommen?« Als John nicht antwortete, fuhr er fort: »Sie können sicher sein, daß sie jeden Fall eines verschwundenen Kindes, über den berichtet wird, verfolgt, und was sie sich nicht selbst vorstellt, malen die Medien in leuchtenden Farben aus.«
John schwieg.
»Lassen Sie es mich versuchen«, drängte Brian. »Ich werde ganz unauffällig und taktvoll vorgehen – wir müssen den Fall ja nicht offiziell wieder aufrollen.«
»Sobald Sie an den ersten herangetreten wären, würde es sich wie ein Lauffeuer verbreiten«, prophezeite John. »Das ist in Grannick immer so.«
»Ich werde sagen, daß wir Ordnung in die Ablage bringen wollen und deshalb prüfen, welche ungeklärten Fälle endgültig zu den Akten gelegt werden können – und das ist noch nicht mal gelogen. Ich werde sagen, daß ich neu hier bin, daß der Fall mich fasziniert und ich mir gedacht habe, ich könne auf diese Weise

einen Teil der Bewohner der Stadt kennenlernen. Das werden sie mir abkaufen.«
»Was ist mit Emily?«
»Zu ihr sage ich kein Wort. Sie akzeptiert, daß er tot ist – ich darf ihr keine Hoffnungen machen, nachdem die Chancen für eine Aufklärung nach der langen Zeit so gering sind.«
John war sichtlich hin- und hergerissen. Schließlich brummte er: »Sie müssen in aller Stille und mit größtem Feingefühl vorgehen. Wenn mir zu Ohren kommt, daß Sie jemandem zu nahe getreten sind, pfeife ich Sie sofort zurück und blase die Sache ab. Zum Teufel – es ist schließlich kein neuer Hinweis aufgetaucht, wir haben nicht plötzlich eine heiße Spur. Sie haben sich das nur in den Kopf gesetzt, weil Sie eine Schwäche für Emily Arkin haben.«
Brian hob die Hand. »Halt, halt – die Lady ist verheiratet.«
»Versuchen Sie, das nicht zu vergessen, ja?«

Es war eine Sache, im Gedächtnis zu behalten, daß Emily verheiratet war, und eine andere, nicht mehr an sie zu denken. Brian mochte sie sehr. Irgendwie schenkte sie ihm eine ungeheuere Ruhe – selbst jetzt, da ihr Leben, wie er wußte, ebenso aus den Fugen geraten war wie seines. Wenn er sie sah oder an sie dachte, wurde ihm warm ums Herz.
Das hatte nichts mit Sex zu tun – zumindest glaubte er das. Gayle war kaum in ihrem Grab erkaltet, und Julia war zusätzlich zu seinem regulären ein Full-time-Job, wie sollte er da Sinn für Sex entwickeln?
Wenn er bereit wäre, sich für Sex zu interessieren, könnte er an Emily interessiert sein – aber er war noch nicht bereit dazu. Nur zu Freundschaft. Und als Emilys Freund war er besorgt.
Das war der Grund dafür, daß er, während Julia ausgelassen die Samenschirmchen vom Löwenzahn verfolgte, die am Zaun entlangschwebten, an jenem Abend nach der Arbeit an ihre Kü-

chentür klopfte. Und wieder wurde ihm warm ums Herz, als sie die Tür öffnete.

»Hallo«, sagte er leise.

Er studierte ihr Gesicht. »Sie sehen besser aus. Ich habe mir Sorgen gemacht.«

»Ich bin ins Bett zurückgegangen, nachdem Sie abgefahren waren.«

»Konnten Sie wieder einschlafen?«

»Konnte ich«, nickte sie.

Ihr Lächeln blieb, spielte auf eine Art und Weise um ihre Mundwinkel, die die Wärme um sein Herz auf andere Regionen erweiterte, und in diesem Augenblick wurde ihm klar, daß seine Gefühle für sie durchaus eine sexuelle Komponente hatten. Es sei denn, er mißinterpretierte, was er tief unten empfand – das Ziehen, das ihr Lächeln oder ihre Zierlichkeit oder die Andeutung ihrer Brüste unter ihrem Pullover hervorrief, oder die Erinnerung daran, wie sie sich am Abend zuvor angefühlt hatten, als sie in der Umarmung an seine Brust gedrückt wurden.

»Na?« Er räusperte sich. »Was haben Sie heute gemacht?«

»Dies und das. Nichts Anstrengendes. Ich habe mit Jill telefoniert. Sie klang sehr positiv. Das baut mich jedesmal auf.«

»Wann werde ich sie kennenlernen?«

»In zweieinhalb Wochen. Ich zähle die Tage.«

Julia kam angelaufen. Sie hielt eine zur Hälfte kahle Pusteblume in der Hand.

»Ooooo, wie hübsch!« Emily ging die Stufen hinunter und vor der Kleinen in die Hocke und zog sie an sich. »Hast du gepustet?« Sie demonstrierte geräuschvoll, was sie meinte, und hielt die Blume dann dicht vor Julias Mund. »Jetzt du! Puste! Nein? Okay. Dann schütteln wir sie eben.« Sie schüttelte die Blume heftig. Als die Schirmchen in alle Richtungen stoben, quietschte Julia vor Vergnügen und versuchte sie zu fangen, wobei sie mit ausgestreckten Händchen in die Höhe sprang oder in die Knie

ging. Emily lachte, und dann schüttelte sie die Blume noch einmal, wodurch sie das kleine Mädchen wieder in Bewegung setzte. Als nur noch der Stiel übrig war, lief Julia eine neue holen.
Als Emily sich aufrichtete, sah sie Brian lächeln. »Es tut gut, sie lachen zu hören – und auch Sie lachen zu hören. Treffen Sie sich heute abend mit Ihren Freundinnen?« Es war schließlich Montag.
»Mmm.«
»Werden Sie mit ihnen reden?« Er meinte über das Wochenende, über Doug.
Das Erlöschen ihres Lächelns zeigte ihm, daß sie ihn verstanden hatte. »Ich denke schon.«
»Es hilft, sich auszusprechen«, sagte er, und weil sie ein Freund war und er das Bedürfnis hatte, zog er sie an sich und drückte sie kurz, fest und ermutigend, bevor er zu Julia zurückkehrte.

Myra beobachtete die Umarmung von ihrem Wohnzimmerfenster aus und hätte nicht erfreuter sein können. Sie nahm keine Sekunde an, daß Emily etwas Unschickliches tat – Emily doch nicht! –, aber je näher sie und der Detective sich kamen, um so besser.
Er war der Schlüssel – das wußte Myra. Sie spürte es in den Knochen – gleichzeitig mit ihrer Arthritis, die sie unablässig an ihr Alter erinnerte und angesichts all dessen, was es noch zu tun gab, zutiefst ängstigte.
Der Tisch in der Küche war gedeckt, der Schinken gar. Sie schnitt eine dicke Scheibe für sich ab und zwei dicke Scheiben für Frank und legte sie auf zwei Teller, tat auf ihren eine kleine Kartoffel dazu und auf Franks eine große und fügte dann grüne Bohnen hinzu und träufelte Rosinensauce über die Komposition. Angetan von dem hübschen Anblick, stellte sie die beiden Teller auf den Tisch.
»Essen ist fertig, Frank!« rief sie und griff zu ihrem Besteck.

»Es schmeckt ausgezeichnet. Der Schinken ist genau richtig – da kann ich Emily noch etwas bringen und dem Detective auch. Und für das kleine Mädchen mache ich Püree aus den Kartoffeln. Kinder lieben Kartoffelpüree.«

Sie fragte sich, wann Julia wohl Geburtstag hatte. Eine Party unter der Weide – das wäre herrlich! Aber irgend etwas sagte ihr, daß der Geburtstag erst im Frühling anstände. So lange konnte sie unmöglich warten.

Es war bereits Oktober – wenn sie nicht bald etwas täte, würde der Boden gefrieren und der Schnee kommen, und dann müßte sie aufs Tauwetter warten. Aber so lange konnte sie nicht warten. Eine Teegesellschaft kam nicht in Frage – für die würde der Detective sich ebensowenig erwärmen können wie ihre Söhne, und die hatte sie weiß Gott oft genug eingeladen. Ein Dinner? Vielleicht. Oder ein Grillfest. Ja – ein Grillfest. Emily würde den Grill mitbringen, den Rest würde Myra übernehmen.

Aber es eilte. Es war schon Herbst, die Blätter verfärbten sich. Sie schaute durch das Fenster zum Teich hinüber, und im nächsten Augenblick sprang sie von ihrem Stuhl auf und eilte durch die Hintertür und die Stufen hinunter.

»Schuuuuu! Schuuuuu!« rief sie und sah zu, wie die aufgeschreckten Canada-Gänse davonflogen. »Elende kleine Dreckspatzen«, brummelte sie. »Erledigen ihr Geschäft unter meiner Weide!« Sie unterzog das Gras dort einer gründlichen Musterung und entspannte sich ein wenig, als es sich als sauber erwies. Sie bückte sich, um die Blättchen aufzusammeln, die in der kurzen Zeit heruntergefallen waren, seit sie zuletzt hier draußen gewesen war. Dann setzte sie sich auf die verschnörkelte, schmiedeeiserne Bank und malte sich den Tag aus, an dem sie sich endlich völlig entspannen könnte, ihrer Last ledig und in Sicherheit wäre. Sie sehnte diesen Tag herbei, manchmal so sehr, daß es Symptome hervorrief, die die panische Furcht in ihr auslösten, einen Herzanfall oder eine Gallenkolik zu bekommen oder einen Arthritis-

schub, der sie für den Rest ihrer Tage zur Bewegungslosigkeit verdammte.
Ein Grillfest – genau! Ein Hamburger würde ihn herlocken, wenn er Ähnlichkeit mit ihren Söhnen hätte, und wenn er erst einmal da wäre, würde er Bescheid wissen. Sie würde kein Wort sagen müssen.
Und so wollte sie es.

Zehntes Kapitel

Eine weitere, lange Woche schleppte sich dahin. Emily befand sich in einem Zustand qualvoller Ungewißheit, als sie am Montag abend in die »Eatery« kam. Nachdem sie abwechselnd der Spielball von Hochs und Tiefs gewesen war, wies ihre Seele eine Menge blauer Flecken auf, und es waren keinerlei Antworten in Sicht.

Dankbar, daß sie wenigstens in diesem Augenblick ein klares Ziel vor sich hatte, machte sie Kay und Celeste aus, steuerte auf die beiden zu, blieb jedoch stehen, als sie auf dem Weg Brian und Julia in einer Nische entdeckte.

Ihr Herz blieb stehen und nahm seine Arbeit nach einer Sekunde, begleitet von einem Wärmeschub, wieder auf. Brian hatte immer diese Wirkung auf sie – und er war am häufigsten verantwortlich für ihre Hochs.

»Hallo«, lächelte sie. Zwei hellblaue Augenpaare berührten sie, zart und warm. »Wie geht's euch?«

»Nicht schlecht«, antwortete Brian für Julia mit. »Ich hatte heute abend Lust, mit meiner Tochter essen zu gehen.« Er ließ den Blick durch den Raum wandern. »Ich dachte, das Lokal würde an einem Montag leer sein – aber die halbe Stadt ist hier.«

»Die Leute erholen sich vom Wochenende«, erklärte Emily. Als Julia ihr ein Stäbchen ihrer Pommes frites heraufreichte, nahm sie es. »Was bist du für ein liebes kleines Mädchen. Ich danke dir.« Sie biß ab. »Mmmm! Das schmeckt. Gibst du deinem Daddy auch eins ab?« Sie lächelte, als Julia ihm eines vor den

Mund hielt und lächelte weiter, als er es einsaugte wie einen Spaghetto.

Oh, er war ein schlimmer Kerl und sexy und gefährlich aufmerksam, wie er mit seinen appetitanregenden Augen bis tief in sie hineinblickte. Sie wünschte halb, sie könnte sich dazusetzen und hier essen.

Doch sie hatte weniger unschickliche Pläne. Mit einem Blick nach vorne sagte sie: »Meine Freundinnen warten. Sehen wir uns später?«

Er nickte, und als sie weiterging, dachte sie über die Tücken des Schicksals nach. Der Mieter, den sie nicht hatte haben wollen, begann sich zur Rettungsleine für sie zu entwickeln. Brian war unkompliziert, verständnisvoll und anziehend – aus welchem Grund sie sich eigentlich von ihm fernhalten sollte, doch das konnte sie nicht. Jeden Morgen, wenn sie aufwachte, freute sie sich darauf, ihn zu sehen.

Schicklich? Nein. Aufregend? Ganz entschieden.

Noch immer in Hochstimmung, als sie bei Kay und Celeste ankam, glitt sie grinsend in die Nische. »Hallo, Mädels.«

»Ist das Brian?«

Emily streifte ihre Jacke ab. »Mmm.«

»Sieht nett aus. Sehr männlich.«

»Er hat ein Kind«, erinnerte Emily sie. »Du bist nicht interessiert.«

»Er hat tolle Augen – ich sah sie, als ich bei ihm vorbeiging. Es sind Hingucker – wenn du weißt, was ich meine.«

Und ob sie das wußte. »Heee – du siehst ja gut aus«, sagte sie nach einem prüfenden Blick auf Celestes Gesicht.

»Das dachte ich auch«, erwiderte Celeste. »Darum habe ich mich aus meiner Höhle gewagt.« Sie warf einen vernichtenden Blick auf die umsitzenden Gäste der »Eatery«. »Hält man das für möglich – keinem ist was aufgefallen!«

»Ist das nicht positiv? Du kannst doch nicht wirklich wollen, daß es auffällt. Im Grunde möchtest du doch, daß die Leute denken, daß du wunderschön aussieht, es sich aber nicht zu sagen trauen, weil das heißen würde, daß du früher nicht gut ausgesehen hast.«

»Emily hat recht«, fand Kay.

Aber Celeste blieb skeptisch. »Die Schwellung ist noch nicht ganz weg – wahrscheinlich denken sie, daß irgendwas mit mir nicht stimmt.«

Emily ließ den Blick schweifen. Sie sah viele Bekannte und grüßte ein paar davon, ehe sie sich wieder ihrer Freundin zuwandte. »Starrt dich irgend jemand an? Nein. Du weißt genau, daß das der Fall wäre, wenn sie dächten, daß etwas mit dir nicht stimmt.«

»Der Chirurg sagte, ich müsse mit sechs Wochen rechnen. Es sind erst viereinhalb vergangen.«

»Na also«, sagte Emily.

Kay wandte sich ihr zu. »Du bist fröhlicher. Bedeutet das, daß das Wochenende mit Doug geglückt war?«

Doch Emily war nicht bereit, über Doug zu sprechen. »Erst ihr, Mädels.« Und dann fragte sie Kay: »Wie geht's in der Schule?«

»Großartig. Die Kids gewöhnen sich endlich wieder ein. Die Sommerferien sind immer ein großer Einbruch – es dauert jedesmal einen ganzen Monat, bis sie wieder richtig spuren.«

»Hallo, Mrs. Arkin«, begrüßte die Bedienung, Jenny Yeo, Emily. »Kann ich Ihnen etwas zu trinken bringen?«

Emily sah, daß Kay und Celeste Eistee tranken. »Ich nehme das gleiche. Wollen wir bestellen?« fragte sie die anderen. Sie hatte seit dem Brunch am Vortag keine richtige Mahlzeit mehr zu sich genommen und kannte die »Eatery«-Speisekarte in- und auswendig. »Ich bin am Verhungern.«

Celeste bestellte den Southwestern-Salat, Emily Geflügel-Fajitas und Kay Nachos mit extrascharfem Käse und Jalapeño-Peperoni. »Ich bin heute in waghalsiger Stimmung«, erklärte sie, und

als Jenny sich entfernte, sagte sie: »Ich habe mich jahrelang dafür stark gemacht, und jetzt ist endlich die Genehmigung dafür durchgekommen: Wir stellen ein Debattierteam auf.«
»In der achten Klasse?« fragte Celeste zweifelnd.
»Sicher. Okay – die Diskussionen werden sich nicht durch Wortgewandtheit auszeichnen, aber es ist eine fabelhafte Übung für öffentliche Auftritte. Wir werden an den Samstagnachmittagen durch den Staat touren.«
»›Wir‹ heißt ›du‹, ja?« frage Emily.
»Ich bin die Leiterin.«
»Weiß John es schon?«
»Nein – aber es wird ihm nichts ausmachen. Er rechnet samstags sowieso nicht mit mir.«
Emily fragte sich, ob er das freiwillig nicht tat oder aus Resignation. Kay schien an den Samstagen immer irgend etwas vorzuhaben, das sie seinem Zugriff entzog. In einem Jahr war es ein gemeinnütziges Projekt, in einem anderen Jahr ein klassenumfassendes Praktikum bei der örtlichen Zeitung, und jetzt das Debattierteam. So lobenswert diese Vorhaben auch waren – Emily war nicht sicher, daß auch sie so völlig darin aufgehen würde, wenn zu Hause ein so netter Mann wie John auf sie wartete.
»Wenn wir die Kinder so früh auf die Bühne schicken«, sagte Kay, »dann gewöhnen sie sich schon daran, ehe sie in das gräßliche Stadium kommen, wo sie entweder zu gehemmt sind, um vor einer Gruppe zu sprechen, oder zu sehr anderweitig beschäftigt sind, um sich mit so etwas befassen zu können. Wie war es eigentlich bei unseren Kindern?«
Emily dachte einige Jahre zurück. »Bei Jill ein bißchen von beidem. Bei ihr resultierte die Schüchternheit aus sozialem Bewußtsein: Sie wollte sich anpassen, nicht hervortreten.«
»Marilee war lange gehemmt, bevor sie ein soziales Bewußtsein entwickelte. Sie mochte ihre Haare nicht, sie mochte ihren Teint

nicht, wußte nicht, wie sie mit den Dingern umgehen sollte, die auf ihrem Oberkörper wuchsen.«

»Dieses Problem hatte Dawn nie«, bemerkte Celeste trocken. »Sie hat bis heute einen kleinen Busen, aber sie ist zu trotzig, um sich daran zu stören.«

»Genau aus diesem Grund hat sie letztes Jahr den Shakespeare-Wettbewerb gewonnen«, meinte Kay. »Sie ist nicht gehemmt. Sie ging einfach raus und gab alles, was sie hatte.«

»Ja – nachdem sie es erst zwei Tage zuvor erfahren und entsprechend wenig Vorbereitungszeit gehabt hatte. Die Kids, die wochenlang geprobt hatten, taten mir richtig leid – es erschien mir nicht fair. Das habe ich Dawn auch gesagt. Irgendwann wird sie etwas tun wollen und voraussetzen, daß es auch so einfach gehen wird – aber das wird es nicht. Eines Tages wird sie auf die Nase fallen.«

»Sie ist hochintelligent«, gab Emily zu bedenken.

»Das sind die anderen Kids auch, gegen die sie jetzt antritt. Wenn sie sich nicht auf den Hosenboden setzt, wird sie sich als Schlußlicht wiederfinden.«

»Und – tut sie was?«

»Sie behauptet es. Sie behauptet sogar, daß es ihr Spaß macht. Ich sagte ihr, sie solle diese Einstellung dringend beibehalten, da sie ansonsten flöge und nach Hause zurück müsse und ich stinksauer auf sie wäre.«

»Was sagte sie dazu?«

»Sie sagte, da würde sie lieber vorher abhauen.«

»Mit einem Lachen, natürlich.«

»Unglücklicherweise.«

»Red ihr nicht zuviel rein«, riet Kay Celeste. »Sie wird ihren Weg schon machen. Sie hat Courage.«

»Die hat sie von mir.« Mit einer schwungvollen Geste hob Celeste ein großes, braunes Kuvert von ihrem Schoß und öffnete die Klappe. »Seid ihr bereit?«

»Mmm.«
»Antworten auf deine Anzeige?«
»Mein Gott – das ist ja ein ganzer Haufen.«
»Ich weiß nicht, ob ich das hören möchte.«
»Sie sind interessant«, kündigte Celeste an und nahm sich die erste vor. »›Liebe GC403‹ – das ist meine Chiffre-Nummer bei der Zeitschrift –, ›ich bin achtundvierzig und groß, und auch ich habe eine Vorliebe für guten Wein, schöne Musik und Abenteuer. Meine Exfrauen meinen, ich sei kein Ritter in schimmernder Rüstung, aber ich arbeite daran.‹«
»Exfrauen?« sagte Kay. »Mehrzahl?«
Celeste wandte sich dem nächsten Brief zu. »›Liebe sexy Blondine, alles, was Sie über sich schreiben, klingt großartig, aber Sie erwähnen Ihr Gewicht nicht. Wenn Sie sich Ihres Körpers schämen, sind wir nicht füreinander bestimmt. Ich bin praktizierender Nudist.‹«
»Ein offener Mensch«, dachte Emily laut. Sie faltete die Hände. »Du hast recht – die Briefe sind wirklich interessant.« Und sie brachten sie auf andere Gedanken! »Mach weiter.«
»›Liebe GC403, ich bin Chirurg mit Spezialgebiet Magen-Darm am Massachusetts General Hospital. Ich habe an der Choate School, in Harvard und an der Harvard Medical School studiert. Ich habe drei Verwaltungsräten angehört und sechsundfünfzig Artikel in einundzwanzig angesehenen medizinischen Fachzeitschriften in zehn Ländern veröffentlicht.‹«
»Ist ja armselig.«
»Warte.« Celeste legte den Arzt grinsend beiseite. »Es kommt noch besser.« Sie hielt den nächsten zur Begutachtung hoch. »Selbst getippt, ohne Zeilenabstand, ganz oben auf der Seite hingequetscht, ohne Unterschrift.« Sie las vor: »›Ich bin President‹ – falsch geschrieben – ›einer großen Fierma‹ – falsch geschrieben – ›mit Zweigstellen in New York, Texas und San Antonio‹.«

Emily lachte. »Celeste – das ist ja grauenhaft.«
»Sind denn gar keine akzeptablen dabei?« fragte Kay.
Celeste nickte, noch immer grinsend. »Aber ihr müßt die schlechten hören, um die guten schätzen zu können.« Sie wedelte mit einem ausgefransten Stückchen Papier. »Hier ist meine Annonce. Der Bursche hat sie umkringelt und an den Rand ›Bild schicken‹ und seine Postfachnummer geschrieben. Arschloch!« sagte sie voller Inbrunst und wandte sich dem nächsten zu. »Jetzt geht's los. Der hier ist süß. ›Liebe GC403, ich bin ebenfalls blond und meine Freunde behaupten, ich sei sexy, aber da ich mich selbst nicht antörne, kann ich das nicht beurteilen. Ich bin eins neunzig groß und begeisterter Wildwasserrafter. Wenn ich nicht die Stromschnellen runterschieße, schreibe ich Artikel für eine regionale Zeitschrift. Ich sitze für mein Leben gern am Lagerfeuer und liebe Sex unter freiem (Sternen-)Himmel. Wenn es Ihnen keine Probleme bereitet, sich mit einem jüngeren Mann zu verabreden, dann melden Sie sich.«
»Mit einem jüngeren Mann?« hakte Emily ein. »Wieviel jünger denn?«
»Er hat sein Alter ganz unten hingeschrieben, als sei es ihm erst nachträglich eingefallen – und winzig klein, als finde er es wirklich unerheblich.«
»Wie alt?« fragte Kay.
»Fünfundzwanzig.«
»Und er weiß, daß du dreiundvierzig bist? Der hat doch einen Ödipuskomplex!«
Das bezweifelte Celeste. »Sein Brief klingt lieb – und ehrlich und interessant. Und außerdem hat junges Fleisch entschieden etwas für sich.«
»Ich bitte dich, Celeste!« entrüstete sich Kay und wandte sich an Emily: »Sag ihr, daß sie spinnt.«
Doch das konnte Emily nicht, denn der Brief klang wirklich nett, ehrlich und interessant. Was nicht hieß, daß Emily sich mit

einem jüngeren Mann würde verabreden wollen, wenn sie ungebunden wäre – für sich würde sie sich einen Mann in ihrem Alter wünschen.
»Ist das der Beste?« fragte sie Celeste über den Rand des gerade servierten Glases Eistee hinweg.
»Nein – hier ist noch ein niedlicher. ›Ich bin vierundvierzig, gut aussehend und unzweifelhaft sexy. Von Beruf bin ich Banker. Außerdem bin ich ein begeisterter Leser, der vor kurzem die Lyrik entdeckt hat und gerne einen Ansprechpartner auf diesem Gebiet hätte. Ich habe das Gefühl, aufrichtig sein und Ihnen erzählen zu müssen, daß ich derzeit im Bundesgefängnis von Allentown die letzten zwei Jahre einer fünfjährigen Haftstrafe verbüße ...«
»Laß die guten hören«, fiel Kay ihr ins Wort.
»Du willst nichts von dem Burschen hören, der schreibt, daß er sein ganzes Leben lang ein Opfer gewesen ist?«
»Nein.«
»Oder von dem Knaben, der schwarze Spitze liebt?«
»Nein.«
»Okay.« Celeste legte mehrere Briefe beiseite. »Hier – der ist nicht schlecht. ›Liebe sexy Blondine, ich bin ein fünfzigjähriger Witwer mit drei Kindern. Jetzt, da das jüngste das Haus verlassen hat, um aufs College zu gehen, möchte ich neue Beziehungen anknüpfen. Ich bin geborener Engländer, ein unverbesserlicher Kavalier, und ich liebe guten Wein, Abenteuer und Musik. Wenn eins fünfundsiebzig Ihnen groß genug ist, schreiben Sie mir ein paar Zeilen.‹« Sie schaute auf. »Ob der ein Spießer ist?«
Kay zuckte mit den Schultern. »Er schreibt, daß er Abenteuer liebt.«
»Und wenn er das bloß schreibt, weil ich es geschrieben habe?«
Der Gedanke, daß Celeste tatsächlich mit diesen Männern ausgehen wollte, bereitete Emily Unbehagen. »Ist das nicht die

Frage, die du dir bei allen Kandidaten stellen müßtest: Wieviel Ehrlichkeit kannst du erwarten?«

»Er behauptet ja nicht, ein Traumtyp zu sein«, gab Celeste zu bedenken. »Er behauptet nicht, riesengroß zu sein. Und seine Lebenssituation entspricht meiner. Aber wenn er ein Spießer ist ...«

Kay deutete auf die anderen Briefe in ihrer Hand. »Lies noch einen von den guten vor.«

Celeste legte den Witwer beiseite und überflog den nächsten Bewerbertext. »Der hier klingt offen und geradeheraus. Er schreibt, daß er zum erstenmal auf eine Anzeige antworte, das Singledasein fast ebenso hasse wie die Kuppelversuche von Freunden. Er schreibt, er rede nicht gerne um den heißen Brei herum, wie viele Männer und Frauen das täten. ›Ich bin in leitender Position im Gesundheitswesen tätig. Außerdem bin ich Marathonläufer, was einerseits bedeutet, daß ich groß und schlank bin, andererseits aber auch, daß ich viel Zeit für das Training aufwende, so daß mir wenig Freiraum bleibt. Ich suche eine Frau, die mir ehrlich sagt, was sie gerne tut und was nicht.‹«

»Hallo, Ladys.«

»John!« rief Kay. »Was machst du denn hier?«

Er zuckte mit den Schultern und ließ den Blick durch den Raum wandern. »Zu Hause gab es nichts zu tun für mich, und da dachte ich, ich fahr ein Stück. Und der Wagen hat mich hierhergebracht.«

»Das ist lieb – aber du kannst nicht mit uns essen: In dieser Nische sind keine Männer zugelassen.«

Er sah so verloren aus, daß Emily Mitleid mit ihm bekam.

»Was hast'n du da, Celeste?« fragte er.

»Hier?« Celeste schaute die Briefe in ihrer Hand an. »Ah ... Briefe. Briefe, die ich im Laufe meiner Jugend an meine Eltern geschrieben habe.«

Er verrenkte sich fast den Hals. »Was Lustiges dabei?«

»Nein.« Sie legte die Briefe weg – auf den Kopf. »Nur typischer Mädchenkram.«
»Ach so.« Er steckte die Hände in die Taschen. »Was habt ihr bestellt?«
»Salate, Fajitas und Chips«, gab Kay Auskunft. »Hast du Brian vorne sitzen gesehen?«
John schaute in die angegebene Richtung. »Ach da! Vielleicht geh ich mal hin und sag hallo, trink eine Tasse Kaffee bei ihm am Tisch. Sieht aus, als ob die Kleine schläft.«
Das tat Julia tatsächlich. Der Anblick der beiden – sie mit dem Köpfchen an seiner Schulter und er an die Wand gelehnt und mit auf der Bank ausgestreckten Beinen – ließ Emily dahinschmelzen. Brian sah aus, als schliefe auch er in der nächsten Sekunde ein, doch er winkte John zu sich herüber.
»Das war knapp«, flüsterte Kay, als John gegangen war.
Celeste stieß einen unbehaglichen Laut aus. »Ich hasse es zu lügen.«
»Du hättest ihm doch die Wahrheit sagen können.«
»Tolle Idee.« Sie zog die Briefe wieder zu sich heran. »Also – wie lautet das Urteil über den Marathonläufer?«
Emily erschien er als das bisher kleinste Übel. »Nicht schlecht.«
»Ein Vielleicht«, entschied Kay. »Wie viele hast du noch?«
»Nur zwei.« Sie nahm den ersten auf. »›Liebe sexy Blondine, der Teil Ihres Textes, in dem Sie schreiben, daß Sie am Beginn eines neuen Lebens stehen, hat mich angesprochen. Mir geht es ebenso: Meine Frau hat mich nach zwölfjähriger Ehe wegen einer Liebe aus ihrer Kinderzeit verlassen.‹«
»Armer Kerl«, sagte Kay.
Celeste las weiter. »›Ich habe eine gutgehende Tierarztpraxis. Da ich Tiere schon immer geliebt habe, betrachte ich es als Glücksfall, einen Beruf ausüben zu können, der mich befriedigt. Das ist nicht vielen Menschen vergönnt. Ich bin kein Playboy, aber ich bin romantisch. Ich ziehe ein intimes Kerzenschein-Dinner zu

Hause einem Essen in einem schicken Restaurant entschieden vor. Ich mag Bach, Beethoven und Liszt, aber auch leichte Kost wie die Eagles, Cat Stevens oder Simon und Garfunkel. Ich mache mein Feuerholz übrigens selbst. Ich bin daran interessiert, eine Frau kennenzulernen, die mich mit neuen Dingen bekannt macht und gleichzeitig mein ruhiges Leben zu schätzen weiß. Vielleicht belle ich unter dem falschen Baum, indem ich auf eine Anzeige antworte, die mit sexy und blond anfängt, aber falls sich unter der Fassade Substanz befindet, würde ich mich über ein Lebenszeichen freuen.‹«

»Toll!« sagte Emily.

Kay stimmte ihr zu. »Der klingt bis jetzt am akzeptabelsten.«

»Falls er keine Menagerie bei sich im Haus hat«, bremste Celeste die Begeisterung. »Außerdem habe ich den besten bis zum Schluß aufgehoben. Hört zu.« Sie las den letzten Brief vor. »›Liebe GC403, ich weiß nicht genau, wie ich Ihre Annonce beantworten soll. Ich bin kein Adonis, sehe aber gut aus. Ich bin kein Abenteurer, probiere aber gerne neue Dinge aus. Ich bin dunkelhaarig, braunäugig, einundvierzig Jahre alt, eins achtzig groß, hundertachtzig Pfund schwer. Ich entwerfe Häuser für Leute, die viel Geld auszugeben haben. In der Vergangenheit bin ich beruflich viel gereist, doch inzwischen habe ich mir einen Namen gemacht, was mir erlaubt, länger an einem Ort zu bleiben, und so möchte ich jetzt seßhaft werden und eine dauerhafte Beziehung eingehen, was meine Arbeit bisher immer sehr problematisch gemacht hat. Geld ist kein Thema. Ich sehne mich nach Kameradschaft und Fröhlichkeit. Wenn sich Liebe daraus entwickeln sollte – schön. Ich bin alt genug, um es zu erkennen, und jung genug, um das Beste daraus zu machen.‹«

Celeste ließ den Brief sinken und schaute ihre Freundinnen forschend an. »Verführerisch?«

Emily wandte sich an Kay. »Er klingt intelligent, wortgewandt und bescheiden. Es muß ein Haken dabei sein.«

»Der Haken«, sagte Kay zu Celeste, »liegt genau da, wo du aufgehorcht hast, als ich dir von Brian Stasek erzählte. Erinnerst du dich? Du meintest, wenn er mit vierzig Jahren noch allein sei, könne was mit ihm nicht stimmen. Brians ›Entschuldigung‹ war der Tod seiner Frau – was hat dieser Knabe für eine?«

»Seine Arbeit«, sagte Celeste. »Solange er deswegen ständig unterwegs war, konnte er keine ernsthafte Beziehung aufbauen.«

»Du hast gesagt, du wolltest nicht mehr heiraten«, rief Emily ihr ins Gedächtnis.

»Will ich ja auch nicht. Der Mann erwähnt eine Heirat überhaupt nicht – und Liebe nur als Möglichkeit. Aber ich habe nichts gegen eine ernsthafte Beziehung.« Sie rückte mit der Sprache heraus: »Sieh es mal so: Er ist beruflich erfolgreich. Er ist viel gereist, was bedeutet, daß er eine gewisse Welterfahrenheit besitzt. Ich bin sicher, daß er noch immer einige Zeit auf seinen jeweiligen Baustellen zubringen muß, also würde er mir nicht unentwegt auf der Pelle hocken. Und er arbeitet in einem sensationellen Studio, das er sich selbst zu Hause eingerichtet hat, und er ist sein eigener Boß, womit er seine Zeit nach Belieben einteilen kann. Ihr habt es gehört: Geld ist kein Thema. Die Möglichkeiten sind unendlich.«

»Vorausgesetzt, das stimmt alles«, warnte Kay. »Woher weißt du das?«

»Das kann ich doch gar nicht wissen.«

»Und du willst dich trotzdem mit ihm verabreden?«

»Ja, das will ich. Ich werde mich an einem sehr belebten Ort mit ihm verabreden und ihm sagen, er solle nach der Blondine mit der Rose Ausschau halten. Er wird meinen Namen nicht wissen und ebensowenig meine Adresse oder meine Telefonnummer. Wenn die Begegnung sich als Enttäuschung erweist, dann hat sich die Sache damit erledigt. Er kann mich nicht weiter belästigen.«

»Und wenn er dir folgt?«
»Das weiß ich zu verhindern.«
»Wie?«
»Es gibt verschiedene Möglichkeiten, Kay.«
»Zum Beispiel?«
Celeste seufzte. »Zum Beispiel in ein Taxi zu steigen und sich ein bißchen durch die Gegend kutschieren zu lassen, ehe man sich bei dem eigenen Wagen absetzen läßt. Wenn ich tatsächlich zu dem Schluß kommen sollte, daß der Knabe ein Problem werden kann, gehe ich schnurstracks auf das nächste Polizeirevier. Ich sag's dir doch – es gibt Möglichkeiten.«
»Und du willst es wirklich riskieren?«
Celeste schaute sie eindringlich an. »Ja, das will ich. Ich habe einen gesunden Menschenverstand und ausgeprägte Instinkte. Ich werde durch die Aktion nicht in Schwierigkeiten geraten.«
Emily legte die Hand auf ihren Arm. »Wir machen uns doch nur Sorgen um dich. Wir wollen nicht, daß dir etwas passiert.«
»Das wird es nicht«, versicherte Celeste ihr und lehnte sich in Erwartung von Kays Kapitulation zurück.
Die bestellten Essen kamen, gewährten einen zeitgünstigen Aufschub für Kay. Als hätte es sich beruhigend auf sie ausgewirkt, einen käseüberzogenen Nacho von dem Berg auf ihrem Teller zu lösen, sagte sie: »Okay. Du hast dich entschlossen, die Sache durchzuziehen – wie geht es jetzt weiter?«
»Ich setze mich mit den Kandidaten in Verbindung, die mich interessieren, und schlage ein Treffen vor.«
Das klang sehr nüchtern in Emilys Ohren – aber sie hatte kein Recht, Kritik zu üben. Sie hatte den Tag damit zugebracht, ihre Ehe auseinanderzunehmen, Schritt für Schritt, Aspekt für Aspekt.
»Und bei welchen willst du dich melden?«
Celeste fing an zu essen und trennte nebenher den Weizen von der Spreu. »Der Architekt ist zweifellos der beste. Danach kommt der Tierarzt, nach dem der Marathonläufer und am

Schluß der Witwer. Ich kann ja für alle Fälle auch noch den Chirurgen und den Fünfundzwanzigjährigen dazunehmen.«
Kays Blick drückte Entsetzen aus. »Warum den Fünfundzwanzigjährigen?«
»Warum nicht?«
»Weil du dreiundvierzig bist. Du siehst großartig aus, Celeste, keinen Tag älter als fünfunddreißig, aber selbst dann hast du ihm noch zehn Jahre voraus. Er wird glatte Haut haben, faltenlose Hände und feste Schenkel. Du wirst dich neben ihm alt fühlen.«
»Wenn ich ihn antörnen sollte, werde ich mich geschmeichelt fühlen. Außerdem schäme ich mich nicht für meinen Körper. Schämst du dich für deinen?«
»Mein Körper ist kein Thema – dafür sind John und ich zu lange verheiratet.«
»Und John hat dir zwölf Jahre voraus. Warum ist es okay, wenn der Mann älter ist, aber nicht umgekehrt?«
»Ganz einfach – weil das schon immer so ist.«
»Nicht mehr. Nicht heutzutage. Es gibt viele Beziehungen, die das beweisen.«
»In Hollywood.«
»Das sind die, von denen wir hören – aber es gibt auch andere.«
»Zähl ein paar auf.«
Celeste warf ärgerlich eine Hand in die Luft.
»Äh ... äh ...« Ihre Miene verfinsterte sich. »Das passiert mir unentwegt. Ich kann mir einfach keine Namen merken.« Sie schaute ins Leere, und gleich darauf hellte sich ihre Miene auf. »Doch, ich kann es.« Sie senkte die Stimme und beugte sich vor, ohne die Augen von der fraglichen Person zu lösen. »Cynthia Berlo: Sie hat seit Jahren ein Verhältnis mit dem Buchhalter ihres Mannes.«
»Gerüchte«, sagte Kay wegwerfend.
»Sie ist achtundfünfzig, er fünfunddreißig.«
»Es gibt keinen Beweis dafür, daß sie was miteinander haben.«

»Ich weiß es von Enid Hildridge, Cynthias Schneiderin. Eines Tages brachte Cynthia den Buchhalter mit, und sie trieben es im Umkleideraum.«

Wieder war Kays Blick entsetzt. »Was in aller Welt kann ein fünfunddreißigjähriger Mann an Cynthia finden?«

»Sie ist glänzend in Form.«

»Aber sie ist achtundfünfzig.«

»Na und? Das heißt doch nicht, daß sie keinen Mann mehr begehren oder sinnlichen Genuß empfinden kann – und es heißt ganz sicher nicht, daß sie keinen Mann mehr antörnen kann. Sex endet nicht mit der Menopause, Kay.«

»Das habe ich auch nie gesagt.«

»Mädels«, mischte Emily sich in die Diskussion und streckte den beiden ihre Hände hin. »Es hat keinen Sinn zu streiten – vor allem nicht über Cynthia Berlo. Sie ist auf keinen Fall ein Vorbild.«

»Ganz meine Meinung«, grollte Kay. »Vergleiche mit ihr machen mich krank.«

»Es gibt keinen Vergleich. Wir reden hier von Äpfeln und Birnen. Celeste ist gescheit und vernünftig. Schau – mir ist auch nicht wohl bei dem Gedanken, daß sie sich mit diesen Männern treffen will, aber sie hat es durchdacht, und es ist ihr Leben.«

»Was ist mit deinem?« hakte Celeste ein. »Wie war das Wochenende?«

Emily seufzte. Eigentlich war sie noch immer nicht bereit, über Doug zu sprechen, aber gleichzeitig hatte sie das Bedürfnis, sich ihre Angst von der Seele zu reden. »Nicht toll.«

»Was hat er getan?« erkundigte sich Kay.

»Nichts. Das ist ja das Problem. Er kommt nach Hause und spult das gewohnte Programm ab – als genüge das. Ich schlug vor, nach Stockbridge zu fahren – er zuckte mit den Schultern. Ich schlug vor, Hummer zu kaufen und zu kochen – er zuckte mit den Schultern. Ich schlug vor, einen Vortrag im College zu besuchen – er zuckte mit den Schultern. Es ist unmöglich, den Mann zu irgend etwas zu bewegen.«

»Vielleicht ist er einfach nur müde?«

»Wenn es so wäre, würde er die Wochenenden verschlafen, aber das tut er nicht. Er ist einfach nicht daran interessiert, etwas mit mir zu tun. Ich versuche ihn in ein Gespräch über das Weltgeschehen zu verwickeln – er brüstet sich ja immer damit, über alles informiert zu sein –, aber er läßt es nicht zu. Er antwortet mir ein-, zweimal, und dann macht er was anderes. Es ist, als ob ich ihn langweile. Tatsache ist, daß er mich langweilt.«

»O Mann!« sagte Kay leise. »Das ist ein beachtliches Eingeständnis.«

»Ich habe es satt, ihn immer zu verteidigen!« rief Emily verzweifelt. »Ich habe keine Ahnung, was er sich von unserer Beziehung erwartet – weicht mir ständig aus, wenn ich dieses Thema anspreche. Möchte er eine fade, langweilige Ehe, um einen Ausgleich für die anderen Aspekte seines Lebens zu haben? Wünscht er sich, daß ich irgendwie anders wäre – in einer Weise, die ich mir nicht vorstellen kann? Oder will er die Scheidung?«

»Hast du ihn gefragt?« wollte Celeste wissen.

»Wegen des letzten Punktes?« Emily brachte es nicht fertig, das Wort noch einmal auszusprechen – es wühlte sie zu sehr auf. »Nicht ausdrücklich.«

»Vielleicht solltest du das tun.«

»Und was tue ich, wenn er ja sagt?« Ihr Herz trommelte gegen ihre Rippen. Sie wollte keine Scheidung. Sie wünschte sich ihre Ehe zurück, wie sie vor zweiundzwanzig Jahren gewesen war – was eine absurde Vorstellung war. Sie und Doug waren nicht mehr dieselben Menschen.

Nachdenklich und besorgt sagte Kay: »Das ist kein Leben für dich, Emily.«

Aber sie konnte nicht das Handtuch werfen. Noch nicht. »So schlimm ist es nun auch wieder nicht. Ich habe letzten Donnerstag drüben bei der ›Sun‹ mit Rod Meany gesprochen. Er hat mir ein paar Aufträge gegeben – kleine Sachen, die mehr Spaß machen als Substanz besitzen.«

»Du verdienst aber Substanz.«

»Die bekomme ich von Petra Drovski.« Petra war die Leiterin der englischen Fakultät am College. Emily hatte auch mit ihr gesprochen. »Sie braucht Hilfe bei der Herausgabe einer Sammlung kritischer Analysen von Arbeiten amerikanischer Schriftsteller des frühen zwanzigsten Jahrhunderts. Es ist ein interessantes Projekt.«

»Wird dich aber nachts nicht wärmen«, meinte Celeste trocken. »Das sollte dein Mann eigentlich tun – zumindest an den Wochenenden, aber er ist ja nicht einmal dann da. Doug ist nur auf dem Papier mit dir verheiratet.«

Emily wollte protestieren – aber es stimmte. Nur auf dem Papier. Sie hatten seit Wochen und Wochen nicht wirklich miteinander geredet, gelacht oder geschlafen.

»Was willst du tun?« fragte Celeste.

Emily konnte ihn nicht verführen – nicht, wenn er nicht verführt werden wollte, und diesen Eindruck vermittelte er. »Es weiter versuchen, denke ich. Ich kann zweiundzwanzig Jahre nicht einfach wegwerfen. Und das Elternwochenende steht bevor. Wir treffen uns in Boston. Er hat versprochen zu kommen. Vielleicht wird es ihn anregen, wenn wir zusammen in einem Hotel sind. Vielleicht wird es ihn anregen, einfach mal nicht hier mit mir zusammenzusein.« Es war ihr der Gedanke gekommen, daß möglicherweise Grannick das Problem war.

»Verbringt Doug Zeit mit Brian?« erkundigte sich Kay.

Emily sah die beiden Männer vor sich, Brian zwei Köpfe größer als Doug und so viel anziehender für sie, daß es ihr angst machte. »Sie grüßen einander, wenn sie sich sehen – mehr nicht. Warum?«

»Man sollte meinen, daß er eifersüchtig wäre. Immerhin

wohnst du jetzt Tür an Tür mit einem gutaussehenden Burschen. Man sollte meinen, er könnte gar nicht schnell genug nach Hause kommen, um seinen Besitzanspruch erneut zu dokumentieren.«

Das hatte Emily auch angenommen. Sie erinnerte sich, wie schuldig sie sich gefühlt hatte, als sie von Brian zum erstenmal per Vornamen sprach. Aber Doug war nicht eifersüchtig. »Er kommt gar nicht auf die Idee, daß ich mich auch nur im entferntesten von einem anderen Mann angezogen fühlen könnte.«

»Und – ist es so?« fragte Celeste.

O ja. Sehr. Aber sie hoffte immer noch auf die Rettung ihrer Ehe, und so sagte sie nur: »Er ist ein wunderbarer Mann. Wenn ich nicht so treu wäre, könnte er mir schon gefährlich werden.«

»Mir könnte er gefährlich werden«, sagte Celeste.

Kay bedachte sie mit einem vernichtenden Blick. »Also wirklich!«

»Doch, das könnte er! Diese Augen würden mich sogar zu einem Striptease beflügeln. Aber er hat ein Kind. Du kannst ihn haben, Em.«

Emily wünschte halb, sie könnte es – mehr als halb, wenn sie ehrlich war. Sie hatte zweimal von Brian geträumt, und wenn ihre Phantasien auch keinen Striptease enthielten, so war doch keiner dieser Träume harmlos gewesen. Beide hatten seit Jahren schlafende Gefühle geweckt, beide hatten Schuldgefühle ausgelöst.

Es war viel besser, entschied sie, viel sicherer und klüger, sich auf das zu konzentrieren, was sie hatte – und das war Jill, die in zehn Tagen, die sie sehnsuchtsvoll zählte, nach Hause kommen würde.

Elftes Kapitel

John lehnte an der Laterne und schaute untätig die Straße hinunter, als Kay mit Emily und Celeste aus der »Eatery« kam. Eingedenk Emilys Kümmernissen sagte sie sich, sie sollte dankbar sein, daß er da war, aber es ärgerte sie trotzdem. »Ich dachte, du seist nach Hause gefahren«, sagte sie und folgte seiner Blickrichtung. »Ist irgendwas los?«

John wandte sich ihr zu. »Nein. Ich fand es nur albern, dich von Celeste fahren zu lassen, wo ich schon mal hier bin.«

»Aber du bist vor einer Stunde gegangen.« Mit Brian, hatte sie gedacht.

»Ich bin ein bißchen herumgewandert. Habe ein paar deiner Schüler hinter der Pizzeria beim Paffen erwischt.«

»Wen?« Als ehemalige Raucherin haßte sie den Geruch, den Anblick, ja sogar die Vorstellung von Zigaretten – vor allem im Hinblick auf Kinder. Sie würde sich die Schuldigen morgen vornehmen.

Doch John gab die Namen nicht preis. »Ich habe es versprochen – dafür, daß sie mir die Glimmstengel gaben. Ich habe ihnen eine eindringliche Standpauke gehalten.«

Das glaubte sie ihm. Ein kleiner Trost.

Er stieß sich von dem Laternenpfahl ab. »Bist du soweit?«

Nein, hätte sie am liebsten gesagt. Sie liebte die Montagabende. Sie genoß die Zeit mit Emily und Celeste. Sie wollte sich nicht bevormunden und schon gar kein schlechtes Gewissen einimpfen lassen, weil sie John diese paar Stunden allein ließ. Sie gehörten ihr, und er wußte das.

Aber Prinzipienreiterei erschien ihr in diesem Fall kindisch. Das Dinner war beendet, und John war hier – natürlich würde sie mit ihm fahren.

Zu den anderen sagte sie trocken: »Mein Wärter ist da. Sprechen wir uns morgen?« Als die beiden ihr zuwinkten, setzte sie sich neben John in Bewegung.

»Bist du sauer?« fragte er.

Ja, sie war sauer. Sie mochte es nicht, verfolgt zu werden. »Manchmal glaube ich, daß du mir nachspionierst.«

»Warum sollte ich das tun?«

»Keine Ahnung – du bist derjenige mit der Phantasie.«

»Ich habe dir nicht nachspioniert. Mir war nur langweilig.«

Der Wagen stand am Ende des Blocks – Gott sei Dank Kays, nicht der Streifenwagen. John ließ sie einsteigen, ging um die Kühlerhaube herum und glitt hinters Steuer. Als sie losgefahren waren, sagte er: »Das Haus ist leer, wenn du nicht da bist. Ich hasse das!«

»Die Montagabende sind seit Jahren Tradition.«

»Als Marilee noch daheim war, war es anders.«

Kay wappnete sich für Fragen. Wann hast du zuletzt mit ihr telefoniert? Was macht sie? Mit wem macht sie es? Lernt sie?

Es kam keine. Sie warf einen Blick zu ihm hinüber. Er schaute unverwandt nach vorne.

»Ich freue mich darauf, sie wiederzusehen«, sagte er. »Sie wieder im Haus zu haben.«

Noch zehn Tage bis zu den Herbstferien. Auch Kay freute sich darauf, Marilee wiederzusehen. Trotzdem wiegelte sie ab: »Rechne nicht damit, daß sie die ganze Zeit daheim rumsitzt. All ihre Freundinnen haben ebenfalls Ferien – sie wird sich mit ihnen treffen wollen.«

»Aber wir sind ihre Eltern.«

»Sie wird erst kurz mit uns reden und dann losziehen.«

»Aber ich will mit ihr zusammensein.«

Das wollte Kay auch, doch sie war Realistin. »Eltern haben keinen allzu hohen Stellenwert bei Achtzehnjährigen.«

»Das ist ungerecht – wir lieben sie.«

Das taten sie wirklich – aber es berechtigte sie nicht dazu, Hausarrest zu verhängen. »Wenn wir sie lieben, geben wir ihr Flügel. Sie wird wegfliegen und ihre Unabhängigkeit aufbauen und zurückgeflogen kommen, wenn die Zeit reif ist.«

»Und wann wird das sein?« fragte er auf eine Weise, die ein wenig schmollend war, ein wenig ungeduldig – und unendlich liebenswert.

Kay lächelte. »Noch nicht. Sie hat doch gerade erst das Flattern gelernt. Gib ihr Zeit. Sie kommt schon wieder.« Sie hatte viel darüber gelesen, was sie erwartete. »Die Herbstferien können hart für Frischlinge sein. Sie besuchen einander zu Hause, triumphierend, weil sie sieben Wochen als coole College-Kids überlebt haben, und dann laufen sie in die High-School und stellen fest, daß sie entthront worden sind. Erinnerst du dich an den Frühling des letzten Schuljahres? An den Übermut von Marilee? Sie denkt, alles wird so sein, wie es war, aber so ist es nicht. Es ist traurig. Alle Weiterentwicklungen sind das. Das Alte muß enden, um Platz für das Neue zu machen.«

»Mmm. Das Neue gefällt mir nicht so recht.«

Kay dachte an die abendliche Diskussion zurück und seufzte. »Da bist du nicht der einzige – die Arkins schlagen sich auch damit herum.«

»Wie das?«

»Emily ist frustriert. Doug ist nicht gerade ein engagierter Ehemann, und seit Jills Weggang ist es noch schlimmer. Emily möchte etwas unternehmen, und er ist so schlapp wie ein nasser Lappen.«

»Ist ja auch schwierig, Begeisterung zu zeigen, wenn man nie da ist.«

»Genau.«

Den Rest der Fahrt beschäftigten Kays Gedanken sich mit Emily. Von ihrem dreiblättrigen Kleeblatt war sie die verletzlichste, diejenige, die ihren Mann jetzt, da ihre Tochter nicht mehr zu Hause war, am meisten brauchte. Celeste genoß ihre Freiheit, und Kay hatte ihre Arbeit.

Kay hatte außerdem auch John, der ihr, als sie daheim ankamen, ins Haus, durch die Küche und in die Halle folgte.

»Wird Emily zurechtkommen?« fragte er.

Sie drehte sich am Treppenpfosten um. »Im Augenblick, ja – auf lange Sicht weiß ich es nicht.«

Er lehnte sich mit den Händen in den Taschen an die Haustür und runzelte die Stirn. »Schlechtes Timing – ausgerechnet in dem Augenblick, als sie Jill verliert, verliert sie auch Doug.« Seine Stirnfalten vertieften sich noch. »Wenn die Kinder weggehen, verändert sich das Spielfeld, und ein neues Spiel beginnt.«

Kay schaute ihn verblüfft an: John neigte normalerweise nicht dazu, in Bildern zu sprechen – sie hätte nicht gedacht, daß er diese Fähigkeit überhaupt besaß.

Ihre Blicke trafen sich.

Es beschäftigte ihn etwas. Instinkt – oder einfach sein besorgter Ausdruck – sagte Kay, daß es nicht die Arkins waren. Ein neues Spiel? Diese Idee gefiel ihr nicht – vor allem nicht, wenn er dabei an sie beide dachte.

Als er nicht recht zu wissen schien, wie er fortfahren sollte, fragte sie: »Was ist das für ein neues Spiel?«

Er zuckte mit den Schultern.

»Ein neues Spiel für uns?«

Er studierte den Fußboden.

»John – versuchst du, mir etwas zu sagen?«

Es dauerte eine Weile, bis er antwortete. »Vielleicht.«

Sie zermarterte sich das Hirn, um darauf zu kommen, was dieses Etwas sein könnte, doch das einzige, was ihr einfiel, war absurd. John liebte sie – er würde sich auf keinen Fall scheiden

lassen wollen. Er würde keine andere Frau haben wollen. Oder doch?
Verunsichert setzte sie sich auf die Treppe. »Ist es größer als eine Brotdose?«
Diesmal zuckte er nur mit einer Schulter.
»Mach's nicht so spannend, John, sag mir, was los ist. Bist du unglücklich – in unserer Beziehung? Mit mir?«
»Nein!« widersprach er heftig. »Ich wünschte nur, wir könnten mehr miteinander unternehmen.«
»Was zum Beispiel?«
Er machte eine vage Handbewegung. »Ich weiß nicht – einfach mehr.«
»Wann denn? Wir arbeiten doch beide.«
»Wir haben die Abende und die Wochenenden jetzt für uns – aber du packst sie mit anderen Dingen voll.«
War er eifersüchtig? »Ich treffe mich einmal in der Woche mit meinen Freundinnen!«
»Ich rede von den anderen Dingen – denen für die Schule.«
»Die verlangt mein Job.«
»Mußt du dich wirklich in Komitees setzen, die dreimal in der Woche tagen?«
»Ich habe Erfahrung – sie brauchen mich in den Komitees.«
»Vielleicht brauche ich dich hier.«
»Wofür?«
»Ich weiß nicht – für irgendwas. Und dann sind da noch die Samstage. Warum mußt du samstags arbeiten?«
»Weil ich zu manchen Dingen während der Woche einfach nicht komme.«
»Die Gewerkschaften halten nichts von Samstagsarbeit.«
»Die meisten meiner Kollegen auch nicht – aber das ist ihr Problem. Meines ist meine Gewissenhaftigkeit.«
Sie bereitete sich darauf vor, sich zu verteidigen, doch er schaute nur auf den Teppich hinunter, trat von einem Fuß auf den

anderen und verschränkte die Arme über der Brust. Schließlich sagte er: »Du bist die beste Lehrkraft, die sie haben – und ich weiß, daß du deine Arbeit liebst.« Er hob den Blick. »Aber wenn dir etwas daran läge, mit mir zusammenzusein, würdest du auch dafür Zeit erübrigen.«

Bemitleidete er sich? »Habe ich jemals gesagt, daß mir nichts daran liegt, mit dir zusammenzusein?«

»Du machst immer Pläne, die dich aus dem Haus treiben.«

Der Grund für Johns Stimmung war Kay ein Rätsel. Sie fragte sich, ob er vielleicht jetzt die Midlifecrisis durchmachte, die er in den Vierzigern nie gehabt hatte, oder ob es ihm einfach schwerfiel, sich auf Marilees Abwesenheit einzustellen. In beiden Fällen fühlte sie sich zu Unrecht angegriffen.

»Erinnerst du dich noch an die erste Zeit unserer Ehe?« fragte sie. »Als ich zu arbeiten aufhörte, um Marilee aufzuziehen, und Tag für Tag allein hier herumsaß – und dann auch noch an den Abenden, weil du Überstunden machtest, um dein goldenes Abzeichen zu bekommen? Habe ich mich damals je beklagt? Habe ich dir je gesagt, daß du zuviel arbeitest?«

»Ich wollte vorankommen – und du hast das verstanden.«

»Ja, ich habe es verstanden – aber es war nicht immer leicht. Ich fühlte mich einsam. Ich hätte dich sehr gerne mehr zu Hause gehabt.«

Er stemmte die Hände in die Seiten. »Dann solltest du begreifen, was ich jetzt empfinde.«

»Das tue ich nicht. Du brauchst keine Hilfe bei einem Kind. Oder im Haus. Oder beim Einkaufen. Du bist ein großer Junge.«

»Das ist richtig – und große Jungen mögen ganz bestimmte Dinge.«

»Worauf willst du hinaus, John?«

Er schaute weg. Nachdem er eine Minute lang mit finsterer Miene die Wand angestarrt hatte, sagte er: »Vielleicht bin ich es müde zu arbeiten. Wie lange soll das noch so weitergehen? Bis wir sterben? Sollen wir arbeiten, bis wir tot umfallen? Hat das Leben nicht mehr zu bieten?«

»Was meinst du mit ›mehr‹? Was willst du denn?«

Er gab einen brummigen Ton von sich. »Es wäre nett«, sagte er dann, wobei er kurz zu ihr hinüberschaute und gleich wieder weg, »wenn du mich ab und zu mal streicheln würdest. Männer möchten bestätigt bekommen, daß sie geliebt werden.«

Sie war gekränkt. »Du weißt, daß ich dich liebe – ich sage es dir doch oft.«

»Genau das meine ich – du sagst es.«

»Ist das nicht die beste Art – geradeheraus und direkt?«

»Es ist eine Art – es gibt auch andere Möglichkeiten.«

»Auch die schöpfe ich aus. Ich poliere dein Abzeichen und putze deine Schuhe. Ich mache dir sogar dann Abendessen, wenn ich ausgehe, um mich mit meinen Freundinnen zu treffen. Sind diese Dinge kein Ausdruck von Liebe?«

Er schaute ihr in die Augen. »Ich denke an physische Ausdrucksmöglichkeiten.«

Sie hätte schwachsinnig sein müssen, um nicht zu begreifen, worum es ihm ging – und in dem Sekundenbruchteil, da sie seinen Anblick verinnerlichte, wie er da an der Tür lehnte, wurde sie zweiundzwanzig Jahre zurückversetzt, war wieder eine neue Lehrerin in Grannick, die zufällig einem von Grannicks besten Männern begegnete. Er hatte sensationell ausgesehen in seiner blauen Uniform, hatte eine Ruhe ausgestrahlt, die ihn noch männlicher wirken ließ, und war nachts so zärtlich gewesen, daß ihre Hemmungen schwanden.

Damals war sie dreiundzwanzig gewesen – jetzt war sie bedeutend älter, und die Zeit war mit John freundlicher umgegangen. Mit siebenundfünfzig war er ein ungemein maskuliner Mann, mit breiten Schultern, und wenn seine Hüften auch nicht mehr ganz so schmal waren wie in seinen besten Zeiten, so verjüngte sich sein Körper doch noch immer merklich nach unten. Er hatte weder einen Bierbauch noch ein Doppelkinn. Er hatte noch all seine Zähne und auch noch all seine Haare. Es spielte keine Rolle, daß sie grau waren, sie besaßen einen großen Reiz – ebenso wie die strahlenförmigen Falten in seinen Augenwinkeln. John Davies war ein sehr attraktiver Mann, der, soviel Kay sich erinnerte, zum allerersten mal über seine physischen Bedürfnisse sprach. Verlegenheitsröte überzog ihr Gesicht.

»Ich fasse es nicht, daß du das sagst.«

»Ich habe seit Tagen versucht, es dir zu sagen.«

»Wann?«

»Als ich neulich vorschlug, ein Wochenende in Washington zu verbringen.«

»Das wolltest du, um Marilee zu sehen.«

»Und um mit dir allein zu sein.«

»Wir sind hier doch auch allein.«

»Das schon – aber da liest du entweder oder machst irgendwas für die Schule. Nicht einmal heute abend hatte ich Glück. Ich hatte gehofft, du würdest dich freuen, daß ich dich abholen kam, aber es hat dich nicht im mindesten beeindruckt.«

Ihre Röte vertiefte sich. »Um Himmels willen, John.«

»Was?«

»Wir sind seit vielen Jahren verheiratet – wir sind doch keine Teenager mehr.«

»Was spielt das für eine Rolle?«

Sie öffnete den Mund, doch es kam kein Ton heraus. Sicher ganz eindeutig keine Teenager mehr, und sie waren ganz eindeutig nicht jung verheiratet. Wenn die Menschen älter wurden, stellte sich in einer Beziehung zwangsläufig eine gewisse Routine ein – und die der Davies war nicht sexbetont.

Der Gedanke, daß John sich das vielleicht wünschte, beunruhigte sie. Sie hatte keinen Playboy geheiratet, sondern einen tüchtigen Polizisten. Es war lange her, ein Dutzend Pfunde und eine

Schicht Cellulitis, daß sie sich mit dem sexuellen Aspekt ihres Körpers befaßt hatte.

Peinlich berührt – und wütend darüber – schaute sie auf ihre Uhr. »Es ist schon spät – ich muß meinen Stundenplan noch durchgehen.« Sie stand auf und ging ohne einen Blick zurück die Treppe hinauf und in das Gästezimmer, das sie als Arbeitszimmer nutzte. Sie hatte ihr Notizbuch dorthin gelegt, als sie nach Hause gekommen war, und schlug es jetzt auf und blätterte bis zur richtigen Seite weiter – doch damit erschöpfte sich ihr Eifer: Es hielt ihre Gedanken nicht bei dem Stundenplan – sie kehrten immer wieder zu John zurück.

Er wünschte sich Nähe, Berührungen, Sex – doch sie war kein sinnlichkeitsbetonter Mensch. Sie war dreiundzwanzig gewesen, als sie ihn heiratete, und sie war nicht einmal damals ein sinnlichkeitsbetonter Mensch gewesen. Nicht, daß sie kein reges Sexleben gehabt hätten – das hatten sie, doch im Laufe der Jahre hatte sich die Leidenschaft zu einem weniger heftigen Genuß gewandelt. Wenn sie alle paar Wochen einmal miteinander schliefen, war es schön, und sie war damit zufrieden. Sie hatte gedacht, er sei es ebenfalls.

Nachdem sie den Stundenplan zum drittenmal durchgelesen hatte, ohne zu registrieren, was da stand, machte sie das Notizbuch zu und blieb eine Weile am Schreibtisch stehen, massierte die verkrampften Muskeln im unteren Bereich ihres Rückens und horchte angestrengt auf etwaige Geräusche, die Rückschlüsse darauf zulassen würden, was John tat. Doch erst als sie leise auf den Flur hinaustrat, hörte sie unten den Fernseher laufen.

Okay – er war versorgt. Er würde eine Weile zuschauen und dann einschlafen, in ein, zwei Stunden aufwachen und ins Bett kommen. Sie würde fest schlafen, aber er würde sich eng an sie kuscheln, und das wäre schön. Das beinhaltete Wärme. Das beinhaltete Liebe. Oder nicht?

Sie beschäftigte sich während des ganzen Weges den Korridor

hinunter zum Bad mit dieser Frage und war der Antwort auch noch nicht näher gekommen, als die Wanne voll war. Sie zog sich schnell aus und suchte Deckung unter den Schaumbläschen.

Sie brauchte ihren Körper nicht zu sehen – sie wußte auch so, wie er aussah, und daß er für einen fünfundvierzigjährigen Körper nicht schlecht war. Er war nicht verbogen und – abgesehen von der Cellulitis – auch nicht wesentlich übergewichtig. Er besaß gefällige Kurven, doch wie bei einer Eisskulptur, die zu lange der Wärme ausgesetzt war, hatten diese Kurven ihre Festigkeit verloren. Das Endresultat waren Fettklumpen.

Sie trug Blusen, die ihre Taille umspielten, und Röcke, die ihre Hüften kaschierten, und sie hielt sich an gedeckte Farben, die keine Aufmerksamkeit auf ihren Körper lenkten. Es war ihr Verstand, der zählte, und der war in Hochform – schärfer, je älter sie wurde. Das sagte sie sich immer wieder. Es war ein gewisser Trost dafür, daß sie Haare hatte, mit denen sich nichts anfangen ließ, daß ihre Haut mit jedem Jahr dünner wurde und die Adern auf ihren Handrücken sichtbar hervortraten – Dinge, die sie nicht ändern konnte.

Sie wünschte, sie wäre so klein und zierlich wie Emily oder so langbeinig wie Celeste oder verfüge über einen Stoffwechsel, der es erlaubte, Pommes frites zu essen, ohne zuzunehmen, oder über einen Knochenbau, der von der Geburt bis zum Tod sensationell aussah.

Am meisten wünschte sie, John hätte die Sprache nicht auf den körperlichen Aspekt ihrer Beziehung gebracht, denn so gerne sie eine Femme fatale gewesen wäre – sie würde es nie im Leben schaffen.

Zehn Tage. Celeste studierte den Kalender. Es war von Anfang an ihr Ziel gewesen, bis zu den Herbstferien eine Schönheit zu sein – und es würde ihr gelingen, was bedeutete, daß sie den

ersten Teil ihres Plans abhaken konnte. Den zweiten Teil würde sie in Angriff nehmen, sobald Dawn wieder im College wäre.
Es standen sechs Männer auf ihrer Liste. Drei davon hatten ihre Telefonnummer angegeben – der Marathonläufer, der Tierarzt und der Fünfundzwanzigjährige. Die Vorwahlnummern verrieten ihr, daß der Marathonläufer im Osten von Massachusetts wohnte, der Tierarzt in Vermont und der Junge im Staat New York. Die anderen hatten Postfächer angegeben, zwei bei der Zeitschrift und zwei, wie sie annahm, in ihrem Heimatort. Wenn ihre Annahme zutraf, dann deutete die Postleitzahl darauf hin, daß der Chirurg in Maryland lebte und der Witwer in Connecticut.
Sie hatte keine Ahnung, woher der Architekt stammte, doch dieses zusätzliche Geheimnis reizte sie um so mehr.
Auf ihrem schlichtesten weißen Briefpapier schrieb sie den dreien mit den Postfächern ein paar kurze Zeilen, in denen sie nicht mehr aussagte, als daß sie im Westen von Massachusetts zu Hause und daran interessiert sei, sie bald bei einem Mittagessen oder einem Nachmittagsdrink kennenzulernen.
Das war harmlos und sicher – für John kein Grund zur Panik.
Als sie ihre Briefe fertig hatte, versah sie sie mit einem Sprühstoß aus ihrem Parfumflakon, bevor sie sie zuklebte und für die Morgenpost bereitlegte. Es war nach elf, als sie mit den drei Briefen fertig war.
Eigentlich hätte sie jetzt, da sie sozusagen das Okay von Emily und Kay bekommen hatte, gerne einen der anderen Kandidaten angerufen, doch sie zögerte. Der Marathonläufer würde, erschöpft von seinem ewigen Training, sicherlich bereits tief schlafen. Und wenn der Tierarzt einen so turbulenten Tag hinter sich hatte, wie sie das von ihm annahm, galt für ihn das gleiche. Damit blieb der Fünfundzwanzigjährige übrig.
Der Junge. Sie mußte lächeln, als sie sich an Kays Entrüstung erinnerte. Nicht, daß sie ernsthaft an ihm interessiert gewesen

wäre – sie bezweifelte, daß sie viele Gemeinsamkeiten mit einem Fünfundzwanzigjährigen hätte –, aber es schmeichelte ihr, daß sie für ihn überhaupt in Frage kam. Und sie mußte zugeben, daß die sexuelle Komponente sie neugierig machte. Er war jung. Sein Körper würde fest sein, sein Durchhaltevermögen grenzenlos. Und er war begeisterter Wildwasserkanute. Die damit einhergehenden Wellenbewegungen weckten Assoziationen.

Der Architekt war zwar ihr Spitzenkandidat, doch der Fünfundzwanzigjährige reizte sie.

Sie las seinen Brief noch einmal – eins neunzig groß, Schriftsteller. Sie war noch niemals Stromschnellen hinuntergefahren, und sie hatte noch nie an einem Lagerfeuer gesessen und unter dem Sternenhimmel Liebe gemacht, was er beides gerne tat. Jackson wären solche Dinge nicht im Traum eingefallen. Er war kein spontaner Mensch.

Warum hatte sie ihn dann geheiratet? Damals war sie zweiundzwanzig gewesen und hatte vier extrem spontane Jahre hinter sich. Sie hatte mit Hängen und Würgen das College geschafft und nicht den leisesten Schimmer, wohin sie gehen oder was sie anfangen sollte. Ohne Eltern und hilflos wie ein Kind im Wald hatte sie einen stabilisierenden Faktor in ihrem Leben gebraucht. Jackson brachte die Voraussetzungen dafür mit.

Er war ein Computergenie und programmierte jeden Aspekt seines Lebens – und dann auch ihres. Das war ihr zuviel Stabilität. Als Dawn geboren wurde, hatte sie seine Richtlinien bis obenhin satt. Es mochte zur Not angehen, daß er ihr Leben durchorganisierte – aber mit einem Baby? Das konnte sie nicht schaffen. Sie wollte es auch gar nicht versuchen – sie hatte es satt, sich Tests zu stellen, bei denen ihr Scheitern programmiert war.

Mit einem Hagel häßlicher Worte – zweifellos überspitzt aufgrund der postnatalen Depression – hatte sie ihn hinausgeworfen. Und er war gegangen. Das hatte sie ihm am meisten verübelt.

Sie war trotzig genug gewesen, an ihrer Entscheidung festzuhalten.

Noch immer trotzig nahm sie den Telefonhörer ab und tippte die Nummer des Fünfundzwanzigjährigen ein. Es klingelte zweimal, ehe sich eine Tenorstimme meldete. »Hallo?«

Für einen Sekundenbruchteil war ihre Zunge gelähmt. Er klang wirklich sehr jung. Dann faßte sie sich. »Ah ... hallo«, sagte sie, wie sie hoffte, mit einer gewissen Nonchalance. »Hier ist GC403.« Ihr Finger schwebte dicht über der Gabel, bereit, die Verbindung sofort zu unterbrechen, falls dieser Mann nicht der richtige wäre. Er war groß – sie hatte eine tiefere Stimme erwartet.

Aber es war eine sympathische Stimme. »Hallo, GC403«, sagte er.

»Rufe ich zu spät an?«

»Für mich? Nein!« Sie hörte ein Lächeln. »Ich war nicht sicher, daß Sie überhaupt anrufen würden.«

Seine Offenheit war erfrischend. Celeste entspannte sich ein wenig. »Ich auch nicht – und ich weiß immer noch nicht genau, ob ich es hätte tun sollen.« Offenheit verdiente Offenheit. »Es ist immerhin möglich, daß Sie eine ernsthafte Macke haben.«

Er lachte. »Habe ich nicht.«

»Warum haben Sie dann auf meine Anzeige geantwortet?«

»Weil ich neugierig war. Ich bin mit Frauen meines Alters ausgegangen – jetzt möchte ich was Neues ausprobieren.«

»Ah – der Abenteurer.«

»Ist das nicht in Ihrem Sinn?«

»In gewisser Weise schon«, antwortete sie, obwohl der Altersunterschied nicht das erste war, was ihr dazu eingefallen wäre. »Ich weiß, daß Sie Rafter und Schriftsteller sind. Erzählen Sie mir mehr.«

»Ich bin in Schenectady aufgewachsen. Meine Eltern leben noch immer dort.«

»Sind Sie in Ihre Mutter verliebt?«
Er lachte wieder. »Ich bin der Jüngste von sechsen. Meine Mutter war einundvierzig, als ich geboren wurde, womit sie bedeutend älter ist als Sie – fast eine andere Generation. Ich liebe sie, aber sie törnt mich nicht an. Nein – ich würde nicht an sie denken, falls wir beide uns verabreden sollten.«
»Das ist gut zu wissen. Wie sind Sie Schriftsteller geworden?«
»Ich habe einen akademischen Abschluß. Zwei, um genau zu sein: Bachelor of Arts und Master of Arts.«
»In Zeitungswesen?«
»In Englisch – aber ich verdiene meinen Lebensunterhalt als Journalist, während ich den großen amerikanischen Roman schreibe.«
»Ich verstehe. Dann ist dieses – unser Gespräch – eine mögliche Beziehungsrecherche.«
»Nein – das ist Leben.«
Celestes Telefon klickte. »Bleiben Sie eine Sekunde dran?«
»Klar.«
Sie schaltete auf die andere Leitung um. »Hallo?«
»Hallo, Mom.«
»Dawn!« Das konnte sie jetzt gar nicht brauchen. »Meine Güte – du rufst aber spät an.«
»Ich habe gerade mit Jill telefoniert. Sie macht sich Sorgen um ihre Mom. Ist Emily okay?«
»Es geht ihr gut. Aber ich bin total erledigt. Und anderweitig beschäftigt, Süße.«
»Jill war echt besorgt. Ich dachte, es wäre cool, wenn ich sie am Wochenende in Boston besuchen würde. Kann ich das Auto haben?«
»Nein, kannst du nicht – ich brauche es selbst. Und außerdem siehst du sie nächstes Wochenende sowieso.«
»Aber wenn ich ihr jetzt helfen kann ... dazu hat man doch Freunde, oder? Sie ist immer für mich dagewesen – da ist es doch

meine Verpflichtung, daß ich jetzt mal für sie da bin. Außerdem ist dieses Wochenende nichts los.«

»Keine Partys? Ich hätte gedacht, am letzten Wochenende vor den Herbstferien wäre bei euch die Hölle los.«

Dawn stieß einen verächtlichen Laut aus. »Die büffeln alle für die Zwischenprüfungen.«

»Solltest du das nicht auch tun?«

»Das werde ich – ich bringe meine Bücher mit.«

»Auf die Weise wirst du keine ordentlichen Zensuren zustande bringen. Nein, Dawn – du kannst nicht fahren.«

»Aber ich habe Jill gesagt . . .«

»Wir sprechen morgen darüber.«

»Jill hat gesagt . . .«

»Ich muß jetzt Schluß machen, Dawn.«

»Aber Mom . . .«

»Ruf mich morgen an. Gute Nacht.« Sie schaltete auf den Fünfundzwanzigjährigen zurück. »Noch da?« fragte sie. Vielleicht hatte es ihm zu lange gedauert.

»Noch da«, antwortete er mit seiner Höher-als-erwartet-Stimme – und plötzlich, mit dem Klang von Dawns Stimme noch im Ohr, kam ihr der Gedanke, daß er wahrscheinlich besser zu ihrer Tochter passen würde als zu ihr. Der Gedanke bereitete ihr Unbehagen.

»Tut mir leid – ich muß wieder auf die andere Leitung«, log sie in dem plötzlichen Bedürfnis nach einer Verschnaufpause. »Können wir ein andermal weiterreden?«

»Liegt ganz bei Ihnen«, erwiderte er mit einer Lässigkeit, die vermuten ließ, daß es ihn nicht sonderlich interessierte, ob sie wieder anriefe oder nicht, und das ärgerte sie. Sie wollte einen Mann mit einer festen Meinung, keinen Wischi-waschi-Typen. Sie wollte einen Mann, der nicht einfach ging, wie Jackson, der kampflos das Feld räumte. Sie wollte einen starken Mann. Das war Abenteuer.

»So ist es«, sagte sie und legte auf. Es lag ganz bei ihr. Sie würde morgen früh die Briefe abschicken und die beiden in ein paar Tagen anrufen. Mit etwas Glück wäre ihr Kalender, wenn Dawn am Ende der Herbstferien ins College zurückkehrte, randvoll mit Verabredungen.

Emily sah den Herbstferien gleichermaßen mit freudiger Erregung und Furcht entgegen. Sie konnte es nicht erwarten, Jill wieder zu Hause zu haben, doch sie war nicht sicher, wie Doug sein würde. Oh, zu Jill würde er nett sein – daran zweifelte sie keine Sekunde –, aber wenn er sowenig Interesse für Emily an den Tag legte, wie er das in letzter Zeit getan hatte, würde Jill das auffallen, und das wollte Emily nicht.

Nach ausgedehnten Selbstgesprächen kam sie zu dem Schluß, das Wochenende durch vorher geplante Unternehmungen im Fluß zu halten, die sie vorzugsweise mit Dougs Hilfe – selbstverständlich jedoch mit seiner Billigung – zusammenzustellen gedachte. Das hatte sie sich für das kommende Wochenende vorgenommen, wenn er zu Hause wäre.

Mittwoch früh rief er an und teilte ihr mit, er wolle fürs Wochenende vorarbeiten und würde erst kommen, wenn Jill käme. Emily bettelte nicht. Sie protestierte nicht. Sie äußerte kein Wort der Beschwerde, obwohl ein Teil von ihr gerne gefragt hätte, was sie an sich habe, daß er nicht mit ihr zusammensein wolle. Der andere Teil war erleichtert. Die Wochenenden mit Doug hatten sich zu einer nervlichen Strapaze entwickelt. Immer hatte sie ein flaues Gefühl im Magen und Herzjagen, und ständig fuhren ihre Hoffnungen und Bedürfnisse Achterbahn. Okay. Er würde gleichzeitig mit Jill heimkommen. Dieses Wochenende gehörte Emily.

Sie atmete tief durch, um sich zu entspannen, und setzte sich dann an den Schreibtisch und schrieb den kurzen Artikel über das Café, das bei der Kirche aufmachen würde, fuhr ihn in die Redaktion und ging anschließend mit Alice Baker zum Mittagessen, die als Korrektorin bei der Zeitung arbeitete. Beim Hauptgang gesellte sich Alices Schwester zu ihnen, die in der Bücherei arbeitete und darauf bestand, Emily mitzunehmen, damit sie sich ein paar neue Bücher ansehe. Als Emily schließlich nach Hause kam, war der Nachmittag fast vorüber.

Sie ging in den Garten, kletterte auf die Felsen am Rand des Teiches, lehnte sich zurück und ließ sich von der Sonne bescheinen, die keine hochsommerliche Hitze mehr verbreitete, mit flacheren und schwächeren Strahlen ein blasses Licht herabsandte, das in Anbetracht des nahen Herbstes besonders kostbar war. Wenn der November käme, wären die Morgen eisig, die Bäume kahl und der Teich trübe. Doch heute bereicherte eine sanfte Wärme den Geruch der feuchten Erde und trockenen Blätter.

So wandlungsanfällig andere Dinge – allen voran ihre Ehe – auch sein mochten, der Lauf der Natur änderte sich nie. Das war ein tröstlicher Gedanke.

Während sie so dasaß, verlor sie jedes Zeitgefühl. Ihre Gedanken flatterten von einer Episode ihres Lebens zur nächsten, ohne länger bei einer zu verweilen, konzentrierten sich mehr auf das laue Lüftchen, das plötzlich aufkam und ihr Gesicht streichelte und mit ihre Haaren spielte. Sie streckte sich und legte sich bequem zurecht, und plötzlich erwachten neue Gedanken in ihr. Sie war vierzig – auf dem Höhepunkt ihres Lebens. Ihre Hauptverantwortung hatte sich erledigt. Sie hatte locker so viele Jahre vor sich wie hinter sich. Und sie war ein weibliches Wesen.

Der letzte Gedanke kam aus dem Nichts, erschreckte sie, aber sie verscheuchte ihn nicht. Angesichts ihrer Stimmung war er nicht unangenehm. Ihr Empfindungsvermögen war merklich erhöht, als sie so herrlich träge unter den schrägen Sonnenstrahlen des frühen Abends auf ihrem Felsen lag.

Und dann hörte sie den Jeep in die Zufahrt einbiegen, hörte eine Tür zuschlagen und dann Brians Stimme: »He, Fräulein! Wo willst du hin? Komm zurück, du Racker!«

Emily lächelte, als ein ansteckendes Kichern laut wurde, und drehte den Kopf auf dem Felsen in die Richtung, aus der es kam, und sah Julia mit rudernden Armen und hüpfenden Locken auf sich zurennen. Brian erwischte sie auf halbem Weg und warf sie sich über die Schulter, womit er erneutes Kichern auslöste, bevor er sie wieder runterließ. Sie rannte sofort los, diesmal auf den Teich zu. Emily glitt von ihrem Felsen und fing sie ab.
»O nein! Kommt nicht in Frage.« Sie schlang von hinten die Arme um die Kleine und beugte sich über sie. »Das Wasser ist kalt und naß und viel zu tief für ein Äffchen wie dich.«
»Lalu«, sagte Julia und deutete auf den Teich.
Emily warf einen Blick zu Brian hinüber, der seiner Tochter gefolgt war.
»Wasser«, übersetzte er.
»Ah. Lalu. Wie konnte ich das nicht verstehen?!« Und zu Julia sagte sie: »Willst du es dir ein bißchen genauer ansehen?« Sie ging mit ihr bis an den Rand, hob einen Stein auf und warf ihn hinein. »Schau! Siehst du die Kreise, die er macht?«
»Lalu«, sagte Julia.
Emily warf einen zweiten Stein, ließ Julia die winzigen Wellen beobachten und hielt dann ihr einen Kiesel hin. »Möchtest du's mal versuchen?«
Julia schloß die Finger um den winzigen Stein, doch als sie die Hand hob, um ihn zu werfen, verpaßte sie den richtigen Augenblick zum Öffnen der Faust, machte sie erst auf, als sie den Arm wieder sinken ließ, und das Steinchen fiel neben ihrem Turnschuh zu Boden.
»Hoppla«, sagte Emily und hob einen anderen auf. »Auf los geht's los. Versuchen wir's noch mal.« Es waren noch zwei weitere Versuche nötig, bis Julia den Bogen heraus hatte, und danach klatschte Emily mit Julias Händchen. »Das war gut! Das hat Julia toll gemacht!«
Jetzt klatschte Julia selbständig und strahlte triumphierend zu-

erst Emily und dann Brian an. Emily setzte sich neben sie und nahm sie fest in die Arme. »Sie brauchen so notwendig unsere Anerkennung!« sagte sie zu Brian. »Können Sie sich vorstellen, daß es Eltern gibt, die sie ihnen verweigern?«

Er ging neben den beiden in die Hocke. »Ich habe sie gesehen. Ihre Kinder lassen fast nichts unversucht, um ihre Aufmerksamkeit zu erregen. Wenn sie es im Guten nicht schaffen, versuchen sie's im Bösen – und selbst diese Botschaft wird nicht immer verstanden. Einige Eltern wollen einfach nicht begreifen.«

»Und was passiert?«

»Die Kinder kommen ins Heim. Sie lernen andere Problemkinder kennen und hören von größeren und lohnenderen Coups, und eh' sie sich's versehen, haben sie ihre Eltern vergessen und wollen die Anerkennung ihrer neuen Freunde erringen. Es ist ein Teufelskreis.«

»Und wie durchbricht man ihn?«

»Ich habe keine Ahnung. Erziehungsanstalten sind nicht das Allheilmittel, das sich manche Leute erhofften. Man kann einem Jugendlichen in einer neuen Umgebung ein neues Selbstverständnis geben, aber sobald man ihn wieder in die alte Umgebung entläßt, ist sofort das alte Selbstverständnis wieder da – und die schlechten Einflüsse sind es auch. Unglücklicherweise kann man ihm in einer Demokratie nicht vorschreiben, wo er nach der Verbüßung seiner Strafe hinzugehen hat.«

»Das muß frustrierend für Sie sein.«

»Sehr. Einer der heftigsten Kämpfe eines Cops sind die gegen seinen eigenen Zynismus. Darum ist eine ›Luftveränderung‹ manchmal gut. Wie in meinem Fall. Ich vermisse hier zwar die Action, aber ich vermisse nicht die Anspannung, die damit verbunden ist. Ich schlafe jetzt besser.«

»Ist die Wohnung gemütlich?«

»Sie ist perfekt.«

Er lächelte sie an, und plötzlich fühlte sie sich sehr weiblich.

»Wann erwarten Sie Doug zurück?«
Emily akzentuierte jedes Wort. »Morgen in einer Woche.«
»Nicht dieses Wochenende?«
»Er will vorarbeiten – um die nächste Woche reinzuholen.« Als Brian für sie enttäuscht dreinschaute, sagte sie: »Das ist okay – macht es mir in gewisser Weise sogar einfacher.« Voller Schuldgefühle und Bedauern und – in diesem Augenblick – sogar voller Zorn auf Doug setzte sie hinzu: »Ich dachte, ich tue mal etwas ganz Besonderes.«
»Was?«
»Ich weiß es nicht – über ›etwas ganz Besonderes‹ bin ich noch nicht hinausgekommen.«
»Julia und ich gehen auf Entdeckungsreise. Wir wollen nach Norden – einfach so ins Blaue. Haben Sie Lust, mitzukommen?«
Die Idee gefiel ihr. Die Idee gefiel ihr sehr. »Das klingt schön – aber vielleicht sollten Sie und Julia lieber allein sein.«
»Wir sind jeden Abend allein – ich denke, die Abwechslung täte ihr gut. Mir auf jeden Fall.«

Emily fuhr mit. Sie brachen früh am Samstag morgen in Richtung Norden auf, aßen in Hanover, New Hampshire, zu Mittag, machten einen Spaziergang durch die Stadt und fuhren dann in östlicher Richtung weiter zu den Seen von South-Central Maine. Dort hielten sie an und ließen Julia auf den mit Tannennadeln bestreuten Wegen herumtollen, und danach setzten sie, weil die Kleine auf dem Rücksitz fest eingeschlafen war und sie keinen zwingenden Grund hatten, zurückzufahren, ihre Reise fort. Sie aßen in einer rustikalen Hütte, wo ein Kaminfeuer die abendliche Kälte abwehrte, frisch gekochten Hummer, und als die Vorstellung von den Landzungen im ersten Morgenlicht zu verführerisch wurde, als daß sie dieses Bild hätten versäumen wollen, mieteten sie sich in einem nahe gelegenen Motel ein.
Emily lag in ihrem Zimmer – nackt, da sie ja nichts für eine

Übernachtung dabeihatte – und genoß das Wohlgefühl, das ihren Körper mit einer herrlichen Wärme erfüllte. So hatte sie sich lange nicht gefühlt, war nicht sicher, daß sie sich überhaupt schon einmal so gefühlt hatte.

Sie analysierte ihren Zustand nicht, freute sich einfach daran, und das tat sie am nächsten Tag, während des Frühstücks, des Morgenspaziergangs am Strand und der gemächlichen Heimfahrt. Als sie die Stadtgrenze erreichten und in Grannick einfuhren, fühlte sie sich völlig gelöst, und als sie in die China Pond Road einbogen, wünschte sie, der Tag würde nie enden.

Dann sah sie zwei Streifenwagen vor Myras Haus stehen, und ihre heitere Ruhe fand ein jähes Ende. Sie setzte sich kerzengerade hin. »Da stimmt was nicht.«

Brian lenkte den Jeep in die Zufahrt. Emily sprang hinaus und rannte über die Sackgasse zu Myras Haustür, die aufgerissen wurde, ehe sie es tun konnte.

»Da sind Sie ja!« rief Myra. Sie zitterte und war blaß. »Ich hatte solche Angst. Zuerst gingen bei Ihnen drüben abends die Lichter nicht an, und dann über der Garage auch nicht, und als der Jeep nicht zurückkam, nahm ich an, daß Sie miteinander irgendwohin gefahren waren. Ich wartete und hielt Ausschau, aber als Sie heute auch nicht kamen, dachte ich, es sei etwas Schreckliches passiert.«

»Es geht mir gut«, versicherte Emily ihr. Ihre Augen schossen an denen der drei Polizisten vorbei zu Johns.

Aber Myra war noch nicht fertig. »Es sieht Ihnen so gar nicht ähnlich, ohne ein Wort zu verschwinden. Ich war überzeugt, daß er Ihnen etwas angetan hätte.«

»Brian?« fragte Emily verdutzt. »Er würde mir niemals etwas antun.«

»Natürlich würde Brian das nicht – ich rede ja auch nicht von Brian.«

»Wen meinen Sie denn dann?« wollte John wissen.

Die Frage schien Myra zu verwirren. »Nun ja, es hätte ja irgendein Mann kommen können ... irgendein Mann«, stammelte sie. »Doug hätte kommen können. Er ist ihr Mann. Ehemänner tun ihren Frauen häufig etwas an.«

»Tut mir leid«, entschuldigte Emily sich leise bei John. »Wir sind gestern losgefahren und fuhren einfach immer weiter.«

John hob die Hand, was besagte, daß sie ihm weder eine Entschuldigung noch eine Erklärung schulde. Als Brian hereinkam, empfing ihn ein merklich weniger nachsichtiger Blick von John, doch bevor Emily sich zu seiner Verteidigung aufschwingen konnte, sagte Myra: »Ich wollte nicht andeuten, daß ich es für möglich gehalten hätte, daß der Detective etwas Unrechtes getan hätte. Gott sei Dank sind Sie wohlauf«, wandte sie sich an Brian und dann an Emily: »Ich hatte solche Angst. Sie kommen doch zu meinem Grillfest am Mittwochabend, oder?«

»Natürlich«, nickte Emily. »Und ich bringe den Grill mit.«

»Ah!« Myra stieß einen tiefen Seufzer der Erleichterung aus. Sie legte ihre Hände aneinander und lächelte. »Das ist schön. Sehr schön. Vielleicht wird ja doch noch alles gut.«

Zwölftes Kapitel

Emily traf fieberhaft Vorbereitungen für Jills Heimkehr. Da von Doug keine Anregungen kamen – er erkundigte sich weder nach ihren Plänen, noch machte er Vorschläge, als sie ihn darum bat –, beschloß sie, einfach genügend Vorräte zu besorgen, um so gut wie jeder Situation begegnen zu können, die sich ergeben könnte. Sie backte Jills Lieblingskekse, packte den Tiefkühlschrank mit Leckerbissen voll und füllte die Küchenschränke. Sie lüftete Jills Zimmer und staubte sorgsam jedes ihrer geliebten Stücke ab, wobei sie darauf achtete, alles wieder genau an seinen Platz zu stellen. Sie öffnete keine Schublade und auch den Schrank nicht – insoweit respektierte sie Jills Forderung nach der Wahrung ihrer Intimsphäre.

Am Dienstag abend renovierte sie, um etwas gegen ihre Langeweile und ihre innere Unruhe zu tun, das Bad im ersten Stock mit der Tapete, die Doug gefallen hatte.

Mittwoch mittag suchte sie verzweifelt nach einer Beschäftigung, aber Kay war in der Schule, Celeste saß beim Friseur und ließ sich Strähnchen machen, und Myra lehnte es ab, Emily für das Grillfest backen zu lassen.

Und so machte sich Emily schließlich zu Fuß auf den Weg, um Grannick in seinem besten herbstlichen Gewand zu genießen. Die Luft war kühl, der Himmel blau. Ausstaffiert mit Sweatshirt und Leggins und von der Sonne beschienen, war ihr angenehm warm, und sie war ruhiger als gewöhnlich – aber nur, bis sie anfing nachzudenken. Dann kehrten, wie Schatten unter der Sonne, die alten Fragen zurück.

Wer bin ich? Worauf steuere ich zu?

Sie nahm ihren üblichen Weg in die Stadt, zählte dabei die viktorianischen Häuser in der LaGrange, bis sie sich zwang, damit aufzuhören. Aber sobald sie nicht mehr zählte, meldeten sich wieder die bohrenden Fragen. Was soll ich tun? Was soll aus mir werden?

Sie schaute im Drugstore auf ein Schwätzchen mit Mary Elizabeth vorbei und in der Buchhandlung auf ein paar Worte mit Connie Yeo. Da das Wetter so schön war, wanderte sie weiter zum Collegegelände, an den Läden vorüber, die die Studenten frequentierten, zum College selbst.

Hier gab es Arbeit – auch unabhängig von Petra. Wenn Emily zu Hause verzweifelte, könnte sie Schreiben lehren. Der Job war ihr einmal angeboten worden, doch damals hatte sie abgelehnt, weil sie sich nicht in ein Zeitkorsett zwängen lassen und ihr Arbeitstempo selbst bestimmen wollte.

Es könnte nicht schaden, ein zweites Buch zu schreiben – falls Doug sich damit abfände, was sie bezweifelte. Sie fragte sich, ob Kay und Celeste recht damit hatten, daß der Gedanke, sie könnte Erfolg haben, eine Bedrohung für ihn darstellte.

Von Sorge erfüllt, machte sie an den steinernen Säulen kehrt, die den College-Eingang flankierten, und wählte für den Rückweg die weniger spektakuläre Route vorbei am Autozubehörladen, dem Klempnerbedarfsladen und der Bushaltestelle. Als sie sich der letzteren näherte, hielt ein großer Bus und öffnete seine Türen für eine Schar rucksackbepackter Studenten, die am Straßenrand warteten. Als sie einstiegen, hätte Emily schwören können, Dawn zu sehen.

Sie hob die Hand, um zu winken, doch das Mädchen war bereits im Innern des Busses verschwunden. Die Türen schlossen sich, mit ächzendem Motor und eine giftige Abgaswolke ausstoßend setzte sich der Bus wieder in Bewegung. Emily fragte sich gerade, ob es wirklich Dawn gewesen war, als eine Hupe hinter ihr ertönte. Als sie sich umschaute, sah sie Brians Jeep. Ein Lächeln erhellte ihr Gesicht, sie ging zu dem sich senkenden Beifahrerfenster und legte die Arme auf den Rahmen.

»Haben Sie sich verlaufen?« fragte er, ihr Lächeln erwidernd.

Diese Augen! Ah, diese Augen! Sie fegten alles andere aus dem Kopf. »Nein. Ich mache nur einen Spaziergang. Es ist ein so schöner Tag. He – hübsche Krawatte.« Sie war mit kleinen rosa Schweinchen gemustert.

»Ich fand sie aussagekräftig.«

»Das ist sie auch. Sind Sie auf Streife?«

»So – so. Er langte rüber und öffnete die Beifahrertür.«

»Ist das denn erlaubt?«

»Wenn ich es sage.«

Unfähig, gegen solche Logik einen Einwand zu finden, stieg sie ein. Mit Brian zusammenzusein war ebenso aufmunternd wie ein schöner Herbsttag.

»Ich mache mich mit Straßen und Gesichtern vertraut«, erklärte er und fuhr an. »Sehen Sie die alten Knaben da droben?« Sie waren zu dritt und saßen vor einem Betonklotz von Gebäude unter einer abgenutzten Markise. »Sie sitzen immer dort. Um neun Uhr früh, mittags, nachmittags – ob das Wetter gut ist oder schlecht, an Wochentagen und Wochenenden. Das ist ihr Leben: die Straße beobachten.« Er winkte ihnen zu, als sie langsam vorbeirollten. Sie winkten zurück. »Sie kennen meinen Wagen inzwischen. Das ist gut – solche Burschen kann die Polizei brauchen: Sie sehen alles.«

Emily warf einen flüchtigen Blick zu den Männern hinüber und wandte sich dann wieder Brian zu. Er war eine »Studie in Kontrast«: ein Großstädter mit Kleinstädterseele, ein harter Cop mit weichem Vaterherz, ein gestählter Körper mit einer weichen Stimme. Mit seinen Jeans, dem Hemd und der Krawatte war er eine wahre Augenweide. Und dann war da noch sein Duft, der im Wagen hing. Sauber und maskulin.

Er schaute nicht weniger als dreimal zu ihr herüber, während sie ihn schamlos studierte, bevor er fragte: »Was hat Sie zu diesem Spaziergang veranlaßt?«

»Die Sonne.«

Er warf ihr einen vierten Blick zu – diesmal einen zweifelnden.

»Wirklich!« versicherte sie ihm, gerührt von seiner Besorgnis. »Es war nicht wie in den Nächten. Ich hatte meine Hausarbeit erledigt, draußen war es schön, und ich verspürte das Bedürfnis, mich zu bewegen.«

Sie fuhren hinter dem College herum, durch das Viertel, das den Spitznamen »Die Küche« trug, da hier das Dienstpersonal der Schule wohnte. Es war ein Viertel mit alten Zwei- und Dreifamilienhäusern, schiefen Veranden, vollgepackten Wäscheleinen und verrosteten Pick-ups, und die Schäbigkeit trat noch deutlicher zutage, als die Sonne hinter einer Wolke verschwand.

»Nichtstun liegt mir nicht«, sagte sie.

»Was ist mit der ›Sun‹?«

»Ich habe die zwei Artikel schon fertig – ich schreibe so schnell, daß Rod mit den Aufträgen nicht nachkommt. Ich brauche mehr Beschäftigung. Wenn Doug in Zukunft ebensoviel weg ist wie Jill, bekomme ich Probleme.«

»Was für Probleme?«

O Gott! Wo sollte sie anfangen? »Langeweile ... Einsamkeit Frustration ... Gereiztheit ... Neid ... Sehnsucht.« Der letzte Punkt kam ebenso überraschend für sie wie ihre Gedanken über ihre Weiblichkeit neulich – und es bestand ein Bezug zwischen beiden.

»Was für eine Sehnsucht meinen Sie?« hakte Brian ein.

Die, die nicht erlaubt ist, dachte sie, wurde jedoch der Notwendigkeit, das entweder laut zu sagen oder zu lügen, enthoben, weil sich das Funkgerät mit atmosphärischen Störgeräuschen zu Wort meldete.

Brian hörte hinein. »Drei Straßen weiter gibt es ein Problem«, sagte er und griff nach dem Mikrofon. Nachdem er seine Position durchgegeben hatte, sprach er kurz mit dem Verteiler, und dann gab er Gas. »Eine Frau hat gerade einen Voyeur gemeldet. Haben Sie Lust auf eine Fahrt?«

Was sollte sie tun? Was sollte aus ihr werden? Einen Einsatz mit Brian zu fahren, war ein reizvoller Gedanke. »Große.«

»Ihr Name ist Leila Jones.«

»Ich kenne Leila. Sie war in der Schule ein paar Klassen über Jill, aber sie spielten Fußball zusammen.«

»Waren sie befreundet?«

»Nein – sie hatten keine Zeit, Freundschaft zu schließen. Leila stieg in die nächste Stufe auf, wurde schwanger und verließ die Schule, die Fußballmannschaft, ihr ganzes Umfeld.«

»Wie alt war sie damals?«

»Vierzehn, als das erste geboren wurde. Inzwischen sind noch weitere dazugekommen.«

Er gab einen bedauernden Laut von sich, als er in Leilas Straße einbog und Sekunden später vor dem schäbigsten Haus in der Reihe anhielt. Es war dreistöckig, die Farbe blätterte ab, einige Fenster waren mit Brettern vernagelt, die mit Graffiti dekoriert waren, und im Vorgarten lag Spielzeug herum.

Brian löste seinen Sicherheitsgurt. »Wollen Sie im Wagen warten?«

»Eigentlich nicht.« Sie war es müde, Zuschauer bei anderer Leute Arbeit zu sein.

»Ich kann Sie nicht dazu überreden?« Seine Augen versuchten es. Sie stieg aus und ging auf das Haus zu.

Er überholte sie ohne Schwierigkeit und klingelte. »Aber lassen Sie mich reden.«

»Es könnte sein, daß die Klingel nicht funktioniert.«

Er klopfte. Kinderlaute, gemischt mit Fernsehgeräuschen, drangen aus dem Haus. Er klopfte lauter.

»Wohnt sie hier überhaupt? Im Parterre?«

»Das hat man mir wenigstens gesagt.«
Die Tür öffnete sich. Emily erkannte Leila sofort, die ein Kind auf dem Arm hatte, während ein zweites ihr Bein umklammerte, war allerdings bestürzt über den Zustand des Mädchens. Ihre Haare waren ungekämmt, ihre Kleider abgetragen, ihre Augen groß und müde. Sie sah fast ebenso alt und heruntergekommen aus wie das Haus, was die Dinge für Emily in die richtige Perspektive rückte: Bei all ihren Kümmernissen war ihr Leben weit angenehmer, gesicherter und geordneter als das Leben dieses Mädchens.
Brian zeigte ihr seine Marke. »Ich bin Detective Stasek. Ich wurde informiert, daß Sie bei der Polizei angerufen haben.«
Unsicher schaute Leila Emily an, bis er sagte: »Mrs. Arkin ist für heute nachmittag meine Verstärkung«, worauf sie beiseite trat, um sie einzulassen.
Das Innere des Hauses war ebenso deprimierend wie das Äußere. Fast alles war kaputt, abgeschabt oder geflickt. Zusätzlich zu den beiden Kindern, mit denen sie an der Tür erschienen war, gab es noch drei weitere Kinder, von denen zwei sich um ein Spielzeug stritten, während das dritte weinend in einer Holzkiste saß.
»Sei still!« herrschte Leila das weinende Kind an, worauf das Weinen noch lauter wurde. »Du kannst nicht mit den anderen spielen, weil du beißt!«
»Mommy – ich bin jetzt dran!« schrie einer der Streithähne. »Gib's mir, Lissie! Gib's mir!«
»Aber ich bin noch nicht fertig damit!« schrie Lissie.
»Du hast es schon viel zu lange!«
»Lissie – gib es Davis!«
Lissie drückte das Spielzeug an ihre Brust und beugte sich schützend vor, was Davis veranlaßte, auf seine Schwester einzuschlagen.
Leila stürmte hinüber, wodurch das Kind, das sich noch immer an ihr Bein geklammert hatte, plötzlich ohne Halt auf seinen

wackeligen Beinchen stand. »Davis Jones – schlag deine Schwester nicht so!« Sie zerrte das Kind am Arm weg. Hinter ihr gaben die Beine des sich selbst überlassenen Kindes nach, es landete hart auf seinem Hinterteil und begann zu heulen.

Emily hob das Kind auf. »He, he«, sagte sie besänftigend.

»So geht das den ganzen Tag«, klagte Leila. »Sie streiten und brüllen unentwegt.« Sie hatte Mühe, sich bei dem Tumult verständlich zu machen.

»Wie alt sind sie?« fragte Brian.

Leila deutete nacheinander mit dem Finger auf ihre Sprößlinge. »Sieben, fünf, vier, zwei – und zehn Monate.«

»Und wie alt sind Sie?«

»Einundzwanzig.«

»Ist auch ein Vater da?«

»Theoretisch schon – für die beiden kleinsten – aber er konnte den Krach auch nicht aushalten und ging. Sie gehen alle. Sie lassen mich einfach mit den Babys allein – aber wie soll ich für sie sorgen? Wie soll ich alles machen, was sie nicht können?«

»Müßte die Älteste nicht in der Schule sein?«

»Sie haben sie wegen Läusen heimgeschickt, und jetzt muß ich was dagegen tun und dafür sorgen, daß die anderen sich nicht anstecken, aber das schaffe ich nie – sie stecken sich immer an.«

»Ich dachte, Ihre Mutter hilft Ihnen«, sagte Emily.

»Das hat sie auch getan – bis das letzte Baby kam. Dann sagte sie, wenn ich so blöd gewesen wäre, mir noch eins anhängen zu lassen, könnte ich mich allein darum kümmern, aber ich weiß vor Arbeit nicht, wo mir der Kopf steht, und sie schreien immerzu.« Sie wandte sich an das Kleine in der Kiste, das nach wie vor weinte. »Sei still, Joey!« Sie deutete mit einem zitternden Finger auf Brian und umfaßte mit ihrem Blick die anderen Kinder. »Wißt ihr, wer dieser Mann ist? Er ist Polizist, und er wird euch mitnehmen und ins Gefängnis sperren und da verrotten lassen, wenn ihr nicht augenblicklich still seid!«

Emily drückte den Kopf des Kindes, das sie auf dem Arm hatte, an ihre Brust. Leilas Stimme ging schon ihr durch Mark und Bein – sie konnte sich vorstellen, wie die Kinder sie empfanden. Leila sendete Panik aus – und die Kinder fingen das Signal auf. Im Kontrast dazu sagte Brian mit völlig ruhiger Stimme: »Erzählen Sie mir von dem Mann, der bei Ihnen ins Fenster geschaut hat. Kennen Sie ihn?«
»Nein.«
»War er früher schon mal hier?«
»Das weiß ich nicht.«
»Was genau hat er getan?«
»Ich habe Hunger, Mama!«
»Ich will rausgehen!«
Leila befreite sich von den beiden Älteren, die das Spielzeug vergessen hatten, um das Minuten vorher der heftige Streit entbrannt war, und nun an ihrem T-Shirt zupften. »Du kannst nicht rausgehen«, erklärte sie dem kleinen Mädchen. »Es wird gleich regnen.« Zu Brian sagte sie: »Er schlich ums Haus, schaute in die Fenster. Hör auf, an mir herumzuzerren. Davis! Lissie – hol Davis einen Keks.«
»Ich will keinen Keks – ich will Käse.«
»Es ist keine Käse da. Lissie – hol ihm einen Keks.«
»Die Fenster sind hoch über dem Boden«, konstatierte Brian. »Meinen Sie, daß er herauf geschaut hat?«
»Ja.«
»Können Sie ihn mir beschreiben?«
»Ein dunkler Typ – dunkel angezogen, dunkle Haare.«
Brian machte sich Notizen in einem kleinen Büchlein. »Kaukasier?«
»Ja.«
»Ich will rausgehen, Mama«, quengelte Lissie.
»Ich hab dir gesagt, du sollst Davis einen Keks holen.«
»Wie alt war er?« wollte Brian wissen.

»Weiß ich nicht. Er hatte einen Hut auf.«
»Was für eine Art Hut?«
»Na ja – es war kein richtiger Hut. Eher eine Baseballkappe.«
»Mit einem Emblem?«
»Ich weiß nicht. Vielleicht.«
»Mit einem Schriftzug? Einem Bild?«
»Das konnte ich nicht sehen.«
»Mama, mach den Fernseher an!«
»Nein, Davis – er ist kaputt!« Davis lief nach nebenan. »Joey – hör auf zu plärren!«
»Können Sie mir sagen, wie groß er war?« fragte Brian. Sie hob die Hand, um es zu demonstrieren.
»War er stämmig?«
Sie überlegte kurz und zuckte dann mit den Schultern.
»Hatte er irgend etwas Ungewöhnliches an sich? Irgendein besonderes Kennzeichen?«
»Ich habe nicht darauf geachtet – dazu war ich viel zu nervös. Er schlich immer wieder ums Haus und schaute zu uns herauf. Es machte den Kindern angst. Es sah nicht so aus, als käme er einfach nur so hier vorbei – es schien eher so, als ob er was suchte.«
Emily fragte sich gerade, ob er vielleicht zu entscheiden versuchte, was er als erstes reparieren sollte, als Brian fragte: »Wäre es nicht möglich, daß er vielleicht den Auftrag bekommen hat, das Haus zu streichen?«
»Er hatte nichts bei sich. Er schaute bloß zu uns herein, schlich ums Haus und schaute rein.«
»Wem gehört dieses Haus?«
»Ray Telly. Er wohnt im dritten Stock.«
Brian notierte sich das. »Dieser Mann, der ums Haus schlich – hat er gesehen, daß Sie ihn bemerkt haben?«
»Das muß er, weil die Kinder zu ihm rausschauten. Ich schrie ständig, sie sollten vom Fenster weggehen, aber sie folgten

einfach nicht. Er wird wiederkommen – das weiß ich. Vielleicht will er einem der Kinder was antun.«

Emily überlief ein Schauer der Erinnerung.

Mit sanfter Stimme fragte Brian: »Warum sollte er das wollen?«

»Weiß ich auch nicht – aber es könnte was Schreckliches passieren, wenn er wiederkommt. Ich kann die Kinder nicht unentwegt im Auge behalten.« Im hinteren Teil des Hauses krachte es. Sie stürzte davon, dicht gefolgt von Brian und Emily.

Leila kreischte schon, ehe sie die Küche erreichte. »Davis! Was hast du gemacht!? Ich habe Wasser heiß gemacht, um das Baby zu baden, und jetzt hast du es auf den Boden geschüttet! Warum hast du das getan?«

Brian legte die Hand auf ihren Arm. »Ihn anzuschreien wird nichts nützen.«

»Und was nützt etwas?« schrie sie Brian an. »Ich habe alles versucht, aber sie folgen einfach nicht.« Ihr magerer Körper zitterte. Sie stand am Rande eines hysterischen Ausbruchs.

Emily wurde von tiefem Mitleid ergriffen. »Gibt es denn niemanden, der Ihnen ein bißchen helfen könnte?«

Leila rückte das Baby auf ihrem Arm zurecht, nahm einen schmutzigen Lappen von der Arbeitsfläche und ließ ihn in die Pfütze auf dem Boden fallen. »Es will mir niemand helfen. Aber wenn ich ganz allein bin, wird der Mann reinkommen und irgend etwas Schreckliches tun.«

»Sie haben keine Ahnung, wer er war?« fragte Brian.

»Nein – das habe ich Ihnen doch gesagt. Ich habe ihn vorher noch nie gesehen.«

Brian steckte sein Notizbuch wieder ein. »Ich sage Ihnen was: Ich werde mich draußen mal umsehen, und dann werde ich mich bei den Nachbarn umhören, ob sie etwas gesehen haben.« Er wandte sich an Emily, doch sie kam ihm zuvor.

»Ich werde mich hier ein wenig nützlich machen, bis Sie draußen fertig sind.«

Sie tat, was sie konnte. Als Brian zurückkam, waren die beiden kleinsten Kinder gebadet und frisch gewickelt, die drei anderen spielten unter einer über den Tisch ausgebreiteten Decke »Höhle«, und Leila kochte in der andeutungsweise geputzten Küche einen Topf Spaghetti.

Sie schaute Brian erwartungsvoll an.

»Ich habe nicht viel erfahren«, gestand er. »Aber ich nehme die Informationen, die ich habe, mit aufs Revier und gebe sie an die Kollegen weiter. Wir werden das Haus ein paar Tage im Auge behalten. Klingt das akzeptabel?«

Leila schluckte. Sie schaute Emily an und dann Brian und nickte.

»Was haben Ihre Nachforschungen ergeben?« erkundigte Emily sich, als sie zum Wagen gingen.

»Fußspuren in der Erde ums Haus – lauter verschiedene, und Zigarettenstummel von unterschiedlichen Marken. Ich habe die Nachbarn auf beiden Seiten befragt und die Leute, die oben im Haus wohnen. Niemand hat einen Fremden herumschleichen sehen.«

»Und was machen wir jetzt?«

»Wir?« fragte er mit einem Mundwinkellächeln. »Wir machen gar nichts. Ich schreibe meinen Bericht und behalte sie im Auge.«

»Sie braucht Hilfe.«

»Sie braucht die Pille. Warum kriegen diese Kids ein Kind nach dem anderen? Sie kommt schon mit vieren nicht zurecht, aber sie bekommt ein fünftes! Ich begreife das nicht.«

»Vielleicht ist Sex die einzige Freude, die sie im Leben hat«, bot Emily als Erklärung an. »Vielleicht ist das die einzige Zeit, in der sie sich geliebt fühlt.«

»Okay – sie soll ja nicht auf Sex verzichten. Aber sie soll was für die Verhütung tun, um Himmels willen!« Er beugte sich zum Lenkrad vor und schaute zum Himmel hinauf. »Es wird dunkler da draußen. Meinen Sie, es wird regnen?«

»Meine Güte – ich hoffe nicht. Myra wäre verzweifelt.«
»Wann sollen wir dort sein?«
»Um sechs.«
»Ich fahre Sie schnell nach Hause, liefere meinen Bericht ab und hole Julia. Okay?«
»Okay.«

Julia war merkwürdig still, als Brian ankam. Sie wackelte auf ihn zu und legte das Köpfchen an seine Schulter, als er sie hochhob. Er spürte, schon ehe Janice es sagte, daß etwas nicht in Ordnung war. »Ich glaube, sie fühlt sich nicht besonders. Vielleicht brütet sie eine Erkältung aus.«
Eine Welle der Panik erfaßte ihn. Julia war noch nie krank gewesen, seit sie allein waren. Genau gesagt war sie überhaupt noch nie krank gewesen. »Und was tue ich gegen eine Erkältung?«
»Fangen Sie mit Baby-Aspirin an. Sie erscheint mir warm. Sollte sie ein Zäpfchen brauchen, wird Ihr Kinderarzt eine Sorte empfehlen.«
Brian wagte nicht, das Risiko einzugehen, später Zäpfchen zu brauchen und dann keine zu haben. Er hielt auf dem Heimweg beim Drugstore an und kaufte außer Aspirin gleich auch noch die Zäpfchen, die der Kinderarzt am Ort laut Harolds Aussage bevorzugt verordnete. Zusätzlich nahm er für alle Fälle Hustensaft und ein Mittel gegen Magenübersäuerung mit.
Julia lehnte, während er bezahlte, still an seiner Schulter, und weil sie sich warm und knuddelig anfühlte und ungewöhnlich friedlich war, schlenderte er mit ihr nach hinten zum Fotoautomaten.
Er kramte Vierteldollarmünzen aus seiner Tasche und trat in die Kabine. »Grammie wird nicht merken, daß es dir heute nicht gutgeht. Ich glaube, sie nimmt es mir nicht ab, wenn ich ihr sage, daß wir wunderbar zurechtkommen und uns wohl fühlen, und

deshalb werden wir jetzt ein Foto machen und es ihr schicken. Na, dann los. Schnell und schmerzlos. Ein Vierteldollar, zwei, drei, vier. Fertig.« Er setzte sich zurecht und stupste Julia an. Als sie nicht reagierte, schaute er in ihr Gesicht. Ihre Augen waren geschlossen, die Lippen leicht geöffnet und feucht. Sie schlief fest.

Er brummte, als der erste Blitz aufflammte, und gab ihr einen erneuten Stups. »Wach auf, Süße – es ist Zeit, für Grammie zu lächeln.« Er richtete sie ein wenig auf, doch sie sackte sofort wieder in sich zusammen, schmiegte sich, gleichgültig, welche Haltung er ihr zu geben versuchte, wie ein schlaffes Tuch an seine Schulter. Der zweite Blitz zuckte, doch sie atmete tief und regelmäßig weiter. Ihre Wange war gerötet. Er legte behutsam die Hand darauf und erschrak über die Wärme. Seufzend fragte er: »Noch immer keine Lust auf ein Foto?«, als der dritte Blitz aufleuchtete, und dann sagte er: »Ach, was soll's«, und produzierte für den vierten ein breites Lächeln.

Sie wachte nicht auf, als er sie im Wagen angurtete, und verschlief die ganze Heimfahrt, doch als er sie in ihr Bettchen legen wollte, fing sie an zu weinen. Das machte es ihm leicht, ihr das Aspirin zu verabreichen. Als das erledigt war, ließ er sich mit ihr im Schaukelstuhl nieder. Wieder zufrieden kuschelte sie sich an ihn.

Myra schaute mit finsterem Blick zum Himmel hinauf. Sie verstand das nicht. Den ganzen Tag hatte die Sonne bei angenehm frischer Luft von einem blauen Himmel heruntergestrahlt, und jetzt, da sich die Zeit für ihr Grillfest näherte, zogen Wolken auf.

Sie hatte für sechs Uhr eingeladen. Vielleicht würde der Regen noch ein wenig auf sich warten lassen. Vielleicht würde es ja auch überhaupt nicht regnen, und wenn es nur bewölkt wäre, könnten sie im Garten bleiben. Sie hatte Kerzen für später zurechtgestellt, wenn es dunkel würde, weiße Kerzen in hübschen kleinen Glasbechern, die sie an die in der Kirche erinnerten.

Sie schaltete das Radio in der Küche ein und bewegte den Sucher auf der Skala hin und her, über Musik hinweg und bei Texten jeweils kurz verharrend, bis sie die Worte hörte, auf die sie aus war. »... im Süden klar bis zum Pike. Die Wetteraussichten sind allerdings nicht sehr vielversprechend. Es werden Wolken erwartet ...«

»Sie sind schon hier!« rief sie.

»... bei Einbruch der Dämmerung ist mit Regen zu rechnen, der die Nacht hindurch anhalten wird.«

Sie machte das Radio aus und warf einen besorgten Blick auf die Uhr. Es war halb sechs. Die Dämmerung setzte erst um Viertel nach sechs ein. Sie hatten eine Chance.

Aber wenn die Wolken schon da waren, bedeutete das, daß Grannick dem Rest der Welt voraus war, was wiederum bedeutete, daß es jede Minute anfangen könnte zu regnen.

Sie versuchte, Emily anzurufen, wurde jedoch mit dem Anrufbeantworter konfrontiert und legte auf. Sie haßte diese Maschinen. Eine Maschine konnte ihr nicht sagen, daß Emily im Bad war, wo sie sich ohne Zweifel befand. Sie war spazieren gewesen – Myra hatte sie weggehen sehen. Und dann hatte Brian sie mit dem Wagen nach Hause gebracht und war wieder weggefahren. Vor ein paar Minuten war er mit Julia wiedergekommen.

Sie wählte erneut Emilys Nummer, schnitt der Maschine das Wort ab, indem sie auflegte, zählte bis zehn, bevor sie erneut wählte, legte wieder auf, zählte noch einmal. Nach noch dreimaliger Wiederholung dieses Spiels nahm Emily den Hörer ab.

»Emily – ich weiß, daß Sie in der Wanne waren, und es tut mir sehr leid, Sie rausgeholt zu haben, aber Sie sagten, Sie würden mir mit der Holzkohle helfen, damit wir eine ordentliche Glut zustande bringen, und es ist Zeit.«

»Myra! Gütiger Himmel – ich hatte schon Angst. Ich konnte mir nicht denken, wer da immer und immer wieder anrief.«

»Die Wolken sind schon da – früher als sie im Radio gesagt haben, und deshalb müssen wir uns beeilen.«

»Das ist doch kein Problem, Myra – dann essen wir eben drinnen.«

»Aber ein Grillfest findet immer draußen statt – wenn wir drin essen, ist der Zweck der Party verfehlt. Und darum dachte ich, Sie könnten vielleicht jetzt schon rüberkommen, damit wir anfangen können. Brian rufen wir dann an, sobald die Glut soweit ist. Machen Sie schnell, Emily.«

»Zehn Minuten zum Anziehen müssen Sie mir schon zugestehen.«

»Zehn Minuten. Oje. Ich denke, ich kann schon mal anfangen, die Sachen aus dem Kühlschrank zu nehmen. Länger werden Sie doch nicht brauchen, oder?«

Sie legte den Hörer auf und schaute aus dem Fenster. Unter der Weide lag neben der Bank auf dem Gras die schöne grüne Decke, die sie dort ausgebreitet hatte, und darauf leuchteten die bunten Pappteller und Servietten, die sie in der Stadt gekauft hatte. Im Licht der Gartenlampen wirkten die Farben intensiver – und der Himmel dagegen dunkler.

Eiligst begann sie, die Ergebnisse von zwei Tagen Arbeit aus dem Kühlschrank zu holen. Sie hatte drei verschiedene Salate gemacht: Kartoffel-, Karotten-Rosinen- und Fünferlei-Bohnen-Salat, den Frank so liebte. Sie hatte Maisbrot gebacken und Champignonköpfe gefüllt. Sie hatte Tomaten und Zwiebeln in Scheiben geschnitten, Kompott gekocht und Punsch angesetzt. Da sie Brians Vorlieben nicht kannte, hatte sie normale Chips gekauft, gerippte Chips und Barbecue-Chips, Ketchup, grünes und rotes Relish, süßen und mittelscharfen Senf und grüne und schwarze Oliven.

Sie eilte zwischen Küche und Garten hin und her, stellte Schüssel nach Schüssel auf die Decke und trug gerade die Platte mit dem Fleisch hinaus, als Emily eintraf.

»Keine Minute zu früh. Beeilen Sie sich, Emily. Machen Sie den Grill an. Wir haben keine Sekunde zu verschenken.«

»Hamburger, Hot dogs und Hühnchen? Myra – Sie haben ja genug eingekauft, um eine Armee zu verköstigen.«

Myra sah die Weide sich im Wind wiegen. »Oje! Der Wind frischt auf. Schnell, Emily. Schnell!« Sie hatte noch nicht zu Ende gesprochen, als sie die ersten Regentropfen trafen.

»O nein!« jammerte sie. »Ich habe so lange auf diesen Abend gewartet. Es darf jetzt nicht regnen! Das macht meinen ganzen Plan zunichte.«

»Aber nein, Myra.« Emily lud sich die Arme mit den Schüsseln voll, die Myra gerade erst herausgebracht hatte. »Wir essen einfach drinnen. Bringen wir die Sachen ins Haus zurück.«

»Aber das Fest muß hier stattfinden!« rief Myra. »Sonst hat es doch gar keinen Sinn!«

Emily lief, so schnell es ihre Last zuließ, zum Haus. Myra starrte auf das Tischtuch auf der Decke hinunter, das noch Augenblicke zuvor so hübsch ausgesehen hatte und nun naß wurde, und trauerte um die verpaßte Gelegenheit.

Sie schaute zum Himmel hinauf. Frank mußte irgendwo da oben sein – eine andere Erklärung hatte sie nicht: Er beherrschte ihr Leben immer noch.

»Kommen Sie, Myra!« drängte Emily und nahm sie bei der Hand. »Sie werden ja klitschnaß.«

Myra spürte den kalten Regen nicht, der sie bis auf die Haut durchnäßte, während sie ins Haus geführt wurde – alles, was sie empfand, war ein altbekanntes Gefühl der Unterlegenheit.

Brian kam es sehr gelegen, daß sie im Haus aßen – mit der erneut an seiner Schulter schlafenden Julia war es wesentlich bequemer – doch die arme Myra blieb niedergeschlagen, obwohl ihre Gäste nichts unversucht ließen, um sie aufzuheitern. Sie machten ihr Komplimente, sie lobten das Essen, den Punsch und die Papierteller mit den großen Herbstblumen. Brian für seinen Teil aß viel mehr, als er eigentlich wollte, nur um ihr zu zeigen, wie gut es ihm schmeckte, und er blieb viel länger, als er es angesichts von Julias Zustand ursprünglich vorgehabt hatte. Doch irgendwann kam unweigerlich der Augenblick des Aufbruchs. »Danke, Myra«, sagte er an der Tür. »Es war lieb von Ihnen, uns einzuladen.«

»Ich hatte mir so gewünscht, daß wir draußen sitzen könnten«, erwiderte sie mit kummervoller Miene.

»Das machen wir ein andermal.«

Sie dachte einen Moment darüber nach und schaute dann zu ihm auf. »Wirklich?«

»Wirklich.«

»Bald?«

»Wenn der Schnee sich noch ein bißchen Zeit läßt – ansonsten im nächsten Frühling.«

»Dann bin ich vielleicht nicht mehr da!«

Emily legte den Arm um sie. »Sie werden bestimmt noch dasein. Danke fürs Abendessen, Myra – es war alles wunderbar.«

Brian gab Julia an Emily weiter und spannte seinen Schirm auf. Dann zog er die beiden nahe zu sich heran, damit sie beim Überqueren der Sackgasse nicht naß würden.

Vor ihrer Haustür sagte Emily: »Ich würde Sie gerne noch hereinbitten, aber Julia gehört ins Bett.«

Er schaute auf seine Tochter hinunter: Ihre Nase hatte zu laufen begonnen. »Ich habe noch nie eine Erkältung mit ihr durchgestanden.«

»Geben Sie ihr weiter Aspirin. Wenn sie sich heiß anfühlt und quengelig wird, stecken Sie sie in ein lauwarmes Bad – das senkt das Fieber. Es kann sein, daß sie ab und zu weinend aufwacht, aber das liegt dann daran, daß sie nicht weiß, warum sie sich schlecht fühlt. Reden Sie ihr nur immer gut zu, dann beruhigt sie sich auch wieder.«

Brian hielt sich buchstabengetreu an diese Worte. Er badete Julia, zog ihr ihren Pyjama an und setzte sich mit ihr im Arm in den Sessel. Und er hielt sie noch lange, nachdem sie eingeschlafen war, im Arm – aber nicht, weil er dachte, daß Gayle das getan hätte: Gayle wäre im Bett gewesen und hätte mit Blick auf den nächsten arbeitsreichen Tag fest geschlafen. Nein – er hielt Julia im Arm, weil er sich erinnerte, als Kind selbst so im Arm gehalten worden zu sein. Er erinnerte sich daran, versorgt und geliebt worden zu sein – und er wollte, daß Julia das ebenso empfände. Es war fast elf, als er Julia schließlich in ihr Bettchen trug, sie hineinlegte, ihr Häschen dicht neben sie, und sie zudeckte. Dann blieb er noch eine Minute über sie gebeugt, um sicherzugehen, daß sie schlief, duschte schnell und schaute noch einmal nach ihr, ehe er in das große Zimmer zurückkehrte, das Sofa zum Bett auszog und sich ausstreckte.

Er war so schnell eingeschlafen, daß kaum Zeit für Einsamkeits- oder Angstgefühle blieb, doch beide trafen ihn mit voller Wucht, als er einige Stunden später von einem entsetzlichen Geräusch geweckt wurde. Es kam aus Julias Zimmer.

Dreizehntes Kapitel

Julia saß weinend in ihrem Bettchen, doch es klang völlig anders als sonst. Zuerst dachte er, sie sei am Ersticken, doch als er sie heraushob und das Licht anmachte, sah er, daß sie nicht blau angelaufen war. Ihre Wangen waren gerötet, und ihre Nase lief. Die Geräusche, die sie von sich gab, schienen sie ebenso zu ängstigen wie ihn.

Er wickelte sie in ihre Decke, hetzte ins andere Zimmer, riß den Hörer von der Gabel, um Emily anzurufen und fuhr gleichzeitig in seine Joggingschuhe.

»Hallo?« sagte eine verschlafene Stimme.

»Julia macht entsetzliche Geräusche beim Atmen. Hören Sie sich das an.« Er hielt Julia den Hörer vor den Mund, die pflichtschuldigst ein pfeifendes Röcheln produzierte. »Hören Sie das? Ich bringe sie ins Krankenhaus.«

»Nein, nein, Brian – tun Sie das nicht. Das ist nicht nötig. Noch nicht, zumindest. Sie hat einen Pseudokrupp.«

»Einen Pseudokrupp?«

»So nennt man eine Kehlkopfentzündung bei Kleinkindern. Sie braucht feuchte Luft. Ich habe einen Luftbefeuchter, den hab ich damals für Jill angeschafft. Ich bringe ihn gleich rüber. In der Zwischenzeit gehen Sie mit Julia ins Bad, machen die Tür zu und lassen die Dusche so heiß wie möglich laufen – dann bildet sich Dampf. Ich werde den Luftbefeuchter in ihrem Zimmer in Gang setzen. Ist die Tür unten offen?«

»In zwei Sekunden wird sie es sein.«

Er legte auf, rannte hinunter, sperrte die Tür auf, rannte hinauf

und ins Bad – Julia immer auf dem Arm. »Na, dann wollen wir mal«, sagte er zu ihr, als er die Dusche aufdrehte. »Volle Kraft voraus und auf ›heiß‹.« Er putzte ihr mit einem Papiertaschentuch die Nase. »Das wird dir helfen – Emily kennt sich aus.«
Einen Augenblick lang hatte er sich einen Raum der Notaufnahme des Krankenhauses vorgestellt, mit Schläuchen und Beatmungsgeräten, und Ärzte, die ihn mit Bedauern im Blick beiseite nahmen. Er hatte sich vorgestellt, Julia zu verlieren.
Aber sie hockte sicher auf seinem Arm, schaute sich im Bad um, das sich zunehmend mit Nebel füllte, und wirkte wach und interessiert. Es kamen zwar noch immer die heiseren Laute aus ihrer Kehle, wenn sie atmete, doch jetzt, da dieses Geräusch einen Namen hatte, war es nicht mehr so unheimlich.

Emily holte den Luftbefeuchter aus dem obersten Regal des Wäscheschranks, zog einen Pullover über ihr Nachthemd und rannte durch den Regen über die Zufahrt zur Garage hinüber, riß die Tür auf, eilte die Treppe hinauf, lief durchs Wohnzimmer und klopfte leise an die Badezimmertür.
Brian öffnete sie gerade weit genug, damit sie sich hindurchzwängen konnte. Sie stellte das mitgebrachte Gerät aufs Waschbecken und wandte sich an Julia. »He, kleine Hübsche«, sie streichelte ihre Wange, »du hast deinem Daddy ja einen ganz schönen Schrecken eingejagt.«
Julia erwiderte das Streicheln auf eine Weise, die Emily dahinschmelzen ließ – um so mehr, als sie ein heiser geröcheltes »Em-miiie«, damit verband.
»Armes Baby. Du hörst dich ja schrecklich an. Dabei geht es dir wahrscheinlich gar nicht schrecklich. Habe ich recht?«
Julia deutete auf die Dusche. »Daddy la-lu.«
»Eindeutig Pseudokrupp«, diagnostizierte Emily.
»Und wie lange dauert das?«
»Das Schlimmste wird am Morgen überstanden sein. Tatsäch-

lich ist das Schlimmste wahrscheinlich schon jetzt überstanden: die Panik beim ersten Mal.«

»Ich wette, Sie sind nicht in Panik geraten.«

»Machen Sie Witze? Ich dachte, Jill ersticke an irgendwas, das ich in ihrem Bettchen liegengelassen hätte. Doug rannte kopflos durch die Gegend und brüllte mich nieder. Es war ein Alptraum.« Sie nahm den Deckel des Luftbefeuchters ab und ließ Wasser in den Behälter laufen. »Ich werde das Gerät in ihrem Zimmer in Gang setzen.«

Es dauerte nicht lange. Sobald ein dünner Nebelschleier aufstieg und sich im Raum verteilte, machte sie die Tür zu, damit nichts davon entwich, und kehrte ins Bad zurück. Brian saß mit dem Rücken an die Badewanne gelehnt auf dem Boden, und Julia zwischen seinen Beinen, wo sie sich ein Vinyl-Bilderbuch anschaute.

»Sie wirkt mopsfidel«, bemerkte Brian. »Ich wünschte, ich könnte das auch von mir sagen – die Angst vorhin hat mich um Jahre altern lassen.«

So sah er aber nicht aus, dachte Emily. Sie fand, daß er wundervoll aussah mit seinen sehnigen Armen und den behaarten Beinen. Er war der Prototyp des modernen Vaters, der sich um sein Kind kümmerte, und er wirkte dabei so lieb und sanft, daß ihr fast die Tränen kamen. Die Tatsache, daß er nichts als graue, enganliegende Boxershorts trug, betonte den Kontrast des Bildes »Mann mit Kind«.

Brian schaute auf Julia hinunter. »Sie sieht hellwach aus.«

»Das bin ich auch. Komisch, wie ein Schrecken das schafft.«

Er richtete seinen Blick auf sie, der voller Zuneigung war – und müde. »Tut mir leid, daß ich Sie geweckt habe.«

»Seien Sie nicht albern – ich hätte es Ihnen übel genommen, wenn Sie es nicht getan hätten. Ich will nicht behaupten, daß ich auf alles eine Antwort weiß, und wenn sie jetzt schlimmer klänge, würde ich sie beide höchstpersönlich ins Krankenhaus

fahren – aber wenn man die Chance auf eine einfache Erklärung hat, warum soll man sie dann nicht nutzen?«
»Ich bin Ihnen sehr dankbar.«
Sie lächelte. »Das macht es zu einer besonderen Freude, Ihnen zu helfen.« Mit dem Gedanken, daß Doug nie für irgend etwas dankbar war, langte sie über ihn hinweg und drehte den Wasserhahn der Dusche zu. »Die Feuchtigkeit wird sich noch eine ganze Weile halten.«
»Wie lange sollen wir noch hierbleiben?«
»Ein paar Minuten – dann müßte die Luft in ihrem Zimmer feucht genug sein.« Emily kam kurz der Gedanke, daß sie jetzt eigentlich wieder nach Hause gehen könnte, doch sie war wirklich hellwach, und außerdem rappelte Julia sich gerade vom Boden auf und kam mit dem Buch in den hochgereckten Händchen zu ihr gelaufen. »Was ist denn das? Ein Buch? Wie hübsch. Worum geht es darin?« Sie schlug es auf. »Ah – ein Haus, das sprechen kann. Wollen mal sehen, was es sagt.« Sie gingen beide in die Hocke und schaute sich gemeinsam das Buch an. Nach einer Weile fand sie es bequemer, sich auf den Boden zu setzen, und Julia machte es sich zwischen ihren im Schneidersitz überkreuzten Beinen gemütlich.
»Wie freundlich sie jetzt ist«, bemerkte Brian. »Läßt das für die Zukunft hoffen?«
»Na, eher erleichtert – sie hat sich doch auch gefürchtet.«
»Hund«, röchelte Julia und deutete auf das Bild, wobei sie Emily anschaute.
»Es ist zwar in Wirklichkeit ein Eichhörnchen«, sagte Emily nach einem kurzen Blick, »aber das ist schwer auszusprechen, also nennen wir es ›Hund‹.«
»War Jill als Kind oft krank?«
»In der ersten Zeit, als sie mit anderen Kindern in Kontakt kam, ja – aber dann baute sich ihr Immunsystem auf.«
»Dann hat sich Julia bei Janice angesteckt.«

»Wahrscheinlich – aber der Pseudokrupp ist ihre spezifische Reaktion auf eine Erkältung. Viele Kinder bekommen keinen, wenn sie erkältet sind. Jill bekommt noch heute Kehlkopfentzündung.«

Julia kletterte aus der Mulde zwischen Emilys Beinen, ließ das Buch dort liegen und ging zu Brian hinüber. Er hob sie hoch, und sie legte ihren Kopf an seine Schulter, schob den Daumen in den Mund.

»So ist es gut«, sagte er. Als sie kurz bellend hustete, strich er ihr über die Locken. Er war jetzt ruhiger und gab diese Ruhe an seine Tochter weiter.

»Ich muß gehen«, sagte Emily, doch seine Augen fingen die ihren ein, und dann hustete Julia wieder, als wolle sie seinen Protest unterstützen – und diesmal länger und lauter. »Haben Sie Hustensaft da?«

»In der Küche – auf der Arbeitsfläche.«

»Haben Sie ihr schon welchen gegeben?«

»Noch nicht.«

Emily stand auf, um ihn zu holen. Als sie zurückkam, hatte sie nicht nur den Sirup, sondern auch das Aspirin dabei, ging neben Brian in die Knie, der Julia in seinem Arm ihr zudrehte. Das Aspirin war kein Problem – Julia zog sogar noch an dem Sauger, als das Fläschchen leer war. Der Hustensaft war ein anderes Kapitel. Irgendwie gelangte der Geruch durch ihre verstopfte Nase, noch bevor sie den Sirup gekostet hatte, und sie wand sich, um ihm zu entgehen. Als Brian sie festzuhalten versuchte, wehrte sie sich wie eine Wilde.

Am Ende waren vier Erwachsenenhände und die zweimalige Füllung des Tropfenzählers vonnöten, bis ihr die genaue Dosis verabreicht war, und bis dahin waren sowohl Brians Brust als auch Julias Schlafanzug klebrig von dem Zeug, und ihr Schreien war nur noch ein stoßweises Schluchzen.

Er trug sie in ihr Zimmer und ging in dem kleinen Raum mit ihr auf und ab, redete besänftigend auf sie ein und rieb ihren Rücken, um sie zu beruhigen. Nach einer Weile nahm Emily sie ihm ab, damit er sich den Sirup abduschen konnte. Als er zurückkam, hatte sie Julia umgezogen und saß im sanften Schein der Lampe mit ihr im Schaukelstuhl.

»Soll ich übernehmen?« fragte Brian.

Aber Emily war zufrieden – sie tat, was sie am besten konnte, was sie liebte. »Es geht mir gut – aber Sie müssen erschöpft sein. Legen Sie sich hin – ich bleibe noch ein Weilchen mit ihr hier sitzen.«

»Das ist meine Aufgabe.«

»Das ist Ihre Arbeit auch – und die wartet in aller Frühe auf Sie. Ich habe keine.«

»Ich möchte Sie nicht ausnutzen.«

»Wenn ich es Ihnen anbiete, ist es kein Ausnutzen. Gehen Sie schlafen, Brian.«

Er streckte sich auf dem kleinen Teppich vor dem Kinderbett aus, griff dann jedoch noch nach dem Kissen, das Emily runtergefallen war, als sie sich in den Schaukelstuhl sinken ließ. Sie wollte ihm sagen, daß sie nicht gemeint habe, er solle auf dem Fußboden nächtigen, doch da schlief er schon.

Also schaukelte sie mit ihrer warmen, süßen Last an der Brust weiter und gab sich alle Mühe, ihren Blick von der langen, bäuchlings ausgestreckt daliegenden Gestalt abzuwenden, doch er kehrte immer wieder zurück. Brians Körper war noch feucht vom Duschen, das Haar auf Kopf und Gliedern dunkler als der übliche Honigton. Sein Rücken war durchtrainiert, oben breit und unten schmal, die Taille fest, der Po straff.

Sie summte leise ein Lied für Julia und schloß die Augen, doch das Bild hielt sich hartnäckig hinter ihren Lidern, und dann begannen ihr kleine Dinge einzufallen – welchen Trost sie empfand, als er sie im Arm hielt, den Genuß dabei, die Art, wie seine Augen sie dahinschmelzen ließen, daß er sie als schön bezeichnet hatte. Sie erinnerte sich an das Gefühl des Erwachens, das sie empfunden hatte, als sie sich auf dem Felsen am Teich sonnte, das intensive Gewahrwerden ihrer Weiblichkeit, die Erwähnung ihrer Sehnsucht, noch ehe ihr bewußt war, daß sie sie verspürte.

An das Kribbeln, das sich in Brians Gegenwart bei ihr einstellte, brauchte sie sich nicht zu erinnern. Das war auch jetzt da.

»Sie schläft«, flüsterte er dicht an ihrem Ohr. Ihre Lider flogen auf, als seine Hände an ihr entlangglitten, um Julia zu umfassen. Er hob sie von ihrem Schoß und legte sie vorsichtig in ihr Bettchen.

Emily vibrierte immer noch von der Berührung, als er ihre Hand nahm und sie hochzog. Sie hörte seinen unregelmäßigen Atem, sie sah seinen Blick, und plötzlich – sie wußte nicht, lag es an der gedämpften Beleuchtung oder hatte es einen anderen Grund – hatten diese Augen nichts Unirdisches oder Übermächtiges an sich. Sie waren einfach nur menschlich, sehr männlich und voller Begehren.

»Ich habe da unten gelegen«, flüsterte er heiser, »und mir gesagt, daß ich an meine Tochter denken und Gott danken sollte, daß es ihr wieder gutgeht. Aber ich denke nicht an Julia – ich denke an dich, ich will dich.« Als er sie an sich zog, spürte sie, wie sehr. Die Arme, die sie umschlangen, zitterten, und sein Atem streifte in unregelmäßigen Stößen ihre Schläfe, als er sagte: »Ich weiß, der Zeitpunkt ist für dich nicht gut, ich weiß, du bist nicht frei – und ich bin es eigentlich auch nicht, aber das wird sich geben. Wenn du es nicht willst, dann geh jetzt lieber.«

Emily war ebenso verblüfft über seine Direktheit wie über seinen Vorschlag. Es war zweierlei, von ihm zu träumen und den Mann in Fleisch und Blut zu spüren und ihn bitten zu hören, mit ihr zu schlafen.

Er hatte recht – der Zeitpunkt war wirklich nicht in Ordnung: Sie war verheiratet.

Doch ihr Mann hatte seit Ewigkeiten kein Interesse an ihr gezeigt, und sie fühlte sich ungeheuer angezogen von Brian. Die Tatsache, daß diese Anziehung auf Gegenseitigkeit beruhte und er sie mit einer Intensität begehrte, die seine Stimme undeutlich werden ließ und jede Sehne in seinem Körper spannte, löste ein unaussprechliches Glücksgefühl in ihr aus. Seine Begierde erregte sie ebenso wie alles andere an ihm – sie war Balsam für die Wunden, die Dougs Gleichgültigkeit ihr geschlagen hatte.

Sie legte ihr Gesicht an seine Brust. Seine Augen mochten zu guter Letzt doch menschlich sein, aber sein Duft war göttlich – nicht nur sauber und männlich, sondern auch sexy, und das in einer Weise, daß das winzige Stimmchen, das sie in ihrem Hinterkopf zum Gehen drängte, keine Chance gegen das Rauschen in ihren Ohren hatte. Hier gab es Trost und Erregung und Wärme, welch eine Wärme! Sie ging von seiner Haut aus und von tiefer drinnen und von ihrer Haut und von tiefer drinnen, und in ihrem Unterleib baute sich eine Anspannung auf, die ihren ganzen Körper erbeben ließ.

Sie hatte ein solches Verlangen, ein solches Verlangen. Als sie ihren Mund an Brians Haut öffnete, um dieses Verlangen mit ihrem Atem kundzutun, tat er ihr sein Begehren kund mit kehligem Ton. Er nahm ihr Gesicht in seine Hände und begann es mit flüsterzarten Küssen zu bedecken. In der Wiederholung verloren die Küsse an Zartheit und gewannen an Feuchtigkeit, bis sein Mund sich naß auf den ihren preßte und seine Zunge tief in sie eindrang.

Begehren war ein Wort für das, was sie empfand – Sehnsucht ein anderes. Sie brannte darauf, geliebt zu werden – mit Leib und Seele.

Sie protestierte nicht, als sie sich im anderen Zimmer auf Brians Bett fand, und als er ihr den Pullover über den Kopf zog, dachte sie nur daran, wieder in seinen Armen zu liegen.

Er beschäftigte ihren Mund mit langen, liebevollen Küssen, die ihr sagten, daß sie eine Kostbarkeit für ihn war, und streichelte sie durch ihr Nachthemd, bis ihr Unterleib zu brennen und sie sich zu winden begann. Es brachte eine gewisse Erleichterung, als er ihr das Nachthemd über den Kopf zog, doch sie war nur von kurzer Dauer. Sobald seine Boxershorts in die Ecke geflogen waren und sie seinen nackten Körper an dem ihren spürte, loderte die Hitze zehnmal so stark auf.

Emily hatte noch nie so vehement auf bloße Berührung reagiert. Vielleicht lag es daran, daß Brian neu für sie war, an der Beschaffenheit seines Körpers, seinem Duft. Vielleicht auch an der hinter ihr liegenden Durststrecke. Vielleicht beruhte die Erregung auf Chemie oder auf der Art, wie er sich an ihren Leib und zwischen ihre Beine drängte. Wie auch immer – sie war von dem übermächtigen Bedürfnis erfüllt, ihm näher und noch näher zu kommen, ein Teil von ihm zu werden und in ihm aufzugehen, und als er schließlich in sie eindrang, schrie sie in schierer Erlöstheit auf.

Nur dieses eine Mal, schwor sie sich in einem der wenigen Augenblicke klaren Denkens, die er ihr gestattete, denn er hatte ein Wesen ohne Verstand aus ihr gemacht, ein Wesen, das nur aus Sinnlichkeit bestand. Heißes Begehren erfüllte sie, als sie sich seinem Mund und seinen Händen entgegenhob, ihr Körper kribbelte und summte und schmerzte vor Lust, während er sie dehnte und streichelte. Sie schrie erneut auf, als er sich komplett zurückzog und wieder in sie hineinstieß, und als er ihr mit heiseren Lauten und seinem Hinsteuern auf einen Orgasmus zeigte, wieviel Genuß sie ihm bereitete, bekam ihre Seele Flügel. Sie klammerte sich an ihn, während alles um sie herum verging und ihr Begehren in ihrem Innern sich ins Unermeßliche steigerte, und als er ein letztes Mal mit erhöhter Kraft in sie hineinstieß, krampfte sich alles in ihr zusammen, krampfte und krampfte – und explodierte.

Der Abstieg ging langsam und wohltuend vonstatten, Augenblicke des Genießens wechselten mit Momenten des Erbebens. Als ihr Herzschlag sich allmählich normalisierte, ihr Atem ruhiger wurde und ihre Finger sich an seiner Brust über feuchten, gelockten Haaren und einem hämmernden Herzen entspannten und ihrer beider Glieder ineinander verschlungen zur Ruhe kamen, drückte sie ihr Gesicht an sein Schlüsselbein.

Er gestattete es für eine kurze Zeit, in der er sie fest an sich preßte, als widerstrebe es ihm ebenso wie ihr, es enden zu lassen, doch schließlich – und unvermeidlich – ließ er sie los und stützte sich auf einen Ellbogen. »Es tut mir nicht leid«, erklärte er.

Nur dieses eine Mal. Etwas so Erfüllendes, so Aufbauendes, so Beglückendes? »Mir auch nicht.« Sie konzentrierte ihren Blick auf seinen Kehlkopf. »Macht mich das zu einem unmoralischen Geschöpf?«

»Meiner Meinung nach nicht. Er befriedigt deine grundlegenden Bedürfnisse nicht – ich rede nicht von Sex. Er ist nie hier. Er hat kein Verständnis dafür, daß du dich einsam fühlst und langweilst und darunter leidest, daß Jill nicht mehr da ist. Er spricht nicht mit dir, er ist nicht da, um dich in die Arme zu nehmen, wenn du weinst, und – ja, reden wir über Sex: Wann warst du das letzte Mal mit ihm zusammen?«

Emily konnte sich nicht genau erinnern – es war zu lange her. »Ich sagte mir, es sei normal, daß das sexuelle Interesse mit zunehmendem Alter nachließe.«

»Ich kann bei dir keinerlei Nachlassen feststellen«, lachte Brian leise. Sie versuchte, nicht mit einzustimmen – schließlich hatte die Situation nichts Vergnügliches –, doch sie schaffte es nicht ganz.

Aber in ihrem Lachen schwangen auch Gewissensbisse mit. »Ich schwöre, ich hatte es nicht darauf angelegt.«

»Fühl dich jetzt nicht schuldig.«

»Das tue ich aber. Ich bin es.«

»Du bist schön – das bist du.«

Ich muß schrecklich aussehen, dachte sie, meine Haare sind völlig zerzaust, und ich bin ungeschminkt – doch seine Augen spiegelten seine Worte wider, ließen sie glauben, was er sagte.
»Und du bist sexy«, sagte er.
»Das kann ich nicht beurteilen.«
»Vertrau mir – du bist es.«
Sie dachte an die Träume, die sie gehabt hatte, Träume von Haut an Haut, von Händen, die verbotene Stellen berührten, und Atem, der flüsternd in verborgene Winkel vordrang. »Vielleicht«, räumte sie errötend ein.
»Sexy. O ja.« Er lächelte, legte dann den Kopf auf das Kissen und zog ihr Gesicht zu sich heran. Als sie ihn so ansah, erfaßte sie eine neuerliche Welle der Lust.
»Was ist?« fragte er.
»Ich ... äh ... ich weiß nicht, wie ich damit umgehen soll.« Nur dieses eine Mal, hatte sie sich geschworen, doch dieses »eine Mal« war vorüber – und was zum Teufel empfand sie jetzt?
»Wie du womit umgehen sollst?«
»Hiermit. Ich habe nicht damit gerechnet.« Ein flehentlicher Ausdruck trat in ihre Augen, als sie über sein Gesicht wanderten. »Was soll ich tun?« flüsterte sie, denn die Lust weckte den Wunsch in ihr, wieder mit ihm zu verschmelzen. »Er ist mein Mann. Ich halte Treue für einen wichtigen Faktor in einer Ehe. Wenn er mich betrügen würde, wäre ich außer mir.«
Er strich mit den Fingern über ihre Lippen und dann über ihre Wangen, bevor er sie in ihre Haare flocht, und die ganze Zeit über hielten seine Augen die ihren fest und sandten Sehnsucht und Verlangen aus – sogar Liebe, wenn sie es glauben wollte.
Sie zog scharf die Luft ein, als er eine Hand über ihren Leib abwärts zu der Stelle gleiten ließ, die noch immer empfindlich war.
Seine Stimme war heiser. »Ich liebe diesen Laut – deine Überraschung, wenn du es spürst. Das hast du jedesmal gemacht, wenn ich dich berührte – wo auch immer.«

Und sie machte es wieder, als seine Finger tiefer glitten. »Brian!«
»Mmmmm.«
»Ich kann das nicht.«
»Ist es nicht gut?«
»O doch.«
»Willst du es?«
»O ja.«
»Dann laß mich dich lieben.«
Geliebt zu werden war alles, was sie sich je gewünscht hatte. Darum hatte sie Doug so jung geheiratet, darum hatte sie ihre eigenen Bedürfnisse all die Jahre zurückgestellt und ein behagliches, schützendes Nest für ihn und Jill gebaut. Und darum, nahm sie an, fühlte sie sich so zu Brian hingezogen, der ihr von Anfang an Mitgefühl und Zuneigung vermittelt hatte – und das Gefühl, sie zu brauchen.
Sie dachte nicht an Doug oder Jill. Dieses eine Mal dachte sie an sich selbst – etwas völlig Neues – und an Brian. Sie berührte ihn und empfand neuerliche Erregung bei der Berührung, und als sie ihn in ihrer Hand wachsen spürte, empfand sie ein nie gekanntes Gefühl der Macht. Anstatt sich bedroht zu fühlen, wie es bei Doug gewesen wäre, ermutigte er sie mit leisen Worten und leichten Bewegungen seines Körpers, bis sie ihn zu sich heranzog. Ihre Vereinigung war wild, weniger sanft als beim erstenmal und im nachhinein schockierend für sie, doch das hieß nicht, daß sie ihn hätte wegstoßen oder das Tempo verlangsamen wollen oder sich nach weniger Heftigkeit gesehnt hätte. Wildheit war ebenfalls eine neue Erfahrung, und sie fand sie unglaublich erregend.
Als es diesmal vorüber war, mischte sich atemloses Lachen mit Stöhnen. Brian preßte sie an sich. »Jesus«, sagte er in ihre Haare. »Was hast du getan?«
»Ich weiß es nicht – ich habe es einfach getan. Was hast du getan?«

»Keine Ahnung – aber es war phantastisch.«

Jaaaa, das war es wirklich gewesen. Wenn sie dafür in der Hölle schmoren müßte, daß sie Doug betrogen hatte, so hatte sie ihre Sünde wenigstens genossen.

Brians Brust war feucht, das Haar dort gelockt, dunkelblond und maskulin. Ihr Blick wanderte hinunter zu den Teilen, die das noch mehr waren. Als sie ihn wieder hob, empfand sie Erstaunen darüber, was sie getan und gefühlt hatte, was sie noch immer fühlte.

Plötzlich weiteten sich Brians Augen. »Großer Gott!« Er löste sich blitzschnell aus ihrer Umarmung, sprang aus dem Bett und stürzte in Julias Zimmer hinüber. Sekunden später tauchte er wieder auf und lehnte sich kurz an den Türrahmen, ehe er den Raum durchquerte und ins Bett zurückkehrte. »Sie schläft noch. Ich bin wirklich ein toller Vater: Ich hatte sie völlig vergessen.«

Das hatte Emily auch. »Wir hätten es gehört, wenn ihr Zustand sich verschlechtert hätte.«

»Ich nicht – ich war weg.«

»Wirklich?«

»Total.« Er schaute auf sie hinunter. »Du klingst überrascht.«

»Doug war nie total weg.«

Er nahm sie in die Arme. »Nun – ich war es.«

Sie spürte, wie sein Körper sich entspannte, wie sein Atem auf dem Weg in den Schlaf langsamer und gleichmäßiger wurde.

»Ich sollte gehen«, flüsterte sie.

»Nein«, flüsterte er zurück und zog sie noch enger zu sich heran. Gewollt zu werden war ein berauschendes Gefühl. Mehr als berauschend. Unwiderstehlich. Wäre es schlimm, über Nacht zu bleiben? Nur dieses eine Mal. Es war so lange her, daß sie in den Armen eines Mannes geschlafen, so lange her, daß sie diesen Genuß verspürt hatte. Eine Nacht konnte nicht schaden.

Morgen früh würde sie sich dem stellen, was sie getan hatte – jetzt wollte sie kuscheln.

Das Morgengrauen brachte die unvermeidlichen Schuldgefühle mit sich und die Erkenntnis, daß die Liebesnacht mit Brian einem ohnehin verpatzten Leben noch einen weiteren Patzer hinzufügte. Aber Emily war ein Lebenskünstler – sie lebte von einem Tag auf den anderen.

Doug würde Freitag nachmittag nach Hause kommen. Jill würde Freitag abend nach Hause kommen.

Brian wäre nicht mehr als der Mann, der die Wohnung über der Garage gemietet hatte.

Emily war eine Expertin im Verdrängen von Problemen – zuerst Daniels Verschwinden und dann Dougs Karriere. Und so weigerte sie sich nun, darüber nachzudenken, was sie mit Brian getan hatte.

Irgendwann würde sie sich Zeit dafür nehmen. Aber nicht jetzt.

Jill kam mit dem Fünf-Uhr-Bus an. Erleichtert, Doug im Fitneßclub absetzen zu können, holte Emily sie ab und hörte nicht auf zu lächeln – nicht auf der Rundfahrt durch Grannick, auf der Jill bestand, nicht auf der Triumphfahrt durch die China Pond Road und auch nicht während des aufgeregten Gepäckausladens und dem begierigen Ins-Haus-Stürmen ihrer Tochter.

Als das Telefon klingelte, rechnete Emily felsenfest damit, daß jemand für Jill anriefe, doch es war Celeste – mit einem Anflug von Panik. »Ich habe keine Ahnung, wo Dawn steckt. Ich war sicher, daß sie gegen drei hier sein wäre. Sie sagte mir, daß eine Freundin sie heimbringen würde – sonst hätte ich sie abgeholt. Im Wohnheim nimmt keiner den Hörer ab.«

»Wann hast du zuletzt mit ihr gesprochen?« Emily hatte sie Mittwoch nachmittag gesehen.

»Sie hat am Dienstag angerufen. Kurz. Sie ist immer noch wütend auf mich, weil ich sie am vergangenen Wochenende nicht zu Jill fahren ließ, aber ich sah es nicht ein – schließlich ist Jill dieses Wochenende hier.«

Mißtrauisch drückte Emily die Sprechmuschel an ihren Hals und fragte Jill: »Wann hast du das letzte Mal mit Dawn gesprochen?«

Jill schaute auf ihre Uhr. »Vor fünf Stunden.«

»Und wo war sie da?«

»In meinem Zimmer im Wohnheim. Sie war seit Mittwoch abend bei mir zu Besuch.« Ihre Augen verengten sich, und sie nahm Emily den Hörer ab. »Sie bleibt noch einen Tag. Sie sagte, du wüßtest Bescheid.«

»Nein, das tue ich nicht!« hörte Emily Celeste rufen. »Sie sagte, sie käme heute nach Hause. Wie kommt sie denn morgen her?«

»Sie hat einen Typen kennengelernt – der bringt sie.«

»Was für einen Typen?«

»Er ist der Freund von einem Mädchen auf meinem Flur.«

»Gib mir deine Mutter.«

Mit einem übertrieben erwartungsvollen Blick gab Jill Emily den Hörer zurück.

»Sie hat einen Typen kennengelernt«, erregte Celeste sich.

»Toll! Braucht sie in jedem Hafen einen?«

Emily erinnerte sich an die Liste von fünf Männern – oder waren es sechs –, die sich aus der Celeste-Anzeigen-Aktion ergeben hatte. »Vielleicht ist es ganz harmlos.«

»Sie ist ein unmögliches Kind.«

»Sie ist kein Kind – und das versucht sie dir klarzumachen.«

»Hättest du einen Besuch in Boston am letzten Wochenende nicht auch idiotisch gefunden?«

»Doch – aber sie tat es nicht, und sie steht auf dem Standpunkt, daß sie als Volljährige machen kann, was sie will.«

»Auf meine Kosten.«

»Auf Jacksons Kosten. Gib ihr Freiraum, Celeste.«

»Gibst du Jill Freiraum?«

Emily hakte sich bei Jill ein. »Das brauche ich nicht – sie ist keine Rebellin.«

»Dann hast du Glück – und ich habe ein Problem.«
»Nein, das hast du nicht. Akzeptiere einfach, daß Dawn achtzehn ist. Ich dachte, du wolltest, daß sie selbständig ist.«
»Nicht, wenn ich hier sitze und auf sie warte.«
»Dann sag ihr, daß du dir Sorgen gemacht hast.«
»Ja, ja.«
»Mom«, flüsterte Jill, »kann ich schnell zu den Davies rüber, bevor Dad nach Hause kommt?«
Emily nickte und ließ sie los. Dann sagte sie zu Celeste: »Du kommst doch morgen abend mit ihr, oder?« Jill wollte eine Party veranstalten. Doug war nicht von der Vorstellung begeistert, das Haus voller »junger Gänse« zu haben, doch Jill hatte sich dieses Fest gewünscht, und Emily befand sich in einer Trotzphase. Jill war sieben Wochen lang nicht daheim gewesen – Doug schon. Zumindest soweit er sich dazu hatte durchringen können.
»Falls sie je auftauchen sollte, werden wir was tun«, antwortete Celeste. »Wie viele kommen denn?«
»Wie viele, Jill?«
Jill war bereits an der Tür. Sie drehte sich um. »Zwanzig – vielleicht fünfundzwanzig.« Sie drehte sich genau in dem Augenblick wieder um, als Brian und Julia hinter der Glasscheibe sichtbar wurden. Ein Schauer der Erregung überlief Emily. Sie hatte seit Wochen darauf gewartet, vor Brian mit Jill angeben zu können. »Ich muß aufhören, Celeste. Bleib brav.«
»Ja, ja.«
Sie legte auf und eilte zur Tür. »Jill – ich möchte dir Brian und Julia vorstellen.«
»Hallo«, sagte Jill mit einem strahlenden Lächeln. »Ihr seid also die beiden, die meine Spielzimmer besetzt haben.«
»So ist es«, nickte Brian.
Jill wandte sich mit kindgerechter Stimme an Julia: »Hallo. Du bist aber ein hübsches Mädchen.«
»Kannst du ›hallo‹ sagen?« fragte Brian seine Tochter, doch die

starrte Jill nur an. »Sie fremdelt – dein Gesicht ist noch neu für sie. Für mich nicht – ich habe eine Menge Fotos gesehen. Deine Mutter ist mächtig stolz auf dich.«

Jill errötete. »Sie ist voreingenommen.«

»Diesen Gedanken kannst du begraben.«

»Mom sagt, Ihre Wohnung sei toll.«

»Willst du sie sehen?«

»Kann ich das später machen – ich muß schnell zu einer Freundin, bevor mein Dad nach Hause kommt.«

»Klar.« Brian schob die Tür weiter auf, damit Jill besser an ihm vorbeikam. »Fahr vorsichtig.« Als sie sich amüsiert zu ihm umdrehte, lächelte er verlegen und zuckte mit den Schultern.

Jill lachte. »Wenn Sie es nicht gesagt hätten, hätte Mom es getan.«

»Fahr vorsichtig«, rief Emily ihr für alle Fälle auch noch hinterher und sah zu, wie sie rückwärts aus der Einfahrt fuhr.

»Sie ist ganz du«, bemerkte Brian.

»Das sagt Doug immer, wenn sie was tut, womit er nicht einverstanden ist.«

»Doug ist ein Ekel«, sagte er, und das war eines der Dinge, die Emily an ihm mochte: Er stand zu ihr. Er machte sie nicht für das Verschwinden ihres Sohnes verantwortlich. Und sie fühlte sich auch abgesehen von dem körperlichen Aspekt wohl mit ihm.

Nicht, daß es leicht für sie gewesen wäre, von dem körperlichen Aspekt abzusehen. Da war eine neue Vertrautheit in seinen Augen – diesen unglaublich durchdringenden Augen –, die an Schamlosigkeit grenzte. Sie fühlte sich nackt unter diesem Blick, und sie begann innerlich zu glühen, und das ließ sie tief erröten. Sie schaute weg und nahm die Hand der Kleinen. »Wie geht es Julia?«

»Besser.«

»Gut. Kommt ihr morgen abend zu unserer Party?«

»Beide?«

»Natürlich. Doug wird sich nur sporadisch sehen lassen, aber John und Kay werden dasein und Celeste und alle Freunde von Jill.« Viele Menschen. Völlig ungefährlich. »Die Mädchen werden hingerissen von Julia sein.«

Sein Lächeln ließ ihren Herzschlag ins Stolpern geraten. »Danke für die Einladung – wir schauen mal vorbei.« Er entfernte sich rückwärts von der Tür. »Genieße Jill.«

Seine Augen hielten die ihren fest, während er seitwärts die Stufen hinunterging. »Ich wünsche dir ein schönes Abendessen.«

»Ich dir auch.«

»Was zauberst du denn heute?«

»Kalbs-Piccata. Das ist Jills Lieblingsgericht.«

»Meines auch«, erklärte er mit einem jungenhaft frechen Grinsen.

»Du kannst aber nicht mitessen.«

»Das habe ich mir schon gedacht.« Er ging rückwärts über die Einfahrt. »Bleib nicht zu lange auf mit Jill.«

Sie lächelte und zuckte mit den Schultern. Als er sich schließlich umdrehte, zog sie scharf die Luft ein. Sein Grinsen, seine Augen und sein hochgewachsener, muskulöser Körper richteten einen Tumult in ihrem Innern an, der sie erbeben ließ. Sie blieb eine Minute an der Tür stehen, die Hand auf die Brust gepreßt, um ihr Herz zur Räson zu bringen, und tadelte sich dafür, in einer solchen Weise auf einen Mann zu reagieren, der nicht ihr Ehemann war.

Dann verbannte sie den Gedanken aus ihrem Kopf.

Jill war zu Hause, Doug war zu Hause, sie waren wieder eine Familie, und zum Abendessen würde es Kalbs-Piccata geben.

Vierzehntes Kapitel

Celeste wartete am Samstag schon vom frühen Morgen an auf Dawn. Sie las die Zeitung nur mit einem Auge – mit dem anderen beobachtete sie die Einfahrt. Sie warf sich eine Jacke über und rechte das Laub auf dem Rasen vor dem Haus zusammen. Danach ging sie wieder hinein, wanderte von Fenster zu Fenster, knabberte ein paar Karotten, als die Mittagszeit kam, und nahm ihren Patrouillengang dann wieder auf. Als schließlich ein blauer Pick-up Dawn absetzte und weiterfuhr, war sie am Ende ihrer Nerven.

»Hallo, Mom! Ich bin da-a.«

Celeste ging in die Küche und stemmte die Arme in die Seiten. »Wo bist du gewesen?« herrschte sie ihre Tochter an. Es kümmerte sie nicht, was Emily ihr geraten hatte – sie konnte ihren Zorn nicht verbergen.

»In Boston«, erwiderte Dawn leichthin und ließ ihre Taschen fallen. »Ich habe dir doch gesagt, daß ich hinfahren würde.«

»Nein. Du wolltest letztes Wochenende hinfahren, und das habe ich dir verboten.«

»Deshalb habe ich bis Mittwoch gewartet. Ich habe bei Jill gewohnt. Hat sie dir das nicht erzählt?«

»Doch – nachdem ich vor Sorge schon ganz krank war. Sie sagte, du habest gesagt, ich wisse Bescheid. Dawn – ich habe dich gestern erwartet. Du sagtest, die Wohnheime würden gestern schließen.«

Endlich ein Anflug von Verlegenheit. »Ja ... na ja ... ich hatte auch Schwierigkeiten, noch mal reinzukommen – aber ich hatte

nach Boston nur meinen Rucksack mitgenommen und mußte meine restlichen Sachen holen.«
»Was für Sachen?« Celeste musterte die Taschen auf dem Boden. »Du bist doch nur noch vier Tage hier – was ist denn da drin?«
»Schmutzwäsche.«
»Schmutzwäsche! Na toll! Du machst mich krank vor Sorgen und erwartest, daß ich deine Wäsche wasche? Vergiß es!«
»Dann mach ich's eben selber«, erklärte Dawn mit trotzig erhobenem Kinn. Dann runzelte sie die Stirn. »Du siehst merkwürdig aus.«
»Vielen Dank – dafür siehst du wenigstens gut aus.« Blonde Haare ergossen sich auf in einem T-Shirt steckende Schultern, noch kein überflüssiges Gramm Fett verunzierte die Hüften, über denen sich die hautengen Jeans spannten. »Du warst schon immer verantwortungslos.«
»Ach, komm schon, Mom.« Sie starrte ihre Mutter immer noch an. »Du siehst so verändert aus.«
Celeste hatte nicht die Absicht, ihr den Grund dafür zu verraten. »Das kommt dir nur so vor, weil du mich sieben Wochen nicht gesehen hast.«
»Oh – ich habe dich gesehen: Jeden Tag, in Gedanken – und du hast immer den gleichen Satz gesagt: ›Mach deine Hausaufgaben!‹«
»Ha-ha.«
Dawn kam näher. »Du hast dir die Haare färben lassen, stimmt's? Du hast dir Strähnchen reinmachen lassen, wie ich es wollte – aber mir hast du's nicht erlaubt.«
»Du bist achtzehn – ich bin dreiundvierzig.«
»Das ist kein schlagendes Argument.« Dawn starrte nach wie vor. »Anderes Make-up? Nein. Es ist deine Nase!« Mit einem ungläubigen Blick betrachtete sie Celeste von der Seite.
»Du hast sie korrigieren lassen? Du hast sie korrigieren lassen! Und du hast mir nichts davon gesagt! Wie konntest du, Mom?!«

»Ich habe es für mich getan, nur für mich, für niemanden sonst, und ich sah keinen Sinn darin, es an die große Glocke zu hängen.«

»Aber ich bin deine Tochter! Du hast dich operieren lassen und mir nichts davon erzählt. Tausend Dank – das ist wirklich Spitze! Ich sitze ein paar Blocks von hier im College, und du verschweigst es mir. Was hast du gedacht, daß ich tun würde? Es überall in Grannick herumposaunen?«

»Was hat der Umstand, daß du hier in der Stadt aufs College gehst, mit der Sache zu tun?«

»Ich hätte dir helfen können, wenn es dir schlechtgegangen wäre.«

»Was du nicht sagst! Erinnerst du dich: Du warst nur unter der Bedingung damit einverstanden, hier aufs College zu gehen, daß du bis zu den Herbstferien deine Ruhe hättest. Du sagtest, du würdest mich anrufen – Lebenszeichen von mir waren nicht erwünscht.«

»Aber ich dachte doch, daß sich in der Zwischenzeit nichts tun würde. Ich kann nicht fassen, daß du deine Nase hast richten lassen. Hättest du es mir erzählt, wenn ich es nicht bemerkt hätte?«

»Natürlich. Es ist ja kein Geheimnis – nur etwas, das ich schon lange machen wollte.«

»Ich will es auch – aber mich läßt du nicht!«

»Ich mache dir einen Vorschlag«, kam Celeste ihr entgegen. »Du schließt das College ab, heiratest, bekommst ein, zwei Kinder, und wenn die dann auf dem College sind, kannst du dir deine Nase operieren lassen – auf meine Kosten.«

»Hurra!« Dawn wandte sich ab und hob eine ihrer Taschen auf den Küchentisch. »Bis dahin kann ich es mir selbst leisten.« Sie zog den Reißverschluß der Tasche auf. »Es wird ein Genuß sein, nicht mehr um alles betteln zu müssen, was ich mir wünsche.« Sie warf ein Hemd rechts auf den Boden und eines links.

»Was tust du?« rief Celeste, die das Haus, das sieben Wochen lang untadelig aufgeräumt gewesen war, zum Schweinestall verkommen sah.

»Ich trenne die hellen von den dunklen Sachen. Hast du mir das nicht immer gepredigt?«

»Mußt du das jetzt machen? Hier?«

»Warum nicht? Ich habe ja nichts Besseres zu tun. Du hast schließlich keine besonderen Pläne gemacht, zum Beispiel mich zum Mittagessen einzuladen oder so was. Das wäre ja auch zuviel verlangt.«

»Ich wäre gerne mit dir Mittagessen gegangen, wenn du zur Mittagszeit zu Hause gewesen wärst. Dawn – es ist halb drei!«

»Tut mir leid. Wenn ich meinen eigenen Wagen gehabt hätte, hätte ich früher aus Boston wegfahren können, aber ich mußte auf jemanden warten und dann auch noch meine Sachen aus dem Wohnheim holen. Wie hätte ich da früher hier sein sollen?«

Celeste sagte zuckersüß: »Wenn du gestern heimgekommen wärst wie alle anderen, hätten wir heute Zeit gehabt, etwas miteinander zu unternehmen.«

»Und so haben wir morgen und Montag und Dienstag.« Sie warf eine Jeans auf den »dunklen« Haufen und schaute Celeste giftig an. »Drei ganze Tage! Bist du nicht begeistert?«

Celeste seufzte. »Du glaubst das vielleicht nicht, aber ich habe mich darauf gefreut, dich wiederzusehen.«

Dawn wandte sich wieder dem Wäschesortieren zu. »Na klar.«

»Ich habe dich vermißt.«

»Ha!«

»Wirklich. Das Haus war sehr still.«

»Das magst du doch. Das hast du schon immer gemocht.«

Das Telefon klingelte. Dawn verdrehte die Augen. »O Gott! Jetzt bekomme ich wieder was zu hören.« Sie veränderte ihre Stimme. »›Das Telefon klingelt. Das Telefon klingelt schon wieder. Das Telefon klingelt schon wieder. Wenn diese Klingelei nicht aufhört, werde ich das gottverdammte Ding aus der Wand reißen!«

»Letztes Jahr hat es aber auch ununterbrochen geklingelt.« Celeste riß den Hörer von der Gabel. »Hallo?«

»Hallo, Celeste – ist sie schon da?«

Celeste hielt Dawn den Hörer hin. »Es ist Marilee. Ihr vierter Anruf!«

Dawn nahm ihr den Hörer mit einem strahlenden Lächeln ab. »Marilee! Wie geht's dir?«

Celeste zog sich in den anderen Teil der Küche zurück – mehr Privatsphäre räumte sie ihrer Tochter nicht ein. Sie hatte Dawn sieben Wochen nicht gesehen. Schwer zu glauben. Sieben Wochen.

Dawn sah wirklich gut aus. Und, ja – Überraschung, Überraschung – Celeste hatte sie tatsächlich vermißt. Es war schön, sie wiederzusehen. Es war schön, sie zu Hause zu haben. Und es war auch schön zu wissen, daß sie in vier Tagen wieder ins College zurückkehren würde.

Celeste hatte die geballte Energie vergessen, die Dawn mitbrachte, wenn sie einen Raum betrat.

Ihre Uneinigkeit hatte sie nicht vergessen. Seit Dawn ein ganz kleines Mädchen gewesen war, hatte es unentwegt Streit zwischen ihnen gegeben – und das hatte sich auch nach sieben Wochen Trennung nicht geändert. Manche Mütter und Töchter waren ein Herz und eine Seele, andere wie Feuer und Wasser. Sie und Dawn gehörten zur letzteren Sorte.

Dawn legte auf. Ihre Augen leuchteten. »Alle sind drüben bei Marilee. Darf ich auch hin?«

»Was bedeutet, daß du den Wagen haben willst.«

»Sieh es doch mal so: Wenn ich ihn nehme, bin ich früher wieder zurück – dann können wir miteinander zu Abend essen, bevor wir zu Jills Party gehen. Du kommst doch mit, oder?«

»Ich würde sie um keinen Preis der Welt versäumen.«

Dawns Finger fanden zum Autoschlüssel wie Stahl zum Magneten. Sie umschloß sie mit den Fingern und steuerte auf die Tür zu. »Das ist lieb von dir, Mom. Danke. Ich bleibe nicht lange.«
Celeste empfand die anschließende Stille überraschenderweise nicht als wohltuend. Sie hatte sich wirklich auf Dawns Heimkehr gefreut. Und wie lange hatte sie etwas davon gehabt? Fünf Minuten? Zehn?
Ihr Blick fiel auf die beiden Schmutzwäscheberge auf dem Boden, und sie seufzte. O ja! Sie hatte sich auf Dawn gefreut – aber sie wußte beileibe nicht, warum.

Am Samstag abend säumten geparkte Wagen die China Pond Road von der Sackgasse bis halb zur Walker hinauf. Was als Zusammenkunft im kleinen Kreis begonnen hatte, erinnerte nun eher an ein Klassentreffen, und Emily störte sich nicht daran. Jill hatte diese Party verdient – als Ausgleich für die Jahre, in denen sie sich auf die wenigen Freundinnen beschränkt hatte, die Dougs Wochenendruhe nicht störten.
Und wo war Doug? Er führte ein Geschäftsgespräch mit dem Rektor des College. Er hatte Jill gefragt, ob sie es ihm verübeln würde, wenn er für ein paar Stunden wegführe. Sie hatte ihn mit einer Umarmung ziehen lassen.
Die Stereoanlage füllte das Haus mit Klängen, die Emily nicht kannte, doch sie kannte die Kids und machte eifrig die Runde, hörte sich ihre Geschichten an und versorgte sie mit Essen. Der Tisch im Eßzimmer bog sich unter den Leckerbissen, die sie für den Abend gezaubert hatte. Als alles weggeputzt war, rief sie den Pizza-Dienst an, und als die Mineralwasservorräte zur Neige gingen, fuhr John Nachschub holen.
In der Küche verköstigten sich gemeinsam mit den anderen Eltern, die auf einen kurzen Schwatz vorbeischauten, Kay und John, Celeste und Brian. Julia war droben bei der Jugend von einem potentiellen Babysitter zum nächsten gewandert, bis sie

auf Brians Arm eingeschlafen war. Er war ein so willkommenes Mitglied des Küchenzirkels, daß seine immer wieder gestarteten Versuche, mit ihr nach Hause zu gehen, jedesmal durch Proteste der anderen gestoppt wurden.

Einmal, als Emily mit einer Tüte voller leerer Sodabüchsen in die Küche zurückkehrte, blieb sie für einen Moment in der Tür stehen und schaute herein.

»Da ist aber jemand sehr zufrieden«, bemerkte Celeste.

»Ja, das bin ich.« Sie durchquerte den Raum, stellte die Tüte neben dem Spülbecken ab, trat zwischen John und Brian und flocht ihre Finger in Julias seidenweiche Babylocken. »Ich habe mir immer ein ›offenes Haus‹ gewünscht, in dem Freunde kommen und gehen und sich wohl fühlen. Es tut mir leid, daß ich mir diese Atmosphäre nicht schon früher gegönnt habe.«

Sie war in Hochstimmung und dachte gerade, daß der Abend für alle Familienmitglieder ein Gewinn war – für Doug, weil er ihn mit einem für ihn sinnvollen Gespräch im College verbringen konnte, und für Jill und sie, weil sie ihn nach ihren Vorstellungen entsprechend genießen konnten – als das Telefon klingelte. Es war Linda Balch, Myras Schwiegertochter. »Es tut mir leid, Sie zu belästigen«, versicherte sie hastig, »aber wir versuchen seit gestern vergeblich, Myra zu erreichen. Tagsüber kann sie ja unterwegs gewesen sein, aber so spät abends – das kann ich mir nicht vorstellen.«

Das konnte Emily auch nicht. »Ich bin sicher, daß ich vorhin die Lichter bei ihr habe angehen sehen. Vielleicht ist das Telefon nicht in Ordnung. Ich laufe schnell rüber und schaue nach.«

»Ich muß mich entschuldigen – bei Ihnen ist offenbar eine Party im Gang.«

»Ich brauche nicht länger als zwei Minuten – es interessiert mich jetzt selbst, was da los ist.« Sie notierte sich Lindas Nummer.

Als sie den anderen erklärte, wo sie hinwollte, machte Brian

Anstalten aufzustehen, doch John hielt ihn zurück, indem er ihm die Hand auf die Schulter legte. »Die Kleine schläft. Sitzen bleiben.«

Den Partytrubel hinter sich lassend, überquerten Emily und John die Straße. Es brannten zwar tatsächlich die Lichter bei Myra, doch als sie klingelten, rührte sich nichts. Sie klingelten erneut. Sie klopften. Sie spähten in die Fenster neben der Tür. Keine Spur von Myra.

Jetzt begann Emily doch, sich Sorgen zu machen.

»Gehen wir nach hinten«, schlug John vor. »Vielleicht hört sie uns einfach nicht.«

Der Garten war voll dunkler Schatten, und der feuchte Geruch des Teiches hing in der Luft. Sie stiegen die Stufen hinauf und klopften an die Tür. Emily stellte fest, daß sie unverschlossen war, und stieß sie auf. »Myra?«

Sie hörte einen Laut, leise und undeutlich. »Wo sind Sie?« rief sie, trat in die Küche – und fuhr herum, als John sagte: »Hier draußen.«

»Wie bitte?«

»Sie ist hier draußen. Da drüben.«

Emily hastete die Stufen wieder hinunter und über den Rasen. Myra saß wie eine Geistererscheinung in einer Ecke der schmiedeeisernen Bank. »Was machen Sie denn hier, Myra? Es ist doch stockdunkel und viel zu kalt für Sie!« Sie setzte sich hin und nahm Myras knochige Hand. Als sie spürte, wie eisig sie war, stand sie sofort wieder auf. »Wir bringen Sie ins Haus«, erklärte sie John. Myra ließ sich widerstandslos hineinführen, protestierte nicht, als Emily sie auf einen Küchenstuhl setzte und ihr eine Decke um die Schultern legte, und sie umschloß die Tasse Tee, die Emily ihr aufbrühte, mit beiden Händen.

»Vielleicht sollten wir sie ins Krankenhaus bringen«, sagte John leise, doch Myra hörte es trotzdem und schüttelte den Kopf.

»Nicht ins Krankenhaus.«

Emily zog sich einen Stuhl zu ihr heran. »Warum waren Sie draußen?«
»Ich wollte bei meiner Weide sein.«
»Linda hat sich Sorgen gemacht. Sie haben seit gestern versucht, Sie zu erreichen.« Sie warf John einen auffordernden Blick zu, der daraufhin den Hörer abnahm, das Freizeichen hörte, nickte und mit den Schultern zuckte.
»Ich habe das Telefon klingeln gehört«, kam Myra Emilys Frage zuvor, »aber ich hatte keine Lust dranzugehen. Ich wollte mit niemandem reden.«
»Warum denn nicht?«
Myra trank ihren Tee in kleinen Schlucken und starrte grübelnd in den Becher.
»Warum nicht, Myra?«
»Weil die Leute nicht zuhören. Sie hören nicht, was ich sage. Für die bin ich nur eine alte Frau, die sinnloses Zeug brabbelt.« Sie stellte den Becher auf den Tisch. »Danke, Emily – ich denke, ich werde jetzt ins Bett gehen.«
»Möchten Sie vielleicht auf ein Weilchen mit zu mir kommen?«
Myra hob ablehnend die Hand, stand auf und steuerte auf die Tür zu. Emily beobachtete sie, jederzeit bereit, zuzugreifen, falls sie ins Schwanken geraten sollte, doch sie tat es nicht.
»Ich komme morgen vorbei«, rief sie ihr nach, und als sie das Haus verließen, sagte sie zu John: »Sie ist einsam. Ihre Familie glaubt, daß sie den Verstand verliert. Ich habe das nie geglaubt.«
»Tust du es jetzt?«
»Nein. Sie ist nicht verrückt – nur traurig. Das ist wohl so, wenn man alt wird, oder?« Sie warf John einen fragenden Blick zu, doch er wußte die Antwort nicht, und als sie wieder bei Emily waren und sie Linda angerufen und deren schlimmste Befürchtungen zerstreut hatte, ging sie wieder in der Party auf. Sie war im Wohnzimmer, umringt von Jills Freundinnen, als Brian sie suchen kam. Sie kehrte mit ihm in die Küche zurück. John stand

aufbruchbereit an der Hintertür. Die schlafende Julia war Kay überantwortet worden, was darauf hindeutete, daß Brian ihn begleiten würde.

Emilys erster Gedanke galt Myra, doch bevor sie Zeit hatte, sich irgend etwas Schreckliches auszumalen, sagte Brian: »John bekam vom Revier die Nachricht von einem Autodiebstahl. Sie meinen, wir sollen uns darum kümmern.«

»Um einen Autodiebstahl?« fragte Emily erstaunt.

»Der gestohlene Wagen ist Nestor Berlos Lotus«, erklärte John.

»Ah.« Das erklärte es. »Werdet ihr lange weg sein?«

»Kommt drauf an, was wir rausfinden und wann wir es herausfinden.«

»Kay sagt, sie bringt Julia in die Wohnung rüber und legt sie ins Bett, falls die Party vorher zu Ende ist«, setzte Brian hinzu.

Doch Emily hatte eine bessere Idee. »Julia kann bei mir bleiben. Ich richte ihr auf dem Sofa ein Bett her – und Celeste setzt Kay zu Hause ab.«

Brian war sehr einverstanden mit dieser Regelung – sie lieferte ihm einen willkommenen Anlaß für eine Rückkehr in Emilys Haus. Er wollte wissen, was dort vorging – und er wollte Doug zeigen, daß er und Emily Freunde waren.

Und was versprach er sich davon? Vielleicht Eifersucht. Vielleicht Wut. Vielleicht ein verärgertes »Mach, was du willst – ich verschwinde hier«.

Brian hätte nichts dagegen, wenn Doug das täte. Es würde Emilys Leben nur insoweit verändern, daß sie ohne Schuldgefühle mit ihm zusammensein könnte. Es schien ihm eine Ewigkeit her zu sein, daß sie einander berührt hatten.

John fuhr zum Besitz der Berlos, durch das Tor in der Mauer und die geschwungene Zufahrt hinauf bis zu der Vierer-Garage. Alle vier Kabinen standen offen. Der Streifenwagen parkte davor, seine Scheinwerfer beleuchteten die Abteile, die

Lichtleiste auf dem Dach sandte rote und blaue Blitze in die Nacht.
Nestor ließ mit einer entschuldigenden Handbewegung den Polizisten stehen, mit dem er sich unterhalten hatte, und kam auf John und Brian zu, als sie ausstiegen. »Ich möchte, daß die Sache diskret gehandhabt wird«, sagte er zu John.
Brian war verdutzt.
John nicht. »Ich verstehe. Wann haben Sie bemerkt, daß der Wagen verschwunden ist?«
»Unmittelbar vor meinem Anruf auf dem Revier. Ich war mit dem Jaguar unterwegs gewesen«, der hinter ihm in einer der vier Boxen stand. »Als ich in die Garage fuhr, sah ich es.«
»Hat vielleicht Ihre Frau ihn genommen?«
Er deutete auf den kleinen Mercedes in einer anderen Box. »Das ist ihrer – sie fährt nie mit dem Lotus.«
»War Sie mit Ihnen unterwegs?«
»Nein – sie ist mit einem Freund ausgegangen.«
Brian fragte sich gerade, warum ein Ehepaar wohl samstags abends getrennte Wege ging, als John sich erkundigte: »Könnte es sein, daß Ihr Freund den Lotus fährt?«
»Wenn es so wäre, stünde sein Wagen hier. Er hat ein Oldsmobile.«
Der einzige andere Wagen war – ebenfalls in der Garage – ein neuer, schimmernder Sportflitzer.
»Dann war es der Junge«, sagte John.
»Verdammt richtig«, stieß Nestor hervor.
»Meinen Sie, er ist weit gefahren?«
»Das tut er nie. Er wird in Grannick herumfahren – Sie werden ihn schnell finden.«
»Und was sollen wir mit ihm machen?«
»Ihn über Nacht dabehalten.«
»Ist das Ihr Ernst?«
Nestor wandte sich zum Gehen. »Ich hole ihn morgen ab.«

Kurze Zeit später, als sie Grannick nach dem Lotus durchkämmten, fragte Brian: »Was geht hier vor?«
John zuckte mit den Schultern. »Er hat Geld – wir richten uns nach seinen Wünschen.«
»Der Polizeichef spielt an einem Samstag abend Kindermädchen?«
Wieder zuckte John mit den Schultern.
»Ist Berlo so wichtig für die Stadt?«
»Er spendet großzügig – und die Familie ist interessant.«
»Wie meinen Sie das?«
»Es herrschen da abenteuerliche Zustände.«
»Abenteuerliche Zustände? Inwiefern?«
»Der Vater hat ein Verhältnis, die Mutter hat ein Verhältnis, und dann gibt es noch einen älteren Sohn, der aufs College ging und nie mehr gesehen ward.«
»Nie mehr?«
»Vielleicht mal für ein, zwei Tage hier und da – aber seit seinem Abschluß hat er keinen Fuß mehr in die Stadt gesetzt, soviel ich weiß – und das war vor zwei Jahren.«
»Und was ist mit dem Jüngeren?«
»Er ist kein schlechter Kerl.«
»Komisch – das hat Harold auch gesagt, als der Bursche versucht hatte, Vitamin C im Drugstore mitgehen zu lassen.«
John warf ihm einen schnellen Blick zu. Er fuhr eine Straße hinunter und die nächste hinauf, bevor er fragte: »Was wollte er denn mit dem Vitamin C?«
»Darum geht es nicht. Es geht darum, daß er Geld bei sich hatte – er brauchte nicht zu klauen. Harolds Verhalten vermittelte mir den Eindruck, daß der Knabe das schon früher gemacht hat. Wissen Sie was darüber?«
John dachte ein bißchen zu lange darüber nach.
»Also – was hat der Junge für ein Problem?« fragte Brian. »Ist er einfach nur rebellisch?«

John zuckte mit den Schultern.
Brian ließ nicht locker. »Ist der Vater so hart, wie er sich gibt?«
»Im Umgang mit seinen Kindern, ja.«
»Quält er sie?«
»In gewisser Weise.«
»In welcher Weise?« Brian wurde allmählich ungeduldig. Diese Kleinstadt-Schutzzollpolitik gehörte nicht zu den Dingen, die ihm an Grannick gefielen. »Spucken Sie's schon aus, John.«
»Der Vater ist schwul.«
Schwul. Darauf wäre Brian nicht gekommen. »Woher wissen Sie das?«
»Es gab da mal Ärger vor einiger Zeit.«
»Was für Ärger?«
»Auf dem Golfplatz droben in Melon Falls. Er hatte was mit einem der Caddies. Der Junge war aus Grannick, und Nestor holte ihn immer ab, um ihn mit hinüberzunehmen – aber manchmal kamen sie nicht dort an. Als die Eltern des Jungen Wind davon bekamen, waren sie außer sich.«
»Meine Güte – das läßt sich denken.« Er konnte sich den Ausgang der Geschichte zusammenreimen. »Sie haben Berlo nicht angezeigt, stimmt's?«
»Richtig. Sie ließen sich bestechen.«
»Und sein Name erscheint nicht auf der Liste der Sexualtäter von Grannick.«
»Das waren wir ihm schuldig – nach allem, was er für die Stadt getan hat. Der Vorfall, von dem ich Ihnen gerade erzählt habe, liegt lange zurück.«
»Wie lange?«
»Siebzehn, achtzehn Jahre.«
»Da haben wir's!« klagte Brian. »Es gab einen Sexualtäter in der Stadt, als Daniel Arkin verschwand, und sein Name taucht nirgendwo in dem Bericht auf. Wurde er nicht verhört?«
»Nicht offiziell. Ich hab Ihnen doch gesagt, daß wir damals nicht

an eine Kinderschändung dachten, wie wir es vielleicht heute täten. Außerdem war er damals die ganze Woche nicht hier.«

»Wurde das überprüft?«

»Ja. Darüber hinaus war Nestor niemals gewalttätig. Er hat den Caddie zu nichts gezwungen, ihm nur Belohnungen versprochen – und so sind die Eltern auch dahintergekommen: Ihr Junge kam plötzlich mit einem neuen Fahrrad nach Hause, und ein andermal mit teuren Turnschuhen ... Da ist der Lotus.«

John hielt hinter dem Wagen an, der als vierter in einer Reihe am Rand des Steinbruchs stand, Grannicks Knutschmeile. Brian fragte sich, was sie in dem Lotus vorfinden würden.

Richie war allein. Er starrte, beide Hände auf dem Lenkrad, durch die Windschutzscheibe. Er wußte, daß er Gesellschaft bekommen hatte.

Das wußten auch die Insassen der anderen Autos – und sie schienen auch zu wissen, um wen es sich bei dieser Gesellschaft handelte. In Comic-Geschwindigkeit zuckten Köpfe hoch, und die Fahrer warfen ihre Motoren an und machten, daß sie wegkamen.

John klopfte ans Fahrerfenster und bedeutete Richie, es herunterzulassen. Brian lehnte an der Kühlerhaube von Johns Wagen.

»Wie geht's denn so?« erkundigte sich John.

»Ich bin okay.«

»Gefällt dir der Wagen?«

»Er ist okay.«

»Dein Vater sieht das nicht so lässig: Er hält ihn für etwas Besonderes.« Richie stieß einen verächtlichen Laut aus.

»Er ist nicht gerade begeistert, daß du ihn genommen hast.« Richie schwieg.

John öffnete die Fahrertür. »Komm – steig jetzt aus. Wir machen eine Fahrt zum Revier.«

Brian erwartete heftigen Protest, und er war tieftraurig, als der Junge nur fragte: »Kommt er hin?«

»Morgen.«
Die Hände auf dem Lenkrad entspannten sich ein wenig. »Was wird mit dem Wagen?«
»Den bringt mein Partner zurück.«
Brian kam näher. Richie bedachte ihn mit einem vorsichtigen Blick.
»Richie Berlo – Brian Stasek«, übernahm John die Vorstellung.
Wenn Richie Brian wiedererkannte, so ließ er es sich nicht anmerken. Er fragte nur: »Wissen Sie, wie man diesen Schlitten fährt?«
Brian betrachtete das rassige Gefährt und lächelte trocken. »Ich werde es schon schaffen.«
»Lassen Sie bloß die Gänge nicht schleifen – das merkt er. Er spinnt total mit diesem Karren.«
»Hast du ihn deshalb genommen?«
Unvermittelt sprühten Richies Augen Blitze, und er schien bereit zu sein, mit den Gründen herauszuplatzen, die ihn veranlaßt hatten, den Wagen zu nehmen. Doch dann erlosch seine Wut ebenso plötzlich wieder. »Ja. Genau.«
»Komm jetzt«, sagte John, um Brian an weiteren Fragen zu hindern. »Es ist spät.«
Richie stieg aus seinem Wagen aus und in Johns ein. Natürlich saß er auf dem Beifahrersitz.
Brian wartete, bis John losfuhr, ehe er den Lotus startete, doch während der Fahrt dachte er nicht an die Schnittigkeit des Wagens oder die Power unter der Motorhaube – er dachte, daß Richie Berlo ein gefährliches Leben führte und daß irgend jemand das, ungeachtet der Großzügigkeit des Vaters gegenüber der Stadt, ansprechen müßte. Der Junge bettelte darum.
Brian fragte sich, was er sich wohl als nächsten Versuch einfallen lassen würde.

Erschöpft, aber zufrieden saßen Emily und Jill mit Cat zwischen sich an die ans Kopfende gelehnten Kissen gekuschelt auf Jills Bett. Jills Gähnen ging in einen von einem Lächeln begleiteten Seufzer über. »Das war schön. Danke, Mom.«

»Du brauchst mir nicht zu danken – ich fand es genauso schön wie du. Du hast nette Freunde.«

»Ich möchte, daß du meine Freunde auf dem College kennenlernst – die sind auch nett.«

»Es scheint so – zumindest die beiden, die hier schon angerufen haben. Wer ist Adam?« Er war einer der Anrufer. Emily hatte nicht vor, Jill ins Gebet zu nehmen – sie wollte lediglich wissen, wie alt er war, woher er stammte, was er studierte und ob er ein anständiger Kerl war oder ein Weiberheld.

»Ein Freund. Er ist niedlich, aber ich habe es nicht eilig, was Festes anzufangen – es wäre zu einengend. Dazu sind zu viele phantastische Burschen da. Ich habe schon ein paar wirklich nette kennengelernt – ich hatte Glück.«

»Mit Glück hat das nichts zu tun – nette Menschen ziehen eben nette Menschen an.«

Jill schnitt eine Grimasse, die nur halb komisch war. »Wie konntest du dann Daddy anziehen?«

Emily strich ihr übers Haar. »He – wo kommt denn das her?«

»Er ist nicht besonders freundlich. Er hätte ruhig dableiben können, um meine Freunde zu sehen.«

»Du hast ihm erlaubt zu gehen.«

»Weil klar war, daß er das wollte. Partys machen ihn nervös.« Sie grinste. »Aber es war eine tolle Party. Ich hab mich so gefreut, alle wiederzusehen. Brian ist cool.«

Emily hatte schon überlegt, was Jill wohl von ihm hielt, hätte sie jedoch niemals gefragt. Sie tat alles in ihrer Macht Stehende, um nicht an Brian zu denken. Manchmal funktionierte es, manchmal nicht.

»Er hat unglaubliche Augen«, bemerkte Jill.

»Ja, ziemlich – und eine entzückende Tochter und eine nette Art.«

»Ich bin froh, daß er hier wohnt – dann bist du nicht so allein. Das Bad sieht toll aus. Was hast du sonst noch vor?«

»Im Haus? Dieses Zimmer zu putzen.«

»Nein. Nicht dieses Zimmer. Noch nicht.«

»Jill – es ist chaotisch.«

»Aber es ist mein Chaos, und mir gefällt es so. Ich war auf der Busfahrt nach Hause ganz unruhig: Ich hatte Angst, daß ich hier reinkommen würde und alles verändert wäre. Es ist schön, daß es nicht so ist.«

Emilys Gewissen meldete sich. Es hatte sich etwas verändert. Etwas Wesentliches. Emily hatte sich einen Geliebten genommen. Nur zeigten sich die Veränderungen nicht in einer Weise, die für Jill sichtbar gewesen wären.

Emily wußte nicht, wie sie sich in bezug auf Brian verhalten sollte.

»Was wirst du denn dann mit dir anfangen?« fragte Jill. Als Emily sie verständnislos anschaute, sagte sie: »Wenn du keine weiteren Verschönerungsarbeiten mehr planst, meine ich. Kannst du nicht mit Daddy eine Reise machen?«

»Das tun wir: in zwei Wochen.«

»Das ist das Elternwochenende – das zählt nicht.«

»Natürlich zählt das.«

»Ich dachte an eine richtige Reise.«

Es war ein Vorschlag, der jetzt noch sinnvoller war als damals, als Jill zum erstenmal damit gekommen war. Doug würde sich zwar nicht darum reißen, aber sie brauchten Zeit füreinander, von allem anderen unbelastete Zeit, um ihre Beziehung in Ordnung zu bringen. Es lag Emily weiß Gott nicht, ihren Mann zu betrügen – aber wenn ihre grundlegenden Bedürfnisse nicht befriedigt wurden ... Nein, es gab keine Rechtfertigung dafür.

»Ich werde versuchen, ihm die Idee schmackhaft zu machen«, sagte sie.
»Schreibst du jetzt mehr für die ›Sun‹?«
»Mmm – was immer Rod braucht. Und Petra von Fall zu Fall.«
Emily betete, daß der nächste »Fall« bald einträfe. Jill würde in drei Tagen wieder im College sein – der Gedanke löste das Gefühl einer schrecklichen Leere aus. Noch immer. Trotzdem. Wieder. Doug würde auf Dienstreise sein – wohin auch immer seine Arbeit ihn diese Woche führte. Ohne irgendeine Ablenkung würde Emily an Dinge denken, an die sie nicht denken durfte. »Connie Yeo braucht Hilfe in ihrem Laden. Ich liebe Bücher – es könnte Spaß machen, sie zu verkaufen.«
»Wie wäre es, eines zu schreiben?«
»Ich spiele mit dem Gedanken.«
»Worüber willst du schreiben?«
»Ich weiß es nicht.« Sie hatte jahrelang über Daniel geschrieben, kleine Gedankenfetzen, und sie sorgfältig weggepackt. Da hätte sie schon ein Buch.
»Unten steht ein Schreibcomputer – ich finde, du solltest es angehen, Mom. Diesmal wäre es allein dein Buch. Diesmal könnten wir ganz groß feiern.«
»Wir haben letztes Mal auch gefeiert.«
»Wir waren mit Sam und Donnie beim Essen – das war keine großartige Feier.« Ihre Stimme wurde ganz aufgeregt. »Diesmal schmeiße ich eine Party für dich.«
Emily lächelte. »Das willst du tun?«
»Ja – wie du es heute abend für mich getan hast. Es war super, Mom. Danke.«
Emilys Zufriedenheit wuchs. Die Zukunft war ungewiß, doch solange sie herzerwärmende Augenblicke erlebte wie diesen, würde sie nicht untergehen.

Marilee flog Montag nachmittag nach Washington zurück. Kay hätte vielleicht krankgefeiert, wenn John nicht angekündigt hätte, daß er sich einen Tag freinähme, um Marilee zum Essen einzuladen und anschließend zum Flugplatz zu bringen. Sie war überrascht. Für gewöhnlich war John extrem pflichtbewußt, wenn es um seinen Polizeidienst ging. Sie erinnerte sich, wie er sich freigenommen hatte, als ihn die Grippe erwischte, als sein Vater starb, als Marilee geboren wurde, als sie die Schule abschloß. Er und Kay hatten sie an einem Wochenende ins College gefahren, damit er keine Arbeitsstunden versäumte. Erstaunlich, daß er sich jetzt einfach einen ganzen Tag freinahm.

Und es war auch erstaunlich, daß er Marilee auf dem Weg vom Essen zum Flughafen noch einmal zu Hause vorbeibrachte, damit Kay sich richtig von ihr verabschieden konnte. Das hatte ihr am Morgen Schwierigkeiten bereitet. Erstaunlich, daß er das gespürt hatte.

Sie wußte nicht, warum die Trennung ihr diesmal so schwer fiel – im August war es nicht so schlimm gewesen. Vielleicht, weil die Trennung damals etwas Neues war. Jetzt war sie »echt« – jetzt begriff sie ihre tiefere Bedeutung. Jetzt sah sie, was sie trotz ihrer analytischen Intelligenz vorher nicht gesehen hatte: Daß nach Marilees Fortgehen sie und John allein miteinander waren – für den Rest ihres Lebens.

Der Gedanke hielt sich noch lange, nachdem der Wagen den Schulparkplatz verlassen hatte, in ihrem Kopf, und sie dachte noch am späten Nachmittag darüber nach, als sie ihre Aktentasche packte und sich auf den Heimweg machte.

Sie liebte John. Er war anständig und zuverlässig. Indem sie ihn heiratete, hatte sie das sichere Heim bekommen, das sie sich wünschte, und das Kind, auf das sie die Hoffnung fast aufgegeben hatte. Jetzt war das Kind erwachsen, und nun standen sie und John gegenseitig im Rampenlicht. Sie fühlte sich unsicher in dem grellen Schein.

Der Streifenwagen stand in der Einfahrt. Sie parkte daneben und ging hinein, erwartete halb, einen sexbesessenen Irren vorzufinden, der darauf lauerte, sie ins Bett zerren zu können.
Doch es war kein sexbesessener Irrer da – nur John, der am Küchenschrank lehnte und einen Strauß Teerosen in der Hand hielt.
»Für mich?« fragte sie, als er sie ihr hinstreckte, und murmelte dann: »Muß wohl so sein – ist ja sonst niemand hier.«
»Als Dank für ein schönes Wochenende. Von Marilee und mir.«
Kay war gerührt. »Sie sind wunderhübsch – aber das hättest du nicht tun müssen.«
»Ich wollte es – ich dachte, sie würden dich aufheitern. Sie kommt bald wieder, Kay.«
Sie nickte. Untypisch verlegen nahm sie die Blumen.
Er lächelte, streichelte ihre Wange und verschwand, um sich die Nachrichten anzusehen, ehe sie ihre Sprache wiedergefunden hatte.

Emily lag hellwach im Bett. Doug war an diesem Morgen nach einer flüchtigen Abschiedsumarmung entschwunden, die sie mehr deprimiert hatte, als es ein Handschlag getan hätte – doch zum Weinen brachte sie erst Jills Abreise am Nachmittag. Emily fragte sich, ob der Abschiedsschmerz wohl je geringer werden würde, die Stille im Haus weniger intensiv.
Von Zeit zu Zeit sprang die Heizung an und jagte Hitze durch die Rohre, wenn das Haus auskühlte, doch Emily merkte nichts von Kühle. Über ihren Kummer und die Stille hinaus gab es da noch etwas, das sie empfand, etwas irritierend Heißes und Hinterhältiges. Es saß in ihrem Unterleib und bäumte sich jedesmal auf, wenn sie an Brian dachte.
Sie schlug die Decke beiseite und ging zum Fenster. Myras Nachtlicht flackerte schwach zwischen den zitternden Blättern hindurch, die sich noch an die Äste der Ahornbäume im Vorgar-

ten klammerten. Jenseits des Rasens schimmerte bleich der Zaun, jenseits des Zaunes lag die Straße im Dunkeln. Es war eine typische Nacht in Grannick – doch im Innern von Emily regten sich für sie völlig untypische Gefühle. Sehnsucht. Erstaunlich selbstsüchtige Sehnsucht.

Sie ging ins Bad, um einen Schluck Wasser zu trinken, doch auch das milderte ihre Ruhelosigkeit nicht, und so machte sie sich auf den Weg zu Dougs Arbeitszimmer, um sich mit den Dingen zu umgeben, die seine Gegenwart symbolisierten. Sie setzte sich in seinen Sessel, legte die Füße auf seinen Schreibtisch und schaltete den Fernseher ein, zappte zweimal durch die Kanäle, bis sie ihn wieder ausschaltete.

Sie schob etwas Weiches, Rauchiges in den CD-Player, trat ans Wohnzimmerfenster und wiegte sich dort in der Dunkelheit eine Weile zu den Klängen hin und her, doch was besänftigend hätte wirken sollen, erwies sich als erotisierend. Lange bevor die Musik endete, war sie in der Küche und riß die letzten blauen Trauben von der Rebe, die Jill ansonsten kahl gegessen hatte.

Sie versuchte sich schuldig zu fühlen, weil sie Lust verspürte, doch die Lust war zu groß – weder Schuldgefühle noch Vernunft konnten sie ersticken. Und Zurückhaltung hatte keinerlei Chance, sich durchzusetzen.

Sie ging zur Hintertür, hielt den Knauf einen Moment lang umfaßt, drehte sich um und lehnte sich an die Tür. Sie lenkte ihre Gedanken zu Jill, beschwor den Schmerz herauf, den ihr dieser Verlust bereitete, doch in Null Komma nichts war Brian wieder da und weckte all die Wünsche in ihr, die sie sich so verzweifelt verboten hatte.

Es ist unrecht, es ist unrecht, sang ihr Verstand, doch ihr Körper hörte eine andere Melodie. Im Banne dieses Rhythmus schlüpfte sie in ihre Jacke und stahl sich aus der Tür. Sie nahm den längeren und dunkleren Weg zur Garage, um sich Gelegenheit

zu geben, ihre Meinung noch zu ändern, doch der Rhythmus pulsierte weiter in ihrem Blut, und die Hitze hielt sich.
Sie klopfte leise an seine Tür. Er konnte es unmöglich hören, das wußte sie – aber sie konnte sich nicht dazu überwinden, zu klingeln und Julia zu wecken. Sie klopfte noch einmal, immer noch leise, lehnte sich dann mit der Schulter an den Türrahmen und wartete.
Sie dachte, daß sie entweder zur Vernunft kommen, kehrtmachen und nach Hause gehen würde oder so durchkühlen, daß ihr jede sexuelle Regung verginge.
Beide Vorstellungen verblaßten jäh, als sie seine Schritte auf der Treppe hörte. Mit hämmerndem Puls und gesenktem Kopf stand sie da und fragte sich, was sie sagen, was sie tun sollte. Die Tür öffnete sich, Emily schaute auf, kam sich regelrecht verderbt vor.
»Ich hätte nicht kommen dürfen«, sagte sie, doch ehe sie sich umdrehen und weglaufen konnte, zog er sie rein, raus aus der Kälte, die sie nicht spürte, und machte die Tür zu. Sie lehnte sich dagegen. »Ich hätte nicht kommen dürfen«, wiederholte sie. »Aber ich lag im Bett und konnte einfach nicht einschlafen.«
»Du vermißt Jill.«
»Ziemlich.« Sie musterte sein Hemd. Es war aus schwerem, von häufigem Waschen ausgebleichtem Karostoff und hing lose und offen über seinen Jeans. »Hast du nicht geschlafen?«
»Nein. Ich habe gelesen. Gedöst. Beides gleichzeitig.«
Die Jeans waren nicht zugeknöpft. Der Anblick seines Nabels steigerte ihre Körpertemperatur um einige Zehntel. Sie wußte nicht, was sie sagen sollte, doch ihre Lust war übermächtig, und so streckte sie die Hand aus und griff nach dem Bund seiner Hose. »Sag mir, daß ich gehen soll«, flehte sie.
Ein heiseres Flüstern. »Das kann ich nicht.«
»Es ist nicht recht – mein Mann war gerade erst da.«
»Hast du mit ihm geschlafen?«

»Nein. Und wenn ich es getan hätte, hätte ich dabei nicht an ihn gedacht.« Sie hatte gebetet, daß Doug nicht plötzlich auf Ideen käme – aus genau diesem Grund, denn das hätte den Verrat zum Exzeß getrieben.

Brians Atem war unregelmäßig geworden, und der Körper unter ihren Fingern hatte sich angespannt. Sie legte die Wange an seine Brust. »In mir ist eine ... schreckliche ... Unruhe. Sie läßt sich einfach nicht vertreiben.« Sie streichelte seine Taille, und als ihre Lust über ihre Hemmungen siegte, ließ sie ihre Hand aufwärts wandern. Die Haare auf seiner muskulösen Brust waren seidenweich – ein erregender Kontrast. Ihre Hand war im siebten Himmel, wußte genau, was sie wollte und nahm es sich in einer Weise, der ihr Verstand Widerstand leistete.

Die dröhnenden Schläge seines Herzens in ihrem Ohr betäubten diesen Widerstand jedoch zusehends, ebenso wie der Arm, den er um ihren Hals gelegt hatte, um sie an sich zu drücken.

Er begehrte sie. Schon allein dafür liebte sie ihn.

Und außerdem erschien ihr das alles auf einmal lebensnotwendig – die Lust, die Leidenschaft, das Erblühen ihrer weiblichen Instinkte, die sie viel zu lange unterdrückt hatte.

Sie fuhr mit den Lippen über seine Brust, schob sein Hemd links und rechts zur Seite, und ihre Zungenspitze begann mit einer heißen, harten Brustwarze zu spielen. Sie war ein anderer Mensch, eine andere Frau als die, die Doug geheiratet hatte – und die mit Doug verheiratet war.

Eine andere Frau. Das war besser. Leichter zu akzeptieren.

Zusätzlich angeheizt durch seine zitternden, über ihren Rücken streichenden Hände, drängte sie sich ungeduldig an ihn. Sie wollte mehr schmecken, mehr berühren, doch der Hunger war nicht zu stillen, wie sich zeigte, und dann waren Schmecken und Berühren nicht mehr genug – nicht für sie und nicht für ihn. Als er ihre Hand energisch abwärts dirigierte, zog sie den Reißverschluß seiner Jeans herunter.

»Zügellos« war die treffende Beschreibung für das, was dann geschah. Brian riß ihr Nachthemd bis zur Taille hoch, umfaßte ihr Gesäß, hob sie hoch und drückte sie an die Wand.

Sekunden später hatte er sie so ausgefüllt, daß sie zu bersten glaubte, doch er verhinderte das, indem er sich gleich darauf wieder zurückzog, und dann katapultierte er sie mit brutalen Stößen in schwindelnde Höhen der Erregung, die zu erreichen sie bisher nicht für möglich gehalten hatte. Sie umklammerte ihn mit Armen und Beinen, als hinge ihr Leben davon ab, bis sie sich verlor und dann wiederfand und schließlich das Nachbeben in einer unendlich sanften Umarmung genoß – am Fuß der Treppe neben der Garage.

Fünfzehntes Kapitel

Celeste betrat mit einer Rose in der Hand das »Sunflower« und blieb in der Wartezone am Platzanweiserposten stehen. Das Restaurant war in einer Glaskugel untergebracht, die wie eine Seifenblase an der Seite eines Hotels in der Innenstadt von Springfield klebte. Sie hatte es wegen seiner Übersichtlichkeit und seiner Helligkeit gewählt und hätte ein Treffen bei Tageslicht vorgezogen, doch aufgrund ihrer Berufstätigkeit und der erforderlichen Anreise hätten ihre Kandidaten sich nur zum Mittagessen mit ihr treffen können, wenn sie sich einen Tag freigenommen hätten, und sie konnte ihnen nicht verübeln, daß sie dazu nicht bereit waren. Sie kannten ihren Namen nicht und wußten nicht, ob sie ihnen auch nur annähernd gefallen würde. Sie wußten nicht einmal, ob sie überhaupt erscheinen würde.

Umgekehrt war es natürlich ebenso, doch die Fahrt von Grannick nach Springfield war ein Spaziergang, und falls sie versetzt würde, wüßte das nur ihr Ego.

Soviel zum Grundprinzip. Es war sieben Uhr, exakt die Zeit, für die sie sich mit dem Marathonläufer zum Abendessen verabredet hatte. Nicht zum Dinner – zum Abendessen. Das hatte sie betont. Das »Sunflower« war auf Salate und Sandwiches spezialisiert. Alles Aufwendigere hätte eine größere Verpflichtung bedeutet und außerdem länger gedauert. Sollte der Marathonläufer sich als Niete erweisen, wollte sie das Essen schnell hinter sich bringen und sich dann ebenso schnell verabschieden.

Da war er – das erkannte sie auf den ersten Blick. Er hatte gesagt,

er sei groß und schlank, und er war wirklich schlank – bis zur Hagerkeit. Nicht, daß er häßlich gewesen wäre. Nur sehr eckig. Er kam auf sie zu. »Ich wurde angewiesen, nach einer Frau mit einer Rose in der Hand Ausschau zu halten.«
»Sie haben sie gefunden.« Sie streckte ihm die Hand hin. »Mein Name ist Celeste.«
Seine Hand war knotig. »Craig.«
Das paßte zu ihm. Sie trat auf die Platzanweiserin zu. »Hatten Sie Schwierigkeiten, das Restaurant zu finden?«
»Nein – ich bin in Springfield schon Rennen gelaufen.«
»Ah. Zwei Plätze – Nichtraucher, bitte«, sagte sie zu der Hosteß. Auf dem Weg zu ihrem Tisch verfluchte Celeste den Impuls, der sie zu dieser Aktion getrieben hatte. Sie haßte Small talk, haßte Verlegenheit, haßte erste Verabredungen. Doch erste Verabredungen führten zu zweiten Verabredungen, und die wiederum waren dann nicht mehr so unbehaglich. Was nicht hieß, daß sie glaubte, mit Craig eine zweite Verabredung zu haben: Ihr Instinkt sagte ihr, daß er nicht der Richtige war.
Aber vielleicht irrte sich ihr Instinkt. Sie beschloß, sich auf das Abendessen einzulassen, um das festzustellen.
Sie setzten sich an den Tisch. »Sie sind sehr hübsch«, erklärte er geradeheraus, auf eine nüchterne Art, die dem Kompliment den Reiz nahm.
»Danke.« Sie überlegte verzweifelt, was sie auf der gleichen Ebene erwidern könnte. Alles, was ihr einfiel, war: »Sie sind also Marathonläufer. Wie viele Rennen sind Sie schon gelaufen?«
»Sieben.« Er zählte sie auf und setzte jeweils seine Zeit hinzu und die Angabe, wann er gewonnen, einen zweiten oder dritten Platz oder einen guten in der Nachhut belegt hatte.
»Ah«, sagte sie, lächelte und wandte sich ihrer Speisekarte zu. »Hier gibt es einen wunderbaren ›Caesar-Salat‹ mit Hähnchenbrust.«
»Ich esse keine Eier.«

»Nein, nein, ich spreche vom Salat.«
»Caesar-Dressing enthält Eier.«
Es lag ihr auf der Zunge, ihn darauf hinzuweisen, daß das auch auf das Brötchen zutraf, nach dem er gerade griff, doch sie verkniff es sich: Sie wollte nicht schnippisch erscheinen. Statt dessen sagte sie: »Wenn Sie alles in Maßen essen, kann Ihnen nichts schaden.«
»Ich esse niemals Eier.«
Sie klappte die Speisekarte zu und legte sie beiseite. »Und was essen Sie?«
»Kohlenhydrate. Ein Hauptbestandteil meiner Diät sind Teigwaren.«
Die Bedienung erschien. »Kann ich Ihnen etwas zu trinken bringen?«
»Für mich Wasser – ich rühre Alkohol nicht an.«
Celeste schaute der Bedienung in die Augen. »Ich nehme ein Glas Ihres hauseigenen Chardonnay. Und die Quiche, bitte.« Dann wandte sie sich an Craig: »Wissen Sie schon, was Sie möchten?«
Er bestellte Rotini mit sonnengetrockneten Tomaten und Basilikum – ohne Öl, ohne Sahne, ohne Knoblauch, ohne Salz. Es klang stinklangweilig für Celeste. Er klang stinklangweilig für Celeste.
Doch sie war entschlossen, ihm eine Chance zu geben, und so übte sie sich in Geduld. »Erzählen Sie mir von Ihrer Arbeit. Sie schrieben, Sie seien im Gesundheitswesen tätig.«
»Ich sitze in der Buchhaltung der Dachorganisation eines Ärzteverbandes an der Nordküste.«
»Ah – Sie sind Buchhalter.«
»Aber ich möchte mich verändern. Das Gesundheitswesen ist kein sicheres Pflaster mehr.«
Sie hütete sich, in dieses Wespennest zu stechen. »Was schwebt Ihnen denn vor?«

»Eine Position in der Sportbranche. Mein Freund eröffnet einen Laden für Laufsportartikel. Dafür wäre ich bestens geeignet.«

»Als Verkäufer?«

»Nein – natürlich um die Bücher dort zu führen. Ich bin Buchhalter.«

Wie hatte sie das vergessen können. »Wäre das ein Full-time-Job?« Es klang nicht danach, und wenn es nur eine Teilzeitbeschäftigung wäre – wie wollte er dann den guten Wein, die schöne Musik und die Abenteuer finanzieren, worauf er angeblich Wert legte? Falls er eine Frau suchte, die ihn aushielt, saß er der falschen gegenüber.

»Ich habe noch nie ganztags gearbeitet«, erklärte er. »Wenn ich das täte, käme ich ja nicht mehr zum Laufen, und ich laufe hundert Meilen pro Woche.«

»Tatsächlich.«

»Das muß ich – um in Form zu bleiben.«

Celeste konnte keine Anzeichen für diese Form entdecken. Es war anzunehmen, daß er irgendwo Muskeln hatte, aber sie sah nur Haut und Knochen – und sie sah sich nicht nachts begehrlich die Hand danach ausstrecken.

»Tun Sie etwas für Ihre Fitneß?« fragte er.

»Ich laufe nicht, wenn Sie das meinen.«

»Das sollten Sie aber – Sie haben den richtigen Körperbau dafür.«

Celeste hatte nicht die geringste Lust zu laufen. Mit einem wegwerfenden Lächeln sagte sie: »Ich wüßte gar nicht, wo ich da anfangen sollte.«

Er machte sich daran, sie aufzuklären. Er sprach von Schuhen und Tops, Stirnbändern und Handschuhen. Er sprach darüber, langsam anzufangen und sich dann zu steigern, ein Protokoll zu führen, über Aufwärm- und Abkühlübungen. Er sprach über Wadenschmerzen. Er nannte ihr die Uhr, die sie brauchen würde. Er verstieg sich sogar dazu, ihr einen bestimmten Joggingbüstenhalter vorzuschreiben.

Als er endlich fertig war, war das Essen aufgegessen und Celestes Interesse für diesen Mann einen stillen Tod gestorben. Sie schaute auf ihre Uhr. »Ich muß aufbrechen – ich habe einen langen Heimweg.« Sie legte so viel Geld auf den Tisch, daß es für die Bezahlung ihrer Zeche und ein Trinkgeld reichen würde, und stand auf. »Es war nett, Sie kennenzulernen.«
»Wenn Sie mir Ihre Adresse geben, schicke ich Ihnen eine Nachricht, wenn mein Freund seinen Laden eröffnet. Wir könnten Sie mit der Grundausstattung versehen.«
»Ich sage Ihnen was«, bog sie das ab. »Ich habe Ihre Telefonnummer. Sollte mich der Drang überkommen, mit dem Laufen anzufangen, melde ich mich bei Ihnen.«

Als Celeste zwei Tage später wieder mit einer Rose in der Hand das »Sunflower« betrat, eilte sofort die Platzanweiserin auf sie zu. »Der Herr ist bereits da. Bitte hier entlang.«
Celeste folgte ihr zu einem Tisch an der Wand – der nicht etwa beliebt war, weil er Intimität gewährleistete, sondern weil hier der reizvolle Eindruck, in einem Goldfischglas zu sitzen, am intensivsten empfunden wurde – und warf den ersten Blick auf den englischen Witwer.
Er hatte geschrieben, er sei fünfzig, und so sah er auch aus. Sein Haar war grau und sein rundes Gesicht von Falten durchzogen – aber es war ein Gesicht, das Freundlichkeit und Warmherzigkeit ausstrahlte und das man sich nicht finster vorstellen konnte. Er stand mit einem Lächeln auf, als sie an den Tisch trat, dankte der Platzanweiserin und streckte Celeste die Hand entgegen. »Ich bin Michael.«
»Celeste. Ich freue mich, Sie kennenzulernen.«
Das Lächeln wurde breiter. »Die Freude ist ganz auf meiner Seite.« Er sorgte dafür, daß sie bequem saß, ehe er auf seinen Stuhl zurückkehrte.
»Haben Sie schon lange gewartet?«

»Nein – ich bin zwanghaft überpünktlich.« Er schnalzte mit der Zunge. »Aber dieses Wort sollte ich nicht benutzen, wenn ich einen Menschen gerade erst kennenlerne und beeindrucken möchte, nicht wahr?« Sein Akzent war nur schwach und ganz angenehm.

»Zwanghaft?«

»Es ist kein positiver Charakterzug. Das sagen jedenfalls meine Kinder, und sie haben für gewöhnlich recht.«

Er respektierte seine Kinder. Das war liebenswert. »Wie alt sind sie denn?«

»Neunundzwanzig, fünfundzwanzig und achtzehn. Und wie steht es mit Ihnen? Haben Sie auch Kinder, oder bezog sich das ›zweite Leben‹, das Sie in Ihrer Anzeige erwähnten, auf eine Ehe, die geendet hat?«

»Meine Ehe endete, als meine Tochter ein Jahr alt war. Inzwischen ist sie ebenfalls achtzehn und auf dem College.«

Jetzt strahlte sein Gesicht. »Wirklich? Nun, dann haben wir etwas gemeinsam – allerdings ist mein achtzehnjähriger Sprößling ein Junge. Wir beide stehen uns ziemlich nahe. Sein Fortgang hat mich schwer getroffen.«

»Wann ist Ihre Frau gestorben?«

»Vor fünf Jahren. Ganz plötzlich. Ich weiß nicht, was ich ohne meine Kinder getan hätte. Sie waren mir eine ungeheuer große Hilfe. Das älteste – ein Mädchen – ist verheiratet und hat zwei Kinder. Sie lebt in Bloomfield – das ist zwanzig Minuten von Hartford entfernt, wo ich wohne. Das mittlere ist auch ein Junge. Er arbeitet bei mir.«

Nett. »Was machen Sie denn?«

»Ich stelle Nuten und Bolzen her – genauer gesagt, meine Angestellten tun das. Ich sitze an einem Schreibtisch neben einem großen Fenster, das auf das Fabrikgelände hinausgeht. Jay – das ist mein Sohn – hat eine eigene Wohnung. Ich muß gestehen, daß es in den letzten Wochen Momente gegeben hat, in denen ich ihn mir wieder nach Hause wünschte.«

Das konnte Celeste nicht nachvollziehen. Sie konnte nicht nachvollziehen, daß ein Mensch die Arbeit, die Verantwortung und die Meinungsverschiedenheiten begrüßte, die es bedeutete, ein Kind zu Hause zu haben. Sie hatte einen inbrünstigen Seufzer der Erleichterung ausgestoßen, als die Herbstferien zu Ende waren.

»Meine Kinder und ich kamen einander nach dem Tod meiner Frau sehr nahe«, sagte Michael. »Ich brauchte sie ebensosehr wie sie mich. Ah – da ist unsere Bedienung. Ich habe mir erlaubt, eine Flasche Wein zu bestellen. Es ist ein interessanter Chardonnay. Ist Ihnen das recht?«

Seine vorsorgliche Bestellung machte beinahe seine innige Beziehung zu seinen Kindern wett. »Ich liebe Chardonnay«, sagte sie mit einem Lächeln, als er einschenkte.

»Das sagt mein Jüngster auch immer. Natürlich ist er noch nicht sehr erfahren auf diesem Gebiet, und darum gebe ich nicht viel darauf – aber es aus Ihrem Munde zu hören, freut mich. Ihre Vorliebe ist sicherlich fundiert.« Er hob sein Glas. »Auf eine schöne Frau mit einer Rose.«

Sie stieß mit ihm an. Entweder war er wirklich so galant, wie er geschrieben hatte – oder ein geiler Bock. Sie war nicht sicher.

»Ich nehme an, Sie haben hier schon früher gegessen«, sagte er.

Sie nickte. »Ein paarmal.«

»Können Sie mir etwas empfehlen?«

»Der ›Caesar-Salat‹ mit Hähnchenbrust ist sehr gut – aber ich mag die Quiche am liebsten. Das ist vielleicht eher ein Mittagsgericht – doch ich finde, die Leute legen zuviel Gewicht auf solche Konventionen. Der Magen weiß schließlich nicht, wie spät es ist, wenn er etwas hinuntergeschickt bekommt. Ich habe schon Artikel gelesen, in denen Pizza als durchaus geeignetes Frühstück eingestuft wurde.«

Der Marathonläufer wäre gestorben. Michael lachte. »Meine

Kinder haben jahrelang Pizza zum Frühstück gegessen. Sogar die beiden älteren, als sie noch zu Hause wohnten, bevor ihre Mutter starb. Sie fand, daß es keinen Streit lohnte, und ich ziehe zwar das traditionelle große britische Frühstück vor, aber ich halte auch nichts von Streit.«

»Woraus besteht das große britische Frühstück?« fragte Celeste, ehe er auf das Thema Kinder zurückkommen konnte.

»Aus Eiern, Räucherheringen und Würstchen, gedünsteten Tomaten und Pilzen und Toast. Es ist ziemlich umfangreich. Heute kann ich nicht mehr so essen. Mein Arzt sagt, ich sei zu dick, und außerdem bin ich nicht gerade ein begnadeter Koch – schon gar nicht früh am Morgen. Und so hat sich eine Tradition in meinem Haus entwickelt: Bei besonderen Anlässen kommen die Kinder herüber und machen mir das große britische Frühstück. Es passiert natürlich nicht oft – aber ich genieße es jedesmal.«

Für einen kurzen Augenblick fragte sich Celeste, wie es wohl sein würde, Teil einer großen, einträchtigen Familie zu sein – dann schob sie den Gedanken weg. Große Familien bedeuteten mehr kochen zu müssen, mehr waschen zu müssen und mehr Missetäter ermahnen zu müssen. Das wünschte sie sich auf gar keinen Fall.

»Haben Sie sich entschieden?« fragte Michael, als die Bedienung zurückkam.

Celeste bestellte die Quiche. In der Zeit, die er brauchte, um den Salat zu ordern, bemerkte sie, daß sein Haar leicht schütter war und seine Kleidung leicht schäbig. Sauber, aber schäbig. Er machte einen eindeutig heruntergekommenen Eindruck.

Als die Bedienung gegangen war, fragte er sie, ob sie auch solche Schwierigkeiten habe, sich mit einem kinderlosen Haus abzufinden, wie er. Sie konnte nicht lügen. Sie hielt es ihm zugute, daß er nicht schockiert reagierte.

»Es muß für eine Frau anders sein, die Verantwortung für ein Kind allein zu tragen, als für einen Mann«, meinte er und

erzählte dann von den Jahren seit dem Tod seiner Frau mit Hinblick auf seine Kinder.
Celeste nutzte schließlich eine seiner Atempausen, um ihn zu fragen, womit er sich seine Freizeit vertreibe, doch seine Freizeit war offenbar Familienzeit. Wenn er nicht seine Enkelkinder besuchte, ging er mit seinem älteren Sohn zu Spielen der Whalers oder fuhr zu Elternwochenenden in das College, das der jüngere besuchte. Einmal im Jahr machte er Urlaub – mit beiden Söhnen, Tochter und Schwiegersohn und den Enkeln.
Celeste war nicht bereit, sich auf Enkel einzustellen.
Als sie mit Essen fertig waren, erkannte sie, daß sie auch nicht bereit war, sich auf Michael einzustellen. Sie war es müde, Geschichten von seinen Kindern zu hören. Ihr Muttersein saß ihr noch zu sehr im Genick, als daß sie ständig darüber hätte reden wollen. Zugegeben, er schien ein großartiger Vater zu sein – aber sie suchte keinen Vater.
Doch als sie sich von ihm verabschiedete, empfand sie einen Anflug von Bedauern. Sein lächelndes Gesicht hatte etwas ungemein Liebenswertes. Es war kein interessantes Gesicht und auch kein intellektuelles. Aber es war lieb.
Nicht, daß er ernsthaft als Bewerber in Frage käme, dachte sie auf der Heimfahrt nach Grannick. Es hatte keine chemische Reaktion zwischen ihnen stattgefunden, und die Chemie war wichtig.
Vielleicht würde das ja mit dem Tierarzt funktionieren. Er hatte eine schöne, tiefe Stimme, die eindeutig erotisierend auf sie wirkte. Unglücklicherweise hatte er einen Tag nach ihrem Anruf einen Tagungstermin wahrnehmen müssen. Sie würden sich nächste Woche treffen.
Darauf konnte sie sich also freuen.
Und dann stand ihr noch der Chirurg bevor, obwohl sie da gewisse Bedenken hegte. Eine Verabredung mit ihm zu treffen, war ebenso kompliziert und strapaziös gewesen wie die Lektüre

seines Lebenslaufes. Als Reaktion auf ihren schriftlichen Vorschlag, sich im »Sunflower« zu treffen, hatte er ihr seine Telefonnummer geschickt. Die erste Schwierigkeit bestand darin, ihn zu erreichen anstatt seines Auftragsdienstes. Die zweite Schwierigkeit bestand darin, einen für beide ohne größeren Aufwand erreichbaren Treffpunkt zu finden. Wie er sagte, habe er keinerlei berufliche Kontakte in Springfield, und so würden sie sich in Boston treffen, wo er in der folgenden Woche einige Besprechungstermine hätte.

Er hatte fast widerwillig geklungen, als sei die Verabredung mit ihr nur eine mehr, die er in seinen ohnehin schon überfüllten Zeitplan hineinquetschen müsse. Sie wußte selbst nicht recht, warum sie ihm nicht den Hörer aufgeknallt hatte – vielleicht, weil Chirurgen ein Vermögen verdienten. Vielleicht aber auch – und das war wahrscheinlicher – weil sie gerade erst den Marathonläufer von ihrer Liste gestrichen hatte. Sie könnte ja immer noch anrufen und absagen.

Und dann war da noch, seufz, der Architekt. Wie den anderen hatte sie auch ihm schriftlich den Vorschlag gemacht, sich im »Sunflower« zu treffen. Unglücklicherweise hatte seine Antwort, da sie ihm über das Postfach der Illustrierten hatte schreiben müssen, aufgrund dieses Umweges auf sich warten lassen – doch das Warten hatte sich gelohnt.

»Liebe GC403, ich habe mich sehr über Ihre Nachricht gefreut. Ein Abendessen im ›Sunflower‹ ist verlockend, doch ich habe eine andere Idee. Eine meiner Kundinnen, eine Künstlerin, stellt in einer Galerie in Cambridge ihre Arbeiten aus. Die Eröffnung – im großen Stil – ist für den letzten Sonntag im Oktober geplant. Wenn Sie kämen, würden Sie nicht nur ein Beispiel meiner Arbeit sehen, sondern auch ihrer. Es werden viele interessante Leute da sein, einschließlich Künstler und Autoren aus der Gegend, so daß der Nachmittag, auch wenn Sie mich sterbenslangweilig finden und mein Gesicht nie wiedersehen wollen sollten, nicht verloren für Sie wäre. Für den Fall, daß Sie mich ebenso interessant finden sollten wie einige der anderen Gäste – wenn nicht noch interessanter –, können wir uns in ein wunderschönes Café in der Nähe verziehen und etwas trinken und uns unterhalten, ehe ich Sie in Ihren Wagen setze und nach Hause schicke.«

Das klang genau nach der Art Abenteuer, die ihr vorschwebte – aufregend und vielversprechend – und als sie mit Michaels liebem Gesicht im Kopf von Springfield heimfuhr, verspürte sie in Vorfreude auf diese Begegnung ein höchst angenehmes Kribbeln.

Brian schaute mit einem verzweifelten Blick in Richtung Küchenzeile. Im Spülbecken türmten sich Töpfe, Pfannen und Babyfläschchen. Auf der Arbeitsfläche stapelte sich schmutziges Geschirr. Vor der Wasch-Trocken-Säule lag ein Haufen Wäsche auf dem Boden.

Er war es müde, sich das anzusehen. Er war es müde, darüber nachzudenken. Es schien ihm, als habe er in den letzten zwei Monaten nichts anderes getan als abgespült und gewaschen.

Falls es einen Himmel gab, so schaute Gayle bestimmt von dort oben mit Genugtuung auf den ehemaligen Haushaltsmuffel herunter, der jetzt alles allein machte. Nun – zumindest versuchte er es, was mehr war, als sie tat. Sie hatte sich von einem gottverdammten Auto umbringen lassen.

Er hätte die Wäsche gestern abend zusammenlegen und wegräumen sollen, aber er war zu müde gewesen. Warum? Weil er in der Nacht davor bis in die frühen Morgenstunden mit Emily beschäftigt gewesen war.

Vielleicht beruhte Gayles Genugtuung auch auf Eifersucht. Die Frauen würden noch einmal sein Tod sein.

»Brian?«

Aber es würde ein schöner Tod sein. Allein der Klang ihrer

Stimme ließ sein Herz schneller schlagen. Er erreichte die Tür in dem Moment, als Emily am Kopf der Treppe ankam, und stützte seine Hände rechts und links gegen den Türrahmen. »Du kannst noch nicht reinkommen.«

»Warum nicht?«

»Weil die Wohnung nicht besichtigungsbereit ist. Gib mir zehn Minuten.«

»Ich will sie ja nicht besichtigen.«

»Fünf Minuten.«

Sie schlüpfte unter seinem Arm durch und warf einen Blick in die Runde. »Mmm. Du hast recht. Das ist wirklich nicht besichtigungsgeeignet.«

»Ich versuche auf dem laufenden zu bleiben, aber es ist unmöglich. Die Kleider sind kaum sauber, da sind sie auch schon wieder schmutzig, und mit dem Geschirr ist es dasselbe. Ich schwöre dir, ich bringe das verdammte Bettsofa zehnmal am Tag in Ordnung, und ebensooft staube ich den Tisch ab. Was hat das für einen Sinn? Man fängt unentwegt wieder von vorne an, und es nimmt nie ein Ende.«

Sie warf ihm einen amüsierten Blick zu. »Jetzt weißt du Bescheid.«

»Wie halten Frauen das aus?«

»Nach einer Weile gewöhnt man sich daran.«

»Aber was tut man, bis ›nach einer Weile‹ anfängt?«

»Musikhören hilft. Manche Frauen telefonieren, während sie Wäsche zusammenlegen. Manche schalten den Fernseher ein, wenn sie die Betten machen. Unglücklicherweise wird die Arbeit nicht getan, wenn wir sie nicht tun – wir wollen aber, daß sie getan wird.«

Brian ging zum Bett und begann an den Laken zu zerren. »Da hast du ein Beispiel dafür: Ich habe versucht, das Bett ungemacht zu lassen, weil ich mir sagte, daß tagsüber eh niemand da sei, der es sähe – aber dann mußte ich es sehen, als ich abends reinkam,

und als Julia das Ding aufgeklappt sah, bestand sie darauf, dort zu spielen und zu essen, und am Ende war alles mit Essen beschmiert, und ich mußte die Bezüge waschen.«
Emily schob ihn beiseite. »Ich mache das Bett, du kümmerst dich um die Wäsche.«
»Nein. Es ist mein Bett.«
»Ich habe diese Woche auch einige Zeit darin verbracht.«
»Nicht genug«, brummte er. Sie blieb fast nie über Nacht. Er wußte, daß sie mit der Unmoral ihrer Beziehung kämpfte, daß sie wider besseres Wissen zu ihm kam, doch er wünschte sich sehnlichst, neben ihr aufzuwachen. Sie war noch immer der kleine ruhige Winkel in seinem Leben – selbst wenn sie sich liebten, gab sie ihm Halt.
Doch es widerstrebte ihm, sie in dem Ausnahmezustand, in dem sie sich befand, unter Druck zu setzen. Also fuhr er sich mit der Hand durch die Haare und seufzte. »Tut mir leid. Ich bin losgehetzt, um Julia zu Janice zu bringen, damit ich vor dem Dienst noch mal nach Hause fahren konnte, um hier klar Schiff zu machen, aber es ist nicht meine Idealvorstellung von einem Tagesanfang.«
Seine Idealvorstellung von einem Tagesanfang beinhaltete, Emily in die Arme zu nehmen, doch etwas in ihrem Verhalten sagte ihm, daß sie nicht aus diesem Grund herübergekommen war. In jäh aufsteigender Furcht griff er nach ihrer Hand.
Emily umschloß seine Finger mit den ihren. »Wir müssen aufhören.«
Seine Furcht wuchs. »Du willst nicht mehr mit mir zusammensein?«
»Doch. Viel zu sehr. Ich liebe es, mit dir zusammenzusein. Doch dann gehe ich nach Hause und fühle mich schuldig – und nicht nur, weil ich Doug betrüge. Wenn ich mit dir zusammen bin, denke ich nicht an ihn.«
»Das ist der Sinn.«

»Aber er ist mein Mann, und wir haben eine gemeinsame Tochter. Wenn ich nicht bereit bin, ihn um die Scheidung zu bitten, muß ich mehr an ihn denken. Ich muß versuchen, unsere Ehe zu retten.«

»Warum?«

»Weil er mein Mann ist – und weil unsere Ehe früher einmal gut war.«

»Das war vor Daniels Verschwinden«, sagte Brian und bereute es, als er den Schmerz über ihr Gesicht zucken sah. Aber es mußte gesagt werden. »Ist es nicht so?«

»Ja – aber es muß das eine nicht unbedingt das andere ausgelöst haben. Doug hat sich weiterentwickelt. Er hat sich verändert.«

»Liebst du ihn?«

»Ich kenne ihn nicht mehr so wie früher.«

»Das ist keine befriedigende Antwort.«

»Ich habe im Augenblick keine befriedigendere zu bieten, aber ich muß sie suchen.« Sie atmete tief durch. »Das Zusammensein mit dir trübt meinen Blick.«

Brian hörte die Qual in ihrer Stimme – ein kleiner Trost für ihre Worte. Hilflos und verzweifelt zog er sie an sich. »Wenn du mit mir zusammen bist, lächelst du. Du lachst. Du genießt. Du verdienst das alles, Emily.«

»Vielleicht werde ich es mir eines Tages gönnen.«

Hilflos – ja, so fühlte er sich. Doug war ein wesentlicher Störfaktor in ihrer Beziehung, doch er war nicht der einzige: Daniel wog genauso schwer. Sie sagte, er sei tot, doch sie war weder bereit, das Haus noch die Stadt zu verlassen, wo er gelebt hatte. Brian fürchtete, daß sie Doug aus dem gleichen Grund nicht verlassen würde.

Er war versucht, ihr das Foto zu zeigen. Es war vor ein paar Tagen fertig geworden – eine Computer-Angleichung eines Fotos von Daniel aus der Akte. Mit einundzwanzig war er ein gutaussehender Bursche, halb Intellektueller, halb Schlitzohr.

Seine blonden Haare waren zu einem Ton zwischen Dougs hellerem und Emilys dunklerem Braun nachgedunkelt. Sein Gesicht war schmaler, als das des Kindes gewesen war, der Mund sanft geschwungen, und die Augen verrieten eine wache Intelligenz. Abgesehen von dem Bartschatten bestand eine große Ähnlichkeit mit Jill. Emily wäre stolz auf diesen jungen Mann gewesen. Doch es würde nichts nützen, ihn ihr zu zeigen. Brian hatte auf jedem möglichen Weg Abzüge in Umlauf gebracht, und jetzt konnte er nur noch warten. Er wartete auch auf die Fingerabdruckvergrößerung, damit er die Überprüfung vornehmen könnte. Und er bereitete sich darauf vor, die Leute zu befragen, die damals unberücksichtigt geblieben waren. Jetzt war er noch stärker motiviert als vorher.

Erschreckend, wie abhängig er von ihr geworden war. Sie schenkte ihm eine ehrliche, offene Liebe, wie keine Frau vor ihr es getan hatte, und er genoß es. Er fühlte sich geschmeichelt. Und er fühlte sich gebraucht. Während seine Beziehung mit Gayle programmiert gewesen war – von der Hochzeit über das Kind bis hin zu einem einfachen gemeinsamen Abend –, war seine Beziehung mit Emily spontan und leidenschaftlich.

Sie ergänzte ihn. Sie forderte seinen Geist heraus. Sie brachte Sonnenschein in seine Tage. Und, verdammt – er in ihre auch. Das wußte er. Selbst jetzt, als sie ihn umschlungen hielt und ihr Gesicht an seinem Hals verbarg, spürte er, wie sie sich an seiner Kraft, seiner Robustheit und seiner Liebe stärkte. Anstatt jedoch sein Potential dadurch schwinden zu spüren, fühlte er es jedesmal wachsen.

»Ich will dich nicht gehen lassen.«

»Ich muß es tun«, flüsterte sie mit gebrochener Stimme.

Er hätte gerne protestiert, doch er brachte es nicht über sich, sie in ihrem Schmerz noch zusätzlich zu quälen.

»Wir werden uns ja auch weiterhin sehen«, sagte sie.

Aber nicht auf diese Weise – und diese Weise war es, was ihre

Beziehung von den Beziehungen unterschied, die sie mit anderen Menschen verbanden. Er dachte daran, ihr zu sagen, daß er sie liebte, doch das hätte alles nur noch schwerer gemacht, und so hielt er sie einfach nur eine Weile in den Armen. Er erwartete, daß sie sich von ihm lösen würde, aber sie tat es nicht, und so hielt er sie weiter in den Armen. Und noch immer löste sie sich nicht von ihm.

Schließlich spürte er, daß sie es allein nicht schaffen würde, und schob sie sanft weg. »Ich werde hiersein«, sagte er und brachte ein Lächeln zustande.

Sie nickte. »Das ist gut zu wissen.«

»Julia liebt dich.«

»Ich liebe sie auch.« Sie schaute in die Runde, verschlang den Raum mit gierigen Augen, ehe sie eine Ablenkung fand.

»Warum ist Geschirr im Spülbecken? Stimmt was nicht mit der Spülmaschine?«

»Ja – sie ist voll. Die Sachen darin sind sauber – ich hatte nur noch keine Zeit, sie auszuräumen.«

Emily atmete tief durch. »Okay. Du legst die Wäsche zusammen, ich mache das Bett.«

»John würde mich umbringen.«

Mit einem trockenen »John ist nicht hier« legte sie Brians neueste Jazz-Revival-CD auf und machte sich an die Arbeit. Es war ihre Art, ihm zu sagen, daß sich außer der Tatsache, daß sie nicht mehr miteinander schliefen, nicht viel ändern würde.

Das gab Brian Zuversicht.

Zu dem Zeitpunkt, als Daniel verschwand, befanden sich außer Emily noch drei weitere Kunden und drei Angestellte in dem Postamt. Der einzige Angestellte, der damals befragt wurde, war der am Schalter. Die beiden anderen hatten im Hinterzimmer Post sortiert.

Einer dieser zwei war vor neun Jahren gestorben. Der andere war in den Ruhestand gegangen und wohnte zwei Städte östlich von Grannick bei seiner Tochter.

»Arthur Terrell?« fragte Brian, als auf sein Klopfen ein weißhaariger Mann die Tür öffnete.

»Ja.«

Er zückte sein Abzeichen. »Detective Stasek vom Grannick Police Department. Soviel ich weiß, arbeiteten Sie vor neunzehn Jahren in dem dortigen Postamt, als Daniel Arkin aus dem Wagen seiner Mutter entführt wurde. Erinnern Sie sich noch an den Tag?«

»Arkin. Natürlich erinnere ich mich. Hat man den Jungen je gefunden?«

»Nein. Wir nehmen ein paar Nachbesserungen in dem Fall vor. Laut Unterlagen hielten Sie sich zur Zeit des Verbrechens im Hinterzimmer auf. Wissen Sie noch, wie lange Sie zur fraglichen Zeit schon dort waren?«

»Die Geschichte mit dem Jungen machte mich ganz krank. Wir hatten noch lange danach sein Bild aushängen. Er war ein hübsches Kerlchen. Der Sohn meiner Tochter war im gleichen Alter. Ich durfte gar nicht daran denken, daß ihm so etwas zustoßen könnte.«

»Mr. Terrell?«

»Wie kann ich Ihnen helfen, Sir?«

»Wie lange waren Sie im Hinterzimmer?«

»Im Hinterzimmer? Da haben wir die Post sortiert. Damals machten wir das alles noch von Hand. Die Briefträger kamen immer wieder, um Nachschub zu holen.«

»Waren Sie die ganze Zeit, während Mrs. Arkin da war, im Hinterzimmer?«

»Ich wußte gar nicht, daß sie da war – wir konnten nicht in den Schalterraum sehen. Wir wußten überhaupt nicht, daß etwas passiert war, bis die Polizei auftauchte.«

»Sie haben das Hinterzimmer nicht verlassen, nicht mal um die

Ecke in den Schalterraum geschaut? Und Sie sind auch nicht auf einen Kaffee oder eine Zigarette rausgegangen?«
»Ich rauche nicht.«
»Vielleicht, um frische Luft zu schnappen?«
»Ich habe immer erst meine Arbeit fertiggemacht – und ich habe nicht gesehen, was draußen vor sich ging, denn der Raum hatte keine Fenster.« Er runzelte die Stirn. »Ich dachte mir damals, es müsse ein Durchreisender gewesen sein – niemand aus Grannick hätte den Jungen entführt. Niemand aus Grannick hätte den Jungen behalten, wenn er gesehen hätte, wie verzweifelt Emily war. So ein nettes Mädchen. Mir brach fast das Herz.«
Brian auch – aber er war auf der Suche nach einer Spur. »Sie erwähnten, daß die Briefträger zurückkamen, um Nachschub zu holen. Ist einer von ihnen gekommen oder gegangen, während Mrs. Arkin da war?«
»Ich hab Ihnen doch grade gesagt, daß ich sie gar nicht gesehen habe.«
»Okay – stellen wir die Frage anders. Die Polizei traf zehn Minuten nach Mrs. Arkins Weggang aus dem Postamt ein. Ist in der, sagen wir mal, halben Stunde vor Eintreffen der Polizei einer der Briefträger gekommen oder gegangen?«
Arthur dachte nach. Dann schüttelte er den Kopf. »Das weiß ich wirklich nicht mehr.«
»Was ist mit Geräuschen? Sie konnten nicht sehen, was in der Schalterhalle vor sich ging – aber konnten Sie was hören?«
»Ein bißchen.«
»Was heißt ›ein bißchen‹?«
»Wenn es irgendeine Aufregung gegeben hätte, hätte ich es gehört.«
»Und – haben Sie an dem Morgen so was gehört?«
»Nein.«
»Haben Sie überhaupt etwas Ungewöhnliches an dem Morgen gehört?«

»Nicht, daß ich mich erinnern könnte. Ich horchte immer auf die Stimmen draußen, versuchte sie zu erkennen. Es war ein Spiel, verstehen Sie – um mir die Zeit zu vertreiben. Die Stimmen der Frauen konnte man nicht immer hören. Constance Marrets allerdings schon – die war so hoch und weinerlich, daß sie niemand überhören konnte. Bei Emily wäre es schwieriger gewesen – die war eher wie ein leises Summen. Als die Polizei reinkam und erzählte, was passiert war, dachte ich, daß die Stimmen viel zu ruhig für so was waren. Natürlich war Constance vorher dagewesen und Archie Hickocks« – er ahmte dessen Stimme nach, indem er plötzlich um eine Oktave höher sprach –, »der immer so komisch kiekste, und«, er dachte einen Moment nach, »Frank Balch war auch da, und seine Stimme war die schlimmste. Frank konnte man auch nicht überhören. Er hatte eine gemeine Stimme.«

»War sie an diesem Tag gemeiner als sonst?«

»Nein – wie immer. Wenn wir ihn hörten, schauten mein Kollege – Horace, er starb vor ein paar Jahren – und ich uns immer an und waren heilfroh, daß wir nicht vorne im Schalterraum arbeiteten.«

Mehr konnte Brian von ihm nicht erfahren. Nachdem er dem alten Mann seine Karte gegeben hatte, kehrte er zu seinem Jeep zurück und schaute nach, welcher Name als nächster auf seiner Liste stand.

Außer Emily waren an dem Tag noch viele weitere Kunden im Postamt gewesen. Archie war zu Fuß unterwegs gewesen und anschließend die Straße hinunter zu der Sandwichbude gegangen, deren Platz heute die »Eatery« einnahm. Sein Eintreffen dort war hinreichend belegt.

Frank Balch war in sein Auto gestiegen, ohne Emilys Wagen oder das Kind zu sehen. Er hatte das Wechselgeld nachgezählt, das er beim Kauf von Briefmarken auf seinen Zwanzigdollarschein herausbekommen hatte, und geglaubt, er sei um einen

Dollar beschummelt worden. Er wollte gerade empört hineinstürmen, als er ihn fand.

Selma und May McDougall waren nach dem Verlassen der Post schnurstracks in das Bekleidungsgeschäft auf der anderen Straßenseite gegangen. Sie hatten nichts gesehen.

Der Besitzer des Ladens war im Laufe der ersten Stunde nach Daniels Verschwinden befragt worden – nicht so die beiden Kundinnen, die dort waren, als die McDougalls hereinkamen. Es handelte sich dabei um Mary Viola und Susan Boyd, Mutter und Tochter. Mary war nach Florida in eine Seniorenkolonie gezogen, aber Susan wohnte mit ihrem Mann noch immer in Grannick.

Brian zeigte ihr sein Abzeichen und stellte sich vor. »Ich bin neu in Grannick. Ich habe alte Akten gelesen und möchte einige Untersuchungen bezüglich des Verschwindens von Daniel Arkin nachholen.«

Susan schaute ihn verblüfft an. »Daniel Arkin? Das ist doch eine Ewigkeit her.«

»Ich komme nur der Vollständigkeit halber«, erklärte er leichthin. »Sie sind damals nicht befragt worden. Erinnern Sie sich an den Tag?«

»Sehr gut. Ich habe selbst zwei Söhne. Mein Mann und ich hatten Alpträume nach dem Vorfall.«

»Haben Sie Emily vor der Post einparken gesehen?«

»Nein. Ich versuchte, meine Mutter bei einem Kleiderkauf zu beraten. Sie ist etwas schwierig in dieser Hinsicht.«

»Haben Sie überhaupt einmal über die Straße geschaut?«

»Erst danach. Ich wußte nicht, daß etwas passiert war, bis ich zur Kasse ging, um das Kleid für meine Mutter zu bezahlen – da bemerkte Selma McDougall den Streifenwagen und machte uns aufmerksam. Und dann sahen wir Menschen durcheinanderlaufen.«

Neunzehn Jahre hatten die Geschichte nicht verändert – sie

entsprach genau der, die Belle Fraser, die Inhaberin des Geschäfts, zu Protokoll gegeben hatte. Von Belles Schaufenster hatte man den besten Blick auf den Parkplatz der Post.

»Wo liefen die Leute durcheinander?« fragte Brian.

»Vor dem Postamt und auf dem Parkplatz. Ich sah zwei Autos – Emilys und einen Streifenwagen.«

»Haben Sie irgendeine Bewegung am Rande des Parkplatzes oder im hinteren Teil bemerkt?«

»Nein.«

»Haben Sie irgend etwas Ungewöhnliches gehört – etwas, das Ihnen trotz der Auseinandersetzung mit Ihrer Mutter auffiel, wie zum Beispiel das Quietschen von Reifen?«

Susan schaute ihn entschuldigend an. »Sie würden das nicht fragen, wenn Sie meine Mutter kennen würden: Sie redet wie ein Wasserfall. Während der ganzen Zeit in Belles Laden – das weiß ich noch so genau, weil es mir, nachdem wir erfahren hatten, was geschehen war, so albern erschien – ließ sie sich darüber aus, wie wenig kleidsam die derzeitige Mode sei und wieviel kleiner die Firmen ihre Modelle heutzutage machten, so daß sie eine größere Größe kaufen müsse als früher. Dazwischen verbreitete sie sich anklagend über Frank Balch und sein altes Auto und den Lärm, den es macht, aber ich habe nur ihre Stimme gehört. Es tut mir leid – ich wünschte, ich könnte Ihnen helfen.«

Später, als er in Johns Büro saß, berichtete Brian ihm von dieser Einstellung.

»Sie wollen alle helfen – aber sie erzählen mir nichts Neues. Alle mögen Emily, allen tut sie leid, aber niemand weiß, wer ihr Kind entführt haben könnte oder warum. Allerdings taucht Frank Balchs Name immer wieder auf. Klingt, als sei er ein übler Patron gewesen. Wäre es denkbar, daß er mehr getan hat als er sagte?«

»Ich wüßte nicht, wie. Oder warum. Er haßte Kinder.«

»Vielleicht war das der Grund.«

»Nein. Er war gerade seinen eigenen Sohn losgeworden – er hätte sich niemals mit Daniel abgegeben. Außerdem haben wir ihn befragt – zwei-, dreimal, und seine Geschichte blieb immer gleich. Und Myra bestätigte sie.«

»Sie war nicht mit ihm zusammen.«

»Nein – aber sie war zu Hause, als er, fünf Minuten nachdem er das Postamt verlassen hatte, kam. Nennen Sie mir ein Motiv.«

»Gemeinheit.«

»Gemeinheit ist kein Verbrechen. Der Mann hat noch nicht einmal einen Strafzettel bekommen.«

Brian seufzte. »Es ist schade, daß er tot ist – ich hätte mich gerne mit ihm unterhalten.«

»Nein, das hätten Sie nicht. Glauben Sie mir.«

Doch Brian hielt daran fest. »Leute wie er sind manchmal die größte Hilfe. Sie sind streitlustig. Sie lieben es, über andere herzuziehen. Sie haben den Mut, Dinge zu sagen, die freundlichere Menschen für sich behalten. Sie nehmen niemanden in Schutz.«

»Das ist wahr. Die arme Emily ging durch die Hölle, und Frank hatte nichts Besseres zu tun als sie niederzumachen, weil sie das Kind im Auto gelassen hatte. Ein reizender Kerl, was?«

Myra saß auf der Bank unter der Weide. Sie hatte sich in die voluminöse Wolljacke gewickelt, die Frank immer zum Holzhacken getragen hatte. Ihre Schwiegertochter saß – modischer in einen Parka gekleidet – neben ihr.

Myra hatte sie nicht eingeladen. Sie war einfach aufgetaucht und hatte darauf bestanden, mit ihr zu reden. »Na schön«, hatte Myra nachgegeben und die Jacke angezogen. »Aber ich gehe in den Garten.«

Der Mittag war wolkig und typisch oktoberkalt. Das Gras war am Morgen hart gefroren gewesen, und obwohl es jetzt weicher geworden war, ließ das morgendliche Frostgeknister keinen Zweifel daran, daß der Winter bevorstand.

»Wir machen uns Sorgen um dich«, sagte Linda. »Carl gefällt es gar nicht, daß du hier ganz allein bist.«

»Ich bin nicht allein. Ich kenne eine Menge Leute in der Stadt. Und ich habe Emily und Brian. Und Frank.«

»Hm – hm ... äh ... wir haben uns gefragt, ob du vielleicht in Betracht ziehen würdest umzuziehen.«

»Großer Gott, nein! Ich ziehe nicht um.«

»Es gibt da ein wunderbares Haus mit Gartenwohnungen – keine halbe Stunde von uns entfernt. Die Leute dort sind ganz besonders nett.«

»Ich kann nicht umziehen.«

»Warum nicht?«

»Ich wohne seit siebenunddreißig Jahren hier. Alles, was mir etwas bedeutet, ist hier.«

»Das war vielleicht so, als Carl, Peter und Nowell noch zu Hause waren und Frank noch lebte – aber jetzt bist nur noch du da.«

»Es ist mehr als das.«

»Die Wohnungen sind wirklich sehr hübsch, Myra. Du hättest drei Zimmer, und alle mit Teppichboden ausgelegt. Und die Küche ist gerade erst neu eingerichtet worden – sogar mit einer Mikrowelle.«

»Ich kann mit einer Mikrowelle gar nicht umgehen.«

»Du könntest es lernen. Hör mal – es ist eiskalt hier draußen. Willst du nicht lieber reingehen?«

»Nein.« Myra wischte mit der Hand vertrocknete Blätter von der Bank und legte den Kopf in den Nacken. Das Laub war schon spärlicher geworden. Noch zwei Wochen und ein heftiger Regen, und die Zweige wären kahl.

»Möchtest du dir die Wohnung nicht wenigstens mal ansehen?« fragte Linda.

»Nein – da hättest du nur unnütze Fahrerei. Ich bin nicht daran interessiert, umzuziehen.« Sie schaute auf den Teich hinaus. Er war das erste gewesen, was sie an diesem Haus geliebt hatte. Sie konnte sich nicht vorstellen, irgendwo zu wohnen, wo es keinen Teich gab.

»Aber sie ist wirklich wunderschön, Myra. Das Schlaf- und das Arbeitszimmer liegen im ersten Stock – es führt eine Wendeltreppe hinauf. Und im Wohnzimmer gibt es eine abgeteilte Eßecke mit einer Tür zur Küche. Und vom Wohnzimmer kommt man durch eine Schiebetür auf die Terrasse.«

Myra fragte sich, wie Linda auf die Idee kam, sie angesichts all dessen, was sie hier hatte, mit einer Terrasse ködern zu können.

»Es ist reichlich Stauraum vorhanden. Das Bad hat ein Fenster, das Schlafzimmer hat sogar einen Deckenventilator.«

Das veranlaßte Myra zum Nachdenken – aber nur für einen Moment. »Das würde Frank nicht gefallen«, sagte sie, stand auf und trat ans Wasser. Es war schwarz am Rand, dort wo es die Felsen umspielte, und weiter draußen, wo sich die Wolken darin spiegelten, grau. Sie stellte sich vor, daß sich eine ganze Tierwelt unter der trüben Oberfläche tummelte.

»Myra«, sagte Linda hinter ihr sanft, »Frank ist tot.«

Myra machte sich nie die Mühe, zu protestieren. Linda begriff nicht, daß Frank weiterlebte. Natürlich nicht so wie Carl oder Peter oder Nowell oder Emily oder Brian – doch er lebte. Myra spürte es jeden Tag und jede Nacht.

Während sie da am Teich stand und Linda immer weiter von der Wohnung schwärmte, in die sie, Myra, nicht ziehen würde, nicht ziehen könnte, malte sie sich aus, daß die Geschöpfe unter der Wasseroberfläche eines Tages vom Grund aufstiegen, sich formierten und das Wasser verließen. Sie malte sich aus, daß sie über das Gras zur Weide kämen.

Sechzehntes Kapitel

Emily saß mit gespreizten Beinen und mit dem Rücken an einen Karton mit der Aufschrift »Jills Puppen« gelehnt auf dem alten Dielenfußboden des Speichers. Vor ihr lag geöffnet der Ziehharmonika-Ordner, der all die Zettel und Papierfetzen enthielt, auf die sie in den Tagen nach Daniels Verschwinden Gedanken geschrieben hatte, die ihr durch den Kopf schossen. Sie hatte alles dazu benutzt, was ihr gerade in die Finger kam, und hier drin gesammelt. Nach Jahren, in denen sie immer wieder etwas herausgenommen und dann wieder zurückgelegt hatte, herrschte nun ein heilloses Durcheinander. Sie zog ein Stück Papier heraus und las: »Ich berühre sein Bettchen und sehe ihn auf dem Boden mit seinen Spielsachen spielen, und dann blinzele ich und sehe nichts mehr. Mein Verstand hat mir einen Streich gespielt. Ich erinnere mich daran, wie er war, sehe ihn die Dinge tun, die er am liebsten tat, und möchte sie ihn wieder tun sehen. Er ist jetzt seit vier Monaten verschwunden – eine Ewigkeit in einem so jungen Leben. Mit jedem Tag wird die Chance, daß alles wieder so sein kann wie früher, geringer.«

Sie griff wieder in das Tohuwabohu und zog eine Telefonrechnung heraus, die auf der Rückseite beschriftet war. »Heute habe ich wieder die Nerven verloren. Wir saßen schweigend beim Abendessen – wie immer, seit Daniel weg ist –, als ich plötzlich zu schwitzen und zu zittern anfing. Ich stand auf und ging nach draußen, um Luft zu schnappen. Doug war böse auf mich, aber ich konnte nicht anders. Ich hatte das Gefühl, daß die Wände auf mich zukamen, daß ich ersticken würde, wenn ich mich nicht bewegte. Also ging ich die Straße hinunter, weiter und weiter, bis in die Stadt, wanderte durch die Straßen und wieder zurück. Am Ende der China Pond Road sah ich ihn – besser gesagt, ich bildete es mir ein. Er trug dieselben Sachen wie an dem betreffenden Tag, das Kattunhöschen, das sich um seine Windel bauschte, den rotgestreiften Pulli, die Turnschuhe und die Baseballkappe mit dem Button über dem Schirm. ›DADDY'S BOY‹ stand darauf. Die hat ihm Doug gekauft.«

Emily sah die Kappe genau vor sich, ebenso wie die Kattunhose, den Pulli und die Turnschuhe. Sie erinnerte sich daran, daß sie sich in den schlimmsten Farben ausgemalt hatte, was mit diesen Sachen geschah, und sie sich zerfetzt und blutig vorstellte. Sie erinnerte sich, wie sie am Straßenrand in sich zusammensank, ihre Knie umfaßte und sich wünschte, hier und jetzt zu sterben, wenn ihre Zukunft nicht mehr für sie bereithielte als solche Horrorvorstellungen. Sie erinnerte sich, daß John vorbeikam, anhielt und leise auf sie einredete.

Doch an die schweigsamen Mahlzeiten erinnerte sie sich erst jetzt wieder. Als Jill alt genug gewesen war, um mit am Tisch zu essen, hatte ihre Gegenwart die Atmosphäre belebt, doch bis dahin hatte diese tödliche Stille geherrscht.

Bis zu Daniels Verschwinden war ihre Ehe gut gewesen. Sie hatte zwar das Ursache-Wirkungs-Prinzip bestritten, als Brian sich entsprechend äußerte, doch vielleicht hatte sie sich da geirrt. Sie wühlte in dem Papierwust herum, bis sie ein Stück ausgebleichtes, gelbes Millimeterpapier fand, das sie oft herausgenommen hatte. Sie war dabei gewesen, eine Karte für Doug zu zeichnen, als er ins Zimmer geplatzt war und wissen wollte, warum sein Partner ihren Wagen vor der Praxis ihres Gynäkologen habe stehen sehen. Damit war die Karte hinfällig – sie mußte die Katze aus dem Sack lassen. Später hatte sie einfach ihre Gedanken darauf notiert.

»Ich bin wieder schwanger. Ich kann es noch gar nicht glauben. Es muß kurz vor Daniels Verschwinden passiert sein, denn seitdem waren Doug und ich nicht mehr zusammen. Angesichts der Hölle, durch die wir gehen, würden manche es sicher als einen grausamen Scherz bezeichnen. Ich sehe es als Wunder. Nach so vielen Nächten, in denen es mich ehrlich nicht kümmerte, ob ich den nächsten Tag erleben würde, liegt mir jetzt wieder etwas daran. Ein neues Kind bedeutet eine zweite Chance.«

Sie steckte das gelbe Papier wieder zu den anderen und schlang ein breites Gummiband um den Ziehharmonika-Ordner. Dann ging sie in Dougs Arbeitszimmer hinunter, legte den Ziehharmonika-Ordner auf den Schreibtisch, zog das Telefon zu sich heran und wählte eine New Yorker Nummer.

Eine Telefonistin verkündete, daß sie mit »Renton Press« verbunden sei.

»Kate Cerrillo, bitte.«

Sie schaute zum Teich hinüber. Von dem Flügelfenster eingerahmt pflügten drei, vier, fünf Canada-Gänse mit ihren Schnäbeln durch das Gras im Garten. Bald würden sie fort sein, weiter in den Süden geflogen, und es den Meisen und Eichhörnchen überlassen, sich um die Leckerbissen im Futterhäuschen zu streiten.

»Kate Cerrillo?«

»Hallo, Kate – hier ist Emily.«

»Emily! Schön, von Ihnen zu hören! Ich habe oft an Sie gedacht. Wie geht's Jill?«

»Jill geht's großartig. Sie war in den Herbstferien hier, und jetzt ist sie wieder im College. Es gefällt ihr sehr dort.«

»Und – gefällt Ihnen dieses Stadium des Mutterseins auch?«

»Ich weiß nicht genau – es ist anders. Ich bin noch in der Eingewöhnungsphase.«

»Emily.« Dienstlicher Ton. »Ich brauche ein Buch.«

Emily lächelte: Sie kannte diesen Satz – Kate brachte ihn jedesmal, wenn sie miteinander telefonierten. »Worum geht es denn diesmal?«

»Um einen saftigen Skandal, der in Washington brodelt: Einer der führenden Mitarbeiter des Präsidenten hat ein Verhältnis mit der Frau eines Senators der Oppositionspartei. Nein, man hat noch nichts darüber gelesen – hauptsächlich, weil beide Parteien ängstlich darauf bedacht sind, nichts durchsickern zu lassen, aber es wird durchsickern. Wir wollen ein Buch darüber machen, und ich halte Sie für die ideale Autorin.«

Emily war anderer Meinung. »Das Timing ist schlecht.«

»Warum? Jill ist auf dem College, Doug auf Reisen, Sie sind jung und voller Energie ... Ich würde es selbst schreiben, wenn ich nicht schon so alt wäre.«

»Sie sind doch nicht alt.«

»Jedenfalls zu alt, um endlose Korridore entlang und Marmortreppen rauf und runter zu rennen. Ich bin fast sechzig. Außerdem kennen mich zu viele Leute – Sie nicht. Sie sind unbekannt genug, um durch Türen schlüpfen zu können, die mir vor der Nase zugeknallt würden. Natürlich würde der Auftrag einen Aufenthalt in Washington bedingen – aber Sie brauchen sich wegen der Ausgaben keine Gedanken zu machen: Wir würden alle Spesen übernehmen ...«

»Das ist es nicht. Ich bin da an was anderem dran.«

»An etwas, das mit Schreiben zu tun hat?« fragte Kate.

»Möglich.«

Es entstand eine Pause, und dann kam ein hoffnungsvolles: »Ist es Ihnen Ernst damit?«

»Allmählich.«

Ein leise aufgeregtes »Über Daniel?«

Emily lächelte schief. »Wie sind Sie darauf gekommen?«

»Ich habe es Ihrer Stimme angehört: Sie hatte Ihren typischen Daniel-Ton. Sie haben eigentlich Angst davor, aber da sind all die Notizen, die Sie über die Jahre hinweg aufgehoben haben, und Sie wissen, daß Sie nichts anderes werden schreiben können, bevor Sie das geschrieben haben.«

»Aber kann ich es? Das ist die Frage.«

»Sicher können Sie es. Das Schreiben war nach Daniels Verschwinden ein Ventil für Sie. Es hielt Sie bei Verstand – das haben Sie mir selbst gesagt.«

Das hatte sie tatsächlich – während eines von mehreren Mittagessen, die sich Stunden und Stunden hingezogen hatten. Sie und Kate hatten vom ersten Moment an einen Draht zueinander gehabt – nicht ganz wie Mutter und Tochter und nicht ganz wie beste Freundinnen, doch nichtsdestoweniger eine enge Beziehung.

»Okay – es wird hart werden, alles noch einmal zu durchleben«, gab Kate zu, »aber Sie haben das ganze Material daliegen.«

»Wären Sie an der Veröffentlichung interessiert, wenn ich das Buch schriebe?«

»Ich will das schon seit Jahren haben. Geben Sie mir einen Monat, und Sie haben einen Vertrag.«

Doch Emily war noch nicht bereit zu dieser Verpflichtung. »Kein Vertrag. Noch nicht. Ich sagte ›allmählich‹ – ich habe nicht gesagt, daß ich schon soweit bin.«

»Schreiben Sie's, Emily. Ja?«

Emily hatte noch immer Kates Bitte im Ohr, als Brian anrief. »Wie wär's mit Mittagessen?« fragte er.

Ihre Stimmung besserte sich jäh. Mittagessen war harmlos – ein Treffen von Freunden bei Tageslicht. »Kannst du dir denn die Zeit nehmen?«

»Klar – heute ist ein ruhiger Tag. Hast du Lust?«

»Ja.«

»Großartig. Ich bin gleich da.«

Als er fünf Minuten später in die Zufahrt einbog, hatte sie sich einen frischen Pullover und lange Hosen angezogen und lächelte erfreut. Sie lief zum Jeep hinaus und stieg ein.

»Hallo«, begrüßte sie ihn atemlos.
»Selber ›hallo‹«, grinste er und fuhr los.
»Ich freue mich.«
»Ich freue mich: Du bist das Hübscheste, was ich heute bis jetzt gesehen habe.«
»Das kann ein Kompliment sein oder auch nicht.«
»Es ist eines. Ich war nicht sicher, ob du mitkommen würdest.«
»Es ist ungefährlich, oder?«
»Kommt darauf an, was du als ungefährlich ansiehst. Wenn du meinst, daß wir uns in der ›Eatery‹ nicht lieben können, dann hast du recht – aber ich verspreche dir nicht, daß meine Augen es nicht versuchen werden, und wenn du eine Hand unter dem Tisch über deine Schenkel wandern fühlst ...«
»Du wirst das lassen!«
»Warum?«
»Weil ich dich darum gebeten habe. Stimmt's?«
Er beantwortete die Frage nicht, sagte statt dessen leise: »Ich finde es schön, daß du mitgekommen bist.«
Während sie Sandwiches aßen, erzählte er ihr von seiner Vernehmung eines betrunkenen Autofahrers, einem obszönen Anrufer und einem Mann, dessen Wagen in der Nacht von einem Sprüher verunziert worden war. Emily erzählte ihm von ihrem Telefonat mit Kate, doch sie saßen schon fast vierzig Minuten da, als Brian sagte: »Das ist das erste Mal, daß wir miteinander ›ausgegangen‹ sind.«
»Wir haben doch schon öfter hier gegessen.«
»Nicht ohne Julia. Es ist anders ohne Julia. Was, wenn Leute reden?«
»Die Frage ist eher ›wann‹ – und es wird mich nicht stören.« Sie hatte dem Sex abgeschworen – nicht der Freundschaft. »Wird es dich stören?«
»Nein. Wird es Doug stören?«
Emily war nicht sicher. Jedenfalls hatte der Gedanke seinen Reiz.

»Er mag dich. Er hat gesagt, er sei froh, daß du nebenan wohnst – es sei eine Beruhigung für ihn, wenn er mich allein lassen müsse.« Sie fand die Ironie, die darin lag, erheiternd. »Wenn er wüßte!«

»Detective Stasek?« Das war ihre Bedienung. »Chief Davies hat gerade angerufen.« Sie gab ihm die Rechnung und einen Zettel. Brian las ihn, legte genug Geld für die Zeche und ein Trinkgeld auf den Tisch und zog Emily aus der Nische. Draußen auf dem Bürgersteig sagte er: »Es hat sich was ergeben – ich muß dich nach Hause fahren.«

»Was ist los?«

»Ich muß wieder mal zu Leila Jones.«

Als er ihr in den Jeep half, fragte sie: »Was ist es denn diesmal?«

»Sie hat irgendwelche Probleme mit ihren Kindern.« Er schlug die Beifahrertür zu, ging um die Kühlerhaube herum und setzte sich hinters Steuer. »Genaues erfahre ich erst, wenn ich hinkomme.«

Emily akzeptierte diese Aussage für eine halbe Minute – aber er hatte kaum gewendet, als sie zu dem Schluß kam, daß er mehr wußte, als er preisgab. Fast jeder Mensch in Grannick kannte Leila Jones besser als Brian, und doch schickte John ihn zu ihr. Sie langte hinüber und zog Johns Nachricht aus seiner Tasche.

»Emily . . .«

Die Worte, die sie las, legten sich wie eine eisige Hand um ihr Herz. »Eines ihrer Kinder wird vermißt?«

Er seufzte. »Das steht jedenfalls da.«

»Ich komme mit.«

»Das tust du nicht!« Er fuhr weiter die LaGrange hinunter – in entgegengesetzter Richtung zu dem Viertel, in dem Leila wohnte.

»Doch, das tue ich«, insistierte sie.

»Das geht nicht – das ist ein Fall für die Polizei.«

»Ich war doch schon mal dabei.«

»Das war was anderes.«
Aber Emily gab nicht auf. Wen konnte er sich als besseren Partner wünschen, wenn es um ein verschwundenes Kind ging, als eine Mutter, die aus Erfahrung wußte, wie einem da zumute war?
»Ich kenne Leila – ich weiß, was in ihr vorgeht. Ich kann bei ihr bleiben und sie beruhigen, während du das Kind suchst.«
»Nein – die Sache würde dir zu sehr an die Nieren gehen. Ich will nicht, daß du dich aufregst.«
Dieses Argument konnte sie leicht entkräften. »Es wäre viel entnervender, wenn ich zu Hause säße und auf Nachricht wartete. Ich würde mir nur vorstellen, daß das Kind von irgendeinem abartigen Fremden gekidnappt wurde, der ihm die gleichen unaussprechlichen Dinge antut, wie sie damals irgend jemand Daniel angetan hat. Ich würde denken, daß die ersten paar Stunden die wichtigsten sind und daß ich, wenn ich bei ihr wäre, vielleicht etwas von ihr erfahren könnte, das einen Hinweis darauf gäbe, wer das Kind mitgenommen und wohin er es gebracht hat. Ich kann wirklich helfen, Brian«, bat sie. Sie hatte das Gefühl, damit eine Wiedergutmachung leisten zu können. »Nimm mir das nicht.«
Seine Lippen waren aufeinandergepreßt, die Augen unverwandt geradeaus gerichtet, doch als er zur China Pond Road kam, fluchte er, wendete erneut und fuhr in die Stadt zurück. »Das ist keine gute Idee, da bin ich ganz sicher. Ich weiß nicht, warum ich dir nachgebe. Entweder bist du eine Überredungskünstlerin, oder ich bin dir so verfallen, daß mein gesunder Menschenverstand sich verabschiedet hat.« Er drohte ihr mit dem Finger, ohne die Straße aus den Augen zu lassen. »Wenn die Geschichte dich schlaucht, komm ja nicht angelaufen und heul mir die Ohren voll. Ich hab dich gewarnt. Ich habe versucht, dir das zu ersparen. Du bist unmöglich.«
»Aber du liebst mich.«

Er hatte den Kampf verloren. »Das ist wahr«, seufzte er.
Ihre momentane Unbeschwertheit verflüchtigte sich zusehends, je näher sie Leilas Straße kamen, und war vollkommen vergessen, als die blitzenden Lichtleisten der Streifenwagen vor Leilas Haus in Sicht kamen. Nachbarn standen, Abstand wahrend, in Grüppchen beieinander. Ein glatzköpfiger Mann in einem Unterhemd beobachtete die Vorgänge auf das Sims eines Fensters im zweiten Stock gelehnt.
Erinnerungen und der Geruch von Tragödie verstärkten den Griff der Hand um Emilys Herz.
Leila saß mit dem Baby auf dem Schoß auf der Treppe vor dem Haus, und die drei anderen Kinder schauten hinter ihr aus der Tür wie Tiere im Käfig durch die Gitterstäbe, drückten sich mit großen Augen die Nasen an dem schadhaften Fliegengitter platt. Die Kinder waren still. Diesmal war es Leila, die Lärm machte. Ihr Weinen war ein Mittelding zwischen Wimmern und Schluchzen.
Emily konnte Leilas Kummer nachempfinden. Sie setzte sich neben sie und legte den Arm um ihre Schulter. John und ein zweiter Officer standen abwartend in ein paar Metern Entfernung, zwei weitere Beamte wanderten ums Haus.
Leilas Augen suchten Brians. »Ich war hinten im Hof beim Wäscheaufhängen. Das Baby hatte ich mitgenommen, aber die anderen sollten drin bleiben. Travis kam mir nach.«
»Travis ist der Zweijährige?« fragte Brian.
»Ich hab ihm gesagt, er soll drin bleiben, aber er hört nie auf das, was ich sage. Ich hab ihm gesagt, er soll bei den anderen bleiben und daß ihm was Schlimmes passieren würde, wenn er nicht folgte – aber was sollte ich denn machen? Drin bleiben und ihn unentwegt im Auge behalten? Ich mußte raus, die Wäsche aufhängen, und als ich zurückkam, war er nicht da, und die anderen sagten, er wäre draußen, also ging ich wieder raus, und da war er auch – und dann war er plötzlich nicht mehr da.«

»Haben Sie jemanden beim Haus gesehen?« erkundigte sich Brian.
»Ich habe niemanden gesehen. Ich habe draußen Wäsche aufgehängt. Es war ein ganzer Berg. Die Sachen bleiben nie lange sauber, immer sind sie gleich wieder vollgekleckert. Ich tue wirklich mein Bestes, aber es ist nicht zu schaffen, wenn ständig einer von ihnen brüllt.«
Brian wandte sich an John und fragte leise: »Hat schon einer das Haus durchsucht?«
»Er ist nicht im Haus!« rief Leila. »Er kam raus, nachdem ich ihm gesagt hatte, er soll drin bleiben. Ich habe ihm schon tausendmal gesagt, er soll bei Lissie, Davis und Joey bleiben, aber sie machen immer schreckliche Dinge mit ihm, obwohl ich es ihnen immer wieder verbiete, und darum wollte er mit rauskommen.«
»Sam ist gerade drin«, beantwortete John Brians Frage, »Hooks und Munroe sind hinten. Wir haben eine Beschreibung von dem Jungen bekommen. Ich habe sie per Funk durchgegeben.«
Brian machte Anstalten, sich neben Leila an das Treppengeländer zu lehnen, sah jedoch davon ab, als es nachzugeben begann. »Haben Sie Travis wirklich draußen gesehen?«
»Er war da, lief durch meine saubere Wäsche und zog an den Sachen, so daß ich ihm einen Klaps auf die Hand geben mußte.«
»Was tat er dann?«
»Er setzte sich auf den Boden und kreischte.«
Das Baby fing an zu weinen. Leila legte es an ihre Schulter und wiegte die Kleine ruckartig. Emily erbot sich, sie zu nehmen, doch Leila reagierte nicht. Ihr Blick hing an Brian.
»Was haben Sie dann getan?« fragte er.
»Ich machte mich wieder ans Wäscheaufhängen. Er beruhigte sich, und ich hörte nichts mehr.«
»Er hat nicht aufgeschrien – vielleicht, als ihn jemand hochhob?«
»Ich konnte nichts hören. Das Baby hatte in seinem Körbchen

geschlafen und wachte auf und fing auch an zu schreien, und darum konnte ich nichts hören.«
»Erinnern Sie sich noch an das letzte Mal, als ich hier war?«
Brians Blick war fordernd geworden.
Emily hätte diesen Augen fast alles erzählt.
Leila antwortete: »Ja.«
»Damals haben Sie mir von einem Mann erzählt, der ums Haus strich.«
Sie nickte.
»Ist er danach noch einmal dagewesen?«
»Ich weiß es nicht. Ich glaube schon.«
»Haben Sie ihn gesehen?«
»Ich denke, ja. Aber sobald ich mal aus dem Fenster schaue, will eines der Kinder irgendwas von mir, und wenn ich wieder hinkomme, ist er weg.«
Brians Blick hielt den ihren fest. »Der gleiche Typ – schmutzige, blonde Haare, ziemlich klein, Wollmütze?«
»Ich glaube – aber ich weiß nicht, ob er sich hier rumtreibt. Wie ich schon sagte – immer will eines der Kinder was von mir. Ich habe keine Minute Zeit, mich mal umzusehen.«
Brian ging zu John und zog ihn außer Hörweite, doch Emily wußte, was er ihm sagte. Er sagte ihm, daß Leila den Mann als dunkelhaarig und groß beschrieben hatte – und mit einer Baseballkappe. Er sagte ihm, daß da irgend etwas nicht stimme – und obwohl eine laute Stimme in Emily rief: Such das Kind, gib die Beschreibung an alle Polizeiorgane und die Medien durch, wir dürfen keine Zeit verlieren, gab eine zweite, leise, ihm recht.
»Wir gehen uns mal umschauen«, rief Brian herüber und entfernte sich mit John.
Leila sah verzweifelt aus. »Ich kann die Kinder nicht richtig versorgen.«
»Mommy – wo ist Travis?« fragte eine schrille Stimme hinter ihr. »Ich habe Hunger.«

»Mommy – können wir rauskommen?«
»Nein«, kreischte Leila, ohne sich umzudrehen. »Ihr könnt erst rauskommen, wenn ich es sage, und ich sage es noch nicht.«
»Es sind keine schlechten Kinder«, sagte Emily besänftigend.
»Aber ich komme allein nicht mit ihnen zurecht. Eines will was von mir, und dann will das andere was von mir, und dann schreit das Baby und ist naß und spuckt. Ich kann nicht alles tun – nicht allein.«
»Ist denn nicht jemand zu Ihnen gekommen, nachdem wir das letzte Mal hier waren?« Brian hatte das arrangiert – Emily hatte darauf bestanden. »Jemand vom Sozialamt?«
Leila nickte. »Aber sie ist nicht lange geblieben.«
»Was hat sie gesagt?«
»Sie sagte, ich käme doch prima zurecht.« Leila begann, in Zeitlupe den Kopf zu schütteln. »Aber das stimmt nicht. Ich bin ganz allein hier. Ich brauche Hilfe.« Das Kopfschütteln überdauerte ihre Worte.
Als Daniel vor neunzehn Jahren verschwand, war Emily in Panik auf der Suche nach ihm gewesen. Sie war auf dem Parkplatz herumgelaufen, hatte unter und hinter Büsche geschaut, unter und hinter die Fahrzeuge der Postangestellten. Sie hatte fast ebenso viele Fragen gestellt wie die Polizei.
Leila war nicht auf diese Art in Panik – sie schien mehr von ihren Kindern im allgemeinen überfordert zu sein, als besorgt um Travis.
Emily fiel ein, daß Leila von Daniel wußte – wie alle anderen in der Stadt – und daß Emilys Gegenwart neulich sie vielleicht auf eine Idee gebracht hatte, wenn sie auf der Suche nach einer Möglichkeit gewesen war, sich Aufmerksamkeit zu verschaffen.
»Was meinen Sie, wo Travis ist?« fragte Emily.
»Ich weiß es nicht.«
»Könnte er allein weggegangen sein?«
»Vielleicht.«

»Hat er das schon mal getan?«
»Na ja – er spielt hier draußen mit den anderen Kindern. Wenn sie über die Straße gehen, geht er natürlich mit.«
Brian kam zurück. Er stellte einen Fuß auf die Treppe und stützte den Ellbogen auf sein Knie. »Haben Sie eine Vermutung, warum jemand Travis mitgenommen haben könnte?«
»Nein.«
»Was ist mit seinem Vater? Könnte der vorbeigekommen sein und ihn geholt haben?«
»Ich bitte ihn jedesmal drum, wenn ich ihn sehe – aber er sagt jedesmal, daß er nach Boston geht, um sich Arbeit zu suchen, und Travis nicht nehmen kann, und darum muß ich ihn behalten. Das sagen sie alle, aber die haben die Kinder ja auch nicht am Hals.«
»Wir können Ihnen Hilfe besorgen«, sagte Emily sanft. »Die erste Frau hat die Situation offenbar nicht richtig eingeschätzt. Es gibt Möglichkeiten, jungen Müttern wie Ihnen zu helfen.«
»Wirklich?«
»Natürlich.«
Leila sah aus, als fürchte sie sich, zu hoffen, wünschte sich jedoch nichts sehnlicher.
Brians Stimme verlor ihre Schärfe. »Erzählen Sie mir von Travis. Spielt er gerne Verstecken?«
Leila begann, winzige Wollkügelchen von dem schmutzigen Pullover des Babys abzuzupfen. »Manchmal läuft er den größeren Kindern hinterher.«
»Und wo verstecken sich die?«
Sie zupfte weiter. »Ich weiß nicht. Unter der Veranda. Im Schuppen von den Henzis. Manchmal hinter den Mülltonnen.«
»Sonst noch irgendwo?«
»In der Grube.«
»Wo?«
Sogar Emily hatte Mühe, sie zu verstehen.

»In der Grube«, wiederholte Leila und schaute stirnrunzelnd auf den Sweater hinunter. »Ein Stück die Straße runter. Wo sie bauen.«
Brian fing für eine Sekunde Emilys Blick ein, bevor er in sanftem Ton fragte: »Meinen Sie, wir sollten dort mal nachsehen?«
Leila schaute nicht auf. Sie zögerte kurz und nickte dann.

An ihrem nächsten gemeinsamen Montagabend sprach Emily mit Kay und Celeste über ihr Erlebnis. »Sie fanden den kleinen Jungen in einem leeren Karton, den jemand dort weggeworfen hatte. Er hatte einen kleinen Haufen Erde drin und war bester Dinge. Einer der Nachbarn sagte aus, er habe Leila dabei beobachtet, wie sie ihn dort hintrug.«
»Wird man sie anklagen?« fragte Celeste.
»John brachte es nicht über sich, es zu melden«, berichtete Kay. »Leila hat offenbar schon ohne das genug Probleme. Offiziell hat sie ihn dort zum Spielen deponiert und wollte ihn später wieder abholen.«
»Aber sie hatte ihn als vermißt gemeldet – die Hälfte unserer Polizeibeamten war mobilisiert worden, um ihn zu suchen. Ist das nicht ›Irreführung‹ oder so was?«
»Genaugenommen schon«, nickte Emily. »Und wenn sie in einer Großstadt lebte, wäre sie wahrscheinlich dafür eingesperrt worden. Aber wir kennen Leila alle – sie ist kein schlechter Mensch. Sie hat sich schlicht und einfach eine Portion auf den Teller gehäuft, die sie nicht aufessen kann. Also tat sie etwas, um Aufmerksamkeit zu erregen. Es war ein klassischer Hilferuf.«
»Und – wird sie Hilfe kriegen?«
»Hoffentlich. Ich habe mit ihrer Mutter gesprochen. Es kommt zwar nicht viel Mitgefühl aus dieser Richtung, aber die Frau hat sich bereit erklärt, mal vorbeizuschauen. Und Brian hat Stunk beim Sozialamt gemacht. Sie werden diesmal eine andere Beauftragte schicken – eine mit mehr Einfühlungsvermögen.«

»Werden sie ihr die Kinder wegnehmen?«

»Ich hoffe nicht. Auf ihre Weise liebt Leila sie, und sie werden nicht mißhandelt – zumindest noch nicht. Das Jugendamt wird vielleicht eine vorübergehende Unterbringung in einem Heim vorschlagen, um ihr Gelegenheit zu geben, nervlich zu Kräften zu kommen. Könnt ihr euch das vorstellen – fünf Kinder, und das mit einundzwanzig?!«

Celeste schnaubte. »Ich war schon mit einem Kind überfordert – und das mit fünfundzwanzig.«

»War es schwierig für dich?« wandte Kay sich an Emily. »Bei Leila zu sein, als es zuerst so aussah, als sei ihr kleiner Junge entführt worden, meine ich.«

Emily erinnerte sich an die Ankunft vor Leilas Haus, an die diskutierenden Nachbarn, an die blinkenden Lichtleisten der Streifenwagen. »Zu Anfang schon: Ich war plötzlich wieder auf dem Parkplatz vor der Post. Die Szene strahlte die gleiche Panik aus.« Sie verscheuchte das Bild mit einer Handbewegung.

»Wie benimmt sich Doug?«

Die Vermißtenszenerie war erloschen, aber nicht das ungute Gefühl, das jetzt zwar einen anderen Grund hatte, aber ebenso intensiv war. »Doug ist Doug.«

»Das Wochenende war eine Pleite?«

»Nach meinen Vorstellungen, ja. Er weigert sich, mit mir zu reden.«

»Über alles?« fragte Celeste.

»Über alles Wesentliche.« Emily hatte sich solche Mühe gegeben, war rücksichtsvoll und unbefangen gewesen, hatte ihre Stimme mit Bedacht so moduliert, daß sie harmlos klang und nicht drängend, nur einfach neugierig. »Er ist nicht bereit, über seine Arbeit zu sprechen, und er will nichts von meiner wissen – und was in Grannick los ist, interessiert ihn keinen Pfifferling. Er spricht über Jill, er spricht über das Wetter und wie es sich vielleicht auf seine Flüge auswirken könnte, und das war's dann. Daniel zum Beispiel ist absolut kein Thema für ihn.« Sie betrachtete ihre Gabel. »Brian meinte, es bestehe möglicherweise ein Zusammenhang zwischen Dougs Einstellung zu unserer Ehe und Daniels Verschwinden. Also fragte ich Doug, ob er ab und zu an Daniel denke.«

»Was hat er gesagt?«

»Er sagte nein. Dann fragte ich ihn, ob Daniels Verschwinden sein Leben in irgendeiner Weise verändert habe. Er schaute mich an, als sei ich schwachsinnig.« Was nichts Neues war, aber immer noch schmerzlich – vor allem im Hinblick auf die Thematik. »Er sagte, natürlich habe das sein Leben verändert – jedes derartig einschneidende Erlebnis verändere das Leben eines Menschen. Als ich wissen wollte, in welcher Weise, verdrehte er die Augen, sagte, er sei nicht in der Stimmung, mir einen Vortrag über Elementarpsychologie zu halten, und verließ das Zimmer.« Sie schaute ihre Freundinnen an. »Ich glaube, er mag mich nicht mehr.«

»Trottel.«

»Der Mann weiß nicht, was er an dir hat.«

In Emilys Innerem läuteten die Glocken. »Jaaa«, seufzte sie. »Zumindest kümmert es ihn nicht. Ich kann ihn nicht zum Sprechen bewegen. Ich kann ihn nicht zum Zuhören bewegen. Er hat seine eigenen Vorstellungen und ist nicht bereit, davon abzuweichen. Meint ihr, er versucht, mir etwas zu sagen?«

»Zum Beispiel?« fragte Kay.

»Zum Beispiel, daß er die Scheidung will.« Sie haßte dieses Wort, aber es kam ihr immer wieder in den Sinn.

»Dein Mann ist ein Egozentriker«, gab Celeste zu bedenken. »Wenn er die Scheidung wollte, würde er es sagen.«

»Folgt daraus, daß er es nicht sagt, daß er es nicht will?« fragte Emily. Sie bemühte sich, den Dingen auf den Grund zu gehen, den Mann zu packen, der sich ihrem Zugriff wie ein Aal entzog.

»Soll ich weiter versuchen, etwas zu finden, das sich zu erhalten lohnt?«
»Willst du das denn?« fragte Kay.
»Ich glaube schon.«
Celeste sah sie verständnislos an. »Warum?«
»Weil ich mit ihm verheiratet bin, weil er mein Mann ist und weil wir ein Kind miteinander haben.«
»An irgendeinem Punkt verlieren diese Dinge aber an Bedeutung.«
»Kann sein, aber an dem bin ich noch nicht angelangt.«
Ein paar Minuten lang sprach keine von ihnen. Emily spielte mit dem Rest ihres Sandwiches und fragte sich, ob es töricht war, sich an etwas zu klammern, das so wenig Substanz besaß, fragte sich, warum es so wenig Substanz besaß und ob sich das jemals bessern könnte.
»Was wirst du tun?« brach Celeste schließlich das Schweigen.
»Am Ball bleiben, denke ich. Wir fahren gemeinsam zum Elternwochenende nach Boston – vielleicht fällt mir da die richtige Eröffnung ein.«
Sie würde ihr bestimmt einfallen – die Frage war nur, ob Doug darauf einsteigen würde. Emily wußte, daß die anderen das gleiche dachten – sie las es in ihren Gesichtern.
»Gib uns mal eine Hintergrundinformation«, bat Kay. »Wie kamst du dazu, mit Brian über Doug zu reden?«
Emily fühlte ihre Wangen warm werden. »Brian wohnt über der Garage – er bekommt mit, wie wenig Doug zu Hause ist.«
»Und ihr beide sprecht über solche Dinge?«
»Sicher. Er ist ein Cop – wie John.« Das ist ein gutes Argument, dachte sie. »Er stellt viele Fragen – und er stellt sie auf eine Weise, die es einem schwermacht, sie nicht zu beantworten.«
»Es sind seine Augen«, sagte Celeste. »Ich habe dich vor ihnen gewarnt.« Sie hob ihr Sodaglas und fragte mit dem Strohhalm

im Mund: »Ich habe gehört, ihr wart neulich gemeinsam zum Essen hier.«

»Er hatte Zeit – und ich auch.«

»Ich habe gehört, ihr hättet ein hübsches Paar abgegeben.«

»Wer hat das gesagt?« wich Emily dem Thema aus.

Doch Celeste ließ sich nicht ablenken. »Ihr gebt wirklich ein hübsches Paar ab. Wärst du an ihm interessiert?«

»Ich bin verheiratet.«

Celeste hob die Hand. »Darum habe ich die Frage ja im Konjunktiv gestellt. Wärst du an ihm interessiert, wenn du nicht verheiratet wärst?«

Emily spielte die Nachdenkliche. Schließlich zuckte sie mit den Schultern. »Warum nicht? Er ist ein netter Kerl.«

»Nett? Die Augen allein können eine Frau dahinschmelzen lassen.«

Du solltest den Rest kennen, dachte Emily, und ihre Wangen wurden noch wärmer.

»Eine weitere hypothetische Frage«, fuhr Celeste fort. »Würdest du dich überhaupt für andere Männer interessieren, wenn du nicht mit Doug verheiratet wärst?«

»Ich weiß es nicht.« Doch sie wußte es sehr genau. Brian wäre der erste auf ihrer Liste, wenn sie nicht mit Doug verheiratet wäre.

»Wärst du an Sex interessiert?«

»Wenn du damit erfahren willst«, antwortete Emily mit einem Seufzer, von dem sie hoffte, daß er gelangweilt klang, »ob ich es okay finde, daß du Sex willst – ja, ich finde es okay. Ich denke nur, du mußt dir die betreffenden Männer genau ansehen.«

»Willst du Sex?«

»Im Augenblick nicht«, erwiderte sie scharf, weil sie sich über Celestes Hartnäckigkeit ärgerte. »In der Zukunft, ja.«

»Du glaubst nicht, daß man irgendwann darüber hinauswächst?«

Emily warf ihr einen spöttischen Blick zu. »Das glaubst du doch selbst nicht. Warum fragst du mich das?«

»Weil ich wissen will, ob ich abartig bin: Bin ich zu sexbetont, weil ich in meinem Alter einen Liebhaber suche?«

»Du bist doch erst dreiundvierzig.«

»Dreiundvierzig ist nicht fünfundzwanzig.«

Damit schlug sie eine vertraute Saite an. »Ah – du denkst an den Jungen, der auf deine Annonce geantwortet hat.«

»Er ist kein Junge – er ist ein jüngerer Mann. Ich habe inzwischen schon zweimal mit ihm telefoniert. Er ist nett. Klingt sehr reif. Scheint keinerlei Probleme mit der Vorstellung zu haben, mit einer älteren Frau zu schlafen.«

»Er spricht darüber?« fragte Kay. Es war das erste, das sie seit geraumer Zeit sagte.

»Ja. Es ist irgendwie aufregend – aber ungefährlich. Telefonsex ist das gottlob.«

»Was passiert, wenn du dich mit ihm triffst?« fragte Emily.

»Ich bezweifle, daß ich das tun werde.«

»Warum?«

»Weil ich sehr wohl Probleme mit der Vorstellung habe, daß er mit einer älteren Frau schläft. Außerdem gibt es auch, obwohl ich den Marathonläufer und den Chirurgen von meiner Liste gestrichen habe, noch genügend andere Kandidaten, um mich eine Weile beschäftigt zu halten.«

»Du hast den Chirurgen gestrichen?« Emily war überrascht. Sie hatte gedacht, Celeste würde sich gegen Ende der Woche mit ihm treffen.

»Er ließ mir eine Nachricht über die Illustrierte zukommen – er machte es so dringend, daß sie mich tatsächlich anriefen, um mir mitzuteilen, daß er diese Woche doch nicht nach Boston käme.«

»Warum vereinbarst du nicht einfach einen anderen Termin mit ihm?«

»Weil er erstens seine Sekretärin die Nachricht in die Redaktion geben ließ, und ich zweitens dreimal seinen Auftragsdienst dran hatte, als ich ihn zurückzurufen versuchte. Das brauche ich nicht. Es ist mir egal, wie reich er ist. Ich will mich nicht mit einer Sekretärin auseinandersetzen oder einem Telefonfräulein – und ich will mich nicht zwischen zwei Konferenzen hineinquetschen lassen. Ich weiß überhaupt nicht, warum er auf meine Anzeige geschrieben hat. Das war ein Vorteil von Michael, dem Witwer: Er gab mir das Gefühl, alle Zeit der Welt für mich zu haben. Zugegeben, es hat nicht geknistert, aber das Gefühl war angenehm. Außerdem treffe ich mich am Mittwoch mit dem Tierarzt. Und dann«, sie grinste, »am Sonntag«, sie seufzte, »mit dem Architekten.«

Von dem Architekten hörte Emily nun schon seit Tagen. »Ich hoffe, du erlebst da keine Enttäuschung.«

»Bestimmt nicht. Ich sage es dir: Er wird der Beste sein. Ich weiß es einfach.«

Kay blieb ein wenig zurück, als sie die »Eatery« verließen. Als Celeste in ihren Wagen stieg, lehnte sie sich an die Parkuhr, und als der Wagen losfuhr, rührte sie sich nicht.

Emily ging zu ihr. »Du warst sehr still da drin.«

»Ich fühlte mich unbehaglich.«

»Wegen Celestes Männergeschichten?«

»Nicht nur.« Es war schon spät. Sie hatte morgen Unterricht. Doch es gab Dinge, die sie ohnehin wachhalten würden, und so schwer es ihr fiel, es auszusprechen – sie brauchte moralische Unterstützung. »Hast du es eilig, nach Hause zu kommen?«

»Ich? Warum sollte ich?«

»Ich weiß nicht. Vielleicht, weil du meinst, daß Jill anruft. Oder Doug.«

»Jill weiß, daß ich mich heute mit euch getroffen habe«, antwortete Emily, »und Doug ist erst einen Tag weg – der ruft bestimmt nicht an.« Sie setzte sich auf den Randstein und klopfte auf den Platz neben sich.

Kay nahm die Einladung an. Sie schlang die Arme um ihre Knie. »Die Sache mit Doug tut mir leid.«

»Ich weiß.«

»Liebst du ihn noch? Die Wahrheit, Em.«

Eine Minute verging, und mehrere Autos fuhren vorbei, ehe Emily antwortete. »Ich weiß es nicht. Ich empfinde kein Kribbeln, wenn er zur Tür hereinkommt, nur starke Nervosität und Hoffnung – Hoffnung, daß es diesmal besser laufen wird. Aber das tut es nie. Unsere Beziehung taugt nichts mehr.«

»Schlaft ihr noch miteinander?«

»Wir schlafen im selben Bett.«

»Vermißt du das andere?«

Wieder verging eine Minute, ehe sie antwortete. »Ja«, sagte sie leise. Sie klang, als sei ihr nicht wohl dabei, über Sex zu sprechen, was Kay half, denn ihr ging es ebenso. Auch die Dunkelheit half – da fühlte sie sich nicht ganz so entblößt.

»War das dein Ernst, was du zu Celeste gesagt hast – über Sex, meine ich? Über dein Interesse an einem anderen Mann, wenn du und Doug euch trennen würdet?«

»Das ist ein seltsames Gespräch.«

»Ich weiß.«

Sie saßen eine Weile schweigend nebeneinander, bevor Emily, wiederum leise, sagte: »Ich bin nicht bereit, einfach nur so dem Tod entgegen zu schrumpeln.«

Kay schaute über die Straße. »Du meinst nicht, daß Sex für Frauen in unserem Alter kein Thema mehr ist?«

»So alt sind wir nun auch wieder nicht.«

»Ich bin älter als du.«

»Die paar Jahre fallen nicht ins Gewicht. Meinst du, daß Sex für Männer in unserem Alter kein Thema mehr ist?«

»Bei denen liegt die Sache anders. Die Gesellschaft setzt voraus, daß es bei ihnen weitergeht – Männer kommen nicht in die Wechseljahre.«

»Du bist auch noch nicht soweit, oder?«

»Nein.« Sie wippte langsam vor und zurück. Die Wechseljahre waren eine giftiggelbe Hagelwolkenwand an ihrem Horizont. Sie fühlte sich nicht mehr sexy, doch zumindest war sie noch fruchtbar. Sie konnte sich nicht vorstellen, etwas so Weibliches wie die Periode plötzlich nicht mehr zu haben. »War der Sex mit Doug gut?«

»Am Anfang schon.« Emily sah zu, wie ihre Fingerspitzen ein Dach bildeten. »Nach Daniel wurde es anders.«

»Wie ›anders‹?«

»Mechanisch.«

»Hatte vielleicht der Ehealltag eingesetzt?«

»Möglich.«

Kay wußte nicht, warum sie das gefragt hatte. Ihr Problem war nicht eheliche Langeweile. Wenn es dunkel war und John sie berührte, gefiel es ihr.

Emily beugte sich vor und schlang ebenfalls die Arme um die Knie. »Hast du Schwierigkeiten mit John?«

»Genaugenommen«, seufzte Kay, »hat er Schwierigkeiten mit mir.« Und dann platzte sie damit heraus: »Er möchte mehr, und damit meine ich nicht einmal richtigen Sex. Er wünscht sich eine zärtliche Berührung vor dem Abendessen. Er wünscht sich liebevolle Worte und einen Kuß hier und da – ohne jeden Anlaß. Ist das nicht merkwürdig?«

»Nein – das ist schön.«

»Er möchte, daß ich die Initiative ergreife. Ich weiß nicht, ob ich das kann.«

»Warum solltest du es nicht können?«

»Weil es einfach nicht meine Art ist.«

»Fühlst du dich nicht von ihm angezogen?«

»Doch – aber ich drücke das nicht auf sexuelle Weise aus. Ich denke nicht so. Es kommt mir gar nicht in den Sinn, meine Gefühle körperlich auszudrücken. Ich dachte, unsere Ehe sei über dieses Stadium hinaus.«
»In den Seniorenstatus hinübergeglitten?« neckte Emily sie und knuffte sie mit ihrem Schenkel leicht in die Seite.
»Du weißt genau, was ich meine.«
»Daß eine gewisse Routine eingesetzt hat.«
»Richtig.« Aber John war zugänglich für fast all ihre Wünsche, und er legte immer Wert darauf, sie befriedigt zu sehen. Warum also fiel es ihr so schwer, ihm ihrerseits etwas zu geben? »Ich komme mir vor wie eine Betrügerin«, stieß sie hervor. Emily wartete schweigend ab, während ihrer beider Beine behaglich aneinanderlagen. »Wenn ich mir vorstelle, mich als sexy zu gebärden, packt mich Entsetzen. Ich bin nicht sexy. Ich bin noch nicht mal attraktiv.«
»Das bist du sehr wohl.«
»Nicht wie eine Sharon Stone oder eine Geena Davis.«
»John hat nicht die Absicht, die Stadt zu verlassen, um einer von denen hinterherzurennen – er bleibt hier bei dir.«
»Ich bin fett.«
»Du bist nicht fett.«
»Verglichen mit meiner Figur bei der Hochzeit allerdings. Mein Körper altert. Noch ein paar Jahre, und ich sehe aus wie meine Mutter.«
Emily boxte sie in die Seite. »Ich habe deine Mutter geliebt. Sie war die liebste Frau auf der ganzen Welt.«
»Sie war unförmig. Wenn ich von der Schule kam, saß sie am Küchentisch und stopfte Süßigkeiten in sich hinein.« Kay ließ ihre Erinnerungen aus dem Sack, in dem sie sie aufbewahrt hatte. »Weißt du, was sie dann sagte? Sie sagte: ›Schau dir deine Mutter an, Kay. Ausführlich und sehr genau – und dann schwöre dir, daß du niemals so aussehen wirst wie sie.‹ Sprach's und schob

sich den nächsten Schokoriegel rein. Es war, als sei ihr ihre Fresserei genehmigt, solange sie mich davor warnte.«
»Du frißt doch nicht.«
»Nicht so wie sie – aber alle zehn Jahre setzen sich ein paar Pfund mehr fest, und wenn ich in den Spiegel schaue, sehe ich meine Mutter. Wie kann ich mich da sexy fühlen?«
Emily beugte sich noch weiter vor, um ihr ins Gesicht sehen zu können. »John liebt dich, und er sieht nicht deine Mutter, wenn er dich anschaut – er sieht dich.«
»Aber ich fühle mich nicht attraktiv.«
»Dann tu etwas dafür.«
»Zum Beispiel? Ich will mir nicht die Nase operieren lassen, wie Celeste es getan hat, und wenn ich mir jemals die Haare so färben ließe, käme ich mir noch mehr wie eine Betrügerin vor. Kannst du dir tolle Haare über einem schwabbeligen Körper vorstellen?«
»Wenn dein Körper das Problem ist, dann mach was, das deine Mutter nie gemacht hat. Sport.«
»Ich renne doch ohnehin den ganzen Tag in der Schule rum.«
»Geh in eine Aerobic-Gruppe.«
»Emily – da würde ich mich ja zum Narren machen.«
»Okay – dann mach Gymnastik.«
»Wo ich ein Trikot tragen muß? Nein, danke.«
»Dann laufe. Besorg dir einen Jogginganzug, der alles kaschiert, und lauf jeden Morgen vor der Schule eine halbe Stunde. Mach das einen Monat oder zwei oder drei, und du wirst dich anders sehen. Denk darüber nach. Deine Mutter hat nie in irgendeiner Form Sport gemacht – dazu war sie zu schwerfällig –, und wenn du das jetzt in Angriff nimmst, setzt du dich damit von ihr ab.«
Kay wollte protestieren – aber noch mehr wollte sie daran glauben. »Du meinst wirklich, daß ich mich dann anders sehe?«
»Wirklich.«
»Nur eine halbe Stunde?«

»Das genügt.«
»Und wenn es regnet?«
»Dann laß den Tag ausfallen.«
»Und wenn mich einer anhält und mir sagt, daß noch nicht Halloween ist?«
»Kay!«
»Und wenn John mich auslacht?«
»Das wird er nicht.«
»Und wenn doch?«
»Dann sagst du ihm, daß du mit jedem Tag, an dem du läufst, dein Leben um einen Tag verlängerst, und daß er lachen kann soviel er will, aber wenn er schon längst tot und vermodert ist, wirst du noch immer bei Kräften sein und dich ohne ihn amüsieren.«
»Wenn ich ihm das sage, will er vielleicht mitlaufen.«
»Um dich zu beschützen. Lieb.«
Kay lachte. Ihr Lächeln blieb.
»Tu's«, drängte Emily sanft. »Du hast nichts zu verlieren – nichts, außer einem Gespenst, das dich seit Jahren verfolgt. Laß es endlich sterben, Kay. Es ist Zeit.«

Siebzehntes Kapitel

Brian war sich des bevorstehenden Halloween sehr deutlich bewußt. Nicht, weil das Department die Schulen mit Sicherheitstips bombardiert hatte oder weil jedes Schaufenster in der Stadt von Kürbis- und Hexenmasken beherrscht wurde, und auch nicht, weil Grannicks Vandalen sich jetzt auf rohe Eier verlegt hatten, sondern weil es sein erstes Halloween als Alleinerzieher sein würde, und er nahm diese Rolle sehr ernst. Julia brauchte ein Kostüm. Also beendete er seinen Dienst eines Tages früher, holte sie bei Janice ab und fuhr mit ihr ins Einkaufszentrum.

»Schau dir alles an«, animierte er sie, als sie vor der größten Kostümauslage am Platz standen. »Du kannst als Hexe gehen oder als Geist oder als Schneewittchen.« Er zog weiter. »Du kannst dich auch als Dinosaurier verkleiden oder als Ninja Turtle. Wir können auch einen Aladin aus dir machen oder eine Prinzessin Jasmin. Oder eine Ballerina. Oder eine Nixe. Oder einen Marienkäfer.« Er drückte ihre Hand. »Na – was möchtest du sein, Süße?«

Julia starrte die Schaufensterpuppen mit großen Augen an.

»Okay – machen wir dir die Sache ein bißchen einfacher. Du bist ein kleines Mädchen, also kommen für dich Schneewittchen, Prinzessin Jasmin, die Ballerina und die Nixe in Frage. Das mag sexistisch sein, aber du bist nun mal mein kleines Mädchen. Also?«

Julia streckte den Finger aus. »Das.«

»Was? Die Nixe?«

»Das.«
»Der Marienkäfer?«
»Kehfah.«
»Der war in meiner Auswahl nicht enthalten. Schau dir doch das Schneewittchen an.« Er zog Julia näher zu der Puppe hin. »Ist sie nicht schön?«
»Kehfah.«
»Sehen wir mal, wie es mit den Größen aussieht.« Er bückte sich, um die Schachteln mit den Schneewittchenkostümen zu inspizieren. »Large. Large. Medium. Large. Large. Na toll. Okay – Schneewittchen fällt flach. Wie wär's dann mit der Prinzessin?«
»Kehfah.«
»Der Käfer sieht unmöglich aus. Er hat ein grünes Gesicht, und es ragen so komische Dinger aus seinem Kopf. Die Prinzessin ist ideal für dich.« Er bückte sich, um den Stapel Prinzessinnenkostüme zu sichten. »Medium. Medium. Large. Large. Large.« Er richtete sich auf und blickte suchend in die Runde, bis er zwei Gänge weiter eine junge Verkäuferin entdeckte. »Miss? Entschuldigen Sie, Miss – könnten Sie mir mal helfen?« Als das Mädchen kam, sagte er: »Meine Tochter möchte gerne als Prinzessin Jasmin gehen, aber es sind keine Kostüme in ihrer Größe da.«
»Es sind nur noch große Größen übrig«, erklärte das Mädchen.
»Das sehe ich – aber ich dachte, Sie hätten bestimmt noch kleine auf Lager.«
»Was hier ausgestellt ist, ist alles, was wir haben.«
»Wie können Sie zwei Tage vor Halloween ausverkauft sein?«
»Wir haben dieses Sortiment schon seit einem Monat angeboten. Die meisten Leute kommen früh.«
»Kehfah«, sagte Julia.
Das Mädchen warf einen prüfenden Blick auf den entsprechenden Stapel. »Da ist ein kleines Käferkostüm.«
»Der Marienkäfer gefällt mir nicht.«

»Kehfah, Daddy!«
»Warum willst du unbedingt den Käfer?« fragte Brian mit einem durchbohrenden Blick.
Sie gab ihn zurück. »Daddy – Kehfah!« Sie streckte das Händchen nach dem Kostüm aus und begann sich zu winden. Als er sie wieder sicher im Griff hatte, hielt ihm die Verkäuferin die richtige Schachtel hin.
»Danke«, brummte er und strebte gnadenlos dem Ausgang entgegen.
Kurze Zeit später, in einem nahe gelegenen McDonald's, verstaute er Julia in einem Hochstühlchen, setzte sich ihr gegenüber und riß ihren Hamburger in mundgerechte Stücke. »Was war denn so besonders an dem Marienkäfer?«
Sie schob sich einen Bissen in den Mund.
»Du wärst ein wunderhübsches Schneewittchen gewesen, und auch als Ballerina hättest du Furore gemacht. Warum sollte es unbedingt der Marienkäfer sein?«
Julia antwortete mit einem unverständlichen Wortschwall.
»Okay – wahrscheinlich fandest du ihn niedlich.« Er beugte sich vor, lehnte sich auf seine Unterarme und schaute seine Tochter eindringlich an. »Aber warum der Käfer? Warum nicht das Gespenst? Oder Aladin?« Er war fasziniert von der Tatsache, daß sie eine so klare Meinung hatte. Sie war noch zu klein, klare Meinungen zu haben.
Sie griff nach einem Pommesstäbchen. »Emmy.«
»Emily hat keinen Marienkäfer vorgeschlagen. Sie sagte, sie hätte noch einen Wurm auf dem Speicher. Ein Wurm ist kein Marienkäfer.«
Julia hielt ihm ein Stückchen Fleisch hin. Er nahm es.
Ihre Miene vermittelte ihm unglaublicherweise, daß es sie überraschte, daß er diese Frage stellte, da der Marienkäfer doch eindeutig das schönste Kostüm dort gewesen war.
»Okay«, gab er nach. »Er ist zwar nicht das, was ich mir für dich

gewünscht habe, aber ich trage das Kostüm ja nicht, richtig? Wenn dein Herz daran hängt, sollst du es haben. Du wirst ein anbetungswürdiger Marienkäfer sein.«

Sie grinste von einem Ohr bis zum anderen, und er schmolz dahin. Gayle sollte dieses Grinsen sehen, dachte er. Sie sollte erleben, wie ihre Tochter sich eine klare Meinung bildete. Mein Gott, sie war ihr so ähnlich! Er vermißte Gayle auf die gleiche Weise, wie er einen guten Freund vermißt hätte, denn das war sie ihm gewesen – und so lange Zeit ein Teil seines Lebens. Er hätte sich gerne mit ihr zusammengesetzt und ihr alles erzählt, was sich seit ihrem Tod ereignet hatte.

Er hätte ihr sogar von Emily erzählt. Gayle hätte Emily gemocht. Die Vorstellung, daß ein Mensch mit einem goldenen Herzen sich um ihre Tochter kümmerte, hätte ihr gefallen.

Emily fehlte Brian – sie und nicht nur der Sex. Es fehlte ihm, mit ihr im Bett zu liegen, leise mit ihr zu sprechen, auf der gleichen Wellenlänge mit ihr zu schwimmen, was bei Gayle niemals der Fall gewesen war. Es fehlte ihm, Probleme mit ihr zu diskutieren. Es fehlte ihm, Spaß zu haben und Frieden zu empfinden. Emily hatte ihm durch eine schwere Zeit geholfen – allein dafür würde er sie ewig lieben.

Sie waren weit davon entfernt, miteinander fertig zu sein, Emily und er – und dieser Gedanke hob seine Stimmung. Und er kam gut mit Julia zurecht. Und er kam gut mit seinem neuen Job zurecht. Vielleicht würde er sein Leben ja doch wieder richtig in den Griff bekommen.

Plötzlich in Hochstimmung und heißhungrig, ging er zum Tresen und kaufte zwei Big Macs für sich und dann, als Julia gegessen hatte, für sie beide gemeinsam ein Eis, und dann, als ihm die Gelegenheit zu gut erschien, um sie ungenutzt verstreichen zu lassen, hielt er auf dem Heimweg beim Drugstore an, griff sich Julia und die Marienkäfermaske und marschierte schnurstracks zum Fotoautomaten.

Die Maske zum erstenmal aus der Nähe studierend, war Julia zu beschäftigt, um zu bemerken, daß er die Münzen in den Schlitz steckte, und sie starrte sie immer noch an, als er sie neben die Kameralinse stellte. Als der erste Blitz aufleuchtete, zuckte sie erschrocken zusammen.

»Schau her, Süße«, forderte Brian sie fröhlich auf und ließ die Maske auf und nieder hüpfen. »Schenk dem Marienkäfer ein Lächeln.«

Beim zweiten Blitz wurden Julias Augen größer, und beim dritten noch größer. In einem letzten, verzweifelten Versuch, ihr ein Lächeln zu entlocken, setzte Brian die Maske auf und stieß Laute aus, die er für die einem Marienkäfer angemessenen Laute hielt.

Die Folge war ein Aufschrei, der ihm das Blut in den Adern gerinnen ließ.

»Gütiger Himmel«, stieß er hervor und ließ die Maske fallen. »Ich bin's doch – Daddy«, beschwor er sie, doch sie schluchzte hysterisch, und so nahm er sie auf den Arm, stopfte ein weiteres mitleiderregendes Quartett von Fotos in seine Gesäßtasche und verließ den Laden. Erst als er in die China Pond Road einbog, fiel ihm ein, daß er die Maske liegengelassen hatte.

»Das ist doch nicht schlimm«, meinte Emily, als er ihr erzählte, was ihm passiert war.

»Du hast leicht reden – es ist nicht dein Kind, das als einziges keine Maske tragen wird. Wie konnte ich sie nur in der gottverdammten Kabine vergessen?!«

Emily gab sich alle Mühe, nicht zu lachen. Er war so hinreißend in seinem Kummer, so ernsthaft bemüht, alles richtig zu machen. »Du warst durcheinander«, argumentierte sie. »Julia schrie, und du wolltest den ›Ort des Verbrechens‹ so schnell wie möglich verlassen.«

Sie saßen in Brians Wohnzimmer auf dem Boden, mit den

Rücken an das Sofa gelehnt und die Beine ausgestreckt, Denim an Denim. Ihre Beine waren ähnlich geformt, bemerkte Emily, gerade und schlank. Nur waren seine länger und seine nackten Füße größer und knochiger – und seine Zehennägel nicht durch »sinnliches Burgunderrot« aufgepeppt.

Sie wünschte, sie hätte sagen können, daß sie sie für Doug lackiert habe, doch Doug würde dieses Wochenende nicht heimkommen: Er hatte angerufen, um ihr mitzuteilen, daß er durcharbeiten würde, um am nächsten Wochenende gänzlich frei für Jill zu sein. Nicht für Emily. Für Jill.

Emily fragte sich, ob darin wohl eine Botschaft enthalten war. Sie fragte sich, warum plötzlich so viele Firmen ihn sonntags haben wollten. Sie fragte sich, wieviel Zeit er wohl auf dem Golfplatz verbrachte.

Sie hatte sich die Zehennägel nach seinem Anruf lackiert – aus Trotz, weil er Golf den Vorzug vor ihr gab.

Bei Brian war sie jedoch nicht aus Trotz. Sie war bei ihm, weil sie es wollte. Sie hatte sich geschworen, nicht mehr mit ihm zu schlafen, doch das hieß nicht, daß sie nicht innerlich vibrierte und wohlig die Wärme spürte, die von seinem auf ihren Körper abstrahlte. O ja, sie bemühte sich wirklich, brav zu sein, aber ihre Empfindungen konnte sie nicht unterdrücken.

»Also – was soll ich jetzt machen?« fragte er in ihre Gedanken hinein. »Ich habe im Drugstore angerufen, und das Mädchen hat nachgeschaut, aber nichts gefunden – was bedeutet, daß irgendein Kind nun eine Maske ohne das dazugehörige Kostüm hat. Was mache ich jetzt mit Julia?«

Die fragliche junge Dame lag fest schlafend an seiner Brust, das Buch, aus dem er ihr vor Emilys Eintreffen vorgelesen hatte, neben ihm auf dem Boden.

Emily dachte an Jills erstes Halloween – und dann, da sie sich in Brians Gegenwart sicher fühlte, gestattete sie sich, noch weiter zurückzudenken – zu den beiden Halloweens, die sie mit Daniel

erlebt hatte. »Daniel haßte Masken – nicht das Anschauen, aber das Tragen. Er ließ sich nichts aufs Gesicht setzen. Und so steckte ich ihn in ein Kostüm, kaufte eine Wollmütze, nähte Ohren dran und malte ihm Schnurrhaare. Er ging als Maus.« Die Erinnerung war schön – wehmütig, aber nicht so schmerzlich wie früher. »Jill profitierte von dieser Erfahrung. Das Wurmkostüm war ein Schlauch, den ich aus rötlichbraunem Stoff nähte. Für den Kopf gab es eine Haube aus dem gleichen Stoff, doch das Gesicht blieb frei. Ich schminkte ihr die Lippen, färbte ihre Nase schwarz und malte ihr überdimensionale Wimpern an. Natürlich haben Würmer keine Wimpern, aber sie sah süß aus. Und das würde Julia auch. Ein schwarzes Näschen, Wimpern, Schnurrhaare – und ich könnte aus dem Drugstore ein Stirnband holen und Pfeifenreiniger als Fühler daran befestigen. Sie würde entzückend aussehen. Einverstanden?«
Er nickte. Die Anspannung wich aus seinem Blick und machte Wärme Platz. »Du kennst dich aus.«
»Erstens macht es mir großen Spaß, zweitens habe ich Übung. Viele Halloweens. Viele Valentinstage. Viele Lehrerkonferenzen und Elternbeiratsabende. Mein Leben war so lange auf Kind ausgerichtet, daß ich es jetzt als sehr merkwürdig empfinde, es plötzlich nicht mehr zu sein.«
»Du warst eine gewissenhafte Mutter – ich wette, du hättest keine Maske verloren.«
»Vielleicht nicht – aber ich habe ein Kind verloren.«
»Emily!«
»Es ist so.«
»Ist es nicht – es wurde dir ein Kind genommen. Das ist etwas anderes.«
Früher hätte Emily argumentiert, daß sie das Kind allein gelassen habe, doch sie war es müde, sich die Schuld für etwas zu geben, das vor so langer Zeit geschehen war. Sie war es müde, ein schlechtes Gewissen zu haben. O ja, sie sehnte sich noch immer

schmerzlich nach Daniel – aber sie hatte das Bedürfnis, zu lächeln. Sie hatte das Bedürfnis, sich zu entspannen. Daniel war tot, aber sie hatte das Bedürfnis, zu leben.
Sie nahm sich vor, Doug das zu sagen, wenn sie sich am nächsten Wochenende in Boston träfen.

Als Celeste am Sonntag nachmittag in Cambridge auf der Eröffnung der Kunstausstellung eintraf, trug sie eine Rose in der Hand und eine nur mühsam gewahrte Fassung zur Schau. Dieses »Vorspiel« stellte ihre Nerven auf eine Zerreißprobe, sie platzte fast vor Neugier. Sie hatte alle Mühe, sich gelassen und vornehm zu geben, wie sie es sich für diesen Anlaß vorgenommen hatte.
Sie trug ein schwarzes Wollkostüm, einen Hut mit einer schwarzen Schärpe und erotisch-hohe Pumps. Nach so langer Zeit wieder einmal festlich angezogen zu sein, inspirierte ihre Phantasie noch zusätzlich, ebenso wie die luftige, fast gleißend helle, moderne Kunstgalerie.
Nach dem Fiasko mit dem Tierarzt am Mittwoch abend brauchte sie dringend ein Erfolgserlebnis. Er hatte sich als extrem schüchtern erwiesen, sprach nur, wenn sie ihn etwas fragte, und mied ihren Blick. Er hatte nicht gescherzt, als er schrieb, er belle vielleicht unter dem falschen Baum. Er tat ihr leid. Er war einsam. Er sehnte sich nach der Gesellschaft eines Menschen – aber sie war keine Märtyrerin.
Sie ließ den Blick langsam durch den Raum wandern, über künstlerisch angehauchte und nach Geschäftsleuten aussehende Besucher, bis sie einen Mann entdeckte, der eine Kombination aus beidem darstellte. Er trug, dem Anlaß angemessen, einen dunklen Anzug und hielt ein Glas Champagner in der Hand, doch die Art, wie die lockigen Haare das sonnengebräunte Gesicht und die hinreißenden, braunen Augen einrahmten, ließ eine Ungebärdigkeit ahnen, die ihn von den übrigen Gästen abhob.

Seine Augen hielten die ihren in einer Weise fest, wie es der Tierarzt nie verstanden, geschweige denn vermocht hätte. Das Alter stimmte, die Größe stimmte, das Gewicht stimmte. Er war der Richtige – kein Zweifel. Er war der Grund dafür, daß sie ihre Nase hatte korrigieren und ihr Kinn straffen lassen. Er war die Antwort auf ihre Gebete.

Sie rührte sich nicht, wartete ab. Er nippte an seinem Champagner. Er plauderte mit der Runde, in der er stand. Doch seine Augen ließen die ihren nie für lange los.

Schließlich murmelte er eine Entschuldigung, löste sich von der Gruppe und kam zwischen den Leuten hindurch langsam auf sie zu. Seine Lippen zuckten, maskulin und zufrieden. »Und da heißt es immer, über eine Annonce finde man nichts Akzeptables.«

Sie gestattete sich ein winziges, geschmeicheltes Lächeln, sagte jedoch nichts.

»Mein Name ist Carter.«

»Celeste.«

»Celeste.« Wieder zuckten die Lippen, und dann sagte er mit einem kaum wahrnehmbaren Anflug von Unsicherheit: »Das ist schön. Wie Sie es sind.« Er starrte sie eine weitere Minute lang an, bevor er sich faßte und in die Runde schaute. »Kommen Sie – ich möchte Sie meinen Freunden vorstellen.«

Mit einem federleichten Druck auf ihren Rücken, einer fast nur ahnbaren Handfläche auf dem Verschluß ihres Büstenhalters – freundlich, vertraut, intim – geleitete er sie durch den Raum. Sie lernte die Künstlerin kennen, deren Arbeiten die Ausstellung bestritten. Sie lernte die Besitzer der Galerie kennen. Sie lernte andere Künstler kennen. Sie lernte Carters Partner kennen.

Die Szene war ebenso ein Traum wie Carter – Welten entfernt von jeder Verabredung, die sie jemals gehabt hatte, Welten entfernt von allem, was sie jemals in Grannick erlebt hatte. Für einen kurzen Moment kam sie sich wie ein Eindringling vor, unterlegen und schlecht vorbereitet – trotz ihres Outfits und ihrer Träume. Dann schaute sie wieder Carter an. So himmlisch er einerseits war, so beruhigend irdisch war er andererseits. Als er ihr ein Glas Champagner besorgte und sich ein frisches nahm und ihr mit dem Toast »Auf neue Menschen« zutrank, lösten ihre Bedenken sich in Wohlgefallen auf.

Wie erwartet übernahm er die Regie. In einer ruhigen, etwas abseits vom Trubel gelegenen Ecke, von der aus man einen guten Blick auf die klaren Linien des Gebäudes hatte, erzählte er ihr nicht von seinen Kindern oder Enkeln, wie der Witwer es ununterbrochen getan hatte, sondern von den Menschen, die er ihr gerade vorgestellt hatte, von ihrer Arbeit und ihrem Leben. Er setzte keinerlei Kunstkenntnis bei ihr voraus, sondern sprach klar verständlich, ohne im mindesten arrogant zu wirken.

Celeste war hingerissen. Er war wortgewandt und gebildet, was Kunst und Architektur betraf – und einfühlsam genug, um ihren Wissensstand richtig zu beurteilen, sie weder zu überfordern noch zu unterschätzen.

»Aber ich habe Sie gar nicht zu Wort kommen lassen«, sagte er schließlich mit einem bezaubernd zerknirschten Lächeln.

»Das macht nichts. Was Sie sagten, wurde dieser Kulisse sehr viel gerechter als alles, was ich hätte sagen können.«

»Dann werden wir die Kulisse wechseln müssen.« Sein Blick berührte kurz ihre Lippen, bevor er zu ihren Augen zurückkehrte. »Die Sonne ist noch nicht ganz untergegangen – haben Sie Lust spazierenzugehen?«

Der Harvard Square war voller Menschen. Die meisten waren weit lässiger gekleidet als sie, doch auch das war Teil des Zaubers. Ein Sonntagnachmittagsspaziergang war der Gipfel der Romantik. Sie schwebten in einer Seifenblase aus Eleganz, jede Sekunde der Funken gewahr, die knisternd zwischen ihnen hin und her sprangen.

Äußerlich unbefangen wanderten sie plaudernd dahin, doch es

gab auch Schweigeperioden, in denen Carter ihre Hand hielt oder sich bei ihr einhakte, und in diesen Phasen fiel Celeste auf, wie gut ihre Schritte zusammenpaßten. Carter zog sie nicht ungeduldig hinter sich her, wie sie sich das von dem Marathonläufer vorstellen konnte, sondern sie gingen, ganz selbstverständlich angepaßt, nebeneinander her. Es erschien Celeste ein gutes Zeichen zu sein – das Vorspiel zu einem ihr vorbestimmten Erlebnis, das ihre Träume noch übertreffen würde.

Später hätte sie nicht sagen können, was sie aß, denn das Restaurant war dunkel, ihre Nische intim und ihr Denken meilenweit von Essen entfernt. Sie kostete von allem, was gebracht wurde, und sah Carter das gleiche tun, doch die ganze Zeit erinnerte sie sich an den Marathonläufer und seine Neurosen, den Chirurgen und seine Terminplanung, den Tierarzt und seine Schüchternheit, und sie frohlockte im stillen: »Ich wußte, daß es so sein würde – ich wußte es.«

Als er nach dem Essen mit dem heiseren Hinweis kam: »Ich wohne gleich die Straße hinunter«, überlegte sie nicht zweimal. Sie hatte zu lange gewartet – sie würde keine Minute länger warten.

Es war dunkel geworden, als sie das Haus erreichten, einen kleinen Fachwerkbau, der sich als fast ebenso sensationell erwies, wie es die Galerie gewesen war. Er war ausgewaidet und unter Weglassung von Wänden und mit einem klaren Blick für Winkel und Linien umgestaltet worden.

Nur mit dem Licht, das die Straßenlaternen durch die Fenster hineinwarfen, und Carters Hand auf ihrem Rücken als Orientierungshilfen, stieg Celeste die freischwebende Treppe zu einer Empore hinauf, die gerade groß genug war, um einer riesigen Futonliege Platz zu bieten.

Das einzige, was sie zögern ließ, war die Größe des Augenblicks. Carter war ein Traum, die Verkörperung alles Guten, Starken und Fürsorglichen in einem Mann.

Stück für Stück zog er sie aus, bis sie nackt vor ihm stand. Er berührte sie nicht und küßte sie auch nicht, betrachtete nur ihren Körper, während er sich Stück für Stück seiner Kleider entledigte.

Celeste spürte die Kühle der Luft auf ihrer Haut, doch sie steigerte ihre Erregung nur noch. Ihr Schoß war angeschwollen und naß und pulsierte, und als Carter schließlich seine Boxershorts ab- und ein Kondom überstreifte, glaubte sie sterben zu müssen, wenn sie nicht endlich spüren dürfte, was sie sah.

»Leg dich hin«, flüsterte er.

Schnell atmend gehorchte sie und hob die Beine an, als er dazwischenglitt. Das Warten hatte sich gelohnt. Er trug sie von einem Orgasmus zum nächsten, von einem Traum in den nächsten, von einem Genuß zum nächsten. Es kam ihr nicht in den Sinn, daß sie seinen Nachnamen nicht kannte, nicht wußte, wo er aufgewachsen war oder was er tat, um seinen Körper in Form zu halten. Er erweckte Vertrauen, und sie schenkte es ihm.

Der Mond spielte zwischen den Wolken über der China Pond Road, warf seinen Schein durch Brians Fenster und tauchte alles in ein silbriges Licht. Brian hatte Julia schon lange ins Bett gebracht, lag ausgestreckt auf dem Sofa und wünschte sich gerade, daß Emily da wäre, als das Telefon klingelte. Der Hörer wäre ihm fast aus der Hand gefallen, als er ihn von der Gabel riß.

»Ja?«

Eine hohe Stimme, alarmiert, aber deutlich verständlich, sagte: »Detective? Detective – ich brauche Ihre Hilfe. Es kommt etwas aus dem Teich. Ich weiß nicht, was es ist, aber es hebt immer wieder seinen Kopf. Da draußen ist irgend etwas. Ich weiß, daß es da ist, aber ich weiß nicht, was es vorhat. Sie müssen kommen. Kommen Sie schnell.«

Brian seufzte. Es war nicht der erste Anruf dieser Art – letzte Woche hatte er drei bekommen, und jedesmal war es blinder

Alarm gewesen. »Ist es vielleicht wieder der Hund von den Haffenreffers?«
»Nein. Es ist kein Hund. Es ist was anderes.«
»Vielleicht ein Reh. Ich habe neulich im Wald eines gesehen.«
»Es ist kein Reh. Ich weiß, wie ein Reh aussieht, und das ist keines.«
»Wie sieht es denn aus?« fragte er, Myras Alter mit Geduld Rechnung tragend.
»Es hat einen langen Hals, einen sehr langen Hals und einen sehr kleinen Kopf und Augen, die leuchten.«
»Die leuchten?«
»Grün«, sagte sie.
Brian rieb sich mit der Handwurzel das Auge. Bisher hatte das Ungeheuer nie geleuchtet. »Da spielt irgend jemand vorzeitig Halloween.«
»Nein, nein, nein! Das ist kein Kostüm. Es ist echt, und es ist gefährlich, und es ist auf meine Weide aus. Ich muß rausgehen und es irgendwie aufhalten. Ich würde ja Frank wecken, aber der hatte einen schweren Tag. Werden Sie kommen, Detective?«
Das letzte, wonach Brian jetzt der Sinn stand, war ein Ausflug in die Kälte, aber Myra war alt und verwitwet wie seine Mutter, und obwohl seine Mutter geistig mehr auf der Höhe und vitaler war, stellte er doch diese Verbindung her.
»Sicher, Myra«, gab er sich mit einem neuerlichen Seufzer geschlagen, »ich bin schon unterwegs.«
Er schlüpfte in seine Turnschuhe, zog eine Jacke an und schaute nach Julia. Sie schlief tief und fest. Also lief er die Treppe hinunter und über die Sackgasse zu Myras Haustür. Als sie auf sein Klingeln nicht reagierte, ging er nach hinten. Der Mond schien lange genug, um ihm zu zeigen, daß sie auf der Bank unter ihrer Weide saß.
Er ließ sich am anderen Ende nieder und steckte die Hände in die Taschen, um sie zu wärmen. »Es ist eine kalte Nacht, Myra.

Sie sollten nicht hier draußen sitzen.« Sie trug einen Mantel, aber trotzdem ...

»Ich muß.«

»Warum?«

Die direkte Frage schien sie zu erschrecken. »Darum.«

Er musterte den Teich. Bauschig und mit mondlichthellen Rändern spiegelten sich die Wolken in der glatten Oberfläche.

»Ich kann da nichts entdecken.«

»Jetzt ist es ja auch unten.«

»Ein Ungeheuer.«

»Es ist schon seit Jahren da. Ich habe es Frank immer wieder gesagt, aber er wollte mir nicht glauben. Aber es ist da, und ich kann es nicht ausstehen.«

»Ein Ungeheuer. Mit leuchtenden Augen.«

Sie atmete tief ein und schien sich zu fassen. »Na ja – ich weiß nicht, ob die Augen wirklich leuchten. Es sieht nur manchmal so aus.«

Mit behutsamer Stimme fragte Brian: »Myra – ist Frank dort begraben?« Es schien ihm eine logische Erklärung für ihre Fixierung auf diesen Teil des Gartens zu sein – vor allem, wenn sie zu seinen Lebzeiten so von dem Mann beherrscht worden war, daß sie seinen Tod nicht akzeptieren konnte.

»Hier? O nein. Er liegt am anderen Ende der Stadt. Das Ungeheuer ist hier begraben.«

»Begraben?«

»Im Wasser.«

Brians Augen glitten über die Wasseroberfläche zu den Bäumen am anderen Ufer. Er konnte nichts Verdächtiges entdecken. »Sie sagten, es sei auf Ihre Weide aus. Wie kommen Sie darauf?«

»Die Wurzeln der Weide reichen bis zum Wasser. Das Ding wird daran reißen und zerren, bis es die Weide hinuntergezogen hat.«

»Aber warum sollte es die Weide haben wollen?«

»Weil die Weide uns beschützt.«
Brian wandte sich Myra zu, schaute ihr geradewegs in die Augen und sagte sanft, aber jedes Wort betonend: »Da ist kein Ungeheuer.«
Sie starrte ihn an.
»Nichts wird Ihre Weide wegschaffen.«
»Irgend jemand muß es aber tun.«
»Warum?«
Sie wirkte plötzlich verwirrt. »Ich weiß es nicht.«
»Kommen Sie.« Er zog sie auf die Füße. »Es ist zu kalt für Sie. Ich bringe Sie rein.«
»Dann muß ich Sie bloß wieder anrufen. Er ist da draußen. Ich habe ihn gesehen.«
»Okay«, sagte Brian, »dann rufen Sie mich eben wieder an.«
»Aber wenn der Boden erst mal gefroren ist, können Sie nichts mehr ausrichten.«
Er umfaßte ihre Schulter und führte sie die Treppe hinauf. »Machen Sie sich keine Sorgen, Myra. Sie rufen mich an, und ich komme sofort rüber.«
Nachdem er ihr dieses Versprechen gegeben hatte, gestattete sie ihm, sie ins Haus zu bringen.

Achtzehntes Kapitel

Emily fuhr am folgenden Freitag mit hochfliegenden Hoffnungen nach Boston. Sie freute sich ungeheuer darauf, Jill wiederzusehen, und fast ebenso, ihre Freundinnen kennenzulernen und ihre Lieblingsplätze. Sie wollte Namen mit Gesichtern versehen, sich ein Bild vom Lesesaal der Bibliothek, von der Mensa und dem Freizeitcenter machen. Sie wollte in der Lage sein, sich alles bis ins kleinste vorzustellen, wenn Jill in Zukunft anriefe.

Die Erwartung, Doug zu sehen, war hingegen von Nervosität begleitet. Es hing viel von diesem Wochenende ab, von der kostbaren, wenigen Zeit, die sie allein sein würden. Sie brauchte die Gelegenheit, um festzustellen, ob er noch etwas für sie empfand. Wenn nicht, war ihre Ehe dem Untergang geweiht.

Als die Skyline der Stadt am Horizont erschien, erinnerte sie sich an ihre letzte Fahrt hierher. Sie und Jill hatten sich an den Händen gehalten, sich vor dem bevorstehenden Unbekannten gefürchtet – und vor dem Augenblick des Abschieds. Sie waren ganz auf Jills neues Leben konzentriert gewesen – Emily hatte keine Ahnung gehabt, welche Wendungen sich in dem ihren ergeben würden.

Diesmal wartete Jill vor dem Wohnheim, kam mit strahlendem Lächeln angelaufen, als Emily am Straßenrand hielt. Sie lachte unter Glückstränen, als sie ihre Tochter, die Collegestudentin, sah, und dann hielt sie sie in den Armen, drückte sie fest an sich. Anschließend erfolgte eine umfangreiche Vorstellungszeremonie, denn es hatten nicht weniger als fünf Freundinnen mit Jill gewartet, und eine Minibesichtigung vor der späteren, umfassenden mit Doug.

Emily hatte sich für fünf Uhr mit ihm im Hotel verabredet. Er kam erst um halb sechs, aber wären Jills ständige nervöse Blicke auf ihre Uhr nicht gewesen, hätte es Emily nichts ausgemacht: Sie war sehr gerne allein mit ihr, ohne auf Dougs Bedürfnisse achten zu müssen.

Dougs gute Laune bei seiner Ankunft machte die Verspätung wett. Nach einem kurzen Aufenthalt im Zimmer, wo er sich umzog, fuhren sie zum Campus zurück.

Der Freitag abend bot ein Dinner in der Mensa, ein Konzert der drei Chöre des College und einen Empfang in Jills Wohnheim. Als Emily und Doug schließlich ins Hotel zurückkamen, war es schon spät. Wie berauscht von dem rundherum gelungenen Abend war Emily völlig zufrieden damit, ins Bett zu schlüpfen und zu schlafen. Als sie am nächsten Morgen aufwachte, war Doug weg.

»Bin beim Joggen«, lautete die Nachricht auf dem Block neben dem Telefon, doch sie gab keinen Aufschluß darüber, wann er aufgebrochen war oder wann er zurück sein würde.

Emily duschte, zog sich an und setzte sich dann ungeduldig wartend in einen Sessel: Sie hatten mit Jill ausgemacht, sich um zehn zu treffen, und sie wollte sich nicht verspäten.

Es fiel ihr auf, daß Doug häufig zu spät kam – das hatte er früher nie getan. Sie fragte sich, ob er wohl auch zu spät zur Arbeit kam oder ob es nur häusliche Angelegenheiten waren, in denen er so nachlässig geworden war.

Sie fragte ihn jedoch nicht, denn er kam verschwitzt und atemlos zurück, und es blieb ihm gerade noch Zeit, sich in aller Eile salonfähig zu machen, und dann wurden sie von den Ereignissen des Tages in Anspruch genommen, so daß sie erst spät abends wieder daran dachte, und da erschien es ihr nicht mehr wesentlich. Er war den ganzen Tag mit ihnen zusammengewesen, hatte ohne zu murren eine Besichtigungstour, einen Imbiß, ein Footballspiel, das Dinner in einem Restaurant mit Jills engsten Freunden und deren Eltern und mehrere Stunden in verschiedenen Wohnheimen, um andere kennenzulernen, durchgestanden. Er war freundlich gewesen. Er hatte sich als angenehme Erscheinung präsentiert.

Allerdings hatte er sich nicht viel Zeit genommen, mit Emily zu sprechen. Sie vermutete, daß er mehr über den Alltag einiger Leute wußte, die er an diesem Tag kennengelernt hatte, als über ihren.

Aber Jill war glücklich, ihn dazuhaben. Wenn sie seine mangelnde Aufmerksamkeit gegenüber seiner Frau registrierte, so ließ sie es sich nicht anmerken.

Emily lag in dieser Nacht mit dem Rücken zu Doug zusammengerollt auf der Seite. Sie wußte nicht, ob er schlief, und fragte ihn weder, noch rutschte sie rückwärts, bis ihre Körper sich berührten. Sie bewegte sich nicht, atmete bewußt ruhig und leise. Das Wochenende sollte zwar eine Auffrischung ihrer Ehe bringen, doch sie unternahm keinen Annäherungsversuch. Und sie hatte ein grauenhaft schlechtes Gewissen.

Es dauerte Stunden, bis sie einschlief – und als sie aufwachte, war Doug wieder beim Joggen. Sie war erleichtert und fühlte sich deswegen noch schuldiger als je zuvor.

Doug war ihr Mann. Sie sollte ihn begehren. Doch sie tat es nicht. Er war ein Fremder für sie. Wäre er einer der Väter gewesen, die sie gestern kennengelernt hatte, hätte sie ihn angelächelt und oberflächliche Artigkeiten mit ihm ausgetauscht, und anschließend wäre sie weitergegangen, ohne sich umzusehen.

Das einzige, das sie beide verband, war Jill.

Je länger Emily darüber nachdachte, um so mehr ängstigte es sie. Menschen, die einander so wenig mochten wie Doug und sie, endeten meist geschieden.

Geschieden. Gott – sie haßte dieses Wort.
Doch es leuchtete ein – besonders in Anbetracht von Brian. Nachdem Emily, die eheliche Treue für so wichtig hielt, mit einem anderen Mann hatte schlafen können, war ihre Ehe wirklich angeschlagen.
Eine Scheidung schien vernünftig.
Trotzdem wehrte sie sich dagegen.
Von einer inneren Unruhe getrieben, sprang sie aus dem Bett, zog sich in aller Eile an und packte. Sie war gerade fertig, als Doug kam, ebenso verschwitzt und atemlos und knapp in der Zeit wie am Morgen zuvor.
Sie wünschte, sie hätte es aufschieben können, doch es hieß jetzt oder nie, und so folgte sie ihm ins Bad. »Können wir reden?«
Er legte seine Stoppuhr auf den Waschbeckenrand. »Ich bin spät dran.«
»Wir reden nie, Doug. Ich glaube, wir müssen etwas tun.«
Sie mußte ihm zugute halten, daß er sie nicht mit einem verächtlichen Blick strafte oder fragte, warum sie versuche, ein harmonisches Wochenende zu ruinieren. Statt dessen fragte er in neutralem Ton: »Zum Beispiel?«, beugte sich vor und machte sich daran, sein Gesicht zu waschen.
»Zum Beispiel einen Eheberater aufsuchen.« Es war ihr letzter Versuch. Etwas anderes fiel ihr nicht mehr ein.
Sie mußte warten, bis er sich aufgerichtet hatte und nach seiner Rasiercreme griff, bis er sagte: »Warum willst du einen Eheberater aufsuchen?«
»Weil unsere Beziehung in einer Krise steckt. Wir können nicht miteinander reden.«
»Wir können schon – wir tun es bloß nicht.«
»Okay – das kommt aufs gleiche raus.«
»Nein, das tut es nicht. Wenn wir uns dafür entscheiden, nicht miteinander zu reden, dann entscheiden wir uns dafür, nicht miteinander zu reden – dagegen ist nichts zu sagen.«

»Doch, dagegen ist sehr wohl etwas zu sagen, denn wir sind ursprünglich beide keine verschlossenen Menschen, Doug. Wir reden mit Gott und der Welt – nur nicht miteinander.«
»Das ist das Wesen unserer Beziehung.«
»Ich möchte das ändern.«
»Na schön – dann geh zu einem Eheberater.«
»Ich möchte, daß wir beide hingehen.«
Er schäumte seine untere Gesichtshälfte zu Ende ein und griff nach seiner Rasierklinge. »Ich gehe zu keinem Eheberater.«
»Warum nicht?«
»Es ist Zeit- und Geldverschwendung.«
»Nicht, wenn sich dadurch unsere Ehe bessert. Willst du das nicht auch?«
»Ich glaube nicht, daß unsere Beziehung unters Mikroskop gehört.«
»Hältst du sie etwa für gut?!« rief sie. »Doug – wir gehen getrennte Wege. Wir begegnen uns meist nicht einmal nachts. Das einzige, was wir gemeinsam haben, ist Jill.«
Er entfernte systematisch eine Schaumbahn nach der anderen von seinem Gesicht.
»Ist Daniel der Grund?« fragte sie mit erstickter Stimme.
»Nein.«
»Es ist ganz natürlich, an ihn zu denken, jetzt, da Jill weg ist.«
»Ich denke aber nicht an ihn.«
»Was ist es dann?«
»Woher zum Teufel soll ich das wissen?«
»Was denkst du?«
»In diesem Moment? Daß ich rechtzeitig fertig werden muß.«
»Doug – es ist wichtig.«
Er ließ Wasser über die Klinge laufen. »Sei nicht penetrant. Ich hasse nichts so sehr wie eine penetrante Frau.«
Emily machte den Mund zu, doch die ungerechtfertigte Kritik veranlaßte sie, ihn in der nächsten Sekunde wieder zu öffnen. »Es

ist nicht richtig, wie sich unsere Ehe entwickelt. Unser Leben sollte neuen Auftrieb bekommen und nicht in sich zusammenfallen, jetzt, wo wir nicht mehr die tägliche Verantwortung für unsere Tochter haben. Erwartest du dir nicht ein bißchen mehr vom Leben?«
»Zum Beispiel?«
»Leben. Lachen. Spaß.« Sie sah Brian vor sich, mit dem sie all das hatte, und fühlte sich schuldig – und ihre Schuldgefühle verstärkten sich noch, als ihr bewußt wurde, daß Doug nichts trug außer sehr knappen Joggingshorts und dieser Anblick nicht die leiseste Regung bei ihr hervorrief.
»Ich führe ein erfülltes Leben«, sagte er ungerührt.
»Ja, was die Arbeit betrifft – aber was ist mit einer Frau?« platzte sie heraus. »Willst du keine Frau?« Er war ein normaler, leidenschaftlicher Mann. Zumindest gewesen. Jetzt näherte er sich ihr nicht einmal mehr.
Das letzte Mal war schon eine ganze Weile her, und selbst da hatte Emily das Gefühl gehabt, daß er einen Zeitpunkt dafür wählte, an dem er spürte, daß sie keine Lust hatte, um sie zu strafen. Er hatte seine Lust verloren.
Sie hatte ihre Lust jedoch nicht verloren, wie Brian so beredt betont hatte.
»Ich habe doch dich«, lautete Dougs unlogische Antwort.
»Aber wir haben keinen Spaß miteinander – wir beide allein, meine ich. Wir berühren uns nicht. Wir schlafen nicht miteinander. Willst du das denn nicht?«
Er ließ wieder Wasser über die Klinge laufen. »Wenn du scharf auf Sex warst, hättest du mir das sagen sollen.« Er warf einen Blick auf seine Uhr. »Jetzt werden wir das nicht mehr schaffen.«
»Mein Gott, Doug!« stieß sie hervor, entsetzt über seine Brutalität, seine Ignoranz, wenn er annahm, daß sie ihn bei diesem Mangel an Liebe überhaupt noch wollte.
Der Mangel an Liebe – das brachte die Situation in vier Worten

auf den Punkt. Sie liebte Doug nicht. Er liebte sie nicht. Sie hatten keinen Grund, zusammenzubleiben.

Außer Jill.

Außer der Tatsache, daß Doug sich darauf verließ, zwischen seinen Geschäftsreisen jeweils ein paar Stunden zu Hause verbringen zu können.

Außer dem gemeinsamen Haus.

Außer Daniel.

Emily drehte sich um und verließ das Bad. Sie fragte sich, ob Doug wohl jemals über diese Dinge nachdachte. Sie fragte sich, ob er wohl jemals an Scheidung dachte. Sie fragte sich, wie er nicht daran denken könnte.

Diese Überlegungen beschäftigten sie auch noch, als sie Stunden später nach Westen fuhr, in Richtung Grannick. Sie war traurig. Obwohl es bis Thanksgiving nur noch achtzehn Tage waren, hatte sie sich nur mit Mühe von Jill losreißen können. Der Abschied von Doug war ihr leichtgefallen, und diese Tatsache beunruhigte Emily unendlich.

Dagegen halfen weder die vertrauten Gefilde von Grannick noch das dunkle Haus am Ende der China Pond Road. Sie sah Licht über der Garage und mußte all ihre Beherrschung aufbieten, um nicht hinüberzulaufen.

Aber zu Brian zu flüchten, bedeutete, die Augen vor Problemen zu verschließen, denen sie sich stellen mußte. Sie wünschte, sie wüßte, was sie tun sollte.

Im Vorbeigehen die Lampen einschaltend, trug sie ihren Koffer ins Schlafzimmer und packte aus. Dann suchte sie in dem Bestreben, sich abzulenken und die schönen Augenblicke des Wochenendes noch einmal Revue passieren zu lassen, Zuflucht in Jills Zimmer. Hier fand sie Trost – das Zimmer atmete Liebe.

Sie setzte sich aufs Bett, drückte Cat an sich und rief sich schließlich nicht so sehr das vergangene Wochenende in Erinnerung als vielmehr die schönen Zeiten, die Jill und sie in den vergangenen Jahren hier zu Hause miteinander verbracht hatten.

Ihr Blick wanderte durch das Zimmer. Es war das typische Zimmer eines Teenagers mit der typischen Unordnung eines Teenagers. Ja, sie hatte Staub gewischt – vorsichtig –, aber die Mutter in ihr drängte es, die Zeitschriften in dem Korb zu sortieren und die ältesten wegzuwerfen, die Rose vom Abschlußball, die mausetot in ihrem Väschen steckte, ihrer wohlverdienten Grabesruhe zuzuführen, die Unterlagen und Bücher zu ordnen, die sich auf dem Schreibtisch türmten – aber Jill wollte, daß alles so blieb, wie sie es gewohnt war, und Emily war sich bewußt, daß das, zumindest was Doug betraf, ein zu hochgesteckter Wunsch war.

Also drückte sie weiter Cat an ihre Brust und wiegte sich leicht im Rhythmus eines Schlafliedchens hin und her, das aus der Vergangenheit zu ihr herüberklang. Sie erinnerte sich daran, es Jill vorgesungen zu haben. Nein. Daniel. Es war sein Lieblingslied gewesen. Sie hatte es ihm jeden Abend vorgesungen, manchmal drei- oder viermal hintereinander, wenn er nicht genug bekommen konnte. Seine Lider wurden bei jeder Wiederholung schwerer, bis sein »Me-ah, me-ah«, nur noch ein undeutliches Murmeln war. Der schlafende Daniel war die Verkörperung der Unschuld – ein Bild, das sie bis heute verfolgte.

Plötzlich fröstelnd ging sie in die Schrankkammer, griff in Jills Pulloverkorb und zog den ersten heraus, auf den ihre Finger trafen. Es war ein schäbiges Baumwollding, das sie wohlweislich zu Hause gelassen hatte, doch Emily kam es gerade recht: Sie war nicht pingelig – sie zog Pullover mit Vergangenheit schicken neuen Exemplaren bei weitem vor.

Der Korb war voll mit solchen von der Zeit gezeichneten Pullovern, die nachlässig zusammengelegt darin durcheinanderlagen. Mit dem Gedanken, daß vielleicht noch andere da waren, die sie sich leihen könnte – nein, sie räumte die Kammer nicht auf –, nahm sie den nächsten heraus, schüttelte ihn aus und musterte ihn prüfend. Dann drückte sie ihn an sich und atmete für einen Moment Jill ein und den Trost, den ihr das spendete, bevor sie ihn ordentlich zusammenfaltete, beiseite legte und nach einem anderen griff. Nein, der käme auch nicht in Frage. Also legte sie ihn ebenfalls zusammen und dann sorgsam auf den ersten. Der nächste im Korb, ein blaßroter, erschien ihr vielversprechender. Sie zog ihn heraus – und da sah sie die zusammenfaltete Klassenarbeit, die auf dem untersten Pullover lag.

Sie legte den blaßroten aus der Hand und nahm ihre Entdeckung in Augenschein. Es war ein Englischaufsatz, den Jill im letzten Frühling geschrieben hatte. Er hatte keinen Klassenvermerk und war nicht benotet worden, nichts deutete daraufhin, daß er in die Schule und wieder nach Hause getragen worden war. Das Papier war makellos und glatt, als sei es gerade aus einem Block gerissen worden.

Der Titel lautete »Dinge sehen«. Emily begann zu lesen.

»Mein ganzes Leben lang habe ich mich darauf gefreut, eines Tages aufs College zu gehen. Meine Eltern haben sich dort kennengelernt und immer davon erzählt, wieviel Spaß sie hatten. Nachdem ich mir viele Schulen angesehen hatte, bewarb ich mich bei denen, die mir gefielen – und ich hatte Glück: Ich wurde von meinem Lieblingscollege angenommen. Meine besten Freundinnen schafften es auch. Wir waren alle ganz aus dem Häuschen. Im April veranstaltete mein College einen Tag der offenen Tür für die Studenten, die aufgenommen worden waren. Ich fuhr hin und wurde von dem Mädchen in Empfang genommen, das mich überall herumführen würde.«

Emily erinnerte sich noch genau daran, wie nervös, aber auch voll freudiger Erwartung Jill an einem Donnerstag nachmittag in den Bus nach Boston gestiegen war.

»Das Mädchen hieß Jessica. Sie war cool. Sie holte mich in der

Aufnahme ab und nahm mich zum Abendessen mit in die Mensa. An dem Abend fanden überall in den Wohnheimen Partys statt. Den College-Kids war eingeschärft worden, keinen Alkohol mit den zukünftigen Studenten zu trinken, aber es gab trotzdem Bier – nicht genug, um betrunken zu werden, nur so viel, daß wir das Gefühl kriegten, schon dazuzugehören. Ich fand es toll.«

Kluge Jill: Von dem Bier hatte sie Emily nichts erzählt.

»Am nächsten Morgen nahm Jessica mich in ihre Vorlesungen mit, aber mittags hatten wir genug. Sie schlug vor, in ihr Lieblingscafé zu gehen und dort mit ein paar ihrer Freundinnen zu essen, und das machten wir.«

Ja. Das »Harvard Bookstore Café«.

»Nach dem Mittagessen bummelten wir die Newbury Street entlang. Es war einmalig. Die Leute und die Geschäfte – einfach klasse. Ich komme aus einer Collegestadt und hatte Boston eigentlich nie als solche gesehen, aber dort spürte man es, denn es wimmelte überall von Collegestudenten. Eine der Anwärterinnen kaufte sich in einem Laden ein paar Dinge, und dann gingen wir alle zusammen in eine Eisdiele. Schließlich mußten wir uns auf den Rückweg machen, weil ich noch meine Sachen holen und den Bus nach Hause erwischen mußte. Wir überquerten die Commonwealth Avenue, gingen einen Block weit und überquerten gerade die nächste Straße, als ich ihn sah.«

Emily runzelte die Stirn.

»Er trug einen Geschäftsanzug, in dem ich ihn schon viele Male gesehen hatte, und kam aus einem der Stadthäuser, und ich dachte, das ist ein irrer Zufall, daß er ausgerechnet hier zu tun hat, wenn ich auf Besuch hier bin – dann muß ich ja gar nicht mit dem Bus heimfahren. ›Mein Gott‹, sagte ich zu den Mädchen, ›da drüben ist mein Vater.‹ Und ich wollte ihn gerade rufen, als hinter ihm eine Frau aus dem Stadthaus trat. Sie hatte einen kleinen Jungen auf dem Arm. Ich sah, wie er der Frau den kleinen Jungen abnahm und ihn an sich drückte, und den freien Arm legte er um die Frau und zog sie an sich.«

Aber Doug war an dem Tag in New York gewesen – Emily erinnerte sich daran, weil auch sie gedacht hatte, daß es schön wäre, wenn er Jill mit heimbringen könnte, doch das hatte er ausgeschlossen.

Die Hand auf ihr Herz pressend, las sie weiter.

»Jessica fragte, ob die Frau meine Mom sei – und da wurde mir klar, daß ich mich geirrt hatte. Mein Vater wußte, daß ich in Boston war – wenn er vorgehabt hätte, ebenfalls herzukommen, hätte er sich mit mir verabredet und mich mit nach Hause genommen. Außerdem würde mein Vater keine andere Frau so umarmen. Er würde sie nicht so küssen oder den kleinen Jungen so fest an sich drücken, bevor er seine Arme von seinem Hals löste und ihn der Frau zurückreichte. Der Mann auf der Treppe konnte unmöglich mein Vater sein. Er gehörte zu der Familie – nicht zu meiner. Er sah meinem Vater nur sehr ähnlich.«

Emily atmete flach und schnell.

»Ich denke immer noch an den Mann. Neulich fing ich an zu überlegen, ob es möglich ist, daß ein Mann zwei Familien hat. Wenn er viel unterwegs ist, wie mein Dad, dann ginge das. Er könnte die Woche über bei der einen Familie sein und am Wochenende bei der anderen. Mein Vater würde so was natürlich nicht tun, aber ein anderer Mann könnte es, denke ich.«

Damit endete der Text. Emily blätterte um, doch es kam nichts mehr, alle folgenden Seiten waren leer. Sie blätterte wieder zurück und las den letzten Absatz noch einmal, las dann den ganzen Bericht noch einmal, atmete mit jeder Seite schneller, bis sie am ganzen Leibe zitterte. »O mein Gott!« flüsterte sie. »Dieser Scheißkerl.«

Mit pochendem Herzen legte sie den Aufsatz beiseite und nahm, weil sie nicht wußte, was sie anderes tun sollte, den letzten Pullover aus dem Korb. Mit bebenden Fingern legte sie ihn, so gut sie konnte, zusammen und an seinen Platz zurück, stapelte die anderen nacheinander darauf, stellte den Korb wieder in die Kammer und schloß die Tür. Dann nahm sie den Aufsatz ihrer Tochter mit hinunter.

»Dieser Scheißkerl«, murmelte sie und preßte wieder die Hand auf die Brust, um den Tumult, der darin tobte, unter Kontrolle zu bringen, doch ihre Wut brauchte ein Ventil.

Also begann sie auf und ab zu gehen, hin und her, hin und her, und versuchte zu akzeptieren, daß er tatsächlich das getan hatte, was sie sich all die Jahre geweigert hatte, auch nur zu denken – sogar nach Brian –, denn der bloße Gedanke daran wäre ihr als Verrat an Doug erschienen!

»Wie konntest du?« schrie sie, während sie wie ein Tier im Käfig auf und ab lief, ebenso verletzt wie empört. »Eine Frau und ein Kind? Wie konntest du uns so verraten? Das muß ja schon jahrelang gehen! Und ich habe mich schuldig gefühlt! Ich fasse es nicht!«

In dem Bedürfnis, dem Abscheu Luft zu machen, der sich ihrer bemächtigte, ließ sie Jills Aufsatz fallen, stürmte aus dem Haus und machte sich auf den Weg in die Nacht. Zuerst lief sie mit großen, wütenden Schritten, dann fing sie an zu rennen. Als sie die Sycamore erreichte, blieb sie nach Luft ringend stehen, beugte sich vor, stützte die Hände auf die Knie und versuchte, wieder zu Atem zu kommen.

*Dumme, blauäugige Emily, d*ie sich weigerte zu sehen, was vorging, es sich auch nur vorzustellen, geschweige denn es als gegeben hinzunehmen. Aber es war völlig einleuchtend!

Keuchend setzte sie ihren Lauf fort, nahm ebensowenig das Knistern der trockenen Blätter unter ihren Sohlen wahr wie die geisterhaften Äste der Bäume, die Schatten und die Novemberkälte. Angetrieben durch mehr Adrenalin, als sie verkraften konnte, rannte sie durch die ganze Stadt und wieder zurück. Sie war schon wieder zu Hause, bevor sie die ersten Anzeichen von

Erschöpfung bemerkte, und als sie ihr bewußt wurde, war sie von Kummer überschattet.
Als sie in den Garten stolperte, tanzten bunte Kreise vor ihren Augen, und ihr Magen revoltierte. Am Rand des Teiches gaben ihre Beine nach. Sie sank auf die Knie, dann nach hinten auf ihre Fersen, stützte sich mit den flachen Händen auf dem kalten Boden ab. Das Gras war gefroren. Tiefe Dunkelheit umgab sie. Sie fühlte sich ebenso beraubt wie an dem Tag, als sie akzeptiert hatte, daß sie Daniel nie wiedersehen würde. Dougs Verrat stellte eine weitere Station auf ihrem scheinbar endlosen Leidensweg dar.
Und dann kamen die Tränen. Sie konnte sie nicht unterdrücken, nicht aufhalten. Es blieb ihr nur, die Arme um ihre Mitte zu schlingen und zu versuchen, ihr Herz gegen den Schmerz zu schützen, der es zu zerreißen drohte. Sie weinte um sich selbst und um Jill – und um Daniel und all die vielen Dinge, die an jenem Tag auf der Post verlorengegangen waren. Sie wiegte sich eine Weile vor und zurück, doch die Bewegung minderte den Kummer nicht, und so setzte sie sich schließlich hin, schlang die Arme um die Knie und vergrub ihr Gesicht darin.
Plötzlich spürte sie eine Hand in ihrem Haar und dann auf ihrer Schulter, und im nächsten schluchzenden Atemzug wurde sie an eine Brust gedrückt, die ihr Halt und Wärme bot. Er fragte nicht, warum sie weinte, bat sie nicht aufzuhören, sagte überhaupt nichts. Er hielt sie nur fest und ließ sie weinen, was sie auch weiter tat, als habe sie endlich und verdientermaßen die Erlaubnis bekommen, schwach zu sein.
Irgendwann flossen die Tränen langsamer und versiegten schließlich. Verlegen öffnete sie die Finger, die sich in seinen Pullover gekrallt hatten.
»Wir müssen diese Rendezvous einstellen«, scherzte er, doch seine Arme blieben, wo sie waren.
Sie stieß einen Laut aus, der als Lachen gedacht war, und nickte.

»Das Wochenende war eine Pleite, ja?«
»Das Ende zumindest.«
»Willst du reden?«
Sie schüttelte den Kopf. Die Situation war noch zu neu – sie mußte erst einmal zu sich kommen.
Er rieb ihre Arme. »Du bist ja ganz durchgefroren. Willst du mit zu mir kommen?«
Sie antwortete nur mit einem kaum wahrnehmbaren Kopfschütteln.
»Auf einen Brandy?«
Wieder ein Kopfschütteln.
»Du solltest in dem Zustand lieber nicht allein sein.«
Mit einem abgehackten Seufzer sagte sie: »Ich muß. Ich muß nachdenken.« Sie wischte sich mit dem Handgelenk die Wangen ab.
Er stand auf, zog sie auf die Füße und führte sie zur Küchentür. »Bist du sicher, daß du allein bleiben kannst?«
Sie nickte, brachte sogar ein kleines Lächeln zustande. »Wenn man auf dem Boden des Abgrunds angekommen ist, kann es nur noch aufwärts gehen.« Das Bild gefiel ihr. Es schien ihr, als habe ihr seit einer Ewigkeit vor diesem Sturz in den Abgrund gegraut. Aber sie hatte ihn überlebt.
»Danke, Brian«, flüsterte sie. Sie wußte, daß sie ihm mehr schuldete als zwei Worte, doch im Augenblick war sie nicht in der Lage, ihm mehr zu geben.
Sie sah sein lächelndes Nicken in der Dunkelheit, und dann tippte er ihr auf die Kinnspitze, drehte sich um und ging.

Emily schlief tatsächlich ein, und als sie am nächsten Morgen aufwachte, war sie ausgeruht genug, um den Sturm der Gefühle bewältigen zu können, der augenblicklich in ihr losbrach. Ein Ventil in Aktivität suchend, füllte sie das Haus mit Klängen von Miles Davis und riß im oberen Bad die Tapete von den Wänden, die sie erst vor ein paar Wochen dort angebracht hatte. Sie knüllte sie zusammen, stopfte sie in einen Müllsack und fuhr ihn mit dem restlichen Abfall zur Deponie hinaus. Auf dem Heimweg kaufte sie eine Tapete, die mehr ihrem Geschmack entsprach als Dougs, und brachte den Vormittag mit Tapezieren zu. Weil ihr das ein gutes Gefühl gab, machte sie einen Ausflug ins Einkaufszentrum und kaufte neue Bettücher und eine Daunendecke mit einem blaßblau-weißen Blumenmuster, das feminin und frisch wirkte, plus zusätzliche Laken für Vorhänge und einen Schwung Dekokissen mit Rüschen. Gefangen in ihrem Selbstverwirklichungsrausch erstand sie auch noch blaue Wandfarbe und – weil Blau die Assoziation mit Sonne, Sand und Brandung weckte – einige große Drucke von Meermotiven. Anschließend fuhr sie bei der Autowerkstatt vorbei und vereinbarte einen Termin für den Einbau eines neuen Auspuffs und Zahnriemens und bestellte neue Reifen.

Auf einer Welle der Courage reitend kam sie nach Hause und rief bei Jill an. Als der Anrufbeantworter sich einschaltete, hinterließ sie in fröhlichem Ton die Nachricht, wie sehr sie sich gefreut habe, Jill wiederzusehen. Daß sie den Aufsatz gefunden hatte, erwähnte sie nicht – sie wußte noch nicht, wie sie sich dazu äußern sollte.

Kay und Celeste gegenüber verschwieg sie ihren Fund ebenso. Für Montag stand wie immer ihr gemeinsames Abendessen auf dem Plan. Sie hätte es zwar gerne ausfallen lassen, wußte jedoch, daß sie nicht ohne eine Erklärung absagen könnte. Also ging sie hin, erzählte ihnen nur vom Wochenende und zuckte mit den Schultern, als sie sie nach Doug fragten. Jede noch so kurze Gesprächspause füllte Celeste, die ohne Ende von Carter schwärmte.

Kay schaute unbehaglich drein.

Emily fühlte sich unbehaglich. Sie war bemüht, sich für Celeste zu freuen, doch jedes Carter-Wunder, von dem Celeste berichtete, erinnerte Emily an Dougs Verrat und die zutiefst erniedrigende, deprimierende Kränkung, die er ihr zugefügt hatte. Und jedesmal, wenn sie daran dachte, wurde sie wieder zornig, denn sie hatte verdammt noch mal nichts getan, um zu verdienen, was er getan hatte – zumindest nicht in diesem Ausmaß, nicht über eine so lange Zeit. Er hätte es sagen sollen, wenn er so unglücklich war. Er hätte sie um die Scheidung bitten müssen, wenn er eine andere Frau liebte.

Es war keine Nachricht von ihm auf dem Anrufbeantworter, als sie nach Hause kam, aber er war in New Haven, wie er es ihr angegeben hatte: Sie rief an, um sich zu vergewissern, und die Rezeption des Hotels bestätigte es, was sie nicht überraschte. Einiges von dem, was er ihr erzählte, entsprach offenbar der Wahrheit – aber er verfuhr nach einem bestimmten Muster. Jede Woche besuchte er eine, vielleicht zwei Städte mit der offiziellen Absicht, Donnerstag oder Freitag heimzukommen. In letzter Zeit rief er immer häufiger Mitte der Woche an und verschob seine Rückkehr um einen Tag.

Sie schloß mit sich selbst eine Wette ab und wartete. Wie vorhergesehen rief er am Mittwoch abend an und teilte ihr mit, er sei mit Verspätung nach Bridgeport gekommen und käme erst am Samstag. Der winzige Teil ihres Herzens, der entgegen allem gesunden Menschenverstand noch Hoffnung hegte, wand sich unter Qualen, doch der Rest empfand eine vage Befriedigung.

Sie mochte jahrelang blind gewesen sein, aber sie war nicht dumm und auch nicht so kleinstadtnaiv, wie Doug offenbar glaubte.

Und sie war auch in keiner Hinsicht oder Form abhängig von Brian. Im Gegenteil – sie versuchte, Abstand zu ihm zu halten und unabhängige Entscheidungen zu treffen, doch sie brauchte jetzt moralische Unterstützung, und dafür erschien er ihr die beste Adresse.

Und so klopfte sie kurz nach Dougs Anruf an Brians Tür. Er

öffnete sie in einem Jogginganzug und mit einem liebevollen, verschlafenen Lächeln. Sie wäre fast geflüchtet – nicht, weil sie fürchtete, ihn geweckt zu haben, sondern weil sein Anblick sie in einem Augenblick schwach machte, in dem sie stark sein mußte.

Als sie ins Wohnzimmer trat, blieb sie an der Tür stehen und lauschte einem Jazz-Klavierkonzert. Es war etwas von Jelly Roll Morton – aber neu.

»Marcus Roberts«, erläuterte Brian. »Kennst du ihn?«

Sie schüttelte den Kopf.

»Ich habe ihn letztes Jahr in New York spielen gehört. Er ist gut. Möchtest du einen Kaffee oder so was?«

»Keinen Kaffee – nur ein bißchen von deiner Zeit.« Sie zog Jills Aufsatz aus der Tasche, reichte ihm ihn und wartete, bis er ihn gelesen hatte, ehe sie ihm erklärte, wie sie ihn gefunden hatte. »Jill muß beabsichtigt haben, daß ich ihn fand. Sie schärfte mir zwar immer wieder ein, die Finger von ihrem Zimmer zu lassen, aber sie wußte, daß ich es nicht schaffen würde, nicht aufzuräumen, besonders, da sie nichts dergleichen tat, als sie in den Herbstferien hier war – und da lag er, und das in ausgesprochen ordentlicher Form.«

Seine Augen fragten, ob sie glaube, daß Doug der Mann auf der Treppe gewesen sei.

»Jill wünscht sich mit Sicherheit, daß ich es verneine«, sagte sie, »aber es ist zu einleuchtend. In der Sekunde, als ich es las, wußte ich Bescheid. Es ist so einfach und erklärt so vieles – seine Gereiztheit, die Art, wie er sich neuerdings kleidet, sein plötzliches Interesse für Golf. Es erklärt seine vielen Reisen und die ständigen Anrufe, um mir mitzuteilen, daß er einen Tag später nach Hause komme. Einmal sagte er mir, er müsse nach Baltimore, doch das stimmte nicht. Als ich ihn darauf ansprach, wurde er wütend. Er war wütend, weil ich ihn zu erreichen versucht hatte! Welcher normale Ehemann würde so reagieren?«

Sie begann durch das Zimmer zu wandern und berührte Dinge, weil sie es irgendwie als tröstlich empfand, nahm jedoch nichts davon richtig wahr. »Es gibt noch andere Dinge, die mir – bisher – unverständlich waren. Er blockt ab, wenn ich ihn nach seiner Arbeit frage, will überhaupt nicht über sein Leben sprechen. Er lehnt es ab, mich auf seine Reisen mitzunehmen. Und es war ihm gar nicht recht, daß Jill in Boston aufs College gehen wollte – er versuchte immer wieder, ihr andere Städte schmackhaft zu machen. Nach meinem jetzigen Kenntnisstand nehme ich an, daß er zu dieser Frau ging, als er letztes Wochenende angeblich beim Joggen war.«

Brian lehnte sich an den Rücken des Sessels. »Ein langjähriges Verhältnis – das ist eine schwerwiegende Verdächtigung.«

»Aber das macht Sinn«, beharrte Emily auf ihrer Meinung. »Es erklärt seine Beziehung zu mir – besser gesagt, ihr Fehlen.« Sie hatte den Punkt erreicht, wo Stolz kein Thema mehr war. Ihr Zorn hatte jegliche Verlegenheit eliminiert. »Es erklärt auch, wo das ganze Geld hinwandert, das er verdient. Er hat ein gutes Geschäft gemacht, als er seinen Anteil an der Farm verkaufte, und er steckte den Erlös in seine neue Firma – aber was brauchte er da schon? Seine Betriebskosten sind verschwindend gering. Er muß den Überschuß beiseite gelegt haben. Er ließ Jill und mich glauben, daß wir knapp bei Kasse seien, aber für sich gab er ständig Geld aus. Ich wette, er hat irgendwo ein Konto, von dem wir nichts wissen.«

»Unterschreibst du denn die Einkommensteuererklärungen nicht?«

»Sicher tue ich das – aber lese ich sie? Nein. Dumm von mir, ich weiß – aber ich vertraute Doug. Ich gab ihm sogar den Tantiemenscheck für mein Buch, damit er ihn auf unser Konto einzahlte. Ich bezahle die am Monatsende fälligen Rechnungen nicht, also weiß ich nicht einmal, wieviel reinkommt und rausgeht.«

Plötzlich fiel ihr etwas ein. »Weißt du – ich habe ihm mal

angeboten, das für ihn zu erledigen, um ihm Zeit zu sparen, worauf er ohne einen Moment nachzudenken antwortete, ich würde nicht damit klarkommen, weil ich nicht wisse, was davon die Firma betreffe und was nicht, und es gäbe dann nur ein heilloses Durcheinander.« Und dann fiel ihr noch etwas ein. »Das machte er immer: Ständig wertete er mich ab. Anstatt zu sagen, es sei einfacher für ihn, die Rechnungen selbst zu bezahlen, warf er mir vor, ich würde ein heilloses Durcheinander verursachen. Oder es würde nur die Steuern in die Höhe treiben, wenn ich mir einen Job suchte. Oder es wäre eine Belastung für ihn, wenn ich ihn auf seinen Reisen begleitete.«

»Das ist eine Form der Mißhandlung«, konstatierte Brian leise.

Emily war von sich selbst angewidert. »Ich sah das aber gar nicht so. Ich nahm an, daß Doug sich besser auskenne als ich – ganz besonders in Geldangelegenheiten. Er predigte mir ständig, daß unsere finanzielle Situation gespannt sei. Wegen der Wirtschaftslage und so weiter. Wegen der Kosten für Jill und so weiter.« Ihr Zorn auf Doug kehrte zurück, wuchs mit jeder neuen Erkenntnis. »Wenn er also sagte, ich könne schon noch ein paar Meilen mit den alten Reifen fahren, dann nahm ich an, daß er recht hatte, daß es besser wäre, mit dieser Ausgabe noch ein wenig zu warten. Aber er gab unentwegt Geld aus. Für sich. Ich schrieb es der für seinen Erfolg notwendigen Imagepflege zu – aber wenn ich es mir jetzt ansehe, ist es bizarr. Seine Kleidung, sein Wagen, sein ganzer Lebensstil – all das liegt so himmelweit über meinem Niveau ...«

»Elegante Kleider bedeuten nicht, daß jemand Niveau hat.«

Sie beendete ihre Wanderung und atmete tief ein. »Ich weiß. Sag mal – du hast ihn doch kennengelernt. Hättest du diesen Mann an meiner Seite erwartet?«

»Nein. Ich hätte jemanden mit mehr Substanz erwartet.«

»Oh, Doug hat Substanz«, sagte sie traurig. »Nur nicht auf der gleichen Ebene wie ich. Früher war das anders. Als wir damals

hierherzogen, waren wir ein Herz und eine Seele. Und dann wurde Daniel entführt.« Sie dachte wieder an Jills Aufsatz.
Leise fragte Brian: »Was ist denn mit dem kleinen Jungen in Boston?«
Genau. Sie betrachtete ihren Daumen. »Ich weiß es nicht. Es kann ihr Sohn sein. Oder ihr gemeinsamer. Ich glaube, dieser Aspekt der Geschichte tut mir am meisten weh.«
»Ich kann mir vorstellen, daß die ganze Geschichte weh tut.«
So war es auch. Aber da war noch etwas anderes. Sie trat zu ihm und umfaßte seine Hände. »Ich war so lange verwirrt, verstand nicht, warum Doug sich mehr und mehr von mir entfernte, dachte, daß ich es mir vielleicht wirklich nur einbildete. Was ich aus Jills Bericht erfahren habe, erklärt so viele Dinge, daß ich sogar eine gewisse Erleichterung empfinde. Und mehr Zorn als Schmerz – und den ebensosehr im Hinblick auf Jill wie im Hinblick auf mich.« Sie spürte ihn wieder hochkochen. »Er hat einen Großteil ihrer Kindheit versäumt. Verdammt noch mal, er hielt es nicht einmal für nötig, sie ins College zu fahren, und dann war er auch noch ausgerechnet in der Stadt, während er sich angeblich in New Haven aufhielt. Kannst du dir vorstellen, wie ihr zumute gewesen sein muß, als sie die Abschiedsszene vor dem Haus beobachtete?«
»Vielleicht ist sie wirklich überzeugt, daß sie ihn verwechselt hat.«
»Nein – sie weiß, daß er es war. Sonst hätte sie nicht geschrieben, was sie geschrieben hat, und hätte es nicht deponiert, wo sie es deponiert hat. Sie hatte das Bedürfnis, es mir mitzuteilen, und wußte sich nicht anders zu helfen. Kannst du dir vorstellen, wie grauenhaft es für sie sein muß, sich mit dieser Geschichte herumzuschlagen?« Emily rang um Fassung. »Sie fragte jedesmal nach ihm, wenn sie anrief. Sie wollte wissen, wann er heimkäme und was wir dann unternehmen würden. Sie sagte, sie fände es gut, wenn Doug und ich eine Ferienreise machen würden – zum

Beispiel auf die Bermudas. Nein – sie weiß Bescheid. Und sie hat Angst. Wie kann ein Vater seiner Tochter so etwas antun?«

»Hast du ihn das gefragt?«

Sie atmete erzitternd ein und schüttelte den Kopf. »Nein – ich werde das nicht am Telefon tun. Er hat vorhin angerufen und erklärt, er komme nun doch nicht am Freitag, sondern erst am Samstag. Ich nehme an, er verbringt die Nacht zum Samstag bei ihr.« Ihre Augen hielten Brians fest. »Ich will Gewißheit.«

»Gewißheit?« echote er alarmiert. »Wie willst du das denn anstellen?«

»Ich will es mit eigenen Augen sehen, vielleicht sogar Fotos machen.«

»Ihn beschatten?«

»Wenn möglich. Allerdings habe ich ein Problem: Da ich Jill nicht einweihen will, kann ich sie nicht fragen, wo genau sie ihn gesehen hat, und darum weiß ich nicht, wo ich ihn suchen soll.«

Deshalb war sie hier. Nein – vielleicht war sie auch hergekommen, um Brian die Geschichte zu erzählen. Vielleicht war sie auch hergekommen, um seine Hände zu berühren und seine Wärme zu spüren. Doch in diesem Punkt konnte er ihr am meisten helfen. »Ich habe im Bostoner Telefonbuch nachgeschaut, aber er steht nicht drin. Ich brauche die Adresse. Gibt es da eine Möglichkeit – über das Grundbuchamt, vielleicht?«

»Da könnte ich mal anrufen.«

Sie hatte gewußt, daß er das anbieten würde, doch sie mußte das selbst tun. »Nein – das möchte ich machen. Sind die Angaben jedermann zugänglich?«

»Ja.« Sein Blick glitt über Jills Aufsatz. »Weißt du den Namen der Straße?«

»Ich habe auf den Stadtplan geschaut. Nach Jills Beschreibung müßte es die Marlborough Street sein. Was mache ich, wenn das Haus nicht auf seinen Namen eingetragen ist?«

Brian war immer noch mit Jills Aufsatz beschäftigt. »Ihre Angaben sind ziemlich vage. Wenn du die genaue Adresse nicht rauskriegst, mußt du in der wahrscheinlichsten Straße Posten beziehen und abwarten. Die Idee begeistert mich nicht gerade, Emily – es wäre gut möglich, daß du eine Ewigkeit in der falschen Straße wartest, und nach einer Weile würde das gefährlich.«

»Detectives machen das.«

»Ja – mit einer Waffe in Reichweite. Hast du eine Waffe?« Sie schauderte. »Ich hasse Waffen.«

»Das ist gut, denn einer, der das nicht tut und bei Nacht und Finsternis eine so zierliche, kleine Person allein in einem Auto sitzen sähe, würde sie dir aus den Händen reißen und auf dich richten, ehe du Zeit hättest, auch nur an den Pfefferstreuer in deiner Handtasche zu denken. Außerdem sitzen Detectives nicht auf gut Glück in Autos.«

»Wie finden sie dann Leute?«

»Sie beschaffen sich die Adresse.«

»Wie?«

»Beim Finanzamt. Über Informanten. Bei der Telefongesellschaft ...«

»Aber wenn der Anschluß nicht auf ihn angemeldet ist ...«, sie brach ab, als sie begriff, was er gesagt hatte. »Es mag sein, daß das Haus nicht auf seinen Namen läuft, aber er bezahlt bestimmt die Telefonrechnungen, oder? Und die Stromrechnungen. Und die Heizkosten. Und er hat sicherlich auch schon Schecks auf ihren Namen ausgestellt.« Es war so simpel – sie hatte es direkt vor der Nase. Dougs Arbeitszimmer war voller Unterlagen, die alle sorgfältig abgeheftet auf sie warteten. »Und mir hat er nie erlaubt, mit Schecks zu bezahlen«, murmelte sie und steuerte auf die Tür zu. Auf halbem Weg machte sie kehrt, ging zu ihm zurück und umarmte ihn. »Du bist ein Schatz!«

»Ich könnte ein paar Telefonate führen – ich könnte dir die Adresse beschaffen.«

Doch sie schüttelte den Kopf. In diesem einen Punkt war sie sich ganz sicher. »Er hat mich entmündigt, und ich habe es zugelassen. Er hat mich kleingemacht. Er hat mich gedemütigt. Ich muß das selbst tun – für meine Selbstachtung.«

Dougs Arbeitszimmer erwies sich als eine Büchse der Pandora: Einmal geöffnet, quoll sie von verräterischen Informationen nur so über. Emily war fast ebenso verblüfft über den leichten Zugang zu dem Material wie über seine Menge. Doug hatte nichts getarnt – es lag alles griffbereit da. Offenbar war der Scheißkerl nicht auf den Gedanken gekommen, daß sie nachschauen könnte.

Sie wühlte sich durch Kontoauszüge, bezahlte Rechnungen und Scheckaufstellungen und die Einkommensteuerformulare, die sie so gutgläubig unterschrieben hatte. Dann schaltete sie den Computer ein, holte sich Dougs Kalender auf den Bildschirm und druckte seinen Terminplan aus – einschließlich der »Löcher« darin, die an Tagen aufschienen, an denen er angeblich »bis über beide Ohren in Arbeit« gesteckt hatte. Sie studierte seine Vielfliegerabrechnung der Fluggesellschaft, worin detailliert Daten und Ankunfts- und Abflugzeiten aufgeführt waren, die in vielen Fällen von denen abwichen, die er ihr genannt hatte. Und sie fand Unterlagen über Spar- und Spekulationskonten.

Größtenteils blieb sie gelassen, handhabte ihre Suche wie die Recherche für ein Buch. Die Befriedigung, ihren Verdacht bestätigt zu sehen, handfeste Beweise zu haben und sich zur Abwechslung einmal gewitzt zu fühlen, half ihr über die unvermeidlichen Augenblicke des Gefühls der Demütigung und des Zorns hinweg – und die gab es im Überfluß. Offenbar war sie jahrelang blind wie ein Maulwurf gewesen.

Irgendwann fiel ihr Celeste ein, und Verstehen glomm in ihr auf. Celeste nahm ihr Leben in die Hand. Sie hatte sich bestimmte Ziele gesteckt und steuerte nun darauf zu. Emily war nicht unbedingt mit ihrer Methode einverstanden, doch sie konnte sich mit dem Motiv identifizieren. Es war wichtig, sein Leben selbst zu bestimmen – besonders nach einer so langen Zeit, in der andere über einen bestimmt hatten.

Als der Tag heraufdämmerte, hatte Emily zwei Ordner mit Kopien der verräterischen Unterlagen – dankenswerterweise besaß Doug einen Fotokopierer – zusammengestellt. Einen stellte sie in die Küche zwischen die Kochbücher, die sie im Laufe ihrer Ehe zu Rate gezogen hatte, um Dougs Gaumen zu verwöhnen: Sie wollte ihn griffbereit haben, falls Doug leugnen sollte, wenn sie ihn zur Rede stellte.

Den anderen versteckte sie für alle Fälle in Daniels Zimmer, denn das war der einzige Platz im Haus, wo Doug niemals nachsehen würde.

Neunzehntes Kapitel

Am Freitag morgen tankte Emily den mit neuen Reifen, neuem Zahnriemen und neuem Auspuff ausgestatteten Wagen auf und fuhr nach Boston. Sie kam um die Mittagszeit an – früher als nötig, falls die Angaben in Dougs Terminkalender korrekt waren, der für neun und elf Uhr Besprechungen in Bridgeport vorsah. Sie nahm an, daß er gegen Mittag aufbrechen und etwa um drei in Boston eintreffen würde – aber sie wollte nicht das Risiko eingehen, ihn zu verpassen.

Sie mußte eine geschlagene halbe Stunde um den Block fahren, bis ein geeigneter Parkplatz frei wurde: Er lag schräg gegenüber der Adresse, die sie bekommen hatte, und bot einen guten Blick auf das Haus.

Doch das war auch alles, was gut war. Es tat weh, dieses Stadthaus zu betrachten, einen hübschen, zweistöckigen Klinkerbau mit hohen Fenstern und einer geschnitzten Eichentür, die von zwei mit Blumen bepflanzten Whiskeyfässern flankiert wurde. Sogar von draußen war zu erkennen, daß die Vorhänge elegant waren und sehr viel schwerer und aufwendiger als alle, die Emily je genäht hatte. Nicht, daß die Dame des Hauses sie genäht hatte: Die Dekoration sämtlicher Fenster war zweifelsfrei das Werk eines Innenarchitekten.

Sie versuchte ihren Kopf freizuhalten, als sie da hinter dem Steuer saß und mit zur Faust geballtem Magen unverwandt auf den überdachten Eingang starrte, doch sie dachte unablässig, daß dies Dougs anderes Zuhause war – das, in das er die Energie und die Gefühle einbrachte, in deren Genuß eigentlich sie

kommen sollte. Vielleicht irrte sie sich ja, klammerte sie sich verzweifelt an den einzigen Strohhalm, der sich ihr bot. Vielleicht gab es ganz harmlose Erklärungen für die Telefonrechnungen und die Heizkostenrechnungen und die Möbelrechnungen. Vielleicht hatte die Frau, die da drüben wohnte, die Vorhänge selbst bezahlt. Aber Emily glaubte es nicht. Sie ließ den Strohhalm los, und je länger sie wartete, um so wütender wurde sie.
Sie hatte Sandwiches und eine Thermoskanne mit Kaffee dabei, rührte jedoch beides nicht an. Sie hielt den Blick auf die Tür gerichtet und Jills Kamera auf dem Schoß. Sie war entschlossen, ein Foto zu machen: Falls Doug die Stirn hätte, ihre Anschuldigungen als Wahnvorstellungen abzutun, wollte sie ihm etwas präsentieren können, das ihm seine verdammte Sonnenbräune vom Gesicht wusch.
Diese Sonnenbräune war ein weiterer Faktor. Er hatte sie sich nicht in gemeinsam mit ihr verbrachter Zeit zugelegt, sondern auf dem Golfplatz des schnuckeligen, kleinen Countryclubs am Stadtrand von Boston, wo er seinen Unterlagen zufolge seit drei Jahren beachtliche Mitgliedsbeiträge bezahlte.
Sie fragte sich, wen die anderen Mitglieder wohl für seine Frau hielten. Sie fragte sich, was wohl passieren würde, wenn sie sich dort nach ihm erkundigte. Sie fragte sich, wie es wohl wäre, den Leuten einen dramatischen Auftritt zu bieten.
Nicht, daß sie das ernsthaft erwog – sie könnte sich nie so häßlich benehmen, das lag ihr einfach nicht. Aber sie würde sich nie mehr eine Lüge gefallen lassen.
Sie löste die Augen nur hin und wieder für eine Sekunde von dem Stadthaus, um einen schnellen Blick auf ihre Uhr oder gelegentliche Passanten zu werfen. Während der Zeiger von halb zwei auf zwei zukroch, mischten sich unter die ziellosen Mittagspausenschlenderer in zunehmendem Maße zielstrebige Diensteiferer. Sie sah Studentinnen, die Jill hätten sein können, und Geschäftsleute, die Doug hätten sein können – doch keiner stieg

die Stufen zu dem Stadthaus mit den eleganten Vorhängen und der geschnitzten Eichentür hinauf.

Als es drei Uhr wurde, verwandelte ihr Magen sich in einen kalten Stein. Um vier dachte sie, daß Brian vielleicht recht gehabt hatte, daß es ein Fehler gewesen war, auf gut Glück hierherzukommen, ohne einen Beweis dafür, daß Doug kommen würde. Sie überlegte, ob sie Doug einfach hätte fragen sollen – ohne diesen Lokaltermin. Die Akte, die sie zusammengestellt hatte, war belastend genug – sie brauchte gar kein Foto. Was sie brauchte, war Selbstvertrauen, und das war der wahre Zweck dieses Ausflugs. Sie mußte sich sagen können, daß sie Jills Hinweis aufgegriffen, Beweise für die darin als Irrtum hingestellten Umstände gefunden und diese Beweise untermauert hatte. Sie mußte sich sagen können, daß sie Doug in dem von ihm erfundenen Spiel schlagen konnte.

Das war eine Möglichkeit, ihren Zorn zu besiegen. Was den Kummer, das Gefühl der Erniedrigung und die tiefe Traurigkeit anging, so würde sie Zeit brauchen.

Und dann sah sie ihn. Er kam zu Fuß um die Ecke und ging auf das Stadthaus zu – selbstsicher, ungeheuer attraktiv in seiner lässigen Kleidung – er trug noch nicht einmal einen Geschäftsanzug, der Scheißkerl – und ohne den Schimmer einer Ahnung, daß sie auf der Lauer liegen könnte.

Zitternd riß sie die Kamera hoch, doch es dauerte eine Ewigkeit, bis sie ihre Finger in der Gewalt hatte. Sie schoß ein Foto, spulte den Film vor und schoß ein zweites. Sie folgte ihm mit der Linse und knipste und knipste und dachte absurderweise, daß Doug sterben würde, wenn er wüßte, welch sinnvollen Gebrauch sie von der Kamera machte, die er Jill so großzügig für einen Fotokurs in der Unterstufe spendiert hatte.

Sie drehte an der Scharfeinstellung und erkannte zu spät, daß es ihre Tränen waren, die das Bild vor ihren Augen verschwimmen ließen. Leise wimmernd kämpfte sie gegen die Verzweiflung an, die in ihr aufstieg, und setzte alles daran, noch schneller zu fotografieren, als Doug die Stufen hinaufstieg.

Sie hielt im Bild fest, wie er vor der Tür stand, in seine Tasche griff, die Tür aufsperrte und ins Haus trat. Sie machte eine Aufnahme von der Tür, die sich hinter ihm geschlossen hatte, und noch eine und noch eine, bis die Kamera auf ihren tränennassen Wangen abrutschte. Das war der Moment, in dem ihr die Unsinnigkeit ihres Tuns bewußt wurde. Hier zu sitzen und sich aus erster Hand von Dougs anderem Leben zu überzeugen, war reiner Masochismus.

Sie riß ein Papiertaschentuch aus der Packung und versuchte ihren Tränenstrom zu stoppen, doch es gelang ihr nicht. Ihre Ehe war zu Ende, ihr Leben auf ewig verändert. Die Endgültigkeit dieser Gegebenheit war niederschmetternd.

Plötzlich stockte ihr der Atem: Auf dem Bürgersteig stand, kaum zwei Autos von dem ihren entfernt, Jill und starrte sie an. Emily stieß einen schluchzenden Laut aus, als ihr Herz gegen ihre Rippen schlug. Sie wischte sich mit beiden Händen die Tränen ab und betete, daß sie sich geirrt hatte, doch als sie wieder hinschaute, war Jill noch immer da. Einen Sekundenbruchteil lang war Emily wie gelähmt von namenlosem Gram. Im nächsten Augenblick trieb die Mutter in ihr sie aus dem Auto. Jills Gesicht war leichenblaß – das Gesicht eines Kindes, dessen Welt in tausend Stücke zersprungen war. Emily wußte genau, wie ihr zumute war. Sie nahm sie in die Arme und drückte sie fest an sich. Jetzt weinte sie nicht mehr – als Mutter mußte sie stark sein. Doch als Jill flüsterte: »Ich hab dich lieb, Mom«, verlor sie die Fassung und brach erneut in Tränen aus. Und jetzt hielt sie sich an Jill fest, saugte begierig jedes bißchen Trost in sich auf, den ihre reife Frau-Tochter ihr anbot.

Es dauerte eine ganze Weile, bis sie die Kraft aufbrachte, sich von ihr zu lösen und mit tränenverschnupfter Stimme zu sagen: »Ich hab dich auch lieb, Schätzchen.«

»Du hast meinen Aufsatz gelesen.«
»Mmm.«
»Ich wußte nicht, was ich tun sollte«, brach es aus Jill heraus. »Ich war nicht sicher, daß er es war, aber es sprach so viel dafür, daß er es sein könnte, und dann hatte ich ein schlechtes Gewissen, weil ich ihm so etwas zutraute. Ich wollte es dir erzählen, aber ich wußte nicht, wie ich es anfangen sollte – und dann kam mir die Idee, es aufzuschreiben, denn ich wußte, daß die Unordnung in meiner Schrankkammer dir keine Ruhe lassen würde.«
Emily wischte sich mit den Fingern die Augen ab. »Ich war nur an deinem Pulloverkorb – sonst habe ich nichts angerührt. Und es war eine gute Idee, die Geschichte aufzuschreiben.« Einerseits hätte sie alles dafür gegeben, um Jill diesen Kummer zu ersparen, doch andererseits war sie erleichtert, daß jetzt Klarheit herrschte. Traurige Menschen brauchten Gesellschaft. Es war schön, mit jemandem zusammenzusein, den sie liebte. »Bist du vorher schon mal hier gewesen?«
»Nein – ich dachte mir, du würdest schon tun, was getan werden müßte – aber ich mußte immer daran denken.«
»Und warum bist du heute hergekommen?«
»Weil ich ihn das erste Mal an einem Freitag hier gesehen habe – und weil er letztes Wochenende so merkwürdig war: Nett zu allen außer zu dir. Wer ist sie?«
Emily bebte. Sie hatte einen Namen erfahren – aber Jills Frage bezog sich auf die Art der Beziehung. »Ich weiß es nicht.«
»Vielleicht ist ein Geschäftsfreund von ihm gestorben, und er kümmert sich ein bißchen um die Witwe.«
Es war eine romantische Vorstellung, mit der Emily in einem realitätsfernen Augenblick selbst geliebäugelt hatte, doch sie war keine Erklärung dafür, daß er einen Schlüssel zu dem Haus hatte, daß er Emily nichts von der Frau erzählt hatte, und sie war ganz gewiß keine Erklärung für das, was sie in seinen Unterlagen gefunden hatte.

»Wie lange kommt er schon hierher?« fragte Jill.
»Ich weiß es nicht.«
»Wer ist der kleine Junge?«
Die Frage schnürte Emily die Kehle zu. Sie war nicht bereit, sich mit dem kleinen Jungen zu befassen, und außerdem wußte sie nicht, wieviel sie Jill überhaupt erzählen sollte. Sie hatte panische Angst, einen Fehler zu machen. Sie brauchte Zeit, sich zu sammeln. »Laß uns irgendwohin gehen, wo wir reden können.«
Sie stiegen ins Auto und fuhren zu einem Café in der Nähe von Jills Wohnheim. Als sie in einer Nische saßen, warme Getränke bestellt hatten und sich an den Händen hielten, fing Jill wieder an, Fragen zu stellen. »Woher wußtest du, wo du warten mußtest – ich hatte die Adresse doch gar nicht hingeschrieben.«
»Ich fand sie im Arbeitszimmer deines Vaters.«
»Auf einem Zettel?«
»Nein – auf Rechnungen.«
»Er finanziert sie?«
»Vielleicht auch nicht – ich weiß es wirklich nicht, Jill. Es könnte auch einen ganz harmlosen Grund für all das geben.«
Aber Jill schüttelte den Kopf. »Als ich sie zum erstenmal zusammen sah, fiel mir gleich auf, daß sie wie ein Paar wirkten. Nein – wie eine Familie.«
Emily hörte den Schmerz in der Stimme ihrer Tochter – und sie empfand ihn ebenso. Sie waren eine Familie – sie und Jill waren allein.
Wenn der kleine Junge Dougs Sohn war, war er Jills Halbbruder. Sie fragte sich, ob Jill sich das auch schon überlegt hatte.
»Wirst du ihn zur Rede stellen?« fragte Jill.
Das konnte man wohl sagen! Sie atmete tief durch. »Ja. Ich will die Erklärung für das, was wir gesehen haben, aus seinem Munde hören.«
»Wann?«
»Wenn er heimkommt.«

»Morgen?«
»Höchstwahrscheinlich.«
»Wenn er nicht anruft und sagt, daß es Sonntag wird«, grollte Jill, und ihre Beherrschung geriet außer Kontrolle. »Ich hasse ihn dafür! Er ruft an und sagt, daß er arbeiten muß, aber das ist gar nicht wahr – er will bloß zu der anderen Familie.«
»Nicht!« flehte Emily unter neuerlichen Tränen. Ihre größte Angst war immer gewesen, daß Jill weh getan werden könnte. Sie hätte alles getan, um das zu verhindern – doch jetzt geschah es, unvermeidlich und unwiderruflich. »Wenn einer Grund hat, so zu empfinden, dann ich und nicht du. Das Problem besteht zwischen deinem Vater und mir, nicht zwischen deinem Vater und dir.«
»Wann hat er das letzte Mal eine Woche zu Hause verbracht? Er konnte nicht mal in der Woche zu Hause bleiben, bevor ich aufs College ging. Glaubst du, er war wirklich in Pittsburgh?«
»Ja.« Sein Vielflieger-Protokoll hatte es bestätigt. »Das meiste, was er uns erzählt, stimmt.«
»Du verteidigst ihn!« empörte sich Jill.
Emily gab sich alle Mühe, fair zu bleiben. Sie hatte weiß Gott Anlaß, Doug zu mißtrauen, aber jetzt gehässig zu werden, würde Jill nicht helfen. »Er war in Pittsburgh – und er war Anfang dieser Woche auch wirklich in New Haven.«
»Und wo ist er heute abend angeblich?«
Jetzt saß Emily in der Falle. Sie seufzte. »In Bridgeport.«
»Bist du nicht wütend?«
»Natürlich bin ich das!« rief sie, für einen Moment außer Fassung. »Ich habe die ganze Woche gewütet. Ich bin wütend und verletzt und verwirrt und bestürzt – die Liste ist endlos. Ich durchlaufe abwechselnd Perioden von Ungläubigkeit, Entsetzen und abgrundtiefem Ekel. Ich bin seit zweiundzwanzig Jahren mit deinem Vater verheiratet. Seit zweiundzwanzig Jahren. Diese Situation ist nicht einfach für mich.«

Jill beruhigte sich. »Es tut mir leid.« Sie runzelte die Stirn. »Ich verstehe es nur nicht. Fehlt ihm denn was bei uns? Warum hat er sich eine andere Familie gesucht?« Emily schöpfte tief und zitternd Atem. »Das ist eines der Dinge, die ich ihn fragen muß.«
Ihre Getränke kamen – ein Espresso für Emily und ein Milchkaffee für Jill. Emily legte die Fingerspitzen an ihre Tasse, konnte den Blick aber nicht von Jill wenden. Ihre Tochter war schön, doch das war nichts Neues. Was neu war, war der Ausdruck, der von zerstörten Illusionen sprach. Es war das letzte, was Emily je auf dem geliebten Gesicht hatte sehen wollen.
»Was ist?« fragte Jill.
»Es tut mir so leid – das alles tut mir so leid.«
»Du kannst doch nichts dafür.«
»Vielleicht – wenn ich anders gewesen wäre oder mich gemeinsam mit deinem Vater weiterentwickelt hätte ...«
»Sag das nicht! Du hast dir nichts vorzuwerfen – er ist derjenige mit dem Problem. Er hat seine Frau hintergangen. Und seine Tochter.«
»Das wissen wir noch nicht sicher«, bremste Emily sie in dem Bemühen, in dem angestrengten Bemühen, fair zu sein. »Er ist eine Treppe hinaufgegangen und in einem Stadthaus verschwunden – das ist alles, was wir gesehen haben. Wir wissen nicht, was da drin vorgeht. Es könnte ja auch völlig harmlos sein.«
»Du machst es schon wieder, Mom! Hör auf, ihn zu verteidigen! Er hat dich angelogen – und er lügt dich immer noch an. Du bist zu gutmütig. Du läßt ihm viel zuviel durchgehen. Ich finde, du solltest dich von ihm scheiden lassen.«
»Schsch.« Emily bezweifelte, daß Jill sich darüber klar war, welche Auswirkungen eine Scheidung auf ihr Leben hätte.
»Wirst du es tun?« bohrte Jill.
»Nicht, wenn das, was wir heute gesehen habe, sich als unverfänglich erweist.«
»Das wird es nicht.«

»Wie willst du das wissen?«

»Ich weiß es«, antwortete sie und schaute Emily so traurig und gleichzeitig so überzeugt an, daß dieser kein Raum für Zweifel blieb, »weil es so kommen mußte. Du und ich, wir haben es gewußt. Wir sind jahrelang wie auf Eiern um Daddy herumgeschlichen. Wir haben ihn vorsichtig und mit Engelszungen dazu bewegt, irgendwas mit uns zu unternehmen, und gekuscht, wenn er gereizt war. Wir haben immer so getan, als sei alles in bester Ordnung, als sei sein Verhalten ganz normal für einen Mann, der geschäftlich viel unterwegs und gestreßt ist. Aber er hat nie gesagt: ›Ist das schön, zu Hause zu sein!‹ Er hat keine Pläne gemacht, etwas mit uns gemeinsam zu tun. Es hat ihn nie interessiert, ob wir etwas gemeinsam taten. Ihr beide seid nie zusammen in Urlaub gefahren. Wir sind nie zu dritt in Urlaub gefahren.«

»Wir hatten das Geld nicht«, argumentierte Emily aus Gewohnheit, doch auch darauf hatte Jill eine Antwort.

»Wir nicht«, erwiderte sie und starrte in ihre Tasse.

Sie setzte zum Sprechen an, schien noch etwas zu diesem Thema sagen zu wollen, doch dann machte sie den Mund wieder zu und runzelte die Stirn. »Manchmal hat er mich im College angerufen und war richtig gesprächig, fragte mich nach meinen Freundinnen und meinen Kursen, hörte sich meine Antworten an und stellte dann weitere Fragen. Manchmal dauerte es mir fast zu lang.«

»Er liebt dich.« Das zumindest glaubte Emily.

»Er hat ein schlechtes Gewissen. Weißt du, wie weit das Haus von meinem Wohnheim entfernt liegt? Fünfzehn Minuten zu Fuß, drei mit dem Auto. Was meinst du, wie oft er mich bis jetzt besucht hat? Einmal die Woche?«

»Sicher nicht – er war ja zwei Wochen in London.« Als Jill ihr einen skeptischen Blick zuwarf, ergänzte sie: »Ich habe die Kofferaufkleber gesehen.«

»Ob er sie mitgenommen hat?«
Das wußte Emily natürlich nicht, doch sie vermutete es.
Jill schaute ihre Mutter verzweifelt und ratlos an. »Was soll ich sagen, wenn er wieder anruft, Mom? Bis heute konnte ich noch einigermaßen normal mit ihm reden, weil ich nicht sicher war, daß ich wirklich ihn vor dem Haus gesehen hatte, aber jetzt, wo ich es weiß – wie soll ich mich da verhalten? Ich will nicht mit ihm sprechen – nicht nach dem, was er getan hat.«
Emily nahm ihre Hand und drückte sie, während sie nach einer Antwort suchte. Am liebsten hätte sie ihr geraten, ihn mit einem »Geh zum Teufel!« abzufertigen, denn er verdiente Jill nicht – aber es ging nicht um Doug. Es ging um Jill, und Emily mußte sich danach richten, was das Beste für ihre Tochter war. »Er ist immer noch dein Vater.«
»Er hat uns wie den letzten Dreck behandelt.«
»Wenn er dich nicht liebte, würde er dich nicht anrufen.«
»Das macht er doch nur, weil er ein schlechtes Gewissen hat.«
Mir gegenüber hat er kein schlechtes Gewissen, dachte Emily. *Mich ruft er nicht an, stellt mir Dutzende von Fragen nach meinem Leben und hält mich stundenlang am Telefon fest.* Es war ein langer und erschöpfend niederschmetternder Tag gewesen, und Emily sagte seufzend: »Ich muß mit ihm reden, Jill. Du und ich, wir haben jetzt Fragen, die wir nicht beantworten können. Wir kennen bisher nur eine Version der Geschichte – wir müssen abwarten, wie er sie darstellt.«
»Meinst du, er wird die Wahrheit sagen?«
Emily dachte an den Ordner zwischen den Kochbüchern und den zweiten, identischen, in Daniels Zimmer. »Er wird die Wahrheit sagen«, nickte sie zuversichtlich und mit einem Unterton, in dem unausgesprochener Zorn mitschwang.

Dieser unausgesprochene Zorn hielt Emily in der Sofaecke fest, als Doug am Samstag abend in die Garage fuhr. Sie rührte sich nicht, als sie den Motor aufröhren hörte – sie würde nie verstehen, wozu dieses Aufröhren vor dem Ausschalten des Motors gut war (außer, um Doug ein Gefühl der Macht zu geben) – und auch nicht in der nachfolgenden Stille oder beim Zuschlagen der Tür und dann des Kofferraums und schließlich dem Hall seiner Schritte auf der Hintertreppe.

Die Küchentür wurde geöffnet. »Emily? Ich bin zu Hause!«

Ihr Zorn wuchs. Er rief das wie ein siegreicher Held, der vom Schlachtfeld heimkehrte und als selbstverständlich voraussetzte, daß sie es nicht erwarten konnte, ihn wiederzusehen.

O ja, sie konnte es wirklich nicht erwarten, ihn wiederzusehen, gestand sie sich ein – aber nicht aus den Gründen, die er sich vorstellte.

»Emily?« rief er noch einmal.

Er ging durch die Küche in die Halle und deponierte sein Gepäck am Fuß der Treppe, schaute kurz zum ersten Stock hinauf, drehte sich dann um und sah sie.

»Wieso um alles in der Welt sitzt du im Finstern?«

»Ich sitze nicht im Finstern.«

»Aber so gut wie.« Er machte zur Unterstützung der kleinen Lampe, die neben ihr brannte, das Licht in der Halle an und ließ mit einer betont müden Bewegung den Blazer von seinen Schultern gleiten – der erschöpfte Geschäftsmann, der nach einer Woche ununterbrochener Arbeit endlich nach Hause gekommen war.

Sie hätte am liebsten gespuckt, doch sie tat es nicht – und sie sagte auch nichts. Regungslos verharrend beobachtete sie ihn – voller Abscheu, gleichzeitig jedoch traurig und trotz allem etwas ängstlich dem entgegensehend, was zu tun sie im Begriff war. Wenn die Worte erst einmal heraus wären, könnte sie sie nicht mehr zurücknehmen.

»Tut mir leid, daß ich so spät komme.« Er rieb sich den Rücken. »Ich hatte gehofft, zum Abendessen hier zu sein, aber die letzte

Besprechung zog sich bis sechs hin, und die I-91 war ein Alptraum. Du hast nichts gekocht, oder?«

»Nein – ich hatte so eine Ahnung, daß du dich verspäten würdest.« Sie sprach in ruhigem Ton, doch da sie für gewöhnlich lebhaft war, stellte selbst das eine Abweichung von ihrem üblichen Verhalten dar.

»Du bist sauer«, beschuldigte er sie. »Als wäre es meine Schuld.«

»Das habe ich nicht gesagt.«

»Das brauchst du gar nicht – ich spüre deine Mißbilligung. Herrgott, Emily – glaubst du nicht, ich wäre lieber mittags losgefahren? Aber die Konferenz dauerte und dauerte. Sie hatten tausend Fragen. Ich konnte schlecht aufstehen und gehen – schließlich bezahlen sie mich.«

Und wir brauchen jeden Penny, ergänzte Emily im stillen sarkastisch.

»Bei welcher Firma war denn das?«

»›Eldridge Tire‹. Ich bin ihre letzte Hoffnung – sonst müssen sie Konkurs anmelden.«

»Das erklärt ihre Bereitwilligkeit, am Samstag zu arbeiten. Und was machte die I-91 zum Alptraum?«

»Unfälle. Einer bei New Haven und einer bei Windsor Locks. Es waren nur noch zwei Spuren befahrbar.«

»Ich hoffe, es hat keine Toten gegeben. Na ja – es wird ja morgen in der Zeitung stehen.«

»Also«, machte er einen Rückzieher, »es sah eher chaotisch als tragisch aus. Wahrscheinlich kam ich gerade zum ungünstigsten Zeitpunkt vorbei – eine Stunde früher oder später, und ich wäre glatt durchgekommen. Und wie stehen die Dinge hier?«

»Bestens.«

Er schob die Hände in die Taschen und ließ den Blick durch den Raum wandern. »Was hast du gemacht? Musik gehört?«

»Nein.«

»Gelesen?«

Sie schüttelte den Kopf.
Er starrte sie einen Moment lang prüfend an und seufzte dann. »Du hast irgendwas. Komm schon, Emily – ich war die ganze Woche weg und bin total erledigt. Müssen wir ›Zwanzig Fragen‹ spielen oder sagst du's mir einfach?«
»Ich war gestern in Boston.«
Er zuckte nicht mit der Wimper. »Um Jill zu besuchen?«
»Ich habe sie zwar gesehen, aber das war reiner Zufall. Nachdem ich dich gesehen hatte. Nachdem sie dich gesehen hatte.«
Emily sah mit Befriedigung, wie er erbleichte, doch gleich darauf rötete sich sein Gesicht vor Zorn. »Du hast mich beschattet?«
»Nein – ich saß in der Marlborough Street im Auto.«
»Du hast mir nachspioniert. Darauf gewartet, daß ich auftauchte. Und jetzt hast du mir eine Falle gestellt, indem du mich nach Bridgeport fragtest, obwohl du genau wußtest, daß ich gar nicht in Bridgeport war.«
»Oh, doch – du warst in Bridgeport. Ich habe im Hotel angerufen: Du hast gestern früh ausgecheckt.«
»Du hast im Hotel angerufen«, echote er. »Was zum Teufel ist das hier? Die Inquisition? Und wer zum Teufel bist du? Richter, Geschworene und Vollstrecker in einer Person? Ist dir langweilig? Hast du nichts zu tun und darum beschlossen, ein bißchen Ärger zu provozieren? Oder willst du dich dafür rächen, daß ich sowenig zu Hause bin?«
Beinahe bewunderte sie seine Selbstgerechtigkeit. »Es ist unglaublich, wie du das beherrschst – die Dinge so herumzudrehen, daß ich der Bösewicht bin. Aber warum auch nicht – bisher hat es ja immer funktioniert. Jedesmal habe ich mich deiner Argumentation gebeugt und bin mit eingeklemmtem Schwanz davongelaufen. Aber diesmal tue ich das nicht, Doug. In diesem Fall bin nicht ich der Bösewicht – nicht im entferntesten.«
»Aber ich bin es? Ich? Der Mann, der ständig unterwegs ist, um den Lebensunterhalt zu verdienen?«

Wutentbrannt sprang sie vom Sofa auf. »Der Mann, der sehr viel mehr verdient, als er je erkennen ließ, und den Löwenanteil für eine andere Frau ausgibt, ein anderes Kind, ein zweistöckiges Haus in Back Bay, für Kleidung, die ich in diesem Haus nie gesehen habe, für die Mitgliedschaft in einem Countryclub und einen ganzen Schwung anderer Dinge, die aus Läden stammen, in denen ich ganz sicher nicht einkaufe.«

»Ich brauche schließlich etwas zum Anziehen«, lautete seine lächerliche Antwort.

»Frauenkleidung? Kinderkleidung? Besuchst du selbst die Back Bay Montessori School? Oder den Elizabeth-Arden-Schönheitssalon? Und was ist mit dem Inneneinrichtungsservice einer Firma namens Dayton und Webb?«

Er stemmte die Hände in die Seiten. »Du warst an meinen Akten!«

»Was hast du erwartet!?« rief sie. »Ich bin nicht blöd, Doug. Ich habe mir viel länger von dir einreden lassen, es sei alles in Ordnung, als ich es hätte tun sollen, denn ich spürte, daß etwas nicht stimmte, und ich habe dich auch danach gefragt, aber du hast immer abgewiegelt und gesagt, daß ich mich mit den Gegebenheiten abfinden müsse und nicht so selbstsüchtig sein dürfe. Ich bin nicht selbstsüchtig, Doug – ich bin ein Mensch. Was hast du geglaubt, wie oft du anrufen und mir sagen könntest, daß du dich einen Tag verspäten würdest, ohne daß ich mißtrauisch würde? Was hast du geglaubt, wie lange ich hier herumsitzen und mich einsam fühlen würde, ohne mich zu fragen, weshalb du dich nicht einsam fühltest?«

»Ich habe meine Arbeit.«

»Ja, das ist deine Standardantwort – die hast du mir am letzten Wochenende auch hingesetzt – aber die Wahrheit ist, daß du sehr viel mehr hast. Und das seit geraumer Zeit. Wie lange geht das schon, Doug?«

»Wie lange geht was schon?«

»O bitte! Das Spiel ist doch aus.«
»Wie lange geht was schon?«
Sie seufzte. »Die Geschichte mit Rebecca Mills, Doug. Ich habe Scheck- und Hypothekenzahlungen gefunden.«
»Du hattest kein Recht, in meinem Arbeitszimmer herumzuschnüffeln.«
»In deinem Arbeitszimmer?« Sie hätte fast gelacht, denn er tat es schon wieder, schmetterte einen Vorwurf ab, indem er seinerseits einen erhob – nur ging sie diesmal nicht darauf ein. »Es ist unser Haus. Ich habe keine Schlösser aufgebrochen, ich habe nur Unterlagen durchgesehen, die frei zugänglich waren. Es ist ein Wunder, daß ich nicht früher darüber gestolpert bin.«
Er starrte sie eine Weile schweigend an und sagte schließlich mit verächtlicher Miene: »Es ist kein Wunder – du bist so naiv.«
»Ich war es – aber ich bin es nicht mehr.« Sie spielte ihren Trumpf aus. »Ich habe Kopien von allem gemacht, was ich gefunden habe, und diese wiederum kopiert und sicher verwahrt. Ich habe dich gestern fotografiert, als du die Tür dieses Stadthauses aufgeschlossen hast und reingegangen bist.«
Seine Lippen wurden schmal. Er nickte. »Du hast also Jill gegen mich aufgehetzt, ihr erzählt, daß ich ein Verhältnis habe.«
»Ich habe Jill überhaupt nichts erzählt.« Eigentlich war es umgekehrt gewesen, aber das würde Emily ihm nicht sagen – sie wollte nicht, daß Doug sich gegen Jill wandte. »Sie sah dich ebenfalls in diesem Stadthaus verschwinden – sie war auch in der Straße, aber völlig unabhängig von mir.«
»Du hast mein Kind gegen mich aufgewiegelt.«
»Nein, nein, nein«, schrie Emily. Sie wußte nicht, wem er jetzt noch etwas vormachen wollte. Doch, sie wußte es – aber sie würde nicht mehr auf sein Gerede hereinfallen. »Falls sie sich gegen dich stellt, ist das ganz allein dein eigenes Werk. Mich konntest du wie einen Volltrottel behandeln, aber wenn man das mit Kindern versucht, riechen sie den Braten schneller als eine

Ehefrau, die sich bemüht, die Familie zusammenzuhalten. Jill wußte, daß etwas nicht stimmte. Du warst nie hier – und red dich nicht wieder mit deiner Arbeit raus«, sagte sie, als er den Mund aufmachte, um genau das zu tun. »Die Menschen suchen sich ihren Beruf selbst aus. Wenn sie damit nicht glücklich sind, ändern sie etwas. Aber du bist nicht unglücklich, nicht wahr?«

Er schwieg eine Minute lang, dann wurden seine Augen hart. »Warum sollte ich unglücklich sein? Ich habe den Sohn, den ich mir neunzehn Jahre lange gewünscht habe – von dem Tag an, als Daniel aus unserem Auto entführt wurde, weil du ihn dort allein gelassen hattest.«

Emily hatte das Gefühl, einen Schlag in die Magengrube bekommen zu haben. Nach Atem ringend wich sie einen Schritt zurück und dann noch einen, haßte sich dafür, daß sie sich diese Blöße gab, doch sie mußte sich hinsetzen. Sie hatte immer gewußt, daß Doug ihr die Schuld für Daniels Verschwinden gab, doch es ausgesprochen zu hören, seinen Haß zu hören, zu sehen und zu spüren, war etwas anderes.

»Ist der kleine Junge deiner?« fragte sie mit brüchiger Stimme.

»Allerdings«, bestätigte er triumphierend. »Vier Jahre alt und blitzgescheit.«

Emily dachte an Daniel, der nie vier Jahre alt geworden war, und fühlte Tränen in ihre Augen schießen. »Ich wußte nicht, daß du dir so sehnlich einen Jungen wünschtest. Vielleicht hätte ich noch einen bekommen, wenn wir es versucht hätten.«

»Machst du Witze?« Er hatte sie am Boden und trat zu. »Du hattest deine Chance, aber du hast sie vertan.«

»Ich habe Daniel nicht entführt.«

»Aber du hast ihn allein gelassen. Er war in deiner Obhut, und du hast dich verantwortungslos verhalten. Sieh der Tatsache ins Gesicht, Emily – du bist schuld.«

Das hatte sie auch immer gedacht – bis jemand kürzlich gesagt hatte, es sei nicht so. »Ich habe nichts anderes getan als andere

Eltern«, argumentierte sie, wie Brian es getan hatte, und dann, wie Brian es nicht getan hatte: »Ich habe mich nicht anders verhalten als du: Du hast ihn auch ein-, zweimal allein im Auto gelassen. Ich habe es gesehen.«

Doug tippte sich mit dem Daumen an die Brust. »Aber mir wurde er nicht gestohlen. Dir schon. Du hast dir mein Kind stehlen lassen. Mein Gott, ich vergötterte diesen kleinen Jungen.« Er fuhr sich mit einer heftigen Handbewegung durch die Haare und senkte den Blick. »Ich träumte davon, mit ihm gemeinsam auf der Farm zu arbeiten – als das Vater-Sohn-Team, das mein Vater und ich nie hatten sein können, weil er so ein gemeiner Hund war –, und als Daniel dann nicht mehr da war, änderte sich meine Einstellung zu der Farm. Sie wurde zu einer schlichten Erwerbsquelle für mich, und da sie als solche nur Mittelmaß besaß, brachte ich sie hoch, ließ mich auszahlen und machte, daß ich fortkam – und ich habe es nie bereut. Die Farm barg Erinnerungen, denen ich anders nicht entfliehen konnte. Ich bringe es selbst heute noch nicht über mich, da draußen vorbeizufahren – ich glaube, es wäre immer noch zu schmerzhaft für mich.«

»Du hast nie über deinen Schmerz gesprochen.«

»Wozu hätte das auch gut sein sollen?«

»Wir hätten ihn teilen können. Wir wären uns vielleicht nähergekommen, anstatt uns voneinander zu entfernen.«

Er schnaubte. »Ich hatte meinen Schmerz, und du hattest deinen. Als deine Schwangerschaft offenbar wurde, dachte ich, ich bekäme eine zweite Chance – aber Jill war nicht Daniel.«

»Weil sie ein Mädchen war?«

»Weil sie deine Tochter war. Ihr wart von Anfang an unzertrennlich. Du hast ihr alles gegeben, was du hattest – sie wurde dein Ebenbild. Warum also hätte ich den Wunsch haben sollen, daß sie mit mir zusammenarbeitete? Ich hätte nur dich gesehen und an Daniel denken müssen, wenn ich sie angeschaut hätte.«

Emily sank in sich zusammen. Sie fühlte sich abgelehnt, ungeliebt, allein – und sie hatte Angst. Sie schlang die Arme um ihren Oberkörper. »Tust du das nicht sowieso?«

»Nein – nicht, solange ich Jill vom Rest trenne.«

»Und der ›Rest‹ bin ich.«

Er leugnete es nicht. »Seit sie aufs College geht, ist es einfacher. Es macht mir Freude, mit ihr zu telefonieren.«

Zumindest seine Einstellung zu Jill ist in Ordnung, dachte sie erleichtert. »Aber sie glaubt, daß du sie nur aus schlechtem Gewissen anrufst. Wir werden das ansprechen müssen, Doug. Kinder leiden, wenn ihre Eltern auseinandergehen. Daß sie volljährig ist, heißt nicht, daß sie nicht leiden wird.«

Doug schaute die Treppe hinauf und dann auf seine Schuhe hinunter. »Dann willst du also die Scheidung.«

»Du etwa nicht?« fuhr sie auf. Sie konnte sich nicht vorstellen, so weiterzumachen.

Sein Blick blieb auf seinen Schuhen.

»Doug – du hast eine andere Frau, ein anderes Kind, ein anderes Zuhause! Du haßt mich! Man sollte denken, daß du es gar nicht erwarten kannst, mich loszuwerden. Offengestanden ist es mir ein Rätsel, warum du so lange an unserer Ehe festgehalten hast. Ich verstehe nicht, wieso du nicht selbst um die Scheidung gebeten hast.«

Er schwieg noch eine Minute lang weiter, und dann hob er den Blick und sagte mit verdrießlicher Stimme: »Oh, ich will die Scheidung durchaus auch, aber falls du vorhaben solltest, mich auszunehmen, dann vergiß das ganz schnell wieder. Du hast mir nicht geholfen, meine Firma aufzubauen – ich habe es allein getan und trotz dir.«

Emily war sprachlos. Sie hatte keine Sekunde an Geld gedacht. Außerdem war seine Verdächtigung absurd! Wenn sie geldgierig gewesen wäre, hätte sie ihm schon vor langer Zeit das Messer an die Kehle gesetzt. Aber nein, sie war ein braves Mäuschen

gewesen, hatte ihre Pennies zusammengehalten und das finanziell enge Korsett ohne Klagen getragen.
Ihr Schweigen als Kriegserklärung auslegend, schwor Doug: »Ich werde mich wehren, Emily. Du führst ein gesichertes Leben. Du brauchst nicht viel. Ich werde dir nur so viel geben, wie du es gewohnt bist – Gott weiß, daß du nicht einmal das verdient hast.«
Empörung ließ sie kerzengerade vom Sofa auffahren. »O doch! Das habe ich«, widersprach sie heftig. »Ich habe es mit Schweiß und Tränen verdient und mit jeder vorstellbaren Bemühung, dein Leben angenehm zu gestalten, und mit Jahren, in denen ich von dir ignoriert oder gedemütigt wurde und du mich allein gelassen hast, ohne daß die Notwendigkeit dazu bestand. Warst du darauf aus, mich zu strafen? Hast du mir vorgemacht, wir nagten am Hungertuch, um mich zu beunruhigen? Hast du dein Heimkommen ständig hinausgeschoben, um mich zu ärgern? Hast du mir immer und immer und immer wieder gesagt, ich könne keinen anständigen Job bekommen, um mir das Gefühl zu geben, ich sei dumm? Was ist mit meinem Buch? Zeugte das von Dummheit?«
»Das Buch war eine einmalige Angelegenheit«, winkte er mit einer wegwerfenden Handbewegung ab. »Du hattest das richtige Material und setztest es zur richtigen Zeit und am richtigen Ort ein. Fast jeder Halbgebildete hätte das zustande gebracht.«
Früher einmal hätte Emily ihm zugestimmt – doch die Zeiten hatten sich geändert. »Meine Verlegerin sieht das anders. Sie möchte seit damals, daß ich ein zweites schreibe. Ich habe ihr bisher immer einen Korb gegeben, weil du nicht wolltest, daß ich arbeite, aber das leuchtet mir heute ebensowenig ein, wie es das damals tat. Das Argument mit den Steuern ist nicht wasserdicht. Das letzte Mal, beim ersten Buch, verdiente ich genug, um diese Steuern zu zahlen und noch eine hübsche Summe übrig zu behalten, eine hübsche Summe, die du eichhörnchenflink auf

unser Konto schafftest – angeblich, um unsere Zahlungsfähigkeit zu gewährleisten, aber in Wahrheit sehr wahrscheinlich, um mich in Unkenntnis darüber zu lassen, wieviel sich dort anhäufte.« Emily fiel ein, was Kay und Celeste immer gesagt hatten. »Das war generell dein Bestreben, nicht wahr? Du wolltest mich in Unkenntnis lassen – auch was mein eigenes Potential betraf. Du wolltest nicht, daß ich Geld verdiente und dadurch stärker und unabhängiger von dir wurde. Wenn ich mich auf eigene Füße gestellt hätte, wäre ich nicht mehr ganz so unbedarft gewesen, ich hätte mich nicht mehr von dir niedermachen lassen und dich vielleicht zum Teufel geschickt.«
Sie zog scharf die Luft ein und sagte, getrieben von der Abneigung, die sie in diesem Moment für ihren Mann empfand: »Nun – ich tue es jetzt, Doug. Ich schicke dich zum Teufel. Ich will die Scheidung. Und erzähl mir nicht, daß du mir keinen Cent geben wirst – ich habe Unterlagen, die dem Richter beweisen werden, daß ich jahrelang von dir belogen und betrogen wurde. Ich habe Nachweise für Ausgaben, von denen ich nie auch nur etwas ahnte. Ich werde sehr viel wohlhabender aus dem Gerichtssaal kommen, als ich hineingehe. Und sehr viel fröhlicher.«
»Nein, das wirst du nicht. Das tun Frauen nie.«
»Dann werde ich die Ausnahme sein. Und selbst wenn nicht, was soll's? Du bist nicht mehr der Mann, den ich geheiratet habe – ich will dich nicht mehr.« Ihr Blick glitt zu seinem Gepäck. »Und das gilt schon für heute abend. Ich will dich nicht noch warm vom Bett einer anderen Frau hier haben. Du kannst in der ›Grannick Lodge‹ übernachten. Oder nach Boston zurückfahren. Um diese Zeit dürften keine Staus auf der Strecke sein.«
»Du willst mich aus meinem eigenen Haus werfen? Vergiß es, Emily – du kannst mich nicht zwingen zu gehen.«
»Ach nein?« Sie war wütend genug, um zu bluffen. »Ein Anruf bei der Polizei, und du verbringst die Nacht im Gefängnis.«

Er stieß einen ungläubigen Laut aus. »Mit welcher Begründung?«
»Tätlicher Angriff. Prügel. Bedrohung von Leib und Leben.«
»Ich habe dir nie mit körperlicher Gewalt gedroht.«
»Das ist richtig«, nickte sie ohne einen Funken Skrupel, »aber ich werde es behaupten und diese Behauptung aufrechterhalten, bis ich am Montag vormittag formell die Scheidung eingereicht habe, und dann erwirke ich eine einstweilige Verfügung, die dich von diesem Haus fernhalten wird.«
»Das Haus gehört mir.«
»Und ich lebe hier – sehr viel mehr als du. Das wird jedes beliebige Mitglied des Grannick Police Department bestätigen. Außerdem gehört dir ja noch ein anderes Haus. Wohn doch dort. Bei dem kleinen Jungen, den du dir neunzehn Jahre lang gewünscht hast. Und bei seiner Mutter. Laß zur Abwechslung sie deine Socken waschen – ich falle ab sofort aus.«
Sie stürmte zur Haustür und riß sie weit auf, um ihn hinauszuweisen, doch nachdem sich die Schleusen einmal geöffnet hatten, konnte sie ihren Redefluß nicht mehr bremsen. »Unsere Ehe ist schon seit Jahren zu Ende, nur brachte es keiner von uns fertig, das zuzugeben. Aber, mein Gott«, sie legte eine Hand auf ihre Brust, »es ist eine Erleichterung, es endlich auszusprechen. Unsere Ehe war eine Strapaze – aber wie anstrengend sie war, habe ich erst jetzt erkannt. Ich habe mich immer an die Überreste dessen geklammert, was wir einmal hatten, aber sie sind so zerfleddert, daß ich sie kaum noch wiedererkenne, und außerdem sind sie nicht mehr das, was ich will.«
»Und was willst du?«
»Was ich will, spielt keine Rolle – was ich nicht will, ist wichtig. Ich will mich nicht mehr klein und unzureichend und schuldig fühlen. Ich bin es müde, Entschuldigungen für deine Abwesenheit zu finden. Ich bin es müde, mir Mühe zu geben, dein Leben angenehm zu gestalten und nur Undank zu ernten.«

»So schwierig ist es nun auch wieder nicht, mit mir zu leben.«
»Es ist sehr schwierig, mit dir zu leben!« rief sie, weil er es schon wieder tat, ihr schon wieder Schuldgefühle oktroyierte – und dessen war sie auch müde. Und dann begriff sie, daß er sie absichtlich provozierte. Also senkte sie ihre Stimme und zwang sich, ihm ruhig in die Augen zu schauen. »Geh, Doug. Ich werde Montag früh mit Shep Hubbard sprechen. Laß deinen Anwalt bei ihm anrufen. Falls du morgen vorbeikommen willst, um ein paar Sachen zu holen, ruf vorher an.«
Er starrte sie eine ganze Weile lang unverwandt an. Als sie sich weigerte, wegzuschauen, sich weigerte, auch nur zu blinzeln, sagte er: »Du bist hart.«
Sie seufzte. »Nein – aber ich bin lernfähig.« Sie winkte ihn in die Nacht hinaus und trat beiseite, um ihn vorbeizulassen.

Zwanzigstes Kapitel

Emily verbrachte den Sonntag vormittag damit, Dougs Arbeitszimmer zu leeren. Sie war von einer zwanghaften Betriebsamkeit erfüllt und fand diese Tätigkeit am sinnvollsten. Sein Arbeitszimmer symbolisierte das Leben, das er sich ohne sie aufgebaut hatte, und sie wollte es verändern. Sie packte Dougs Bücher und Papiere in Kartons, räumte die Schreibtischschubladen und Aktenschränke aus und machte sich daran, die Ausbeute in die Garage zu transportieren. Als sie etwa die Hälfte geschafft hatte, fuhr Brian in die Zufahrt. Der bei Tagesanbruch gefallene und sofort angefrorene Schnee knirschte unter den Reifen. Er hielt an, stieg aus, hob Julia aus dem Jeep und schlug sie in seinen Parka ein, so daß nur noch ihr Gesicht zu sehen war.

»Was machst du da?« rief er, als er in die Garage kam.

Emily wischte sich die Hände an ihren Jeans ab. »Großputz.«

»Brauchst du Hilfe?«

»Nein, danke.« Sie winkte Julia zu, indem sie mit den Fingern wackelte. Julia antwortete, indem sie mit der Nase wackelte.

»Bist du okay?« fragte Brian leise.

Emily nickte.

»Sind das seine Sachen?«

»Mmm.«

Er grinste. »Bitte laß mich helfen!«

Sie knuffte ihn mit dem Arm und hielt dann mit ihrer Schulter den Körperkontakt aufrecht. »Du bist boshaft.«

»Nur egoistisch. Ich vermisse dich.«

Sie vermißte ihn auch – doch im Augenblick waren ihre Hände, ihre Gedanken und ihre Bedürfnisse auf Doug konzentriert, und so lehnte sie sich nur kurz an Brian und ging wieder auf Abstand.

»Wirklich«, sagte er, ernst geworden. »Ich kann dir doch die Schlepperei abnehmen.«

Aber sie schüttelte den Kopf und schickte ihn weg. Sie mußte das selbst machen, brauchte die körperliche Anstrengung, die therapeutischen Wert für sie besaß. Also trug sie eine Ladung nach der anderen in die Garage, bis – abgesehen vom Mobiliar – Dougs gesamtes Büro dort untergebracht war.

Als sie dann drüben im Haus vor den leeren Regalen und dem kahlen Schreibtisch stand, bewunderte sie sich selbst: Sie hatte nie zuvor gewagt, gegen Doug aufzubegehren, hatte nie einen bewußten Grund dafür gehabt – aber es war ein gutes Gefühl. Diese Tat war ihre Unabhängigkeitserklärung, ein kleiner Schritt auf dem Weg zu einem größeren Selbstwertgefühl.

Das Zimmer sauberzumachen war ein weiterer Schritt, ebenso wie das Einsammeln ihrer Besitztümer, die bisher überall willkürlich verstreut gewesen waren, und das ordentliche Einräumen in Schubladen und Regale. Sie holte die elegante Lampe aus dem Keller, die sie einmal bei einer Haushaltsauflösung erstanden und die Doug auf den ersten Blick verabscheut hatte, und stellte sie auf eine Ecke des Schreibtischs. Sie hängte ihr Diplom an die Wand. Sie füllte die Regale mit ihren Lieblingsbüchern und arrangierte dazwischen Fotos von Jill und, ja, auch Daniel. Und zu guter Letzt plazierte sie das Buch, das sie geschrieben hatte, in Augenhöhe – mit dem Titel nach vorne.

Inzwischen war es vier Uhr geworden. Sie war überzeugt daß Doug vorbeikommen würde, um sich Kleider, Papiere oder sonst etwas zu holen. Da sie es erwartete, tat er es natürlich nicht.

Und so setzte sie sich in Leggins, dicken Schoppersocken und einem riesigen Sweatshirt mit mehrfach an den Handgelenken umgekrempelten Ärmeln an den Schreibtisch und machte sich daran, den Inhalt ihres Ziehharmonika-Ordners chronologisch zu ordnen.

Doch weiter reichte ihre Disziplin nicht. Sie brachte nicht die nötige Konzentration auf, ihre Gedanken schweiften immer wieder ab. Sie schaute in den Garten hinaus und ließ die Woche Revue passieren.

Die Hintertür wurde zugeknallt. »Was zum Teufel hast du mit meinen Sachen gemacht?«

Ihr Magen krampfte sich zusammen. Einen Sekundenbruchteil lang bedauerte sie, was sie getan hatte. Dann rief sie sich die Frau, das Kind, das Stadthaus, den Countryclub und die ständigen Lügen und Leugnungen ins Gedächtnis, zog die Füße unter den Stuhl und hob das Kinn.

Zornige italienische Straßenschuhe knallten über den Kuchenboden und in die Halle. »Emily?«

Sie lehnte sich zurück und wartete: Er wußte, wo sie war.

Sekunden später erschien er in der Tür, ganz Armani, in schikken Hosen, Pullover und einer Jacke mit lässig hochgestelltem Kragen – aber zu ihrer Befriedigung aufgebracht und sogar eine Spur verunsichert. »Ich wäre eben fast in die Garage gefahren! Hast du eine Vorstellung davon, was passiert wäre, wenn ich das getan hätte? Ich hätte massenweise Unterlagen ruiniert und den Wagen beschädigt. Hast du denn überhaupt nichts im Kopf? Warum zum Teufel hast du meine Sachen ausgerechnet dort deponiert?«

Sie hatte sich in den vergangenen Stunden mehrfach neugierig gefragt, wie es wohl sein würde, ihn wiederzusehen – das erste Mal, nachdem sie ihm angekündigt hatte, daß sie die Scheidung einreichen würde. Wenn er sich zerknirscht gezeigt hätte und lieb, tief geschockt, und mit dem Willen, Jill zuliebe den Versuch zu machen, die Ehe doch noch zu retten, hätte sie vielleicht Bedenken gehabt. Seine Empörung löste dieses Problem.

Warum hatte sie seine Sachen in der Garage deponiert? Weil

eine poetische Gerechtigkeit darin lag: Schließlich war die Garage der Ort, wo er seine wertvollsten Besitztümer verwahrte, oder?

Sie streckte die Füße nach vorne. »Ich dachte, ich würde dir damit helfen – jetzt brauchst du sie nur noch ins Auto zu laden.«

»Nur? Großer Gott – du hast alles durcheinandergebracht! Ich werde alles neu ordnen müssen. Das waren wichtige Unterlagen, die du da rumgeschmissen hast!«

Sie konnte sich nicht vorstellen, daß sie tatsächlich wirklich wichtig waren, denn er hatte sie in einem Raum aufbewahrt, in dem er sich seit Wochen kaum aufgehalten hatte. »Entspann dich, Doug. Ich habe nichts rumgeschmissen – ich habe alles, geordnet wie es war, in Schachteln gepackt. Alles ist beschriftet, nichts fehlt.«

Er stemmte die Hände in die Seiten und schnaubte, schüttelte den Kopf und schnaubte wieder. »Du bist unglaublich.«

Emily fragte nicht, ob das gut oder schlecht sei – sie wußte, was er sagen würde, und wollte es nicht hören. Sie hatte dem Masochismus abgeschworen. »Wenn du dir deine Kleider holen willst, bedien dich – die habe ich nicht angerührt.«

Er starrte sie noch eine weitere Minute an, ehe er die Hände sinken ließ. »Wie kam es dazu, daß Jill mich am Freitag sah?« Sein Zorn war Besorgnis gewichen.

Emily wurde zugänglicher. Wie sollte sie auch nicht? Immerhin lag Jill ihr seit jeher am Herzen. Sie wollte, daß Doug behutsam mit ihr umginge, und dazu mußte er die Wahrheit erfahren. »Sie hatte dich schon einmal dort gesehen.«

»Wann?«

»Im letzten Frühling – als sie zu dem Schnupperwochenende ins College fuhr. Sie ging mit einigen Mädchen von dort in der Straße spazieren und sah dich auf der Treppe vor dem Haus – mit ihnen. Sie sagte sich zwar immer wieder, daß du es nicht gewesen sein könntest, doch es verfolgte sie. Und dann erlebte sie, wie wir beide am letzten Wochenende miteinander umgingen.«

»Wie gingen wir denn miteinander um?«

»Distanziert. Sie ist ein großes Mädchen, Doug. Sie sieht. Sie begreift.«

»Hast du nach dem letzten Wochenende mit ihr darüber gesprochen?«

»Erst am Freitag – nachdem wir uns in der Marlborough Street begegnet waren. Sie war völlig durcheinander und aufgewühlt, und ich versuchte, die Wogen ein wenig zu glätten.«

»Wie?«

»Ich sagte ihr, es gäbe vielleicht eine ganz harmlose Erklärung für das, was wir gesehen hatten. Ich sagte ihr, sie müsse mit dir reden. Du bist ihr Vater – sie wird in diesem Leben keinen anderen bekommen.«

»Haßt sie mich?«

»Vielleicht ein bißchen. Aber sie liebt dich auch. Sie ist verwirrt.«

»Wie wird sie reagieren, wenn ich sie anrufe?«

»Das weiß ich nicht – aber je länger du damit wartest, um so schwieriger wird es werden. Sie fragt sich, welchen Stellenwert sie in deinem Leben besitzt. Sie braucht die Gewißheit, daß du sie liebst. Sie braucht die Gewißheit, daß es dir nicht gleichgültig ist, wie sie diese Sache verkraftet.«

Er starrte sie eine Weile finster an, dann brummte er und wandte den Blick ab. Seine teuren Kleider wie einen Schild tragend, wanderte er durch den Raum, musterte erst das eine Bücherregal und dann das andere, dann das Diplom und dann die Lampe, registrierte jede Veränderung, die sie vorgenommen hatte. Sie fragte sich, ob die Fotos von Daniel ihn trafen. Sie fragte sich, ob ihr Buch ihn traf. Sie fragte sich, wo er die Nacht verbracht hatte.

»Du handelst schnell«, konstatierte er schließlich.

Sie zog die Füße hoch und schlang die Arme um die Knie.

»Bisher mußte ich immer mit irgendwelchen provisorischen Lösungen vorliebnehmen. Du hattest dein eigenes Reich, Jill hatte ihr eigenes Reich – ich nie. Jetzt habe ich das auch.«

»Und wozu?« Er verrenkte sich den Hals, um zu sehen, was auf dem Schreibtisch lag.

»Zunächst, um meine Gedanken zu ordnen.«

»Gedanken worüber?«

Sie schaute ihm in die Augen. »Über Daniel. Das sind die Notizen, die ich mir im Laufe der Jahre gemacht habe.«

»Zu Daniel.«

»Und zu mir. Dazu, wie ich empfand, was geschehen war. Dazu, wie es ist, ein Kind auf eine solche Weise zu verlieren.«

»Falls du ein Buch schreibst, läßt du mich das lieber wissen – mein Anwalt wird wissen wollen, ob du Geld verdienst.«

»Ich verdiene nichts.«

»Und – wirst du verdienen?«

»Das kannst du viel besser beurteilen als ich«, gab sie zurück. »Du hast das Geld, das ich mit dem ersten Buch verdiente, besser im Auge behalten als ich. Deinen Aussagen nach war es so gut wie nichts, eher eine Behinderung als eine Hilfe.«

»Mach mich in deinem Buch schlecht, und ich verklage dich.«

Was für ein aufgeblähtes Ego. Was für ein Mißtrauen. »Ich bin nicht daran interessiert, über dich zu schreiben.«

»Wird sich das vermeiden lassen? Unsere Ehe ist wegen Daniel gescheitert. Beides ist miteinander verknüpft. Du kannst unmöglich auf das eine eingehen und das andere unerwähnt lassen. Warum willst du überhaupt über Daniel schreiben?«

»Weil es ihn gab.«

»Aber wie kannst du das alles noch einmal durchleben?«

»Wie könnte ich es nicht? Er war mein Sohn. Wir haben niemals wirklich mit ihm abgeschlossen.«

»Ihn beerdigt, meinst du.« Er drehte sich zum Fenster um, schob die Hände in die Hosentaschen und stand eine ganze Weile schweigend da, bevor er leise, widerstrebend und schüchtern sagte: »Ich habe auch oft an Daniel gedacht. Ich denke, das ist nur natürlich. Ich bin durch die Gegend gefahren, zu all den Orten, die ich mir zu meiden geschworen hatte. Ich sage mir immer wieder, daß ich endlich hier verschwinden sollte, aber es ist nicht so einfach.« Er verfiel wieder in Schweigen, starrte mit kerzengerade angespanntem Rücken aus dem Fenster. Schließlich holte er tief Luft. »Es ist, als würde ich Daniel im Stich lassen. Ziemlich blöde, was? Er kann doch gar nicht sehen, was ich tue.« Nach einer kleinen Pause setzte er hinzu: »Aber es kommt mir so vor, als wäre es so.«

Emily wußte, was er meinte – und dieses Wissen schuf die erste echte Verbundenheit zwischen ihnen seit Jahren. »Hier haben wir ihn zuletzt gesehen«, bot sie ihm als Erklärung an, denn sie hatte keine andere. »Grannick, dieses Haus, unsere Ehe – das sind die Dinge, die wir mit ihm verbinden.« Sie schaute eines von Daniels Fotos an. »Ist er der Grund dafür, daß du nicht auf eine Scheidung gedrängt hast?«

Doug antwortete nicht.

»Wenn du mich so sehr haßtest«, fuhr sie fort, »wenn ich dich durch meine bloße Gegenwart ständig an das erinnerte, was du verloren hast, erstaunt es mich, daß du mich nicht schon vor Jahren verlassen hast.«

Er zuckte mit einer Schulter. Sie nahm es als Eingeständnis. Es lag ein gewisser Trost in der Erkenntnis, daß nicht nur ihr Leben von einem Gespenst regiert worden war.

Doug drehte sich um, das Gesicht müde, dieses eine Mal nicht von Hochmut, Abneigung oder Macho-Gehabe geprägt. »Wo wird es enden?«

Als sie ihn so sah, verletzlich wie nie zuvor, hatte Emily die Gelegenheit, den Schritt zu bedauern, den sie beide zu tun vorhatten, und sie bedauerte ihn wirklich – aber nur verstandesmäßig. Sie bedauerte, daß er litt. Sie bedauerte, Daniel an jenem

Tag allein im Auto gelassen zu haben. Sie bedauerte das Scheitern ihrer Ehe.

Aber sie bedauerte nicht, daß sie ihr Leben in Zukunft nicht mehr um Dougs Stippvisiten zu Hause herum arrangieren würde. Sie waren zu schmerzlich geworden. Neunzehn Jahre lang war ihr Leben mit Doug von Daniels Verschwinden bestimmt gewesen, hatte alles, was sie tat, dem Versuch gedient, den Verlust auszugleichen, Vergebung zu erlangen, auf unauffällige und untertänigste Weise Buße zu tun. Dieses Leben zu beenden, war der erste Schritt dazu, wirklich mit Daniel abzuschließen.

Wo würde es enden? Sie zuckte mit den Schultern und schüttelte den Kopf. Sie war ebenso auf dieses Ende aus wie er, aber auch ebenso durcheinander. Dann kam ein Geräusch aus der Richtung der Küche, und Emily schaute irritiert zur Tür.

Diesmal waren die Schritte leiser – Turnschuhe machten auf Holzboden bei weitem nicht soviel Lärm wie Lederschuhe.

Sekunden später legte Brian seine Hand auf den Türrahmen. »Störe ich?«

Ein Tumult brach in Emily los, die vertraute Freude, die es stets in ihr auslöste, ihn zu sehen, kämpfte mit einer schrecklichen Verlegenheit.

Doug verschränkte die Arme vor der Brust und lehnte sich mit einer Hüfte ans Fensterbrett.

»Wir haben uns nur unterhalten«, erklärte sie Brian und fragte dann in jäh aufsteigender Angst um Julia: »Ist alles in Ordnung?«

»Ja, ja – bestens. Ich will Pizza bestellen und wollte fragen, ob Sie auch eine möchten?« Mit einem Hochziehen der Augenbrauen schloß er Doug in das Angebot ein.

Doug reagierte nicht.

»Vielleicht ein andermal«, meinte Emily.

Brian klopfte mit der flachen Hand auf den Türrahmen. »Okay. Aber wenn Sie es sich doch noch anders überlegen, rufen Sie

durch. Julia wird wahrscheinlich noch eine halbe Stunde schlafen. Ich fahre, sobald sie wach ist.« Er hob grüßend die Hand in Dougs Richtung und ging.
Die Hintertür hatte sich kaum mit einem fernen Klappen geschlossen, als Doug seinen Blick neugierig auf Emily richtete.
»Du hast ja nicht lange gebraucht.«
»Wozu?« fragte sie, obwohl sie genau wußte, was er meinte. Sie wußte genau, wie Brians Auftritt auf ihn gewirkt hatte. Danke, Brian: Er hatte vertraut und gewohnt gewirkt.
»Etwas mit ihm anzufangen. Mann, du hast es aber ernst genommen, als ich sagte, er gefalle mir.«
Emily stellte die Füße wieder auf den Boden. Sie wußte nicht, auf wen sie ärgerlicher sein sollte – auf Brian, weil er die Szene inszeniert hatte, oder auf Doug, weil er sie gegen sie verwendete.
»Du bist wohl kaum in der Position, mir Vorhaltungen zu machen, Doug.«
Hochmütig, ja sogar lüstern, stieß er sich vom Fenster ab. »Sag mir, daß du nicht mit ihm schläfst.«
»Was ich tue oder nicht, geht dich nicht das Geringste an.«
Er kam auf den Schreibtisch zu. »Darum schmeißt du mich raus, stimmt's? Du schläfst mit ihm. Komisch, ich habe heute nacht darüber nachgedacht. Ich verstand nicht, warum du es so schnell getan hast, ohne Diskussion, ohne Vorwarnung. Ich kam heim, und bumms, mußte ich schon wieder gehen. Jetzt weiß ich, weshalb.«
Der glühende Zorn, der jäh in Emily aufloderte, ließ sie unvermittelt aufspringen. »Du ... weißt ... gar ... nichts!« zischte sie. Brian war jetzt nicht wichtig – mit dem würde sie sich später auseinandersetzen. Jetzt war sie wütend auf Doug. »Ich wollte dich hier raushaben, nachdem ich erfahren hatte, daß du ein Doppelleben führtest, mit einer zweiten Familie und horrenden Ausgaben, während du mir den armen Schlucker vorspieltest. Und es war absolut nichts Plötzliches daran. Du bist seit minde-

stens vier Jahren und neun Monaten mit ihr zusammen, und in dieser Zeit wurde unsere Ehe immer flauer und flauer. Plötzlich?« schrie sie außer sich vor Zorn. »Plötzlich, vergiß es! Ich habe dich schon seit Monaten gefragt, was los ist, warum du nicht mit mir zusammensein willst, ob du etwas vermißt, und du hast es nicht fertiggebracht, mir die Wahrheit zu sagen. Ich ging sogar so weit, dir vorzuschlagen, einen Eheberater aufzusuchen, denn ich wollte unsere Ehe retten. Plötzlich? Diese Entwicklung hat nichts Plötzliches. Ich habe mich bemüht, unsere Ehe aufrechtzuerhalten. Ich habe mich sehr bemüht. Und was hast du getan? Du sagtest, du würdest weder Zeit noch Geld an eine Eheberatung verschwenden. Es ist natürlich viel sinnvoller, Mitglied in einem schicken Countryclub zu sein.«

»Du bist ja neidisch.«

»Auf deine Mitgliedschaft in einem Countryclub?« Wäre sie nicht so zornig gewesen, hätte sie gelacht. »Lächerlich. Was ich will – wollte –, war eine Ehe, die diese Bezeichnung verdiente. Ich wollte einen Gefährten haben. Ich wollte Zeit mit einem Menschen verbringen, dem etwas an mir lag. Aber es lag dir nichts an mir oder daran, Zeit mit mir zu verbringen. Du hast mich jahrelang belogen, um Zeit mit deiner Geliebten und ihrem Sohn verbringen zu können.«

»Er ist mein Sohn«, korrigierte Doug.

»Ja – das hast du mir gestern abend gesagt. Und ich habe dich rausgeworfen. Du kannst das ›schnell‹ nennen, wenn du willst – ich nenne es ›angemessen‹.«

»Angemessen! Mann o Mann! Du wolltest mich draußen haben, damit du mit deinem Cop zusammenziehen kannst. Hat er die Farben fürs Schlafzimmer ausgesucht?«

Emily funkelte ihn wütend an. »Die habe ich ausgesucht. Weder er noch irgendein anderer Mann außer dir hat dieses Zimmer je gesehen. Es ist meines, nur meines, und ich habe vor, es eine ganze Weile dabei zu belassen. Willst du wissen, was ich in den letzten paar Wochen entdeckt habe?« Sie tippte sich mit dem Daumen an die Brust. »Es gibt ein Ich in dieser Welt. In diesem Körper wohnt ein Individuum, das niemandes Sklave ist, und dieses Individuum kostet zum erstenmal in seinem Erwachsenenleben den Geschmack der Freiheit.«

Er grinste höhnisch. »So also hat die angeblich so engagierte Mutter ihre Aufgabe gesehen: als Sklaverei.«

Sie hob die Hand. »O nein, ich rede nicht von meiner Mutterrolle, und das weißt du auch genau. Ich rede von meiner Rolle in unserer Ehe. Du hast mich unterdrückt, Doug – so einfach ist das.«

»Und er tut es nicht? Baby – der einzige Mann, der einer Frau völlig Freiheit läßt, ist der, den es nicht kümmert, wohin sie geht oder was sie tut. So einfach ist das. Ist er gut?«

Verdammt gut, dachte sie. *Sehr viel besser als du es je warst, du egozentrischer Trottel.*

Sie ging auf die Tür zu. »Ich denke, du solltest jetzt gehen.«

Er folgte ihr. »Warum? Weil ich dich in Verlegenheit bringe?«

»Weil du deine Kompetenzen bei weitem überschreitest.« Sie waren in der Halle angekommen, und sie drehte sich zu ihm um. »Früher einmal hattest du das Recht, mich über mein Leben auszufragen – jetzt hast du es nicht mehr. Besonders nicht nach dem, was du mir angetan hast. Du weißt doch, wie das mit den Leuten ist, die im Glashaus sitzen.« Sie wandte ihm den Rücken zu und machte sich auf den Weg zur Küche.

»Ich habe sehr wohl das Recht dazu, dich auszufragen – es ist mein Geld, das du haben willst.«

»Es ist mein Geld!« schrie sie. »Schwer verdient und längst überfällig.«

»Schrei nicht!«

Sie öffnete die Tür nach draußen und brüllte: »Ich schreie so laut ich will. Es ist mein Leben, mein Grund und Boden, meine Stimme.« Sie trat beiseite und sagte, plötzlich sehr leise, aber dadurch sehr viel eindringlicher: »Ich will, daß du gehst, Doug. Die Diskussion ist zu Ende.«

Als er an ihr vorbeiging – nahe genug, um ihren Arm zu streifen – murmelte er: »Rennst du jetzt auf ein Quickie da rüber?«

»Verschwinde«, sagte sie. Ein Quickie? Nichts lag ihr im Augenblick ferner. Der schimmernde, schwarze Wagen war kaum außer Sicht, als sie aus der Tür, über die Zufahrt und die Treppe zur Wohnung über der Garage hinaufstürmte.

Brian hatte Unterlagen auf dem Couchtisch ausgebreitet, und obwohl er nicht unbedingt schuldbewußt aussah, hatte er den Anstand, sich wenigstens unsicher zu geben.

»Warum hast du das getan?« fragte sie ohne Einleitung. »Du hast seinen Wagen gesehen, wußtest also, daß er da war.«

»Ich wollte mich vergewissern, daß du okay warst.«

»Dazu hättest du anrufen können. Oder zumindest klingeln, anstatt hereinzuplatzen.«

»Ich war besorgt, daß er dir etwas antun würde.«

»Ach, komm, Brian ...«

»Ich meine es ernst – ich habe häusliche Gewalt oft erlebt. Männer reagieren nicht freundlich, wenn sie auf die Straße gesetzt werden.«

»Er sitzt absolut nicht auf der Straße – er hat ein schönes, warmes Nest.«

»Was wollte er dann hier?«

»Mit mir reden. Das wird manchmal nicht zu umgehen sein. Er ist Jills Vater, und wenn er mit mir über Jill reden will, werde ich immer ein offenes Ohr für ihn haben.«

»Wollte er das diesmal auch?«

»Nicht, nachdem er dich gesehen hatte. Nachdem er dich gesehen hatte, wie du reinkamst, als tätest du das ständig, wollte er nur noch wissen, seit wann wir miteinander schlafen.«

»Hast du es ihm gesagt?«

»Natürlich nicht. Ich habe gar nichts zugegeben.«

»Warum nicht?«
»Weil es meine Sache ist, wie ich meine Nächte verbringe – nicht seine.«
»Ist es dir peinlich?«
»Was?«
»Unsere Beziehung.«
»Selbstverständlich nicht.« Angesichts der Tatsache, daß sie vor der Trennung von Doug begonnen hatte, wollte sie sie nicht an die große Glocke hängen – und sie wollte sie schützen. Und sie fand sie erregend – selbst jetzt, als sie wütend auf Brian war. Aber peinlich? Niemals. »Wie kommst du darauf, das auch nur zu denken?«
Er zuckte mit den Schultern. »Ich hätte es ihm gesagt, wenn ich an deiner Stelle gewesen wäre.«
»Offensichtlich. Das war der wahre Grund dafür, daß du vorhin so selbstverständlich drüben auftauchtest: Du wolltest ihn informieren. Du hättest es nicht deutlicher tun können, wenn du einen Himmelsschreiber engagiert hättest.«
»Verdammt richtig.« Brian stand vom Sofa auf. »Ich schäme mich unserer Beziehung nicht. Ich finde, sie ist schön und harmonisch und ehrlich. Ich liebe dich, und dessen schäme ich mich nicht. Schämst du dich?«
»Darum geht es nicht.« Sie wappnete sich gegen die silberblauen Augen, die in der Lage waren, ihren Verstand auszuschalten. Er liebte sie. O Gott, diese Worte taten so gut, so unsäglich gut. Doch sie hatte sich ihr Leben lang durch Worte einlullen lassen, daran hindern, zu äußern, was sie dachte. Sie mußte sich durchsetzen. »Es geht darum, daß es nicht deine Aufgabe ist, ihn über mein Leben aufzuklären. Es ist meine Aufgabe, Punkt.«
»Warum willst du nicht, daß er es erfährt?«
»Es ist mir egal, ob er es weiß!« Ihre Geduld ging dem Ende zu. »Aber es muß mir überlassen sein, wann und in welcher Form ich es ihm sage. Es war völlig unnötig, daß du plötzlich auftauch-

test, und das auch noch in einer Art, die selbst einem Blinden gezeigt hätte, wie wir zueinander stehen. Ich bin nicht dein Besitz, Brian.«
Er stand einen halben Meter von ihr entfernt und hielt diesen Abstand. »Das habe ich auch nie gesagt.«
»Das ist richtig – aber das Gefühl kam rüber. Ich war früher einmal Dougs Besitz. Ich ließ es zu. Ich spielte freiwillig die zweite Geige. Ich ließ mich unterjochen. Und schau dir an, wo ich heute bin!«
»Wo bist du denn?«
»Ich bin vierzig Jahre alt und fange bei Null an.«
»Das würde ich nicht sagen. Ich würde sagen, du bist vierzig Jahre alt und in einer Weise erblüht, wie es früher nicht möglich gewesen wäre. Du hattest nicht diese weitreichenden Wurzeln, als du zwanzig oder dreißig warst. Jetzt hast du sie. Jetzt hast du dein Leben im Griff.«
»Nun, das klingt sehr poetisch, aber es beschreibt eine ganze Reihe von Gefühlen nicht, die ich in den letzten paar Monaten hatte, den letzten paar Tagen.« Und dann sprudelten sie heraus, so viele Dinge, die nur in Ansätzen vorhanden gewesen waren und sich jetzt zu Gedanken verdichteten. »Es beschreibt die Furcht nicht und den Schock. Es beschreibt das Empfinden nicht, daß ich meine Verankerung verloren habe, mir der Teppich unter den Füßen weggezogen worden ist. Es beschreibt die Kränkung nicht, die es bedeutet, betrogen worden zu sein, oder das Wissen tief drinnen, daß ich zugelassen habe, daß es passierte – zugelassen –, und es beschreibt die nüchterne Erkenntnis nicht, daß ich mich in meinem Leben auf niemanden verlassen kann außer auf mich selbst und daß ich nicht gerade ideale Voraussetzungen dafür mitbringe, diese Verantwortung zu übernehmen. Das sind Dinge, die mich erschrecken, und am meisten erschreckt mich, daß ich mir das alles selbst eingebrockt habe. Ich ließ es zu, daß Doug mich über die Finanzen im

unklaren ließ – und über seine Gefühle für mich. Du hast eine Schwäche für Poesie? Ich kann mich auch poetisch ausdrücken: Ich habe mich zum Krüppel machen lassen – und jetzt lerne ich laufen.«

»Liebst du mich?«

»Ja, ich liebe dich!« Sie hätte niemals etwas mit ihm angefangen, wenn sie das nicht täte. »Aber ich will dich nicht als Krücke benutzen. Ich will nicht einfach von einer Beziehung in die nächste stolpern. Ich will nie mehr so abhängig sein, wie ich es war. Falls es eine gemeinsame Zukunft für uns gibt, möchte ich, daß sie anders wird. Ich wünsche mir Achtung.«

»Ich achte dich doch – vom ersten Tag an.«

»Ich muß mich selbst achten, und daran arbeite ich jetzt.«

»Indem du schreibst – das kann ich nachvollziehen.«

»Es ist mehr als das«, sagte sie mit einer Sicherheit, die neu für sie war, und gut – so gut. »Ich entdecke meine Stimme. Ich entscheide, was ich essen will, nicht was Doug will oder was Jill will. Ich schlafe in einem Zimmer, das ich nach meinem Geschmack ausgestattet habe. Ich benutze das Bad, wann ich will, und nicht, wenn kein anderer rein will.«

»Mit all dem habe ich keine Probleme – aber was bedeutet es für uns?«

»Es bedeutet«, sie seufzte, empfand eine herrliche Erleichterung, eine seelische Entspannung, wie sie sie in ihrer Ehe mit Doug niemals empfunden hatte, »daß ich meinen Freiraum brauche. Es bedeutet«, sie umfaßte lächelnd seinen Nacken, »daß es zwar sehr lieb von dir ist, mir beistehen zu wollen, ich aber allein mit Doug zurechtkommen muß. Daß ich manchmal allein schlafen muß. Daß ich mich kennenlernen muß.«

»Aber du liebst mich?«

»Ja.« Diesmal schwang Resignation in ihrem Seufzer mit. Wie könnte sie ihn nicht lieben, wenn seine Augen sie in dieser Weise vergötterten. »Ich liebe dich wirklich.«

Er ließ seine Hände an ihrer Wirbelsäule abwärts gleiten, hob sie hoch, so daß ihre Schenkel auf die Höhe seiner Hüften kamen, und drückte sie neben der Tür an die Wand. »Wirst du mit mir schlafen, wenn du nicht das Bedürfnis hast, allein zu schlafen?«

Sie nickte.

»Wirst du manchmal essen, was ich koche?« Sie nickte wieder.

»Wirst du jetzt mit mir schlafen?«

»Nein.«

»Warum nicht?«

»Weil es zu früh ist – ich habe mich doch eben erst von Doug getrennt.«

»Wir haben aber schon miteinander geschlafen, als du dich überhaupt noch nicht von ihm getrennt hattest.«

»Schsch.«

»Ich brauche dich, Em.« Sie spürte seinen Atem heiß auf ihrer Stirn, und seine Arme umschlangen sie gleichzeitig mit wohltuender Behutsamkeit und unglaublicher Kraft. »Ich habe Qualen gelitten, während ich darauf wartete, daß etwas passierte. Ich dachte, du würdest eure Ehe kitten.«

»Wie hätte ich das können sollen, wenn ich dich liebe?«

»Du hättest es für Jill getan, und dafür liebe ich dich, aber ich habe dich schrecklich vermißt.« Seine Stimme wandelte sich zu einem gutturalen Stöhnen, als er sich fester an sie preßte. »O Baby! Wie ich dich brauche!«

Dieses Gefühl beruhte auf Gegenseitigkeit. Sie wollte es nicht, wirklich, war fest entschlossen, selbständiger zu werden – aber, Gott, wie hatte sie ihn vermißt! Ihr Körper erinnerte sich an den seinen, das Liebe-jeden-Zentimeter-von-mir-Bedürfnis, und schrie jetzt danach. Bedeutete das, daß sie wieder schwach wurde? Oder nur, daß sie erkannte, was sie wollte, und es sich nahm? »Ich bin hergekommen, um dir meine Selbständigkeitsbestrebungen klarzumachen.«

»Dann tu das«, flüsterte er. »Übernimm du die Führung. Mein Körper gehört dir – bedien dich.«

Ein verlockendes Angebot. Sein Körper war eine Pracht, hochgewachsen, muskulös und doch schlank und im richtigen Ausmaß behaart. »Was ist mit Julia?«

»Schläft.« Er begann seine Hüften kreisen zu lassen und nahm dann ihr Gesicht in die Hände. »Ich bin randvoll mit Gefühlen, die ich dir geben möchte – und ich meine damit nicht nur Sex, sondern auch das ganze andere Zeug.«

»Ich weiß«, sagte sie. Er hatte ihr »das andere Zeug« seit dem Tag ihres Kennenlernens gegeben, und während ein Teil von ihr überlegte, ob sie ihm den Sex jetzt aus Prinzip verweigern sollte – sie würde sich nie mehr als Ventil für körperliche Bedürfnisse mißbrauchen lassen –, konnte der andere Teil nicht einsehen, warum sie sich selbst diesen Genuß verweigern sollte. Wäre dieser Genuß nicht ein Ergebnis jenes »anderen Zeugs«, das seinen Ursprung in der Seele hatte?

Beschließend, daß unabhängig zu sein nicht bedeutete, abzustumpfen oder keusch zu leben, suchte sie mit einem Seufzer, der einem aus den Tiefen ihres Innern aufsteigenden Wohlgefühl entsprang, seinen Mund.

Einundzwanzigstes Kapitel

Brian war frustriert. Er gab Emily Liebe, großartigen Sex, sogar Freiraum, wenn sie ihn brauchte – aber das eine, was er ihr mehr als alles andere geben wollte, entzog sich weiterhin seinem Zugriff.

Der Fingerabdruck des zweijährigen Daniel, den er hatte auf Erwachsenenstatus bringen lassen, hatte bei den vorgenommenen Vergleichen kein Ergebnis gezeigt. Demnach war Daniel nicht vorbestraft. Er war auf keiner Militärakademie gewesen oder irgendeiner anderen Schule, die beim Eintritt die Fingerabdrücke der Studenten nahm. Er war kein »Green Beret«, kein »Navy Seal« und auch kein Regierungsbeamter mit streng geheimen Aufgaben. Letzteres war verständlich, da er immerhin erst einundzwanzig wäre, doch Brian hatte nichts außer acht lassen wollen.

»Geben Sie's auf«, sagte John mehr als einmal. »Sie werden nach dieser langen Zeit nichts mehr finden.«

»Was, glauben Sie, ist aus ihm geworden?«

»Vielleicht hat ihn ein Durchreisender mitgenommen. Oder eine Zigeunerin. Mein Gott – ich weiß es nicht. Jedenfalls ist er verschwunden.«

Verschwunden – aber nicht vergessen, und das war der Grund für Brians Hartnäckigkeit. Nicht, daß er sich gewünscht hätte, Emily würde Daniel vergessen – das würde er niemals von ihr verlangen –, doch er wollte Aufklärung, und die würde sie auch wollen, wenn sie wüßte, daß eine Chance bestand.

Vielleicht bestand auch keine, aber er hatte schon Fälle bearbeitet, die tot unter Wasser zu liegen schienen – und dann war plötzlich eine Luftblase an die Oberfläche gestiegen. Er konnte noch nicht aufgeben – besonders jetzt, da Emilys Leben eine solche Wandlung erfuhr. Sie hatte ihre Ehe beendet und angefangen zu schreiben, und sie verhielt sich Brian gegenüber in einer Weise, die ihn vermuten ließ, daß sie für immer bei ihm bleiben wollte – doch er wollte mehr als eine Vermutung.

Darum fuhr er zwei Stunden nach Lower Hadley in die kleine Stadt, bis wohin er die Spur der Frau verfolgt hatte, die zum Zeitpunkt von Daniels Verschwinden den Süßwarenladen in Grannick betrieb. Der Laden hatte in der gleichen Straße gelegen wie das Postamt, und der Blick darauf war von dort aus im günstigsten Fall verschwommen gewesen und im ungünstigsten – und das war an jenem Tag der Fall – durch den Lastwagen versperrt, der einem der beiden Kunden gehörte, die sich zur fraglichen Zeit im Laden befanden. Darüber hinaus lief eine Karamelisiermaschine, die jeglichen etwaigen Straßenlärm übertönte.

Die Frau hatte nichts gesehen, hatte nichts gehört und wußte nichts.

Er war nicht überrascht – aber er war entmutigt. Er hatte bereits mit vier anderen gesprochen – dem Besitzer der Bäckerei, einem Kunden des Immobilienbüros und den beiden Kunden aus dem Süßwarenladen.

Nichts.

Auf der Rückfahrt nach Grannick zermarterte er sich den Kopf darüber, welchen Weg er als nächstes einschlagen sollte. Er war die Liste der bekannten Sexualtäter durchgegangen, hatte mit denen gesprochen, die zur Zeit vor Daniels Verschwinden in der Stadt gewesen waren, hatte sogar – in aller Stille, behutsam und ohne Johns Wissen – Nestor Berlos Geschichte überprüft. Als das nichts brachte, zog er den Computer zu Rate und benutzte ihn, wie es Beamte, die auf »kalte« Fälle angesetzt waren, häufig taten, ließ sich eine Liste der Kindsentführer aus Daniels Zeit – plus/minus fünf Jahre – ausdrucken. Mit Hilfe jeden Kontakts, den er jemals hergestellt hatte, ging er allen darin aufgeführten nach.

Einige waren tot, die meisten im Gefängnis. Er befragte drei der letzteren, jedoch ohne Erfolg, und was diejenigen betraf, die sich zum Zeitpunkt von Daniels Entführung auf freiem Fuß befanden, so hatten alle Alibis, die sie weit entfernt von Grannick plazierten, Alibis, die entweder von Polizeibeamten oder Freunden, Verwandten oder Arbeitgebern bestätigt worden waren. Brian wußte, daß die Glaubwürdigkeit von Freunden und Verwandten auf wackeligen Füßen stand, doch er konnte ohne ein Verdachtsmoment keine Untersuchung einleiten, und er hatte keines. Keiner der Kindsentführer aus Daniels Zeit hatte so kleine Kinder aus Autos oder Häusern weggeholt, ohne ein Lösegeld zu verlangen. Keiner der bekannten Kindsentführer zumindest. Womit die unbekannten blieben. Womit Brian sich wieder dort befand, wo er angefangen hatte – auf verlorenem Posten.

Er starrte auf den Bildschirm, las die Akten so oft, daß er sie schließlich auswendig konnte. Namen, Charakterprofile, Vorstrafenregister ... Er hatte auf die Hoffnung gesetzt, etwas zu finden, gehofft, daß er, wenn er nur lange genug hinschaute, einen Hinweis oder ein Vorgehensmuster erkennen würde.

Er wollte den Fall Daniel lösen. Er wollte, daß Emily das Buch über diesen Abschnitt ihrer Lebens zuklappen könnte. Vor allem wollte er, daß sie wüßte, daß er es für sie getan hatte, wollte, daß sie mit dem bewundernden Blick zu ihm aufschaute, der seine Brust schwellen ließ und ihm die Kehle zuschnürte, wenn er daran dachte, wieviel sie ihm bedeutete.

Es mußte eine Antwort geben. Okay – er war gefühlsmäßig engagiert. Okay, er war nicht so realistisch, wie Polizeibeamte es sein sollten. Doch sein emotionales, unrealistisches, mit Emily verbundenes Selbst beharrte darauf, daß irgendwo irgendwer wissen mußte, was mit Daniel geschehen war.

Aufgrund des Mangels anderer Perspektiven, und weil Emily jetzt mehr an Daniel dachte, seit sie sich mit ihren gesammelten Notizen befaßte, und weil Brian die stille Hoffnung hegte, daß er darin – über sie – vielleicht einen Hinweis finden könnte, der ihr wegen Betriebsblindheit entgangen war, aber hauptsächlich, weil Doug fort war und er, Brian, seine Liebe jetzt freier leben konnte, gewöhnte er sich an, in der Mittagspause vorbeizuschauen, um zu sehen, wie es ihr ging.

Am Montag brachte er Sandwiches mit. Am Dienstag kochte sie, weil es schneite und die Welt kalt und frostig war, eine Suppe. Am Mittwoch zerrte er sie, weil er fand, daß sie eine Pause brauchte, von ihrem Computer weg und fuhr mit ihr in die »Eatery«.

Sie waren auf dem Heimweg, als sein Funkgerät sich meldete. Er sprach kurz mit dem Verteiler und trat dann, das Timing verfluchend, aufs Gas.

»Was ist?« fragte Emily.

Er hätte sie zu Hause lassen sollen, wo sie in Sicherheit und Daniels Verschwinden das einzige war, das sie immer und immer wieder durchleiden mußte.

»Brian?«

»Glaube mir – du willst es nicht wissen.«

»Es wird wieder ein Kind vermißt, stimmt's?«

Er nahm an, sie hatte zumindest den letzten Teil der Nachricht des Verteilers mitbekommen, und murmelte, als er den Wagen um eine Ecke schleudern ließ: »Vermißt bedeutet nicht unbedingt gekidnappt. Herrgott – was ist nur los in dieser Stadt?«

»Der Verteiler sagte ›am Ende der LaGrange‹. Das ist eine reiche Gegend. Hat er ›Hammelman‹ gesagt?«

»Klang so. Kennst du die Leute?«

»Nicht gut. Sie besitzen mehrere Kinos. Sie sind mit den Berlos befreundet.«

Brian brummte. »Heißt das, mit ihm oder mit ihr oder mit einem oder mehreren der Spielkameraden der beiden?« Die Berlos waren eindeutig ungewöhnlich. Er bremste ab, als sie zu ihrer steinernen Mauer kamen, aber nicht, weil es ihre war, sondern weil er hier in die China Pond Road abbiegen müßte. »Soll ich dich zu Hause absetzen?«

»Nein.«

Er beschleunigte wieder. »Das hätte mich auch gewundert.« Er fuhr weiter die LaGrange hinunter, bis er den großen Klinkerbau erreichte, vor dem ein Streifenwagen hinter einem kleinen Mercedes parkte, der wiederum hinter einem Jaguar und dieser hinter einem größeren Mercedes geparkt stand. »Warte hier«, sagte er zu Emily, doch da stieg sie schon aus.

Munroe lehnte mit den Unterarmen auf dem Dach des Streifenwagens. Er zog sie herunter, um Brian zu informieren. »Dreijähriges Mädchen. Mutter ließ sie bei einem Babysitter. Beide sind verschwunden.«

»Kein Zettel, wo draufsteht, wohin sie gegangen sind?«

»Nein. Das Kind hat einen schlimmen Husten. Die Mutter hatte ganz klar gesagt, daß sie um eins zurückkommen würde, um mit der Kleinen zum Arzt zu fahren.«

»Vielleicht bekam der Sitter es mit der Angst und brachte das Mädchen ins Krankenhaus.«

»Ach ja – das ist auch noch interessant: Der Sitter war Richie Berlo.«

»Richie Berlo?« echote Brian bestürzt.

»Seine Mutter und Mrs. Hammelman sind eng befreundet. Sie wollten nach Hartford, und da das kleine Mädchen wegen seiner Erkältung nicht in den Kindergarten konnte, sprang Richie ein.«

»Warum war er nicht in der Schule?«

Munroe zuckte mit den Schultern. »Um ihn das fragen zu

können, müssen wir ihn erst mal finden. Das halbe Department ist auf der Suche nach ihm. Keiner hat ihn gesehen.«
»Haben sie keine Fahndung rausgegeben?«
»Noch nicht.«
»Warum nicht?« fragte Brian überflüssigerweise. Es war aus dem gleichen Grund keine Fahndung eingeleitet worden, aus dem Harold es ignoriert hatte, daß Richie in seinem Laden klauen wollte: Hier hatte das Geld das Sagen – Nestor Berlo mußten um jeden Preis Peinlichkeiten erspart werden.
Brian murmelte Emily zu: »Dieser Bursche ist wie ein drohendes Unwetter.«
»Sie werden ihn schonen«, bestätigte sie seinen Gedankengang.
»Ich nicht. Ich kenne ein paar seiner Verstecke. Komm – wir beteiligen uns an der Jagd.« Doch ehe sie den Jeep erreichten, hatte der Verteiler Munroe informiert, daß die Jagdgesellschaft bereits unterwegs war – mit hoher Geschwindigkeit, außerhalb der Stadt. Munroe gab die Nachricht an Brian weiter.
Brian setzte ein Blaulicht auf sein Dach und gab Gas.
»Ich war noch nie bei einer Verfolgungsjagd dabei«, sagte Emily.
»Und das wirst du auch jetzt nicht sein«, informierte er sie, mit einem Ohr beim Funkgerät, als die anderen ihre Positionen durchgaben. »Ich fahre schnell. Das ist eine Stufe langsamer als Rasen, was drei Stufen langsamer ist als Jagen.«
»Fahr schneller.«
»Nicht mir dir im Wagen und Matsch auf der Straße.«
»Willst du Richie nicht fassen?«
»Nein – ich will nur mit ihm reden, wenn sie ihn haben. Ich bin nicht eingeschüchtert durch seinen Vater, wie der größte Teil der Stadt es zu sein scheint.« Er drehte das Funkgerät lauter. Aufgeregte Berichte kamen herein, einer nach dem anderen.
»Wieviel weißt du über Nestor?« fragte Emily mit dem Takt

einer loyalen Grannickerin. Sie beugte sich zu ihm herüber, weil die Stimmen sich jetzt schier überschlugen. »Was?«
Brian beschleunigte. »Unfall«, lautete seine lakonische Antwort.
»Wer?«
»Weiß ich nicht.«
»John!«
»Wart's ab.«
»John ist verletzt!«
»Das wissen wir doch gar nicht.«
»Sie haben es gerade gesagt. Sie rufen einen Rettungswagen!«
»Bleib ruhig«, sagte Brian, der selbst alles andere war. Er haßte es, wenn ein Officer verletzt wurde, haßte es sogar noch mehr, wenn er den Officer kannte. Und wenn er den Verursacher kannte und sein Instinkt ihm sagte, daß das Ganze hätte verhindert werden können – das haßte er am meisten.
Er peitschte den Jeep um die Kurven, so schnell er sie nehmen konnte, wedelte wie auf Skiern um die Reste des gestern gefallenen Schnees herum und schlug mehr als einmal mit der Faust auf die Hupe, wenn ein ahnungsloser Fahrer seinen Weg zu kreuzen drohte. Als er die River Road erreichte, stand er unter Strom, und als er Johns Streifenwagen hochkant an einem Baum kleben sah, schlugen seine Nerven Funken.
»Mein Gott!« schrie Emily und zerrte am Türgriff.
Brian wollte, daß sie im Jeep bliebe, doch er wußte nicht, wie er das erreichen sollte, ohne sie zu fesseln, und dann heulte die Ambulanz von hinten heran, und es erschien ihm sinnlos. Er rannte los, als ein paar Kollegen Johns Wagen auf die Räder stellten. Emily war eine der ersten bei John, doch auch sie mußte weichen, als die Sanitäter kamen.
»Er lebt«, sagte sie zu Brian. »Er spricht.«
Aber Brian konnte Johns Gesichtsausdruck sehen. »Er scheint Schmerzen zu haben. Seine Beine?«
»Ja.«

Er legte die Hände auf ihre Schultern und sagte: »Bleib hier, bis sie ihn in die Ambulanz geschafft haben. Willst du ihn begleiten?«
»Ja.«
Er sagte Bescheid und wandte sich dann dem Straßenrand zu. Dort stand neben seinem matschbespritzten Sportwagen und für Außenstehende wie ein Schaulustiger aussehend und nicht wie das Objekt einer Menschenjagd, Richie Berlo. Das Kind der Hammelmans kniete auf dem Vordersitz.
»Was sollte denn das alles?« fragte Brian mit einem müden Seufzer. Bevor Richie antworten konnte, ging er an ihm vorbei und hob das kleine Mädchen aus dem Wagen. »Hallo, du«, sagte er freundlich, »wo bist du denn gewesen?«
»Wir sind spazierengefahren«, erklärte sie mit der süßen Kleinmädchenstimme, die Julia mit drei Jahren wohl auch haben würde. »Wir sind schnell gefahren. Das war lustig.«
»Deine Mommy hat sich Sorgen gemacht.«
»Aber ich habe gar nicht husten müssen.«
Mit einem Blick zu Richie, der diesem untersagte, sich auch nur zu rühren, trug er das Kind zu Sam. »Du übernimmst sie – ich übernehme ihn.« Er kehrte mit einem Paar Handschellen zu Richie zurück.
»Wozu sind die denn?«
»Die benutzen wir, wenn wir damit rechnen, daß Leute, die wir zum Verhör mitnehmen, sich aus dem Staub machen wollen.«
»Verhör? Wegen zu schnellen Fahrens?«
Brian ließ die Handschellen zuschnappen und zerrte Richie mit sich.
»Wohin bringen Sie mich?«
»Zum Auftakt darfst du dir einen ausführlichen Blick auf den Burschen genehmigen, den sie da drüben gerade auf die Bahre legen. Falls du ihn nicht kennen solltest – er ist der Polizeichef dieser Stadt. Er ist ein Ehemann und ein Vater und für eine

ganze Menge Menschen hier ein Freund. Er ist der Bursche, der jetzt tot sein könnte – dank dir.« Er packte Richie am Nacken. »Schau genau hin.«

John war leichenblaß. Aus einer Platzwunde im Gesicht lief Blut. Seine Züge waren schmerzverzerrt.

Als Richie sich wegdrehen wollte, verstärkte Brian seinen Griff. »Schau hin, gottverdammt noch mal!« stieß er leise hervor. Seine Augen allerdings hatten Emily gesucht und gefunden. Sie war natürlich bestürzt über Johns Zustand, doch es lag eine Zuversicht in dem Blick, den sie ihm zuwarf, der seine Nerven beruhigte.

Er wartete, bis sie hinter der Bahre in den Rettungswagen geklettert war, dann schob er Richie unsanft zu seinem Jeep und stieß ihn hinein.

»Ich kann nichts dafür, daß er an den Baum geknallt ist«, protestierte der Junge, als sie unterwegs waren.

Brian hielt das Lenkrad mit beiden Händen fest. »Du wußtest, daß er hinter dir her war, du wußtest, daß du anhalten solltest, du hast ihm eine Hetzjagd aufgezwungen. Wenn du das nicht getan hättest, wäre er nicht an dem Baum gelandet.«

»Er kam auf einer Eisplatte ins Schleudern. Es war nicht meine Schuld.«

»Was hast du mit dem kleinen Mädchen gemacht?«

»Gar nichts. Sie langweilte sich, und da sind wir spazierengefahren.«

»Obwohl ihre Mutter um eins nach Hause kommen wollte?«

»Das hatte ich vergessen. Und außerdem«, setzte er – verdrießlich und weise klingend – hinzu, »kommen sie nie heim, wie sie es ankündigen. Der Brunch dauert Stunden. Er ist das Wichtigste in ihrem Leben.«

»Und bei dir ist das die Schule. Warum warst du nicht dort?«

»Weil ich babysitten mußte.«

»Du mußtest überhaupt nicht – du brauchst das Geld doch nicht.«

»Ich habe ihr einen Gefallen getan. Ich habe meiner Mutter einen Gefallen getan. Außerdem bin ich in der letzten Klasse – da spielt die Schule keine Rolle mehr.«

»Wenn du aufs College willst, tut sie das sehr wohl.«

Richie stieß einen verächtlichen Laut aus.

»Aha«, interpretierte Brian, »aufs College zu kommen ist kein Problem – nicht mit einem Daddy, der die richtigen Rädchen schmiert. Du hast Mrs. Hammelman also einen Gefallen getan. Wie kommt sie dann auf die Idee, du hättest ihre Tochter entführt?«

»Entführt?« echote Richie entsetzt. »Ich habe das Kind nicht entführt. Hat sie das gesagt?«

»Ja – und ich will wissen, warum.«

Die Miene des Jungen wurde säuerlich. »Fragen Sie sie.«

»Ich frage dich. Du bist der Sohn ihrer besten Freundin. Sie sollte dir eigentlich vertrauen und dich nicht sofort verdächtigen.«

»Sie mag meinen Vater nicht.«

»Warum nicht?«

»Dreimal dürfen Sie raten – die ersten beiden Male zählen nicht.«

»Warum nicht?« Als Richie nicht antwortete, sagte Brian: »Ich bin neu in der Stadt – tu so, als wisse ich gar nichts.«

»Sie mag meinen Vater nicht«, betonte der Junge jedes Wort, »weil sie ihn nicht antörnt.«

»Was hat das damit zu tun, daß sie dir mißtraut?«

»Kommen Sie, Mann – ich bin der Sohn dieses Typen. Setzen Sie Ihre Phantasie ein.«

»Ich bin ein nüchterner Cop – ich habe keine Phantasie. Erklär mir, was die Tatsache, daß du Nestors Sohn bist, damit zu tun hat, daß sie dir mißtraut?«

»Scheiße.« Er schaute weg.

»Spuck's aus, Richie.«

»Sie denkt, ich bin wie er. Zufrieden?«
Brian fragte sich, ob es wirklich so war, ob seine Aggressivität auf durch sexuelle Verwirrung ausgelöster Angst beruhte. Doch er wollte nicht auf dieses Thema eingehen – nicht, ehe er den Jungen besser kennen würde. »Wenn Mrs. Hammelman das denkt – warum hat sie dann ihr Kind mit dir allein gelassen?«
»Wahrscheinlich meinte sie, einem Mädchen würde ich nichts tun. Wo fahren wir hin? Das ist nicht der Weg in die Stadt.«
»Ich habe Lust, ein Stück spazierenzufahren.« Brian ließ eine Hand vom Lenkrad auf sein Bein fallen. »Ein bißchen zu entspannen, weißt du.«
»Sie bringen mich besser zurück – sie werden sich fragen, wo ich bin.«
Brian deutete auf das Funkgerät. »Sie wissen, wo du bist. Sie können uns erreichen, wenn sie wollen. Auf diese Weise können wir uns unterhalten – auf dem Revier wird das nicht gehen.«
»Da müssen wir es auch nicht«, grollte er. »Ich bin in fünf Minuten wieder draußen.«
»Nicht, wenn ich es verhindern kann. Kidnapping ist eine schwere Anschuldigung.«
»Ich habe Sara nicht gekidnappt.«
»Dann bleibt immer noch ›gefährdendes Fahrverhalten‹ oder ›Flucht, um sich der Festnahme zu entziehen‹. Mein Chef, der wahrscheinlich gerade auf dem Weg ins Krankenhaus ist, hat vielleicht lebensgefährliche Verletzungen, und dann haben wir noch den Vandalismus – nichts Ernstes, aber immerhin ärgerlich –, und ich würde das Kidnapping nicht so schnell zu den Akten legen. Mrs. Hammelman war besorgt genug, um die Polizei zu alarmieren, und deine Mutter hat es zugelassen.«
»Meine Mutter hatte Angst. Sie wußte, daß mein Vater einen Aufstand machen würde, wenn sie ohne mich nach Hause käme. Er will immer wissen, wo ich bin.«

»Ist er streng in dieser Hinsicht?« Richie schnaubte zustimmend.

»Ich denke«, meinte Brian, »das ist nur ein geringer Preis für ein so einfaches Leben. Du gehst nur zur Schule, wenn es dir in den Kram paßt, du klaust im Drugstore, spielst mit dem Lotus deines Vaters rum, besprühst Autos mit Farbe, schmeißt Eier, verschwindest mit einer Dreijährigen und machst eine halsbrecherische Fahrt mit ihr, und du wirst nie bestraft.«

»Dafür, daß Sie neu hier sind, wissen Sie eine ganze Menge«, murmelte Richie.

»Du brichst Gesetze, aber du verläßt dich darauf, daß du aufgrund deines Namens ungeschoren bleibst.«

Richie wandte sich ihm zu. »Dann bestrafen Sie mich doch. Sperren Sie mich ein. Tun Sie's schon, verdammt noch mal!«

»Nein. Ich denke, ich werde dich nach Hause bringen.«

»Nehmen Sie mich fest! Sperren Sie mich ein! Sie haben es doch selbst gesagt – Sie sind neu in der Stadt. Sie schulden meinem Vater nichts. Machen Sie schon – nehmen Sie mich fest. Schaffen Sie mich weg hier!«

Brian lenkte den Jeep an den Straßenrand und hielt an. Es war eine ruhige Straße, romantisch mit der untergehenden Sonne, deren rote Strahlen den Schnee in Brand setzten. Falls es hier Häuser gab, lagen sie hinter Bäumen verborgen. Kein anderes Auto war in Sicht.

Eine Hand locker auf dem Lenkrad liegen lassend, drehte er sich langsam Richie zu. »Das klang wie eine Bitte.«

Richie starrte durch die Windschutzscheibe.

»Willst du darüber reden?«

»Worüber?«

»Wie es ist, zu Hause zu leben. Warum deine Mutter ständig ausgeht. Warum dein großer Bruder nie heimkommt.«

Richie sank in sich zusammen.

In sanfterem Ton sagte Brian: »Du brauchst dich ja nicht gegen ihn zu stellen, weißt du – ich kann verstehen, daß das schwierig für dich wäre.«

»Nein, das können Sie nicht!« fuhr Richie ihn an, doch er hatte Tränen in den Augen.

»Sie wissen nicht, wie das ist, einen Vater zu haben, der solche … solche … Dinge tut.«

Er schaute wieder nach vorne.

»Mit dir?« fragte Brian leise.

Richie leugnete es nicht.

Brian wurde übel. »Ich wette, das geht schon, seit dein Bruder weg ist.«

»Er wußte, daß es so sein würde, aber er ging trotzdem. Er scherte sich nicht um mich – er dachte nur an sich.«

»Weiß deine Mutter Bescheid?«

Richie zögerte. Dann, als könne er seine Verbitterung nicht mehr zurückhalten, sprudelte er heraus: »Sie muß es wissen, aber sie tut so, als wüßte sie es nicht. Sie hat eine gute Partie gemacht, und die gibt sie mir zuliebe nicht auf.« Er schaute Brian eindringlich an. »Ich bin nicht wie er. Ich hasse es.«

»Und was willst du tun? Aufs College gehen und nie wiederkommen wie dein Bruder?«

»Ich wünschte, ich könnte es«, rief er mit einem hysterischen Unterton, »aber er will mich hierbehalten. Er sagt, er schickt mich in Grannick aufs College.«

»Und dir wäre das Gefängnis lieber.« Das erklärte seine Versuche, eine Verhaftung zu provozieren oder zumindest die Aufmerksamkeit der Polizei zu erregen.

»Mir wäre alles lieber.«

Brian wußte jetzt genug, um den Jungen nicht anzufassen, aber er hätte es gerne getan, um ihm zu zeigen, daß er seine Seelenqual verstand, und ihm ein bißchen Zuversicht zu vermitteln und das Gefühl, daß er ihn akzeptierte. Der Junge rief um Hilfe, laut und deutlich. Zugegeben – seine Stimme war ein wenig mißtönend.

»Im Gefängnis würde es dir nicht gefallen, Richie – das wäre noch schlimmer als dein Vater. Aber das müssen nicht deine beiden einzigen Möglichkeiten sein. Ich kann dir noch andere nennen.«

»Nein, das können Sie nicht. Mein Vater hat alle in Grannick in der Tasche. Er tut, was er will, und kommt ungestraft davon.«

»Bei Kindsmißbrauch wird er nicht ungestraft davonkommen.«

»Sie verstehen nicht – man wird ihn deswegen niemals vor Gericht stellen. Ich werde ihn ganz sicher nicht anzeigen – er würde mich umbringen, wenn ich es täte.«

»Es gibt andere Methoden, das zu klären. In aller Stille. Unter der Hand.«

Aber Richie schüttelte den Kopf. »Er würde mich umbringen.«

»Er würde nie erfahren, daß du etwas gesagt hast.«

»Na klar.«

Brian streckte die Arme aus. »Siehst du irgendwo ein Kabel? Ich zeichne nichts auf. Das ist einer der Gründe für diese Spazierfahrt: Was hier gesprochen wird, bleibt unter uns. Wenn etwas davon bekannt wird, dann, weil du es bekanntmachst. Du hast das Sagen.«

Der Junge schaute immer noch zweifelnd drein, doch sein Blick enthielt auch einen Hoffnungsschimmer, der Sekunden vorher noch nicht dagewesen war.

Brian schmiedete das Eisen. »Schau, Richie – die Vorlieben deines Vaters sind kein Geheimnis in der Stadt. Die Polizei weiß seit vielen Jahren darüber Bescheid. Wenn wir mit ihm als einem Elternteil über unsere Besorgnis sprechen würden, die deine Klauerei, dein Vandalismus und diese Höllenfahrt heute uns bereiten – ohne mit einem Wort zu erwähnen, was er dir zu Hause antut –, wenn wir empfehlen würden, daß er dich für eine Weile zu deinem Bruder oder einem anderen

Verwandten irgendwo hinschickt, würde er bestimmt darauf eingehen.«
Richie schüttelte mit finsterer Miene den Kopf. »Er will mich hier haben.«
»Aber er will keinen Skandal dabei.«
»Es wird keinen geben – sein Geld macht die Leute mundtot.«
»Ja – und genau das will er. Er will, daß die Leute über seine Vorlieben Stillschweigen bewahren. Seine Wohltätigkeit besteht in Schweigegeld. Denk nach, Richie. Sicher ist Grannick an dem Geld interessiert – aber dein Vater ist genauso an der Wahrung seiner Intimsphäre interessiert. Er läßt viel dafür springen, was dir zeigen müßte, wie wichtig sie ihm ist. Er kann uns mit Maßnahmen drohen, falls wir dich wegschicken, aber wir können ihm mit Maßnahmen drohen, falls er es nicht tut.«
Richie schwieg. Er starrte aus dem Fenster. Er kaute an seiner Wange herum. Er schaute Brian an. »Würde das funktionieren?«
»Ich würde Geld darauf setzen. Er ist nicht unverwundbar. Nur wenige Männer in seiner Situation sind das.«
»Und wenn er mich verfolgt, wenn ich weggehe?«
»Hat er deinen Bruder verfolgt?«
»Nein.«
»Er ist kein Dummkopf. Er hat eine erfolgreiche Firma zu führen und einen guten Ruf aufrechtzuerhalten. Glaube mir – er würde nicht riskieren aufzufliegen. Schwul zu sein ist eine Sache – ein Kinderschänder zu sein ist eine völlig andere.«
Richie starrte wieder durch die Windschutzscheibe, war wieder den Tränen nahe. »Ich wollte nicht, daß Chief Davies etwas passiert.«
»Ich weiß.«
»Ich habe sofort angehalten, als ich ihn umkippen sah. Kommt er wieder in Ordnung?«
»Ich weiß es nicht. Wollen wir ins Krankenhaus fahren und nachsehen?«

Es folgte eine Pause, ein schneller, prüfender Blick, ob Brian es ernst meinte, und dann ein bereitwilliges Ja.

Kay hatte die Hälfte ihrer letzten Unterrichtsstunde des Tages hinter sich, als der Direktor erschien und sie zum Telefon schickte. Es war Emily, die sagte, John habe einen Unfall gehabt und sei verletzt, was ihr völlig absurd erschien. Er war der gesündeste, widerstandsfähigste Mann, den sie kannte – und der sicherste Fahrer.

»Eine Operation?« echote sie.

»Es besteht die Möglichkeit innerer Blutungen und schwerer Verletzungen seiner Beine.«

Kay konnte es sich nicht vorstellen. »Was für Verletzungen?«

»Knochenbrüche – was immer ... Ich weiß keine Einzelheiten, Kay. Dir als seiner Frau werden sie die Auskünfte aber natürlich geben.«

»John? Aber wie ist es passiert?«

»Er war auf einer Verfolgungsjagd. Sein Wagen knallte an einen Baum.«

Kay zuckte zusammen, doch das Bild, das vor ihrem geistigen Auge erstand, entstammte Hollywood, nicht dem richtigen Leben. »Er hat noch nie einen Unfall gehabt. Wie kommt es, daß du im Krankenhaus bist?«

»Ich saß bei Brian im Auto, als die Meldung über Funk durchkam. Wir trafen unmittelbar vor der Ambulanz am Schauplatz ein.«

»Sie haben ihn mit einem Krankenwagen abtransportiert?« Es war natürlich einleuchtend, daß ein Rettungswagen angefordert wurde, wenn er so schwer verletzt war, daß eine Operation notwendig war, aber sie konnte sich John einfach nicht auf einer Bahre vorstellen – geschweige denn auf einem Operationstisch.

»Soll ich dich abholen, Kay?«

Endlich drang Emilys drängender Tonfall zu ihr durch. »Nein.

Ich fahre selbst. Ich breche sofort auf.« Und das tat sie, und die ganze Zeit dachte sie, daß Verletzungen im Dienst immer nur Cops in anderen Städten, größeren Städten erlitten. Schon oft war John mit Polizeieinheiten irgendwo in diesem Staat hinter einem Sarg hergegangen, doch die Cops, die starben, waren nie aus Grannick. Grannick war ein verschlafenes Städtchen. Grannick war ein friedliches Städtchen. Verfolgungsjagden wurden hier normalerweise nur von Machos im Adrenalinrausch auf verlassenen Landstraßen veranstaltet.

Sie war noch immer skeptisch, als sie vor der Klinik anhielt, doch die Atmosphäre dieses Ortes ließ sich nicht ignorieren. Dennoch mußte sie erst die Besorgnis – die echte Besorgnis – auf Emilys Gesicht sehen, um zu begreifen, daß das, was sie gehört hatte, real war.

Emily führte sie ins Wartezimmer. »Sie haben versprochen, gleich nach der Operation Bescheid zu sagen, wie es aussieht.«

Kay ließ sich auf ein rosafarbenes Vinylsofa sinken. Als wolle er bestätigen, was Kay über kleine, verschlafene Städtchen gedacht hatte, hatten sie und Emily den Raum für sich allein.

»Sag mir die Wahrheit, Emily – geht es um Leben und Tod?«

»Nein, nein. Jedenfalls nicht, wenn er die Narkose gut verträgt.«

»Warum dann diese überstürzte Operation? Wurde er angeschossen?«

»Es waren keine Waffen im Spiel.«

»Ist er in den anderen Wagen reingefahren?«

»Nein. Am Straßenrand lag gefrorener Schnee von gestern, und John kam in einer Kurve ins Schleudern und schlitterte dann hochkant gegen den Baum.«

Kay schauderte. »War er im Krankenwagen bei Bewußtsein?«

»Ja. Er sprach mit mir.«

»Was hat er gesagt?«

Emily lächelte liebevoll-spöttisch. »Die meiste Zeit fluchte er. Er konnte es nicht fassen, daß er den Streifenwagen zuschanden gefahren hatte.«

Das war das erste, was Kay hörte, das in diesem Zusammenhang zu ihrem Mann paßte, und das machte die Situation wenigstens ein bißchen realer. »Wie schlimm sind seine Beine verletzt?«

»Beide sind mehrfach gebrochen.«

»Beide? Mein Gott – wie soll er denn da laufen?«

»Für eine Weile gar nicht.«

»Aber wie will er dann zurechtkommen?«

»Für eine Weile gar nicht – zumindest nicht allein.«

»Das geht nicht in meinen Kopf.« Absolut nicht. »Wie lange wird die Operation dauern?«

»Das haben sie nicht gesagt.«

Sie versuchte, die Bedeutung dieser Tatsache zu entschlüsseln, und als ihr das nicht gelang, versuchte sie, ihre Gedanken zu ordnen. »Vielleicht sollte ich Marilee anrufen. Nein – das ist eine dumme Idee. Sie würde sich nur sorgen. Ich werde damit warten, bis ich mehr weiß. Bis er aufgewacht ist. Bis ich mit dem Arzt gesprochen habe.« Sie war voller Angst. John war noch niemals in irgendeiner Weise behindert gewesen. »Es kommt mir vor, als spräche ich über einen Fremden.«

Emily nahm ihre Hand. »Er wird wieder gesund.«

»Ich weiß. Es ist nur ...«, sie suchte die richtigen Worte, »... John ist so ... perfekt ... körperlich. Alles funktioniert optimal. Er hat keine Allergien, keinen hohen Blutdruck. Er ist nie krank.« Sie fühlte sich zittrig. »Ich bin nicht auf so etwas vorbereitet.«

»Ich werde helfen, so gut ich kann – das weißt du. John ist wie ein Bruder für mich.«

Aber er war Kays Mann, und er würde sie brauchen. Ob sie darauf vorbereitet war oder nicht – sie müßte für ihn dasein.

Es war schon kurz vor sieben, als er in sein Krankenzimmer gefahren wurde. Kay war bereits dort.

Sie hatte Emily versichert, daß sie allein zurechtkäme, daß sie für einen Tag genug für die Davies getan habe, und sie heimgeschickt. Der wahre Grund dafür war jedoch, daß sie, so sehr sie Emily auch liebte und die Anteilnahme von Johns Kollegen schätzte, die sich in einem nicht abreißenden Strom einfanden, mit ihren Gedanken allein sein wollte – sich damit abfinden, daß John verletzt war, sich darüber freuen, daß er wieder gesund würde, den sauren Nachgeschmack bewältigen, den der unverhoffte Hinweis auf die Sterblichkeit hinterlassen hatte.

Außerdem wollte sie es sein, den John als ersten Menschen sah, wenn er aufwachte.

Und so wartete sie mit pochendem Herzen und starrte mit angstvoll aufgerissenen Augen auf die Infusionsflaschen am Galgen, die Schläuche und Gipsverbände, während die Pfleger ihren Mann nach ihren Vorstellungen zurechtrückten. Dann trat sie ans Bett. Seine Augen waren geschlossen, eines davon, über dem sich eine Naht befand, geschwollen. Die grauen Haare waren zerzaust, das Gesicht aschfahl, die Lippen blaß und trocken.

Sie streichelte mit dem Handrücken behutsam seinen Arm. Er regte sich. Ein Lid hob sich langsam, das Auge glitt orientierungslos hin und her. Sie brachte sich in sein Gesichtsfeld. »Hallo«, sagte sie leise.

Seine Stimme war heiser. »Kay?«

»Mmm. Wie fühlst du dich?«

»Gräßlich.«

»So siehst du auch aus«, meinte sie, denn Humor schien ihr in diesem Moment die beste Taktik zu sein. »Du hast ein schönes Veilchen.«

»Ja?« Er schloß das Auge wieder.

Kay musterte seine Beine. Sie hingen in Schlaufen und sahen

aus, als würden sie eine Tonne wiegen. Der Arzt hatte erklärt, daß die Hochlagerung nur eine vorübergehende Maßnahme sei, John jedoch eine Weile ans Bett gefesselt bliebe. Mit einem gebrochenen Bein sei man wenigstens eingeschränkt beweglich, zwei gebrochene Beine komplizierten die Sache.

»Kay?«

»Ich bin hier.« Sie beugte sich über ihn.

»Was ist mit dem Jungen passiert?«

Sie lächelte. Auf einmal war sie beruhigt: Sie hätte sich denken können, daß er mit seinen Gedanken bei dem Unfall war und die Ereignisse rekapitulierte – das war erfreulich normal. »Er ist okay. Es tut ihm schrecklich leid, daß du verletzt bist. Brian ist vorhin mit ihm vorbeigekommen.«

»Wir müssen ihn aus diesem Haus rauskriegen.«

»Brian arbeitet schon daran.«

Er versuchte den Kopf zu heben und seine Beine zu begutachten, doch mit nur einem gesunden Auge und einem Hals wie Gummi schaffte er es nicht. Kay umfaßte seinen Kopf, als er zu wackeln begann, und drückte ihn behutsam auf das Kissen zurück. »Du brauchst Ruhe. Lieg still.«

»Was ist mit meinen Beinen?«

»Die sind außer Gefecht.«

»Für wie lange?«

»Je nachdem, wie schnell die Brüche heilen, zwei oder drei Monate.«

Er stöhnte.

»Hast du Schmerzen?«

»Mmm.« Keine zufriedenstellende Antwort. »Mein Mund ist trocken.«

Sie griff hastig nach einem Glas Wasser und hielt es ihm, während er durch den Strohhalm trank. Dann schüttelte sie die Kissen zurecht, damit sie seinen Nacken besser stützten. »Kann ich etwas für dich tun? Dir etwas holen?«

Seine Augen waren geschlossen, seine Lippen bewegten sich kaum. »Bleib nur ein bißchen bei mir.«
Sie setzte sich auf die Bettkante. »Ich habe Marilee angerufen. Sie wollte sofort herfliegen, aber ich sagte ihr, sie solle erst mal mit dir telefonieren. Sie läßt dir ausrichten, daß sie dich liebt.« Ein Kloß bildete sich in ihrer Kehle. Sie griff zu ihrem Hals, doch ihre Hand fiel sehr schnell auf seinen Arm. »Das tue ich auch«, flüsterte sie. »Hörst du mich, John? Ich mag es nicht, wenn dir solche Dinge passieren.« Testend berührte sie seine Hand. Er schlief. Vorsichtig, verstohlen, verflocht sie ihre Finger mit den seinen.

Zweiundzwanzigstes Kapitel

Auf einer Ernsthaftigkeitsskala von eins bis zehn war Johns Unfall nur eine Vier gewesen, doch er traf Emily tief. Er veranlaßte sie, darüber nachzudenken, wie zerbrechlich das Leben war und wie dem Zufall unterworfen. Einen halben Meter weiter links, und John hätte das Eis am Straßenrand unbeschadet passiert. Einen halben Meter weiter rechts, und er wäre an dem Baum vorbeigeschlittert, in die Schlucht gestürzt und tot.

Zwei Schritte hin oder her, und Gayle Stasek wäre gesund von ihrer Joggingtour nach Hause gekommen.

Drei Minuten hin oder her, und Jill hätte Doug niemals auf den Stufen vor dem Stadthaus in Boston gesehen.

Vier Minuten hin oder her, und wer immer Daniel damals aus dem Auto nahm, hätte ihn dort nie zu Gesicht bekommen.

»Beängstigend«, flüsterte sie gedankenverloren, während sie in die Flammen starrte, die an den Holzscheiten im Kamin leckten.

»Was?« fragte Brian.

Sie saß an ihn gelehnt, die Ellbogen auf seine abgewinkelten Knie gestützt. »Hmmmm?«

»Was ist beängstigend?«

»Die Plötzlichkeit, mit der Dinge geschehen. Die Endgültigkeit von Geschehnissen. Was wäre gewesen, wenn ich an dem Tag damals nicht zur Post gefahren wäre? Oder früher oder später? Daniels Entführung war eine spontane Handlung, da bin ich ganz sicher – von irgendeinem geistig Verwirrten, der zufällig vorbeikam. Wenn ich nicht ausgerechnet zu diesem Zeitpunkt den Wagen verlassen hätte, wäre mein Leben völlig anders verlaufen. Dasselbe gilt für Gayle: Wenn sie an dem Tag damals nicht gelaufen wäre, oder früher oder später, wärst du jetzt noch mit ihr in New York.«

Sie schaute wieder ins Feuer. »Vermißt du New York?«

»Nur, wenn ich mit meinen alten Kumpels telefoniere. Aus der Entfernung klingen ihre Geschichten alle aufregend und von Erfolg gekrönt. Aber wenn ich den Hörer auflege, erinnere ich mich an die endlosen Arbeitstage und die Gefahr und die Fälle, die ungelöst blieben. Diesen Teil vermisse ich nicht.«

»Du langweilst dich hier nicht?«

»Nein. Zuerst vermißte ich die Action. Die Kameradschaft. Den Kontakt zu Menschen. Aber jetzt kenne ich hier auch Leute. Sie akzeptieren mich. Also habe ich wieder Kontakt. Und Action auch – nur auf einer anderen Ebene.«

»Auf welcher Ebene?«

»Auf persönlicher. In New York war ich zwar mit mehr Fällen befaßt, aber hier sind sie nicht anonym. Man ist beteiligter. Wie bei Leila. Oder Richie. Das gefällt mir. Es ist befriedigend. Warum fragst du?«

Sie fragte, weil sie wollte, daß er dabliebe. Abgesehen von Verfolgungsjagden hatte ein Polizeibeamter in Grannick bessere Chancen, am Leben zu bleiben, als in New York. Der Gedanke, Brian könnte erschossen oder erstochen werden, ließ Emily schaudern.

»Ich hatte darüber nachgedacht, ob du vielleicht unzufrieden bist.«

Er drehte sie zu sich herum, bis sie zwischen seinen Armen und Knien eingebettet war. »Mach ich den Eindruck, als sei ich unzufrieden?«

»Im Augenblick? Nein.« Seine silberblauen Augen hielten sie fest, faszinierten sie. »Aber ich weiß nicht, wie du dich fühlst, wenn du morgens für einen weiteren Tag ins gute alte Grannick Police Department fährst.«

»Nicht unzufrieden«, versicherte er ihr mit einem Zwinkern. »Müde an manchen Tagen. Entspannt. Neugierig auf das, was mich erwartet – aber gewissermaßen auf eine bequem zurückgelehnte Art. Die Arbeit in der Großstadt ist stressig, sie frißt einen auf. Ich habe früher nie verstanden, warum so viele Cops Eheprobleme hatten. Na ja – ich kannte den Grund, aber ich konnte ihn nie nachvollziehen, bis ich wegging. Wie kann man in einer Ehe aufgehen, wenn man zehn, zwölf Stunden täglich beruflich unter Strom steht? Wie kann man ein engagierter Vater sein?«
Er schaute auf Julia hinunter, die neben ihnen auf einer Decke schlief. Emily beobachtete, wie er sie betrachtete, beobachtete das Spiel der Gefühle auf seinem vom Feuer vergoldeten Gesicht, den Beschützerausdruck, die Liebe.
»Es war richtig, dort wegzugehen«, sagte er. »Julia tut es auch gut, hier zu sein. Sie schreit nicht mehr wie früher, wenn sie ein lautes Geräusch hört oder jemand ruft oder – Gott bewahre – eine Sirene heult. Sie schläft nachts durch und freut sich, mich zu sehen, wenn sie aufwacht. Sie wächst. Sie spricht. Oh, unverständlich – aber ich weiß, was sie sagt.«
Emily liebte seine Stimme, und es gefiel ihr, was er sagte. Sie fühlte sich wohlig eingehüllt vom stetigen Strom seiner Worte.
»Meine Mutter ist enttäuscht, daß wir sie zu Thanksgiving nicht besuchen, aber ich habe ihr erklärt, daß ich Julia nicht so bald aus ihrer neuen Umgebung herausreißen will. Sie braucht noch eine Weile Beständigkeit. Wann kommt Jill?«
»Am Mittwoch nachmittag. Laut Wetterbericht wird es dann schneien.«
»Zu Thanksgiving? Mann! Das ist toll!«
»Nicht, wenn ich Jill dann nicht mit dem Wagen abholen kann.«
»Dann bleibt noch immer der Bus.«
»Ich weiß – aber ich wollte gerne hinfahren. Sie ist ganz durcheinander wegen Doug.«
»Noch zornig?«

»Und traurig. Sie ist innerlich zerrissen. Sie möchte ihn hassen, aber sie kann es nicht. Sie kämpft mit ihren Loyalitäten. Ich sage ihr immer wieder, daß sie nicht wählen muß, daß sie uns beide behält, aber die Situation ist noch zu neu für sie.«

Er legte die Kuppe seines Daumens auf ihre Unterlippe. »Sie wird sich schon wieder einkriegen. Sie hat dich. Du hast einen klaren Kopf.«

»Den muß ich haben. Ich will das Beste für sie. Ich will nicht, daß sie leidet.«

»Ist sie nervös wegen des Feiertags?«

»Ein bißchen. Wie steht es mit dir? Es ist dein erster ohne Gayle.«

»Ich denke oft an sie. Ich wünschte, sie könnte Julia sehen. Graut mir vor Thanksgiving? Nein. Wir fuhren immer zu einer förmlichen Einladung zu Gayles Eltern nach Westchester. Die Tage zogen sich endlos hin, und ich war jedesmal drauf und dran, mittendrin aufzustehen und einfach zu gehen. Wie haben du und Doug den Tag verbracht?«

»Hier. Mit Freunden. Dieses Jahr ist das erste in zweiundzwanzig, daß ich keinen Truthahn braten werde.«

»Wird dir das fehlen?«

Langsam, betont, schüttelte sie den Kopf. »Ich könnte dieses Jahr nicht das gleiche machen wie immer – nicht nach allem, was geschehen ist. Ich brauche etwas ganz anderes, damit ich keine Vergleiche anstelle.« Sie lächelte in Gedanken an das, was in Vorbereitung war. Alle würden über die Davies hereinbrechen – Brian und Julia, Emily und Jill, Celeste und Dawn und Celestes neues Herzblatt, einige von Kays Kollegen, einige von Johns – und Essen mitbringen. Ja – das würde wirklich anders. »Ich kann dir garantieren, daß dir dieses Jahr nichts Förmliches bevorsteht.«

»Das ist gut – ich bin kein Mensch für Förmlichkeiten. Dieser Aspekt von New York paßte mir gar nicht.«

»Sag mir nicht, daß du ein eifriger Opernbesucher warst.«
»A-a – da hab ich gestreikt. Aber ich ging ins Theater. In Konzerte. Auf feine Partys, die Gayles Firma gab.«
»Ich kann mir dich nicht im Smoking vorstellen.« Das Eleganteste, worin sie ihn bisher gesehen hatte, waren Hemd, Krawatte und Jeans. Zu Hause trug er für gewöhnlich Jogginghosen. Nachts trug er nichts.
»Ich sehe sensationell aus im Smoking.«
»Das bezweifle ich nicht – aber bestimmt auch irgendwie eingezwängt.«
»Ja, das auch. Sogar sehr. Darum habe ich den Smoking weggegeben, bevor ich umzog. Es war ein symbolischer Akt: Ich ließ das alte Leben hinter mir.«
Emily fragte sich, ob er es irgendwann vermissen würde, ob er Grannick eines Tages satt bekommen und weg wollen würde. Das könnte ein Problem schaffen, wenn sie dann noch zusammen wären. Sie konnte hier nicht weg. Sie konnte es nicht.
Sie setzte sich in seiner Umarmung so zurecht, daß sie die Wange an seine Brust legen konnte, und ihr Ohr zählte seine Herzschläge. Es hatte etwas Beruhigendes, so an Brian zu lehnen, seinen Duft einzuatmen, der ihre strapazierten Nerven wie Watte einhüllte, seinen Körper zu spüren, der wie ein Fels in der Brandung auf sie wirkte. Es war tröstlich, nicht allein zu sein, und die Tatsache, daß Julia nur Zentimeter entfernt lag, verstärkte dieses Gefühl noch. Emily hatte Augenblicke wie diesen eine Zeitlang mit Doug und Daniel erlebt. Sie hatte gehofft, daß es sich wiederholen würde, nachdem Jill geboren war, doch das war nie geschehen.
»Ich liebe dich«, flüsterte er.
Sie kuschelte sich noch enger an ihn.
»Ich möchte dich heiraten.«
»Schhhh. Darüber kann ich jetzt nicht nachdenken.«
»Warum nicht?«

»Es ist noch zu früh. Ich will jetzt einfach nur genießen.« Sie vergrub ihr Gesicht an seiner Brust. »Ich will nicht planen«, sagte sie, nur undeutlich zu verstehen, in sein Sweatshirt hinein. »Ich will einfach nur leben.«

Sie spürte eine große, schützende Hand auf ihrem Rücken aufwärts- und unter ihre Haare gleiten.

»Okay«, sagte er schließlich. »Ich werde dich noch ein Weilchen leben lassen. Aber darf ich die Worte sagen, wenn es mich überkommt?«

Sie lächelte. »Du darfst die Worte sagen.«

»Gut.«

Noch immer lächelnd wartete sie, jede Sekunde damit rechnend, daß er sie wieder sagen würde. Als er es nicht tat, stieß sie einen langsamen, leisen, wohligen Seufzer aus. Sie brauchte die Worte nicht zu hören – sie spürte seine Liebe. Das war mehr, als sie seit langem gehabt hatte. Es war mehr als genug für den Moment.

An diesem Abend rief Doug bei Emily an. Sie hatte gerade einen Schokoladenkuchen in den Ofen geschoben. »Wie geht es dir?« fragte er so freundlich wie seit Jahren nicht.

Sie war sofort auf der Hut. »Nicht schlecht.«

»Wie sind deine Pläne für Thanksgiving?« Sie berichtete ihm von der Gruppe, die sich bei den Davies einfinden würde. »Da John nicht weg kann, ist das das Nächstliegende.«

»Geht Brian auch mit?«

»Ja«, sagte sie unbefangen.

»Ist das was Ernstes mit euch beiden?«

»Kay hat darauf bestanden, weil er neu in der Stadt ist und sonst mit Julia allein wäre.«

»Du hast meine Frage nicht beantwortet.«

»Nein – habe ich nicht.« Sie hatte nicht die Absicht, seine Frage zu beantworten. »Und?«

»Was hast du denn für den Feiertag vorgesehen?«

Er ließ nicht locker. »Ist es ernst zwischen dir und Brian?«

»Das geht dich nichts an.«

»Weiß Jill, daß du was mit ihm hast?«

»Jill mag ihn. Es beruhigt sie, daß ich nicht allein bin.«

»Das täte es vielleicht nicht, wenn sie wüßte, daß du mit ihm schläfst.«

Emily atmete mit einem ungeduldigen Zischen aus. »Ich bitte dich, Doug – du schlägst ein totes Pferd.«

»Das sehe ich anders. Was du tust, wirkt sich auf sie aus. Ich bin besorgt um sie.«

»O mein Gott!« explodierte sie. »Du bist unglaublich! Du sorgst dich, daß ihr etwas schaden könnte, was ich tu!? Nichts könnte auch nur halb so schmerzlich sein wie das, was du in den letzten fünf Jahren getan hast.«

»Acht Jahren.«

»Entschuldige – acht Jahren.« Acht Jahre! Diese Eröffnung traf sie wie ein Schlag in die Magengrube. »In all dieser Zeit hast du dir keine Gedanken darüber gemacht, was ich tat, oder?«

»Ich gab dir die Schuld für Daniels Verschwinden«, sagte er, als sei das eine Entschuldigung.

»Du hattest nicht die Courage, Doug. Du hast acht Jahre lang ein Doppelleben geführt, du wußtest, daß wir keine gemeinsame Chance mehr hatten, aber du hattest nicht die Courage, die Trennung selbst zu vollziehen.«

»Ich mußte immer an Daniel denken«, argumentierte er erneut, jedoch ohne den üblichen Vorwurf in der Stimme.

»Du haßtest mich wegen Daniel, aber du konntest dich wegen Daniel nicht von mir scheiden lassen.«

»So ungefähr.« Es folgte eine Pause und dann ein zögerndes »Glaubst du, daß er irgendwo lebt?«.

O Gott. »Nein.«

»Warum nicht?«

»Wenn es so wäre, hätte er sich mit uns in Verbindung gesetzt. Er wäre jetzt einundzwanzig.«
»Und wenn die Leute, die ihn aufzogen, sich ihm gegenüber als seine leiblichen Eltern ausgegeben haben? Dann käme er doch gar nicht auf die Idee, sich mit uns in Verbindung zu setzen.«
Auch Emily hatte diese Möglichkeit in Betracht gezogen.
»Ich glaube, er hätte trotzdem irgendwie die Wahrheit erfahren.«
»Und wenn wir ihn zurückbekommen hätten?«
»Wann?«
»Irgendwann. Sagen wir, nach vier, fünf Jahren.«
Sie war nicht sicher, worauf er hinauswollte. »Und?«
»Wäre alles wieder so geworden, wie es war?«
»Zwischen uns?«
»Ja.«
»Das weiß ich nicht. Es wäre darauf angekommen, wie es ihm in diesen vier, fünf Jahren ergangen wäre. Wenn er negative Erfahrungen gemacht hätte, hättest du mir das auch angelastet.« Eine ganze Weile hörte sie nur Dougs Atmen und gelegentliche Ansätze zum Sprechen. Er schien auf eine Weise mit dem Thema Daniel zu kämpfen, die sie ihm nicht zugetraut hätte, und obwohl das nicht entschuldigte, was er getan hatte oder die Tatsache, daß er ihr weiterhin die Schuld gab, war sie erleichtert, daß er seinen Sohn zumindest nicht vergessen hatte. Seinen ersten Sohn.
»Ich frage mich, ob man ihn heute noch finden könnte«, sagte Doug.
»Nein – es ist zuviel Zeit vergangen.«
»Viele Fälle werden erst später aufgeklärt.«
»Aber keiner wie dieser.«
»Möchtest du nicht wissen, was mit ihm geschehen ist?«
»Doch, natürlich!« rief sie. »Mein Gott – ich war es, die darauf drängte, daß die Sache nicht zu den Akten gelegt wurde. Ich war es, die sich Jahr und Tag damit herumgeschlagen hat, während

du es einfach verdrängt hast. Als sie die Nachforschungen einstellten, weil es keine Ansatzpunkte für Nachforschungen gab – sogar dann habe ich mich noch bemüht, aber meine Bemühungen gingen ins Leere. Ich kann jetzt keine Hoffnung mehr aufbringen, Doug – ich kann es einfach nicht. Er ist tot, Doug. So oder so – für uns ist er tot.«

»Wirst du das in deinem Buch schreiben?«

»Falls ich ein Buch schreibe, wird es darin um meine Gefühle für Daniel gehen – vor der Entführung, während der Untersuchungen und danach. Um die Jahre voller Qual und den verzweifelten Versuch, sie zu beenden. Unsere Scheidung wird mir vielleicht dabei helfen. Das andere, was mir dabei helfen wird, ist die Einsicht, daß ich Daniel nicht zurückbekommen werde.«

»Du bist eine schlechte Mutter, wenn du dich damit abfindest.«

»Aber ich muß überleben!« rief sie. Er tat es schon wieder, machte den Bösewicht aus ihr, obwohl sie es nicht war. »Ich kann mich nicht wieder auf die Suche nach ihm machen. Verlang das nicht von mir!«

»Und wenn ich deinen Busenfreund Brian darum bitte?«

»Nein! Tu das nicht!«

»Warum nicht?«

Weil Brian nichts mit Daniel zu tun hat. Er ist meine Gegenwart und meine Zukunft und ich will ihn nicht in meine Vergangenheit hineinziehen. »Weil er auch nichts finden würde. John hat damals schließlich alles in seiner Macht Stehende getan.«

»John ist nicht besonders intelligent.«

»Das ist er durchaus.«

»Diesen Fall konnte er nicht aufklären.«

»Und das hast du ihm all die Jahre verübelt.« Das hatte sie natürlich gewußt, es daran erkannt, wie Doug sich langsam, aber stetig von John distanzierte. »Er ist ein Cop und kein Zauberer.« Sie atmete ungeduldig aus. »Ich muß jetzt aufhören, Doug – ich habe einen Kuchen für Donnerstag im Ofen.«

»Ihr eßt also bei den Davies. Vielleicht komme ich auf einen Sprung vorbei.«
Das Herz klopfte ihr plötzlich bis zum Hals. »Das ist keine gute Idee.«
»Warum nicht? Jill ist meine Tochter – ich habe das Recht, sie an Thanksgiving zu sehen.«
»Vorher oder nachher – aber nicht dort.« Was für eine schreckliche Vorstellung – sein Auftauchen würde die ganze Stimmung ruinieren!
»Ich möchte mit Brian reden«, bohrte Doug ihre Schwachstelle an.
»Wenn du das tust, dann ohne meine Zustimmung. Aber nur vorher oder nachher«, wiederholte sie. »Nicht dort.«
»Ich will, daß das Rätsel endlich gelöst wird.«
»Vorher oder nachher. Nicht dort. Auf Wiedersehen, Doug.« Vor Unbehagen fröstelnd legte sie den Hörer auf.

Emily wartete ständig darauf, daß Doug auftauchte. Er war geradezu besessen von Brian und von Daniel, an denen er kaum Interesse gezeigt hatte, bis sie hinter sein Doppelleben gekommen war. Doch sie wollte nicht, daß er Brian in irgendeiner Form in die Daniel-Geschichte hineinzog. Sie hatte jahrelang mit falschen Hoffnungen gelebt – sie könnte das nicht wieder tun.
Sie entspannte sich erst gänzlich, als das Thanksgiving-Dinner vorüber war und Jill, Marilee und Dawn Freunde besuchen waren. In der Küche, wo sie die Teller und Pfannen abtrocknete, die Kay spülte, sagte sie: »Ich dachte, er würde hier auftauchen, weil ich ihm gesagt habe, er solle das lassen. Er versucht mich mit aller Gewalt zu nerven.«
»Was weiß er über Brian?«
»Gar nichts. Er vermutet nur.« Mit einem verlegenen Schulterzucken begegnete sie Kays Blick. »Er sieht uns ja nicht zusammen wie ihr.«

»Ein Glück. Brians Augen sprechen Bände – und deine auch. Süße.«
»Ist das ein Wunder? Er ist so ganz anders als Doug. Doug und ich gingen völlig darin auf, jung und verliebt zu sein. Mit Brian erlebe ich alles intensiver.«
»Reifer.«
»Genau«, stimmte Emily zu, doch sie schaute Kay an und dachte daran, daß auch sie sich in diese Richtung verändert hatte. »Und wie läuft es hier?«
Kay errötete. »Es ist interessant. Anders, seit John immer zu Hause ist. Schön. Vielleicht brauchen wir alle von Zeit zu Zeit einen Schock. Deiner war die Entdeckung von Dougs zweiter Familie – meiner war Johns Unfall.«
Die Küchentür schwang auf, und Celeste stürmte herein. »Okay, Mädels – was sagt ihr? Ist er toll, oder ist er nicht toll?«
Emily sagte: »Er sieht ausgesprochen gut aus.«
»Und er hat Charme«, ergänzte Kay.
»Allerdings haben wir ja deine anderen Kandidaten nicht gesehen.«
»Er unterscheidet sich von dem, was ich über eine Anzeige erwartet hätte.«
Celeste wartete. Nach einer Minute Schweigen fragte sie: »Warum höre ich keine ›Aber‹? Sagt mir, was an ihm nicht stimmt – ich kann nichts finden.«
»Ich auch nicht«, sagte Emily – und genau das störte sie; Carter war angenehm – fast zu sehr. Sie wollte das Wort »glatt« nicht aussprechen, doch genau das kam ihr in den Sinn. Er war der perfekte Gast gewesen, hatte Kay Blumen mitgebracht und John ein Buch, hatte mit den Polizeibeamten über die Polizeiarbeit geplaudert und mit den Leuten vom College über das Collegeleben. Er hatte gelächelt und gescherzt und Sympathien gewonnen. Julia hatte er links liegengelassen, doch das hatte Celeste ebenfalls getan. Auch das störte Emily, obwohl sie wußte, daß es

das nicht sollte: Nur weil sie Julia unwiderstehlich fand, mußten das nicht alle anderen auch tun.

»Wo ist er aufgewachsen?« fragte Kay.

»Überall. Er war ein Army-Kind.«

»Und wo leben seine Eltern jetzt?«

»Sie sind tot.«

»Hat er Geschwister?«

Celeste schüttelte den Kopf. »Er ist ganz allein.«

»War er nie verheiratet?«

»Nein. Ich habe euch doch seinen Brief vorgelesen: Seine vielen beruflichen Reisen ließen ihm keine Zeit, eine feste Bindung einzugehen.«

»Solche Aussagen sind dehnbar: Er könnte eine Frau gehabt, sie aber verlassen haben.«

Emily räusperte sich. »Ja – wir wissen, daß so was vorkommt.«

»Er ist nicht wie Doug«, protestierte Celeste. »Seit wir uns kennen, ist er mehr hier in Grannick als anderswo.«

»Und was ist mit seiner Arbeit?« fragte Kay.

»Er hat die Ideen, entwickelt die Konzepte – und die Ausführung seiner Entwürfe überläßt er seinen Assistenten.«

»Arbeitet er, während er hier ist?«

»Natürlich nicht. Großer Gott – er hat sich einen Urlaub verdient. Er hat jahrelang ohne Pause gearbeitet.«

Er sah nicht überarbeitet aus. Er war sonnengebräunt. Er wirkte ausgeruht. Emily hätte ihn als Playboy eingestuft, nicht als Workaholic.

»Kommt schon, Mädels«, bettelte Celeste, »verhagelt mir nicht meine Petersilie. Er behandelt mich wie eine Prinzessin. Er behandelt sogar Dawn wie eine Prinzessin. Gestern früh kam er mit Blumen und Geschenken für uns beide. Ist das zu fassen? Er ist einfach unglaublich.«

Emily hakte bei dem »Gestern früh« ein, das auf ein »Letzte Nacht« und ein »Heute früh« hindeutete. »Wohnt er bei dir?«

»Selbstverständlich.«

»Und Dawn weiß, daß du mit ihm schläfst?« Emily hatte Jill nichts von Brian und sich erzählt. Sie hatte es zwar tun wollen, auf der Fahrt von Boston nach Grannick mehrfach Anlauf genommen, jedoch jedesmal den Mut verloren.

Celestes Situation war anders – sie war bereits seit vielen Jahren geschieden.

»Dawn vergöttert ihn«, berichtete Celeste. »Sie benimmt sich tatsächlich, wenn er dabei ist. Ich glaube, wir hatten noch keinen einzigen Streit. Er übt einen guten Einfluß auf sie aus. Stellt euch vor – heute früh haben die beiden mir Frühstück gemacht. Dawn hat gekocht! Dawn hat mich bedient! Dawn hat mich angelächelt! Ich wußte im ersten Moment gar nicht, daß es ein Lächeln war – sonst erlebe ich sie ja nur verdrießlich.«

»Räumliche Trennung steigert die Zuneigung«, sagte Kay.

Emily freute sich für Celeste – weit mehr im Hinblick auf Dawn als auf Carter. »Solche Augenblicke sind etwas Besonderes. Sie bleiben einem ewig im Gedächtnis. Jill und ich waren gestern nachmittag, nachdem sie heimgekommen war, draußen im Schnee. Es war nicht so viel gefallen, daß wir in der Einfahrt hätten räumen müssen, aber genug, um Spaß zu haben. Wir nahmen Julia mit raus. Sie hatte noch nie im Schnee gespielt. Es war köstlich, sie zu beobachten. Wir bauten Engel und kleine Schneemänner, brauchten fast den ganzen Schnee auf.«

Brian war auch dabeigewesen, und sie hatten sich zu viert königlich amüsiert. Jill war so in Julias Begeisterung einbezogen, daß sie gar nicht dazu kam, nach irgendwelchen Hinweisen auf eine Beziehung zwischen Emily und Brian zu forschen. Genau das entsprach Emilys Vorstellung – ein allmähliches Kennenlernen, aus dem sich ganz natürlich eine Freundschaft entwickeln könnte.

Während sie im Garten spielten, dachte Emily nicht an Doug. Sie dachte auch nicht an Daniel. Ihre Gedanken waren bei Jill,

Brian und Julia und dabei, wieviel die drei ihr bedeuteten. Es waren von Lachen erfüllte, unbeschwerte Augenblicke, in denen die Probleme der Welt Äonen weit entfernt schienen.

Es war schon spät, als Kays letzte Gäste gingen, und noch später, als sie endlich Ordnung geschaffen hatte. Während sie vor sich hin arbeitete, dachte auch sie an besondere Augenblicke. Die letzten paar Tage waren voll davon gewesen.

Zuerst kam Marilee völlig unerwartet nach Hause, um Kay bei der Betreuung von John zu unterstützen, da sie, wie sie sagte, sie nicht ganz allein damit lassen wolle.

Kay brachte es nicht übers Herz, ihr zu sagen, daß sie gar nicht allein war, daß John mit Emily und Celeste und dem halben Kollegenstab und dessen Frauen mehr Babysitter hatte, als ihm lieb war. Tatsache war, daß Kay sich in Marilees Anwesenheit weniger gestreßt fühlte. In den wenigen Monaten, die sie erst von zu Hause fort war, war Marilee erwachsen geworden, ein selbständiger Mensch, der sich nicht mehr vor Verantwortung scheute wie früher. Kay fand das ganz entschieden erfreulich.

Dann war da ihr Beruf, der ihr plötzlich nicht mehr so wichtig erschien. Sie nahm sich Urlaub, bis John aus der Klinik entlassen wurde, und als er dann in einem Krankenhausbett im Wohnzimmer residierte, raste sie in den Freistunden und in der Mittagspause heim. Ja, es waren andere da – aber sie wollte auch dasein. Nach Jahren, in denen sie die Schule immer als letzte der Lehrkräfte verlassen hatte, verschwand sie nun unmittelbar nach Unterrichtsende.

John hatte sie immer gebraucht, früher jedoch mehr auf Versorgungsebene – kochen, putzen, waschen –, und natürlich war das jetzt auch noch so, sogar verstärkt durch seine körperliche Behinderung.

Doch jetzt brauchte er sie auch auf emotionaler Ebene. Er war ein schrecklicher Patient. War seine Bewegungsunfähigkeit ein

Schock für sie – für ihn war sie ein noch größerer. Er grollte und meckerte. Er klagte. Es paßte ihm nicht, was er anhatte, wie er lag, was es im Fernsehen gab. Seine Beine schmerzten. Er befand sich in einem konstanten Zustand der Verärgerung, der nur nachließ, wenn Kay zu Hause war. Sie war die einzige, die ihn zum Lächeln bringen konnte.

Es überraschte sie, wieviel ihr das bedeutete. Jahrelang hatten sie gemeinsam ein Haus bewohnt, gemeinsam ein Kind großgezogen, doch John hatte seine Arbeit gehabt und sie die ihre, und auf diesem Gebiet hatte es nicht viel Gemeinsamkeit gegeben. Jetzt war Kay da, wenn Brian oder Sam oder einer der anderen nach Feierabend mit einem Tagesbericht aus dem Department vorbeikam. John bestand darauf, daß sie dabei war, schien ruhiger in ihrer Gegenwart. Und unter dem Vorwand, sich zu langweilen, veranlaßte er sie, ihm von ihrem Schultag zu erzählen. Sie kamen sich näher – und nicht nur auf geistigem Gebiet. Es gab auch körperliche Dinge, intime Dinge, die er nur Kay zu tun gestattete, woraus folgte, daß sie ihn im Laufe eines Tages mehr berührte, als sie es davor in Monaten getan hatte. Anfänglich verlegen, wurde sie zunehmend unbefangen, und das lag nicht nur daran, daß John verletzt und somit weniger einschüchternd war. Es lag daran, daß er wollte, daß sie ihn berührte, daß sie ihm half, daß sie auf seiner Bettkante saß, innerhalb der Reichweite seiner Hand – wer immer vom Department da war.

Er war besitzergreifend, zeigte, daß er stolz auf sie war, und das gefiel ihr – was die emanzipierte Frau in ihr erschreckte, bis sie erkannte, daß sie seine Anerkennung nicht brauchte, sondern sie einfach nur genoß. Sie fühlte sich vollständiger, selbstsicherer, sogar schlanker. Sie wußte nicht, ob ihre Nerven zusätzliche Kalorien verbrauchten oder es auf den Spaziergang zurückzuführen war, den sie jeden Morgen ganz früh machte, und sie hatte nicht mehr als ein paar Pfund abgenommen, aber ihr Selbstwertgefühl hatte sich merklich gesteigert.

Ermutigt durch Johns Hilflosigkeit wurde sie kühner. Sie wusch ihn weniger hastig, sie rieb ihm den Rücken, betrachtete von ihrer vollbekleideten, sicheren Warte aus seinen nackten, wehrlosen Körper in einer Weise, wie sie es früher nie gewagt hätte, und er genoß es. Sie scherzten über seine Erregung, bis die Scherze in Zärtlichkeiten übergingen. Kay liebkoste ihn, beobachtete abwechselnd das Pulsieren in ihrer Hand, die Anspannung seiner Armmuskeln, die mit der sexuellen Anspannung einherging, den an Schmerz grenzenden Ausdruck der Ekstase auf seinem Gesicht beim Erreichen des Höhepunktes, und danach erschien es ihr völlig selbstverständlich, daß sie neben ihm in dem großen Krankenhausbett im Wohnzimmer einschlief.

Am Abend von Thanksgiving bat er sie, ihr Nachthemd auszuziehen.

»Hier?«

»Raufgehen kann ich nicht.«

»John – wir sind im Wohnzimmer!«

»Und?«

»Marilee könnte reinkommen.«

»Die übernachtet doch bei Jill.«

»Man kann von draußen reinschauen.«

»Das Licht ist aus, die Vorhänge sind zugezogen, ich bin splitternackt – warum willst du es nicht auch sein?«

»Weil ... weil das etwas anderes ist.«

»Inwiefern?«

»Du bist ein Mann.«

»Und was ist daran anders?«

»Alles.« Er hatte einen festen Körper. Bei Männern war das so. Und sie waren auch selbstsicherer als Frauen, was ihre Körper betraf.

»Ich habe dich seit dem Unfall nicht mehr berührt«, sagte er.

»Doch, das hast du.«

»Aber nicht so.«

Sie saß neben ihm im Dunkeln und fand, daß es gerade so schön war. Dann bewegte sich seine Hand. Sie berührte ihr Kinn und glitt abwärts. Sie versuchte sie aufzuhalten, doch seine Finger arbeiteten sich unter ihrem Nachthemd zu ihrer Schulter vor.
»Tu das nicht«, flüsterte sie.
»Warum nicht? Ich liebe dich doch.«
»Ich bin fett.«
»Wer sagt das?«
»Ich.«
»Ich kann das nicht bestätigen.« Er schob das Nachthemd von ihrer Schulter.
»John!«
Er befreite ihre andere Schulter, dann ihre Brüste. Die Dunkelheit verbarg nichts – nicht ihre üppigen Formen, nicht den Ausdruck, mit dem sein Blick den ihren festhielt, nicht die Schüchternheit, die sie dazu trieb, in dem Bestreben, sich zu bedecken, ihr Nachthemd hochzuraffen.
Er zog das Nachthemd weiter herunter und berührte sie. Ihre Schüchternheit hinderte sie nicht daran, ein Ziehen im Unterleib zu spüren, doch sie wollte sich unter ihn schieben. So spielte es sich üblicherweise ab, und wenn er sie sozusagen zudeckte, fühlte sie sich nicht so ausgeliefert.
Aber mit seinen Gipsverbänden konnte er sie nicht »zudecken«.
»Zieh es ganz aus«, bat er mit heiserer Stimme.
Sie schüttelte den Kopf. »Ein andermal.«
»Ich will dich aber jetzt sehen.«
»John!« Es war schon schlimm genug, daß er ihre Brüste liebkoste und ihrer Kehle damit kleine, lustvolle Laute entlockte. »Das ist mir peinlich.«
»Warum?«
»Weil ... weil ...«
»Warum ist es dir peinlich?«
Sie waren im Wohnzimmer. Er lag da und betrachtete sie. Sie

kam sich vor wie in einem Schaufenster. »Das hab ich dir schon gesagt. Ich bin fett.«
»Du bist nicht fett. Zieht das Nachthemd aus.«
»Wenn ich das tue, siehst du alles.«
»Das will ich ja!«
»Ich nicht.«
»Du siehst mich – und ich will dich sehen.«
»Aber du bist schön anzusehen – ich bin das nicht.«
Seine Finger hoben sich. »Machst du Witze?«
»Nein.«
»Du denkst, du gefällst mir nicht?«
»Frauen altern nicht so ästhetisch wie Männer. Wir kriegen Polster auf den Hüften, Fettklumpen an den Schenkeln und überall Falten.« Sie zog das Nachthemd hoch.
»Aber du gefällst mir.«
»Na ja – das muß ich ja irgendwie – ich bin deine Frau.«
»Ich muß deinen Körper nicht mögen – ich tue es einfach.«
»Er ist wie die alte Strickjacke, in die du so gerne schlüpfst – altersschwach und überdehnt, aber vertraut und warm.«
»Es gefällt mir, wie du aussiehst.«
»Du brauchst das nicht zu sagen, John.«
»Aber es ist mein Ernst. Und es gefällt mir, wie du dich anfühlst. Und darum will ich, daß du dich ausziehst. Ich will dich sehen und fühlen.«
Sie wollte es glauben, wollte es so gerne glauben. »Wirklich?«
»Wie oft muß ich es sagen?«
»Oft! Für gewöhnlich sagst du es gar nicht.«
»Erkennst du es nicht daran, wie ich dich berühre?«
»Nein. Männer sind triebhaft. Sie berühren eine Frau, aber das sagt nichts darüber aus, wie sie sie sehen. Das können nur Worte.«
»He.«
Irritiert fragte sie: »Was heißt ›he‹?«

»Du hast mich gerade erst befriedigt, und ich will schon wieder. Schau mich an.«
Sie tat es. Er war steif.
John zog das Nachthemd bis zu ihrer Taille herunter. »Das macht deine Nähe, dich hier zu berühren und die Erinnerung daran, wie dein übriger Körper sich anfühlt. Es gefällt mir, wie du dich anfühlst, Kay. Es macht mir Freude, dich anzusehen.«
»Ich werde älter.«
»Das werde ich auch, zum Teufel – aber ich möchte keine Jüngere oder Dünnere haben. Ich will dich.«
Er schickte ihr ein frech-schiefes Lächeln durch die Dunkelheit. Dieses Lächeln hatte sich in all den Jahren nicht verändert. Es verzauberte sie noch immer.
»Komm schon, Baby«, sagte er mit der heiseren Stimme, die er immer bekam, wenn er erregt war. »Leg dich nackt zu mir. Zeig mir, was du kannst.«
Sie stand auf, ließ ihr Nachthemd fallen und kuschelte sich sofort fluchtartig an ihn, um sich zu verstecken. Doch dann sagte er die Worte. Er sagte sie wieder und wieder, während er sie liebkoste, und irgendwann fand sie schließlich den Mut, sich aufzurichten und auf ihn herabzusinken.
O ja, sie zeigte ihm, was sie konnte – doch auch sie fand Erfüllung. Sie brauchte Worte, er brauchte Taten – und diesmal bekamen beide, was sie wollten.

Myra quälte sich unter großen Anstrengungen aus dem Bett. Sie schlurfte ins Bad, erleichterte, von dem kurzen Weg erschöpft, ihre Blase und steuerte dann auf die Treppe zu. Sie hatte kaum die Hand auf den Treppenpfosten gelegt, als ihr schwindlig wurde. Das abgegriffene Geländer umklammernd, glitt sie auf die oberste Stufe hinunter und lehnte sich schwer gegen den Pfosten.
Thanksgiving hatte sie überanstrengt. Oh, sie hatte sich gefreut,

ihre Kinder und Enkel zu sehen, doch die Strapaze, die Gesunde zu spielen, hatte ihren Tribut gefordert.

Aber es war notwendig gewesen, denn sie beobachteten sie, mit kurzen Blicken, wenn sie glaubten, sie bemerke es nicht, und ausführlicher, wenn sie sich mit anderen unterhielt. Sie suchten nach Anzeichen für Geistesgestörtheit – nach Rechtfertigungen dafür, sie in ein Heim stecken zu können.

Sie hatte ihnen keine geliefert. Sie war vernünftig und lebhaft und freundlich gewesen. Außer als sie das Thema Umzug anschnitten – da hatte sie entschieden ihren Standpunkt vertreten. Sie würde nicht umziehen. Es interessierte sie nicht, welche Art der Unterbringung sie vorschlugen. Sie würde dieses Haus nicht verlassen.

Sie öffnete die Augen und schloß sie gleich wieder, als sich noch immer alles um sie drehte. Es lag an ihrer Erschöpfung. Sie war nicht mehr jung. Anspannung forderte ihren Tribut.

Ebenso wie Frustration – und die empfand sie im Übermaß. Die Leute hörten ihr nicht zu. Sie schauten sie nicht an. Sie hatte es versucht und versucht, doch sie verstanden die Botschaft nicht.

Und jetzt lag Schnee. Nun ja, nicht viel, er war schon fast wieder weggetaut, doch beim nächstenmal würde mehr fallen, und die Luft war frostig. Noch schlimmer – das Gras im Garten war abgestorben, der Boden darunter beinhart. Damit waren Monate verloren – und sie wußte nicht, ob sie noch bis zum Frühling durchhalten würde.

Entmutigt öffnete sie die Augen. Sie würde sich Tee machen, vielleicht einen Zwieback mit Marmelade dazu. Das würde ihr guttun, ihr ein wenig Kraft geben. Mühsam zog sie sich hoch und ging, jedesmal mit beiden Füßen darauf stehenbleibend und das Geländer fest im Griff, Stufe für Stufe ins Parterre hinunter. Unten angekommen, setzte sie sich, neuerlich erschöpft, wieder hin, lehnte wieder den Kopf an den Pfosten und schloß die Augen.

Zusammengesunken wie ein jämmerliches Häufchen Knochen fühlte sie sich dem Ende näher als je zuvor. Ungeachtet dessen, was sie alles noch zu tun hatte, schwanden ihre Kräfte schnell. Es war gut möglich, daß sie starb, bevor ...

Was hatte sie für eine Wahl? Wenn der Tod unvermeidlich war, was spielte dann alles noch für eine Rolle? Wenn sie Frank verriete, würde sie sterben – und wenn sie Stillschweigen bewahrte, würde sie ebenfalls sterben.

Das Grab war ihr auf jeden Fall sicher, die Frage war nur, was sie dort erwartete. Wenn es Frank wäre – zornig ob ihres Verrats – wüßte sie, welche Art Hölle ihr bevorstand. Doch wenn Frank selbst in der Hölle wäre und sie in den Himmel käme ... Aber nein, sie würde nicht in den Himmel kommen.

Stillschweigen.

Nur noch ein kleines Weilchen.

Dreiundzwanzigstes Kapitel

Celeste war im siebten Himmel. Sie hatte das bisher schönste Wochenende mit Carter erlebt, das bisher schönste Wochenende mit Dawn. Jetzt waren sie beide fort – Carter auf dem Weg nach Cambridge, von wo er dann für eine Arbeitswoche nach Paris fliegen würde, und Dawn wieder auf dem College. Carter hatte Blumen geschickt – sie wurden eine Stunde nach seiner Abreise geliefert. Dawn hatte nichts geschickt, aber das machte nichts – ihre Freundlichkeit am Wochenende war Geschenk genug.

Einem Impuls folgend, weil sein fröhliches Gesicht ihr ideal zu ihrer Stimmung zu passen schien, und weil sie zwar auf Carter fixiert, Carter aber nicht da war, rief sie den Witwer an. »Hallo, Michael – hier ist Celeste. Ich wollte mich erkundigen, wie Ihr Thanksgiving verlaufen ist. Feiern Sie überhaupt Thanksgiving?«

Er lachte auf die gemütliche Art, die seine Persönlichkeit kennzeichnete und sie an einen bequemen, alten Hausschuh erinnerte. »Ja. Ich bin der einzige eingeschworene Brite in meinem Clan – die Kinder sind völlig amerikanisiert. Wir haben einen sehr schönen Tag verlebt, danke der Nachfrage. Und Sie?«

»Ich auch. Meine Tochter und ich sind tatsächlich miteinander ausgekommen. Ich glaube, ich bin im allgemeinen zu streng mit ihr – aber diesmal lief es blendend.«

»Was haben Sie gemacht?«

»Mit Freunden gegessen – wie eine große, glückliche Familie. So, wie ich mir Ihre vorstelle.«

»Ganz so glücklich war sie nicht – mein Schwiegersohn hat gerade seinen Job verloren, und das beeinträchtigte die Stimmung ein wenig.«

»Oje.«

»Ich würde ihn ja gerne in meiner Firma beschäftigen, doch er arbeitet auf einem gänzlich anderen Gebiet – in der medizinischen Forschung. Unglücklicherweise muß das Institut, bei dem er arbeitete, zumachen. Es scheinen sich bei einigen der dort erstellten Studien Ungenauigkeiten ergeben zu haben, und obwohl mein Schwiegersohn an keiner davon beteiligt war, wirkte es sich auf ihn aus, weil die Firma zu viele Verträge einbüßte. Und nun schwebt erst einmal eine dunkle Wolke über seiner unmittelbaren Zukunft.«

»Das tut mir leid.«

»Nun ja«, sagte er, bereits wieder optimistisch, »er wird schon etwas finden. Es wird vielleicht einen Umzug erfordern, was sich keiner von uns wünscht, aber wenn es sich nicht vermeiden läßt, werden wir uns damit abfinden. Es bleibt uns ja auch nichts anderes übrig, nicht wahr? Aber ich freue mich, daß Sie sich so gut mit Ihrer Tochter verstanden haben. Dawn, nicht wahr?«

Wie lieb von ihm, daß er sich daran erinnerte. »Genau.«

»Gefällt es ihr auf dem College?«

»Sehr.«

»Dann ist sie zufrieden – und das bewirkt die Veränderung.«

Seine Worte gingen Celeste noch nach, als sie den Hörer längst aufgelegt hatte. Sie wußte, was es hieß, zufrieden zu sein. Dank des Könnens eines Schönheitschirurgen und dann der Verehrung Carters war sie zufriedener, als sie es seit vielen Jahren gewesen war. Sie sah die Welt jetzt mit ganz anderen Augen.

Am Montag abend rief Carter aus Cambridge an. Celeste war gerade von dem wegen Johns Bettlägerigkeit verkürzten Traditionsdinner mit Emily und Kay zurückgekommen und freute sich, seine Stimme zu hören. Sie sprachen nicht lange – er würde am nächsten Tag nach Paris abreisen und hatte davor noch Stunden zu arbeiten. Seine Entschuldigungen und Beteuerungen, wie sehr er sie vermißte, machten die Kürze des Telefonats mehr als wett.

In dieser und der nächsten Nacht lag sie wach und dachte an ihn. Er hatte gesagt, er werde sie wegen des Zeitunterschieds und der umfassenden Aufmerksamkeit, die er seinem Kunden schulde, nicht anrufen, doch wann immer das Telefon läutete, flog ihr Blick zu dem Apparat, und ihr Puls raste.

So auch am späten Mittwoch nachmittag. Sie hatte den Kirchenbus gefahren und schloß eben ihre Haustür auf, als das Tüdelü ihres Telefons ihren Herzschlag ins Stolpern geraten ließ. Als sie ihre Handtasche auf das Tischchen in der Halle warf und nach dem Hörer griff, hatte sie sich ausgerechnet, daß es in Paris jetzt kurz vor Mitternacht sein mußte. Carter hätte seine Arbeit für diesen Tag beendet, würde im Bett liegen und an sie denken.

Doch es war nicht Carter – es war Allison, Dawns Zimmergenossin. »Ist Dawn da?« fragte sie zögernd.

Celestes Enttäuschung darüber, nicht Carters Stimme zu hören, wurde von der Erheiterung verdrängt, die die Vorstellung in ihr auslöste, daß Dawn vorbeigekommen sein könnte. Bisher hatte sie, als Teil ihrer Bedingungen für ihr Einverständnis, in Grannick aufs College zu gehen, Stippvisiten peinlichst vermieden. Es war ein interessanter Gedanke, daß ein paar harmonische Ferientage ihre konsequente Haltung in diesem Punkt vielleicht »aufgeweicht« hatten – es sei denn, sie wollte etwas.

»Ich sehe sie nirgends, Allison. Hatte sie denn vor, herzukommen?«

»Ich dachte, sie wäre da.«

Nichts deutete darauf hin, daß sie dagewesen war. Die Küche war im gleichen Zustand, wie Celeste sie verlassen hatte. »Einen

Moment.« Sie hielt die Sprechmuschel zu. »Dawn? Dawn?« Keine Antwort. »Tut mir leid«, sagte sie zu Allison.
»Ist alles okay?«
»Du meinst, was Dawn angeht? Das weißt du sicher besser als ich – ich habe seit Thanksgiving nicht mit ihr gesprochen.«
Am anderen Ende der Leitung herrschte tiefe Stille, und ein vages ungutes Gefühl kroch in Celeste hoch. Es verdichtete sich, als Allison sagte: »Sie ist danach nicht hierher zurückgekommen, Mrs. Prince.«
»Wie bitte?«
»Ich habe sie seit letzten Mittwoch nicht gesehen.«
»Wie kann das sein? Ich habe sie doch selbst am Sonntag abend zum College rübergefahren.« Dann fiel Celeste etwas ein. Dawn war nicht gerade begeistert davon, das Zimmer mit Allison zu teilen – sie behauptete, das Mädchen sei zu ordentlich und steif und eine Streberin. »Könnte es sein, daß sie in ein anderes Zimmer umgezogen ist?«
»Nein. Ich habe rumgefragt – keiner hat sie gesehen. Außerdem sind ihre ganzen Sachen da. Wenn sie umgezogen wäre, hätte sie die doch mitgenommen, oder?«
Davon ging Celeste ebenfalls aus. »Das ist merkwürdig«, sagte sie. »Könnte sie bei einem Jungen sein?« Dawn hatte am Wochenende zwar keinen erwähnt, aber es wäre typisch für sie, Celeste so etwas zu verschweigen. Es hätte zumindest ihre gute Laune erklärt.
»Nein – bei denen habe ich mich auch erkundigt. Nach Thanksgiving hat sie niemand gesehen.«
Sehr merkwürdig, fand Celeste. Vielleicht sogar alarmierend.
Allison sagte: »Ich dachte zuerst, sie hätte vielleicht Heimweh gehabt, aber als sie gestern nicht kam und heute auch nicht und nicht anrief, dachte ich, ich frag mal bei ihr daheim.«
Celeste zügelte ihre Beunruhigung. Dawn war bekannt für ihre Eskapaden. »Hast du mit jemandem darüber gesprochen – mit einer Hausmutter vielleicht?«

»Nein – ich wollte sie nicht in Schwierigkeiten bringen.«
Celeste stieß ein bellendes Lachen aus. »Oh, das besorgt sie ganz allein – aber danke für deine Rücksicht. Hör zu, Allison – ich werde jetzt ein paar Telefonate führen. Tu mir den Gefallen und hör dich weiter um. Ruf mich an, wenn du etwas erfährst!«
In Erinnerung an die Herbstferien, als sie vergeblich auf Dawn gewartet hatte, rief sie als erstes Jill an, doch die hatte sie nicht gesehen. Und, wie der zweite Anruf ergab, auch Marilee nicht.
Trotzdem geriet Celeste nicht in Panik, wie sie es seinerzeit getan hatte. Dawn machte schließlich ständig Probleme – diesmal zweifellos, um ihr gutes Benehmen an Thanksgiving auszugleichen.
Mit diesem Argument zerstreute sie die Besorgnis des Studentenberaters und sogar der Campuspolizei. Jackson war ein anderes Kapitel. In dem Augenblick, als er sich am Telefon meldete, spürte sie das volle Gewicht ihrer Verantwortung für Dawn.
»Du hast keine Ahnung, wo sie ist?« fragte er.
»Ich dachte, sie sei vielleicht bei dir.«
Es hätte immerhin sein können: Dawn besuchte ihn alle paar Monate. »Wir haben ein sehr schönes Thanksgiving miteinander verbracht, und ich dachte, sie hätte vielleicht deshalb ein schlechtes Gewissen und wollte dir die gleiche Zeit widmen.«
»Dawns Gewissen ist nicht besonders ausgeprägt«, konstatierte Jackson mit einer Menschenkenntnis, die Celeste bei einem Mann, der vom Innenleben von Computern besessen war, überraschte. Doch er zerstörte diesen Eindruck gleich wieder, als er fragte: »Wenn du sie zum College zurückgefahren hast – wo ist sie dann geblieben?«
»Wenn ich das wüßte, hätte ich dich nicht angerufen!«
»Niemand hat sie dort gesehen?«
»Nein.«
»Hat es in letzter Zeit Probleme auf dem Campus gegeben?«
»Du meinst so etwas wie einen Serienvergewaltiger? Komm

schon, Jackson – wir sprechen über Dawn. Sie hat sich wieder etwas einfallen lassen.«

»Aber so was hat sie noch nie getan.«

»Doch, das hat sie.« Celeste erzählte ihm von den Herbstferien.

»Nun – du hast Jill und Marilee angerufen, und die beiden sind ihre besten Freundinnen, und da keine von ihnen etwas weiß, wiederhole ich: Sie hat so was noch nie getan.«

Celeste kaute an ihrem Daumennagel und sagte undeutlich: »Du hast recht.« Sie war stinkwütend auf Dawn – und wider besseres Wissen auch ein klitzekleines bißchen besorgt.

»Willst du nicht die Polizei einschalten?« fragte Jackson.

»Noch nicht. Sie ist volljährig, und es gibt keine Anzeichen für ein Verbrechen. Ich kann die Leute nicht alarmieren, bevor ich mich selbst noch nicht weiter umgehört habe.«

»Wo zum Beispiel?«

»Bei weiteren Freundinnen, denke ich.«

»Hältst du mich auf dem laufenden, Celeste?«

»Natürlich.«

Die nächste Stunde verbrachte sie damit, alle ihr bekannten Freundinnen von Dawn anzurufen, was sich teilweise als umständlich erwies, da viele auf anderen Colleges waren, und schließlich auch als vergeblich: Wie es schien, war Celeste die letzte Person, die Dawn gesehen hatte.

Um neun hatte sie mit allen Mädchen gesprochen, die ihr eingefallen waren. Unschlüssig, ob sie sich zurücklehnen und bis zum Morgen warten oder auf der Stelle in Panik verfallen sollte, fuhr sie zu Emily.

Als Emily Celestes Geschichte hörte, krampfte sich ihr Magen zusammen. Sie mußte sofort an Jill denken, an die Jahre und Jahre, in denen sie gegen die panische Angst ankämpfte, es könnte ihr etwas zustoßen. Und sie dachte an Daniel. Sie dachte in letzter Zeit immer häufiger an ihn.

Daniel tangierte jeden Bereich ihres Lebens – Doug, Jill, das Haus, die Stadt, ihre Freunde, möglicherweise sogar Brian und jetzt Dawn. Natürlich konnte man Dawn nicht mit ihm vergleichen. Sie war achtzehn und zwar hübsch genug, um Aufmerksamkeit zu erregen, aber nicht wehrlos. Doch manchmal passierte auch wehrhaften Menschen etwas.

»Komm mit!« forderte Emily Celeste auf und ging voran über die Einfahrt und die Garagentreppe hinauf zu Brians Wohnung. Brian lag auf dem Sofa, sah fern und sah hinreißend schlampig aus, doch Emily hatte im Augenblick keinen so rechten Sinn dafür.

Er spürte das sofort, machte den Fernseher aus und bot den beiden Platz an. Emily schöpfte Trost daraus, ihn anzuschauen, während er Celeste zuhörte. Er würde wissen, was zu tun war. Sie war froh, daß er da war.

»Und – muß ich jetzt in Panik geraten?« fragte Celeste am Ende der Zusammenfassung, die sie Minuten zuvor Emily gegeben hatte.

Emily durchschaute ihre schnoddrige Art. Es spielte keine Rolle, wie oft Celeste betonte, daß Dawn gerne Spielchen spiele oder wie oft sie betonte, daß Dawn erwachsen und ihr eigener Herr sei – Celeste war besorgt.

Brian spürte es und sprach in ruhigem Ton, wobei Emily vermutete, daß er auch sie damit meinte: Er wußte, warum sie Celeste gleich zu ihm geschleppt hatte, anstatt bis zum nächsten Morgen zu warten. Sie versuchte ihm zu vermitteln, daß ihr nichts fehle, doch ihre Nerven spielten nicht mit, und ihr – wenn auch nur schwaches – Zittern verriet sie an Brian, denn sein Bein berührte das ihre.

»Es besteht noch kein Anlaß für Panik«, sagte er zu Celeste. »Es gibt noch mehr Gesichtspunkte.« Sie saßen an seinem Couchtisch, Emily und Brian nebeneinander, Celeste ihnen gegenüber. Er hatte alle Namen, die sie ihm nannte, auf einen gelben

Notizblock geschrieben. Darunter stand eine Liste möglicher Motive für ein Ausreißen. Emily konnte sie lesen, ohne sich den Hals verrenken zu müssen: Sie setzten Dawns freiwilliges Verschwinden voraus.

Die Panikerin in ihr wollte protestieren, doch die Realistin in ihr konnte es nicht. Es gab keine Anzeichen für ein Verbrechen – und Dawn war bekanntermaßen ein Problemkind.

Brian richtete die Spitze seines Kugelschreibers auf die Liste und schaute Celeste an. »Sie haben mit Freundinnen aus dem College und mit Freundinnen von zu Hause gesprochen. Alle behaupten, sie nicht gesehen zu haben. Halten Sie es für möglich, daß irgendeine nicht die Wahrheit gesagt hat?«

»Ich wüßte nicht, aus welchem Grund.«

»Um Dawn zu schützen.«

»Vor mir? Meine Mißbilligung ist nichts Neues für sie – daran sind sie gewöhnt.«

»Und wenn sie diesmal etwas Unverzeihliches getan hat?« fragte Emily. Sie konnte nicht zählen, wie oft Celeste geschworen hatte, sie würde Dawn umbringen, wenn sie dieses oder jenes täte.

Celestes Gedächtnis war nicht so gut. »Zum Beispiel?«

»Zum Beispiel ein Verbrechen begangen«, nahm Brian die Anregung auf. »Nein – vergessen Sie das für den Augenblick. Zum Beispiel in der Schule versagt. Halten Sie das für denkbar?«

Celeste lachte auf. »Nein.«

»Dawn ist ein hochintelligentes Mädchen«, klärte Emily ihn auf. »Sie begreift alles sofort, liest mit affenartiger Geschwindigkeit und merkt sich alles. Sie erreicht mit einem Minimum an Arbeitsaufwand hervorragende Zensuren.«

»Wenn sie ein bißchen mehr Arbeit aufwenden würde«, warf Celeste in scharfem Ton ein, »könnte sie die Klassenbeste sein – sie hat den Verstand ihres Vaters.«

»Okay.« Er strich »schulisches Versagen« durch. »Ist sie schwanger?«

»Guter Gott, nein.«
»Sind Sie sicher?«
»Ja, ich bin sicher – es sei denn, sie hat mir am letzten Wochenende die Tampons nur geklaut, um mich irrezuführen.«
Er strich »schwanger« durch. »Wie ist sie finanziell gestellt?«
»Gut.«
»Sie würde nicht versuchen, ihr Budget aufzubessern, indem sie dealt oder sich prostituiert?«
Emily sah Celeste erbleichen, doch die Frage war notwendig. Sie war im Frühstadium des Demery-Falles auch aufgetaucht – bevor die Lösegeldforderung eintraf. Während Susan es nicht für Geld getan hatte, waren einige ihrer Mitstudentinnen sehr wohl diesen Weg gegangen: Er bot schnelle Dollars.
»Dawns Vater bezahlt die Collegegebühren«, sagte Celeste. »Und er gibt ihr ein großzügiges Taschengeld.«
»Vielleicht reicht es ihr aber nicht, und sie hat Schulden gemacht.«
»Die Bankauszüge werden nach Hause geschickt, und ich lese sie. Sie hat ein ansehnliches Guthaben – zumindest laut dem Auszug der letzten Woche.«
Emily sah zu, wie er »Sex« durchstrich.
»Hat sie jemals Drogen genommen?«
»Nein.«
Er strich »Junkie« durch. »Trinkt sie?«
»Nicht viel«, sagte Celeste, doch dann warf sie Emily einen Blick zu und seufzte. »Na ja, manchmal doch viel – aber nur auf Partys. Ich habe noch nie erlebt, daß sie tagsüber etwas trinkt oder allein. Ich glaube nicht, daß sie abgesehen von dem Wein mit Carter und mir letzte Woche noch etwas getrunken hat, und ich habe keine Entzugserscheinungen bei ihr bemerkt.«
»Ist sie je mit dem Gesetz in Konflikt geraten? Wegen Ruhestörung? Wegen Erregung öffentlichen Ärgernisses? Wegen Trunkenheit am Steuer?«

»Nein.«
»Wenn ich meinen Computer befrage, werde ich ihren Namen demnach nicht finden?«
»Nein.«
»Also wurde sie nie offiziell festgenommen. Wie steht es mit inoffiziell? Wurde sie je ins Department geholt und nach einer Standpauke wieder nach Hause geschickt?«
»Nein.«
Er strich »Vorstrafen« durch und ging weiter zu »Jungs«. »Was ist mit dem Jungen, der sie zu Hause absetzte, als sie in den Herbstferien erst mit Verspätung auftauchte?«
»Der war ›von gestern‹ – eine ›totale Pfeife‹. Das ist ein Zitat.«
»Haben Sie ihn angerufen?«
»Ich habe Jill angerufen, die die Freundin anrief, deren Bruder er ist – er hat sie seit fünf Wochen nicht gesehen.«
»Was ist mit anderen Jungs? Anderen Brüdern?«
»Sie hat weder Jill noch Marilee gegenüber etwas in der Richtung verlauten lassen, als sie sich hier in Grannick trafen, und die beiden sind ihre besten Freundinnen.«
Emily beobachtete, wie der Kugelschreiber sich auf den Weg machte, um »Jungs« durchzustreichen, dann jedoch ins Stottern geriet und irgendwo jenseits des Wortes zum Stillstand kam, und obwohl sie sich wie eine Verräterin dabei fühlte, stimmte sie im stillen zu: Dawn hatte Jungs ganz oben auf ihrer Liste stehen, und Brian hatte recht, wenn er diesen Punkt auf seiner stehenließ.
»Kommt sie mit ihrem Vater aus?« fragte er.
Celestes Hand drückte ein So-so aus. »Sie sind keine dicken Freunde, aber auch keine Feinde. Er lebt im Süden von New Hampshire.«
»Könnte es sein, daß sie versucht, seine Aufmerksamkeit zu erregen?«
»Falls es so ist, vergeudet sie damit ihre Zeit: Sein Blick reicht

nicht über seinen Schreibtisch, seine Arbeit und seinen täglichen Terminplan hinaus.«

»Verübelt sie ihm das – oder daß er sich nicht mehr um sie kümmert?«

Celeste tat es jedenfalls – sogar nach all den Jahren noch. Emily hörte es an ihrer Stimme. Es wäre ein Wunder, wenn Dawn das nicht übernommen hätte.

Aber Celeste sagte – defensiv, wie Emily fand: »Nicht besonders. Wir sind gut ohne ihn zurechtgekommen – na ja, so gut das zwei Menschen eben schaffen, die sich nicht grün sind. Aber das letzte Wochenende war so harmonisch. Wirklich.« Sie schloß Emily in ihre Verwirrung mit ein. »Wir haben uns tatsächlich vertragen. Ich habe es tatsächlich genossen. Und ich glaube, ehrlich gesagt, daß ich es gemerkt hätte, wenn sie irgend etwas gequält hätte. Wir verbrachten in diesen paar Tagen mehr Zeit miteinander als in den letzten drei Jahren zusammengenommen.«

»Sie, Dawn und Carter«, konstatierte Brian, und so sah Emily sie nach dem Thanksgiving-Dinner ebenfalls: Sie waren bei den Davies ein unzertrennliches Trio gewesen.

Celeste lächelte. »Dawn mochte ihn gleich. Er wußte genau, wie er sie nehmen mußte. Er behandelte sie wie eine Persönlichkeit, wie eine Erwachsene. Ich muß mir ein Beispiel daran nehmen.«

Emily gefiel die Vorstellung nicht recht, daß Celeste sich ein Beispiel an Carter nahm. Er war ihr irgendwie verdächtig, allerdings konnte sie nicht präzise sagen, weshalb. Er war zu gut, zu glatt, zu perfekt.

»Wo ist Carter jetzt?« wollte Brian wissen.

»In Paris – bis Sonntag.«

»Wann ist er abgereist?«

»Gestern.«

»Könnte er eine Ahnung haben, wo Dawn ist?«

»Wie sollte er, wenn ich es nicht weiß?«

»Sie könnte mit ihm telefoniert haben.«
Celeste schüttelte den Kopf. »Wenn es um irgendeine schräge Sache gegangen wäre, hätte er es mir erzählt – und ihr die Hölle heißgemacht.«
»Ihre Beziehung war eng genug, um so etwas zu gestatten?«
»Wir waren fünf Tage lang fast ununterbrochen zusammen.«
»Sie drei?«
»Ja.«
Erstaunlich, dachte Emily. Ausgesprochen interessant, wenn man bedachte, daß Celeste gestanden hatte, unendlich froh zu sein, daß ihre Tochter endlich erwachsen und aus dem Haus sei, gestanden hatte, daß sie sich in ihrer zweiten Lebenshälfte nur noch amüsieren wollte.
»Ging Ihnen das auf die Nerven?« erkundigte sich Brian.
»Nein. Sie benahm sich zur Abwechslung einmal manierlich. Es war das erste Mal in meinem Erwachsenenleben, daß ich Teil eines Familienverbandes war.«
Emily hätte nicht gedacht, daß Celeste darauf Wert legte. Wirklich interessant.
»Nur ist Carter kein Familienmitglied«, erinnerte Brian sie.
»Sie wissen schon, wie ich das meine. Es war die Nähe. Er war eine Vaterfigur für sie. Die hatte sie nie – und sie genoß es in vollen Zügen.«
»Fiel es ihr schwer, sich von ihm zu verabschieden? Am Sonntag war das, ja?«
»Stimmt. Nein – sie hatte keine Probleme damit. Sie war guter Dinge.«
»Hat sie ihn angelächelt? Ihn umarmt?«
»Ja. Worauf wollen Sie hinaus?«
»Ist sie in ihn verknallt?«
»Das würde sie nicht wagen.«
»So etwas kann man doch nicht steuern.«
»Er ist mein Freund – das wäre unpassend.«

»Versuchen Sie einmal einer leicht zu beeindruckenden jungen Frau zu erklären, daß etwas ›unpassend‹ ist«, sagte Brian.

Emily stimmte ihm zu. »Wenn Dawn hingerissen von Carters Aussehen und seinem Benehmen und der Aufmerksamkeit war, die er ihr schenkte«, was, soweit Emily das beurteilen konnte, der Fall gewesen war, »dann kommt das einem Verknalltsein recht nahe. Es ist nichts dagegen zu sagen.«

Doch Celeste ließ sich nicht beirren. »So war es aber nicht – sie mochte ihn nur einfach.«

»Können Sie ihn erreichen?« fragte Brian.

»Jetzt? Nein. Ich sagte Ihnen doch, daß er in Paris ist.«

»Und Sie haben von dort keine Telefonnummer? Können Sie sie sich beschaffen?«

»Ich könnte sein Büro hier anrufen – die müssen eine Nummer haben – aber ich möchte das nicht. Es wäre ihm vielleicht unangenehm, so verfolgt zu werden, und außerdem weiß er nichts über Dawn, glauben Sie mir. Wenn er etwas wüßte, hätte er es mir gesagt.«

Wenn man ihr zuhörte, hätte man glauben können, sie sei schon seit einer Ewigkeit mit diesem Mann zusammen, dachte Emily.

»Wie lange kennen Sie Carter?« fragte Brian.

Nach kurzem Zögern antwortete Celeste: »Vier Wochen.«

»Nicht sehr lange, um sich seines Verhaltens so sicher zu sein.«

»Wir stehen uns sehr nahe.« Sie wandte sich an Emily: »Warum greift er mich an?«

»Das tut er gar nicht«, erwiderte Emily, so sanft sie konnte. »Er versucht, den Kreis der Personen, die mit Dawn zusammen sind oder etwas über sie wissen könnten, einzugrenzen. Deine Beziehung zu Carter ist bisher recht oberflächlich. Sei ehrlich, Celeste – es gibt vieles, was du nicht von ihm weißt.«

»Du bist bloß neidisch.«

Emily hätte sich fast verschluckt. Sie warf Brian einen Blick zu und sagte: »Nein. Nein, das bin ich nicht.« Doch sie ging nicht weiter auf diesen Punkt ein. »Du kennst ihn erst kurz, Celeste. Du hast noch nicht viel mit ihm erlebt. Du hast noch nicht gesehen, wie er sich in verschiedenen Situationen verhält.«

»Ich vertraue ihm.«

»Ja, vertrau ihm – aber mach dir auch klar, daß er, da er Dawn nicht aufgezogen und noch weniger Zeit mit ihr verbracht hat als mit dir, vielleicht die Regeln nicht kennt. Es kann doch sein, daß er nicht weiß, daß er es dir sagen muß, falls sie ihm irgendwelche Pläne anvertraut.«

»Es könnte auch sein, daß er sie nicht verpetzen will.«

»Genau. Es wäre also möglich, daß er mit den besten Absichten etwas für sich behält, das uns Aufschluß über ihren Verbleib geben könnte.«

Es verging eine ganze Minute, ehe Celeste widerstrebend zugab: »Ja, das wäre möglich.« Sie schaute Brian jetzt etwas kleinlauter an. »Selbst wenn sein Büro die Nummer in Paris hat, wird vor morgen früh niemand dort sein, der sie mir geben könnte. Vielleicht sollte ich nach Hause fahren – für den Fall, daß er anruft. Er sagte zwar, er werde es nicht tun, er werde versuchen, das in einer Woche zu schaffen, wofür er ursprünglich zehn Tage eingeplant habe – aber man kann nie wissen. Genauso wie bei Dawn. Es ist nicht wahrscheinlich – aber es könnte sein.«

»Ja – fahr nach Hause. Das ist am besten.«

»Sie amüsiert sich irgendwo, meinst du nicht?«

»Wahrscheinlich.«

»Du glaubst doch nicht wirklich, daß sie in Schwierigkeiten ist, oder?«

»Nein.«

Doch allein aufgrund der Erwähnung dieser Möglichkeit malte Emily sich sofort die wildesten Varianten aus.

»Em?« sprach Brian sie sanft an.

Ihr Blick flog zu ihm. Sie schlang die Arme um ihre Mitte und legte den Oberkörper darauf. »Ich bin okay.«

»Bestimmt?«

Sie nickte. Als Brian Celeste fragte, ob sie ein neues Foto von Dawn habe, sagte sie: »Es hängt eines an der Pinnwand in meiner Küche.«

Brian schaute auf seine Notizen hinunter, runzelte die Stirn und fragte Celeste diplomatisch: »Wenn ihre Zimmergenossin recht hat und Dawns Schrank voll ist, und wenn sie schon seit drei Tagen irgendwo unterwegs ist – wie könnte sie dann angezogen sein?«

»Als ich sie am Sonntag abend zurückbrachte, trug sie zwei Pullover übereinander, Jeans und flache Schuhe – aber sie hatte einen ganzen Rucksack mit sauberen Sachen dabei und kann inzwischen natürlich etwas davon anhaben – den Minirock, den sie bei den Davies trug, eine der Blusen oder Westen oder die schwarze Lederhose, die Springerstiefel ...«

Brian machte sich entsprechende Notizen, ließ dann seinen Kugelschreiber auf den Block fallen und stand auf. »Nehmen wir erst einmal an, daß sie aus freien Stücken verschwunden ist. Wenn sie morgen noch immer nicht auftaucht, werden wir die Sache überdenken!«

Emily brachte Celeste zum Wagen. »Dawn ist bestimmt okay«, versuchte sie, sie zu beruhigen.

Doch Celeste brauchte jetzt keinen Zuspruch mehr – sie war wütend. »Wenn sie nach Hause kommt, wird sie die längste Zeit okay gewesen sein – sie wird ihr blaues Wunder erleben, das verspreche ich dir, Emily.«

Emily nahm an, daß Zorn leichter zu ertragen war als die schrecklichen Vorstellungen, die ständig durch ihren Kopf zuckten, Bildfragmente von Kleidungsstücken, von Susan Demerys Finger, von Daniels leerem Autositz.

Brian legte gerade den Hörer auf, als sie zurückkam. »Mit wem hast du telefoniert?« fragte sie.

»Mit der Campuspolizei: Ich wollte sie wissen lassen, daß ich mich mit dem Fall befasse.«

»Du hast sie gebeten, den Campus zu durchsuchen, nicht wahr?« Er schloß sie in die Arme. Als ihr Kopf an seiner Brust lag, erschien ihr die Lage nicht mehr ganz so trostlos. »Es kann nicht schaden, wenn sie sich mal umsehen«, meinte er. »Nicht, daß ich erwarte, daß sie fündig werden – wirklich nicht, Emily. Ich erwarte überhaupt keine Katastrophe. Wir haben es hier nicht mit einem Zweijährigen zu tun, der sich nicht wehren oder eine Gefahr erkennen kann, wenn er sich damit konfrontiert sieht – und wir haben es auch nicht mit einer achtzehnjährigen Erbin zu tun. Es gibt viele harmlose Erklärungen für Dawns Verschwinden.« Er drehte sein Handgelenk, um auf seine Uhr zu schauen. »Es ist zehn Uhr durch – glaubst du, Myra schläft schon?«

»Es brennt noch Licht bei ihr.« Emily hatte darauf geachtet, denn dort drüben befand sich ein weiterer Grund zur Sorge für sie. »Warum?«

»Meinst du, sie würde rüberkommen und bei Julia bleiben, bis ich vom Revier zurück bin?«

»Ich bleibe bei Julia.« Das erschien ihr sicherer.

»Aber ich will dich dabeihaben.« Schöne, eindringliche, silberblaue Augen vermittelten ihr, wie ernst es ihm damit war. »Du kennst Dawn. Du weißt, wie Nachforschungen laufen. Ich möchte, daß du mir hilfst.«

»Um zu verhindern, daß ich hier rumsitze und in Depressionen verfalle.«

»Zugegeben – und ich entschuldige mich nicht dafür. Was sagst du – wird Myra es tun? Julia schläft fest, und sie wird sicher bis morgen früh durchschlafen – womit ich nicht sagen will, daß wir auch nur annähernd so lange weg sein werden. Ich rechne mit ein, zwei Stunden. Kann sie das schaffen?«

»Ich denke schon. Sie ist in letzter Zeit sehr still. Lustlos. Ihre Familie hat vor, sie gewaltsam umzuquartieren, wenn sie nicht freiwillig in ein Pflegeheim geht.«

»Sie würden das tatsächlich gerichtlich durchsetzen?«
»Nein. Sie würden das Haus verkaufen, alles zusammenpacken und sie einfach wegschaffen. Bei Gericht hätten sie keinen Erfolg: Wenn sie will, ist sie völlig vernünftig.«
Brian drückte Emily einen Moment lang fest an sich und ließ sie dann los. »Ich geh sie holen.«
Es dauerte volle zehn Minuten, ehe er zurückkam, und Emily sah sofort, weshalb: Myra bewegte sich extrem langsam, schien all ihre Kraft verloren zu haben, die sie vor einigen Wochen noch besessen hatte.
»Macht es Ihnen auch bestimmt nichts aus?« fragte Emily sie.
»Ich kann in letzter Zelt sowieso nicht schlafen«, entgegnete Myra und ließ sich den Mantel von den Schultern ziehen. »Der Detective sagt, Ihre Freundin könne ihre Tochter nicht finden.«
»Dawn. Das ist richtig. Aber sie ist wahrscheinlich nur mit Freunden unterwegs.«
»Ich habe die Nummer vom Revier zum Telefon gelegt«, erklärte Brian Myra. »Wenn sich irgendein Problem ergeben sollte, rufen Sie uns an. Nein – ich werde lieber Sie in Abständen anrufen. Ich halte Sie auf dem laufenden.« Er ging auf die Tür zu.
Emily schloß sich ihm an. »Falls Julia aufwacht, schauen Sie bitte nach, ob das Häschen noch bei ihr im Bett liegt – es fällt manchmal raus.«
»Nehmen Sie sich zu essen und zu trinken.«
»Wenn Sie Brians Nummer nicht finden können, wählen Sie neun-eins-eins.«
»Die Heizung klackt zweimal, wenn sie anspringt – erschrecken Sie nicht.«
Myra folgte ihnen zur Treppe hinaus. Emily schaute sich alle paar Schritte um. Ein unbehagliches Gefühl beschlich sie. Dann fiel die Tür zu, und sie waren unterwegs.

Brian gab Dawns Beschreibung für den Großraum Boston heraus, alarmierte sechzig Departments in Massachusetts und die Staatspolizei. Er faxte Dawns Foto an die Departments. Die Reproduktion würde sicher nicht berauschend sein, doch achtzehnjährige, einen Meter zweiundsechzig große, einhundertzwanzig Pfund schwere Blondinen waren keine Seltenheit, und ein schlechtes Bild war besser als gar keines. Sollte sie länger verschwunden bleiben, könnte er immer noch für eine bessere Qualität sorgen.

Auf dem Weg zum Computer rief er Myra an. Es dauerte fünf Klingelzeichen, die ihn um Wochen altern ließen, bis sie den Hörer abnahm. »Wie geht's meiner Julia?« fragte er in betont unbekümmertem Ton.

»Haben Sie das Mädchen schon gefunden?«

»Nein. Wir werden sie heute abend sicher auch nicht mehr finden. Ich bereite nur alles für eine großangelegte Suchaktion vor. Geht es Julia gut?«

»Bestens. Ich schaue immer wieder zu ihr hinein. Sie ist noch nicht aufgewacht.«

Ihre Stimme klang jetzt viel lebhafter als vorher, und das beruhigte Brian. »Na, großartig«, sagte er.

»Wo suchen Sie denn?«

»Hier im Umkreis – wir glauben nicht, daß sie weit weg ist.«

»Sie müssen unter der Weide nachschauen.«

Er hätte sich denken können, daß das wieder kommen würde. Es erfüllte ihn zwar mit Unbehagen, Myra wirres Zeug reden zu hören, während sie die Verantwortung für Julia hatte, doch er war überzeugt davon, daß sie harmlos war. Also sagte er beschwichtigend: »Das ist eine gute Idee für morgen – im Dunkeln könnte man nicht viel sehen. Rufen Sie mich an, falls Julia Ihnen Schwierigkeiten macht.«

»Das wird sie nicht«, sagte Myra.

»Wie geht es ihr?« fragte Emily, als er den Hörer auflegte.

»Julia? Schläft. Myra? Ist in doppelter Hinsicht wach.« Sogar recht munter, wenn er ihre letzte Bemerkung bedachte.
Nachdem seine Sorge um Julia für den Moment beseitigt war, gab er *Carter Demming* in den Computer ein.
Emily stand neben ihm. »Dir hat er nicht gefallen, stimmt's?«
»Ich fand ihn nicht unsympathisch, aber sie kennt ihn noch nicht gut, und er verhielt sich bei den Davies Dawn gegenüber fast genauso wie Celeste gegenüber. Ich frage mich immer wieder, ob es Zufall war, daß sie am letzten Sonntag beide Celestes Haus verließen.«
»Aber Celeste hat Dawn selbst zum College gefahren. Sie hat sie ins Wohnheim gehen sehen.«
Seine Augen fixierten den Bildschirm, während er sprach. »Danach kam sie wieder nach Hause, verbrachte noch eine knappe Stunde mit Carter und gab ihm dann einen Abschiedskuß. Er fuhr los – aber sie sah nicht, wohin.«
»Du meinst, er hat Dawn abgeholt?«
»Ich kann es nicht ausschließen.«
»Hältst du es für möglich, daß er ihr etwas angetan hat?«
Auch das konnte er nicht ausschließen – er hatte ihm Laufe seines Polizistenlebens schon einige Dr. Jekylls und Mr. Hydes kennengelernt. Aber er wollte Emily nicht unnötig beunruhigen – und er hielt Carter nicht wirklich für einen gefährlichen Geisteskranken. »Meine Überlegung geht eher dahin, daß die beiden sich entschlossen haben, ein bißchen zu techtelmechteln.«
»Aber wenn er jetzt in Paris ist – wäre sie dann nicht wieder im College?«
»Wissen wir denn, daß er in Paris ist?« Er schlug mit dem Finger auf die »Escape«-Taste. »Er hat keine Vorstrafen – zumindest nicht in Massachusetts.« Er überprüfte die bundesweiten Unterlagen, fand Carter dort jedoch ebenfalls nicht – und auch nicht in den Akten der Staatspolizei über ganz Neuengland und die Mittelatlantischen Regionen.

Er hatte eine Idee, doch es bedurfte einiger Zeit und mehrerer Telefonate, bis er die Angaben hatte, die ihm den Zugang zu den Unterlagen ermöglichten, die er sich ansehen wollte.

»Steuerzahler?« fragte Emily, als die Liste erschien.

»Immobilien. Celeste sagte, er lebe in Cambridge.« Er ließ das Alphabet bis zu »ds«, dann »des« und schließlich »demms« durchlaufen. »Wenn, dann nicht in einem Eigenheim – oder es ist nicht auf seinen Namen eingetragen.«

»Das gefällt mir nicht, Brian.«

Er nahm den Hörer ab und rief die Auskunft an. »Ich hätte gerne eine Nummer in Cambridge. Der Name des Teilnehmers ist Demming – mit ›D‹ wie Dora. Vorname Carter.« Er wartete.

»Tut mir leid – ich habe keinen Eintrag auf diesen Namen.«

»Haben Sie auch bei den Geheimnummern nachgeschaut?«

»Ja.«

Er legte auf. »Da stimmt was nicht.«

»Wir hatten sie gewarnt, eine Anzeige aufzugeben«, rief Emily, »aber sie war wild entschlossen. Sie sagte, sie könne schon die Spreu vom Weizen trennen.«

Brian spürte ihre wachsende Besorgnis. »Jetzt nimm mal nicht gleich das Schlimmste an. Vielleicht ist er ja nur ein Schlitzohr und kein Verbrecher. Es ist gut möglich, daß Dawn völlig okay ist.«

»Wollen wir Celeste anrufen?«

»Nein – das würde nichts bringen. Morgen früh wird sie ja versuchen, Carter aufzutreiben – ich bin gespannt, ob sie Glück hat.« Er griff zum Telefon und rief zu Hause an. »Hallo, Myra. Wie läuft's denn so?«

»Haben Sie sie gefunden?«

»Nein. Vor morgen früh können wir nicht viel tun.«

»Das ist gut – dann schauen Sie unter der Weide nach.«

»Das mache ich. Wie geht's meinem kleinen Mädchen?«

»Sie schläft wie ein kleiner Engel. Ich stand vorhin gerade an ihrem Bettchen und schaute sie an, als sie sich umdrehte und die niedlichsten kleinen Sauggeräusche machte, als würde sie aus einem Fläschchen trinken. Sie trinkt doch noch aus dem Fläschchen, oder? Ich könnte ihr Milch geben, wenn sie aufwacht. Das habe ich schon mal gemacht, wissen Sie noch? Als sie damals im Wagen schlief, als Sie mit ihr heimkamen und Sie sie nicht wecken wollten und darum im Auto ließen und ich mich zu ihr setzte. Sie ist ein richtiger kleiner Schatz. Ich wünschte fast, sie würde aufwachen, damit ich mit ihr spielen könnte. Aber ich werde sie nicht wecken – nein, das werde ich nicht tun. Sie schauen morgen unter der Weide nach, ja?«
»Versprochen, Myra. Geben Sie uns noch zwanzig Minuten?«
»Lassen Sie sich Zeit – soviel Sie wollen. Ich glaube, ich könnte sowieso nicht schlafen, wenn ich jetzt heimgehen müßte. Nein, ich könnte bestimmt nicht schlafen – diese Sache ist viel zu aufregend. Tun Sie, was Sie tun müssen – und behalten Sie Emily da. Wenn Sie sie kennen, wissen Sie, daß sie meint, sie müßte schnellstens zurückkommen, damit ich ins Bett gehen kann – und darum sagen Sie ihr, was ich eben gesagt habe. Ich bin überhaupt nicht müde – ich bleibe auch bis morgen früh, wenn Sie so lange brauchen. Lassen Sie sich Zeit, Detective. Bitte. Sie sind ein guter Mann. Lassen Sie sich Zeit.«

Emily saß mit übereinandergeschlagenen Beinen auf der Bettdecke, Brian lag von der Taille an abwärts darunter, den Kopf durch die Kissen gestützt und – wie sie – mit duschfeuchtem Körper. Ihre Finger lagen locker ineinander.
Er drückte ihre Hand.
Sie lächelte.
»Wir werden sie finden«, flüsterte er.
Sie nickte, zog seine Hand auf ihren Schoß, legte ihre Finger an seine, streichelte seine Handfläche.

»Ich finde es schrecklich, daß du das alles wieder durchleben mußt«, sagte er.
Ihr Lächeln verrutschte. »Das ist wohl mein Schicksal.« Das Lächeln erstarb, denn keiner der anderen Fälle – nicht einmal Dawn – bedeutete ihr so viel wie Daniel, und es war Daniels Verschwinden, das niemals aufgeklärt würde. »Hat Doug dich angerufen?«
»Mich? Nein.«
»Er hatte es angedroht. Er sagte, er wolle dich wegen Daniel ansprechen. Nach all der Zeit will er plötzlich wissen, was aus ihm geworden ist.«
»Es ist hart, es nicht zu wissen.«
Das wußte Emily. O ja, das tat sie. »Aus diesem Grund sage ich mir, daß er tot ist.« Sie betrachtete Brians Arm, rotbraune Härchen auf Muskelsträngen. Sie strich die Härchen in eine Richtung und dann in die andere. »Und wenn Doug dich doch noch anrufen sollte – was würdest du tun?«
»In bezug auf Daniel?«
»Würdest du den Fall wieder aufrollen?«
Er schwieg so lange, bis sie schließlich zu ihm aufschaute. Als sie seinen niedergeschlagenen Gesichtsausdruck sah, begann ihr Herz zu hämmern. »Das habe ich bereits getan«, gestand er kleinlaut. »Ich habe alles nachgeholt, was damals versäumt wurde, aber ich konnte keinen Hinweis finden, Em.«
Sie atmete mit einem zittrigen Hauchen aus.
»Es tut mir leid – ich hatte so gehofft, das Kapitel für dich abschließen zu können.«
Sie nickte. Sie hätte wissen müssen, daß er es versuchen würde. Seine Finger umschlossen die ihren, zogen sie an seine Brust und hielten sie dort fest. »Wenn ich könnte, wie ich wollte, würde ich dich irgendwohin bringen, wo du diesem Schmerz nicht unentwegt ins Auge blicken müßtest.«
»Schmerz gehört zum Leben«, sagte sie. »Ebenso wie Verlust. Je

schöner das Leben mit einem Menschen ist, um so größer ist der Schmerz, wenn man ihn verliert. Daniel war etwas Besonderes.« Sie schaute zu dem Fenster über dem Bett hinauf. Der Mond stand am Himmel über dem Wäldchen, tauchte die laublosen Bäume in silbernes Licht, das sie ebenso zart wie unheimlich erscheinen ließ, fast unwirklich. »Er ist irgendwo da draußen«, flüsterte sie, plötzlich von einer überwältigenden Sehnsucht erfaßt. »Tot oder lebendig, er ist irgendwo da draußen, und vielleicht will ich es auch wissen – vielleicht hat der Schmerz dann ein Ende.«

Brian küßte ihre Finger und drückte sie wieder an seine Brust.

»Ich dachte, ich hätte mich damit abgefunden, doch auf einmal muß ich immerzu an ihn denken. Warum jetzt?« Doch sie wußte es: Jills Fortgang hatte eine Kettenreaktion von Gefühlen ausgelöst, die Emily zu einem Scheideweg geführt hatte. Daniel stand dort, eine unerledigte Angelegenheit aus der Vergangenheit, die ihr den Weg versperrte, den sie gehen wollte. »Ich bin blockiert, Brian. Ich möchte mich gerne weiterentwickeln, aber ich kann es nicht – es hindert mich ein Ereignis daran, das neunzehn Jahre zurückliegt. Neunzehn Jahre. Ich sollte wirklich darüber hinwegsein. Irgend etwas stimmt nicht mit mir.«

»Es stimmt alles mit dir – du liebst einfach nur lange und intensiv.«

»Das ist ein Fluch.«

»Nein, es ist eine Stärke.«

»Ich fühle mich nicht stark.«

»Du bist es aber – du bist eine der stärksten Frauen, die ich kenne.«

»Warum tut es dann so weh?«

Er brauchte nur ganz leicht anzuziehen, um sie aus dem Gleichgewicht zu bringen. Sie sank auf ihn herab, legte ihre Wange an seine Schulter. Ihre Hand fand ersehnte Wärme zwischen ihren Körpern.

Er sprach nicht, versuchte nicht, Dinge zu erklären, für die es keine einleuchtenden Erklärungen gab, enthielt sich jeglicher Platitüden und Ablenkungsmanöver. Er hielt sie einfach nur im Arm, gestattete ihr, den Schmerz zu empfinden, den sie zu oft unterdrückt hatte, und sie lebte ihn aus – mit tiefen Seufzern und herzzerreißenden Jammerlauten, die die schlimmsten Befürchtungen und den abgrundtiefsten Gram einer Mutter ausdrückten.

Schließlich schlief sie völlig erschöpft ein.

Vierundzwanzigstes Kapitel

Am nächsten Morgen setzte Brian Julia gerade in ihren Autositz, als Myra über die Sackgasse auf ihn zueilte. Ihre Augen glänzten, und sie war außer Atem, doch ihre Stimme war kräftig genug, um bis in den Wagen zu dringen. »Ich habe seit Tagesanbruch die Minuten gezählt. Kommen Sie jetzt?«

Es war noch nicht ganz sieben Uhr, früher, als Brian normalerweise losfuhr, aber er hatte sich vorgenommen, Julia heute früher bei Janice abzuliefern und nach einem schnellen Kaffee im »Nell's« rechtzeitig auf dem Revier zu sein, um den Computer für sich zu haben, bevor er zu Celeste führe.

»Ich kann jetzt schlecht«, erklärte er und schnallte Julia fest.

»Aber Sie haben es versprochen«, insistierte Myra.

»Ich habe es nicht vergessen.«

»Sie haben das Mädchen nicht gefunden, stimmt's?«

»Noch nicht.«

»Dann müssen Sie in meinem Garten nachsehen.«

Er glitt rückwärts aus dem Auto und machte die Tür zu. »Eins nach dem anderen – erst das Revier, dann der Garten.« Er nahm Myra sanft am Arm und führte sie die Straße hinunter. »Außerdem ist der Boden gefroren – wir können erst unter der Weide graben, wenn es wieder wärmer wird.«

»Großer Gott – Sie können doch nicht bis zum Frühling warten, wenn sie jetzt vermißt wird!«

»Nicht bis zum Frühling.« Er dirigierte sie auf ihr Haus zu. »Nur ein paar Stunden – bis gegen Mittag vielleicht. Wenn die Sonne durchkommt, wird es schnell wärmer.«

»Und wenn sie nicht durchkommt?«
»Dann schaue ich trotzdem nach. Geben Sie mir ein paar Stunden. Ich verspreche ihnen, daß ich nachher rüberkomme.«
»Und wenn Sie sie inzwischen finden?« fragte Myra mit solcher Angst, daß Brian sich unwillkürlich fragte, ob ihre fixe Idee sich nun zum Wahn ausgewachsen hatte.
Er öffnete ihre Haustür und begleitete sie hinein. Dann schaute er ihr fest in die Augen. »Ich komme bestimmt. Ich gehe mit Ihnen zur Weide raus, ob wir Dawn bis dahin gefunden haben oder nicht – aber nur, wenn Sie im Warmen bleiben. Versprechen Sie mir, daß Sie nicht hinausgehen, bis ich wiederkomme?«
Myra schaute zu ihm auf, ohne zu blinzeln, und dann nickte sie langsam, gehorsam.
Brian kam der Gedanke, daß seine Mutter nicht viel jünger war als Myra, daß es gut möglich war, daß sie irgendwann, altersmäßig bedingt, abbaute und er dann wie Myras Kinder gezwungen wäre, sich mit schmerzlichen Überlegungen herumzuschlagen.
Plötzlich traurig küßte er Myra zart auf die Stirn, bevor er die Tür hinter sich zuzog und zu seinem Wagen zurückging.

Celeste begann an diesem Morgen um acht Uhr, in Carters Büro anzurufen. Carter rief sie oft schon so früh von dort an, und er arbeitete nicht allein: Mehr als einmal hatte er sie auf die Warteleitung gelegt, während er einem seiner Mitarbeiter Anweisungen gab.
Heute nahm niemand den Hörer ab. Sie versuchte es alle fünf Minuten, tigerte dazwischen ungeduldig auf und ab. Sie wollte Klarheit haben. Es war schlimm genug, daß sie nicht wußte, wo ihre Tochter steckte, aber die Zweifel, die Emily und Brian bezüglich Carter geäußert hatten, machten alles noch schlimmer. Sie konnte nicht glauben, daß Carter nicht rundherum wundervoll war – sie konnte es einfach nicht.
Kurz vor halb neun stürmte Kay herein. »Ich habe gerade das von

Dawn gehört! Warum hast du mich gestern nicht gleich angerufen?«

»Es erschien mir zwecklos. Ich hatte schon mit Marilee telefoniert, und sie wußte nichts. Ich bin ganz durcheinander, Kay. Ist das eine von Dawns üblichen Eskapaden, oder muß ich mir Sorgen machen?«

»Hast du Carter erreicht?«

Celeste horchte auf. »Woher weißt du, daß ich es versucht habe?«

»Brian kam vorbei. Er wird bald hier sein. Er hatte noch ein paar Dinge auf dem Revier zu erledigen. Also, was ist – hast du Carter erreicht?«

Celeste wußte, was Brian vermutete, doch damit lag er völlig daneben, und sie war entschlossen, das zu beweisen. »Es ist noch niemand in seinem Büro. Ab neun müßte jemand da sein.«

»Carter hat dir erzählt, er müsse nach Paris?«

»Er ist in Paris.« Sie wählte erneut die Büronummer, ließ es achtmal klingeln, legte auf.

»Man sollte meinen, sie hätten einen Anrufbeantworter«, überlegte Kay laut. »Ah – da ist Emily! Mit Kaffee! Sie ist ein Schatz.«

Celeste interessierte sich mehr für Kays Überlegung als für den Kaffee. »Warum meinst du, sie müßten einen Anrufbeantworter haben? Das ist kein Muß für eine erfolgreiche Firma.«

»Man sollte denken, daß sie keine wichtigen Anrufe versäumen wollen.«

»Bekleidungsgeschäfte haben keine Anrufbeantworter, Restaurants und Supermärkte ebensowenig. Und Schulen auch nicht. Apropos: Mußt du nicht los?« Wenn Kay vorhatte, sie negativ beeinflussen zu wollen, legte sie keinen Wert darauf, daß sie noch länger bliebe.

»Ich unterrichte heute nicht – ich muß erst wissen, was mit Dawn ist.« Sie öffnete Emily die Tür. »Du bist eine Lebensretterin.«

»Wie geht's ihr?« fragte Emily leise.

»Es geht mir gut«, antwortete Celeste an Kays Stelle, »das heißt, es ginge mir gut, wenn nicht alle um mich herum so mißtrauisch wären. Ich mache mir Gedanken um Dawn – ihr alle macht euch Gedanken über Carter.«

Emily gab ihr einen Becher Kaffee. »Hast du ihn erreicht?«

»Es ist noch keiner im Büro. Mein Gott, das wird so peinlich. Was soll ich denn sagen?« In zuckersüßem Ton fuhr sie fort: »Hallo, Schatz – ich wollte mich nur vergewissern, daß du wirklich in Paris bist, wie du gesagt hast.« Sie zog den Deckel von ihrem Becher, verschüttete etwas Kaffee dabei und fluchte. Ihre finstere Miene schloß auch ihre beiden Freundinnen mit ein. »Es ist die Geschichte von den sauren Trauben, das ist alles. Ihr wolltet nicht, daß ich eine Kontaktanzeige aufgab – und wenn Carter tatsächlich ein Haupttreffer ist, dann ist bewiesen, daß ihr unrecht hattet.«

Sie schob die Hände in die Gesäßtaschen ihrer Jeans. Emily öffnete ihren Kaffeebecher, nippte ein paarmal und sagte dann: »Die gute Nachricht ist, daß er keine Vorstrafen hat.«

Celeste funkelte sie empört an. »Ihr habt das überprüft?«

»Die schlechte Nachricht ist, daß er in Cambridge weder ein Haus noch einen Telefonanschluß hat.«

»Emily – ich war in seinem Haus! Ich habe sein Telefon benutzt.«

»Bist du sicher, daß beides ihm gehört?«

»Wem sollte es sonst gehören?«

»Einem Freund vielleicht.«

»Und warum sollte er mir das vormachen?«

»Um dich zu beeindrucken.«

Celeste fühlte sich verraten – nicht von Carter, sondern von Emily, Kay, Brian, John und jedem anderen übelwollenden Skeptiker auf der Welt. »Und sein Beruf ist auch Schwindel? Seine Entwürfe sind Schwindel? Tut mir leid – aber ich habe einige dieser Entwürfe gesehen. Ich bin drin gewesen. Nein, sein Beruf ist kein Schwindel. Ich habe seine Freunde kennengelernt,

ich habe Kunden von ihm kennengelernt, ich habe seinen Partner kennengelernt.«
Emily konzentrierte sich auf ihren Kaffee.
Celeste empfand das ebenso als Ausdruck des Zweifels wie ein gesprochenes Wort. »Jetzt denkst du, daß die Bezeichnung ›Partner‹ ein vielschichtiger Begriff ist, daß der Mann, den er mir vorstellte, vielleicht sein Golfpartner oder sein Pokerpartner oder sein Partner bei krummen Sachen ist. Wie kannst du nur so negativ denken? Was ist mit dem Prinzip, daß eine Person unschuldig ist, bis ihre Schuld erwiesen ist?« Sie nahm wieder den Hörer ab, wählte wieder die Nummer von Carters Büro und knabberte wieder an ihrem Daumennagel, während sie es wieder vergeblich klingeln ließ.
Sie knallte gerade den Hörer auf die Gabel, als eine hochgewachsene Silhouette an der Küchentür auftauchte. Die Silhouette klopfte, drehte den Knauf und öffnete die Tür. Celeste fragte sich, was wohl noch passieren könnte. »Du hättest nicht kommen müssen«, sagte sie. »Kay, Emily – ihr erinnert euch an Jackson.«
Sie musterte ihn, während sie einander mit den kurzen Floskeln begrüßten, die Jackson verkraften konnte. Sie hatte ihn einige Jahre nicht gesehen – seit Dawn den Führerschein hatte und selbst zu den Treffen fahren konnte. Er sah gut aus – müde und überarbeitet vielleicht, aber das war nichts Neues bei dem alten Workaholic Jack.
Sein Blick fiel auf sie und verharrte.
Sie verschränkte die Arme vor der Brust und hielt ihm stand. Wenn Jack gekommen war, um ihr Vorwürfe wegen Dawns Verhalten zu machen, würde sie das Zimmer verlassen. Desgleichen, falls er sich der Kampagne gegen Carter anschließen sollte.
Er überraschte sie mit der schlichten Frage: »Hat sie angerufen?«
Celeste schüttelte den Kopf. »Sie taucht schon wieder auf – ich

weiß es. Du hättest wirklich nicht die weite Fahrt hierher machen müssen.«

»Du warst immerhin besorgt genug, um mich anzurufen.«

»Ich habe dich nur angerufen, weil ich dachte, du wüßtest vielleicht, wo sie steckt. Ich wollte dich nicht veranlassen, alles stehen- und liegenzulassen und herzukommen.«

»Hast du nicht geglaubt, daß ich mir auch Sorgen machen würde?«

»Offen gestanden«, antwortete Celeste im Gedanken an all die Jahre, in denen sie als Alleinerzieherin überfordert gewesen war, »nein. Du hast mir nie Anlaß zu einer solchen Vermutung gegeben.«

»Vielleicht, weil du mich kaum in ihr Leben einbezogen hast. Und wenn, dann hörte ich nie von Problemen, nur Gutes – nur das, was dich als großartige Mutter dastehen ließ.«

»Ah – wir gehen nach nebenan«, sagte Kay und zog Emily mit sich.

»Ich war eine großartige Mutter«, erklärte Celeste Jackson, »oder zumindest eine gute. Ich sage nicht, daß ich keine Fehler gemacht habe, aber ich gab mir Mühe, und es war hart. Ich hatte niemanden, den ich um Rat fragen konnte – und niemanden, mit dem ich mir die Schuld teilen konnte.«

Jackson lehnte am Küchenunterschrank, hatte die Hände um die Kante der Arbeitsfläche gelegt, die sich in Höhe seiner Hüften befand, und seine schlaksige Gestalt stand zwar nicht gebückt da, aber auch nicht richtig aufrecht. Er legte keinen Einspruch gegen Celestes letzte Aussage ein.

Also fuhr sie fort, machte ihrer Besorgnis um Dawn Luft und ihrer Nervosität – ja, die war trotz all ihrer Proteste vorhanden – bezüglich Carter. »Ich war mit ihr allein, seit Dawn ein Jahr alt war, hatte von jetzt auf sofort die Verantwortung für sie, und sie war schon damals kein einfaches Kind – genauso dickköpfig und streitsüchtig wie heute.«

»Wie ihre Mutter«, sagte Jackson mit einem merkwürdigen Lächeln.
»Ich bin nie so auf meine Eltern losgegangen wie sie auf mich.«
»Vielleicht nicht – aber du warst ein wildes Mädchen, als wir uns kennenlernten.« Immer noch dieses merkwürdige Lächeln. Es sprach von Erinnerungen – schönen Erinnerungen – und besänftigte sie, und plötzlich fühlte sie sich seltsam ausgeliefert: Sie gingen zwar seit vielen Jahren getrennte Wege, doch Jack kannte sie wie niemand anderer.
»Okay«, gab sie zu. »Ich habe eine Weile ganz schön auf den Putz gehauen – aber ich habe meine Eltern nie mit der Nase darauf gestoßen. Und Dawn weiß nichts von dieser Zeit, also kann sie unmöglich meinem Beispiel gefolgt sein – und bereits damals begehrte sie ständig auf, testete jede Grenze, die ich ihr jemals setzte.«
»Aber die Schule hat sie reibungslos hinter sich gebracht.«
»Kunststück – schließlich hat sie deine Intelligenz geerbt. Aber trotzdem hätte es Schwierigkeiten gegeben, wenn ich sie nicht ständig zum Lernen getriezt hätte. Du kannst also sagen, ich sei eine Nörgel-Mutter, aber jemand mußte es tun, und du warst nicht da. Du hattest die leichtere Rolle in diesem Stück. Es kostete dich keine Mühe, jeden Monat den Scheck zu schicken, denn du verdientest ihn auf einem Gebiet, wovon du etwas verstehst, aber ich mußte mich mit einer Aufgabe herumschlagen, von der ich nichts verstand. Ich hatte nicht die Naturbegabung wie manche andere Mütter. Es lag mir nicht, Kleinkinderspiele zu spielen und Plätzchen zu dekorieren und Kinderkleidung zu kaufen. Ich hatte nicht die nötige Geduld. Aber ich blieb bei der Stange, denn sie war nun mal mein Kind, und es gab keinen anderen Menschen, der sich um sie hätte kümmern können. Wenn ich also Fehler gemacht habe, dann ist das bedauerlich, doch ich habe mich bemüht – und das ist mehr, als ein gewisser Herr in diesem Raum für sich in Anspruch nehmen kann.«

Sie wandte ihm den Rücken zu und wählte erneut Carters Büro an. Es war fünf vor neun – jetzt mußte jemand dasein. Doch das Telefon klingelte und klingelte.

»Wen wolltest du denn anrufen?« fragte Jackson.

»Den Typen, mit dem ich mich zur Zeit öfter treffe. Er könnte vielleicht wissen, wo Dawn steckt.«

Jackson überkreuzte die Füße. »Was ist das für ein Mensch?«

»Er heißt Carter und ist Architekt.«

»Ist es ernst?«

»Wir sehen uns, wie gesagt, häufig.«

»Mag Dawn ihn?«

»Natürlich tut sie das. Warum sollte sie ihn nicht mögen?«

»Du hattest davor noch nie eine ernsthafte Beziehung – es könnte doch sein, daß sie eifersüchtig ist, das Gefühl hat, jetzt die zweite Geige zu spielen.«

»Das bezweifle ich. Als sie aufs College ging, erließ sie eine präzise Anordnung: Ruf mich nicht an – ich ruf dich an. Klingt das nach einem Mädchen, das sich um seine Mutter reißt?«

Er zuckte mit den Schultern und schaute in der nächsten Sekunde zur Tür: Brian war gekommen.

»Ja, warum nicht«, rief Celeste und ging ihm öffnen. »Immer hereinspaziert. Kay und Emily sind nebenan – sie haben sich wohl zurückgezogen, weil sie eine Prügelei fürchteten. Das ist Jackson – Dawns Vater.«

Während die Männer sich die Hand schüttelten, kehrte sie zu ihrem Platz neben dem Telefon zurück. Brian trat zu ihr. Es war in ihrer kleinen Küche nicht einfach, es so zu sagen, daß Jackson es nicht mitbekam, aber Brian gab sich redliche Mühe. »Ich habe Schwierigkeiten, etwas über den Mann zu finden.«

»Überraschung, Überraschung – er ist sauber.«

»Nein – ich meine, ich kann keinen Beweis dafür finden, daß ein Carter Demming existiert. Nicht als Steuerzahler. Nicht als Kreditkartenbesitzer. Nicht als Architekt.«

Celeste schluckte. »Sie müssen den Namen falsch geschrieben haben.«
»Ich habe verschiedene Schreibweisen ausprobiert.«
Sie hob die Hand. »Einen Moment – das haben wir gleich.« Es war neun Uhr durch. Sie tippte die Büronummer ein und wartete, betete im stillen und kämpfte gegen die aufsteigende Panik an. Und dann stieß sie einen lauten Seufzer der Erleichterung aus, als sich eine Männerstimme meldete.
»Hallo?«
»Hallo«, sagte sie mit einem Lächeln. »Hier ist Celeste Prince. Ich bin Carters Freundin. Spreche ich mit Mark?« Das war der Partner, den er ihr damals bei ihrer ersten Begegnung in Cambridge vorgestellt hatte.
»Nein – hier ist Jared.«
»Ah.« Das Lächeln blieb. »Jared. Ich müßte Carter erreichen. Haben Sie seine Nummer?«
Sie hörte Papier rascheln, dann folgte ein unfreundliches »Bleiben Sie dran!« und danach ein Knall, als der Hörer auf dem Schreibtisch aufschlug.
»Er sucht die Nummer heraus«, berichtete Celeste Brian mit einem triumphierenden Unterton. Brian hatte die Existenz von Carters Firma angezweifelt, aber sie telefonierte mit einem seiner Kollegen!
Jared kam zurück und ratterte ohne ein weiteres Wort die Nummer herunter.
Celeste schrieb sie auf den Block, der am Telefon lag. Es waren sieben Zahlen – wie in den Staaten. »Steht da keine Vorwahl für Frankreich dabei?«
»Für Frankreich? Die Nummer ist hier aus Cambridge.«
»Nein, nein – ich will ihn in Paris anrufen.«
»Paris? Er ist nicht in Paris. Wer, sagten Sie, spricht da?«
Celeste schluckte eine schreckliche Befürchtung hinunter. Sie war sich sehr deutlich bewußt, daß Brian dicht neben ihr und

Jackson ihr gegenüber stand. »Es ist wichtig, daß ich ihn erreiche. Wird er sich später im Büro melden?«
»Das bezweifle ich. Wir haben letzte Woche mit ihm telefoniert. Er meldet sich nicht öfter als einmal im Monat.«
Sie kaute auf ihrer Unterlippe herum. »Ich verstehe. Na ja ... falls er doch anrufen sollte – würden Sie ihm sagen, daß er Celeste anrufen möchte? Es ist dringend.« Sie legte auf, ehe Jared nach ihrem Nachnamen oder ihrer Telefonnummer fragen konnte, denn beides hätte sie als demütigend empfunden.
»Und?« fragte Brian.
Sie blieb mit dem Gesicht zum Telefon stehen. »Er ist nicht da.« Sie wußte nicht, was sie tun, wen sie jetzt anrufen sollte. Da stimmte etwas nicht. Carter war angeblich sehr oft im Büro, und wenn er nicht dort war, wo war er dann, und wenn er nicht dort war, wer war er dann, und warum hatte er gelogen, und was machte er mit Dawn. Ihr war speiübel.
Brian kam noch näher und fragte leise: »Er ist nicht in Paris?« Sie schüttelte den Kopf.
»Und was ist das für eine Nummer?«
»Eine in Cambridge.« Sie schaute ihn flehend an. »Er hat mir gesagt, er werde nach Paris fliegen. Vielleicht hat dieser Typ – dieser Jared – das nur nicht gewußt. Er sagte, er habe seit letzter Woche nicht mehr mit Carter gesprochen.« Aber Carter hatte ihr am Montag gesagt, er riefe aus dem Büro an. Wenn er nicht dort gewesen war – von wo hatte er dann angerufen? *Und wo war Dawn?*
»Soll ich diese Nummer mal anrufen?« fragte Brian.
Sie nickte und trat zur Seite, schlang einen Arm um ihre Taille, stützte den Ellbogen des anderen darauf und kaute an ihrem Daumennagel.
Nach einer Minute legte Brian den Hörer auf. »Niemand da.«
Eine Welle der Erleichterung erfaßte sie, doch sie war nur von kurzer Dauer. Kleine Dinge nagten an ihr, kleine Details, die sie

nicht kannte, Details, die sie nicht interessiert hatten, weil Carter ihr so gut tat. »Das ergibt keinen Sinn«, sagte sie zu Brian. »Sie haben ihn doch kennengelernt. Okay, Sie waren nicht hingerissen von ihm – aber kam er Ihnen wie ein Betrüger vor?«
»Nein – aber genau das macht einen Betrüger aus, der sein Handwerk versteht.«
»Warum sollte er mich belügen? Nicht, daß ich glaube, daß er es getan hat – es kann sich ja auch um ein Mißverständnis handeln. Daß ich ihn nicht erreichen kann, heißt gar nichts. Aber wenn wir jetzt mal davon ausgehen, daß er nicht der ist, für den er sich ausgegeben hat – was für einen Grund hat er dafür? Ich habe kein Geld – er könnte nicht viel aus mir rausholen.«
»Wie oft war er denn hier?«
»Jede Woche ein paar Tage – und dann die Feiertage.«
»Wer hat die Lebensmittel gekauft?«
Sie zögerte nur einen Moment. »Ich.«
»Sind Sie jemals Essen gegangen?«
»Nein – er sagte, er habe mich lieber für sich allein.« Sie hatte es genossen, das zu hören. Jetzt hatten die Worte einen bitteren Beigeschmack.
Brian legte ihr beruhigend die Hand auf den Arm. »Es könnte einfach nur ein Spiel gewesen sein.«
Sie fühlte sich nicht beruhigt. »Um Sex.«
»Möglich.«
Sie schlang auch den zweiten Arm um ihre Mitte. »Das will ich nicht annehmen – wirklich nicht. Er war so viel besser als die anderen.« Sie dachte an Michael, den Witwer, der so nett und zuverlässig und unromantisch war. Carter war zum Befehlen geboren.
»Was ist mit Dawn?« fragte Jackson.
Ihr Kopf fuhr zu ihm herum – sie hatte ihn völlig vergessen. Ihre Zugbrücke ratterte nach oben. »Dawn ist okay – Carter würde ihr nie etwas antun.« Das mußte sie glauben, denn die Alterna-

tiven waren unvorstellbar. »Na schön, er mag nicht astrein sein – aber er ist nicht grausam. Ich bin nicht dumm, und ich bin auch nicht blind. In all der Zeit, die ich mit ihm verbrachte, sah ich nie eine zornige Geste bei ihm, und er ist auch niemals laut geworden. Ich habe ihn nicht mit den Zähnen knirschen gehört, ich habe nie gesehen, daß sich seine Muskeln verkrampften oder seine Fingerknöchel weiß wurden oder daß die kleine Adern an seiner Schläfe pulsierten, wie sie es bei dir tun, wenn dich etwas aufregt.« Sie streckte den Zeigefinger aus. »Da ist sie!«

»Ich mache mir Sorgen um Dawn.«

»Carter ist freundlich und rücksichtsvoll – und er ist zauberhaft mit Dawn umgegangen. Sie hat das Zusammensein mit ihm genossen. Er würde ihr nie etwas Böses antun – ganz im Gegenteil. Er hat sich immer bemüht, sie einzubeziehen, ihr fast ebensoviel Aufmerksamkeit gewidmet wie mir. Er hat sie angebetet.«

Ein Gedanke beschlich sie, ließ die Worte, die sie als Lob gemeint hatte, in einem anderen Licht erscheinen. Ihr Blick flog zu Brian, und dann schüttelte sie langsam den Kopf. »Er würde sie nie anrühren«, flüsterte sie. »Nein, das würde er nicht. Sie ist meine Tochter, um Himmels willen!«

»Ich glaube«, meinte er, »wir sollten keine voreiligen Schlüsse ziehen. Machen wir uns auf die Suche. Haben Sie die Adresse von dem Haus, das er als seines ausgegeben hat?«

Celeste gab sie ihm.

»Gehörte der Wagen ihm, den er an Thanksgiving fuhr?«

»Ich dachte es zumindest.«

»Ein weißer BMW. Zulassungsnummer?«

»Ich habe keine Ahnung.«

Brian nahm den Hörer ab. »Ich lasse jetzt mal danach fahnden.«

»Sie ist volljährig«, sagte Jackson. »Wofür können Sie ihn drankriegen?«

»Wenn sie freiwillig bei ihm ist, für gar nichts.«

»Wir wissen doch gar nicht, ob sie bei ihm ist«, fühlte Celeste sich zu betonen verpflichtet. Sie wollte nicht, daß Dawn bei Carter wäre – nicht in dieser Weise. Doch nachdem ihr dieser Floh ins Ohr gesetzt worden war, erschien ihr dies mehr als nur Worte in einem anderen Licht: Auf das Feiertagswochenende zurückblickend, sah sie verschiedene Dinge anders. Sie sah Dawn flirten und Carter sie ermutigen. Sie sah zufällige Berührungen, die möglicherweise gar nicht so zufällig waren. Sie sah Umarmungen. Sie sah eine neckische Verspieltheit zwischen ihnen, die ebenso unschuldig wie anzüglich hatte sein können. »Ich habe ihm vertraut«, sagte sie in den Raum hinein. »Ich habe ihr vertraut.«

Brian hob, während er telefonierte, beschwichtigend die Hand, doch nachdem der Gedanke sich einmal bei ihr eingenistet hatte, konnte sie den Verdacht, daß ihr Liebhaber vielleicht der Liebhaber ihrer Tochter geworden war, nicht mehr abschütteln. Sie fühlte sich plötzlich alt, verzweifelt – und sehr töricht.

Es war Jackson, der sie bei der Hand nahm, zum Küchentisch führte und sanft auf einen Stuhl drückte.

Es dauerte nicht lange, sie zu finden. Sie waren dreißig Meilen südlich, in einer noch kleineren Stadt als Grannick, in einem Motel, das nur höchst selten BMWs zu sehen bekam, geschweige denn drei Tage hintereinander. Die örtliche Polizei, die den Wagen in dieser Zeit mit sehnsüchtigen Augen verschlungen hatte, setzte sich sofort mit Grannick in Verbindung, als die Fahndungsmeldung durchkam.

Die Personenbeschreibungen paßten ebenfalls – daran bestand kein Zweifel. Der Geschäftsführer des Motels bestätigte Angaben zu Dawns Person. Seine Frau die zu Carters Person.

Jackson nahm Celeste zu sich in den Wagen und folgte dem Jeep, in dem Brian und Emily saßen. Als sie neben dem BMW anhielten, sprang Celeste aus dem Auto, hielt ihren Parka vor der

Brust zusammen, lief zu der angegebenen Tür und klopfte. Es dauerte eine qualvoll lange Minute, bis Carter aufmachte. Sie hatte kaum Zeit, zu registrieren, daß er nur Jeans trug und sie anstarrte wie ein Gespenst, denn gleich darauf drängte sich Brian mit gezückter Polizeimarke an ihr vorbei, packte ihn, zerrte ihn hinaus und stieß ihn unsanft gegen die Wand.

Celeste trat ins Zimmer. Dawn kniete mit über dem Busen zusammengerafften Laken im Bett. Sie sah zerzaust aus, aber wohlauf.

»Mom!«

In Celeste gaben sich Wut, Verletztheit und Übelkeit ein Stelldichein. Sie öffnete den Mund, um Dawn anzuschreien, doch statt dessen schossen ihr die Tränen in die Augen. Sie machte den Mund wieder zu, preßte die Finger darauf und stand nur da, unfähig, ein Wort zu sagen.

»Wir haben uns Sorgen gemacht«, sagte Jackson, der hinter Celeste hereinkam.

»Daddy!« Ein Entsetzensschrei.

Celeste kam der Gedanke, daß Jacksons Anwesenheit Dawn eine bedeutungsschwere Botschaft übermittelte, und obwohl das Celeste einerseits erboste, denn schließlich war sie es gewesen, die Dawn mit Schweiß, Tränen und Zittern großgezogen hatte, war sie andererseits so dankbar dafür, daß er endlich einen Teil der Last mittrug, daß sie Dawns ungerechte Reaktion ungeahndet hinnahm.

»Niemand wußte, wo du bist«, sagte er. »Du hättest eine Nachricht bei jemandem hinterlassen können. Sie haben dich auf dem ganzen Campus gesucht. Sie haben dich im ganzen Staat gesucht. Warum hast du niemanden wissen lassen, wo du warst?«

Dawns Blick huschte nervös von ihm zu Celeste und dann zur Tür. Sie sah aus, als wünsche sie sich verzweifelt, daß Carter das Reden übernähme. Aber Brian hielt Carter draußen fest. Celeste segnete ihn dafür. Sie hatte ihrer Tochter viel zu sagen, aber kein Wort an Carter zu verschwenden.

Komisch – Carter hatte gerade nicht halb so anziehend auf sie gewirkt wie noch vor ein paar Tagen. Und nicht im mindesten sexy.

»Warum hast du das nicht getan?« bohrte Jackson.

»Ich wußte ja gar nicht, wo wir hinfahren würden.«

»Du bist seit drei Tagen hier – warum hast du nicht angerufen?«

»Ich war beschäftigt.«

»Du bist gar nicht auf die Idee gekommen, anzurufen.«

»Ich war nicht dazu verpflichtet.« Sie hob trotzig das Kinn. »Ich bin achtzehn. Ich bin eine mündige Erwachsene.«

»Hast du dir nicht gedacht, daß deine Mutter sich Sorgen machen würde?«

Celeste hielt noch immer die Hand auf den Mund gepreßt. Sie fühlte sich elend, schaffte es besser, ihre Tränen zurückzudrängen, als ihren revoltierenden Magen zur Räson zu bringen.

»Nein?« hakte Jackson nach.

»Nein, habe ich nicht. Sie konnte es ja gar nicht abwarten, mich endlich aus dem Haus zu kriegen. Sie ruft mich nie im College an.«

»Du hast es mir verboten!« rief Celeste.

»Nur weil ich wußte, daß du es sowieso nicht tun würdest und ich nicht rumsitzen und darauf warten wollte – aber du hättest es tun können, wenn du mich vermißt hättest.«

»Ich habe mich nach deinen Anweisungen gerichtet!«

»Und die paßten dir ja wunderbar in den Kram. Du hast es dir leichtgemacht, wie du es immer tust. Ich konnte gar nicht schnell genug aufs College gehen, damit du endlich anfangen konntest aufzuleben. Ich war all die Jahre eine Last für dich. Ich habe dich in deiner Bewegungsfreiheit eingeschränkt.«

Celeste war bestürzt. »Das habe ich nie gesagt.«

»Das brauchtest du nicht – ich habe es gespürt. Es stimmt doch, oder?«
»Nicht so, wie du denkst.«
»Wie dann?«
Celeste schluckte. »Ich habe versucht, dir ein Vorbild zu sein.«
»Na, das muß ja ein ganz schöner Streß für dich gewesen sein, denn was rüberkam, war deine Sehnsucht nach Freiheit.«
»Aber nicht Freiheit von dir. Freiheit von der Verantwortung. Sie ängstigte mich.«
»Sie ängstigte dich?« spottete Dawn.
»Ja, sie ängstigte mich. Je älter du wurdest, um so weniger in einiger Hinsicht, denn du wurdest ja immer selbständiger – aber dafür ergaben sich andere Probleme wie Partys, Alkohol und Verabredungen, und das ist Alptraumstoff für Eltern. Also stritt ich mit dir, schrie dich vielleicht auch an und nörgelte ständig an dir herum, weil ich befürchtete, daß du grobe Fehler machen würdest und ich daran schuld wäre.«
»Und – bist du das nicht?« hatte Dawn die Stirn zu fragen.
»Nein«, antwortete Jackson. »Deine Mutter hat dir nicht befohlen, mit ihrem Freund durchzubrennen – das hast du ganz allein getan.«
Die Ungeheuerlichkeit dieser Tatsache brach erst jetzt in vollem Umfang über Celeste herein. »Wie konntest du? Meine eigene Tochter! Wie konntest du mit ihm schlafen?«
»Er hat mich geschützt – er trug ein Kondom.«
»Das ist nicht das Thema, aber da du es anschneidest – gegen wen hat er dich geschützt? Gegen mich? Gegen all die Frauen davor? Bilde dir nichts ein – er hat nicht dich geschützt – er hat sich geschützt.«
»Er liebt mich«, behauptete Dawn.
»Er liebt Frauen – dich, mich, nächsten Monat eine andere.«
»Du hast ihn sehr gemocht.«
»Ja, das habe ich – ich Dummkopf. Ich dachte, er sei die Antwort

auf meine Gebete, und du wußtest, daß ich das dachte, und trotzdem bist du mit ihm hierhergefahren.« Sie preßte die Hand auf die Brust. »Dawn – habe ich dir keinerlei Werte vermittelt? Wie konntest du das tun?«

»Du hast mir doch die Pille verschreiben lassen!«

»Darum geht es nicht!« rief sie, und als die Tränen jetzt wieder kamen, ließ sie ihnen freien Lauf. »Okay – du hast das hier nicht allein getan. Carter ist zehnmal schuldiger, als du es bist, denn er wußte, was er tat, aber du ... du ... du bist meine Tochter, mein Fleisch und Blut. Wie konntest du mir so weh tun? Du wußtest, daß ich verrückt nach ihm war. Ob das nun dumm von mir war oder nicht – ich war es.« Sie stieß einen geschluchzten Seufzer aus. »Verdammt noch mal, ich war wirklich brav, solange du zu Hause lebtest. Habe ich dir eine Reihe von ›Onkeln‹ zugemutet? Habe ich dir irgendwelche Freunde aufgezwungen? Nein! Ich stellte dich immer voran. Wie konntest du mir das hier also antun? War ich so schrecklich zu dir, daß ich diese Art von Verrat verdiene?«

Dawn sah von einer Antwort ab.

Celeste kramte ein Papiertaschentuch aus ihrer Tasche und drückte es erst auf das eine und dann auf das andere Auge. Sie fühlte sich wie zerschlagen, plötzlich todmüde, kraftlos – und ihr war immer noch übel. Mit schwacher Stimme sagte sie zu Jackson: »Ich geh zum Wagen – ich fühl mich nicht besonders.«

Ohne Dawn eines weiteren Blickes zu würdigen, die in dem mit Carters Geruch durchtränkten Zimmer mit bis zum Hals hochgerafften Laken auf dem Bett kauerte, ging Celeste hinaus, über die Veranda des Motels und die Treppe hinunter, immer mit dem Rücken zu Brian und dem Abschaum, der bei ihm war, und lehnte sich an den Kofferraum von Jacksons Auto.

Emily gesellte sich zu ihr. »Ist sie okay?«

»O ja.«

»Zerknirscht?«

»Träum weiter!«
»Wahrscheinlich schämt sie sich, aber sie ist in eine Ecke gedrängt worden, und so wird sie ihr Verhalten noch ein Weilchen verteidigen.«
»Und was dann?« Celeste schaute in die Ferne, ohne etwas zu sehen. Und wenn ihr Leben davon abhängen würde – sie wußte nicht, was sie tun sollte. »Sie glaubt, er liebe sie.«
»Vielleicht korrigiert er das, wenn Brian mit ihm fertig ist.«
»Was kann Brian schon ausrichten? Dawn war eine willige Komplizin.«
»Für wen? Wer ist Carter? Ganz sicher nicht der, als der er sich dir gegenüber ausgab. Denk an all die Dinge, die nicht zusammenpaßten. Wenn Leute ihre Identität auf diese Weise verbergen, verbergen sie für gewöhnlich noch mehr. Wenn das auf Carter zutrifft, wird Brian es herausfinden.«
Das war nur ein kleiner Trost für Celeste. Sie preßte das zusammengeknüllte Tuch an ihre Nase und fing wieder an zu weinen.
»O Emily – es ist so unsäglich peinlich. Ich habe alles geglaubt, was er mir erzählte. Er hat mich mit einer Bonbonkette gefüttert, und ich habe sie geschluckt, weil ich ihm so gerne glauben wollte.«
Emily legte den Arm um sie. »Ich weiß.«
»Ich habe all die Jahre vielleicht so getan, als gehe es mir gut, als wolle ich mich gar nicht mit einem Mann abgeben, doch dieses Täuschungsmanöver war ebenso für mich selbst gedacht wie für alle anderen. Es ist nicht so, daß ich einen Mann brauche . . .«
»Celeste«, fiel Emily ihr ins Wort, »das weiß jeder, der dich kennt. Ob es nun ein Täuschungsmanöver war oder nicht – jedenfalls hast du Dawn allein großgezogen und dir allein ein Leben aufgebaut.«
»Aber ich vermißte das andere. Ich vermißte den Spaß. Ich vermißte die Gesellschaft. Manchmal war ich so einsam, daß ich fast daran gestorben wäre.«

»Du hättest mich anrufen können«, sagte Jackson.

Celeste drückte das Tuch auf ihr eines Auge. Sie gestattete sich eine Minute, um sich zu fassen, bevor sie sich von Emily löste.

»Wir sind geschieden, Jackson – weil wir nicht miteinander auskamen. Ich konnte dich nicht anrufen.«

»Wir hätten Freunde sein können. Zum Teufel – ich hätte dich verkuppeln können.«

Wider Willen mußte sie lachen. Als sie ihn anschaute, sah sie ein liebenswert-schüchternes Lächeln. Sie legte den Arm über seine Schulter. »Hätte ich mit deinen Freunden denn besser reden können als mit dir?«

»Vielleicht.« Er zuckte mit den Schultern. »Manche davon sind gar nicht so übel.«

»Und warum sind sie dann nicht verheiratet?«

»Wahrscheinlich aus dem gleichen Grund wie ich: Wir sind Einzelgänger. Man muß schon eine Heilige sein, um mit einem von uns verheiratet zu bleiben.«

»Eine Heilige oder ein Schwachkopf.« Ihr Lächeln erlosch.

»Was macht Dawn?«

»Ich weiß es nicht. Es gab nicht mehr viel, das ich ihr noch sagen konnte.«

»Ist Brian noch mit diesem Strolch zusammen?«

»Er redet mit ihm.«

»Ich komme mir wie ein Volltrottel vor.«

Jackson lehnte sich neben sie an den Kofferraum. »Sag mir eines«, bat er in nachsichtigem Ton, »hat es wenigstens Spaß gemacht?«

Celeste seufzte. »Ja, es hat Spaß gemacht.«

»Dann war es das wert.«

»War es das? Es hat die Beziehung zu meiner Tochter zerstört.«

»Zerstört?«

»Na ja, vielleicht nicht zerstört – aber geschädigt.«

»Auf Dauer?«

Celeste konnte nicht über ihren Zorn und ihre Verletztheit hinausschauen. »Ich weiß es nicht.«
»Vielleicht mußt du sie jetzt anders behandeln.«
Sie war nicht begeistert davon, Ratschläge von Jackson zu bekommen – nicht, nachdem er sich so lange rausgehalten hatte – aber es hatte etwas für sich, die Verantwortung gemeinsam zu tragen, und außerdem war sie neugierig. »Wie zum Beispiel?«
»Wie eine Erwachsene. Erzähl ihr, wie es war, sie aufzuziehen. Erzähl ihr von deinen Ängsten. Sie sollte darüber Bescheid wissen.«
Celeste sah Dawn vor sich, in dem Bett da oben, mit dem bis zum Kinn hochgerafften Laken. »Wann? Meinst du, sie wird nach dieser Geschichte nach Hause kommen?«
»Wo soll sie denn sonst hin? Du bist ihre Mutter. Du hast einen Fehler gemacht, sie hat einen Fehler gemacht. Ihr könnt daraus lernen – vielleicht gemeinsam.«
Celeste verspürte einen Anflug der Angst und der Unsicherheit, die sie all die Jahre während Dawns Kindheit und Jugend begleitet hatten. »O Gott«, murmelte sie. »Ich kann das nicht.«
»Du kannst es besser als ich«, sagte Jackson. »Und du kannst es besser als viele andere Mütter. Sieh es doch mal so: Du mußtest sie nicht per Kaution aus dem Gefängnis freikaufen, du mußtest sie nicht vom Straßenstrich holen. Und du mußtest nicht mit dem Dekan des Colleges schlafen, damit sie dort angenommen wurde.«
»Um Himmels willen, Jackson!«
»Siehst du!? Du bist ganz und gar nicht unfähig.«
Celeste murrte wieder, doch Tatsache war, daß ihr Magen sich zum erstenmal in endlos langen vierundzwanzig Stunden zu entkrampfen begann. Daß Jackson das erreicht hatte, war bemerkenswert. Und auch wieder nicht: Als Dawns Vater war er der einzige Mensch, der ihr in dieser Weise helfen konnte.

Sie seufzte. »Du tust mir jetzt genausogut wie damals in meinen wilden Kinderjahren. Was ist mit uns passiert, Jack?«

»Wir sind nur in Krisenzeiten ein gutes Team.«

»Zu schade.«

»Ja.«

»Also – was machen wir mit Dawn?«

Seine Stimme wurde leiser. »Der Cop soll sie fahren, wohin immer sie will – nach Hause oder ins College, die Entscheidung liegt bei ihr. Sie kann sich auch ein Taxi nehmen – sie müßte Geld haben. Wenn nicht, dann liegt es daran, daß es für das Motelzimmer draufgegangen ist, weil unser Casanova da oben seine Brieftasche vergessen hat. Es wird ihr nicht schaden, sich ein bißchen über ihn zu ärgern.«

»Ich muß mit ihr reden, oder?« fragte Celeste, aber sie war im Augenblick nicht scharf darauf – dazu war sie zu wütend. Außerdem weigerte sie sich, Dawn hinterherzulaufen. Dawn war – laut eigener Erklärung – erwachsen. Sie konnte den ersten Schritt tun.

»Das Gespräch wird sich schon irgendwann ergeben«, versicherte Jackson ihr.

»Und wie geht's jetzt weiter?«

Er schaute auf seine Uhr, eines dieser übergroßen Modelle, die außer den üblichen noch alle möglichen anderen Informationen lieferten. »Es ist zwölf Uhr durch. Wir halten unterwegs irgendwo an und essen was. Vielleicht ergeben sich die Lösungen dabei ganz von selbst.«

Fünfundzwanzigstes Kapitel

»Gott sei Dank ist ihr nichts passiert«, sagte Emily zu Brian, nachdem sie Dawn bei ihrem Wohnheim abgesetzt und sich auf den Weg in die China Pond Road gemacht hatten. Sie wandte sich ihm unter dem Sicherheitsgurt zu. »Ich wünschte, sie hätte sich von uns nach Hause fahren lassen. Glaubst du, Carter wird sie wiederholen?«

»Nicht, wenn er ein bißchen Grips hat. Er weiß, daß wir ihn auf dem Kieker haben. Ich werde einen Bericht schreiben, damit wir den Knaben in den Akten haben, für den Fall, daß er wieder auftaucht – aber er ist nicht der Typ, der Risiken eingeht. Er wird sich eine andere Frau suchen, an die er sich hängen kann.«

»Meinst du, er ist verheiratet?«

»Ich habe vor, das zu überprüfen.«

»Meinst du, er ist wirklich Architekt?«

»Möglich. Aber wenn, dann kein so erfolgreicher, wie er durchblicken läßt. Er hat kein schickes Büro in Cambridge und – da wage ich eine Wette – bestimmt nicht halb so viele Kunden, wie er Celeste erzählt hat, und wenn er in der Weltgeschichte herumreist, wie er Celeste in seinem Antwortbrief auf ihre Annonce schrieb, dann um zu flüchten, wenn Frauen sein Spiel durchschauen. Sein Führerschein ist in Minnesota ausgestellt worden, der BMW gehört einem Freund.«

Sosehr Emily auch gegen Celestes Anzeige gewesen war, so gerne sie auch gesagt hätte: »Ich hab's dir gleich gesagt« – sie konnte es nicht. »Arme Celeste. Sie hat das Herz auf dem rechten Fleck. Ich frage mich oft, was sie wohl mit ihrem Leben angefangen hätte, wenn sie nicht so früh schwanger geworden wäre. Vielleicht hätte sie Karriere gemacht. Vielleicht hätte sie sich von Jackson scheiden lassen und jemanden geheiratet, der besser zu ihr paßte, und mit dem dann ein Kind bekommen. Wer weiß.«

»Es bringt nichts, über das Leben nachzugrübeln. Was-wäre-wenn-Fragen können einen verrückt machen.«

Wenn sie sich auf die Vergangenheit bezogen, dann konnten sie das wirklich. Wie gut Emily das wußte! Andererseits – wenn sie sich auf die Zukunft bezogen, eröffneten sie interessante Möglichkeiten.

Was wäre, wenn sie ihr Buch schriebe und es veröffentlicht würde? Was wäre, wenn sie sich als Autorin einen Namen machen würde? Was wäre, wenn sie finanziell unabhängig würde? Aber was wäre, wenn Daniels Verschwinden sie weiter verfolgte?

Nein. Was wäre, wenn Brian tatsächlich an einer festen Beziehung mit ihr läge? Was wäre, wenn sie bei Julia und ihm einzöge oder die beiden bei ihr einzögen? Was wäre, wenn sie zum zweitenmal Ehefrau und Mutter würde? Was wäre, wenn Brian mehr Kinder wollte?

Würde sie dann trotzdem schreiben? Würde sie neben Mann und Kind die Zeit und die Energie dafür noch aufbringen können? Wollte sie überhaupt noch einmal »hauptberuflich« Ehefrau und Mutter sein?

Sie hatte gedankenverloren aus dem Fenster geschaut, doch als der Jeep die China Pond Road so weit hinunter gefahren war, daß das Haus in Sicht kam, erregte eine Gestalt ihre Aufmerksamkeit, und sie richtete sich auf. »Oje.« Myra wartete dick eingemummelt an dem weißen Gartenzaun und winkte hektisch, als sie näher kamen. Sie stand schon neben Brian, als dieser noch nicht einmal seine Tür geöffnet hatte.

»Sie kommen spät«, hörte Emily. »Sie hatten gesagt, wir würden es um die Mittagszeit machen, und da beschloß ich, hier auf Sie zu warten. Was ist – können wir jetzt?«

Brian stieg aus, umfaßte ihre Schultern, um sie zu beruhigen, und sagte sanft: »Wir haben sie gefunden, Myra. Dawn ist wohlbehalten wieder zurück.«

Myra schaute bestürzt drein.

Emily interpretierte ihren Gesichtsausdruck als Besorgnis und setzte hinzu: »Sie ist wieder im College, und es geht ihr gut. Es war sozusagen blinder Alarm.«

»Kein blinder Alarm!« rief Myra. »Ich habe es gesehen.«

»Dawn glaubte, verliebt zu sein«, erklärte Emily. »Das passiert Achtzehnjährigen ab und zu. Nachdem Celeste sie letzten Sonntag vor dem Wohnheim abgesetzt hatte, machte Dawn auf dem Absatz kehrt, als sie weg war, und verließ es wieder.«

Myra hörte ihr gar nicht zu. Sie hatte Brians Hand gepackt und versuchte, ihn die Straße hinunter zu ziehen. »Sie müssen unter der Weide nachsehen. Sie haben es versprochen.«

Emily war bekümmert. Arme Myra.

»Aber wir haben sie gefunden«, wiederholte Brian. »Der Fall ist gelöst.«

»Er ist nicht aufgeklärt – nein, das ist er nicht!« Myras Stimme wurde lauter. »Sie müssen in meinem Garten nachsehen!«

Emily wollte Brian aus Myras Klammergriff befreien und sah sich mit einer erstaunlichen Kraft konfrontiert. »Es ist alles gut«, sagte sie leise und dirigierte Myra in Richtung ihres Hauses. »Es ist alles gut.«

»Nein, das ist es nicht – und ich kann nicht mehr lange warten, ich habe nicht mehr viel Zeit, und niemand hört mir zu. Sie müssen unter dem Baum nachsehen. *Unter dem Baum.*«

Emily warf Brian einen besorgten Blick zu. Sie hatte nie begriffen, warum Myra ein solches Wesen um die Weide machte. Es wäre verständlich gewesen, wenn Frank den Baum geliebt hätte – doch das hatte er nicht. Er hatte ihn verflucht, wie er alles andere verfluchte, verfluchte ihn wegen der Blätter, die ständig

den Rasen verunzierten, und wegen der Arbeit, die es machte, sie zu entfernen.
Brian schaute Myra verwirrt an. »Myra – was genau ist unter dem Baum?«
Myra schüttelte den Kopf. »Ich habe nie gesagt, daß etwas darunter sei.«
»Aber Sie wollen, daß wir nachsehen.«
»Sie halten mich für verrückt!« rief Myra. »Ich weiß das. Meine Kinder halten mich auch für verrückt, aber ich bin es nicht! Sie wollen mich irgendwo verräumen wie alte Kleider, aber ich bin bei klarem Verstand – ich schwöre es!«
Emily wünschte, sie könnte es glauben. Es bräche ihr das Herz, wenn Myra in ein Pflegeheim gebracht würde – um so mehr, als sie sich so verzweifelt dagegen sperrte, ihr Haus zu verlassen, was Emily sich allerdings nicht erklären konnte. Es war viel zu groß für ihre Bedürfnisse, und das Sauberhalten erforderte entsprechende Mühe, und außerdem war sie ganz allein hier – abgesehen von Franks Geist.
Andererseits brauchte Emily nicht zu reden: Sie war selbst nicht bereit, die China Pond Road zu verlassen. Aber Daniels Verschwinden war eine unerledigte Angelegenheit. Franks Tod nicht.
Ein seltsamer Gedanke schoß ihr durch den Kopf, dicht gefolgt von weiteren. Alle betrafen Daniel und Frank. Frank und Daniel. Zur gleichen Zeit auf dem Parkplatz vor der Post. Unter der Weide.
Sie verschluckte sich an einem verirrten Atemzug, hustete und preßte eine zitternde Hand auf ihre Brust. Es gefiel ihr nicht, was sie da dachte – es gefiel ihr ganz und gar nicht.
»Ah – ich glaube, ich gehe mal kurz rein«, sagte sie, als die Gedanken sich nicht verscheuchen ließen. Sie ließ Myra los und lief über die Sackgasse zurück – aber nicht zu ihrem Haus. Sie wollte den Garten nicht sehen, denn er grenzte an Myras, wollte

die winterlich-kahle Weide nicht sehen. Sie lief zur Garage, an der Tür zu Brians Wohnung vorbei, lehnte sich an die Wand und glitt dann an der Holzverkleidung abwärts, bis sie auf dem Boden saß.

Es dauerte nur Sekunden, bis Brian auftauchte. Er ging vor ihr in die Hocke. »Was ist los, Em?«

Sie schlang die Arme um die Knie und sagte mit hoher, bebender Stimme: »Unheimliche Gedanken. Unheimliche Gedanken.«

»Über Frank Balch.«

Sie nickte. Frank Balch und Daniel. Es konnte nicht sein. Nicht direkt nebenan. Nicht all die Jahre. »Er wurde damals befragt, seine Aussage überprüft. Aber Myra. Myra.«

»Bleiben wir bei Frank. Was weißt du über ihn?«

»Er gehörte zu der Sorte Mensch, der man tunlichst aus dem Weg geht.«

»Er war bösartig.«

Sie horchte auf. »Was weißt du über ihn?«

»Nur, daß immer sein Name fiel, wenn Fragen zu Daniel gestellt wurden. Ich habe das auch erlebt und versucht, mehr herauszufinden, aber ohne Erfolg.«

Emily stützte das Kinn auf die Knie. Ihr Magen hatte zu revoltieren begonnen. Um dem entgegenzuwirken, wippte sie vor und zurück, begrüßte jeden Aufprall ihres Rückens auf dem Holz.

»Myra ist ja regelrecht besessen von dieser Weide«, sagte Brian. »Wie lange geht das denn schon so?«

»Solange ich mich erinnern kann – aber nach Franks Tod wurde es noch schlimmer. Damals fing sie an, die Blättchen einzeln mit der Hand aufzusammeln und im direkten Umfeld Blumen zu pflanzen. Und damals stellte sie auch die Bank dort auf.« *O Gott.* »Ich tat ihr Theater um die Weide immer als harmlose Spinnerei ab, aber ihre Hartnäckigkeit und die eindringliche Art, mit der sie uns eben versicherte, daß sie nicht verrückt sei . . .« Getragen von einer Welle der Hysterie wurde ihre Stimme immer höher. »Ich glaube ihr das, und darum frage ich mich, warum sie uns immer wieder auffordert, nachzusehen, was sich unter dem Baum befindet.«

Emily ließ sich noch härter gegen das Holz prallen. Sie hätte gerne geglaubt, daß sie die Verrückte war und verrückte Dinge dachte – nur erschienen sie ihr nicht verrückt, sondern wie die fehlenden Teile eines Puzzles, die auf dieselbe schreckliche Art wie Dougs Doppelleben plötzlich all ihre Fragen beantworteten.

Brian nahm ihr Gesicht in die Hände. Obwohl er sie anschaute, richtete er seine Worte nicht an sie, sondern dachte laut. »Der Wahnsinn hat Methode. Menschen tun Dinge, die verrückt erscheinen, aber sie sind es nicht. Wie Richie, der endlich seinem Vater entkommen will. Wie Leila, die Hilfe bei der Versorgung ihrer Kinder braucht. Wie Dawn, die Celeste deutlich machen möchte, daß sie sich nach Liebe, Aufmerksamkeit, Anerkennung oder was immer sehnt. Hilferufe.«

Emily hatte das Gefühl, ihre Brust würde jeden Moment zerbersten. Sie richtete sich auf, lehnte sich an die Holzverkleidung und atmete ein paarmal tief durch, doch es nutzte nichts. Brians Hände waren das einzig Warme in einer kalten Welt. Sie machten die Erregung in seiner Stimme erträglicher. »Frank und Myra wurden damals befragt. Frank sagte aus, er habe nichts gesehen. John hat den Burschen in die Mangel genommen. Er hatte seine Geschichte gut auswendig gelernt. Und Myra ebenso.«

»Was, wenn ...« Sie konnte den Gedanken nicht in Worte fassen – er war zu ungeheuerlich.

»Frank wurde gerade in der Post fertig, als du ankamst. Er ging zu seinem Wagen und fuhr nach Hause. Das haben Zeugen bestätigt.«

»Was, wenn ...«

»Sie hörten, wie der Wagen den Parkplatz verließ. Ein großer Wagen, ein schadhafter Auspuff, eine Menge Lärm – aber

niemand hat ihn einsteigen sehen. Der Lärm machte sie auf ihn aufmerksam, aber da fuhr er bereits los.«
Sie zwang sich, Brian in die Augen zu schauen. »Es kann nicht sein. Er hätte nicht all die Jahre mir gegenüber wohnen bleiben können, wenn er gelogen hätte. Und Myra auch nicht.« Sie schluckte jäh aufsteigende Magensäure hinunter. »Sag mir, daß wir uns irren, Brian – es ist zu entsetzlich, und es gibt kein Motiv dafür.«
Leise sagte er: »Ich muß da nachsehen.«
»Graben, meinst du.« Sie fing an zu weinen. Sie würden nach ihrem Baby graben. »Brauchst du dazu keinen ... keinen Durchsuchungsbefehl oder ... oder so was?«
»Ich werde mir für alle Fälle einen besorgen. Das hätte ich schon vor Wochen tun sollen.«
»Du hattest doch ... keinen Grund.«
»Den habe ich noch immer nicht – nicht wirklich.« Doch er war ebenso überzeugt wie sie – das zeigte ihr der Ernst in seiner Stimme.
»Ich muß John alarmieren. Und Sam. Er wird helfen. Möchtest du für eine Weile zu Kay gehen?«
Aber Emily kniff nicht. Sie war Daniels Mutter. Sie war diejenige, die ihn damals allein im Auto gelassen hatte, anstatt ihn loszuschnallen und mit in die Post zu nehmen. Sie würde nicht noch einmal den gleichen Fehler machen – diesmal würde sie ihn nicht sich selbst überlassen.

Sam und einige andere aus dem Department rückten mit Schaufeln an. Kay war gekommen und hielt Emily im Arm, die trotz Anorak, Handschuhen und Mütze zitterte. Myra stand abseits auf der Hintertreppe und starrte mit aufgerissenen Augen auf das immer größer werdende Loch.
Sie fingen direkt vor der verschnörkelten, schmiedeeisernen Bank zu graben an. Unter den obersten, gefrorenen Schichten

wurde die Erde weicher. Sie gruben sechzig Zentimeter tief, doch sie fanden nichts.
Brian hatte mit einem flachen Grab gerechnet. Er konnte sich nicht vorstellen, daß Frank eine einen Meter achtzig tiefe Grube hätte ausheben können, ohne sich verdächtig zu machen. In den Stunden und Tagen nach Daniels Verschwinden hatte es hier von Polizisten nur so gewimmelt.
Zugegeben – der Garten war von der Straße nicht einsehbar. Zugegeben – alle Balch-Söhne waren zu dem Zeitpunkt bereits aus dem Haus. Zugegeben – Frank hätte natürlich nachts gegraben.
Brian ging zu Myra hinüber. Sein Atem wehte in weißen Wolken vor ihm her. »Ist das der richtige Platz?«
Sie sah ebenso steifgefroren aus wie die obersten Erdschichten, die sie abgetragen hatten, doch sie hatte Brians Vorschlag, im Haus zu warten, abgelehnt. »Ich habe nicht gesagt, daß da was ist.«
»Sollen wir näher am Teich graben?«
Ihr Blick glitt über das Wasser. »Sie kennen Frank nicht, sonst würden Sie nicht fragen. Er kann ein anderthalb Meter tiefes Loch graben, ohne daß ihm der Schweiß ausbricht. Er hackt Holz – das ist die gleiche Art von Arbeit.«
Sie gruben einen Meter tief, dann einen Meter zwanzig. Das Tageslicht begann zu schwinden und die Temperatur zu sinken, als sie die Einsfünfzig-Etappe in Angriff nahmen.
Und dann traf eine der Schaufeln mit einem Klirren auf ein kleines Metallstück, das mit Erde und Rost überzogen war und sich wie ein Stein drehte, jedoch einen helleren Klang hatte. Brian hob es auf und wischte mit dem Daumen die Erde ab. Es war eine Anstecknadel, wie man sie an ein Revers steckte oder an eine Kindermütze.
DADDY'S BOY las er, und ein Kloß bildete sich in seiner Kehle. Sein Kinn sank auf seine Brust, hinuntergezogen von Bestürzung

und einem überwältigenden Schmerz. Mit größter Überwindung, denn er wußte, daß sie den Kummer von seinem Gesicht ablesen würde, den er nicht verbergen konnte, hob er seinen Blick gen Emily.

Sie schüttelte den Kopf und wich zurück, als er auf sie zukam. Sie wollte nicht sehen, was er in der Hand hielt, wollte nicht glauben, daß Daniel dort war ... dort ... unten ... tot ... seit all diesen Jahren.

»Emily.« Er streckte die Arme nach ihr aus.

»Neiiiiin.«

Er zog sie an sich und hielt sie fest, als könne er sie vor etwas beschützen, doch dieses Etwas war in ihr. Keine noch so große Liebe konnte ihr diesen Schmerz ersparen. Neunzehn Jahre, Monate fruchtloser Nachforschungen, Dutzende in unzähligen Alp- und Tagträumen durchlittene Szenarios – alle falsch, die Wahrheit zu grausam, um sie ertragen zu können. Ihr Baby.

»Direkt nebenan!« weinte sie an seiner Brust.

»Kay bringt dich heim.«

»Nein! Ich bleibe!«

»Em! Em!« In dem Versuch, sie zu trösten, streichelte er ihren Rücken, doch sie war nicht zu trösten, nicht in diesem Moment. Und leise sagte er: »Es kann noch eine Weile dauern.«

»Ich weiß.« Sie würden nach Knochen suchen, nach Resten seiner Kleidung, o Gott, den Überresten ihres Babys. »Ich bleibe.«

Sie sah aus einiger Entfernung zu, im Arm von Kay, wartete darauf, daß die Kälte sie betäubte. Vergeblich. Der Schmerz war ebenso intensiv wie damals – das Entsetzen über die grauenhafte Antwort auf ihre Fragen hatte ihn freigelegt. Direkt nebenan. Es war unvorstellbar.

Sie gruben noch eine Stunde lang. Angesichts der Dämmerung und der drei langen Meter zwischen ihr und der Grube konnte sie nicht sehen, was die Männer in die Beutel packten, sie war in Gedanken bei Daniel, erinnerte sich an das letzte Mal, als sie ihn an sich gedrückt hatte, als sei es erst Stunden her, roch die »Sugar Smacks«, die er zum Frühstück gegessen hatte, spürte seine seidenweichen Haare, seine zarte Haut.

»Für den Augenblick können wir nicht mehr tun«, sagte Brian, als er zu ihr zurückkam. »Es ist zu dunkel. Wir werden morgen früh weitermachen, aber ich glaube, wir haben alles.«

Ende. Daniel war gefunden. Emily sah einen winzigen Sarg vor sich, ein winziges Grab mit einer Tafel, und empfand eine winzige Spur von Trost in einer Welt der Lügen.

Brian nahm sie in die Arme und zog sie weg. »Bist du jetzt bereit, nach Hause zu gehen?«

»Und was machst du?«

»Ich muß mit Myra reden.«

Um zu erfahren, warum. Um zu erfahren, wie. Fragen, die sie neunzehn lange Jahre gequält hatten. Ihr Baby, tot und begraben im Garten ihrer Nachbarn. »Ich komme mit.«

»Es wäre mir lieber, du tätest das nicht.«

»Ich komme mit.«

Seine Augen sagten ihr, daß er fürchtete, sie würde es nicht verkraften. Ihre Augen sagten ihm, daß sie nicht von seiner Seite weichen würde.

Er seufzte und schaute Kay an. »Wir haben das schon öfter praktiziert, Em und ich. Sie gewinnt immer.«

Es war ein zarter Anflug, eine kleine Bezugnahme auf ihr Alltagsleben, so viel freundlicher als Daniels Schicksal, daß Emily absurderweise wieder zu weinen anfing.

»Bestraf dich nicht so grausam, Em«, bat Brian eindringlich und legte seine Wange an die ihre.

»Ich muß es hören.«

»Ich kann es dir doch später erzählen.«

Aber sie klammerte sich an ihn, sogar, als sie sich die Tränen

abwischte, und sagte zu Kay: »Julia ist bei Janice Stolski. Holst du sie ab?«
»Mach dir jetzt keine Gedanken um Julia«, protestierte Brian. »Sie kann ohne weiteres länger dortbleiben.«
Aber da gab es noch andere Beziehungen und Verantwortlichkeiten, die ihrem Leben Sinn gaben. »Ich möchte sie bei mir haben. Und Jill. Doug kann sie aus Boston mitbringen.« Ihre Augen baten Kay um einen weiteren Gefallen.
»Kein Problem«, sagte Kay. »Ich rufe ihn an. Wo finde ich seine Nummer?«
Emily sagte es ihr. »Und erzähl Celeste, was passiert ist.«
»Mach ich.« Kay umarmte sie um Brians Arme herum und drückte sie eine Minute lang ganz fest. »Tu, was du tun mußt – wir warten auf dich.«

Emily war im Laufe der Jahre ungezählte Male in Myras Haus gewesen, doch nie war ihr der Aufenthalt darin so schwergefallen wie heute. Ihre Phantasie überschlug sich, vereitelte ihre Versuche, sie zu zügeln, in jedem Raum, durch den sie kamen, mit neuen Schreckensvisionen.
Myra. Myra und Frank. Und Daniel.
Emily war übel, sie kämpfte gegen das Erbrechen an, sie wollte hören, mußte hören.
Als sie sich schließlich im Wohnzimmer niederließen – Brian und Emily und die zwei Streifenbeamten im Hintergrund –, bot Myra ihnen absurderweise Tee an. Sie lehnten ab.
»Was ist passiert, Myra?« begann Brian mit ruhiger Stimme.
»Was ist wann passiert?« fragte sie.
»An dem Tag, als Daniel Arkin verschwand.«
Sie runzelte die Stirn. »Nun – wir waren hier, und die Polizei kam, und wir sagten, wir hätten ihn nicht gesehen. Sie waren überhaupt nur gekommen, weil Frank zur gleichen Zeit in der Stadt war wie Emily, aber er hatte nichts bemerkt, als er

die Post verließ.« Sie nickte. »Das haben wir der Polizei gesagt.«
»Ja. Das steht in der Akte – aber wir wissen, daß es nicht stimmt.«
»Wer hat das gesagt? Ich bestimmt nicht.«
»Nein. Aber wir haben draußen Dinge gefunden, die dafür sprechen, daß Ihr Mann – und möglicherweise auch Sie – mit dem Tod von Daniel zu tun hatten.«
»Das habe ich nie gesagt. Frank wäre außer sich, wenn er den Eindruck bekäme, daß ich das gesagt habe.« Sie wagte einen Blick über ihre Schulter, in Richtung des übrigen Hauses, und flüsterte: »Bitte! Er ist jähzornig!«
»War er das auch an dem Tag damals?« fragte Brian. »Hat er die Beherrschung verloren?«
Emily erinnerte sich an die Brüllerei, die sie im Laufe der Jahre so oft gehört hatte, und fragte sich, inwieweit diese wohl mit Daniel zusammengehangen haben mochte. »Es ist wichtig, Myra!« Sie wurde laut, als Myra Brian nicht antwortete, und obwohl Myra ihr Ton sichtlich erschreckte, mäßigte sie sich nicht. Sie fühlte sich betrogen. Daniel war von Menschen ermordet worden, denen sie vertraute. Sie empfand kein Mitgefühl für Myra. »Frank hat Sie schlecht behandelt, aber er ist tot.« Wie Daniel. O Gott. »Er kann Ihnen nichts mehr tun. Sie müssen uns erzählen, was geschehen ist.«
Myra erzählte es dem Fußboden. »Alle denken, daß nur die Mütter leiden, wenn die Kinder groß sind und das Haus verlassen, aber so ist es nicht. Manchmal leiden auch die Männer darunter – und manchmal sogar noch schlimmer.«
»War das bei Frank so?« fragte Brian.
»Manche Männer sind zornig, wenn ihre Kinder fortgehen«, fuhr Myra allgemein fort, als spräche sie gar nicht von Frank. »Sie haben das Gefühl, daß ihre Kinder sie im Stich lassen. Sie haben das Gefühl, daß die Kinder ihnen nicht dankbar für all die Dinge sind, die sie für sie getan haben.«

»Und was tun solche Männer dann?« ging Brian auf ihre Taktik ein.
»Oh – sie werden mürrisch. Sie regen sich bei jeder Kleinigkeit über ihre Frauen auf. Sie schreien sie an. Manchmal schlagen sie sie sogar. Also – Frank schlägt mich nicht. Er hat noch nie die Hand gegen mich erhoben. Aber solche Männer tun das. Sie sehen Leute, die ihre Kinder noch zu Hause haben, und das macht sie verrückt.«
»Verrückt?«
»Sie begreifen nicht, warum andere Leute ihre Kinder noch haben und sie nicht. Also fangen sie an, gegen Sachen zu treten, und sie fluchen. Manchmal sehen sie Kinder, die allein im Auto gelassen worden sind, und das macht sie wirklich verrückt, und so borgen sie sich diese Kinder. Nur für eine kleine Weile. Nur, um wieder einmal ein Kind um sich zu haben. Können Sie sich das vorstellen? Mein Frank würde das nie tun. Er ist ein anständiger, gesetzestreuer Mann.«
Sie borgen sie sich? *Sie borgen sie sich?* Emily war entsetzt.
»Sie borgen sie sich?« fragte Brian.
»Nur für eine kleine Weile.«
»Aber warum?« schrie Emily. »Frank haßte Kinder.«
»Mein Frank?« Myra schüttelte den Kopf. »Mein Frank doch nicht.«
»Aber ich hörte ihn ständig herumschreien!«
»Nun, wenn Kinder ungezogen sind, dann schreit ein Vater sie schon mal an, aber das bedeutet nicht, daß er sie nicht liebt. Mein Frank liebt seine Söhne. Er ist ein wundervoller Vater.«
»Er war streng und anspruchsvoll und hat sie mißhandelt!«
»Er verlangte von ihnen nur, daß sie bestimmte Aufgaben übernahmen. Er war sehr unglücklich, als sie weggingen. Bis zum heutigen Tag wünschte er, daß sie wieder hier bei ihm wären.«
»Glaubte er, daß mein Sohn die Aufgaben übernehmen könnte, von denen Sie sprachen? *Er war erst zwei!* Was in aller Welt ging

in Franks Kopf vor? Was trieb ihn dazu, mein Kind zu entführen?«

»Wer? Frank? Frank hat niemals ein Kind entführt.«

Emily atmete erzitternd aus.

Brian nahm ihre Hand. »Diese Männer, die sich Kinder borgen«, sagte er zu Myra, »was machen die mit ihnen?«

»Oh, sie nehmen sie im Auto mit heim, tragen sie ins Haus, und ihre Frauen sind außer sich. Ihre Frauen sagen ihnen, daß sie nicht einfach anderer Leute Kinder mitnehmen dürfen. Sie streiten sich, bis sie blau im Gesicht sind, aber sie richten nichts damit aus, außer das Kind aufzuregen.« Ihr Blick senkte sich auf ihre Finger, die sie unaufhörlich ineinander verschlang. »Sie wollen nichts Böses. Sie wollen alles wiedergutmachen, aber sie können es nicht.«

»Wo sind sie?« fragte Emily mit hoher Stimme.

Myra wirkte geistesabwesend. »In der Küche.«

»Und der Junge?« fragte Brian. »Wo war der?«

»Bei ihnen.« Sie verfiel in Schweigen.

Emily sah Daniel vor sich, wie er, verängstigt durch Franks dröhnende Stimme, zur Tür lief, sein Gesichtchen an das Fliegengitter preßte und nach ihr weinte.

Sie sah seine Wangen vom Schreien rot werden, sah die Tränen strömen, hörte das von Schluckauf unterbrochene Weinen, das immer fordernder und lauter wurde.

Es zerriß ihr das Herz. Unfähig sitzen zu bleiben, sprang sie auf.

Mit schriller Stimme jammerte Myra: »Er wollte einfach nicht still sein! Ich versuchte, ihn zu beruhigen. Er machte alles noch schlimmer. Aber er hörte nicht auf zu schreien, weil er Angst hatte, und je lauter er schrie, um so verrückter wurde Frank ...«

Sie brach ab. Ihr Blick flog von Brian zu Emily und heftete sich dann auf den Fußboden, doch Emily scherte die Panik nicht, die sie darin gesehen hatte. Brian zog sie an sich, doch es waren nicht seine Arme, die sie spürte, sondern kleinere, die sich nach einem aufgeschürften Knie, bei einer Masernimpfung oder dem Anblick einer Halloween-Maske an sie geklammert hatten. Sie spürte, wie die kleinen Hände am Ende dieser Arme an der Hintertür der Balchs kratzten, verzweifelt versuchten, an den Knauf zu kommen, zu ihr. In einem namenlosen Entsetzen gefangen, rang sie unwillkürlich nach Luft und sagte dann: »Ich bin okay, ich bin okay«, als Brian sie aus dem Zimmer bringen wollte, und hob die Hand, um ihre Behauptung zu betonen.

Er musterte sie besorgt, fuhr dann beruhigend mit seinen Händen an ihren Armen auf und ab, drückte sie sanft auf das Sofa zurück und wandte sich dann nach einem letzten prüfenden Blick wieder Myra zu. »Was passierte dann?«

Sie schien verwirrt. »Wann?«

Er überlegte kurz und formulierte die Frage anders. »Was passiert in einer solchen Situation, wenn das Kind schreit und den Mann damit immer verrückter macht?«

»Nun«, antwortete sie in einem Ton, als sei das völlig klar, »er sagt dem Kind immer wieder, daß es still sein soll, aber das Kind hat solche Angst, daß es nicht hört, und dann gibt der Mann ihm eine Ohrfeige, um seine Aufmerksamkeit zu gewinnen.«

Emily stieß einen erstickten Laut aus, hob jedoch sofort wieder die Hand, um Brian zu beruhigen. Die Hand ballte sich zur Faust und preßte sich auf ihren Mund. Emily wollte nicht aufschreien, wollte nicht stören. Sie mußte die Geschichte hören, mußte endlich Bescheid wissen.

Myra wandte sich ihr zu. »Die Frau versucht, ihn dazu zu bringen, mit dem Schlagen aufzuhören, aber er fegt sie einfach mit einer Handbewegung in die Ecke, und als sie sich wieder aufgerappelt hat, ist das Kind still.«

Emily begann heftig vor und zurück zu wippen. »Tot? Tot?«

»Nun ja, höchstwahrscheinlich, denn sein Kopf ist an die Tischkante geschlagen, und er rührt sich nicht mehr. Die Frau versucht, ihn zu sich zu bringen, aber er atmet nicht mehr.«

Emily sprang auf und schwankte auf die Tür zu. Einer der Streifenpolizisten hielt sie auf, dann übernahm Brian sie.

»Wenn das das Ende war«, flüsterte sie, »wenn er danach nichts mehr wußte, dann brauche ich auch nicht mehr zu wissen, es ist unwichtig.« Sie empfand die Panik ihres Babys, die mit einem messerscharfen Schmerz abrupt beendet wurde. Aber für sie war das nicht das Ende gewesen. Es folgten Jahre der Seelenqual, eine zerstörte Ehe, die unbewußte Suche nach einem vertrauten Gesicht in der Menge, das vielleicht anderswo hingebracht worden war, die Schuldgefühle, der Zorn, die Energie, die sie verschwendet hatte, um Antworten zu finden, die sie die ganze Zeit vor sich hatte, und sie fuhr herum und schrie Myra haßerfüllt an: »Warum haben Sie es mir nicht gesagt? Sie haben es all die Jahre gewußt, und ich ging durch die Hölle! Sie sahen mich ständig. Sie sahen meinen Mann ständig. Sie sahen meine Tochter ständig. Und Sie ließen diesen ... diesen Barbaren in ihre Nähe! Wie konnten Sie? Wie konnten Sie mir verschweigen, was er getan hatte?«

Aber sie wußte es, kannte die Drohungen vielleicht nicht im Detail, doch sie konnte sie sich zusammenreimen. *Ich bring dich um,* hatte er vielleicht gesagt, oder *Ich bring deine Söhne um,* oder *Sag einen Ton, und ich bringe dich in die Hölle, du alte Schachtel* – und, wie auch immer, Myra war so verängstigt, daß nicht einmal Franks Tod eine Befreiung für sie gewesen war. Und so hatte sie das Geheimnis mit sich herumgeschleppt, verfolgt davon, besessen davon, und auf ihre bemitleidenswert umständliche Weise versucht, ihr Wissen weiterzugeben, ohne es in Worte fassen zu müssen, indem sie jeden dazu drängte, sich mit ihr unter die Weide zu setzen, als würde, wer immer dort saß, spüren, was sie auf dem Herzen hatte, und sie wäre endlich sicher vor Frank, denn sie hätte ja »keinen Ton« gesagt.

»Ich muß gehen«, flüsterte Emily Sekunden bevor ihre Beine nachgaben. Sie spürte vage, wie sie getragen, dann auf etwas

Weiches gelegt und dann im Arm gehalten wurde, doch es dauerte lange, bis die Kälte aus ihrem Körper zu weichen begann, und noch länger, bis sie einschlief.

Am nächsten Morgen stand Celeste in der Küche und häufte löffelweise Teig auf Backbleche: Sie wollte Butterkekse für Emily backen. Es war nur eine kleine Geste, aber sie fühlte sich dazu verpflichtet. Emily war ihr immer eine treue Freundin gewesen, hatte ihr in vielen Krisen mit Dawn zur Seite gestanden. Die letzte mit Carter war die schlimmste gewesen, aber verglichen mit dem, was Emily durchmachte, geradezu lächerlich.
Das hielt Celeste sich jedesmal vor Augen, wenn sie wieder kurz davor stand, in Selbstmitleid zu verfallen. Okay, sie hatte Carter verloren – aber der Mann war weniger ein Verlust als ihre Phantasievorstellungen.
Dawn war ein anderes Kapitel. Sie war wieder im College – das war alles, was Celeste wußte.
Sie ließ die Löffel in die leere Rührschüssel fallen, wischte sich an ihren Jeans die Hände ab und zog die Backofentür auf. Ein Backblech wanderte hinein, dann das zweite. Sie klappte die Tür zu und stellte die Schaltuhr ein.
»Hallo.«
Sie fuhr herum.
Dawn stand mit unsicherer Miene in der Tür. Celestes Herz klopfte wie wild, doch daran war der Schrecken nur zum Teil schuld. Sie hatte nicht gewußt, wann Dawn auftauchen würde, hatte sie nicht so bald erwartet, wußte nicht, was sie sagen oder denken oder empfinden sollte.
»Ich habe das von Daniel Arkin gehört«, sagte Dawn. »Und ich dachte, ich schau mal bei Emily rein.«
Emily wohnt hier aber nicht, dachte Celeste. *Warum bist du dann hier?*
»Wie geht es ihr?«

»So lala.«
Dawn nickte. Sie bemerkte die Teigschüssel. »Sind die Kekse für sie?«
Für dich sind sie ganz sicher nicht, Süße – nicht nach dem, was du getan hast. »Ja, sie sind für Emily. Sie ist mir immer eine gute Freundin gewesen.«
»Heißt das, daß sie mich jetzt auch haßt?«
»Das weiß ich nicht – da mußt du sie schon selbst fragen.«
»Haßt du mich?«
»Darüber bin ich mir noch nicht schlüssig.«
»Aber du bist enttäuscht.«
»Sehr.«
Dawn kaute ein Weilchen an dieser Antwort und sagte dann: »Nachdem Jill mich gestern abend angerufen hatte, dachte ich darüber nach, was Daniel zugestoßen war, und dann wurde mir klar, daß so was Ähnliches mir auch mit Carter hätte passieren können. Aber woher hätte ich wissen sollen, daß er so ein fieser Kerl ist?«
»Er wechselte von der Mutter zur Tochter – das hätte dir zu denken geben müssen.«
»Dir hat es ja auch nicht zu denken gegeben.«
»Das hat es sehr wohl – sobald ich erfuhr, daß er mit dir zusammen war. Du hättest diese Eskapade von vornherein ablehnen müssen. Als er den Vorschlag machte, hättest du erkennen müssen, daß er nichts taugte. Anständige Männer tun so etwas nicht.«
Sie zuckte mit den Schultern. »Ich war sauer.«
»Weil ich meine Nase habe richten lassen? Weil ich mein Leben genoß, während du auf dem College warst? Weil ich glücklich war?«
Sie zuckte wieder mit den Schultern, doch diesmal schaute sie schuldbewußt drein.
»Hast du je die Redensart gehört: ›sich ins eigene Fleisch schnei-

den‹?« fragte Celeste. »Nun – du hast dich ordentlich geschnitten. Mann – du magst ja eine hohe theoretische Intelligenz besitzen, aber was den gesunden Menschenverstand betrifft, verdienst du eine glatte Sechs.«
»Es tut mir leid!« weinte Dawn.
»Warum? Weil du Angst hast, daß ich dir jetzt den Wagen nicht mehr leihe? Oder daß dein Vater dein Taschengeld kürzt oder – noch schlimmer – seine Zusage zurücknimmt, deine Studiengebühren zu bezahlen? Er muß sie nicht bezahlen, weißt du – denn wie du so gerne betonst, bist du erwachsen.«
»Ich weiß.«
»Und Erwachsene müssen die Verantwortung für alles tragen, was sie tun.«
»Ich weiß.« Sie sank auf einen der Stühle am Küchentisch und sagte leise: »Ich habe Mist gebaut – ich hätte das nicht tun dürfen.« Sie hob den Kopf und schaute Celeste mit traurigen Augen an. »Aber er war einfach umwerfend. Er sah gut aus. Er war sexy. Und er gab mir das Gefühl, etwas Besonderes zu sein. Es tut gut, sich manchmal so zu fühlen.«
»Ach nein«, sagte Celeste sarkastisch.
»Ich habe Mist gebaut, Mom – aber willst du mir das jetzt in Ewigkeit übelnehmen?« Sie klang so kindlich, daß Celeste sich unwillkürlich an das kleine Mädchen erinnerte, das sie einmal gewesen war – ja, dickköpfig und stur, aber so lebhaft wie Celeste früher, daß Celeste grün vor Neid gewesen war.
»Erinnerst du dich an die erbitterten Diskussionen, die wir über Ausgangszeiten hatten?« fragte sie.
Dawn nickte.
»Du dachtest, ich wolle dich bevormunden. Vielleicht war es so – und vielleicht nicht aus den edelsten Motiven«, falls Eifersucht eines davon gewesen sein sollte. »Aber es waren auch gute Gründe dabei. Ich war auch mal in deinem Alter und habe mir damals reichlich Schwierigkeiten eingebrockt. Ich kenne mich

also mit Teenagern aus und weiß, wozu sie fähig sind. Nur war das Leben damals noch nicht so gefährlich. Ich wollte dich von der Straße haben, bevor sie von Verrückten bevölkert wurde. Ich habe mich wirklich um dich gesorgt, Dawn. Hätte ich das getan, wenn ich mir, wie du sagst, nichts so sehr wünschte, wie dich loszuwerden?«

»Ich habe nicht gesagt, daß du dir nichts so sehr wünschtest.«

»Du hast gesagt, ich hätte es kaum erwarten können, daß du aufs College gingst, damit ich meine Freiheit hätte, aber wenn das so gewesen wäre – warum habe ich dich dann nie über Nacht wegbleiben lassen? Stell dir vor, was für eine Freiheit ich dann gehabt hätte. Wenn es mir nur um meine Freiheit gegangen wäre, hätte es mich nicht gekümmert, was du tatest und wo und mit wem – aber es kümmerte mich. Weil du meine Tochter bist und ich dich wirklich liebe – wenn das im Augenblick auch nur ein Lippenbekenntnis ist. Im Moment empfinde ich keine Liebe – nur Enttäuschung.«

»Ich werde Carter nicht wiedersehen.«

»Du kannst ihn haben – ich will ihn nicht mehr.«

»Ich auch nicht. Er ist kein netter Mensch.«

»Darum geht es nicht.«

Dawn schaute auf ihren Schoß hinunter. »Ich weiß.«

Celeste schwieg.

»Nett oder nicht – er war mit meiner Mutter zusammen«, resümierte Dawn. »Es war nicht anständig von mir, mit ihm abzuhauen. Es tut mir leid.«

Der Summer der Schaltuhr schlug an. Celeste schlüpfte mit den Händen in Topfhandschuhe und zog die Backbleche aus dem Ofen. Als sie sicher auf den Kochplatten des Herdes ruhten, legte sie die Handschuhe beiseite und schaltete den Backofen aus.

»Und was wird jetzt?« fragte Dawn.

»Jetzt kühlen sie ab.«

»Was wird jetzt mit uns?«

»Ich weiß es nicht. Deine Anweisung lautete: Ruf mich nicht an – ich ruf dich an.«
»Ich wollte, daß du anriefst.«
»Das hast du aber nicht gesagt.«
»Aber ich habe es mir gewünscht.«
»Dann mußt du mir das sagen.«
»Das tue ich: Ich möchte, daß du anrufst.«
»Okay – das kann ich machen.«
Dawn nickte. Sie befeuchtete ihre Lippen. »Ich muß immer daran denken, daß Emily all die Jahre nicht wußte, daß Daniel tot war, und ich muß immer denken, daß dir etwas zustoßen könnte und ich es nicht wüßte.«
»Es wird mir nichts zustoßen«, sagte Celeste, aber sie war gerührt.
»Carter hat mir erzählt, wie ihr beide euch kennengelernt habt. Was, wenn der nächste Typ echt verrückt ist?«
»Carter hat es dir erzählt?« Das war Celeste entsetzlich peinlich – bis ihr etwas einfiel. »Wie hat er dir erklärt, daß eine Anzeige von ihm in der Zeitung war?«
»Er sagte, ein Freund hätte sie für ihn reingesetzt.«
»Glaubst du das?«
»Jetzt nicht mehr.«
»Ich danke dir.«
»Du brauchtest gar keine Anzeige aufzugeben – es gibt Männer in Grannick, die sich darum reißen würden, mit dir auszugehen.«
»Ich wollte neue Leute kennenlernen.«
»Willst du das immer noch?«
Celeste dachte zum erstenmal seit dem Fiasko mit Carter darüber nach. »Ja. Aber ich bin ein gebranntes Kind – ich werde in Zukunft vorsichtiger sein.« Sie würde sich wieder mit dem Witwer treffen, und sogar mit dem Tierarzt, hinter dessen Schüchternheit sich vielleicht göttliche Dinge verbargen. Und es

warteten noch zwei neue Kandidaten auf sie, deren Antworten auf ihre Annonce in ihrer Zeit mit Carter gekommen waren, weshalb sie nichts unternommen hatte. Das würde sie jetzt nachholen. Vielleicht würde sie sogar noch einmal eine Anzeige aufgeben und diesmal wirklich das »sexy« durch »intelligent« ersetzen, was Kay ihr schon bei der ersten dringend geraten hatte. Es könnte ganz interessant sein, welches Echo sich darauf ergäbe. Einen Moment lang war sie versucht, Dawn von dem Fünfundzwanzigjährigen zu erzählen, doch sie kam gleich wieder davon ab. Einen Verehrer an ihre Tochter abzutreten, wäre krank. Außerdem sollte Dawn mit Jungs aus dem College zusammensein. Fünfundzwanzig war zu alt für achtzehn – und, o ja, zu jung für dreiundvierzig.

Sie kramte einen Spachtel aus einer Schublade und begann, die Kekse vom Backblech zu lösen, die sie dann auf eine Platte gleiten ließ. Sie fühlte sich besser – nicht gerade überschäumend, aber nicht niedergeschlagen wegen Carter. Das Leben ging weiter. Es bestand noch Hoffnung für sie.

Der Keks auf der Kante des Spachtels war warm und weich, appetitlich gebräunt und verführerisch. Sie drehte sich um und bot ihn Dawn an.

Sechsundzwanzigstes Kapitel

Die Beerdigung fand zwei Tage später statt, an einem von blassem Sonnenlicht erhellten Dezembermorgen, auf dem Friedhof am Rand von Grannick.

Emily hatte es davor gegraut. Sie hatte diese zwei Tage damit zugebracht, sich dafür zu wappnen, leise mit Jill zu weinen – und sogar mit Doug – und sich in den übrigen Stunden an Brian zu klammern, wenn sie es einfach nicht mehr ohne ihn aushielt. Geschlafen hatte sie kaum. Obwohl ihre Tränen sie erschöpften, schreckte sie immer wieder aus Träumen hoch, in denen Entsetzen und Lügen regierten – und wurde sofort von den blutigsten Visionen heimgesucht. Sie hatte gedacht, das Begräbnis würde den traurigen Höhepunkt dieser Schreckenszeit bilden.

Sie hatte sich geirrt. Alles, was davor gewesen war, hatte ihr das Herz zerrissen, doch das kleine Trostpflänzchen, das an dem grauenhaften Abend bei der Weide keimte, hatte bei der Vorstellung, daß Daniel nun endlich beerdigt würde, Wurzeln geschlagen. Das Absenken des kleinen Sarges in die Grube war mehr ein Segen, Daniels längst überfällige Überführung an einen freundlicheren Ort. Ebenso, wie Myra schließlich die Last abgeworfen hatte, die sie mit sich herumschleppte, begrub Emily Daniel in Liebe.

Was eigentlich als Privatangelegenheit im kleinsten Kreis geplant gewesen war, rief die halbe Stadt auf den Plan. Emily sah Freunde und Bekannte. Ihr Kommen spendete die Art Trost, wie die Lebenden ihn brauchten, und später brachten die Trauergäste, die in einem endlosen Strom in Emilys Haus eintrafen, Essen für den Leichenschmaus mit und drückten ihr mit sanften Worten ihr Mitgefühl aus.

Erst am nächsten Morgen war Emily in der Lage, ihren ersten relativ ruhigen Atemzug zu tun und sich allein mit Jill an den Frühstückstisch zu setzen.

»Es ist merkwürdig für mich«, sagte Jill. »Ich habe ihn ja nie gekannt.«

»Ich auch nicht – in gewisser Weise. Er war erst zwei, als er verschwand – noch keine ausgeprägte Persönlichkeit.«

»Ich begreife immer noch nicht, wie Frank ihn entführen konnte. Du kannst darauf wetten, daß ich mir meine Nachbarn zweimal ansehe, wenn ich mir irgendwann mal ein Haus kaufe.«

»Ja – bitte schau sie dir zweimal an«, sagte Emily, »aber mach dich nicht verrückt. So kann man nicht leben, Jill. Wenn ich wegen Daniel ständig Angst um dich gehabt hätte, wärst du völlig neurotisch geworden. Man muß auch die Lebensqualität bedenken. Sei optimistisch.«

»Wie du – du bist das immer.«

»Ich habe mich immer darum bemüht.«

»Mir zuliebe?«

»Ja – und deinem Vater. Ich glaube, jetzt werde ich es mal mir zuliebe versuchen.« Sie sah Jill beim Essen zu, genoß all die kleinen, vertrauten Bewegungen, die Dinge, die sie liebte und vermissen würde. »Es war schön, dich wieder mal zu Hause zu haben.«

»Es tut mir nur leid, daß ich aus diesem Grund gekommen bin.«

»Mir auch – aber es war gut. Wir brauchten das Wissen. Versuch deinen Vater auf der Rückfahrt dazu zu bringen, darüber zu sprechen.« Doug würde sie am Vormittag nach Boston zurückbringen. »Die Geschichte hat ihn hart getroffen.«

»Härter als dich. Wie kommt das?«

»Er hat sich lange Zeit geweigert, an Daniel zu denken – ich habe Jahre getrauert – er fängt gerade erst an.«
»Und wann hört die Trauer auf?«
»Ich weiß nicht, ob sie je völlig aufhört – aber die Wunde heilt mit der Zeit. Ich dachte, meine sei geheilt – ich habe mich geirrt. Ich denke, ich gewöhnte mich so sehr daran, mit dem Rätsel um Daniels Verschwinden zu leben, daß ich sie nicht mehr wahrnahm, aber sie war noch da, wirkte sich auf alles aus. Es war mir nicht klar, wie dringend ich den Abschluß dieses Kapitels brauchte.« Sie dachte daran, wie sie sich an ihre Ehe geklammert hatte, an das Haus, an Grannick – sogar daran, ein Heimchen am Herd zu sein, damit sie wieder ganz für ihn da wäre, wenn er, Daniel, zurückkäme. Bis Daniel gefunden wurde, war ihr das alles nicht klar gewesen.
»Ich denke daran, das Haus zu verkaufen.«
Jill riß die Augen auf. »Es zu verkaufen?«
»Wie wäre das für dich, wenn ich es täte?«
»Äh ... seltsam.«
»Ist das ein Einspruch gegen die Idee?«
»Nein – es kommt nur so plötzlich.« Sie hatte es kaum ausgesprochen, als Verstehen ihr Gesicht erhellte.
Emily bestätigte es mit einem traurigen Lächeln. »Es macht mir Schwierigkeiten, das Haus der Balchs anzuschauen. Ich sehe es jedesmal, wenn ich die Straße herunterfahre. Dann schaue ich in unseren Garten hinaus, und mein Blick wandert unweigerlich zu ihrem Teil des Teiches und zu ihrem Garten und der Weide. Ich glaube nicht, daß ich hierbleiben kann. Was geschehen ist, ist geschehen – ich kann es nicht ändern. Er ist jetzt anderswo begraben.« Sie sah im Geiste die Rasenfläche vor sich, wo er seine letzte Ruhestätte gefunden hatte. Es dauerte eine Minute, bis sie wieder sprechen konnte. »Ich glaube nicht, daß ich unentwegt daran erinnert werden will, was hier geschehen ist – ich wüßte nicht, wozu das gut sein sollte.«

»Und wo möchtest du hinziehen?«
»Nicht weit weg – ich mag Grannick.« Die Unterstützung, die sie in den letzten paar Tagen erfahren hatte, war eindrucksvoll gewesen – sie konnte sich nicht vorstellen, Freundschaften den Rücken zu kehren, die sich zwei Jahrzehnte lang entwickelt hatten. Sie mochte Grannick wirklich – sie wollte nur einfach den Garten der Balchs nicht mehr sehen.
»Was ist mit Brian?«
»Was soll mit ihm sein?« fragte Emily betont unbefangen.
»Wenn du verkaufst, sitzt er auf der Straße. Du willst mit ihm zusammenbleiben, oder?«
»Ja.«
»Er liebt dich.«
»Hat er dir das gesagt?«
»Das brauchte er nicht.«
»Und wie stellst du dich dazu?«
»Du und Daddy – ihr kommt nicht mehr zusammen?«
»Nein – dazu ist zu viel passiert.«
»Du hast ein Recht darauf, glücklich zu sein. Ich möchte, daß du es bist.«
Emily glitt von ihrem Stuhl, schlang den Arm um Jills Hals und drückte sie fest an sich. »Ich liebe dich«, flüsterte sie, den Tränen nahe, tief bewegt.
»Aber ihn liebst du auch«, sagte Jill.
Emily lehnte sich zurück und sah sie lächeln. »Ja, das tue ich.«
»Bist du sicher, daß du dich eines Kleinkindes annehmen willst?«
»Nein. Ich bin nicht einmal sicher, daß ich mich eines Mannes annehmen will. Ich glaube, ich brauche erst mal Zeit, um zu mir zu finden.«
»Und was ist dann mit ihm?«
Emily tupfte sich die Augen ab, seufzte und lächelte. »Ich werde es dich wissen lassen, sobald ich es weiß, okay?«

Brian nahm sich den Tag frei – er wollte Zeit mit Julia verbringen. Nun – genaugenommen wollte er Zeit mit Julia und Emily verbringen, aber er wußte, daß Emily den Großteil des Vormittags mit Jill verbringen würde, und er respektierte dieses Bedürfnis.

Also wandte er sich seinem eigenen Bedürfnis zu, den Kummer der letzten Tage zu vergessen. Er spielte mit Julia, während sie noch in ihrem Bettchen lag, duckte sich, so daß sie ihn nicht sehen konnte, und hüpfte dann hoch und brachte sie zum Lachen. Er ließ sie sein Gesicht mit Rasiercreme anmalen und dann ihres und zu guter Letzt die Badewanne, und dann ließ er sie dabei helfen, alles wieder abzuspülen.

Normalerweise war er morgens geistesabwesend, schon mit dem vor ihm liegenden Tag beschäftigt. Heute war er mit Julia beschäftigt, und er nahm sich Zeit dafür.

»Welches Outfit?« fragte er, ging neben ihr in die Hocke und nahm den Stapel sauberer, ordentlich zusammengelegter Kleidungsstücke in Augenschein.

»Das!« Ein kleiner Finger tippte auf das Gewünschte und zog sich dann an ihrem nackten Bäuchlein in eine Faust zurück.

»Das rote Hemd?«

Sie nickte.

»Und eine Hose dazu? Oder einen Rock? Willst du einen Rock anziehen? Den Jungs auf dem Revier zeigen, was du drauf hast?«

Der kleine Finger deutete wieder und zog sich wieder zurück.

»Grüne Jeans. Rot und Grün. Damit bist du der Jahreszeit ein bißchen voraus. Warten wir noch ein Weilchen mit dem Grün. Mach noch einen Versuch.«

»Das!« Julia deutete auf rote Jeans und schaute Brian dann erwartungsvoll an.

»Eine gute Wahl, Julia. Ein Hoch auf Julia!« Er nahm ihre Hände, schlug sie zu einem Klatschen zusammen, schüttelte dann die Hose aus und machte seine Tochter fein.

Sie frühstückten bei »Nell's«, wo er sich auf einen Barhocker an die Theke setzte und Julia auf seinen Schoß. Sie liebte die Donuts, und jedermann liebte sie. Brian verließ das Lokal mit einem wohligen Gefühl, das auf frisch gebrühtem Kaffee und neuen Freunden beruhte, auf Kleinstadt-Gemütlichkeit und dem Eindruck, daß sein Leben wieder in Ordnung gekommen war, und das wohlige Gefühl hielt sich auch über die Stippvisite auf dem Revier hinweg. Jeder, der Brian kannte, kannte auch Julia. Sie stand im Mittelpunkt des Interesses und genoß es, ging mit dem »Animal-Officer« einen aufgefundenen Hund anschauen und stürmte, als sie zurückkamen, mit einem schrillen Kichern quer durch den ganzen Raum in Brians Arme.

Als sie wieder im Jeep saßen, schlief sie ein, was ihm gerade recht kam: Er wollte ein bißchen herumfahren. Sie schlief noch immer, als er vor Johns Haus anhielt. Er stieg aus und ging auf die Haustür zu. Er würde sie schlafen lassen. Doch dann fiel ihm Daniel ein, und er blieb abrupt stehen – nicht, weil er befürchtete, sie könnte entführt werden – nicht auf der Zufahrt des Polizeichefs –, sondern weil er sie ganz einfach spüren wollte. Er kehrte zu seinem Jeep zurück und holte sie so behutsam heraus, daß sie nicht einmal aufwachte.

John saß im Wohnzimmer und telefonierte. Nur seine Gipsverbände erinnerten noch an seinen Unfall.

Er legte auf und grinste. »Hallo. Was hat Sie denn so erledigt?«

»Das war ich. Wir haben gespielt. Heute ist unser gemeinsamer Tag.«

»Sie wird sich daran erinnern, wenn sie groß ist.«

»Ich tue das ebenso für mich wie für sie«, lächelte Brian. »Vielleicht erinnere ich mich daran, wenn ich im Pflegeheim in dem alten Schaukelstuhl sitze. Wie geht es den Beinen?«

John klopfte auf einen der Verbände. »Die Dinger behindern mich mit ihrem Zentnergewicht. Es wird Zeit, daß ich sie loswerde. Ich will endlich wieder laufen wie ein Mensch.« Er schaute auf seine Uhr. »Und ich will endlich wieder arbeiten. Berichte zu lesen ist nicht das gleiche wie dabeizusein, wenn die Dinge passieren. Haben Sie das von Hooks gehört?«

»Ja – ich komme gerade vom Revier.«

»Er will tatsächlich wieder die Schulbank drücken?«

»Das sagt er jedenfalls. Er sagt, er wolle Anwalt werden.«

»Meinen Sie, er wird ein guter?«

Brian dachte mit dem Kinn in Julias Locken darüber nach. »Ich weiß es nicht«, sagte er dann. »Er ist ein buchstabengetreuer Cop – also gehe ich davon aus, daß er auch ein buchstabengetreuer Anwalt werden könnte. Ich denke, das wäre ganz gut für uns – buchstabengetreue Anwälte sind leichter zu handhaben. Es sind die einfallsreichen, die uns auf die Rolle schieben. Ich glaub nicht, daß Hooks einer von denen wird.«

»Gut beurteilt«, sagte John. Er warf einen neuerlichen Blick auf seine Uhr. »Kann ich mit Ihnen mal über etwas reden?«

Brian wiegte sich im Stehen langsam hin und her, genoß Julias Wärme, fühlte sich zufrieden. »Sicher.«

»Was halten Sie von Grannick?«

»Es gefällt mir sehr.«

»Haben Sie vor zu bleiben?«

»Das hatte ich.« Seine Bewegung wurde langsamer. Er fragte sich, ob John ihn auf die sanfte Tour ausbooten wollte. »Ist das ein Problem?«

»Kein Problem – im Gegenteil. Sie sind ein Gewinn für das Department. Sie haben Fähigkeiten, die anderen fehlen. Es wird noch eine Weile dauern, bis ich diese Beine wieder richtig einsetzen kann – es ist beruhigend zu wissen, daß Sie auf zwei gesunden unterwegs sind.« Er schob seine Unterlippe vor und schwieg eine Weile. Schließlich sagte er: »Ich hatte befürchtet, daß Sie vielleicht mitgehen würden, falls Emily wegzieht. Wie geht's ihr denn?«

»Nicht schlecht. So schmerzlich die Wahrheit auch ist – es tut ihr gut, sie nach all der Zeit endlich zu kennen.«
»Ich hätte etwas merken müssen«, stieß John hervor.
Es war nicht das erste Mal, daß er das zu Brian sagte. Er hatte sich mit Schuldgefühlen herumgequält, seit die Leiche gefunden worden war. Brian versuchte, seine Gewissensqualen zu mildern.
»Sie haben Frank befragt – mehr als einmal. Er beharrte auf seiner Story. Es war nichts zu merken.«
»Sie haben doch auch geschaltet.«
»Aber erst, nachdem Myra mich mit der Nase darauf gestoßen hatte. Emily ist wie Sie – sie sagt unentwegt, sie hätte darauf kommen müssen. Aber das ist verrückt. Frank mag ein bösartiger Mensch gewesen sein – aber wer hätte gedacht, daß er ein Kind entführen würde?«
»Myra benutzte das Wort ›borgen‹ dafür. Ich hörte, daß sie die Stadt verläßt.«
»Jetzt, da Franks Geheimnis ans Licht gekommen ist, kann sie das.«
»Ich würde es Emily nicht verübeln, wenn sie es ebenfalls täte. Glauben Sie, daß sie es tun wird?«
»Nein.«
»Haben Sie mit ihr darüber gesprochen?«
»Noch nicht – aber es steht für heute auf meinem Programm.«
»Aha.« John schien sich etwas zu entspannen. »Ich möchte sie ebensowenig verlieren wie Sie – das können Sie ihr sagen.«
Er warf einen dritten Blick auf seine Uhr.
»Erwarten Sie jemanden?«
»Meine Frau. Wir sind verabredet.«
»Ach ja?«
»Zum Mittagessen. Sie muß jeden Moment kommen.«
»Soll ich Ihnen bis dahin Gesellschaft leisten?«
»Nein, nein – ich muß sowieso noch telefonieren. Amüsieren Sie sich mit Julia.«

Angesichts dessen, was er als nächstes vorhatte, bezweifelte er, daß ihm das gelingen würde. Es war kalt. Der Winter war da. Jetzt oder nie.

Er fuhr zum Einkaufszentrum, parkte vor »Lord & Taylor« und fand die Kinderabteilung ohne Schwierigkeiten – aber das war der leichte Teil. Der schwere Teil lag noch vor ihm. Er starrte ein wenig eingeschüchtert auf die Tausende von Kleidungsstücken, denn er wußte nicht, wo er anfangen sollte, als eine mütterlich wirkende Frau auf ihn zukam.

»Julia braucht einen Schneeanzug«, platzte er heraus. »Und ich habe keine Ahnung, welche Größe ich nehmen soll, welche Farbe, welchen Schnitt, nichts ...«

Esther Nelson nahm die Sache in die Hand. Sie fragte ihn, wie alt Julia sei, ließ sie von ihm auf die Füße stellen, zeigte ihm die in Frage kommenden Modelle und nannte ihm bei jedem die Vor- und Nachteile. Wie sich herausstellte, war der schwierigste Teil der Kaufaktion die Entscheidung zwischen zwei gleich hinreißenden Exemplaren, einem rosafarbenen und einem grünen. Am Ende konfrontierte er einfach Julia mit den beiden.

»Welchen willst du, Süße?«

»Das!« entschied sich seine Tochter wie aus der Pistole geschossen für den grünen Anzug.

Esther ergänzte ihn mit einer Mütze, Fäustlingen und Handschuh-Clips, und dann erlaubte Brian Julia in seiner Begeisterung darüber, daß der Einkauf so reibungslos vonstatten gegangen war, sich noch ein paar Wintersachen auszusuchen – wieder aus einer von ihm vorher eingegrenzten Auswahl. In seinem Hochgefühl ließ er sich sogar dazu hinreißen, den Teddybär zu kaufen, von dem Julia die kleinen Hände nicht lassen konnte.

Um sein Glück voll zu machen, verließ er den Laden mit Esthers Visitenkarte, einer Aufstellung ihrer Arbeitszeiten und der Zusicherung, daß er sie anrufen dürfe und sie dann käme, um ihn wieder zu beraten, wenn Julia das nächste Mal etwas zum Anziehen brauchte.

Von Lebensfreude erfüllt, fuhr er mit seiner Tochter zum Mittagessen in die »Eatery«. Dort kannten sie alle. Julia plapperte auf die Bedienung ein und schwenkte stolz ihren Teddy. Sie kaute auf kleinen Hähnchenbrust- und Tomatenstücken und Oliven aus Brians Salat herum. Soweit er es beurteilen konnte, war sie ebenso guter Stimmung wie er.

Nach dem Essen wanderten sie von der »Eatery« zum Blumenladen, wo er einen kleinen Korb entdeckte, der mit einem blauweißen Stoff ausgeschlagen war, der ihn an Emilys Schlafzimmer erinnerte, das sie für sich allein reserviert hatte. Zum Entsetzen der Verkäuferin zwang er sie, eine herrliche weiße Lilie zu verstümmeln und die Blüten mit Blumendraht in dem Korb zu verankern. Dann machte er sich auf den Weg zum Drugstore.

Er trug Julia auf dem Arm, während er sich durch die Grußkarten schmökerte, und als sie sich zu winden begann, ließ er sie auf den Boden hinunter. Er trug die Karte, die er sich ausgesucht hatte – eine ländlich-bäuerliche Szenerie mit einem Stall auf einer Wiese, die die gelassene Heiterkeit ausstrahlte, die Emily in ihm auslöste – zur Kasse und erstand zusätzlich noch ein halbes Dutzend Butterfingers, die dort lagen. Dann schaute er sich suchend um.

»Julia?« rief er. Er ging an den Regalen entlang, schaute in jeden Gang. Er hastete an den Spielwaren vorbei und ging am anderen Ende der Reihen entlang, überprüfte die Gänge auch von dieser Seite. »Julia?«

»Daddy, Daddy, Daddy.«

Es dauerte einen Moment, bis er seinen braunlockigen Winzling in den roten Hosen und der Jeansjacke unter dem Vorhang des Fotoautomaten entdeckte.

»Wer ist hier drin?« fragte er, den Vorhang teilend.
Julia hing mit den Armen über dem Sitz. Sie grinste zu ihm herauf.
»Was machst du denn hier?«
Sie schlug mit den flachen Händen auf die Sitzfläche. »Daddy, Daddy naguu!«
»Jaja. Erinnerst du dich, daß wir hier schon gesessen haben? Erinnerst du dich, wie oft wir hier schon gesessen haben? Julia wollte nicht aufrecht sitzen. Julia wollte nicht lächeln. Julia wollte nur weinen.«
Sie machte eine Kehrtwendung mit ihrem Windelpo, berührte die schwarze Kameralinse und schaute fragend zu ihm auf.
»Genau – da kommt der Blitz. Du magst den Blitz nicht.«
Ihre Augen hielten die seinen fest.
»Ja?«
Sie versuchte, auf den Sitz zu klettern, hatte aber weder die notwendige Größe noch Geschicklichkeit. Ihre Augen kehrten mit irisierender Beharrlichkeit zu den seinen zurück.
»Du willst es versuchen?« Er setzte sie auf den Hocker und wartete auf den obligatorischen Tränenausbruch.
Sie fixierte den schwarzen Fleck. Als kein Blitz kam, deutete sie auf den Schlitz. »Daddy das!«
Er kramte Kleingeld aus der Tasche und zeigte es ihr. »Ich muß Münzen in den Schlitz stecken. Es ist nicht einfach. Ich mache es nur, wenn du dann lächelst. Wirst du das tun?«
»Daddy das!«
Er hob sie hoch, zwängte sich in die enge, niedrige Kabine und auf den runden Hocker und stellte Julia auf seinen Schoß. Er wartete darauf, daß sie das Gesicht verzog.
Sie schlang einen Arm um seinen Hals, deutete auf die Linse und sagte etwas, das er als »Steck die verdammten Münzen in den Schlitz, damit die Show endlich losgeht« zu interpretieren beschloß.

Er steckte die Münzen in den Schlitz. Er tippte auf die Linse. Der erste Blitz zuckte auf. »Zack ... das war der erste! Lächle, hübsche Julia ... zack! Das war Nummer zwei! Mein Gott, diesmal klappt es tatsächlich ... zack! Das war der dritte! Grammie wird ausflippen ... zack! Das war's!«

Emily war im Arbeitszimmer und lauschte den Klängen einer weichen Posaune und war ein bißchen einsam, ein bißchen nachdenklich und ein bißchen unsicher, als Brian die Hintertür öffnete und »Hallo?« rief.

»Hier drin!« rief sie zurück, doch sie rührte sich nicht. Sie saß am Schreibtisch, hatte die Arme um die Knie geschlungen und wartete mit klopfendem Herzen. Als sie sie sah, Vater und Tochter, schwand ihre Einsamkeit. »Hallo.«

Brian stellte Julia auf den Boden. Sie lief zu Emily. »Ememem-emem.«

»Hallo, Schätzchen.« Emily setzte sich richtig hin, hob Julia hoch und machte es ihr auf ihrem Schoß gemütlich. »Na – was habt ihr gemacht?«

»Dies und das«, antwortete Julias Vater.

Ein wunderschönes Körbchen erschien auf Emilys Schreibtisch. Es war mit einem Stoff ausgeschlagen, der dem ihrer Daunendecke ähnelte, und mit Lilienblüten und Butterfingers gefüllt. Dem Korb folgte ein Kuvert. Emily griff um Julia herum, zog die Karte aus dem Umschlag und las, nachdem sie sich zunächst in das Bild auf der Vorderseite vertieft hatte, was Brian geschrieben hatte. Seine Handschrift war kühn. Glücklicherweise mußte sie keinen langen Text entziffern.

Nur drei Worte. »Wir werden warten.« Das war alles. Es war genug.

»Du bist«, sagte sie tief bewegt, »ein unglaublicher Mann.«

Er setzte sich mit angewinkelten Beinen neben ihrem Stuhl auf die Schreibtischkante. »Du weißt, was ich will.«

Das wußte sie: Er wollte sie heiraten. »Ein Teil von mir will das auch, aber da ist noch der andere Teil, der sich von allem erholen muß, der ein bißchen Freiraum braucht, der darüber nachdenken muß, wer ich eigentlich bin. Klingt das egoistisch?«

»Nein.«

»Ich liebe dich.« Sie zog Julia an sich, schlang die Arme um sie. »Und die hier liebe ich auch.«

»Ich habe heute früh einen Stall gesehen.«

»Wie den auf meiner Karte?«

»Ähnlich. Nein – sehr ähnlich. Auf der anderen Seite des Hügels, etwas abseits von Creighton Path.«

Den kannte Emily. Es war auch ein Bauernhaus dabei, ein ausladendes Gebäude aus Holz und Stein. Bauernhaus, Stall, Wiesen und Wald waren über Generationen im Besitz der Fosseys aus Grannick gewesen. Es war Jahre her, daß der Stall etwas anderes beherbergt hatte als Autos, Jahre her, daß die Fossey-Kinder als Erwachsene zurückgekommen waren.

Die alten Fosseys gaben auf – Bauernhaus, Stall, Wiesen und Wald standen zum Verkauf.

Das wußte Emily sehr genau. Der Besitz war einer der hübschesten in dieser Gegend. Der Ausdruck in Brians Augen sagte ihr, daß er diese Meinung teilte. Und er sagte ihr auch noch etwas anderes.

»Hier kannst du wirklich nicht bleiben«, konstatierte er, als hätten sie schon ein dutzendmal darüber gesprochen, während sie es in Wahrheit kein einziges Mal ihm gegenüber erwähnt hatte. »Du kannst dich nicht für den Rest deines Lebens damit bestrafen, jeden Tag das Haus der Balchs sehen zu müssen.«

»Ich weiß.«

»Ach ja?«

Sie nickte und griff nach seiner Hand. Als er sie ihr gab, zog sie

sie an ihre Kehle. »Meinst du, wir können uns die Farm leisten?«
»Wenn wir zusammenlegen. Wirst du mit mir leben?«
»Noch nicht.« Nicht, ehe sie sich ihrer selbst genügend sicher war. Nicht, ehe sie verheiratet wären. Aber es gab ja Ausweichmöglichkeiten. »Ich nehme den Stall.«
»Ich nehme den Stall.«
»Brian – er ist kaum mehr als ein Bretterverschlag.«
»Genau.«
»Und du kannst Julia unmöglich in einem solchen Verschlag leben lassen.«
»Dich kann ich auch nicht in einem solchen leben lassen.«
»Wie lange würde es dauern, ihn zu isolieren und die notwendigen Installationen vorzunehmen?«
»Innerhalb eines Monats müßte er bewohnbar sein.«
»Ja?«
»Ja.«
Sie stellte sich einen großen, von einem Oberlicht erhellten Raum vor, mit abgetrennten Zonen für Schlafen, Essen und Schreiben. Sie stellte sich einen Speicherraum für Jill vor, der eines Tages als Spielzimmer für Julia dienen könnte, wenn alles sich gut entwickelte. Sie stellte sich heimliche Treffen im Wald vor und Liebe in der hohen Wiese und alle möglichen anderen Dinge, die Spaß machten und sich von ihrer Vergangenheit unterschieden wie die Nacht vom Tag. Sie stellte sich vor, wie sie auf den Friedhof am Stadtrand von Grannick ging und Daniel von dem Ort erzählte, an dem sie jetzt lebte. Diese Vorstellung schnürte ihr die Kehle zu. Sie nahm an, daß das auch noch eine Weile so bleiben würde.
»Was meinst du?« fragte Brian, doch es bezog sich nicht mehr auf die Haus-Stall-Problematik. Die Frage ging tiefer. Emily atmete ein und schluckte. Mit »tief« konnte sie umgehen. Sie war an einen Abgrund gekommen, hatte ihn überquert und überlebt.

Jetzt stand ihr eine neue Welt offen, mit vielen der gleichen Freuden wie in der alten und einigen zusätzlichen. Sie küßte seine Hand und drückte sie dann wieder an ihren Hals. »Ich meine ... ich meine ...« Als sie nicht die richtigen Worte fand, als ihre Kehle wieder eng wurde – diesmal vor Liebe zu Brian –, seufzte sie einfach, lächelte und sagte: »Ja.«

Nachwort

Emily saß allein auf der niedrigen Steinmauer, die Ellbogen auf den Knien und die Hände dazwischen locker gefaltet. Sie trug Leinenhosen und einen Blazer – beides von dem gleichen New Yorker Modeschöpfer –, eine Seidenbluse mit offenem Kragen und herrlich glänzende, goldene Ohrringe. Sie sah noch immer wie sechzehn aus – das machten ihre Haare –, aber sie fühlte sich älter. Besser. Klüger. Erfolgreich.

Hinter ihr befanden sich die Bäume, die Gott kunstvoll arrangiert hatte, vor ihr die Kamera, die Reflektoren und die Scheinwerfer, die der Fotograf kunstvoll arrangiert hatte.

Hinter dem Fotografen standen Brian und Julia.

Julia kicherte das Kichern einer Fünfjährigen. »Lächeln, Emmy!«

Brian brauchte das nicht zu sagen – er brauchte sie nur mit seinen silberblauen, zufriedenen Augen anzuschauen, und sie hätte nicht einmal ernst bleiben können, wenn sie sich darum bemüht hätte. Nicht, daß sie das gewollt hätte. Als wolle es sie für den erlittenen Kummer entschädigen, behandelte das Leben sie jetzt ausgesprochen gut.

Ein weiteres Buch stand vor der Veröffentlichung – daher der Fotograf. Es war nicht das Buch über Daniel – das war vor achtzehn Monaten erschienen. Dieses befaßte sich mit Hilferufen der Art, wie sie sie in Grannick erlebt hatte, wobei sie weit über diese hinausgegangen war. Sie hatte Fälle aus dem ganzen Land einbezogen, was wochenlange Reisen und umfangreiche Interview-Arbeit erfordert hatte.

Das Buch über Daniel war ihr ein persönliches Anliegen gewesen, eine Zusammenfassung der großen Seelenqual in ihrem Leben, ein Abschiedsgeschenk für ihren Sohn. Sie nahm es noch immer zur Hand und las willkürlich aufgeschlagene Seiten, wenn sie ihm nahe sein wollte, doch das Bedürfnis danach wurde geringer. Sie konnte jetzt unbefangener an ihn denken und von ihm sprechen. Emanzipiert trug sie ihn mit sich herum, wohin sie auch immer ging, eine kleine Beule auf ihrer Seele, die wie ein Schönheitsfleck weder verschwand noch sie behinderte.

Das neue Buch war eine sehr viel unabhängigere, eine intellektuelle Übung gewesen. Es würde als Pflichtlektüre für Polizisten und Juristen, Sozialarbeiter und sogar Lehrer empfohlen werden. Und wenn auch niemand vorgab, daß es einen spektakulären finanziellen Gewinn einfahren würde, so würde sich Emily auf diesem Gebiet doch einen Namen machen und sich ein schönes Zubrot verdienen.

Die tatsächliche Veröffentlichung würde Emily nicht als Höhepunkt erleben – für sie war der Tag von größerer Bedeutung, an dem sie einen Punkt hinter den letzten Satz setzte, das Manuskript ausdrucken ließ und ihren Computer abschaltete.

Das war der Tag, an dem sie ein Gefühl der Erfüllung empfand.

Das war der Tag, an dem sie zu Brian gegangen war und ihm mit einem Leuchten in den Augen und einem Lächeln ein zärtlicheres und überzeugteres »Ja« geschenkt hatte.

Sie hatten an dem Wochenende danach geheiratet, und die als kleine Feier gedachte Zeremonie war nach typischer Grannick-Manier zu einem Fest geworden, an dem nicht nur Jill und Julia, Brians Familie und Emilys und Brians engste Freunde teilnahmen, sondern auch all die anderen, mit denen sie täglich in irgendeiner Weise Kontakt hatten.

Es war ein reiches Leben. Emily hatte ihren Beruf, sie hatte Brian, sie hatte Jill, sie hatte Julia. Sie hatte Kay und John, deren Beziehung mit jedem Jahr inniger wurde. Sie hatte Celeste, die sich mit immer neuen Männern traf, diese jedoch mit größerem Scharfblick begutachtete.

Jill hatte das College abgeschlossen, arbeitete bei einer Werbeagentur in Boston und kam Emily und Brian oft besuchen. Auf der Farm konnte sie sich von ihrem hektischen Berufsleben erholen. Im Gegenzug brachte sie Emily stets Freude.

»Das ist gut«, lobte der Fotograf. »Geben Sie mir noch so eins.«

Emily wußte nicht genau, wie ihr erstes Lächeln ausgesehen hatte, aber sie dachte weiter glückliche Gedanken, und schon nach kurzer Zeit und ein paar Posen- und Szenenwechseln packte der Fotograf seinen Belichtungsmesser weg.

»Machen Sie eines von meiner Familie?« bat sie hastig.

Brian kam den Fotografen zuvor. »Kommt nicht in Frage. Heute ist dein Tag, und du wirst fotografiert. Außerdem haben wir mehr als genug Fotos.«

Sie sah im Geiste den Wohnraum des Bauernhauses vor sich, mit seinem Kamin aus Naturstein, der von Regalen aus Kiefernholz flankiert wurde, in denen sich ein gerahmtes Foto an das andere reihte. Fotos von Julia, Fotos von Jill, Fotos von Jill und Emily, Emily und Brian und Emily, Brian, Julia und Jill. Fotos von Jills College-Abschluß neben Fotos von Jills High-School-Abschluß neben Fotos von Julias Vorschul-Abschluß. Fotos von Halloween, Fotos von Weihnachten, Fotos von Geburtstagen, Fotos von Profis, Fotos von Amateuren und Fotos aus dem Fotoautomaten im Drugstore von Grannick. Und ältere – aber nicht weniger geliebte Fotos von Daniel.

Was Emily anging, so konnten nie genug Fotos gemacht werden, wenn es darum ging, die Bedeutung des Lebens zu dokumentieren – doch sie diskutierte nicht mit Brian. Heute war ihr Tag. Ein kleiner Abzug dieses Fotos würde sich zu den anderen gesellen, die den Kamin flankierten. Es würde das erste sein, das sie allein zeigte.

Allein, aber nicht einsam. Nie wieder einsam.